KONSALIK

Schiff der Hoffnung

Schwarzer Nerz
auf zarter Haut

KONSALIK

Schiff der Hoffnung
Schwarzer Nerz auf zarter Haut

ZWEI ROMANE

ERSCHIENEN BEI HESTIA

Printed in Austria
ISBN 3-7770-0295-X
Umschlaggestaltung: Atelier 14, München
Umschlagzeichnung: Ulrich Lichthardt, München
Satz: Compusatz GmbH, München
Druck und Bindung: Wiener Verlag, Himberg bei Wien

INHALT

ERSTES BUCH

SCHIFF DER HOFFNUNG

Karl Haußmann hatte schlecht geschlafen. Die kalte Gänsebrust mit Meerrettich zum Abendessen war zu fett gewesen und hatte ihm trotz einiger »Klarer« schwer im Magen gelegen. Außerdem war er dreimal von seiner Frau Erika gestört worden, immer dann, wenn er gerade glaubte, endlich einschlafen zu können, und jedesmal war es das alte Lied, das er nun schon seit Wochen hörte: »Karl, ich habe so einen komischen Schmerz im Leib. Wenn ich drauf drücke, meine ich, da ist etwas Hartes drin...« Und wie immer hatte er auch in dieser Nacht brummend geantwortet: »Dann geh morgen mal zu Dr. Wagenfeldt. Wozu bezahl' ich soviel Beiträge für die Krankenkasse?«

Eine Nacht also, die im nachhinein noch jetzt, am sonnigen Frühsommermorgen, auf das Gemüt drückte und ihn mißmutig, einsilbig und knurrig machte. Karl Haußmann saß auf der Terrasse seines Landhauses vor dem gedeckten Kaffeetisch, rührte in der Kaffeetasse, obgleich er wegen schwankenden Blutzuckers keinen Zucker nahm, sah über den Rasen und die Rosenrabatte seines Gartens und dachte an seinen Betrieb, an die Aufträge, an die Lohnerhöhungen und an Marion Gronau, seine Sekretärin.

Karl Haußmann war ein wohlhabender, kein reicher Mann. Solange er denken konnte, hatte er schwer gearbeitet. Sein Vater fing mit einer Eisenlackiererei an, und schon als Schuljunge hatte Karl den Lack rühren und die Eisenteile in die Trockenöfen fahren müssen. Da blieb wenig Zeit für Schularbeiten und schon gar nicht für eine höhere Schule. »Was sollen Latein und Mathematik?« sagte Vater Haußmann damals. »Wer mit Eisen umgeht, braucht keinen Tacitus, und in der Mathematik genügt es, wenn man Rechnungen ausstellen und kalkulieren kann.« So wuchs

Karl Haußmann an der vordersten Front des Arbeitskampfes auf, und es hatte ihm nichts geschadet. Im Gegenteil! Schon vor dem Krieg verlegte sich die Fa. Haußmann & Sohn, wie sie damals hieß, auf Emaillierungen, stellte Kochtöpfe und Kessel her, Herdwandungen und Kochmulden, lieferte Emailleschilder für die Wehrmacht und entwickelte sich nach dem Krieg und in den Zeiten des »Wirtschaftswunders« zu einer der angesehensten Kleinfabriken in Gelsenkirchen. Karl Haußmann war im Vorstand des Fußballclubs, stiftete Fahnen für den Turnverein, stand einem Kegelclub vor und sang 1. Baß im Gesangverein. Er baute sich am Stadtrand von Gelsenkirchen – im Grünen, wie man hier sagt –, ein Landhaus im Bungalowstil, fuhr einen Sechszylinder, konnte zu seiner Frau Erika sagen: »Rika – was fragste, ob du dir ein neues Kleid kaufen kannst; fahr' in die Stadt und laß die Rechnung ins Büro schicken!« und war mit seinem Leben zufrieden.

Ein Wendepunkt allerdings trat ein, als er bemerkte, daß seine Sekretärin Marion Gronau enge Pullover trug und daß sich unter dem Pullover allerhand abzeichnete. Als er sie ein paar Wochen später in der Registratur allein antraf und sie ungestraft küssen durfte, hatte Karl Haußmann eigentlich den Gipfel seines erfolgreichen Fabrikantenlebens erreicht. Es war komplett. Es fehlte nichts mehr.

An alles das dachte Karl Haußmann an diesem sonnigen Morgen, trank seinen lauwarm gewordenen Kaffee aus und schmierte sich ein Wurstbrötchen. Im Haus, hinter der geöffneten Terrassentür, hörte er seine Frau Erika rumoren. Sie packte im Schlafzimmer zum viertenmal den großen Koffer und sortierte ihre Kleider. Aus dem großen Wohnzimmer, das man jetzt Wohnhalle nennt, brummte der Staubsauger. Dort war Friederike, die Hausgehilfin, bereits beim Putzen.

Morgen um diese Zeit sind wir schon auf der Autobahn bei Köln oder – wenn gutes Wetter ist und man auf den Knorpel drücken kann – schon über Koblenz hinaus, dachte Karl Haußmann. Übernachtung in Basel, dann am zweiten Tag durch die Schweiz und entlang am Lago Maggiore bis Como und am dritten Tag über Mailand, Parma und Bologna nach Rimini. Und dann nichts wie faulenzen, in der Sonne liegen, ab und zu schwimmen, Eis essen, am Abend Rotwein trinken und pennen. Schlaf nachholen und abschalten, völlig abschalten. Keine

Fabrik mehr, keine Termine, keine Sorgen um das Rohmaterial, nicht immer das traurige, faltige Gesicht von Wilhelm Sczimkinsky, dem Hauptbuchhalter aus Schalke, der nun vierzig Jahre in der Firma war und immer sagte: »Man sollte von den Abgaben leben, dann ging's uns gut!« Vier Wochen nur Sonne und blaue Adria, Sand und Musik, Wein und Schlafen. Ja, und vier Wochen lang den erfreulichen Anblick von Marion Gronau im Bikini.

Karl Haußmann schob seine Tasse weg und kratzte sich das kurz geschnittene, melierte Haar.

»Rika!« rief er nach hinten zur Schlafzimmertür. »Hör mal mit dem Sortieren auf und komm' her. Wozu machste dir eigentlich die Mühe? Was fehlt, kaufen wir in Rimini. Ist alles einkalkuliert. Du tust immer noch so, als ob wir jeden Pfennig dreimal rumdrehen und bespucken müssen, ehe wir ihn ausgeben. Komm' mal her, Rika.«

In der Schlafzimmertür erschien Erika Haußmann. Sie war eine immer noch schöne, etwas blasse Frau von fünfundvierzig Jahren, der man die beiden erwachsenen Kinder nicht ansah. Die Tochter, die Älteste, war verheiratet in Hamburg. Der Sohn Herbert, zweiundzwanzig Jahre alt, studierte in Heidelberg Medizin und war gegenwärtig mit Freunden zum Urlaub in Schweden. Erikas braune Haare waren etwas zerwühlt vom Packen und Bücken, sie atmete schneller als sonst, aber was auffiel, waren ihre großen, braunen, glänzenden Augen und die etwas bläulichroten Lippen. Augen und Lippen waren es, die das Gesicht beherrschten.

»Der Koffer ist zu klein, Karl«, sagte sie und setzte sich seufzend neben ihren Mann auf den weißlackierten Gartenstuhl »Und ich habe bestimmt nur das Allernötigste herausgelegt.«

»Wirf alles 'raus und kauf dir in Rimini Neues. Und das schicken wir dann per Post nach Gelsenkirchen.« Karl Haußmann suchte nach seinen Zigaretten, steckte eine an und kratzte sich dann die Nase. »Habe ich dir eigentlich gesagt, daß wir nicht allein fahren?« fragte er. Diese Frage hatte er oft für sich allein geübt, damit sie wirklich gleichgültig klang.

»Nicht allein? Wer fährt denn noch mit?« Erika Haußmann sah ihren Mann verblüfft an. Bis zum heutigen Tage hatte er immer gesagt: »Wie ich mich freue, endlich mal allein zu sein mit dir!« Und nun sollte jemand mitfahren?

»Ein Herr Hellberg fährt mit. Frank Hellberg. Ein Journalist. Du kennst ihn nicht?«

»Nein. Woher?«

»Er schreibt in der Zeitung. Artikel. Abkürzung Hb. Ein netter Junge. Er ist übrigens der Verlobte von Fräulein Gronau.«

»Das heißt, daß Fräulein Gronau auch mitfährt?« Erikas Stimme war beherrscht. Dreimal, als sie ihren Mann im Büro besuchte, hatte sie Marion Gronau in der Fabrik gesehen. Und schon beim erstenmal mißfiel ihr die Art, wie sich dieses Mädchen, die Sekretärin, ihrem Chef gegenüber benahm. Wenn sie saß, rutschte der Rock bis über die Schenkel hoch, und ihr Lächeln war impertinent, provozierend und irgendwie siegessicher.

Karl Haußmann nickte mehrmals. »Es geht nicht anders, Rika. Erstens habe ich es Hellberg versprochen, zweitens werde ich auch in Rimini ab und zu diktieren müssen...«

»Diese Briefe hätte ich auch schreiben können.«

»Ausgeschlossen! Du sollst dich erholen! Und drittens ist Fräulein Gronau eine Perle als Sekretärin. Perlen verliert man nicht gern. Und wer weiß, wie die anderen Firmen sind, was sie bieten, wie sie abwerben. Ich bin froh, daß Fräulein Gronau der Firma die Treue hält.«

»Und woher kennst du diesen Herrn Hellberg?«

Auf diese Frage war Karl Haußmann nicht vorbereitet. Er sah erschrocken dem Rauch seiner Zigarette nach und antwortete dann: »Von Fräulein Gronau.«

»Dachte ich mir.« Erika stand auf. »Wäre es nicht besser, ich kümmere mich überhaupt nicht um das Packen, sondern ihr fahrt allein nach Rimini?«

»Was ist denn das nun wieder?« Haußmann zerdrückte seine Zigarette und sprang auf. Wenn Männer im Unrecht sind, werden sie laut. Das ist eine altbekannte Tatsache, aber trotzdem geschieht es immer wieder. Auch Karl Haußmann hob seine Stimme und war beleidigt. »Was ist das für eine dumme Rederei?«

»Diese Marion Gronau gefällt mir nicht!« rief Erika.

»Vielleicht gefällst du ihr auch nicht, dann gleicht sich das aus!« rief Haußmann zurück. »Verdammt noch mal, ich fahre in die Fabrik, da höre ich wenigstens kein Gewäsch.«

Erika schwieg. Sie hatte die Hände vor den Leib gefaltet und sah ihren Mann stumm an. Sie kannte Karl nun schon seit 26

Jahren. Neunzehn war sie alt gewesen, als sie den jungen Fabrikantensohn beim Tanzen in der Stadthalle kennenlernte. Man heiratete schnell, man liebte sich mit dem Feuer der Jugend, die Kinder kamen, und dann wurde die Ehe ruhiger, eine Art Gewohnheit, mit wenigen Zärtlichkeiten, die dann auch untergingen und durch Pelze und Schmuck ersetzt wurden. Eine Alltagsehe zwischen geblümten Tapeten. Und die Freundinnen sagten: »*Du* hast es gut, Erika. Ein Haus, Geld, Schmuck, ein Auto, kannst dir alles kaufen. Mußt du glücklich sein...«

Sechsundzwanzig Jahre, da lernt man einen Mann kennen. Und als Erika nun sah, wie Karl unruhig an seinem Schlips zog und das Thema Marion Gronau ihm sichtlich unbehaglich war, mußte sie schmerzlich lächeln und dachte ein wenig mitleidig: Welch ein Gockel bist du doch, Karl. Fünfzig Jahre bist du. Hast einen Bauch. Dein Kreislauf ist labil. Und wenn du drei Kniebeugen machst, keuchst du wie ein Blasebalg mit Loch. Aber sobald dir ein junges Mädchen entgegenkommt, machst du ein hohles Kreuz, trägst den Kopf steif, gehst du forscher, und deine Äuglein glänzen. Daß du nicht siehst, wie lächerlich das ist. Diese Marion Gronau ist dreiundzwanzig Jahre alt. Jünger als deine Tochter, Karl! Und wenn sie dir schöne Augen macht, dann nur, weil du der Chef bist, weil du Geld hast, weil sie sich etwas von deinem Erfolg erhofft. Und du glaubst wirklich, daß du als Mann auf sie einen Eindruck machst. O armer Karl! Wir zwei sind zusammen alt geworden, mich stört nicht dein Bauch und dein Schnarchen in der Nacht, und ich weiß, welche Pillen du zur Verdauung nehmen mußt und welche Tropfen nach dem Essen für deine Galle. Ob auch Marion Gronau das weiß? Ob sie deinen Bauch schön fände, wenn er nicht mit Gold lackiert wäre? Du bist ein alter Esel, Karl!

»Ich gehe ins Büro!« sagte Karl Haußmann noch einmal scharf. »Der ganze schöne Morgen ist mir versaut durch deine dumme Rederei! Aber wie du willst, ich blase die Reise ab. Wir fahren nicht. Ich kann mich auch hier auf der Terrasse erholen und in meinem Bett ausschlafen. Was das aber für einen Eindruck macht, jetzt, einen Tag vorher...«

»Wir fahren, Karl. Natürlich fahren wir.« Erika versuchte ein versöhnliches Lächeln. »Die jungen Leute werden sich sowieso in Rimini absondern und haben ihre eigenen Probleme.«

»Na klar«, brummte Haußmann. Der Gedanke, daß so etwas wirklich eintreffen könnte, behagte ihm gar nicht.

»Paßt dir überhaupt noch deine Badehose?«

»Warum nicht?«

»Du bist im letzten Jahr dicker geworden.«

Karl Haußmann strich sich über seinen Bauch. Wie sagte Marion Gronau, dachte er. »Ich habe eine Schwäche für stattliche Herren...« Ein wundervolles Mädchen, diese Marion. Sie wirkt wie Sekt.

»Es wird in Rimini schon eine passende Hose geben«, sagte er laut. »Also: Fahren wir oder nicht?«

»Natürlich fahren wir. Nur... ich habe Angst.« Erika lehnte sich an die Hauswand. Ihre bläulichen Lippen zuckten. »Die lange Fahrt... ob ich sie durchhalte? Heute nacht war es wieder ganz schlimm im Leib. Und heute morgen ist mir zweimal schwindlig geworden.«

»Die Wechseljahre.« Karl Haußmann zog seine Jacke an und sah auf seine Armbanduhr. 9.30 Uhr. Jetzt war die Post sortiert, und Marion wartete, um sie ihm vorzulegen. Karl Haußmann hatte es nun eilig, in die Fabrik zu kommen. Bei der Postdurchsicht waren er und Marion zwanzig Minuten allein. Da bekam er seinen Morgenkuß, Marion setzte sich ihm auf den Schoß, und er durfte ihre Beine streicheln. Bis zum Strumpfende. Dann schlug sie ihm auf die Finger und sagte mit einem süßen Lächeln: »Aber Herr Direktor...« In Rimini sollte das anders werden, verdammt noch mal. Und Marion Gronau hatte angedeutet, daß südliche Nächte, Chiantiwein und Mandolinenklang sie ganz schwach werden ließen.

»Geh zum Arzt!« sagte er zu seiner Frau, tätschelte ihr die Wange und ging zur Wohnhallentür.

»Der Arzt sagt immer nur, es sind die Nerven.«

»Ein kluger Mann. Natürlich sind's die Nerven. Dir fehlt gar nichts! Wie gesagt, die Wechseljahre. Da wird man knötterig und nervös, die Fliege an der Wand ärgert einen – Hysterie nennt man so etwas, Rika! Aber das geht vorbei. Du sollst sehen: Rimini, das Meer, der weiße Sand... Himmel, schon halb zehn! Ich muß ins Büro!«

Karl Haußmann gab seinem fülligen Körper etwas Schwung, lief durch die Wohnhalle, übersprang den Schlauch des Staubsaugers und zwang sich, nicht gleich wieder kurzatmig zu keuchen. Wenig später brummte der große Wagen aus der Garage und entfernte sich in Richtung Gelsenkirchen.

Erika Haußmann setzte sich auf die Bettkante und blickte über die ausgebreiteten Kleider und die Wäsche, die sie mitnehmen wollte. Auch zwei Badeanzüge waren dabei, mit tiefen Rückenausschnitten. Sie beugte sich vor, zog sie zu sich und hielt sie hoch. Sind sie nicht zu jugendlich für mich, dachte sie. Ich bin fünfundvierzig Jahre und keine zwanzig. Kann ich mit solcher Rückenfreiheit noch gehen? Und auch an der Brust ist der Badeanzug ausgeschnitten.

Sie stand auf, ging zu dem großen, bis auf die Erde reichenden Spiegel, drehte sich und betrachtete ihre Figur.

Dafür, daß ich zwei erwachsene Kinder habe, sehe ich noch gut aus, dachte sie. Kein Fleckchen welke Haut, keine Fettpölsterchen, keine tiefen Falten. Schlanke Beine habe ich, und meine Brüste sind rund und in den Haltern straff. Ich habe kein Fett an den Hüften und kein Doppelkinn.

Aber sie ist dreiundzwanzig Jahre, diese Marion Gronau. Der Hauch der Jugend umweht sie. Wenn sie geht, vibriert ihr Körper. Vielleicht hat sie gar keinen Halter nötig und über ihrer zarten Haut liegt noch der samtweiche Flaum. Auch ich war einmal dreiundzwanzig, und ich war hübscher als sie.

Erika Haußmann warf die beiden Badeanzüge auf das Bett, ging zum Telefon und rief ein Sportgeschäft in Gelsenkirchen an.

»Ich komme in einer Stunde zu Ihnen«, sagte sie mit entschlossener Stimme. »Bitte legen Sie mir in meiner Größe, Sie kennen sie ja, 38, eine Auswahl Bikinis zurück. Ja, Bikinis, die schönsten, die Sie haben. Ja, von mir aus die ganz modernen, auch wenn sie verrückt sind. Ich probiere sie nachher an. Schönen Dank, bis später...«

Dann saß sie wieder auf der Bettkante inmitten von Kleidern, Schuhen, Unterwäsche und Blusen, starrte auf den Koffer und dann hinaus in den sonnenüberfluteten Garten und hatte beide Hände auf den Leib gelegt.

Er schmerzte wieder. Er fühlte sich an, als sei in seinem Inneren ein runder, harter Kloß. Und wieder stieg die Angst in ihr auf, diese lähmende, das Herz umkrampfende Angst: Ist es Krebs? Bin ich schon vom Tode gezeichnet?

Und weil sie diese Angst hatte, ging sie nicht mehr zum Arzt. Sie wollte die Wahrheit nicht wissen. Sie wollte, solange es ging, bei ihrem Mann bleiben. Sie zwang sich, stark zu sein und nicht an ihre Angst zu denken.

Gerade jetzt nicht, wo es in ihrem Leben eine Marion Gronau gab.

Die Emaillewerke Haußmann & Sohn lagen in der Nähe der Zechen und Eisenwerke in Gelsenkirchen-Schalke und waren nur ein kleiner Komplex im Vergleich zu den großen Konzernen. Aber so, wie das Bankhaus Morgan eines der kleinsten, aber gesündesten Häuser in der New Yorker Wall Street ist, war auch die Emaillefabrik Haußmann & Sohn stabil und krisenfest. Haußmann beschäftigte 150 Arbeiter und Angestellte, hatte nie Krach mit der Gewerkschaft bekommen und ließ keinen Zweifel daran, daß er selbst einmal an der Maschine gestanden hatte, zehn Stunden lang stanzte und von vier Butterbroten und Malzkaffee oder einer Bohnensuppe im Henkelmann lebte. »Mir kann keiner was vormachen!« sagte er immer. »Ich kenne, wie's ist, wenn einem das Kreuz weh tut und man noch vier Stunden abkloppen muß!«

Marion Gronau wartete schon mit der Post, als Haußmann sein Privatbüro betrat, vorher den sauertöpfischen Hauptbuchhalter und Prokuristen Sczimkinsky begrüßt und zu dem technischen Leiter, der ihn sprechen wollte, gesagt hatte: »In einer halben Stunde, mein Lieber.«

»Du kommst spät«, sagte Marion, als sie allein im Chefbüro waren. Sie tat etwas beleidigt, warf die Post auf den großen Mahagonitisch und lehnte sich an die Wand, statt sich auf Haußmanns Knie zu setzen. Sie trug ein aufregendes, zitronengelbes Kleid mit tiefem, rundem Ausschnitt, in dem man die Ansätze ihrer Brüste sah. Haußmann setzte sich, wischte sich den Schweiß von der Stirn und atmete ein paarmal tief ein. Dann sagte er: »Komm, Küßchen...«

»Hast du es ihr gesagt?« fragte Marion und blieb stehen.

»Natürlich!«

»Und wie hat sie es aufgenommen?«

»Wie soll sie es aufnehmen? Ich bin der Herr im Haus. Ich habe ihr es klipp und klar gesagt und bin gegangen. Wozu lange Kommentare?«

»Ahnt sie etwas?«

»Ich weiß es nicht. Und wenn...«

»Was heißt: Und wenn? Du weißt, daß ich keinen Skandal will. Ich liebe dich... aber ohne Aufsehen, Karl.«

»Aufsehen!« Haußmann trommelte mit den Fingern auf die Tischplatte. »Wenn Erika etwas merkt, werden wir uns aussprechen und dann die Konsequenzen ziehen. Die Kinder sind groß und aus dem Haus. Erika hat das Haus – ich werde ihr das Haus natürlich überschreiben – und bekommt eine anständige Rente. Was steht also einer Scheidung im Wege? Einer stillen, ganz unsensationellen Scheidung?«

»Und dann?«

»Dann heiraten wir, Marionmäuschen. Was sonst?«

Marion Gronau schwieg. Sie konnte darauf keine Antwort geben. Ihre Pläne lagen anders. Ein so hübsches Mädchen wie ich muß beweglich sein, dachte sie stets. Für das Herz ist Frank Hellberg gerade der Richtige. Für das Portemonnaie sorgt Karl Haußmann. Man müßte ihn so weit bekommen, daß er es als eine Patentlösung aller Probleme ansieht, wenn ich Frank Hellberg heirate und doch noch sein Bürokätzchen bleibe. Aber alles das wird die Zeit bringen; man soll nichts übereilen, vor allem, wenn es um Geld und Liebe geht.

»Komm, Küßchen!« sagte Haußmann wieder und spitzte die Lippen. Er ärgerte sich noch über die schlecht geschlafene Nacht, über Erikas hysterische Beschwerden und über den Gedanken, daß Hellberg in Rimini tatsächlich die Rechte eines Bräutigams wahrnehmen könnte. »Du mußt heute besonders lieb zu mir sein, denn ich habe Ärger.«

»Mein armes Bärchen!« sagte Marion betont zärtlich, gab Haußmann einen Kuß, ließ sich über die Hüften streicheln, umfing ihn dann von hinten und rieb ihr Gesicht an seiner linken Wange. »Mir fehlt ein schickes Sommerkostüm, Bärchen«, sagte sie und biß ihm ins Ohr. Haußmann röchelte vor Wonne und schnappte nach Luft.

»Kauf es dir, mein Liebling.«

»Und ein Sonnenkleid?«

»Auch.« Er hielt ihren Kopf fest, als sie ihn zurückziehen wollte, und drehte sich um. »Wann sind wir länger zusammen, Marion. Wann... wann sind wir einmal allein... ganz allein... nur wir zwei... Ich bin noch kein alter, morscher Holzklotz, Marion. Ich habe dich wirklich lieb...«

»Vielleicht in Rimini...« Sie befreite sich mit einem Ruck aus Hausmanns Händen, wich zurück zur Wand, ordnete ihre Haare und nahm die Briefmappe wieder vom Tisch. »Draußen wartet Obermeister Henkes, du wolltest ihn sprechen«, sagte sie mit veränderter, nüchterner, dienstlicher Stimme.

Haußmann strich sich mit zitternden Händen über Haare und Gesicht. Sein Herz zuckte und lag wie ein Eisenklotz in der Brust. Es war zentnerschwer von der Sehnsucht nach Marions Jugend.

»Er kann gleich kommen. Was sagt dein Verlobter Hellberg zu der Reise?«

»Er freut sich wie ein kleiner Junge. Er will die Fahrt gleich mit der Reportage über das Dolce vita an der Adria verbinden. Er kommt übrigens nachher zu dir, um dir zu danken und die Reise zu besprechen.«

Karl Haußmann nickte. Er blätterte die Post durch, ohne aufzunehmen, was er las. Es waren Worte, die an seinem Auge lediglich vorbeiglitten.

Rimini, dacht er nur. In Rimini wird sie mir gehören. Sie hat es jetzt versprochen. Drei Tage noch... drei lange, lange Tage... Was dann kam, war ihm völlig gleichgültig. Es ist meine letzte Liebe, dachte er. Mein Schwanengesang. Von da ab werde ich ein alter Mann sein und von den Erinnerungen leben. Aber diese eine, diese letzte Liebe werde ich mir noch erobern!

Eine Tür klappte. »Obermeister Henkes, Herr Direktor«, hörte er die Stimme Marions.

Er sah hoch. Henkes stand vor dem Schreibtisch, eine Mappe unter dem Arm. Wie durch einen Nebel sah ihn Haußmann.

»Die neuen Emaillemuster, Chef«, sagte Henkes. »Sie wollten sie doch noch vor Ihrem Urlaub sehen.«

Emaillemuster... Emaille... Wie kann dieser Mensch von Emaille sprechen, wenn seinem Chef das Herz überläuft?

»Zeigen Sie her, Henkes!« sagte Haußmann mit müder Stimme. »Heißer Tag heute, was? Die Luft steht ja. Ist Ihnen auch so dusselig im Kopf?«

»Nein, Chef. Ich nehme, wenn ich's merke, immer 'n Korn.«

»Das ist gut, Henkes. Bringen Sie mir nachher auch einen. Und nun zu den Mustern...«

Der Alltag floß weiter. Bei Haußmann & Sohn, in Gelsenkirchen, im Ruhrgebiet, in Deutschland, in der Welt. Ein Alltag mit Millionen kleinen Schicksalen, die niemand kennt.

Wie reich ist unser Leben an Ereignissen.

Man sehe nur sich selbst an...

Der Journalist Frank Hellberg war ein Mann von sechsundzwanzig Jahren, der es nie aufgegeben hatte, von der Karriere eines ganz großen Journalisten zu träumen. Nur Glück brauchte man dazu; das Können besaß er. Ein Interview mit Mao Tsetung oder de Gaulle, die Aufdeckung eines weltweiten Skandals auf der Linie der Christine Keeler oder der Bericht über eine verborgene Sensation – das waren, um in der Fachsprache zu bleiben, »Knüller«, von denen Frank Hellberg träumte. Bis jetzt schrieb er Lokalberichte und wurde ab und zu nach Düsseldorf in den Landtag geschickt, weil er satirisch schreiben konnte und man Politiker am besten satirisch betrachtet. Er verdiente leidlich, nach Tarif, hatte es sich abgewöhnt, über rätselschwangere Entscheidungen des Chefredakteurs oder des Verlegers nachzudenken, und war ein kleines, surrendes Rädchen in der großen Maschinerie des Zeitungskonzerns.

Frank Hellberg hatte Marion Gronau am Baldeney-See bei Essen kennengelernt. An einem Sonntag am Steg der Segelboote. Er hatte in der Sonne gesessen, die Beine ausgestreckt und war aus seinem Dösen herausgerissen worden durch eine helle Mädchenstimme: »Nehmen Sie mal die Beine weg! Oder haben Sie den Bootssteg gepachtet?« Aus einer anfangs zornigen Unterhaltung entwickelte sich ein schöner Sonntagnachmittag, bis man drei Monate später Verlobung feierte. Hellberg nannte sich glücklich, er liebte Marion ehrlich und glaubte, daß er der Mann sei, auf den sie bisher gewartet hatte. Sie waren ja auch äußerlich ein ideales Paar. Beide schlank und sportlich, mit blonden Haaren und lebenslustig.

Karl Haußmann war noch immer in schlechter Stimmung, als Hellberg zu ihm kam, und die miese Laune sank noch tiefer, als Frank seiner Marion in der Tür einen Kuß gab.

»Ich finde es großartig von Ihnen, Herr Haußmann«, sagte Hellberg später bei einer Zigarette und einem Kognak, »daß Sie uns mitnehmen. Von mir aus hätte ich mir solch eine Reise nie leisten können. Das Teuerste ist ja immer die Fahrt. Aber für das tägliche Leben habe ich mir ein paar Scheinchen gespart. Hoffentlich schluckt das Hotelzimmer nicht so viel.«

»Wir wohnen im Hotel ›Palma‹«, sagte Haußmann leichthin. »Mit das beste am Platze.«

»O Himmel, ich sehe schwarz!« rief Hellberg.

»Keine Sorge. Fräulein Gronau hat mich unterrichtet. Ich habe für Sie ein Zimmer in der ›Pensione Luigi‹ reservieren lassen. Zwar etwas entfernt vom ›Palma‹, aber was sind Entfernungen im Urlaub, nicht wahr? Fräulein Gronau wohnt mit uns im ›Palma‹.« Haußmann lächelte Hellberg freundlich an. »Sie fährt ja halbgeschäftlich mit, ich werde diktieren müssen und disponieren, und die Firma gibt einen Urlaubszuschuß. Es macht Ihnen doch nichts aus, Herr Hellberg?«

»Aber nein, nein!« Hellberg hob die Schultern. »Es ist schon ein riesiges Entgegenkommen von Ihnen, mich umsonst mitzunehmen. Und für Liebende – Sie sagten es schon – gibt es keine Entfernungen.«

Er lachte, aber Haußmann lachte nicht mit. Junger, unreifer Affe, dachte er böse. Was Marion nur an ihm findet? Nun ja, jung ist er. Aber dagegen habe ich im Leben etwas erreicht, aus eigener Kraft, und bin eine Persönlichkeit. Und in Rimini werde ich auch zum glühenden Liebhaber werden. Fünfzig Jahre... das ist doch noch kein Alter!

Hellberg blieb eine halbe Stunde bei Karl Haußmann und verabschiedete sich dann. Man hatte abgesprochen, daß er mit Marion morgens um 7 Uhr bei Haußmanns sein wollte. Die große gemeinsame Reise sollte möglichst frühzeitig beginnen.

Im Flur vor dem Chefbüro fing ihn Marion ab. Sie fiel ihm um den Hals, küßte ihn und hakte sich bei ihm unter. »Ich freue mich ja so auf Rimini!« sagte sie mit schnurrender Stimme. »Es wird herrlich werden, Frank.«

»Leider wohnen wir weit auseinander, wie dein Chef sagt.«

»Was tut's?« Sie lachte und wiegte sich in den Hüften. »Zwischen dem ›Palma‹ und der ›Pensione Luigi‹ sind zwei Kilometer Pinienwälder. Ich habe in Prospekten nachgesehen. Und nirgendwo ist eine Nacht schöner als unter Sternen in einem Pinienwald.«

»Du bist zauberhaft frivol«, sagte Frank Hellberg. »Heiraten wir Weihnachten? Ich soll ab nächstes Jahr mehr Gehalt bekommen.«

»Zuerst kommt der Sommer, Franky.« Marion Gronau hakte sich wieder aus. Man kam in den allgemeinen Bürotrakt. »Du holst mich um halb sieben ab? Hast du schon gepackt?«

»Alles! Zwei Badehosen, eine Zahnbürste, drei Perlonhemden, zwei knitterfreie Hosen, zwei Paar Sandalen, einen Pullover. Eine ganze Aktentasche voll. Es ist alles so herrlich unkompliziert, wenn man nichts hat. Tschüs, Liebling!«

Er winkte Marion zu und lief dann die Teppe hinunter, immer zwei Stufen auf einmal nehmend; ein großer, fröhlicher, unbekümmerter, lieber Junge, der sich freut, daß er verliebt ist.

Sinnend blickte ihm Marion Gronau nach.

Wenn er wüßte, wie alles in Wirklichkeit ist, dachte sie. Vielleicht werde ich ihn heiraten, denn eine Scheidung Haußmanns will ich nicht. So etwas belastet immer. Anders wäre es, wenn Erika Haußmann sterben würde... zu dem Witwer Haußmann würde ich sofort ja sagen.

Sie wandte sich ab und ging in ihr Büro zurück.

Dumme Gedanken, so etwas, empfand sie. Erika Haußmann ist eine noch hübsche und gesunde Frau. Warum sollte sie in absehbarer Zeit sterben? Sie ist nicht krank, sie hat keinerlei Beschwerden, sonst hätte es Karl längst erzählt. Sie kann noch dreißig Jahre leben.

Als sie in ihr Zimmer zurückkam, leuchtete schon das rote Lämpchen über der Tür. Zum Diktat, hieß das.

Marion Gronau sah in den Spiegel, lockerte ihre blonden Haare etwas und strich mit dem angefeuchteten Zeigefinger über die Augenbrauen.

Zum Diktat beim Chef... das hieß wieder »Küßchen!« und »Liebst du mich, mein Spatz?«.

Wie närrisch doch manchmal alternde Männer sind.

An diesem Vormittag kaufte Erika Haußmann in dem Sportgeschäft in Gelsenkirchen zwei aufregende, moderne Bikinis. Als sie sich im Spiegel der Ankleidekabine sah, war sie selbst verblüfft darüber, wie jugendlich sie aussah, wie ebenmäßig ihr Körper war und wie verführerisch ihre Brüste in dem knappen Oberteil wirkten. Und ich bin eine Mutter von zwei erwachsenen Kindern, dachte sie. Im nächsten Jahr vielleicht schon Großmutter. Was wird Karl sagen, wenn er mich so sieht? Staunen wird er. Vielleicht ist es ein Fehler, daß er mich in den letzten Jahren nie so gesehen hat. Es ist falsch, zu denken, als Mutter erwachsener Kinder müsse man sich bescheiden und immer nur seriös erscheinen. Männer lieben das Abenteuer, da ist Karl keine Ausnahme. Auch wenn es »nur« das neu entdeckte Abenteuer bei der eigenen Frau ist.

Sie kaufte die Bikinis natürlich, aber dann spürte sie plötzlich eine große Schwäche in sich hochsteigen. Sie mußte sich setzen, es wurde ihr schwarz vor den Augen. Sie kam wieder zu sich, als die Verkäuferin ihr ein Glas kaltes Wasser an die bläulichen Lippen hielt und sie anrief: »Ist es jetzt besser, gnädige Frau? Soll ich eine Taxe rufen? Bitte, trinken Sie. Das wird Ihnen guttun.«

»Danke, danke...« stammelte Erika Haußmann und stand mit letzter Kraft und unsäglicher Mühe auf. Verstohlen blickte sie in einen der herumstehenden Spiegel und sah schnell wieder weg.

Ein bleiches, wie verfallenes Gesicht. Blaue Lippen. Tiefe Ränder unter den Augen. Ein erschreckender Anblick.

»Es geht schon, Fräulein, es geht schon«, sagte sie mit mühsam fester Stimme. »Ein kleiner Schwächeanfall. Mir sitzt noch immer eine verschleppte Grippe in den Knochen... deshalb wollen wir ja auch in den warmen Süden.«

Erst im Wagen ließ ihre Kraft wieder nach, sie saß, in die Polster zurückgelehnt, fast eine halbe Stunde, ehe sie fähig war, wieder selbst zu fahren.

Zu Dr. Wagenfeldt, dachte sie. Ich muß zu Dr. Wagenfeldt.

Aber dann fuhr sie doch nach Hause und legte sich auf die Couch. Wie immer hatte sie Angst vor der Wahrheit. Auch wenn heute die Krebsbehandlung große Fortschritte gemacht hatte und eine Heilung oft möglich war, sofern man die Krankheit rechtzeitig erkannte, wußte sie nicht, wie sie es ertragen würde, wenn Dr. Wagenfeldt zu ihr sagte: »Keine Sorge, Frau Haußmann. Es ist nur ein harmloses Gewächs im Leib...«

Und dann würde man operieren und später bestrahlen und sie hinterher zur Kur schicken. Aber keiner würde ihr sagen, ob es nicht schon zu spät war.

Nur eins war sicher: Karl würde monatelang allein mit Marion Gronau sein.

Erika Haußmann schloß die Augen und preßte die Lippen zusammen.

Nein, ich gehe nicht zum Arzt, sagte sie sich. Ich lasse es darauf ankommen. Solange ich lebe, werde ich um Karl kämpfen. Ich will nicht schon zu Lebzeiten begraben werden...

Rimini.

Ein kilometerlanger, weißer Strand mit oftmals zehn Reihen Liegestühlen und Sonnenschirmen hintereinander, abgegrenzt von einem blauen, salzigen Meer und einer Kette weißer oder bunter Hotelpaläste. Dazwischen schreiende Kinder, Hunderte Kofferradios, flirtende Paare, Eisverkäufer, schwarzlockige Jünglinge in knappen Badehosen und mit goldenen Madonnenmedaillons auf der Brust, Pullover- und Seidenstoff-Verkäufer. Bootsvermieter und schreiende Bademeister. Dazu der Geruch von Sonnenöl und Parfum, von Schweiß und trocknenden Stoffen – sogar der Duft von Reibekuchen, die ein tüchtiger, italienischer Geschäftsmann auf einem hochrädrigen Wagen bäckt und vor den Liegestühlen herschiebt, denn so viele Deutsche liegen hier und braten in der Sonne. Für sie ist der Duft von Reibekuchen wie für einen Bulgaren der Duft roter Rosen.

Und die Sonne brennt vom wolkenlosen Himmel, das blaue Meer glitzert... es ist wirklich so wie auf den Postkarten und Prospekten oder – wie Ludwig Thoma einmal schrieb – so »wahnsinnig italienisch«.

Die dreitägige Fahrt war ohne Zwischenfälle verlaufen. Erika hatte Marion Gronau und Frank Hellberg wie gute, alte Bekannte begrüßt, ohne jegliche zweideutige Bemerkungen. Sie wirkte jugendlich, hatte sich etwas geschminkt, die Haare hochgesteckt und mit einem flotten, hellroten Chiffontuch verknotet. Sie trug ein weiß-blau gestreiftes Kleid im sogenannten Segel-Look, hohe, weiße Pumps und zwang Karl Haußmann direkt, auf ihre Beine zu sehen. Überhaupt war Haußmann sehr erstaunt darüber, wie gut Erika aussah. Und als sie neben Marion stand und ihr das Gepäck verstauen half, stellte er fest, daß Erikas Beine sogar noch schlanker und schöner waren als die Marions. Das verwirrte ihn maßlos.

In der ersten Nacht, in Basel, war er ohne Aufforderung, von sich aus, zärtlich zu seiner Frau und lag dann noch lange wach. Der Zwiespalt, in den er gekommen war, machte ihn unsicher. Zwei Zimmer weiter lag Marion Gronau, und sie trug ein teerosenfarbiges Baby-Doll-Nachthemd, das er selbst gekauft hatte.

Es war zum Kotzen! sagte er sich in dieser Nacht und wälzte sich auf die Seite, um Erika nicht immer anzusehen, die ihm plötzlich so jung vorkam wie vor fünfundzwanzig Jahren. Ich fahre doch nach Rimini, um mir Marion zu erobern, aber nicht, um mich in meine eigene Frau zu verlieben. So 'was Blödes!

Aber auch in der zweiten Nacht, in Como, nahm er Erika in seine Arme, aber dieses Mal aus Ärger und Opposition, denn Marion und Hellberg waren im Comer See schwimmen gewesen und hatten ihn nicht mitgenommen.

Als sie endlich in Rimini waren, stellte Erika fest, daß Marion Gronau auf dem gleichen Flur wohnte. Ihr Zimmer lag günstig, gleich neben dem Aufzug und der Treppe. Um so ungünstiger lag die »Pensione Luigi«. Bis zum »Palma« waren es gut zwanzig Minuten Fußweg – weit genug, um telefonische Warnungen in Empfang zu nehmen, wenn Frank Hellberg die Pension verließ.

»Ein Wetterchen«, sagte Karl Haußmann und dehnte sich vor dem offenen Fenster. »Was, Rika? Ein Wetterchen! Das treibt den ganzen Schimmel aus den Knochen. Du sollst sehen, wie wohl du dich in Kürze fühlst.«

Karl Haußmann hatte alles durchorganisiert. Am hoteleigenen Badestrand hatte er zwei Kabinen und vier Liegestühle mit großen Sonnenschirmen reservieren lassen, ferner eine breite Luftmatratze, mit der man auf dem Wasser treiben konnte, und einen aufblasbaren Riesenball. Dazu eine Schwimmweste, denn er wollte Marion Gronau durch ein weites Hinausschwimmen ins Meer zeigen, wie mutig und sportlich auch ein Mann mit fünfzig Jahren noch sein kann.

Am dritten Tag in Rimini kam es zu einem Zusammenstoß.

Erika war vom Hotel aus etwas später zum Strand gegangen. Sie suchte ihren Mann, fand ihn nicht und sah auch Marion Gronau nicht im Liegestuhl. Frank Hellberg war noch nicht da; er kam immer erst gegen 10 Uhr vormittags.

Eine heiße Angst kroch in Erika hoch. Sie wollte sich zwingen, sich in den Liegestuhl zu legen und zu warten, an nichts Unrechtes zu glauben, sich selbst zu belügen... aber sie hatte nicht die Kraft dazu. Sie lief zu den Kabinen.

Dort sah sie ihren Mann, wie er gerade aus einer der Kabinen kam. Aber nicht allein. Marion Gronau folgte ihm und sie sah sehr erhitzt aus.

»Guten Morgen«, sagte Marion, sah Erika etwas scheu an und lief hinunter zum Strand, ohne sich umzudrehen. Wie Flucht sah es aus. Karl Haußmann hielt den aufgeblasenen Ball vor seine Brust und pfiff verlegen vor sich hin.

»Konnte sich Fräulein Gronau nicht allein anziehen?« fragte Erika spitz. »Oder klemmte ein Reißverschluß?«

Haußmann ließ den Ball fallen und holte Atem. »Bitte, nicht solche Töne, Erika!« rief er empört. »Ich habe nur den Ball aufgeblasen.«

»In der engen Kabine?«

»Da lag der Blasebalg.«

»Man kann ihn auch hinaustragen.«

»Man kann, kann, kann! Sag' einmal, was soll das Trara? Willst du uns mit deiner dämlichen, grundlosen Eifersucht den Urlaub verderben? Wenn das so weitergeht, schicke ich Fräulein Gronau nach Hause!«

»Das wäre allerdings eine Lösung.«

»Und Hellberg? Wie stehe ich denn da? Soll ich sagen, meine Frau verdächtigt Ihre Braut? Bin ich ein Waschlappen? Willst du mich unmöglich machen?« Er gab dem Luftball einen Tritt, so daß er weit über den Strand bis zu den Liegestühlen flog. »Ein schöner Urlaub wird das! Eine herrliche Erholung! Man sollte sich jetzt in eine Pinte setzen und sich vollsaufen.«

Erika antwortete nicht mehr. Sie wandte sich ab, ließ den wütenden Karl Haußmann stehen und ging langsam zurück zu ihrem Sonnenschirm. Niemand sah, daß sie weinte, ganz leise vor sich hin weinte. Sie hatte den Kopf gesenkt, als suche sie im Gehen etwas im Sand. Dann, als sie im Liegestuhl lag, deckte sie ein Handtuch über ihr Gesicht und weinte unter diesem Schutz weiter.

Ich habe geglaubt, nach Basel und Como würde alles besser, dachte sie, würde alles wieder so wie einst. Aber sie ist stärker, dieses blonde Aas. Sie hat etwas, das ich nie bieten kann: ihre Jugend. Ich werde immer, immer verlieren.

Karl Haußmann atmete auf, als Erika wegging zu den Sonnenschirmen. Eine dumme Situation, das sah er ein. Fünf Minuten später, und es wäre alles normal gewesen. Man mußte Erika beruhigen, um den Urlaub mit Marion zu retten. In der Strandstraße von Rimini hatte er ein Juweliergeschäft gesehen. Ein Armband, dachte er. Ja, ein Armband werde ich Erika kaufen. Ein goldziseliertes Armband, das sie sich schon immer gewünscht hat; von jetzt ab muß man verdammt vorsichtig sein.

Er ging nicht zum Strand, sondern zur Freiluftbar, bestellte sich ein Cassata-Eis und wartete, bis Frank Hellberg kam. In seinem Schutz ging er zu den Liegestühlen und benahm sich so, als sei nichts geschehen.

Nach dem Mittagessen kaufte er Erika das goldene Armband. Sie bedankte sich, schloß es in ihren Reiseschmuckkoffer und beschloß, es nie zu tragen.

Am Abend, Karl hatte sich gerade umgezogen, denn abends speiste man im »Palma« im Gesellschaftsanzug, erlebte Haußmann zum erstenmal eine jener »Unpäßlichkeiten« seiner Frau, die er bisher – wenn sie davon erzählte – immer nur mit den Worten »Das sind die Wechseljahre« abgetan hatte.

Entsetzt, völlig hilflos, außer Fassung sah er, wie Erika sich vor dem Frisierspiegel plötzlich vorbeugte, beide Hände gegen den Leib preßte und laut aufstöhnte. Ehe Karl helfen konnte, hatte sie sich die drei Schritte bis zum Bett geschleppt, warf sich dort auf den Rücken, zog die Beine an und wimmerte vor Schmerzen. Ihr schönes Gesicht war verzerrt, von gelblicher Blässe überzogen und mit kaltem Schweiß bedeckt.

»Mein Gott...« stammelte Karl Haußmann. »Mein Gott, was ist denn, Rika? Was hast du? So sag' doch was! Rika!«

Er lief zu ihr, setzte sich auf das Bett, wischte ihr den Schweiß vom Gesicht und vom Hals, nahm ihre verkrampften Hände und versuchte, sie vom Leib zu heben, auf den sie sie gepreßt hatte.

»Laß mich«, keuchte sie. »Laß mich, geh'! Es ist gleich vorbei... es ist... gar nichts... Ich... ich...« Sie wälzte sich auf die Seite, weinte in die Kissen und stammelte unverständliche Worte.

»Das... das habe ich ja nie erlebt, Rika«, sagte Haußmann

und tastete nach ihrer zuckenden Schulter. »Hast du das schon öfter so gehabt? Warum hast du mir das nie richtig erzählt? So etwas verschweigt man doch nicht. Du bist doch meine Frau, Rika. Ich schwöre dir, ich habe das wirklich nicht gewußt.« Er stand auf, lief im Zimmer hin und her und kam sich wie geohrfeigt vor. Sie ist krank, dachte er dabei. Rika ist schwer krank, und nie hat sie etwas gesagt. Und wenn sie etwas sagte, habe ich sie ausgeschimpft. Ich war ein Barbar. Verdammt noch mal.

Er zuckte zusammen, als das Telefon läutete.

Marion war am Apparat. Sie rief aus der Hotelhalle an.

»Wo bleibst du, mein Bärchen?« fragte sie. »Ich habe einen bombigen Hunger.«

»Essen Sie allein!« sagte Karl Haußmann grob. »Und stören Sie uns bitte nicht mehr!« Er warf den Hörer zurück, ohne die Antwort abzuwarten.

»Na warte, mein Vögelchen«, sagte unten in der Halle Marion Gronau und legte auf. »So geht das nicht mit mir! Ich bin kein Stück Dreck!« Wütend ging sie in den Speisesaal an den reservierten Tisch und bestellte sich das beste Essen, das auf der Karte stand.

Oben, auf Zimmer 112, rannte Karl Haußmann noch immer herum, tauchte Handtücher in kaltes Wasser, wrang sie aus, trug sie zu Erika und warf sie in die Ecke, als seine Frau den Kopf schüttelte. Er setzte sich neben sie, hilflos wie ein kleiner, geschlagener Junge, und wartete, bis der krampfhafte Schmerz nachließ und Erika sich erschöpft ausstreckte.

»Geh' essen«, sagte sie, als sie wieder sprechen konnte. »Sie wartet doch auf dich.«

Es war Karl Haußmann, als bekäme er die zweite Ohrfeige. Er senkte den Kopf, tastete nach Erikas Hand und hielt sie fest. Eine schlaffe, weiße, kraftlose Hand.

»Sie wird warten, bis sie grün ist«, sagte er rauh. »Wir werden erst alles tun, daß du gesund wirst. Ich rufe jetzt einen Arzt.«

»Nein, keinen Arzt. Bitte, keinen Arzt.« Erika versuchte, ihren Mann am Rock festzuhalten, aber er war schon aufgesprungen und ging zum Telefon. »Keinen Arzt!« rief sie verzweifelt. »Ich habe doch nichts! Ich habe mir doch nur gestern den Magen verdorben an den fetten Oliven. Ruf' keinen Arzt. Karl. Bitte!«

»Auch ein verdorbener Magen braucht einen Arzt«, sagte

Haußmann. Er ließ sich jetzt nicht mehr abhalten. Er rief die Rezeption an, bat um einen guten Arzt auf Zimmer 112 und bestellte eine Tasse Pfefferminztee. »Der ist gut bei verdorbenem Magen«, sagte er, als Erika den Kopf schüttelte. »Meine Mutter kochte ihn auch immer.«

Es dauerte nicht lange, bis es klopfte. Ein junger, schwarzhaariger, eleganter Mann trat ein, eine flache Tasche in der Hand, und stellte sich vor.

»Dr. Borgoporte.« Er sprach ein gutes Deutsch, und später stellte sich heraus, daß er drei Semester in Erlangen studiert hatte.

»Meine Frau«, sagte Karl Haußmann. »Der Magen oder der Bauch. Sie klagt schon seit längerer Zeit darüber. Eben hatte sie einen Anfall, wie einen Krampf.«

»Mein Mann übertreibt maßlos.« Erika lag tief atmend auf dem Bett und versuchte zu lächeln. »Es ist nur eine Magenverstimmung, Doktor. Die fremde Ernährung, die Umgewöhnung...«

»Wir wollen sehen.« Dr. Enrico Borgoporte setzte sich neben Erika auf das Bett, schob das Hemd hinauf und tastete ihren schmalen Leib ab. Dort, wo auch Erika den vermeintlichen Kloß gespürt haben wollte, blieben seine Hände liegen und drückten vorsichtig den Bauch in kleinen Quadraten ab. Seinem Gesicht war nicht anzumerken, was er in diesen Augenblicken dachte. Er tastete höher, zum Magen, palpierte die Rippen, ließ Erika sich herumdrehen und hörte Lunge und Atmung ab. Aber sie wußte, daß er dies nur zu Ablenkung tat und daß seine Diagnose längst feststand.

»So ist gar nichts zu sehen«, sagte Dr. Borgoporte. »Einige Hautverschiebungen, eine leicht gespannte Bauchdecke. Ich schlage vor, Sie fahren mit mir in die Praxis, und ich mache einige Röntgenaufnahmen. Ich habe eine moderne Einrichtung, es dauert nicht länger als eine halbe Stunde.«

Er lügt, dachte Erika und beobachtete Dr. Borgoporte, wie er sich die Hände wusch. Er weiß genau, was in meinem Leib wächst und wächst und mir eines Tages das Leben abdrückt. Gut, lassen wir ihn die Röntgenaufnahmen machen. Ob er Karl dann die Wahrheit sagt?

Und was geschieht dann?

Mehr getragen, als selbst gehend, verließ Erika am Arm der

beiden Männer das Hotel und fuhr in die Praxis Dr. Borgoportes. Dort mußte sie sich auf einen Röntgentisch legen, die Fotoplatten wurden ihr untergeschoben, und dann wurde ihr Leib geröntgt, in drei Ebenen – von oben, von der Seite und vom Rücken aus.

»Schon fertig!« sagte Dr. Borgoporte heiter, bevor er mit den Platten in die Dunkelkammer ging. »Wie fühlen Sie sich, Signora?«

»Besser.«

»Ich gebe Ihnen nachher ein Kreislaufmittel mit und Dragées, die Sie einnehmen, wenn wieder solche Krämpfe auftreten sollten.«

Spät am Abend schlich sich Karl Haußmann aus seinem Zimmer und eilte über den schwach beleuchteten Flur zum Zimmer Marions. Erika schlief fest. Die Tropfen, die sie gegen Schmerzen eingenommen hatte, wirkten wie ein starkes Schlafmittel. Haußmann rief sie ein paarmal laut an, und als sie nicht reagierte, war es für ihn gefahrlos, zu Marion zu schleichen.

»Was willst du hier?« fragte Marion Gronau schnippisch, als sie auf wiederholtes Klopfen öffnete und Haußmann hereinließ. »Wenn du glaubst, du könntest mich behandeln wie ein käufliches Püppchen... Auf dein Geld pfeife ich! Was war eigentlich los? Hat dir deine Frau wieder den Kopf heiß gemacht? Ich habe große Lust, abzureisen und mit Frank auf eigene Kosten Urlaub zu machen. Aber dann ist alles aus, mein Lieber.«

Karl Haußmann setzte sich schwer und stierte auf den Orientvorleger vor Marions Bett. Sie hatte sich bereits ausgezogen, und durch den dünnen Perlonstoff ihres Nachthemdes sah er ihre aufreizende Gestalt. Sie schämte sich gar nicht, sondern ging vor ihm her zum Nachttisch, holte sich eine Zigarette und zündete sie an.

»Meine Frau ist krank«, sage Haußmann dumpf.

»Krank? Wieso?« Marion starrte Haußmann ehrlich verblüfft an. »Sie war doch nie krank.«

»Sie hat es keinem gesagt. Jetzt weiß ich es. Ich habe vorhin einen Anfall miterlebt. Der Arzt hat uns mitgenommen und Erika geröntgt.«

Durch Marion lief ein deutliches Zittern. Sie zog ein paarmal an der Zigarette und zerdrückte sie dann mit nervösen Fingern.

»Ist... ist sie sehr krank?« fragte sie leise.

»Ich weiß es nicht. Morgen früh erfahre ich es. Dr. Borgoporte hat mir versprochen, ganz ehrlich zu sein.«

»Kann sie so krank sein, daß sie bald stirbt?«

»Was redest du da!« rief Karl Haußmann und sprang auf. »Wer denkt denn daran?«

»Ich, mein Bärchen! Wir könnten dann nämlich heiraten... wie du es dir immer erträumt hast...«

Karl Haußmann nagte an der Unterlippe. Plötzlich war es ihm, als zöge man ihn durch eiskaltes Wasser. Erika tot, dachte er. Das ist undenkbar. Auf einmal ist das undenkbar. Scheiden lassen, ja, das hätte ich. Aber nun ist sie krank und sie kann sterben, wie Marion es so widerlich grob und deutlich sagt. Und da ist es plötzlich etwas anderes. Da denkt man an die vergangenen sechsundzwanzig Jahre, an die Kinder, die sie geboren hat, an den Aufbau der Fabrik, an dem sie mitgeholfen hat, an tausend Kleinigkeiten des Lebens, die man völlig vergessen hatte. Zum Beispiel vor sechs Jahren. Da hatte er eine Lungenentzündung. Vier Tage lag er mit hohem Fieber in der Krisis, und vier Tage und vier Nächte lang hatte Erika neben ihm gesessen bis zum Umfallen und Wache gehalten. So etwas vergißt man schnell, aber es kommt wieder, o ja, es kommt zurück in solchen Augenblicken wie jetzt, wo man glaubt, sich für immer trennen zu müssen... Sechsundzwanzig Jahre, ein halbes Menschenleben – und so soll es nun enden? Karl Haußmann wandte sich ab und ging zur Tür.

»Wohin willst du denn?« fragte Marion und ließ sich auf das Bett gleiten. Für sie war die Zukunft nun klar, und für diese Zukunft hieß es, Opfer zu bringen.

»Ich muß zu Erika«, sagte Haußmann heiser.

»Aber die schläft doch.«

»Ja. Aber ich muß zu ihr.«

»Hast du dir für Rimini nicht etwas vorgenommen, Bärchen?«

Haußmann blickte sich um. Etwas wie Abscheu kam in ihm hoch, wie Ekel beim Anblick einer kriechenden Schlange. Er sah die Nacktheit unter dem dünnen Schleierstoff und die fragenden Augen in dem süßlichen Puppengesicht. Und plötzlich wußte er auch, daß man nicht Karl Haußmann meinte, sondern sein Vermögen, sein Haus, seine Fabrik. Erika starb vielleicht, und die Nachfolgerin bot sich an wie eine Hure.

»Gute Nacht!« sagte Haußmann rauh und verließ das Zimmer.

»Du edler Spinner!« rief Marion ihm nach. Aber er hörte es nicht, es ging im Zufallen der Tür unter.

Dann ging er den Flur zurück zu seinem Zimmer 112 und war glücklich, daß Erika noch lebte, daß sie tief atmete, daß sich ihr Gesicht im Schlaf entspannt hatte und sogar rote Flekken auf den bleichen Wangen lagen. Vielleicht ist alles nur halb so schlimm, dachte er. Vielleicht zeigt das Röntgenbild, daß alles gefahrlos ist. O Gott, laß es so sein! Laß Erika weiterleben. Laß mir meine Frau... meine kleine Rika...

In dieser Nacht schlief Haußmann nicht. Er saß am Bett und wachte und achtete auf jeden Atemzug.

Am nächsten Morgen ging er allein zu Dr. Borgoporte. Erika wollte es so, und ihm war es auch lieber.

Die Sprechstundenhilfe ließ ihn sofort in ein Privatzimmer, als Karl Haußmann seinen Namen nannte, und durch die Art, wie sie ihn behandelte, ahnte er, was er zu hören bekommen würde.

»Versuchen Sie keine schönen Umschreibungen, Doktor«, sagte er, als Dr. Borgoporte eintrat und die drei Röntgenaufnahmen auf den Tisch legte. »Ich kann die volle Wahrheit ertragen.«

Und Dr. Borgoporte zeigte ihm die Röntgenaufnahmen, erklärte sie und sagte die Wahrheit.

Erika saß, in einem ihrer neuen, verführerischen Bikinis, am Fenster zum Balkon und sah hinaus aufs Meer, als Karl Haußmann zurückkam. Sie sah wieder jung und heiter aus, wie das blühende Leben, und ihm war es, als würge ihn jemand und schüttele ihn hin und her und schlage ihn mit dem Kopf gegen die Wand. Wie schön sie ist, dachte er und hätte sich dabei zerreißen können. Nie, nie habe ich sie so schön gesehen seit unserer Hochzeitsreise vor sechsundzwanzig Jahren. Wie blind bin ich gewesen, wie gleichgültig, wie verbrecherisch uninteressiert. Und jetzt sehe ich es, jetzt...

»Was sagte der Arzt?« fragte Erika und lehnte sich zurück. Ihr Haar glänzte kupfern in der Sonne. Ihre rot geschminkten Lippen leuchteten. »Hat er die Wahrheit gesagt?«

»Ja, Erika.« Haußmann stützte sich schwer auf den kleinen Frisiertisch. »Du... siehst wundervoll aus, Rika.«

»Es ist Krebs«, sagte Erika mit fester Stimme. »Ich weiß es seit Monaten.«

Karl Haußmann schloß die Augen. Er konnte Erika jetzt nicht ansehen, während er nickte.

»Ja, es ist Krebs.« Seine Stimme schwankte und entglitt ihm.

»Und was nun?« fragte Erika. Sie beugte sich wieder vor und sah hinaus auf das in der Sonne schillernde, leicht bewegte Meer.

»Nun?« Haußmann ballte die Fäuste und drückte sie gegen seine Brust. »Nun werde ich Himmel und Hölle in Bewegung setzen, um dich zu retten. Himmel und Hölle! Ich glaube daran, daß du wieder gesund wirst, ich glaube fest daran.«

»Willst du das denn... daß ich gesund werde?« fragte sie. Es klang wie eine übliche Frage. Über Karl Haußmann rann es heiß und dann eiskalt.

»Aber ich liebe dich doch«, stammelte er. »Rika, ich liebe dich. Du darfst mich doch nicht verlassen... Was... soll ich denn ohne dich? Ich bin doch ein Garnichts, wenn du nicht mehr bei mir bist.« Und plötzlich hieb er auf den Tisch und trommelte mit den Fäusten auf die Glasplatte. »Himmel und Hölle werde ich in Bewegung setzen! Du wirst wieder gesund werden, Rika... du *wirst* es!«

Gesund werden. Als ob sich das einfach erzwingen ließe. Erika Haußmann blickte wehmütig hinaus auf die sonnenüberglänzte Adria. Dann drehte sie sich um zu ihrem Mann. Karl war noch ganz außer sich. Er stampfte mit den Füßen, hämmerte mit den Fäusten auf dem kleinen Frisiertisch herum und beschwor Himmel und Hölle. Wie ein kleiner trotziger Junge, der sich eben niemals fügen will ins Unabänderliche.

»Karl!«, rief Erika mit sanfter Stimme. Er tat ihr leid. Sie hatte mit dieser Diagnose gerechnet – für ihn aber war es ein richtiger Schock gewesen. »Was nützt es, mit dem Schicksal zu hadern.«

Er kam zu ihr, packte sie bei den Armen: »Rika, Rika! So darfst du nicht reden. Was heißt denn Schicksal? Wir werden uns dagegen wehren. Du ahnst nicht, was heute alles möglich ist. Bedenk doch, die moderne Medizin...«

Kopfschüttelnd löste sie sich von ihm.

»Machen wir uns doch nichts vor! Die einen operieren und

bestrahlen. Die anderen versuchen es mit Milchsäure oder mit Diät. Jedes Jahr taucht irgendein Wundermittel auf und verschwindet wieder in der Versenkung.« Sie hob die Stimme. »Aber jedes Jahr steigt die Zahl der Krebsfälle, und die Ärzte sind sich noch nicht einmal darüber einig, ob Krebs eine lokale oder eine allgemeine Erkrankung des Körpers ist.«

Karl Haußmann schluckte ein paarmal. Er begriff: Sie hatte es vorher gewußt und schon darüber nachgelesen.

»Mein Gott, Rika. Warum hast du mir denn nie einen Ton davon gesagt? Warum hast du bloß so lange geschwiegen?«

»Habe ich das?«

Sie sagte es mit einem kleinen Lächeln. Ohne Bitterkeit. Verzeihend. Karl Haußmann nagte verlegen an seiner Unterlippe. Stimmt, dachte er, sie hat gar nicht geschwiegen. Er war immer zu müde gewesen, wenn er aus dem Büro kam, um sie anzuhören. Zu sehr mit sich selber beschäftigt. Er hatte seine Ruhe haben wollen und keine Lust verspürt, die »ewigen Klagelieder« anzuhören. »Schwindelig?« hatte er einmal geknurrt. »Das macht die Langeweile.« Und dann war er in die Wohnhalle gegangen, hatte seine Stereoanlage eingeschaltet und sich Wagner angehört. »Winterstürme wichen dem Wonnemond.« Und statt an Rika zu denken, hatte er von Marion Gronau geträumt.

»Du hättest Genaueres sagen müssen, Rika«, versuchte er sich zu rechtfertigen. Aber in seinen Augen standen Schuldbewußtsein und Reue.

Erika umarmte ihn. Sie gab ihm einen Kuß, der Karl erschaudern und an Abschied denken ließ. Als ob sie ihm entrissen werden sollte, so hielt er sie fest.

»Rika, Rika!«

Er atmete den Duft ihres Haares, das wie Kupfer schimmerte. Er spürte die Sonnenwärme ihres Körpers, und er konnte einfach nicht glauben, was ihm der Arzt eröffnet hatte.

»Rika«, stammelte er, »die Diagnose ist falsch. Sie muß falsch sein.«

»Und der Schatten auf dem Röntgenbild?«

»Was weiß ich?« Er begann wieder umherzurennen. »Was ein Arzt sagt, genügt mir nicht! Wir werden drei, vier oder auch zehn Ärzte konsultieren. Wir gehen zu den größten Kapazitäten, Rika. Ich reise mit dir um die ganze Welt.«

Erika Haußmann konnte nicht verhindern, daß ihr die Tränen

über die Wangen liefen. Das letztemal hat er sich so liebevoll um mich gesorgt, als unser Junge zur Welt kam, dachte sie. Unser Junge, der jetzt schon studiert.

Karl sah nicht, daß sie weinte.

»Am besten ist, wir fahren morgen nach Deutschland«, meinte er. »Nicht erst nach Haus, sondern gleich zur Universität nach Heidelberg.«

Erika schaute durchs Fenster nach draußen. Er sollte ihr Gesicht nicht sehen.

»Operieren lasse ich mich nicht«, sagte sie, obwohl er davon noch gar nicht geredet hatte. Aber er hatte daran gedacht. Seine Bestürzung verriet es.

»Warum denn nicht?«

»Und wenn es zu spät ist?«

»Unsinn! Wer sagt das? Wir müssen jede Chance wahrnehmen, Rika!«

»Operieren lasse ich mich nicht. Ich will so von dir gehen, wie du mich kennst. Nicht mit einem zerschnittenen Leib.«

Da war es wieder mit seiner Geduld zu Ende. Er brüllte los:

»Du sollst nicht von mir gehen, verdammt noch mal!« Und dann leiser: »Los, fang ruhig schon an, die Koffer zu packen. Ich rede inzwischen mit den anderen. Die beiden können ja hierbleiben. Ich zahle ihnen die Rückfahrt mit der Bahn, damit sie keinen Schaden haben.«

»Nein.«

Sie kam und zog ihn zum Fenster.

»Siehst du, wie herrlich blau das Meer ist. Und dieser Blütenduft, diese seidige Luft. Laß uns bleiben, Karl. Laß mich diese vier Wochen genießen.«

Sie breitete die Arme aus und atmete tief.

»Laß uns ein Boot mieten, Karl. Bei einem Fischer. Dann rudern wir weit hinaus. Mitten in diesem blauen Wasser möchte ich schwimmen.«

Karl starrte sie an. So kannte er sie überhaupt nicht.

»Rika, ich liebe dich«, sagte er leise.

»Da, das Boot mit dem orangefarbenen Segel. Mit so einem möchte ich fahren.«

Haußmann riß sie vom Fenster weg. Er preßte sie in seine Arme. Mein Gott, wie blind war ich all die letzten Jahre, dachte er.

Später ging Karl Haußmann zum Strand hinunter. Allein. Erika blieb im Zimmer. Sie lag in einem Liegestuhl am Fenster und dachte über die vergangene Stunde nach.

Habe ich nun gesiegt? fragte sie sich.

Habe ich diese Marion Gronau aus seinen Träumen verdrängt? Habe ich wirklich meinen Mann zurückerobert? War das die Liebe wie vor zwanzig Jahren? Oder geschah alles nur in einer Aufwallung seines Mitleids und seines Schuldbewußtseins?

Nur das nicht, dachte sie bang.

Sie erhob sich, trat ans Fenster und blickte hinaus. Sie entdeckte ihren Mann sofort. Er saß neben Herrn Hellberg, dem Verlobten der Gronau. Die blonde Marion war nicht bei ihnen. Wahrscheinlich tummelte sie sich im Wasser – einer der bunten, wimmelnden Punkte im endlosen Blau.

Erika war beruhigt. Sie ließ die Jalousien herunter und versuchte, ein wenig zu schlafen.

Hellberg lag auf dem Bauch im Sand. Er hatte einen Sonnenbrand und blieb deshalb stets im Schatten des bunten Schirms.

»Wie geht es Ihrer Gattin?« fragte er, nachdem er Karl Haußmann begrüßt hatte. »Marion erzählte, sie sei krank.«

»Ja«, antwortete Haußmann, und er bemühte sich, ein möglichst unbeteiligtes Gesicht zu machen.

»Hoffentlich nichts Ernstes«, fuhr Frank Hellberg fort, und als Haußmann schwieg, setzte er in seiner jungenhaft offenen Art hinzu:

»Marion befürchtet, es sei vielleicht etwas Ernstes. Ich wollte Ihnen nur sagen, Herr Haußmann: Wenn ich Ihnen helfen kann...«

»Helfen!«

Karl Haußmann verlor plötzlich wieder die Fassung. »Menschenskind, helfen! Ich würde alles darum geben, wenn überhaupt nur jemand auf der Welt helfen könnte.« Sein Gesicht wirkte plötzlich ganz verfallen und alt. Unter der beginnenden Bräune war seine Haut fahlgelb.

»Steht es so schlimm, Herr Haußmann?«

Karl sah ihn nicht an. Er malte mit einem Finger im Sand und sagte gequält:

»Ich habe heute morgen mit dem Arzt gesprochen. Er hatte Erika geröntgt. Ganz eindeutige Sache, klarer Fall.« Er konnte nicht weiterreden. Er ließ den Kopf noch tiefer sinken und stöhnte: »Es ist furchtbar, ganz furchtbar.«

Frank Hellberg scheute sich, Haußmann anzuschauen.

Er starrte aufs Wasser, hin zu den badenden, ballspielenden, vor Vergnügen kreischenden Menschen.

»Krebs, nicht wahr?«

»Sie wissen?«

»Ist doch leider heute das Naheliegende.«

Sie schwiegen eine Weile. Dann sagte Hellberg:

»Natürlich brechen wir den Urlaub sofort ab.«

»Nett von Ihnen«, erwiderte Klaus Haußmann. »Sehr anständig von Ihnen, Frank. Ich darf Sie doch so nennen. Schönen Dank für das entgegenkommende Angebot. Aber genau *das* will Erika nicht. Sie sagt, sie möchte diese vier Wochen richtig genießen.« Er schluckte, ehe er zögernd hinzusetzte: »Ich glaube, sie vermutet, daß bald ihre letzten glücklichen Stunden vorbei sind.«

»Ist der hiesige Arzt in Ordnung? War es eine klare Diagnose?«

»Ja. Ein Karzinom im Unterbauch. Dr. Borgoporte konnte nicht sagen, ob es noch operabel ist. Er rät aber zum chirurgischen Eingriff. Nur wenn man direkt hineinschaut, läßt sich entscheiden, ob man noch schneiden kann oder einfach wieder zunäht und Gott um ein gnädiges Ende bittet.« Er schlug die Hände vors Gesicht.

»Auch wenn wir hierbleiben, sollten Sie sich nicht auf das Urteil dieses einen italienischen Arztes verlassen.«

»Ganz meine Meinung, Frank. Aber Erika...«

»Vielleicht gibt es hier in der Gegend einen Spezialisten. Wissen Sie was, Herr Haußmann? Ich höre mich mal um. Ich kann einen italienischen Kollegen fragen, mit dem ich mich gestern schon unterhalten habe.«

»Bitten lassen Sie doch...«

Aber Frank Hellberg war nicht mehr zu halten. Er hängte sich ein Handtuch, das er vorher sorgfältig vom Sand befreite, über den verbrannten Rücken und rannte los.

Einige Minuten nachdem ihr Verlobter verschwunden war, kam Marion Gronau aus dem Wasser. Sie lief auf die Liegestühle zu. Drei Meter vor Karl Haußmann blieb sie stehen. Sie schüttelte sich, daß die Tropfen flogen und in der Sonne wie tausend

Perlen glitzerten. Dann warf sie die Badekappe in den Sand, hob die Arme zum wolkenlosen Himmel und reckte sich. Ihr blondes Haar leuchtete wie blankes Messing. Ein paar schwarzgelockte Jünglinge blieben staunend stehen.

»Dolce bionda!« riefen sie und: »O mamma mia!«

Marion Gronau beachtete sie nicht. Sie lachte Karl Haußmann an und legte sich in den Liegestuhl, der neben seinem stand.

»Deine Frau kommt heute wohl nicht?« fragte sie beiläufig, und als er nicht antwortete, sagte sie:

»Verzeihung, oder muß ich Sie zu Ihnen sagen? Wie Sie es gestern am Telefon taten, Herr Direktor.«

»Bitte, Marion, unterlaß solche Albernheiten.«

Sie schwieg ein paar Minuten. Plötzlich sagte sie impulsiv:

»Entschuldige, Karl, es war nicht fair von mir. Auch gestern abend nicht. Ich verstehe, daß du jetzt, da sie krank ist, in erster Linie für deine Frau dasein mußt.«

»Marion, bitte, laß dir erklären.«

Ihr nackter Arm langte herüber, ihre Hand verschloß seinen Mund.

»Bitte erklär mir nichts. Es war mein Fehler, mir von Rimini zu erhoffen, was mir nicht zusteht. Vergessen wir's.«

Sie entzog ihm den Arm. Dann fragte sie behutsam:

»Darf ich mich danach erkundigen, wie es deiner Frau geht?«

»Im Augenblick nicht schlecht.«

»Was fehlt ihr eigentlich?«

Er wollte es nicht sagen. Ihr nicht. Er zögerte zu lange, weil er keine Ausrede parat hatte. Da kam sie ihm zuvor:

»Sie hat Krebs, nicht wahr?«

»Unsinn!« rief er, aber seine Verwirrung strafte ihn Lügen.

»Sie hat Krebs«, konstatierte Marion Gronau. »Ich habe es gestern abend schon geahnt.«

Und nach einer Weile: »Ich kann dir gar nicht sagen, wie leid es mir tut.«

In diesem Augenblick tauchte Frank Hellberg wieder auf. Er beugte sich zu Karl Haußmann nieder, wollte ihm etwas ins Ohr flüstern. Aber Haußmann sagte:

»Fräulein Gronau ist bereits im Bilde, Frank. Sie können offen reden.«

Frank Hellberg setzte sich neben Haußmanns Liegestuhl in den Sand.

»Also, einen Krebsspezialisten gibt es hier anscheinend nicht«, begann er. »Aber der italienische Kollege hat mir etwas erzählt, was mich direkt elektrisiert hat. In der Gegend von Rom, da gibt es ein Nest, daß heißt Capistrello.« Er las es von einem Zettel ab, den er in der Hand hielt. »*Capistrello bei Avezzano.* Dort soll ein Arzt wohnen, der Krebskranke auf völlig individuelle Art heilt.«

»Heilt?« rief Haußmann. »Sagten Sie: heilt?«

»Ja. So heißt es. Mein Kollege hat einen Bericht über seine Heilerfolge geschrieben. Man erzählt sich wahre Wunderdinge über diesen Arzt.« Wieder zog er den Zettel zu Rate. »*Dr. Giancarlo Tezza* heißt er. Patienten, die in Rollstühlen und auf Tragen ankamen, sollen nach drei oder vier Wochen auf eigenen Beinen gesund und munter die Klinik verlassen haben.«

»Das ist doch Unsinn, Frank.« Karl Haußmann wischte sich den kalten Schweiß von der Stirn. »Das gibt es doch nicht. Wenn ein Arzt *das* könnte, wüßte es doch die ganze Welt.«

»Ich kann nur weitergeben, was mir der einheimische Kollege versichert hat. Mit Omnibussen strömen die Kranken zu diesem Dr. Tezza. Er soll übrigens nur einer, wenn auch der berühmteste, einer ganzen Anzahl ähnlicher Wunderdoktoren sein.«

»Wenn ich schon ›Wunder‹ höre.«

»Und die Erfolge?«

»Bevor ich nicht mit eigenen Augen ...«

Hellberg sprang auf, ganz Feuer und Flamme.

»Genau!« rief er. »Das sollen Sie. Warum nicht probieren, statt hier vier Wochen die Hände in den Schoß zu legen. Und wenn dieser Dr. Tezza weiter nichts versteht, als Ihnen und Ihrer Frau die Hoffnung, den Glauben und den Willen zum Gesundwerden zu stärken.«

»Und was sagen die anderen bekannten Ärzte dazu? Die Professoren?«

»Sie lachen ihn aus. Oder sie beneiden ihn. Aber das ist doch kein Beweis. Semmelweis wurde auch ausgelacht. Und Robert Koch.«

»Sie meinen also ...?«

»Ein Versuch kann nicht schaden.«

»Ich werde gleich mit meiner Frau darüber sprechen.« Karl Haußmann zog den Bademantel an und lief rasch hinüber zum Hotel.

Hellberg sah ihm nach.

»Wirklich ein netter Mensch, dein Chef. Kann einem leid tun. Daß ihm so etwas passieren muß.«

»Glaubst du etwa an die Wunder deines Dr. Tezza?« fragte Marion Gronau. »Oder wolltest du ihm nur unbedingt was Nettes sagen?«

»Ich verstehe zuwenig davon. Ich bin dafür, nichts unversucht zu lassen. Gerade in diesem ganz besonderen Fall.«

Marion Gronau erschrak.

»Wieso ist dies ein ganz besonderer Fall?« fragte sie, ohne ihn anzusehen.«

»Na, du bist gut, Marion«, antwortete Frank Hellberg. Anscheinend völlig arglos. »Wo die Haußmanns so freundlich waren, uns mitzunehmen.«

Erika lag mit geschlossenen Augen da, als Karl das Zimmer betrat. Er ging zu ihr hin und küßte sie.

»Rika, Liebste«, sagte er. »Ich habe eine gute Neuigkeit.«

Er zog den Sessel an ihren Liegestuhl heran, setzte sich zu ihr und berichtete von Dr. Tezza aus Capistrello. Zum Schluß sagte er:

»Er behandelt nach einer individuellen Methode, Rika. Ohne chirurgische Eingriffe. Sollten wir es nicht wenigstens versuchen?«

»Daß du dir soviel Sorgen um mich machst, du Guter.«

»Das ...« versteht sich doch von selbst, hatte er sagen wollen. Er ließ es und fügte statt dessen hinzu:

»Wir lassen die anderen beiden hier, fahren ganz allein gemütlich zu diesem berühmten Arzt. Auf der Rückfahrt kommen wir dann wieder hier vorbei. Wenn ich daran denke, Rika: In drei Wochen bist du wieder gesund.«

Sie lächelte. Er war wie ein Kind. Sie mochte ihm die Hoffnung nicht zerstören.

»Gut, Karl, fahren wir. Wann soll es denn losgehen?«

»Gleich morgen, Rika.«

Sie widersprach nicht, sondern griff nach seiner Hand und drückte sie.

»Und jetzt, Rika, jetzt laufe ich schnell hinunter und bestelle uns eine Pulle Sekt.«

»Wie? Jetzt? Vor dem Mittagessen?«

»Ja, Rika, wir müssen darauf anstoßen. Auf ein gutes Gelingen, auf unsere Hoffnung, auf deine baldige Genesung.«

An der Tür kehrte er noch einmal um. Er zog sie ungestüm in seine Arme. So, als wollte er seinen Optimismus gewaltsam auf sie übertragen.

Sie fuhren doch nicht allein.

Frank Hellberg hatte inständig darum gebeten, mitreisen zu dürfen. Er hatte berufliches Interesse vorgeschützt, obwohl ihn in erster Linie menschliche Anteilnahme trieb, dabeizusein.

Und Marion Gronau hatte gesagt: »Wenn eine Frau krank ist, kann eine Frau ihr nützlicher sein als zwei Männer.«

Sie fuhren auch keineswegs gemütlich.

Karl Haußmann trat aufs Gas, als säße ihm der Teufel im Nacken. Mit den flinken, kleinen Italienern ließ er seinen großen Wagen um die Wette rasen. Aber es war kein Sport. Es war wie eine Flucht vor dem schlechten Gewissen. Oder wie eine Verfolgungsjagd, als gälte es, Versäumtes einzuholen.

So eine Fahrweise verlangt ungeteilte Aufmerksamkeit. Gerade sie fehlte Karl Haußmann. Ihn irritierte, daß Marion Gronau hinter ihm saß.

Was soll das? dachte er. Warum wollte sie unbedingt mit in dieses Bergnest, statt in Rimini am Strand zu bleiben? Welchen Zweck verfolgt sie? Spielt sie die Sanftmütige, die Hilfsbereite nur, um in Wirklichkeit ihre Stellung zu behaupten? Oder war sie tatsächlich aus Zuneigung, aus Anhänglichkeit mitgefahren? Ein Gedanke, der Karl Haußmann zwar schmeichelte, aber nicht sympathisch war.

Um zehn Uhr waren sie in Rimini gestartet. In Porto Recananti, dreißig Kilometer hinter Ancona, aßen sie zu Mittag. Gegen sechzehn Uhr, in der Höhe von Giulianova Lido, geschah es:

An einer wegen Bauarbeiten verengten Straßenstelle tauchte plötzlich ein Sportwagen hinter einem entgegenkommenden Laster auf, um zu überholen.

Haußmann, der mit hoher Geschwindigkeit über den Schottergrund rasselte, wollte scharf nach rechts lenken. In diesem Augenblick gab es einen Knall.

Der linke Vorderreifen zerriß.

Haußmann verlor die Gewalt über den Wagen, der sich querstellte und schlitterte.

Die Schottersteine, die emporgeschleudert wurden, prasselten gegen die Bodenwanne. Ein Getöse entstand, das die Aufschreie der Frauen fast verschlang.

Zwanzig Zentimeter vor der Stoßstange des Lasters kam der Wagen zum Stehen. Das Sportkabrio, das Haußmann erschreckt hatte, war rechtzeitig sehr elegant zurückgetaucht und hielt knapp schrittweit hinter dem Laster. Die italienischen Fahrer traten an Haußmanns Wagen heran, besahen sich den Schaden, drückten gestenreich und achselzuckend ihr Bedauern und ihre Schuldlosigkeit aus, stiegen ein und fuhren davon.

Karl Haußmann saß noch immer da und hielt das Lenkrad umklammert. So, als hätten seine Hände sich verkrampft. Er war leichenblaß geworden. In seinem Gesicht zuckte es. Seine Lippen zitterten.

Erika war ebenfalls das Blut aus den Wangen gewichen. Ihre erste Reaktion war der Gedanke, Karl eine Tablette gegen Gallenbeschwerden anzubieten, doch dann fiel ihr ein, daß es ihn in Gegenwart der Gronau beschämen könnte. Und sie ließ es.

Marion Gronau goß Kölnisch Wasser auf ein Taschentuch und rieb ihre Schläfen ein. Dann reichte sie Erika das Flakon.

Keiner sagte ein Wort. Und das bedrückte Haußmann mehr, als wenn sie ihn mit Vorwürfen überschüttet hätten.

Gelassen blieb Frank Hellberg. Er ließ sich die Autoschlüssel geben, holte den Wagenheber und den Ersatzreifen aus dem Kofferraum und begann mit der Montage. Als Karl Haußmann den Schock überwunden hatte, gesellte er sich zu ihm und faßte mit an.

»Danke«, sagte er und schlug Hellberg auf die Schulter. »Fahren Sie eigentlich selber?«

»Und wie gern.«

»Kommen Sie mit meinem Schlitten zurecht?«

»Kein Problem.«

»Unter der Bedingung, daß Sie nicht über achtzig fahren, können Sie mich ein bißchen ablösen. Einverstanden?«

»Ich wüßte nicht, was ich lieber täte.«

Marion Gronau behauptete, die Fahrt auf den Vordersitzen nicht vertragen zu können. Da Karl Haußmann auf jeden Fall vermeiden wollte, neben ihr zu sitzen, bat er Erika, im Fond

Platz zu nehmen. Karl, der neben dem chauffierenden Hellberg saß, meinte die Spannung, die zwischen den beiden Frauen knisterte, im Rücken zu spüren. Er war heilfroh, als sie nach rund vierzig Kilometern in Pescara eintrafen und ein Hotel fanden, das direkt neben einer Autoreparaturwerkstatt lag. Bevor sie morgen den Weg ins Binnenland mit seinen Bergstrecken antraten, mußten alle fünf Reifen in Ordnung sein.

Am nächsten Tag setzte sich Frank Hellberg gleich ans Steuer. Wie selbstverständlich. Und Marion Gronau rutschte neben ihn. Es ginge ihr besser, sagte sie. Dabei wirkte sie so still, so bedrückt, daß Karl Haußmann vermutete, Frank Hellberg habe ihr den Kopf zurechtgesetzt.

Ob der helle Junge etwas gemerkt hatte? Nur das nicht, dachte Karl. Denn seine zwiespältigen, von Eifersucht beeinflußten Gefühle ihm gegenüber waren herzlicher Sympathie gewichen.

Hellberg erwies sich als glänzender Fahrer. Er ließ den Wagen zügig dahinrollen, reagierte frühzeitig auf Kurven und Hindernisse, so daß er scharfes Bremsen vermied. Daß er sich sogar auf Bergfahrt verstand, erwies sich, als sie das Pescaratal hinter Popoli verließen und zur Forca Caruso hinaufkurvten, um die Abruzzen zu überqueren.

Gegen Mittag hatten sie es geschafft.

Sie waren am Ziel.

Eines taten sie gleichzeitig, als sie das Ortsschild erkannt hatten und in Capistrello einfuhren.

Sie seufzten.

Abgrundtief.

Alle vier.

»Wir müssen uns entschuldigen für das, was wir Ihnen da zumuten«, sagte Erika.

»Ach wo«, entgegnete Frank Hellberg übertrieben munter. »Ich finde es ausgesprochen romantisch. Man kann doch jeder neuen Umgebung Reize abgewinnen.«

»Wenn man den guten Willen hat«, vollendete Marion Gronau. Es klang ironisch.

Das kleine Bergstädtchen lag unter sengender Sonne. Die Häuser aus rohem Felsgestein klebten an den Berghängen. In den mit Lehm verschmierten Mauerritzen und auf den mit flachen Platten belegten Dächern wucherte Moos. Es roch hier nach Armut, nach Elend.

Nur zwei Gebäude ragten aus der Ansammlung halbverfallener Wohnhöhlen hervor:

Die Kirche mit ihrem schlanken Glockenturm und dem Dach aus glasierten dunkelroten Ziegeln.

Und ein in dieser Umgebung monströs wirkender, dreistöckiger weißer Bau.

Clinica Santa Barbara

So stand es in Goldlettern auf einem Block aus hochglanzpoliertem Carrara-Marmor über dem Portal. Die Residenz des über Nacht berühmt gewordenen Dr. Tezza.

Vor dem Gebäude war der Boden planiert, Parkplatz für fünfzig Personenwagen und sechs Reiseomnibusse. Die Klinik, vor deren Fenstern Blumenkästen mit rosa Kamelien und violetten Bougainvilleen hingen, war offensichtlich aufs große Stoßgeschäft eingerichtet.

Weniger das Städtchen.

Nach dem dritten Anlauf gab Karl Haußmann den Versuch auf, in Capistrello eine Unterkunft zu finden.

Sie fuhren die dreizehn Kilometer nach Avezzano zurück. Dort fanden sie drei Zimmer in einem einfachen Gasthaus. Allerdings erst, nachdem Haußmann den fünffachen Preis geboten hatte.

Das reichte, damit der Wirt die Vormieter kurzerhand vor die Tür setzte.

Erika war sehr erschöpft von der Fahrt. Karl Haußmann stützte sie auf dem Weg ins Gasthaus. Frank Hellberg kümmerte sich um das Gepäck.

»Hier sollen wir also hausen«, sagte Marion Gronau, als sie mit Hellberg allein war. »Das ist ja wie in der Steinzeit.«

»Schau mal dort hinüber«, entgegnete er und zeigte zu den Hängen der Simbrunini-Berge. »Alles voller Wein. Dort reift ein guter Tropfen.«

Sie ging nicht darauf ein.

»Wie lange sollen wir hier Urmenschen spielen?« fragte sie.

»Beschwer dich nicht«, erwiderte er schroff. »Du hast es nicht anders gewollt. Oder?«

Vorsicht, dachte sie verblüfft und sah ihn an.

Was hieß das? Was wußte er?

Die Haußmanns fuhren am nächsten Morgen allein nach Capistrello zur Clinica Santa Barbara. Schon im luxuriös ausgestatteten Empfangsbüro wurde Karl Haußmann geschickt nach seinen Verhältnissen ausgefragt. Der Test fiel offenbar günstig aus. Nach kurzer Wartezeit standen Erika und Karl dem sagenumwobenen Arzt gegenüber.

In der Tat ein sehenswerter Mann, dieser Dottore Giancarlo Tezza. Groß, schlank und braungebrannt war er. Er trug einen schneeweißen Maßanzug. Aus seinem von einem pechschwarzen gestutzten Bart umrahmten Gesicht leuchteten seltsam faszinierende, goldschimmernde Augen.

Er wirkt wie ein Maharadscha, dachte Erika.

Oder wie ein Fakir.

Seinen Augen verdankte dieser Dr. Tezza den Ruf, es sei ihm möglich, ohne Röntgengrät in die Menschen hineinzuschauen und herauszufinden, wo sich die Krankheit verborgen hielt. Vielen Frauen wurde es schwindlig, wenn er seine Augen in die ihren senkte. Viele vergaßen in so einem Augenblick ihre Schmerzen.

Erika Haußmann ließ sich nicht so leicht beeindrucken. Firlefanz, dachte sie und hielt seinem Blick stand, bis er »Si, si« sagte, auf zwei rote Ledersessel deutete und die beiden Besucher zum Sitzen einlud.

»Wir können deutsch sprechen«, sagte er mit leichtem Akzent. »Ich habe zwei Jahre studiert in Deutschland. Ich habe auch gearbeitet mit Professor Bauer, dem berühmten deutschen Spezialisten.«

Erika nickte.

Karl Haußmann zeigte sich tief beeindruckt. Professor Bauer war ihm ein Begriff. Er ahnte nicht, daß Dr. Tezza für jede Nationalität einen besonderen Experten zu nennen wußte. Dr. Tezza ging so weit, den Patienten aus östlichen Ländern zu erzählen, er sei mit Demichow befreundet, dem sowjetischen Chirurgen, dem die Transplantation eines Hundekopfes gelungen war.

»Nun, die Diagnose ist klar?«

Eine rhetorische Frage. Er erwartete keine Antwort. »Nun ja, wer zu mir kommt, weiß, was ihm fehlt.«

Er strich seinen gepflegten Bart und blickte Erika melancholisch an.

»Bene. Gut. Der harten Wahrheit ins Auge schauen und trotzdem zu glauben, das ist eine wichtige Grundbedingung für jede Heilung.«

Erika sah nicht gerade überzeugt aus. Der Arzt fragte sie plötzlich:

»Sie glauben doch, daß Sie bei mir in den richtigen Händen sind, Signora. Oder?«

Da Erika zögerte, beeilte sich Karl zu versichern:

»Selbstredend, Dottore. Wären wir sonst gekommen?«

»Ihre Frau muß glauben«, sagte Tezza hartnäckig. »Nicht Sie.«

»Ich hoffe«, antwortete Erika leise. »Ich hoffe, obwohl die Röntgenaufnahmen...«

Dr. Tezza unterbrach sie mit großer Geste.

»Himmel, Maria, ich brauche keine Röntgenbilder. Die wenigsten Ärzte verstehen es, sie richtig zu lesen. Die Seele ist der Spiegel des Körpers. Ich erkenne die Seele in den Augen. Und ich weiß, was dem Menschen fehlt. Seele und Krankheit, das sind siamesische Zwillinge. Machen wir die Seele gesund, hilft sich der Körper selbst.«

Dr. Tezza nahm hinter einem gewaltigen Schreibtisch Platz, zog einen goldenen Füllhalter hervor und schlug ein in Leder gebundenes Buch auf.

»Beginnen wir also mit der Anamnese.«

Nachdem dieses Verhör über die Vorgeschichte der Erkrankung beendet war, wurde Karl Haußmann hinausgeschickt. Zwei außerordentlich hübsche Assistentinnen erschienen. Mit ihrer Unterstützung wurde Erika untersucht.

Gründlicher, als sie es nach den phrasenhaften Vorreden erwartet hatte.

Sie mußte sich völlig entkleiden. Der Arzt horchte, tastete ab und palpierte.

Zwischendurch diktierte er. Kurze, schnelle Sätze auf italienisch. Eine der Assistentinnen trug sie in das ledergebundene Buch ein.

Natürlich ertastete Dr. Tezza sofort die Verhärtung im Unterbauch. Aber sein Gesicht blieb regungslos.

Nach zwei Stunden durfte Erika sich wieder anziehen. Sie wurde in ein Labor geführt, wo man ihr Blut abnahm und Abstriche aus dem Rachen und von ihrer Zunge machte.

Dr. Tezza hatte unterdessen Karl Haußmann zu sich hereinbitten lassen.

»Nun, Dottore!« rief Haußmann schon in der Tür. »Dürfen wir hoffen?«

»Sie müssen hoffen. Wir leben von der Hoffnung«, sagte Tezza tiefsinnig. »Die Hoffnung aufgeben, hieße, sein Leben wegwerfen.«

Nach einer effektvollen Pause fuhr er fort:

»Ich werde die Behandlung Ihrer Frau übernehmen. Zunächst möchte ich Ihnen raten, mit drei bis vier Wochen zu rechnen. In zwei Tagen habe ich ein Bett frei, einverstanden?«

»Natürlich, Dottore, selbstverständlich.« Karl Haußmann rieb nervös die Hände. Wo mochte Erika sein? Was tat man mit ihr? Ob man ihr Schmerzen bereitete?

»Nun zu einem anderen Punkt«, sprach Tezza mit leicht erhobener Stimme, Aufmerksamkeit fordernd.

»Die Kosten der Kur...«

Karl Haußmann winkte ab. »Lieber Dottore, das Geld ist nicht wichtig. Hauptsache, meine Frau wird gesund. Wenn Sie ihr eine Chance geben...«

»Jeder Mensch hat seine Chance. Und Ihre Frau ist doch das blühende Leben. Sie besitzt die notwendige Widerstandskraft. Es gilt nur, sie zu mobilisieren.«

Haußmann nickte. Er glaubte, weil er glauben wollte. Er nahm die Phrasen als Offenbarung, die vagen Versprechungen als Verheißung.

Ihm war, als hätte er ein Geschenk empfangen, als er einen Scheck über 2000 Mark ausschreiben durfte.

Als Anzahlung.

»Wenn Sie meine Frau gesund machen, dann stifte ich fünfzigtausend Mark, Dottore«, sagte er mit bewegter Stimme.

Erika wurde gerade hereingeführt, als Dr. Tezza den Scheck in seine Brieftasche steckte.

»In drei Tagen also«, sagte er. »Ich gebe Ihnen prophylaktisch ein Röllchen Tabletten mit, Signora, falls stärkere Schmerzen auftreten sollten. Es sind Tabletten aus meinem eigenen Labor.«

Er reichte sie Erika.

»Zwei Stück in etwas Wasser. In zehn Minuten sind Sie die Schmerzen los.«

Karl Haußmann dankte Dr. Tezza überschwenglich.

Erika staunte. Sie war sehr skeptisch. Aber sie äußerte sich nicht. Sie wollte Karl die aufkeimende Hoffnung nicht rauben.

Frank Hellberg hatte mit Marion Gronau einen Spaziergang machen wollen. Es wurde nichts daraus. Dreihundert Meter hinterm Ortsausgang von Avezzano blieb Marion stehen. Sie zog die hochhackigen Schuhe aus, lief auf Strümpfen zu einem großen Felsbrocken und setzte sich.

»Das mache ich nicht mit«, sagte sie zornig. »Ich gehe zurück zum Gasthof und lege mich hin. Dieses Kaff hat nichts weiter zu bieten als hartes Pflaster und Einöde.«

Ihr Verlobter versuchte nicht, sie umzustimmen. »Ich habe ein paar Krimis im Koffer. Hol dir einen«, verabschiedete er sie und schritt, während Marion in den Ort zurückhumpelte, auf einem Pfad rasch voran, der parallel zur Straße bergwärts führte.

Richtung Capistrello.

Er wollte dort ein bißchen Umschau halten. Vielleicht gelang es ihm, einen Blick in die Klinik des Krebsdoktors zu werfen, ohne sich vorher durch Prunkportal und Marmorhallen blenden zu lassen.

Der Pfad war eine Abkürzung. Er ging zwar steil hinan, sparte dafür aber die Serpentinen aus. Nach einer knappen Stunde sah Frank das rote Kirchendach von Capistrello unter sich. Und gleich daneben entdeckte er die Klinik.

Hellberg erkannte: Der Parkplatz war schon einigermaßen besetzt. Neunzehn Wagen zählte er. Er konnte sogar erkennen, daß einige Fenster der Gebäude weit geöffnet waren.

Es reizte ihn, sich die Sache aus der Nähe zu betrachten. Er verließ den Pfad, der weiter nach oben führte, und stieg, die Füße quer setzend, vorsichtig die mit Geröll übersäte Halde hinab.

Plötzlich stockte er.

Er war an eine steile Stelle geraten. Sechs bis acht Meter ging es senkrecht in die Tiefe. Eine Stützwand, aus Felsbrocken geschichtet.

Er ging vorsichtig an ihr entlang und merkte zu seiner Beruhigung, daß sie an Höhe verlor. Jetzt trennten ihn nur noch drei Meter von einem unter ihm liegenden Pfad.

Er fragte sich gerade, ob er hinabspringen sollte, da drang ein Geräusch durch die Stille.

War es ein Tier?

Oder ein Mensch?

Es klang wie ein leises Schluchzen.

Jetzt wieder.

Frank Hellberg trat dicht an den Abhang und blickte hinunter. Da sah er das Mädchen.

Es saß auf einer Bank in einer Mauernische, hielt den Kopf in die Hände gestützt und weinte. Unaufhaltsam.

Frank wollte sie nicht erschrecken, nicht einfach hinunterspringen. Deshalb rief er sie an:

»Hallo.«

Mit so einer Wirkung hatte er nicht gerechnet: Das Mädchen sprang auf, ergriff die Flucht, von panischer Angst getrieben. Es rannte davon, geradewegs auf den nächsten Steilhang zu. Im nächsten Augenblick mußte sie abstürzen.

Da sprang Frank Hellberg.

Knapp einen Meter vor ihr und knapp einen Meter vom Abgrund entfernt landete er.

Mit ausgebreiteten Armen.

Im letzten Augenblick fing er sie auf.

Zuerst stieß sie ihn von sich. Sie wehrte sich, strampelte mit den Beinen. Er ließ sie erst los, als sie wieder auf dem steinigen Boden stand.

»Scusi, Signorina«, sagte er, ohne zu wissen, wofür er sich entschuldigte. Er deutete auf die Bank. Sie möge sich doch wieder setzen. Er reichte ihr sein blütenweißes Taschentuch und sagte, weil er nicht viel mehr auf italienisch zu sagen wußte:

»Parla te tedesco?«

Aus ihren großen schwarzen Augen sah sie ihn an.

Wie ein gescholtenes Kind. Sie setzte sich gehorsam hin. Offenbar war Frank Hellberg nicht derjenige, den sie fürchtete. Sie trocknete ihr Gesicht ab, das zart und durchsichtig wie Porzellan wirkte und von einer Flut schwarzer Haare eingerahmt war.

Dann erst sagte sie:

»Ja, ich spreche deutsch. Ich bin von Beruf Dolmetscherin, Hosteß bei einer Omnibusgesellschaft.« Frank setzte sich neben sie.

»Und wo drückt der Schuh?« Den Ausdruck verstand sie nicht. Deshalb fügte er hinzu:

»Ich meine, kann ich Ihnen helfen?«

»Ich kann nicht darüber reden«, sagte sie.

»Sie sollten es tun, bitte.«

»Nein.«

Frank Hellberg verlegte sich aufs Ausfragen.

»Gehören Sie in jenes Haus?« Er zeigte zur Klinik.

Sie nickte.

»Als Krankenschwester?«

Sie schüttelte den Kopf. Sie mußte noch blutjung sein. Höchstens zwanzig.

»Ich erkundige mich, weil ein Bekannter von mir gerade heute versucht, seine Frau dort unterzubringen. Glauben Sie, daß er hoffen darf?«

Sie schnaubte verächtlich.

»Hoffen? Es wird ihr eine Weile sehr gutgehen, wenn sie viel Geld hat. Weiter weiß ich nichts.«

»Wie meinen Sie das?«

Sie antwortete mit einer Gegenfrage:

»Ist Ihre Bekannte wirklich unheilbar?«

»Was soll das heißen?«

»Dann schadet es wenigstens nichts, wenn sie bei Dr. Tezza ihre Zeit verschwendet.«

»Was?!« rief Frank Hellberg aus. »Steht es so?«

»So steht es. Und wenn sie kein Geld mehr hat, dann setzt man sie vor die Tür. Es sei denn, sie ist jung, schön und vielleicht sogar blond. Dann mag sie auch ohne Geld bleiben. Unter einer gewissen Bedingung, verstehen Sie?«

»Mein Gott, wie können Sie solche Behauptungen aufstellen. Sie wollen sagen, daß Dr. Tezza...«

»Sie haben schon richtig verstanden«, rief sie. Plötzlich überkam sie Wut und Verzweiflung:

»Ach was, wenn Ihr Bekannter Geld hat, soll er es lieber gleich für einen goldenen Sarg ausgeben!« schrie sie und schüttelte die Fäuste.

»Oder besser: Er soll nach L'Aquila fahren und dem Polizeichef eine Million Lire bieten, damit er endlich kommt und diesen Dr. Tezza in seinem Rattennest ausräuchert!«

Sie brach in Schluchzen aus, das ihren ganzen Körper erbeben ließ und nicht enden wollte. Frank Hellberg legte den Arm um ihre Schultern, seine Linke streichelte ihr Haar. Immer wieder. Sein Hemd wurde durchtränkt von ihren Tränen, während er – bruchstückweise – ihre Geschichte erfuhr:

Daß sie Lungenkrebs hatte, daß ihr Geld aufgebraucht war, daß sie die Klinik morgen verlassen sollte, weil der Platz für eine zahlungskräftige ausländische Patientin benötigt würde. Falls sie sich nicht entschlösse, Dr. Tezzas Antrag anzunehmen. Und zwar noch heute.

Nein, sie machte nicht den Eindruck, als sei sie verrückt. So unglaublich ihre Erzählung auch klingen mochte. Sie war keine geltungsbedürftige Erfinderin von Sensationen. Sie war nichts als ein armes, sehr hilfsbedürftiges, kleines Mädchen in großer Not.

Frank Hellberg küßte sie ganz sachte auf die Stirn.

»Ich helfe dir, ich bringe das für dich in Ordnung. Wenn es stimmt, was du mir da erzählt hast, dann brauchen wir keine Million Lire, um den Polizeichef herzulocken.«

Sie schüttelte den Kopf.

»Mir kann keiner helfen«, sie stockte. Ihr schien etwas einzufallen. »Oder würden Sie mich vielleicht mit nach Bari nehmen?«

»Wieso nach Bari?«

»Lesen Sie keine Zeitung?«

»Im Urlaub nicht.«

»Von Bari gehen Schiffe nach Dubrovnik. Und von Dubrovnik kann man mit der Eisenbahn oder mit dem Omnibus nach Sarajewo fahren.«

»Ja, und? Was soll das?«

»In Sarajewo hat ein Arzt ein neues Mittel entdeckt, das schon Krebsfälle geheilt hat. Das Mittel wird in einer staatlichen Fabrik hergestellt und umsonst abgegeben. Es kann kein Betrug sein. Tausende fahren von Bari aus hinüber. Mit dem Fährschiff ›Sveti Stefan‹. Sie nennen es das ›Schiff der Hoffnung‹.«

»Wenn das wahr ist!« Frank Hellberg sprang auf. Er küßte sie auf beide Wangen.

»Kind, wenn das wahr ist! Ich schwöre dir, ich bringe dich hinüber. Du mußt mir nur helfen, meine Bekannten über diesen Dr. Tezza aufzuklären. Komm«, sagte er und nahm ihre Hand. »Wir müssen schnell hinunter.«

Sie sträubte sich.
»Ich betrete die Klinik nicht mehr, obwohl mein Koffer noch im Zimmer steht.«
»Das erledige ich«, rief er und zog sie mit sich fort.

Arm in Arm schlenderten sie durch die gepflegte Parkanlage auf der Bergseite der Klinik.
»Du wirst dich hier ganz bestimmt wohl fühlen, Rika.«
»Nur wenn du bei mir bleibst, Karl.«
»Ich komme jeden Tag.«
»Das mußt du.«
»O Rika, ich bin so froh, daß wir hergefahren sind. Ich glaube, dieser Dottore ist ein Teufelskerl.«
»Das mag schon sein.«
Er horchte auf, blieb stehen, sah ihr in die Augen.
»Rika, was ist denn? Glaubst du nicht, daß Dr. Tezza dich gesund machen wird?«
Und so, als ob sie dann etwas ganz Unmögliches täte, fragte er noch einmal:
»Glaubst du etwa nicht an ihn?«
Sie wollte ihm ihr Gesicht nicht zeigen und wandte sich ab. Da entdeckte sie Frank und das Mädchen. Die beiden kamen Hand in Hand dahergerannt. Es gab Erika einen Stich durchs Herz. Um Himmels willen, dachte sie. Er muß sich doch um seine Marion kümmern. Um meinetwillen!
»Karl«, sagte sie, »sieh mal, wer da kommt.«
Und beglückt stellte sie fest, daß Karl Haußmann nichts als ihre Gesundheit im Sinne hatte. »Mensch, Herr Hellberg«, rief er. »Für Ihren guten Tip werde ich Ihnen ewig dankbar sein. Dieser Tezza, das ist ein Arzt. Eine ganz große Persönlichkeit, sage ich Ihnen. Dem kann man sogar Wunder zutrauen.«
Haußmanns Enthusiasmus verpuffte ohne die erwartete Resonanz.
Hellberg sah eher betroffen als begeistert aus.
Er atmete heftig. Sie waren rasch bergab gelaufen. Dazu kam die Aufregung. Er hatte haarsträubende Einzelheiten über Dr. Tezzas »Heilmethode« zu hören bekommen.
»Haben Sie sich etwa schon angemeldet?« fragte er jetzt. Erika vernahm den warnenden Unterton sofort.

»Übermorgen ist Einzug«, entgegnete Karl und wunderte sich, daß Hellbergs Brauen sich zusammenzogen.

»Entschuldigung«, sagte Frank Hellberg und schob das fremde Mädchen in den Vordergrund. »Gestatten Sie zunächst, daß ich vorstelle...«

Sie sagte selber ihren Namen.

»Claudia Torgiano. Aus Livorno.«

»Und nun zur Sache«, fuhr Hellberg fort. »Signorina Torgiano hat Ihnen eine Eröffnung zu machen, die Ihnen zunächst ungeheuerlich vorkommen wird.«

Er sah, wie Erika Haußmann sich auf die Unterlippe biß und ihr Mann zusammenzuckte. Und er ergänzte:

»Bitte, Sie müssen dieses Mädchen anhören. Es ist von lebensentscheidender Bedeutung.«

Niemand hatte sie kommen sehen.

Plötzlich waren sie da.

Zwei Männer in grauen Kitteln.

Der eine packte Claudia Torgiano von hinten. Mit dem rechten Arm umklammerte er ihren Leib und hob sie hoch. Seine Linke erstickte ihre Hilferufe. Der andere ergriff das Mädchen bei den Beinen.

Dann rannten sie mit ihr davon...

Einen Augenblick waren sie alle erstarrt. Dann warf sich Hellberg herum, und während Erika erst jetzt zu einem Aufschrei fähig war, Karl seine Frau stützte, aus Angst, sie könne einen Schock bekommen, rannte Hellberg den beiden grauen Männern nach.

Er erreichte sie kurz vor der Eingangstür. Sie war offen, und in der Halle warteten weitere zwei Männer in grauen Kitteln.

»Ihr Lumpen!« schrie Hellberg. Er stürzte auf den Mann zu, der Claudias Beine festhielt. Der Mann ließ die Beine fallen, drehte sich um und hieb einen gezielten Schlag gegen Hellbergs Kinn. Eine Sekunde lang schwankte er, aber sie genügte, um Claudia ins Haus zu schleifen. Die wartenden Männer in der Halle warfen die Tür zu. Der Graue, der Hellberg geschlagen hatte, rettete sich mit einem weiten Sprung ins Haus. Im gleichen Augenblick rasselte ein Scherengitter herunter. Die Klinik war abgesperrt wie ein Zuchthaus.

Vom Fenster seines Arbeitszimmers trat Dr. Tezza zurück ins Zimmer. Ein böses Lächeln lag auf seinen Lippen, seine bernsteinfarbenen Augen glühten. Auf dem Flur hörte er viele Schritte, die Tür sprang auf, Claudia wurde in das Zimmer geschoben. Sie sah herrlich aus in ihrem Zorn und ihrer Verzweiflung. Das bleiche Gesicht war gerötet, die langen, schwarzen Haare zerwühlt, aus den Augen schrie der ganze Haß, den sie gegen Dr. Tezza empfand. Sie blieb an der Tür stehen, nachdem die Wärter hinausgegangen waren, und legte beide Hände über ihre Brust. Dort war das Kleid zerrissen.

»Komm näher...« sagte Dr. Tezza freundlich und zeigte auf einen der Ledersessel.

»Nein!«

»Ich habe dich beobachtet, wie du mit diesem jungen Mann gesprochen hast. Was hast du ihm erzählt?«

»Die Wahrheit!«

»Was nennst du Wahrheit?«

»Alles, was Sie mit mir getan haben und tun wollten!« schrie Claudia und ballte die kleinen Fäuste. »Alles! Alles!«

»Und das hat er dir geglaubt?«

»Ja!«

»Er scheint ein Mensch von primitivem Geist zu sein.« Dr. Tezza trat wieder an das Fenster. Unten, vor der Klinik, standen Hellberg und Haußmann und verhandelten mit einem der grauen Wärter. Erika saß auf einer Bank im Schatten einer Pinie. »Ist er ein Bekannter von Herrn Haußmann?«

»Sein Freund.« Triumph lag in Claudias Stimme.

»Hm.« Dr. Tezza wandte sich ins Zimmer. Sein Blick, mit dem er Claudia musterte, verhieß nichts Gutes. »Weißt du, daß es mir leichtfällt, dich für irr zu erklären? Dann kommst du in eine Irrenanstalt, und wer da einmal drin ist, kommt nicht oder nur sehr schwer wieder hinaus. Es wäre klug, ein liebes, stilles Mädchen zu sein und ein wenig zärtlich zu deinem Onkel Dottore zu werden.« Dr. Tezza wollte näher kommen. Claudia wich vor ihm zurück und flüchtete um den Schreibtisch. Dr. Tezza stürzte auf sie zu, riß sie zurück, wollte sie in seine Arme reißen, als es klopfte.

»Maledetto!« schrie Dr. Tezza. »Was ist?« Er ließ Claudia los, die zur Wand flüchtete, mit weiten, entsetzten Augen. Sie wußte, es gab für sie keine Hilfe mehr.

Einer der grauen Pfleger kam herein. Seine Miene war sehr ernst und fast erschrocken.

»Dottore«, sagte er, »der Mann draußen ist Journalist. Er droht, in allen Zeitungen der Welt einen Skandal zu machen.«

Dr. Tezza fuhr herum. »Wußtest du das?« schrie er Claudia an. Claudia nickte.

»Ja –«, log sie. Und plötzlich war das Leben nicht mehr grau und hoffnungslos.

»Von welcher Presse?«

»Von der deutschen.«

»Auch das noch!« Dr. Tezza trat an einen Spiegel, strich die Haare etwas zurecht und verließ schnell sein Zimmer. Den Wärter ließ er zur Bewachung Claudias zurück.

An der großen Eingangstür stand allein Frank Hellberg und hatte die Hände um die Gitterstäbe gelegt. Karl Haußmann kümmerte sich um seine Frau. Er begriff das alles noch nicht. Nur Erika schien die Wahrheit zu ahnen. Sie lächelte schwach und schwieg, als Karl fragte: »Verstehst du das, Rika?«

Dr. Tezza gab ein Zeichen, als er in der Marmorhalle seiner Klinik erschien. Surrend fuhr das Scherengitter hoch, die Türen öffneten sich, Frank Hellberg trat ein. Ohne auf eine Vorstellung zu warten, wußte Hellberg gleich, wer der elegante Mann in dem weißen Anzug war. So mußte Dr. Tezza aussehen, es war gar nicht anders möglich.

»Lassen Sie sofort Claudia frei!« sagte Hellberg scharf und blieb drei Schritte vor Tezza stehen. Die beiden Männer sahen sich in die Augen und wußten in dieser Sekunde, daß sie Todfeinde waren. Dr. Tezza lächelte ironisch.

»Signorina Torgiano ist krank, sehr krank. Außer einem Bronchial-Ca. leidet sie auch an zeitweiligen geistigen Störungen. Schizophrene Schübe, wenn Ihnen damit gedient ist. Wir müssen dann sofort handeln, damit sie keinerlei Unheil anrichtet. Entschuldigen Sie also bitte das verwunderliche Eingreifen meiner Assistenten.«

Elegant klang das, unangreifbar. Hellberg kräuselte die Lippen.

»Das haben Sie gut ausgedacht, Doktor! Damit kann man alles lahmlegen.«

»Nicht wahr?« Dr. Tezza lächelte breiter. »Da brechen selbst einem deutschen Journalisten die Bleistifte ab.«

»Irrtum.« Hellberg zog das Kinn an. »Ich habe genug gehört, um Ihren Laden hier hochgehen zu lassen!«

«Das ist eine Nötigung«, sagte Dr. Tezza milde.

»Bitte! Sie soll es auch sein! Gehen wir zusammen zur Polizei! Dann wollen wir sehen ...«

»Obzwar Sie mir zuwider sind, möchte ich Ihnen eine Blamage ersparen.« Dr. Tezzas Stimme war sanft wie ein Streicheln. »Die Polizei! Glauben Sie wirklich, daß im weiten Umkreis ein Polizist gegen einen Dr. Tezza ermitteln wird? Sie verkennen die Verhältnisse zwischen Apennin und Abruzzen. Wir leben hier nicht im kühlen Germania.«

»Das alte Lied! Gute Lire ...«, sagte Hellberg bitter.

»Sehr gute Lire.« Dr. Tezza hob beide Hände. »Was wollen Sie eigentlich? Einen Artikel über mich schreiben? Viel Feind, viel Ehr' ... das ist eines Ihrer deutschen Sprichwörter. Außerdem verklage ich Sie!«

»Es gibt da manche Dinge, die für die Öffentlichkeit interessant sind: Einem Lungenkranken legten Sie goldene Amuletts auf die Brust. Andere Krebskranke werden hypnotisiert, bekommen Breipackungen, werden elektrisiert und mit Magnetismus behandelt. Und dann das Wichtigste. ›Dr. Tezzas Lebenstrank‹! Er schmeckt nach Zitrone und wird nichts anderes sein als Zitronenwasser. Jeden Tag zwei Liter müssen die Kranken trinken. ›Wir spülen mit dem Lebenstrank den Krebs hinaus‹, das sagen Sie selbst allen Kranken. Und die Armen trinken und zahlen, trinken und zahlen ... bis sie sterben oder arm geworden sind. Zitronenwasser gegen Krebs!«

»Die Ausgeburt einer kleinen Irren!« Dr. Tezzas Gesicht hatte sich verdunkelt. »Ich habe Beweise echter Heilungen. Innerhalb von acht Tagen! Die sind stärker als die Phantasien einer Schizophrenen.«

»Man wird das alles nachprüfen.« Hellberg spürte, daß er Land gewonnen hatte. Zum erstenmal schien ein Journalist zu wissen, wie man in der Clinica Santa Barbara Krebs »heilte«. »Lassen wir also den Tanz beginnen: Tezza gegen Hellberg. Ich glaube, die Weltpresse hat da einen herrlichen Stoff!«

»Was wollen Sie eigentlich?« Dr. Tezza steckte die Hände in die Taschen seines weißen Anzuges. Er war sichtlich nervös. »Was soll der ganze Rummel?«

»Lassen Sie Claudia frei, geben Sie den Scheck an Herrn Haußmann zurück!«

»Das muß Herr Haußmann selbst...«

»Ich handle im Auftrag von Herrn Haußmann.«

»Und dann?«

»Dann verlassen wir so schnell wie möglich diesen Ort.«

»Warten Sie.«

Dr. Tezza ging die Marmortreppe hinauf.

In seinem Arbeitszimmer stand Claudia noch immer an der Wand, zusammengeduckt, als habe man sie geschlagen. Tezza beachtete sie gar nicht, setzte sich, spannte einen Bogen in die Schreibmaschine und schrieb. Dann hob er das Papier über den Tisch, legte einen Kugelschreiber daneben und winkte Claudia.

»Unterschreibe!«

Claudia kam an den Tisch. Sie überflog die wenigen Zeilen, es war eine Art Ehrenerklärung:

Ich versichere hiermit, daß ich entgegen ärztlichem Anraten und im vollen Bewußtsein aller möglichen Komplikationen und Konsequenzen aus freien Stücken die »Clinica Santa Barbara« verlasse.

Ich habe gegen Herrn Dr. Giancarlo Tezza keinerlei Ansprüche mehr und versichere, daß alles getan worden ist, was zur Heilung meiner Krankheit aus ärztlicher Sicht möglich war. Ich bestätige, daß Herr Dr. Tezza nach bestem Wissen gehandelt hat. Ich kann seine Klinik nur empfehlen.

»Das unterschreibe ich nicht!« sagte Claudia und trat zurück. »Nicht den letzten Satz.«

»Willst du wirklich ins Irrenhaus?«

»Das ist eine Lüge, was da steht!«

»Das ganze Leben ist eine Lüge, mein Kleines. Du bist frei und kannst mit deinem Liebhaber hingehen, wohin du willst.«

»Er ist nicht mein Liebhaber.«

»Er wird es werden.« Dr. Tezza lächelte spöttisch. »Du könntest auch bei mir leben. Es fehlte dir nichts.«

Claudia biß die Lippen zusammen. Sie trat wieder vor, nahm den Kugelschreiber und unterschrieb die Ehrenerklärung Dr. Tezzas. Sie wußte, daß er damit unangreifbar geworden war. Aber was tut man nicht alles, um einer Hölle zu entfliehen?

»Danke, mein Kleines!« sagte Dr. Tezza. »Laß dir von der Oberschwester deine Sachen geben.« Er faltete das Papier zusammen. »Du kannst gehen, wann du willst.«

Mit fliegenden Haaren rannte Claudia hinaus.

In der Halle standen sich wenig später Dr. Tezza und Hellberg wieder gegenüber. Diesmal waren auch Karl und Erika dabei. Mit kurzen Worten hatte Hellberg ihnen erklärt, was hier in dieser Klinik gespielt wurde. Haußmann war hochrot und maßlos erregt. Daß er einem Scharlatan aufgesessen war, konnte er nicht überwinden.

»Mein Geld!« schrie er sofort, als Dr. Tezza auf der Treppe sichtbar wurde. »Mein Geld, Sie Pfuscher!«

»Bitte!« Dr. Tezza schwenkte den Scheck Haußmanns. Er war weit davon entfernt, sich beleidigt zu fühlen. Niemand hörte sie. Die Kranken hatten Zimmer-Liegestunde, das Personal war sowieso für solche Vorwürfe taub. Man konnte ungeniert sprechen.

»Wo ist Claudia?« rief Hellberg.

»Sie packt die Koffer. Zufrieden?« Dr. Tezza sah jeden an. Seine Sicherheit war bedrückend. Hellberg ahnte etwas Unangenehmes. Und seine Ahnung wurde sofort bestätigt. Tezza reichte Hellberg die unterschriebene Erklärung.

»Bitte, lesen Sie.«

Hellberg gab das Papier zurück, nachdem er es zweimal gelesen hatte.

»Damit sind Sie gerettet!«

»Ich glaube, ja. Ihre Kronzeugin fällt aus. Andere Zeugen haben Sie nicht. Es wird auch niemand aussagen in diesem Haus.« Dr. Tezza steckte die Erklärung in die Brieftasche. »Nun schreiben Sie Ihre Artikel, Herr Hellberg! Es wird Sie Millionen Schadenersatz kosten.«

Oben erschien Claudia. In beiden Händen Koffer. Mit glücklichem, strahlendem Gesicht. In Hellbergs Herz leuchtete eine heiße Sonne auf. Er rannte ihr entgegen, nahm ihr die Koffer ab.

»Kommt!« rief er. »Gehen wir! Ich kann nicht garantieren, ob ich mich noch fünf Minunten zu beherrschen vermag!«

Sie verließen die Clinica Santa Barbara, ohne sich umzublikken, und fuhren zurück nach Avezzano.

Dr. Tezza sah dem Auto nach, bis es hinter einer Kurve der Serpentinenstraße verschwand. Er war der Sieger, aber er kam sich nicht als solcher vor.

Er ahnte: Er hatte nur eine kleine Galgenfrist bekommen.

Neben dem Gutshof, auf einer Wiese, lag unter einem Sonnenschirm Marion Gronau auf einer Decke. Sie sprang erschreckt auf, als sie die quietschenden Bremsen des Wagens vor dem Haus hörte. Ihr Bikini war atemberaubend, aber keiner beachtete ihn. Karl half seiner Frau aus dem Wagen, Hellberg bemühte sich um Claudia.

»Nanu, wer ist denn das?« fragte Marion, die mit verzerrtem Gesicht an der Hauswand lehnte. »Bekommt man Medizin jetzt in solcher Verpackung mit?«

»Laß die dummen Bemerkungen, bitte.« Hellberg stellte Claudia vor, und Marion nickte von oben herab. Wie zwischen Tezza und Hellberg war zwischen Claudia und ihr gleich vom ersten Blick an eine stille, aber unüberwindliche Feindschaft.

»Ein Heilungserfolg Dr. Tezzas?« fragte Marion.

»Nein. Ich habe Fräulein Torgiano aus der Klinik dieses Scharlatans geholt. Ich erzähle es dir später.«

»Du entwickelst dich zum großen Samariter, mein Lieber. Nur scheint mir, daß in den Zimmern der Klinik auch weniger junge Patienten liegen, die man ›retten‹ müßte!«

Hellberg antwortete nicht. Er trug die Koffer ins Haus, Claudia folgte. In Marions Zimmer stellte Hellberg die Koffer ab und zeigte auf das Bett.

»Ruhen Sie sich etwas aus, Claudia. Die Aufregung war zuviel für Sie. Und mit meinen Freunden werde ich sprechen... wegen Bari.« Er drehte sich um und ging. An der Tür aber fühlte er eine Hand auf seiner Schulter. Lautlos war ihm Claudia nachgeeilt und stand nun dicht vor ihm.

»Sie sind ein guter Mensch«, sagte sie leise. Dann hob sie sich auf die Zehenspitzen und gab ihm einen schnellen Kuß auf den Mund. Ehe Hellberg etwas sagen konnte, hatte sie ihn aus dem Zimmer geschoben. Klirrend drehte sich der Schlüssel im Schloß.

»Claudia...« sagte Hellberg leise und legte den Zeigefinger auf seine Lippen, wo er noch ihren Kuß spürte. »O Claudia...«

Marion lag wieder auf der Decke unter dem Sonnenschirm. Sie richtete sich auf, als Hellberg zu ihr kam. Haußmanns blieben auf ihrem Zimmer. Erika hatte einen Weinkrampf bekommen, als sie endlich wieder zur Ruhe gekommen war.

»Nun?« fragte Marion.
»Was nun?«
»Keine Erklärungen?«
»Nein.«
»Du machst es dir einfach, mein Lieber. Läßt mich allein nach Hause humpeln, empfiehlst mir Krimis und kommst nach Hause mit einem jungen Mädchen. Und das alles soll ich schlucken wie Zuckerwasser.«
»Das verlangt keiner.« Hellberg setzte sich neben Marion auf die Decke. »Claudia ist sehr krank. Lungenkrebs.«
»Ach! Mir scheint, du wirst Krebsspezialist. Was sollen wir mit ihr?«
»Wir fahren alle nach Bari.«
»Wozu sind die Füße da... zum Marschieren...«
»Von Bari fahren wir nach Dubrovnik und dann weiter nach Sarajewo.«
»Leider gibt es keinen Kronprinzen mehr, den man da erschießen kann.«
»Aber einen Arzt, der ein neues Krebsmittel entdeckt hat. Hunderte, ja Tausende fahren seit Wochen zu ihm. Es ist fast wie eine Wallfahrt. Wir sollten alle uns bietenden Chancen ausnützen... zumal sich Frau Haußmann nicht operieren lassen will.«
»Ach!« Marion legte die Arme unter den Kopf. Ihre Brüste wölbten sich hoch in die gleißende Sonne. »Das wußte ich ja noch gar nicht.«
»Und Claudia glaubt an dieses Mittel. Sie ist ein armes Ding, so hoffnungslos – bis auf die letzte Hoffnung in Sarajewo.«
»Soll ich weinen?« Marion nagte an der Unterlippe. »Wie soll das überhaupt werden. Wo soll sie denn schlafen?«
»Bei dir.«
Marion schnellte hoch wie ein Gummiball. »Du bist wohl verrückt!« rief sie.
»Wieso?«
»Womöglich noch in einem Bett!«
»Wir haben keine andere Möglichkeit.« Hellberg blinzelte zu Marion hinauf. »Oder soll ich sie bei mir schlafen lassen?«
Marion schwieg. Sie wandte sich ab und sah hinüber zum Fenster ihres Zimmers. Dort war Bewegung hinter der dünnen Gardine.

»Sie ist ja schon drin!«

»Ja. Sie soll sich ausruhen. Marion...« Hellberg setzte sich auf. »Eine Nacht ist es nur. Morgen fahren wir alle nach Bari. Überwinde dich diese eine Nacht.«

»Es scheint dir viel am Glück dieser Claudia zu liegen.«

»Ja, sehr viel. Wenn du in ihrer Lage wärst, wärest du auch froh, wenn dir jemand helfen würde.«

Damit war das Thema erledigt.

Verbissen schwieg Marion. Aber sie wußte nun, wie gefährlich ihr Claudia werden konnte. Und sie beschloß, besonders nett zu sein, um Hellberg keinen Anlaß zu geben, sich mit ihr zu streiten.

Am Abend aßen Hellberg, Marion und Claudia allein. Karl blieb bei Erika. Sie war noch immer total erschöpft, lag im Bett und nahm nur ein paar Bissen gebratenes Kalbfleisch zu sich. Dazu trank sie Mineralwasser.

»Geh doch auch 'runter, Karl«, sagte sie nach dem Essen. »Ich weiß doch, wie gern du Rotwein trinkst. Trink' deine Flasche. Mir geht es wieder gut, nur müde bin ich.«

»Wenn du meinst. Ich wollte aber bei dir...«

»Geh nur, Karli.« Erika lächelte und streichelte seine Hände. »Mir tut der Schlaf gut... und dir der Wein nach all der Aufregung.«

Karl Haußmann ging nach unten in den Speiseraum. Er traf Marion allein an, mit einem Gesicht, als habe sie Essig getrunken.

»Nanu?« sagte Haußmann. »Wo sind denn die anderen?«

»Fort! Signorina Claudia wurde es nach dem Essen übel und mußte an die Luft.«

»Und du bist nicht mitgegangen?«

»Nein. Ich wußte, daß du noch herunterkommst. Ich muß mir dir sprechen.«

Karl Haußmann öffnete den Kragen seines Hemdes. Ihm war plötzlich wärmer, als es tatsächlich war.

»Es hat sich vieles geändert, Marion...«

»Ich weiß.« Marion stand auf. »Gehen wir auch hinaus. Ich möchte solche Dinge nicht unter anderen Menschen besprechen.«

Sie verließen das Speisezimmer und gingen hinter dem Gasthaus auf der Liegewiese hin und her. Hellberg und Claudia sahen sie jenseits der Straße auf einem kleinen Hügel sitzen. Ein bitteres Lächeln umspielte den Mund Marions.

»Frank scheint ja ein rührender Sanitäter zu sein. Und auch du entwickelst dich zu einem perfekten Krankenpfleger. Ich frage mich: Was soll ich noch hier?«

»Marion, es haben sich Dinge ereignet...«

»Wir wollen nicht mehr daran denken, daß du mich nach Italien mitgenommen hast, um einen gedanklichen Ehebruch in der Realität zu vollenden. Und unser Alibi Frank, der Ahnungslose, bricht auch die Spielregeln. Ich mache mir nichts vor; er hat sich in diese Claudia verliebt. Das tut ein wenig weh, Bärchen, denn Frank und ich kennen uns gut...«

»Erika ist sehr krank.«

»Ja. Das ist etwas, woran wir alle nicht denken konnten, als wir die Reise antraten. Ich finde es furchtbar, daß Erika Krebs haben soll. Ich bedauere sie wirklich tief. Wenn ich wüßte, wie ich ihr helfen könnte, ich würde es sofort tun.«

»Du, Marion?« Haußmann starrte sie ungläubig an.

Welche Wandlung! Oder war es wiederum nur gutes Theater?

»Dieses Schicksal ist furchtbar, Bärchen. Ich kann verstehen, daß du hin- und hergerissen wirst. Aber du sollst auch wissen, daß ich dich sehr liebe. Dieser Liebe wegen könnte ich auch deine Frau pflegen, wenn es nötig ist. Du sollst das Unglück nicht so hart empfinden, ich bin ja auch noch bei dir.« Sie lehnte sich an Karl und legte den Arm um seine Schulter.

Haußmann atmete schneller. Die Wärme von Marions Körper, ihre Schönheit, der Duft ihres Haares, ihre Anschmiegsamkeit, die Gewißheit, wirklich nicht mehr in schweren kommenden Stunden allein zu sein – das alles zusammen war ein wirklich wundervolles Gefühl. Ein Gefühl, das sich mit Schauder mischte.

»Daß auch alles so kommen mußte«, sagte er heiser und zog Marion an sich. »Ich danke dir, Marion. Bisher habe ich dich für ein kleines Aas gehalten.«

»Mein dummes, brummendes Bärchen!« flüsterte sie ihm zärtlich ins Ohr.

Dann küßten sie sich.

Aber von Karls Seite war es mehr Dankbarkeit.

Am Fenster des dunklen Zimmers trat Erika langsam zurück. Sie hatte alles beobachtet, ohne die Worte verstehen zu können. Doch es genügte ihr, daß Karl Marion küßte.

Verloren, dachte sie. Ich habe ihn endgültig verloren. Jetzt habe ich es mit eigenen Augen gesehen. Nun ist meine Welt dunkel und leer. Für mich ist hier kein Platz mehr.

Sie ging mit einem Glas zum Wasserhahn, ließ es halb volllaufen, ging zurück zum Bett und öffnete ein Röhrchen mit Tabletten, das ihr Dr. Tezza nach den Untersuchungen gegeben hatte. »Wenn Sie starke Schmerzen haben... zwei Stück, mehr nicht!« hatte er gesagt. »Sie werden danach schlafen wie ein Murmeltier. Ich habe das Präparat selbst entwickelt. Es wirkt auch krampflösend.«

Zwanzig Tabletten waren in dem Glasröhrchen.

Erika schüttete alle zwanzig in das Wasserglas und rührte mit einem Strohhalm so lange herum, bis sie sich aufgelöst hatten. Das Wasser war milchig, undurchsichtig geworden. Es roch stark nach Kampfer.

Einen Augenblick lang zögerte Erika. Sie dachte an ihre Kinder. Aber die waren erwachsen und lebten ihr eigenes Leben. Noch einmal trat sie ans Fenster. Über Capistrello hing ein herrlicher Mond am fahlen Nachthimmel. Karl und Marion waren nicht mehr im Garten. Irgendwo, in der Dunkelheit, sind sie jetzt, und küssen sich oder...

Erika spann den grausamen Gedanken nicht weiter. Sie hob das Glas an die zitternden Lippen und trank. Vier tiefe Schlukke... und es war geschehen. Es gab kein Zurück mehr.

Erika stellte das Glas ab, überlegte, spülte es dann aus und legte sich ins Bett. Noch spürte sie nichts, im Gegenteil, ihr Herz schlug rasend.

So ist also mein Ende, dachte sie. Das ist mir von meinem Leben übriggeblieben: Ein selbstgewählter Tod in einem spärlichen Gastzimmer einer Pension in Avezzano. So klein und elend kann eine glückliche Welt werden.

Dann wurde sie müde und schlief ein.

Auf leisen Sohlen, in den Samtschuhen des Traumes, kam der Tod zu ihr...

Karl Haußmann saß in der Gaststube und trank Wein. Einen goldroten, süßen, schweren Wein. Er kannte ihn nicht und ahnte nicht seine Tücken. Er merkte nur, wie glatt der Wein ins Blut ging und seine Aufregung glättete. Und das brauchte er. Er hatte in ein paar Minuten erlebt, wie der ganze Plan seiner Italienreise zusammenbrach. Frank Hellberg zeigte seine Sympathie zu Claudia so deutlich, daß Marion mit verbissenem Gesicht auf ihr Zimmer ging. Kurz darauf zogen sich auch Hellberg und Claudia zurück, und Karl blieb allein mit seinem Wein und seinem vielschichtigen Kummer.

Nach Bari, dachte er und sah den goldroten Wein. Zum »Schiff der Hoffnung«. Ist das nicht auch wieder ein Trugbild, eine Illusion, ein Strohhalm, der schnell bricht? Ein Wundermittel gegen Krebs. Gibt es denn noch Wunder? Soll man Erika diese anstrengende Fahrt überhaupt noch zumuten? Wäre es nicht besser, gleich zurück nach Deutschland zu fahren? War dieser Dr. Tezza nicht Warnung genug?

Fragen über Fragen. Und dann die persönlichen Probleme. Die offensichtlich echte Liebe Marions. Das Mädchen Claudia. Die kommende Auseinandersetzung zwischen Marion und Hellberg. Ein Gebirge von Problemen.

Haußmann sah nicht auf die Uhr, als er aufstand, aber er spürte, wie er schwankte und wie der süße, schwere Wein wie Blei in sein Gehirn drang. Mühsam tappte er die Treppe hinauf, suchte nach dem Zimmerschlüssel, den ihm Erika mitgegeben hatte, fand nach längerem Stochern das Schlüsselloch, ging hinein und zog sich aus. Er warf noch einen Blick auf Erika. Sie lag auf der Seite, schlief ruhig und fest und rührte sich nicht.

Morgen fahren wir, Rika, dachte Karl und zog die Decke über sich. Du sollst nicht sagen, ich hätte für dich nicht jede Chance wahrgenommen. Dann überschwemmte der Alkohol völlig sein Bewußtsein. Fünf Minuten später schnarchte er.

Zwei Zimmer weiter hatte sich in den vergangenen zwei Stunden ein nur äußerlich höflicher, haßerfüllter Kampf zugetragen.

Marion lag schon im Bett, als Claudia ins Zimmer kam. Vom Flur her hörte sie den geflüsterten Abschied zwischen Frank und dem italienischen Mädchen. Sie küssen sich, dachte sie wütend. Jetzt küssen sie sich.

Dann kam Claudia herein.

»Guten Abend«, sagte sie.

»Guten Abend.« Marion legte das Buch weg, in dem sie gelesen hatte. »Eine romantische Nacht, nicht wahr?«

Claudia blieb an der Tür stehen. »Herr Hellberg schlug vor, daß ich diese Nacht hier schlafe. Nirgendwo ist etwas frei. Aber, wenn es Ihnen nichts ausmacht, rücke ich einen Stuhl ans Fenster und warte dort den Morgen ab. Ich will Sie nicht stören.«

»Sie stören nicht.« Marion drehte sich zur Wand. »Das Bett ist breit genug für zwei.«

Wenig später schlüpfte Claudia unter die Decke. Sie hatte kalte Füße, und sie war so zart, daß Marion kaum ihre Gegenwart spürte. Aber das war es nicht... das Bewußtsein, neben einem Mädchen zu schlafen, das Frank Hellberg durch ihre engelhafte Art zu erobern begann, machte das Bett eng und nahm Marion fast die Luft. Es war ihr, als lägen Zentner neben und auf ihr.

Nach Mitternacht, die Glocken der Kirche von Avezzano hatten sie eingeläutet, hielt es Marion nicht mehr im Bett. Es kribbelte über ihren ganzen Körper wie von Tausenden von Ameisen. Vorsichtig stieg sie über die tief schlafende Claudia aus dem Bett, zog ihren Bademantel an und stellte sich ans Fenster. Die Luft war kühl und rein und herrlich für die erhitzten Nerven. Ein paarmal sah Marion zu Claudia hinüber. Ihr Gesicht war wie aus Porzellan. Sie hatte noch nie etwas so Zerbrechliches und Schönes gesehen.

Gegen ein Uhr verließ Marion das Zimmer. Sie hatte vor, zu Frank hinüberzugehen und wenigstens bei ihm eine Entscheidung zu erzwingen. Es war nicht die erste Nacht, die sie beisammengewesen wären, aber es würde die entscheidende Nacht werden. Die Ausschaltung der elfenhaften Claudia.

Auf dem Wege zu Franks Zimmer kam sie an Haußmanns Zimmer vorbei. Der Schlüssel steckte von außen im Schloß, und die Tür war nur angelehnt. Marion blieb erstaunt stehen, schob die Tür dann einen Spalt breiter auf und sah hinein.

Karl lag auf dem Rücken und schlief mit rasselndem Atem. Neben ihm aber hing Erika halb aus dem Bett. Ihr Kopf lag fast auf dem Fußboden, die Arme pendelten über der Bettkante. Ihr Gesicht war leichenblaß, die Augen halb geöffnet.

Marion stieß einen leisen Schrei aus, schlüpfte ins Zimmer, hob Erika ins Bett zurück und legte die Hand auf ihre Stirn. Sie war kalt und blutleer. Marion riß das Hemd über Erikas Brust auf, drückte das Ohr auf das Herz... es schlug noch, aber es war kaum hörbar. Es war wie das letzte, zaghafte Ticken einer Uhr, deren Feder abgespult ist.

»Karl!« schrie Marion und rüttelte Haußmann an den Schultern. »Karl! Wach' auf! Wach' auf!« Haußmann grunzte im Schlaf, aber Marion ließ ihm keine Ruhe. Sie rüttelte so lange, bis Karl im Bett auffuhr und sich die Augen rieb.

»Marion...« stammelte er entsetzt. »Bist du verrückt?«

»Deine Frau... Karl!«

Karl sah zur Seite. Dann sprang er mit einem Satz aus dem Bett. »Erika!« rief er. »Mein Gott! Mein Gott! Was hat sie bloß getan?« Er rannte im Zimmer herum, kopflos, während Marion versuchte, Erika Wasser zwischen die bleichen Lippen zu gießen. Dann sah er das leere Röhrchen auf der Erde liegen und wußte, was geschehen war.

»Einen Arzt!« rief Haußmann. »Sofort einen Arzt!« Er rannte hinaus auf den Flur und rief so lange, bis der Gastwirt erschien und Hellberg hinunterrannte zum Wagen.

Der alte Landarzt von Avezzano erschien wenig später, von Hellberg geholt, im Schlafanzug. Seine Anzughose hatte er einfach darübergezogen. Er brachte ein vorsintflutliches Magenauspumpgerät mit: einen dünnen, roten Gummischlauch, einen verbeulten Irrigator, drei große Spuckschalen.

»Nein, so etwas!« sagte er immer wieder. »So etwas! Solche Dummheit!«

Erika wurde im letzten Augenblick gerettet. Über vier Liter entgiftende Flüssigkeit pumpte der Arzt in Erikas Magen und pumpte sie wieder heraus. Dann gab er ihr zwei starke Kreislaufinjektionen und massierte das Herz. Als wieder etwas Farbe in Erikas leichenblasses Gesicht kam, lehnte sich der alte Arzt erschöpft zurück und nickte Haußmann zu.

»Bene...« sagte er.

»Ich danke Ihnen, Doktor.« Karl zitterten die Knie. Mehr konnte er nicht sagen. Was er in der letzten halben Stunde mitgemacht hatte, war nicht in Worten auszudrücken.

»Legen Sie sich hin, Herr Direktor«, sagte Marion, als der Arzt gegangen war. »Ich bleibe bei Ihrer Frau und halte Wache.«

»Das kann ich nicht verlangen«, stotterte Karl.

»Verlangen nicht. Aber ich tue es.«

»Sie haben es entdeckt.« Karl schluckte mehrmals. »Ihnen verdanke ich die Rettung meiner Frau.«

»Reden wir nicht mehr davon.« Marion setzte sich an die Bettkante. »Ruhen Sie sich jetzt aus.«

»Sie können in meinem Zimmer schlafen.« Frank Hellberg stand am Fenster. »Ich bleibe auch hier.«

»Danke. Ich... ich bin völlig durcheinander.«

Hellberg wartete, bis Karl das Zimmer verlassen hatte. Dann trat er hinter Marion und legte ihr die Hand auf die Schulter.

»Du bist besser, als du aussiehst«, sagte er leise.

Marion verstand ihn. Er schien das Doppelspiel durchschaut zu haben.

»Man täuscht sich oft«, antwortete sie.

Erika schlief drei Tage lang. Zweimal täglich kam der alte Arzt, gab ihr eine Kreislaufspritze, schimpfte über den Lumpen Tezza und trank auf Kosten Haußmanns nach der Konsultation einen Liter Rotwein in der Wirtschaft.

»Sie ist über'n Berg«, sagte er am dritten Tag. »Aber zehn Tage Ruhe ist das mindeste, was sie braucht. Wenn sie aufwacht, haben wir die Krisis überstanden.«

In diesen drei Tagen waren viele Fragen zwischen Karl, Marion, Frank und Claudia besprochen worden. Zunächst ging es darum, die Schiffsplätze in Bari auf dem Fährschiff »Sveti Stefan« zu bekommen. Hellberg, der in Bari angerufen hatte bei der Stazione Marittima, erfuhr, daß telefonische Anmeldungen völlig sinnlos seien. Man schlage sich um die Schiffskarten. Aus Foggia und Brindisi habe man schon Polizeiverstärkung heranholen müssen. Die Menschen benähmen sich wie die Raubtiere. Die Todesangst zerriß alle Erziehung und Moral.

»Es bleibt nichts übrig, als nach Bari vorauszufahren, die Karten zu besorgen und Sie und Ihre Frau dann abzuholen«, sagte Frank. »Sonst warten wir in Bari zwei oder drei Wochen. Vielleicht gelingt es mir, Karten für eine baldige Passage zu bekommen. Es wird alles nur eine Geldfrage sein.«

»Bieten Sie, was man vertreten kann. Ach was, zahlen Sie jeden Preis!« Karl Haußmann wischte sich den Schweiß von der Stirn.

»Und Sie wollen wirklich das Opfer auf sich nehmen und vorausfahren, Frank?«

»Das bedarf doch keiner Frage, Herr Haußmann.«

»Sie sind ein wahrer Freund.« Karl drückte Frank die Hände. »Ich kann noch immer nicht begreifen, daß Erika so etwas getan hat. Ich habe ihr nie die Verzweiflung über die Krankheit angemerkt. Es muß ein Kurzschluß gewesen sein. Das Erlebnis bei diesem Schuft Tezza... das war zuviel für sie.«

Die anderen nickten stumm.

Auch sie blieben in dem Irrtum befangen, Erika sei angesichts ihrer Krankheit verzweifelt.

Wenn sie die Wahrheit gewußt hätten!

Vielleicht hätte die Fahrt nach Bari zum »Schiff der Hoffnung« nie so stattgefunden, wie sie an diesem Abend beschlossen wurde.

»Ich fahre mit«, sagte Marion, als man wieder auf die Fahrt kam. »Ich kann dich ablösen, Frank. Ich fahre zwar nicht gut, aber besser schlecht gefahren, als gut gelaufen.«

»Und ich?« fragte Claudia leise.

»Sie natürlich auch.« Frank nickte ihr zu. »Sie gehören jetzt zur Familie.«

»Das walte Gott!« Marion nahm einen Schluck Wein. Was sie sonst noch sagen wollte, mußte sie hinunterspülen.

Frühmorgens, gleich nach der Morgendämmerung, starteten sie. Es war ein sonniger, aber windiger Tag. Über die Hänge von Capistrello pfiff der Wind und rüttelte die Pinien.

Zuerst saß Frank Hellberg am Steuer. Er fuhr die Straße Nr. 82 über Sora bis zur Kreuzung der Straße Nr. 6, die nach Cassino entlang dem Höhenrücken der Monti Simbrunini führt. Über Cassino erreichten sie die Autobahn nach Neapel. Aber Hellberg fuhr nicht bis zu der vielbesungenen Straße, sondern zweigte vorher ab auf die Straße Nr. 7 in Richtung Caserta–Benevento–Foggia. Ihm schien dies der nächste Weg zu sein, quer durch den Appennino Meridionale, durch Weingärten und rauhe Felsschluchten, verlassene Täler und Höhen mit wundervoller Weitsicht.

»Rechts von uns liegt Neapel«, sagte Marion etwas wehmütig, als sie das Straßenschild las. »Man könnte den Vesuv sehen,

Capri, Ischia, Pompeji...Kinderträume, an denen wir jetzt vorbeifahren.« Sie beugte sich zu Frank hinüber.« Liebling, kannst du nicht den kleinen Umweg über Neapel machen?«

»Jede verlorene Stunde kann einen Tag längeren Wartens in Bari bedeuten. Neapel läuft nicht weg, das sieht in 100 Jahren noch genauso postkartenromantisch aus wie heute. Aber in Bari müssen wir um die Zeit rennen!«

»Es war ja nur ein kleiner Gedanke.« Marion lehnte sich wieder zurück. »Verzeih. Du hast ja recht.«

Sie war sanft wie eine Taube.

Am Nachmittag waren sie in Foggia. In einer Trattoria aßen sie ein paar Happen und tranken Fruchtsaft. Dort kaufte Hellberg auch die neueste Zeitung. Auf der ersten Seite stand ein großer Bericht aus Bari. »Ansturm auf Krebsheilmittel.« Der Reporter schilderte in mitreißenden Worten den Sturm auf die Schiffskarten. Daneben veröffentlichte ein italienischer Professor Dr. Cradeno seine Ansicht über das neu entdeckte Wundermittel HTS. »Ich warne!« schrieb er. »Ich warne alle! Auch dies ist wieder ein Irrlicht wie viele vor ihm. Es gibt kein sicher wirkendes Chemotherapeutikum gegen den ›Krebs‹. Brustkrebs ist etwas ganz anderes als Magenkrebs oder Darmkrebs. Laßt euch nicht in Panik jagen! Wartet die klinischen Untersuchungen von HTS ab...«

Frank Hellberg vernichtete die Zeitung, ohne sie Claudia oder Marion gezeigt zu haben. Was dieser Professor Dr. Cradeno schrieb, war auch seine Ansicht. Aber wenn man sieht, wie sich ein Kranker an die Hoffnung klammert... Man kann, man darf ihn nicht enttäuschen. Der Lebenswille ist gerade bei einem Krebskranken ungeheuerlich. Er sprengt alle Maße. Und die Hoffnung ist der große Motor, der ihn immer wieder antreibt.

Von Foggia ab fuhr Marion.

Noch 127 Kilometer waren es bis Bari. Entlang der Küste des Adriatischen Meeres. Die herrliche Sonnenstraße von Barletta, Bisceglie und Molfetta. Links das blaue Meer und der weiße Strand, rechts die Weinberge, auf denen ein herrlicher Rosé reift. Ein gottgesegnetes Land, fruchtbar und schön und ewig wie die Sonne, die es prägt.

Zwischen Molfetta und Bari kamen sie in eine Polizeikontrolle. Karabinieri in hellgrauen Uniformen hatten die Straße gesperrt und fragten jeden Wagen nach dem Ziel der Fahrt.

»Nach Bari?« fragte einer der Polizisten und starrte Marions goldene Haare fasziniert an.

»Ja!« sagte Hellberg.

»Sie werden umgeleitet. Die Zufahrtstraße ist verstopft. Sie werden Bari heute nicht mehr erreichen. Sie müssen in Altamura oder Materna übernachten.«

Hellberg zog seinen Ausweis aus der Tasche und hielt ihn hoch.

»Presse.«

»Trotzdem.«

»Muß das sein?« Marion beugte sich etwas vor. Ihre Bluse war zwei Knöpfe weit offen. Der Karabiniere warf einen Blick auf die gewölbte, weiße Aussicht und schnaufte. Welcher Italiener bekommt da nicht ein weiches Herz?

»Freie Fahrt!« rief der Polizist seinen Kollegen zu und winkte. »Presse!«

Und während alle anderen Wagen umgeleitet wurden und nicht nach Bari durften, erreichten Hellberg, Marion und Claudia die Hafenstadt unter einem vom Sonnenuntergang feuerroten Himmel, das Meer in Gold und Flammen getaucht.

»Bari!« sagten alle drei, als das Ortsschild auftauchte. Sie hupten zur Begrüßung und fuhren dann langsam über die Staatsstraße 16 in die ersehnte Stadt ein. Links erhob sich die gewaltige Ellipse des Stadio della Vittoria, vor ihnen erhoben sich neben den niedrigen alten Häusern die Neubauten in den glutenden Abendhimmel. Moderne Hochhäuser, Wohnblocks, Hotels, der schlanke Kirchturm der Kathedrale. Sie fuhren die Via Napoli hinunter, bogen in die Via Pizzoli ein und stellten den Wagen am Rande der Piazza Garibaldi ab.

Mit steifen Beinen kletterten sie aus dem Wagen und gingen erst ein wenig hin und her, ehe sie etwas sagten.

»Na, wie bin ich gefahren?« fragte Marion.

»Sehr gut.« Hellberg lachte befreit. »Am besten war deine offene Bluse bei Molfetta.«

»Es stimmt also wieder, daß eine Frau am Steuer alle Hindernisse überwindet. Wie, das ist gleichgültig!«

Man war in einer ausgelassenen Stimmung. Die Nervenanspannung des langen Tages auf den Landstraßen löste sich. Wie die Kinder alberten sie herum, kauften sich an einem Eiswagen Gelati Motta und ließen reihum bei dem anderen lecken, denn sie hatten jeder ein verschiedenes Eis. Schokolade, Erdbeer, Pistazien.

»Und nun auf zur Zimmersuche!« sagte Hellberg, als sie das Eis gegessen hatten. »Das wird ein harter Brocken.«

Seine Ahnung trog nicht.

Bari war ein Heerlager geworden. Rund um den Hafen waren alle Hotels, Pensionen, Privathäuser, ja selbst die Lagerhäuser besetzt. Auf der Piazza Christ. Colombo standen Wohnwagen an Wohnwagen, die findige Italiener beim Einsetzen des Krankensturmes sofort dorthin gefahren hatten und für teures Geld vermieteten. Denn kein Platz war günstiger als der Kolumbus-Platz. Links von ihm ging die breite Molo Foraneo ab, eine mit Schienensträngen übersäte künstliche Halbinsel, der Hauptumschlagplatz des Hafens von Bari. Am Ende der Mole aber lag der Ankerplatz der »Sveti Stefan«, dem Fährschiff nach Jugoslawien.

»Das Schiff der Hoffnung.«

Drei Stunden lang liefen Hellberg und die beiden Mädchen durch Baris Straßen. Durch die enge, winkelige Altstadt, durch die saubere, schachbrettartig angelegte Neustadt mit ihren breiten Boulevards, dem Corso Vittore Emanuel II., Corso Cavour und Corso Mazzini. Vom Hauptbahnhof bis zum alten Castello liefen sie, vom Fischereihafen bis zurück zur Piazza Garibaldi mit dem ewig plätschernden Brunnen und der subtropischen Pflanzenpracht. Der Verkehr brandete an ihnen vorbei. Omnibusse, Schlangen von Autos, Pferdekarren, Droschken, schreiende Kinder.

Vom Fremdenverkehrsbüro Uffizio Informazioni Corso Cavour 2 hatte Hellberg eine Liste mit Privatpensionen, kleinen Hotels und Privatzimmern erhalten.

»In den großen Hotels – unmöglich, Signore«, sagte der freundliche, aber erschöpfte Mann hinter der Theke des Fremdenverkehrsbüros. Seit Tagen und Wochen sagte er immer das gleiche. Er kam sich wie ein Papagei vor. »Alles ausgebucht. Für Wochen. Im Hotel Palace? Nicht für 1000 Dollar, Signore. Sie glauben ja nicht, was hier los ist!«

Hellberg glaubte es. Er sah es ja. Um den Hafen herum und auch in der Stadt stauten sich die Autos mit fremden Nummernschildern. Es schien, als sei man dörferweise nach Bari gezogen. Und in allen Augen, in die er am Hafen blickte, sah er Entschlossenheit und Kampf um das nackte Leben.

Hinüber nach Jugoslawien.
Hinüber nach Sarajewo.
Die Wunderkapsel HTS.
Sechzehn Stück sollen einen Krebskranken heilen!
Sechzehn Stück!
Und heute nacht fährt wieder das Schiff über das Meer nach Dubrovnik.
Auf dem Schwarzmarkt in Bari, in den Gäßchen hinter dem Fischereihafen, verkauft man die Fährkarte schon für 100 Dollar.
Die Zimmerliste nützte Hellberg wenig. Überall, wo er hinkam, was das Zimmer schon besetzt. Aber in einem Haus in der Via Tanzi erlebte er einen Teil des Wunders, auf das er wartete. Der Padrone, der Hauswirt, der ihm öffnete, hob sofort beide Hände, als er die Liste in Hellbergs Hand sah.
»Nix! Nix!« sagte er in richtiger Einschätzung, einen Deutschen vor sich zu haben. »Voll bis unters Dach.« Und dann zog er Hellberg in die Diele der Pension, beugte sich vor und sagte: »Billietti für Schiff, ja? Quanta? Drei... vier...«
Hellberg hielt den Atem an. War so etwas möglich?
»Fünf!« sagte er.
»Prego.« Der Padrone griff in die Tasche. »Stück 200 deutsche Mark. Data... prego...« Er holte eine der Schiffskarten hervor. Es war die Reservierung von zwei Kabinen zweiter Klasse für eine Überfahrt nach Dubrovnik in 11 Tagen. »Macht 1000 deutsche Mark. Hast du?«
»Ich habe!« Hellberg zählte 10 Hundertmarkscheine in die schmuddelige Hand des Padrone. Dann nahm er die Karten entgegen und verstaute sie wie einen Goldschatz in seiner Brieftasche.
»Und wo bekommen wir drei Betten?« fragte er danach. »Seit drei Stunden rennen wir herum.«
»Ich habe einen Freund.« Der Padrone riß von der Zeitung, die auf dem Tisch in der Diele lag, den Rand ab und schrieb eine Adresse darauf. »Hier, Signore. Zeigen Sie Schrift, er kennt sie. Sie werden Betten bekommen.«
»Das Wunder zweiter Teil!« sagte Hellberg, als er wieder bei den Mädchen war. »Wir haben die Karten und wir haben Betten! Wir müssen wahre Glückskinder sein!«
So kamen sie zu der Pensione Renzo. Sie lag in einer der

engen, winkeligen, schmutzigen Gassen der Altstadt. Ein Haus, an dem Hellberg normalerweise schnell vorbeigelaufen wäre.

Der Hauswirt las den abgerissenen Zeitungsrand, nickte und gab den Eintritt frei.

»Dritte Etage«, sagte er. »Nummer 14. Nur ein Raum, aber mit zwei Betten. Eins kommt noch. Pro Kopf und Nacht 100000 Lire. Drei Tage im voraus. Prego.«

Und wieder zahlte Hellberg.

Dann lagen sie alle drei erschöpft im Bett, machten sich gar nicht die Mühe, sich auszuziehen, sondern sanken so, wie sie waren, auf die Decken.

»Meine Füße...« sagte Marion. Dann schlief sie ein, als habe man sie betäubt.

Auch Claudia, total ausgepumpt von dem stundenlangen Lauf, war nicht mehr fähig, etwas zu tun. Sie streckte sich aus und schlief schon, als der Padrone mit einem dürren Hausknecht das dritte Bett brachte und aufstellte.

Und dann – endlich – konnte sich auch Hellberg hinlegen und kam sich vor, als habe man ihm alle Knochen gebrochen.

Die Nacht sank über Bari. Über Gerechte und Ungerechte.

In dieser Nacht geschah etwas Furchtbares.

In der Pensione Renzo, auf Zimmer 15, wurde ein Mann ermordet. Der Hauswirt, der spät in der Nacht von einem Bummel durch einige Weinlokale zurückkam, sah hinter den blinden Scheiben noch Licht. Das wunderte ihn, denn der Bewohner von Nr. 15 war gerade aus Dubrovnik zurückgekehrt. Er hatte das Zimmer schon bei der Abfahrt von Bari fest bestellt gehabt. Nun war er zurückgekommen aus Sarajewo, ein glücklicher, ein strahlender, ein verjüngter Mensch.

»Ich habe die Wunderpillen!« hatte er schon im Hausflur geschrien. »Ich habe 20 Pillen! Damit kann ich meine Frau völlig heilen! 20 Pillen! Ich werde morgen der Madonna in der Kathedrale eine dicke Kerze opfern, die dickste, die es in Bari gibt!«

Der Hauswirt stieg die drei Treppen hinauf, klopfte an die Tür von Nr. 15, legte das Ohr an das Holz, und als er nichts hörte, drückte er die Klinke herunter.

Die Tür war nicht verschlossen.

Im Schein der trüben Deckenlampe lag der Mann vor dem

Tisch auf dem Boden. Um seinen Kopf hatte sich eine große Blutlache gebildet.

Der Mörder hatte ihm die Kehle durchschnitten. Eine grauenhafte Wunde zog sich fast von Ohr zu Ohr.

In der Hand hielt der Tote eine Damenhandtasche, in die sich seine Finger im Todeskampf fest verkrallt hatten.

Zehn Minuten später war die Polizei da.

Zwei Spezialisten untersuchten die Leiche, der junge Polizeioffizier löste die Tasche aus den Händen des Toten. Aufgeregt, mit beiden Armen fuchtelnd, sprach der Padrone auf ihn ein.

Und dann klopfte es an die Tür von Nr. 14. Hart, fordernd.

Hellberg fuhr aus dem Bett. Claudia und Marion richteten sich auf. »Aufmachen, Polizei!« dröhnte eine Stimme vom Flur.

Die schwarzen Fahrkarten, dachte Hellberg. Verdammt! So große Glückskinder scheinen wir doch nicht zu sein.

Er öffnete und prallte geblendet zurück. Ein Handscheinwerfer strahlte ihn an.

»Kommen Sie heraus!« sagte die schneidende Stimme wieder. Claudia und Marion folgten Hellberg in den Flur. Da sahen sie die offene Tür von Zimmer 15 und blieben mit einem Aufschrei entsetzt stehen.

Der Tote in der Blutlache.

Der grauenhafte Schnitt in der Kehle.

Und hinter ihnen sagte die schneidende Stimme:

»Sie sind verhaftet wegen Mordes! Mitkommen und Hände auf den Rücken!«

Noch geblendet von dem Handscheinwerfer und wie gelähmt von dem grauenhaften Anblick, rührten sie sich nicht. Erst, als jemand Hellberg unsanft in den Rücken stieß und laut »Avanti! Avanti!« rief, löste sich ihre Erstarrung.

»Das dürfte doch wohl ein Irrtum sein!« sagte Hellberg erregt. »Wie kommen Sie dazu, uns...«

»Mitkommen! In Nebenzimmer.« Der junge Polizeioffizier sprach etwas Deutsch. Plötzlich war der obere Flur voller Polizeiuniformen, und harte Hände packten Hellberg und die beiden Mädchen und schoben sie in ihr Zimmer zurück. Im Nu war der Raum taghell, zwei neue Handscheinwerfer strahlten Hellberg, Claudia und Marion an. Von der Straße tönte eine Sirene. Die Mordkommission. Der Leichenwagen. Der Polizeiarzt. Die enge, winkelige Gasse war nun hellwach. Aus allen Häusern quollen die Menschen, umstanden das Mordhaus, diskutierten mit weiten Armbewegungen und südländischem Temperament.

Der Leiter der Mordkommission sah sich die Leiche noch einmal genau an und ließ sich eingehend von dem Polizeioffizier berichten, ehe er ins Nebenzimmer ging, sich hinter einen in der Zwischenzeit herbeigeholten breiten Tisch setzte und eine Brille aufsetzte.

»Sprechen Sie englisch?« begann er sein Verhör und sah Hellberg dabei an.

»Ja.« Von jetzt ab wurde nur englisch gesprochen, was auch Claudia verstand. Marion saß auf dem Bett und schüttelte immer wieder den Kopf. »So ein Blödsinn!« sagte sie. »So ein verrückter Blödsinn! Man sollte darüber lachen.«

Diese Meinung änderte sich in ein paar Minuten. Der Leiter der Mordkommission ließ keinen Zweifel, daß die Situation äußerst ernst war.

»Sie sagen, Sie hätten mit dem Mord nichts zu tun?« fragte er. »Gar nichts?«

»Sehr richtig! Ich protestiere gegen diese Unterstellung.«

Hellberg trat einen Schritt vor. »Es ist absurd!«

»Sie werden gleich sehen, daß es gar nicht absurd ist, Sir. Was wollen Sie in Bari?«

»Karten zur Überfahrt nach Dubrovnik besorgen.«

»Um nach Sarajewo zu kommen?«

»Ja.«

»Zu den Wunderpillen des Dr. Zeijnilagic?«

»Ja.«

»Sie sind krebskrank?«

»Nein. Einer meiner Bekannten. Sie warten in Avezzano auf unsere Rückkehr mit den Karten.«

»Name.«

»Karl und Erika Haußmann aus Gelsenkirchen in Westdeutschland. Ich bin Journalist und heiße Frank Hellberg.«

»Ein Journalist. Sieh an!« Der Leiter der Mordkommission von Bari lächelte mokant. »Immer zur richtigen Zeit am richtigen Ort. Mord wegen 20 Wunderpillen... eine gute Schlagzeile, nicht wahr?«

»Was wollen Sie eigentlich?« rief Hellberg empört.

»Ihren Paß bitte.«

Hellberg reichte ihn hin. Der Beamte prüfte ihn und legte ihn zur Seite auf den Tisch. »Und Ihre Pässe bitte«, sagte er zu den beiden Mädchen.

Marion trat an den Tisch. Unter ihrem Bademantel trug sie hauchdünne Shorties. Während sie ging, schlug der Mantel auf und gab einen Blick auf ihre langen, schlanken Beine frei. Für einen Süditaliener ist so etwas Alibi genug, aber der Polizeichef der Mordkommission schien aus Norditalien zu kommen. Er beachtete Marions aufreizende Figur nicht einmal.

»In Ordnung!« sagte er und legte Marions Paß auf den Hellbergs.

»Und Sie, Signorina?«

Claudia suchte verzweifelt nach ihrer Handtasche. Sie sah neben und unter das Bett, sie räumte ihren kleinen Koffer völlig aus, sie kroch im Kleiderschrank herum.

»Suchen Sie etwas?« fragte der Leiter der Mordkommission.

»Meine Handtasche.« Claudia trat außer Atem an den Tisch.

»Signore Capitano... ich hatte gestern abend meine Handtasche hier auf den Stuhl gelegt. Ich weiß es genau.«

»Und in der Tasche war Ihr Paß?«

»Ja.«

»Ist das hier Ihre Tasche?«

Der Beamte griff unter den Tisch und hob eine Damenhandtasche hoch in das Scheinwerferlicht.

»Ja!« rief Claudia. »Das ist sie!« Ihr kleines, zartes Gesicht wurde ratlos. »Wie kommen Sie an meine Tasche? Wo war sie?«

»Der Ermordete hatte sie in der Hand«, sagte der Capitano ruhig. »Er umklammerte sie noch im Tode. Ich verhafte Sie wegen Mordes, Signorina.«

Mit einem leisen Schrei sank Claudia ohnmächtig zusammen. Zwei Polizisten trugen sie auf das Bett und stellten sich dann daneben auf, als sei das Mädchen ein gefährlicher Gewaltverbrecher. Frank Hellberg, der zu ihr eilen wollte, wurde von einem stämmigen Polizisten am Ärmel festgehalten.

»Das ist ja Wahnsinn!« schrie Hellberg. »Signorina Torgiano soll einen Mann...« Er schlug sich mit der flachen Hand gegen die Stirn. »Es ist nicht zu fassen, was sich Beamte ausdenken können!«

»Gehen wir weiter.« Der Capitano reagierte nicht im geringsten auf den Protest Hellbergs. »Ein Mädchen wie die Signorina ist nicht in der Lage, einen solchen Halsschnitt auszuführen. Für einen solchen sogenannten Kragenschnitt braucht man Kraft. Er wird in einem Zuge gemacht, und dazu braucht man Muskeln. Signorina Torgiano aber ist zu zart dazu. Also haben *Sie* den Mann ermordet, während die Signorina vielleicht das Opfer festhielt, umklammerte, mit ihrem Körper niederdrückte.«

»Nein! Sie hat den Mann mit ihrer Handtasche erst niedergeschlagen und dann mit ihrem Büstenhalter gefesselt«, sagte Hellberg voller ironischer Bitterkeit.

Der Polizeikommissar schlug mit der Faust auf den Tisch.

»Lassen Sie die albernen Witze, Sir!« brüllte er. »Die Lage, *Ihre* Lage ist ernst genug. Jedes Gericht wird die Tasche in der Hand des Toten als maßgebendes Indiz werten! Auch ein deutsches Gericht!«

»Und warum wohl sollten wir den Mann von nebenan ermordet haben?«

»Wegen der Wunderpillen aus Sarajewo. Er hatte 20 Stück bekommen und wollte morgen weiter nach Rom. Und Sie haben vorhin selbst gesagt, daß Sie nach Sarajewo wollen, um diese Pillen zu holen! Da Sie keine Schiffskarten mehr bekamen, war der Weg hier einfacher. Hinein ins Nebenzimmer, Kehle durchgeschnitten ...«

»O Himmel!« Hellberg schlug sich wieder gegen die Stirn. »Sie sollten Kriminalromane schreiben, Capitano! Ich habe ja die Schiffskarten!«

»Wo?« Man sah an den Augen des Kommissars, daß er unsicher wurde. Hellberg griff in die Brieftasche und zog seinen großen Schatz hervor. Der Capitano warf einen Blick darauf. Sein Gesicht entspannte sich wieder.

»Das sind plumpe Fälschungen!« sagte er.

Es war Hellberg, als habe ihn jemand von hinten mit einem Hammer gegen den Kopf geschlagen. »Nein ...« stammelte er. »Das ist unmöglich. Ich habe ...«

»Sie haben einen hohen Betrag schwarz dafür bezahlt, nicht wahr? Man hat Sie betrogen – falls Sie die Karten nicht als gutes Alibi selbst anfertigten.«

»Ich kann Ihnen die Adresse nennen, wo ich sie gekauft habe. Es ist ein Freund des Hauswirtes. Er hat mir sogar einen Zettel mitgegeben, sonst hätten wir nie das Zimmer bekommen.«

»Warten Sie, Sir.«

Der Kommissar ging hinaus. Auf dem Flur hörte man einen erregten Wortwechsel, der lauter und lauter wurde. Dann kam der Capitano herein und setzte sich. Seine verschlossene Miene ließ nichts Gutes vermuten.

»Der Padrone sagt aus und ist bereit, es zu beeiden, daß er von Ihnen nie einen Zettel bekommen hat. Er hat überhaupt keinen Freund, der Schiffskarten, und dazu noch gefälschte, verkaufen könnte. Er sagt aus, daß Sie und die beiden Damen bei ihm klingelten, und da er noch ein Zimmer frei hatte und Sie alle so erschöpft aussahen, habe er Ihnen das Zimmer gegeben.«

»Ich habe die Adresse seines Freundes!« Hellberg suchte mit zitternden Fingern die Liste des Fremdenverkehrsvereins von Bari. Als er sie fand, zeigte er dem Capitano den Namen der Pension in der Via Tanzi. Ein Polizist verließ das Zimmer mit der Weisung, nachzusehen, ob es Wahrheit war.

»Wäre es nicht besser, Sie legen ein Geständnis ab?« fragte der Kommissar. Hellberg starrte ihn an, als käme er von einem anderen Stern.

»Was soll ich denn gestehen?«

Auf dem Bett erwachte Claudia aus ihrer Ohnmacht. Ein Polizist flößte ihr Rotwein ein, der um diese Jahreszeit billiger war als Wasser, das man rationierte. Dann begann sie zu husten, ein trockener, bellender Husten, der den Capitano aufhorchen ließ. Er sah hinüber zu dem sich auf dem Bett krümmenden Mädchen.

»Die Signorina ist auch krank?«

»Ja. Sie hat Lungenkrebs!« antwortete Hellberg hart.

»Ist die Lage nicht sonnenklar, Sir?« Der Capitano steckte die Pässe Hellbergs und Marions in eine Aktenmappe. »Sie redeten immer nur von Ihren Bekannten, die in Avezzano warten. Von der Signorina haben Sie nichts erzählt.«

»Weil Sie nicht danach fragten!«

»Die alte, immer wieder dumme Ausrede.« Der Kommissar winkte lässig ab. »Sie brauchten die Pillen jetzt! Für die Signorina. Dann die gefälschten Passagekarten, die niemand verkauft haben will... denn Sie glauben doch nicht, daß der Pensionsbesitzer in der Via Tanzi ›Ja‹ sagt?!«

»Nein.«

»Na also!« Der Capitano erhob sich und winkte. Je zwei

Polizisten stellten sich neben Hellberg, Marion und Claudia. »Kommen Sie mit. Morgen früh werden wir die Verhöre fortsetzen. Bis dahin haben Sie Zeit, sich die Wahrheit zu überlegen.«

»Wird diese dumme Komödie tatsächlich noch weitergespielt?« rief Marion erregt. Von der englischen Unterhaltung hatte sie nur einige Worte verstanden, aber den Zusammenhang nicht begriffen.

»Es scheint so.« Hellberg wandte sich an den Leiter der Mordkommission. »Ich bitte um sofortige Benachrichtigung des deutschen Konsulats in Neapel und um einen Anwalt!«

»Morgen früh, wie Sie wollen, Sir.« Der Capitano machte eine kleine, höfliche Verbeugung. »Bis dahin bitte ich Sie, meine Gäste zu sein....«

Das war nicht ironisch gemeint, sondern wirklich höflich. Erst der überführte Mörder ist ein wirklicher Mörder.

Unter dem Geschrei der Nachbarn und der Kinder, die trotz der nächtlichen Stunde wieder auf der Gasse waren, unter Drohungen und geschwungenen Fäusten wurden Hellberg, Claudia und Marion mit einem Polizeiwagen abtransportiert. Der Tote war schon fortgeschafft. Der Hausdiener scheuerte bereits den Boden von Zimmer Nr. 15. Es war eine scheußliche Arbeit. Das Blut war in die Ritzen der Dielen gelaufen und mußte mit einem Messer herausgekratzt werden.

Am nächsten Morgen wurden auf der Molo Foraneo, an den wartenden Wohnwagen, von einem mittelgroßen, bärtigen Mann in schäbiger, abgetragener Kleidung 20 Kapseln HTS, das Wundermittel gegen den Krebs von Dr. Zeijnilagic aus Sarajewo, zum Kauf angeboten. Ein Ehepaar aus Marseille kaufte sie für ihren krebskranken Sohn und bezahlte 3000 neue Francs dafür. Überglücklich fuhren sie sofort von Bari ab. Ihr Sohn Marcel lag seit 6 Monaten in der Klinik von Marseille. Lymphogranulomatose, lautete die Diagnose. Unheilbar.

Nun glaubten sie, das Leben in der Hand zu haben. In einer Tüte, 20 Kapseln HTS.

Die Mutter weinte vor Glück, als sie aus der Hand des mittelgroßen, bärtigen Mannes die Tüte bekam.

Aus einer Hand, an der Blut klebte.

Aber wer sah es?

Erika Haußmann hatte sich von ihrem Selbstmordversuch erholt. Die Herzspritzen des alten Landarztes und eine Olivenölkur, die einen radikalen Durchfall erzeugte, aber dadurch den gesamten Darm von Giftstoffen reinigte, retteten ihr das Leben. Nach fünf Tagen konnte sie wieder das Zimmer verlassen. Gestützt auf ihren Mann Karl ging sie in den Garten, legte sich in den Liegestuhl unter den Sonnenschirm und atmete tief die mit Blütenduft und Geruch von gemähtem Gras geschwängerte Luft.

Von der kritischsten Stunde ihres Lebens sprachen sie nicht. Karl Haußmann umsorgte Erika mit rührender Tolpatschigkeit, so wie es Männer immer tun, wenn sie etwas gutzumachen haben. Er holte ihr Eis und eisgekühlte Fruchtsäfte, er kaufte in Avezzano die besten Backwaren, ließ saftige Steaks für sie braten und den zartesten Salat anrichten. Am siebenten Tag mietete er einen Karren mit zwei Mauleseln und ließ Erika durch die herrliche Landschaft fahren. Durch Weinberge und Gemüsefelder, zum Fluß Aterno und den Bewässerungskanälen des Tieflandes von Trasacco, das früher einmal sumpfig war und nun ein blühender Garten.

Es war ein herrlicher Tag. In einem Ristorante, dessen Pergola aus einem Dach von Weinranken bestand, aßen sie eine Minestrone und tranken einen herrlichen, leicht süßen, rubinroten Wein. Und hier erst brach Erika ihr Schweigen über das Vorgefallene.

»Wie hast du bemerkt, was ... was ich getan habe?« fragte sie.

Karl Haußmann zuckte zusammen.

»Fräulein Gronau entdeckte es.«

»Marion? Was hatte sie denn in unserem Schlafzimmer zu suchen?«

»Sie sah den Schlüssel von draußen stecken, und die Tür war nur angelehnt. Das kam ihr komisch vor. Und ich hatte ja einen gehörigen Schwips, als ich 'raufkam.« Haußmann sah in sein Glas. Die Minuten der damaligen Nacht kamen aus der Erinnerung zurück, bedrückend und anklagend. »Sie sah dich halb aus dem Bett hängen. Da hat sie mich geweckt. Zuerst wußte ich gar nicht, was los war. Ich war wie vor den Kopf geschlagen. Dann hat Hellberg den Arzt geholt, und Fräulein Gronau hat sich rührend um dich gekümmert. Ich war ja unfähig dazu ...«

»Dann verdanke ich also ihr, daß ich lebe?«

»Gewissermaßen ja.«

Erika schwieg. Warum hat sie mich nicht sterben lassen, dachte sie verwundert. Der Weg zu Karl wäre doch dann frei gewesen. Oder war es ihr bloß unangenehm, auf solche Weise das Erbe antreten zu können?

Als sie nach Avezzano zurückkamen, erwarteten sie zwei Männer in hellbeigen Maßanzügen. Sie saßen vor dem Gasthaus bei einer Flasche Wein und erhoben sich sofort, als der Wagen mit den Mauleseln hielt.

»Dolcare«, stellte sich der erste der Männer vor. »Polizeiinspektor Dolcare aus L'Aquila. Das ist mein Assistent Falcioni.« Dolcare sprach ein holpriges Deutsch, durchsetzt mit italienischen Ausdrücken, aber man konnte ihn gut verstehen. »Prego, nicht erschrecken, Signora. Nur eine kleines Frage. Formsache, wie man sagt. Können wir nehmen Platz an dieses Tisch?«

»Ich weiß zwar nicht, daß wir Apfelsinen geklaut haben«, sagte Karl Haußmann mit gezwungenen Humor, »aber wenn es nötig ist: Bitte, ich gestehe alles.« Er lachte laut. Man setzte sich an den runden Tisch, der Wirt brachte noch zwei Gläser, und zuerst trank man gemeinsam ein Glas Wein. Das hebt die Stimmung und macht freier.

»Nur einiges Fragen, Signore«, sagte Inspektor Dolcare und zog aus der Tasche einen Brief. Es war ein amtliches Schreiben, wie Haußmann am Kopf und an den Stempeln sah. »Welches Wagen fahren Sie?«

»Type oder Nummer?«

»Due, Signore.«

»Ich habe einen hellblauen Mercedes 220 mit der Nummer GE – MZ 921.«

»Und wo ist Wagen jetzt?«

»Aha!« Haußmann sah Erika an. »Da hat der Frank einen Unfall gebaut, paß mal auf.« Und zu Dolcare sagte er: »Wenn alles normal verlaufen ist, muß er längst in Bari sein.«

»Ist er, Signore.«

»Und dort hat's geknallt.«

»Prego? Ich nicht...« Dolcare hob beide Hände.

»Ein Unfall? Bum. Aus!« Haußmann ließ beide Fäuste zusammenprallen. Eine Sprache, die jeder versteht im Zusammenhang mit Autos. Dolcare lächelte mild.

»Niente, Signore. Auto nix kaputt. Auto steht auf der Piazza Garibaldi in Bari. Plombiert.«

»Warum das denn?« Haußmann wurde unsicher. Wenn die Polizei etwas plombiert, dann ist es etwas Ernstes.

»Wer fuhr Auto?« fragte Dolcare weiter.

»Ein Bekannter. Frank Hellberg. Ein Journalist.«

»Und wer hat gefahren mit?«

»Fräulein Marion Gronau und ein Fräulein Claudia Tortelle oder Torrosa oder so...«

»Torgiano...«

»Richtig!«

»Sie werden können bürgen für sie?«

»In jeder Höhe!« Haußmann lächelte wieder. Geld, dachte er. Die haben kein Geld mehr. Wer weiß, was da passiert ist. Vielleicht ist es ihnen gestohlen worden. Und nun sitzen sie irgendwo fest und haben uns als Bürgen genannt. Na, wir werden es ja gleich erfahren.

»Wo sind sie, Herr Inspektor?« fragte Karl Haußmann und griff in die Brusttasche. »Wieviel Geld brauchen sie?«

»Nix Lire, Signore. Signore Hellberg ist in Bari. Verhaftet mit den Signorinas.«

»Verhaftet? Aber wieso denn?« stotterte Karl.

»Wegen Mordes...«

Es war, als habe zwischen ihnen ein Meteor eingeschlagen. Karl starrte Erika an, und er sah in ihren Augen die gleiche Verblüffung wie bei sich. Sekundenlang waren sie unfähig, etwas zu sagen, aber dann plötzlich begann Haußmann zu lachen und schlug sich auf die Schenkel.

»Inspektor!« rief er und holte tief Atem. »So einen herrlichen Blödsinn habe ich selten gehört!«

»Sie haben ermordet Mann, der 20 Tabletten HTS mitgebracht hat aus Sarajewo.« Dolcare war sehr ernst, als er das sagte. »Mann war im Nebenzimmer von Pensione. Er hatte Tasche von Signorina Torgiano in Hand.«

Erika Haußmann schüttelte den Kopf. »Das ist doch alles nur eine Verwechslung. So etwas kann man doch im Ernst nicht glauben.«

»Man will Sie anhören in Bari. Wann können Sie abfahren?«

»Sofort!« Haußmann sprang auf. »Aber womit? Mein Wagen ist ja in diesem Bari!«

»Signore Falcioni wird Sie gerne hinbringen.« Inspektor Dolcare sah zu dem erregten Haußmann hinauf. »Vielleicht wirklich nur alles Irrtum, Signore. Aber Indizien… man muß tun seine Pflicht, nicht wahr?«

»Natürlich.« Haußmann sah auf seine Frau. »Fühlst du dich auch wirklich stark genug, um schon zu fahren? Verdammt noch mal… wenn einmal der Wurm drin ist…«

»Es wird schon gehen, Karli.« Erika lächelte ermunternd. »Wer weiß, in welcher Situation unsere Freunde sind.«

Eine Stunde später fuhr Kriminalsergeant Falcioni die Haußmanns mit einem kleinen, weißen Fiat nach Bari. Da der Kofferraum nicht ausreichte, hatte man die Hauptlast des Gepäcks auf das Dach geschnallt.

Nur wer schon einmal mit einem Italiener gefahren ist, weiß, was Karl und Erika Haußmann in den nächsten Stunden aushielten. Es gab keine Kurven, in die man nicht hineinflog; es gab keine Serpentinen, die man nicht mit kreischenden Reifen nahm; es gab Engpässe, in die man laut hupend hineinraste, und wenn die Straße gerade war, beugte sich Falcioni über das Lenkrad und wurde zum Rennfahrer.

Dreimal kippte der kleine Wagen fast um, weil in scharfen Kurven die Dachlast verrutschte und das Gepäck herunterhing. Dann stieg Signore Falcioni seelenruhig aus, zurrte alles wieder fest, lächelte verzeihend zu Erika, machte mit weiten Armbewegungen klar, daß alles gar nicht so schlimm sei, sah auf seine Uhr, rief: „Madonna mia!«, sprang hinter das Steuerrad und gab Gas.

»Und da meckerst du immer, wenn ich ein bißchen scharf fahre«, sagte Karl Haußmann und hielt sich am Türgriff fest.

»Ich werde nie mehr etwas sagen, Karli, wenn wir heil in Bari ankommen.« Erika schloß die Augen. Sie rasten quer durch den Apennin. Eine Bergstraße, links ein unbefestigter Abgrund, rechts ein schroffer Felshang.

Falcioni hupte wie ein Irrer und jagte die Straße hinauf. Dabei pfiff er vor sich hin und war anscheinend sehr vergnügt und zufrieden mit seinem donnernden und fauchenden Auto.

Was Haußmann nie geglaubt hatte: Sie schafften es, heil und noch an diesem Tage nach Bari zu kommen. Allerdings war es schon dunkel, als sie die Via Napoli hinunterrasten und kreischend zur Piazza Garibaldi abbogen. Dort stand unter einer

Platane der hellblaue Mercedes mit der Gelsenkirchener Nummer.

»Mein Wagen!« rief Haußmann und klopfte gegen die Scheibe. »Da steht er ja! Halt! Halt!«

Sergeant Falcioni nickte und lachte. »Capito!« rief er. »Erst Policia!«

Und weiter rasten sie durch das nächtlich erleuchtete, elegante, aus Tausenden Lichtern glitzernde, reiche Bari. Corso Vittore Emanuel II... um die Ecke wie ein Irrer in die Via Sparano... hinunter zur Piazza Umberto.

Das Haus der Kriminalpolizei. Unscheinbar. Eine Toreinfahrt. Falcioni hupte, bog in vollem Tempo auf das Haus, durchraste die Toreinfahrt, es gab einen Schlag, als das Gepäck vom Dach gerissen wurde, denn die zweiteiligen Tore waren nur unten geöffnet worden, dann flogen Erika und Karl nach vorn gegen die Sitze und stellten erschöpft und in den Knien zitternd fest, daß die Fahrt endlich ein Ende hatte.

»Ich sage nie mehr was, Karli...« stammelte Erika, als sie auf sicherem Boden im Hof des Hauses stand. »So etwas könnte ich nicht noch einmal ertragen.«

»Und dabei ist die Unfallziffer in Italien geringer als bei uns.« Haußmann streckte sich. »Ich komme mir vor wie ein vom Schafott Geretteter.«

»Bitte mitkommen!« sagte ein Beamter, der aus einer Seitentür in den Hof kam. »Der Capitano erwartet Sie schon.«

»Die Situation hat sich geändert«, sagte der Leiter der Mordkommission von Bari, als Erika und Karl ihm in dem engen, muffigen Büro gegenübersaßen und bestätigt hatten, daß die Bilder in den Pässen wirklich stimmten und Hellberg, Marion und Claudia vorausgefahren waren, um Schiffskarten zu besorgen. »Vor einer Stunde ist ein neuer Mord verübt worden. Wieder an einem Mann, der 20 Kapseln HTS aus Sarajewo mitgebracht hatte. Die gleiche Tötungsart. Mit einem scharfen, großen Messer die Kehle durchschnitten. In einer Pension in der Nähe der Molo S. Nicola. Wir haben auch eine Spur. Ein Mann mit einem struppigen Bart, der natürlich falsch ist. Aber es steht nun fest, daß Signore Hellberg und die beiden Signorinas nicht als Täter in Betracht kommen.«

»Welches Glück, daß der Mörder wieder mordete.« Haußmann sah den Capitano wütend an. »Man hätte sonst unseren Freunden wirklich den Prozeß gemacht.«

»Wem kann man noch trauen, Signore?« Der Capitano erhob sich, küßte Erika vollendet die Hand und klopfte Karl freundschaftlich die Schulter. »Vor sich selbst hat man ja bald Angst. Gute Fahrt nach Dubrovnik und viel Glück in Sarajewo.« Und als Erika schon vorausgegangen war, hielt er Karl noch einmal zurück. »Glauben Sie an diese Pillen, Signore?«

»Nein. Aber man soll einem Kranken nie die letzte Hoffnung nehmen. Die Hoffnung ist das letzte menschliche Gefühl, das stirbt.«

»Viel Glück!« Noch einmal gab der Capitano Haußmann die Hand. In seiner Stimme lag ehrliche Teilnahme.

Im Hof warteten schon Hellberg, Claudia und Marion. Man hatte sie aus dem Untersuchungsgefängnis gebracht. In zwei dunklen Zellen der Carabinieri-Kommando-Zentrale in der Lungomare Nazario Sauro hatten sie nun 96 Stunden wartend verbracht, waren vorzüglich verpflegt worden, aber niemand hatte ihnen gesagt, was nun geschehen würde. Plötzlich hatte man sie abgeholt, und nun standen sie im Hof der Kriminalpolizei auf dem Corso Italia.

Das Wiedersehen war herzlich. Man umarmte sich; sogar Erika gab Marion die Hand und sagte: »Mein Mann hat mir alles erzählt. Ich muß Ihnen wohl danken...«

Alles erzählt? Marion warf einen Seitenblick auf Karl, der mit Hellberg eine laute Debatte über die italienische Polizei führte und vorschlug, eine dicke Beschwerde beim Konsulat, ja bei der Botschaft in Rom loszulassen. Alles! *Was* hatte er erzählt?

Dann standen sie alle auf der Straße, dem breiten Corso Italia, gingen hinunter zur Piazza Roma und zum Hauptbahnhof und setzten sich auf die Terrasse eines der vielen Cafés.

»Nun fangen die Probleme erst an«, sagte Frank Hellberg, als sich Karl und Erika durch einen Fruchtsaft und Cassata-Eis von der Fahrt mit Falcioni gestärkt hatten. »Wir haben keine Wohnung mehr, keine Schiffskarten und einen Paß zu wenig. Claudias Tasche, die der Mörder aus unserem Zimmer gestohlen hat, um den Verdacht auf uns zu lenken, ist zwar da, aber ohne Inhalt. Der Paß fehlt mit allen anderen Sachen. Wer weiß, wo der Kerl alles hingeschüttet hat. Verdammt, ich werde das Gefühl nicht los, daß der Hausdiener auch der Mörder ist!«

»Um Gottes willen, bloß kein Sherlock-Holmes-Spiel!« Haußmann hob abwehrend beide Hände. »Wir haben schon genug Ärger. Wir wollen froh sein, daß wir hier gemütlich sitzen können. Und was die Zimmer betrifft – das macht Karl Haußmann schon!«

Er breitete einen Stadtplan von Bari aus, den er in einem Kiosk am Bahnhof gekauft hatte. Fein aufgereiht stand da eine lange Liste von Hotels und Pensionen.

Hotel Nazioni. Poriente. Palace. Europa. Miramare. Moderno. Corona. Continental. Excelsior. Adria...

»Irgendwo bekommen wir Betten!« sagte Haußmann siegessicher. »Es ist nur eine Frage des Geldes.«

Um ein Uhr nachts standen sie wieder auf der Piazza Garibaldi vor ihrem nun entplombten Wagen. Haußmanns hatten ein winziges Zimmer am Fischmarkt, an der Molo S. Nicola, bekommen. Claudia und Marion wohnten in einem Zimmer hinter dem Bahnhof, in der Via Re David. Für Frank Hellberg hatte sich kein Bett auftreiben lassen.

Nach der Abfahrt des Fährschiffes waren die Straßensperren gelockert worden, ein Strom neuer Wagen hatte sich nach Bari ergossen. Ein erschütterndes Bild bot sich auf der Piazza Christ. Colombo. Dort parkte ein Kombiwagen aus Padua. In ihm lag auf einer Bahre eine ausgezehrte, gerippeähnliche Frau mit schlohweißen Haaren. Der Tod war schon in ihren großen, fiebrigen Augen. Die ganze Familie saß um den Wagen herum, ein Wall von Leibern, der die Sterbende schützte. Als die Polizei kam, war sie machtlos.

Der Chef der Familie trat einfach vor und sagte so laut, daß es alle hörten: »Wir haben unter dem Auto zwei Ladungen Sprengstoff. Wenn ihr uns wegjagt, sprengen wir uns alle in die Luft. Wir müssen nach Sarajewo! Seht ihr denn nicht, daß Mama stirbt, wenn sie nicht die Wunderpille bekommt?«

Und die Polizei zog ab.

Vor so viel Elend und Glauben versagt selbst das Gesetz.

»Ich schlafe im Wagen«, sagte Hellberg, als alle Hoffnung auf ein Bett für ihn sinnlos wurde. »Ich werde dort herrlich schlafen wie im Palace-Hotel nach den Nächten in der Zelle.«

Am nächsten Morgen trafen sie sich alle wieder auf der Piazza Garibaldi. Hellberg hatte sich in einem nahen Café gewaschen und rasiert. Er hatte eine stürmische Nacht hinter sich, denn alle zwei Stunden wurde er von der Polizeistreife geweckt, die ihm sagte, daß er auf der Straße nicht übernachten dürfe. Und jedesmal sagte Hellberg seinen gleichen Spruch: »Es ist nicht meine Schuld, sondern die des Capitanos. Er hat mich als Mörder verhaftet, und dadurch habe ich mein Zimmer verloren. Geht und fragt ihn!«

Gegen Morgen konnte er endlich schlafen. Es hatte sich auf den Revieren herumgesprochen, welch ein seltener Vogel in einem deutschen Wagen im Garibaldi-Park lag. Man ließ Hellberg in Ruhe.

»Also los!« sagte Haußmann tatenfreudig. »Wir haben gut gefrühstückt, die Sonne scheint... stürmen wir die Fahrkartenausgabe!«

Es klang gewollt lustig, aber hinter dem saloppen Klang schwang die Tragik. In der vergangenen Nacht hatten sich Karl und Erika ausgesprochen. Es war wie eine Erlösung gewesen, ja, fast wie eine neue Ehe, und es gab Erika neuen Mut und eine ungeahnte Kraft.

»Jetzt will ich selbst nach Sarajewo«, sagte sie in dieser Nacht. »Ehrlich, Karli – ich habe nie an diese Pillen geglaubt. Aber nun setze ich alle Hoffnung darauf. Es geht ja nicht nur um mich, sondern auch um dich. Um unser gemeinsames Glück. Es soll alles wieder so werden wie früher.«

»Es ist schon so, Rika«, sagte Karl und kam sich ganz klein und schäbig vor. »Man kann sich doch mal verirren... das ist doch menschlich...«

Frank Hellberg sah die breite Straße des heiligen Franz v. Assisi hinunter, die zu dem alten Castello Svevo, dem wehrhaften Mittelpunkt des alten Bari, führte. Dahinter, vom Corso Trieste an, begann der Weg der Leiden. Hier hatte die Polizei hohe Eisengitter errichtet und eine Wachbaracke aufgeschlagen. Nur wer einen gültigen Paß hatte, genügend Geld und eine Fahrkarte nach Dubrovnik oder Bar in Jugoslawien, wurde in den inneren Hafenbereich hineingelassen. Erschütternde Szenen hatten sich schon an diesem Gitter abgespielt. Ende November, als die ersten Nachrichten von der Wunderdroge HTS um die Welt flogen, erschoß sich ein Mann an diesem Gitter, weil ihn die Polizisten nicht durchließen zum Fährschiff nach Bar. Er hatte vergessen, seinen Paß zu verlängern. Er war zehn Tage vorher abgelaufen.

»Was machen wir mit Claudia?« fragte Hellberg stockend.

»Sie fährt natürlich mit uns«, rief Karl.

»Ohne Paß kommt sie nicht zum Schiff. Und um einen neuen Paß zu bekommen, muß sie erst nach Hause. Nur die Heimatbehörde stellt ihn aus. Sie kann ihn auch hier beantragen, aber bei dem italienischen Tempo dauert das mindestens 6–8 Wochen, wenn nicht noch länger. So lange dauert's ja schon in Deutschland. Beamte scheinen in jedem Land durch zuviel Arbeit gelähmt zu sein. Das geht also nicht. Wir müssen für Claudia einen anderen Weg finden.«

»Keine wilden Abenteuer, Frank!« Haußmann hob warnend die Hand.

»Wir wollen nicht James Bond spielen. Wir müssen in aller Ruhe die Möglichkeiten überdenken...«

»Es gibt nur eine Möglichkeit und die ist: Schwarzfahrt!« sagte Hellberg entschlossen.

»Und das kann ins Auge gehen!«

»Wissen Sie etwas anderes, Besseres?«

»50000 Lire in die hohle Hand eines Carabinieris.«

»Und drüben in Dobrovnik?«

»25000 Dinare in die gleiche hohle Hand.«

»Und auf der Rückfahrt das gleiche? Das ist doch Irrsinn!«

»Ich gebe ein Vermögen her, um an das HTS zu kommen!« sagte Haußmann laut.

»Ich schlage einen anderen Weg vor.« Hellberg sah dabei Marion an, die unbeteiligt in der Gegend umherblickte, aber genau zuhörte. »Wir trennen uns.« Marions Kopf flog herum.

»Trennen? Wieso?«

»Du, Frau und Herr Haußmann bilden die eine Gruppe. Sie haben die gültigen Pässe, sie haben das nötige Geld, bei ihnen wird alles glattgehen. Nach der nötigen Wartezeit sind sie auf dem Schiff. In Dubrovnik besteigen sie wieder den Wagen und fahren nach Sarajewo. Dort treffen wir uns.«

»Die zweite Gruppe, gebildet aus Frank Hellberg und Claudia Torgiano«, sagte Marion mit einem giftigen Unterton. »Prinz Frank, der edle Ritter! Willst du ein Schiff entern? Oder versuchst du, auf einer Luftmatratze die Adria zu überqueren?

Oder bist du ein verkappter Froschmann, der nachts an auslaufende Schiffe heranschwimmt und sich an die Bordwände klebt?«

»Ich werde versuchen, Claudia auf einem anderen Wege nach Jugoslawien zu bringen, das stimmt«, antwortete Hellberg ganz ruhig. Auf den Ton Marions ging er nicht ein. Er wunderte sich selbst, wie sehr er sich innerlich schon von ihr gelöst hatte. Sein ganzes Denken galt nur noch Claudia, dem Mädchen aus durchsichtigem Porzellan. »Ich werde einen weniger abenteuerlichen Weg finden, als Marion denkt. Aber wir werden uns in Sarajewo sehen, das verspreche ich!«

»Das klingt filmreif.« Marion lachte gequält. »Du solltest Drehbücher schreiben, Frank!«

»Einverstanden. So schwer es mir fällt.« Karl Haußmann sah kurz zu seiner Frau. Marion Gronau blieb also bei ihnen. Diese bittere Last war der Preis für Sarajewo. Und Erika nickte kaum merklich.

Keine Sorge, Karli. Ich weiß ja, wie du denkst.

»Sie brauchen sicherlich Geld, Frank?« fragte Karl.

»Ja. Aber ich zahle es Ihnen zurück, wenn wir wieder in Deutschland ...«

»Wollen Sie mich beleidigen?« Haußmanan griff in die Tasche, holte aus einem Kuvert ein Bündel Scheine und gab sie Hellberg, ohne sie zu zählen. »Wir sitzen jetzt alle in einem Boot, und wenn wir uns nicht gegenseitig helfen, gehen wir kläglich unter.« Er blickte auf Claudia, die sich an den Wagen lehnte und bisher noch kein Wort gesagt hatte. »Wissen möchte ich doch, was Sie vorhaben, Frank.«

»Ich habe mich mit einem der Polizisten, die mich in der Nacht alle zwei Stunden weckten, lange unterhalten. Ein Kollege von der ›Gazetta Bari‹ hat den Weg Bari – Dubrovnik oder Bar schon mehrmals gemacht, *ohne* das Fährschiff. Wie, das wußte der Polizist auch nicht. Der italienische Journalist hat keine Mittelsmänner verraten. Aber ich habe die Hoffnung, daß man so von Kollege zu Kollege etwas machen kann ...«

»Also doch ein kleiner James Bond«, warf Marion ein.

»Machen Sie nichts Unüberlegtes, Frank!« warnte auch Haußmann.

»Ich glaube, es ist besser, ich fahre zurück, nach Hause!« Es war der erste Satz, den Claudia an diesem Morgen sprach. »Ich sehe, ich bin eine große Last. Das wollte ich doch gar nicht. Ich wollte nur nach Bari. Aber nun ist der Paß gestohlen ... ich fahre zurück.« Sie lächelte Hellberg mit einem traurigen, unendlich süßen Lächeln an. »Ich danke dir, Frank, für alles. Vergiß dieses Mädchen Claudia... es hat es nie gegeben... und wird es in spätestens einem Jahr auch nicht mehr geben...« Sie sah Erika und Karl und auch Marion aus ihren großen, dunklen Augen an und nickte ihnen zu. »Ich wünsche Ihnen viel Glück und vor allem die Heilung... die herrliche Gesundheit...«

Mit einem Ruck wandte sie sich um und rannte davon, die Via Piccinni hinunter.

»Claudia!« schrie Hellberg. »Claudia! Warte!«

Aber sie blieb nicht stehen, sondern rannte weiter. Ihr Haar wehte wie eine zerzauste Fahne.

»Lauf!« sagte Marion leise. »Lauf schon, Frank! Ich weiß ja, wie es um dich steht!«

Und Frank Hellberg lief hinterher, holte Claudia an der Ecke der Via de Rossi ein, faßte sie unter, küßte sie vor allen Leuten auf den Mund und sagte:

»So etwas Dummes, mein Mädchen! Als ob ich dich von jetzt ab jemals allein ließe!«

Karl Haußmann und die anderen sahen den beiden nach, wie sie in der Menge der Spaziergänger verschwanden. Marion war etwas blaß geworden, aber sie trug den Schlag mit Fassung.

»Nun haben sich die Gruppen gebildet!« sagte Karl und schloß seinen Wagen ab. »Frank und Claudia sehen wir erst in Sarajewo wieder.«

»Hoffentlich.« Erika sah immer noch die Straße hinunter, die die beiden entlanggerannt waren. »Ich habe Angst um sie. Ich habe so ein merkwürdiges Gefühl...«

»Ich habe volles Vertrauen zu Frank.« Haußmann faßte seine Frau unter. »Und jetzt wollen wir unsere Fahrkarten holen, auch wenn sie erst in 3 Wochen gültig sind. Ich glaube nicht daran... wenn alle nach Sarajewo fahren, wäre die Stadt jetzt schon so groß wie Dortmund. Du sollst sehen, es geht schneller als befürchtet. Also los denn!«

Erika blieb stehen, noch immer die Via Piccinni hinunterblikkend. »Wir sollten sie zurückholen«, sagte sie leise. »Mein Gefühl... Ich habe Angst um sie.«

»Frank ist in Judo ausgebildet«, sagte Marion.

»Judo!« Erika strich sich nervös über ihr kastanienbraunes Haar. »Was nutzt das, wenn man ein Messer in den Rücken bekommt?«

Der Reporter der »Gazetta Bari«, Enrico Sampieri, empfing seinen deutschen Kollegen mit südländischem Temperament.

»O Kollege!« rief er. »Sie haben sich einen Engel geholt!« Er küßte Claudia die Hände und schüttelte Hellberg an den Schultern. »Eine Tragik ist das; unsere schönsten Mädchen holen die Fremden weg. Ein Glück nur, daß so viele blonde Signorinas im Sommer nach Italia kommen, um dolce amore bei uns zu genießen.«

So ging es über zehn Minuten, bis Frank auf das eigentliche Thema kam. Enrico Sampieri wurde nachdenklich.

»Das ist ein heißes Eisen, Kollege! Ich spreche nicht gern darüber. Nicht einmal geschrieben habe ich darüber... Sie wissen, was das für einen Journalisten heißt! Da liegt Gold im Dreck, und man darf es nicht aufheben, weil einem das schöne Leben zu lieb ist! Es lebt sich nicht gut mit Blei im Körper.«

»So heiß?« fragte Hellberg zweifelnd.

»Heißer als die Hölle, mein Freund.« Sampieri winkte ab. »Laß das Mädchen warten auf den neuen Paß, das ist sicherer.«

»Es kann Wochen dauern!«

»Und es kann Sekunden dauern und Sie sind ein Reporter der ›Himmlischen Tageszeitung‹.«

»Trotzdem!« Frank Hellberg sah seinen italienischen Kollegen bittend an. »Sie brauchen als Informant gar nicht aufzutreten. Ich will das Ding allein machen.«

»Das klappt überhaupt nicht!« Enrico Sampieri trat ans Fenster. Er wohnte in einem alten Fischerhaus am Ende der Piazza Mercantile, das man renoviert und rosa angestrichen hatte. Vom Fenster aus konnte er über den Fischerhafen blicken, über die Molo S. Antonio, den Porto Vecchio und die Molo S. Nicola. Unzählige kleine Boote lagen hier an den Quais und schaukelten im seichten Wasser. Aber auch weiße, luxuriöse Jachten glänzten in der Sonne. Visitenkarten des Reichtums.

»Wenn, dann muß ich mit«, sagte Sampieri. »Und ich muß

Ihren Eid haben, daß Sie in Deutschland nie darüber schreiben werden. Tun Sie es doch, werden Sie damit zu meinem Mörder... denn das kostet mich das Leben!«

»Ich schwöre es Ihnen, Enrico.« Hellberg streckte seine Hand aus. »Ich will keinen Sensationsknüller daraus machen. Ich will nur, daß Claudia gesund wird.«

»In Ordnung.« Sampieri sah auf seine goldene Armbanduhr. »Wir müssen noch zwei Stunden warten. Dann mache ich Sie mit Umberto Saluzzo bekannt.«

»Saluzzo? Wer ist das?«

»Der einzige, der Ihnen wirklich helfen kann, wenn er will.« Enrico Sampieri zündete sich eine Zigarette an. Er war sichtlich nervös. »Ein vollendeter Gentleman – und ein ebenso vollendeter Teufel.«

»Sie machen mich wirklich neugierig auf diesen Umberto Saluzzo«, sagte Frank Hellberg und blickte hinaus auf das Gewimmel im Hafen. Fischerboote fuhren zum Fischmarkt, die Netze vom Nachtfang wurden zum Trocknen an langen Stangen aufgehängt. Auf dem Betonboden einer Bootanlegestelle schlug ein junger Fischer einen Tintenfisch weich. Die Fangarme sausten durch die Luft und klatschten dann auf den Boden, als knallten zehn Peitschen auf einmal.

»Neugier ist das letzte, was Sie haben sollten!« sagte Sampieri. »Es ist am besten, Sie fragen so wenig wie möglich. Er liebt es, selber zu reden, und erwartet, daß die anderen zuhören. Außerdem ist es fraglich, ob er Sie mitnimmt.«

»Wir wollen das Beste hoffen.«

Die zwei Stunden Wartezeit verbrachten sie dann im Restaurant »Adriatica« auf dem Ende der Molo S. Nicola. Sie saßen an sauberen, gelb gedeckten Tischen hinter einer riesigen gläsernen Wand und sahen hinaus aufs Meer, auf den Porto Vecchio, auf die Molo S. Antonio mit dem kleinen Leuchtturm und hinüber zur Altstadt mit der Kathedrale und dem wehrhaften Castello. Kellner mit Servierwagen voll Früchten, Eierspeisen, gefüllten Tomaten, Reisallerlei, Tintenfischen, Muscheln und kleinen, in Öl gebackenen Fischen umringten sie. Aber sie hatten kaum Appetit, aßen nur ein paar Kleinigkeiten und tranken einen leichten Roséwein.

In den Hafen fuhr nach über einer Stunde, von Süden kommend, eine herrliche, weiße Motorjacht ein. Majestätisch glitt sie zwischen den kleinen und schmutzigen Fischerbooten in den Porto Vecchio, und die Ruderkähne, die in ihrem Kurs lagen, machten schnelle Bewegungen, um das Wasser für das weiße Schiff freizumachen. Die Sonne spiegelte sich in den blanken Fenstern der Deckaufbauten.

»Da kommt Saluzzo«, sagte Sampieri und nahm einen tiefen Schluck Wein.

»Geld hat er.« Hellberg und Claudia sahen zu dem herrlichen Schiff. Ein Mann in weißem Anzug stand neben der Brücke, auf dem Kopf eine goldbestickte Kapitänsmütze. »Ist er das?«

»Nein. Das ist Luigi Foramente, im wahrsten Sinne des Wortes die rechte Hand Saluzzos, denn er allein hat das Seepatent und kann einen solchen Kahn fahren. Ein Gauner, wie er in Romanen steht, aber ein kleiner, schmieriger Gauner, der vom Abglanz des großen Saluzzo lebt. Es ist schon eine herrliche Besatzung!«

»Wovon lebt Saluzzo eigentlich?«

»Von allem. Er bezahlt die höchsten Steuern in der ganzen Provinz, freiwillig, und deshalb fragt ihn auch keiner, woher das Geld kommt. Solange es fließt und fließt und die Kassen füllt, ist Saluzzo ein geachteter Mann. Außerdem hat man Angst, daß er ein Mafioso ist.«

»Auch das noch!« Es war Claudia, die es sagte. Für sie als Italienerin war die Mafia ein fester Begriff. Sie schauderte und starrte auf die weiße Jacht, die lautlos in den alten Hafen glitt.

»Saluzzo handelt offiziell mit Teppichen«, sagte Sampieri und strich sich nervös über die schwarzgelockten Haare. »Aber niemand kann sich erinnern, Saluzzo jemals mit einem Teppich gesehen zu haben.« Sampieri erhob sich, winkte dem Oberkellner und ließ Hellberg für sie alle zahlen. »Gehen wir, Freunde.« Und draußen, auf der Molo S. Nicola, blieb er noch einmal stehen und sah Hellberg fest in die Augen. »Was ich tue, mein Lieber, ist gegen meine Überzeugung, das muß ich noch einmal betonen. Ich mache Sie mit Saluzzo bekannt, alles andere ist Ihre Sache! Machen Sie mich später nicht für Dinge verantwortlich, die Ihnen an die Leber gehen können. Ich weiß von nichts, und ich habe Sie auch nie mit Saluzzo zusammengebracht.«

»Ich verstehe.« Hellberg sah, wie die weiße Jacht anlegte und die Leinen an Land geworfen wurden. Ein Fallreep mit blitzendem, verchromtem Geländer wurde über Bord geschoben.

»Wenn wir von Sarajewo zurückkommen, werde ich Ihnen alles erzählen, was uns Saluzzo, Ihr Gentleman-Teufel geboten hat.«

»*Falls* Sie zurückkommen! Oder überhaupt erst hinkommen. Das normale Fährschiff braucht bis Dubrovnik 9 Stunden, mit der Jacht werden es gut 14–16 Stunden sein. Sechzehn Stunden mit Saluzzo allein auf hoher See – das ist ein Buch voller Erlebnisse.«

»Das ich nie schreiben darf.«

»Ich habe Ihr Ehrenwort.«

»Und ich halte es.« Hellberg legte den Arm um Claudias schmale Schulter. »Es geht ja um Claudias Gesundheit, um nichts anderes.«

Im Gewimmel des Fischmarktes warteten sie dann noch etwa zwanzig Minuten, kauften sich Eis und sahen den lautstarken Verhandlungen um die Fischpreise zu. Enrico Sampieri war allein zu der weißen Jacht gegangen, um mit Saluzzo zu sprechen und zu erkunden, ob es überhaupt einen Sinn hatte, Hellberg und Claudia Torgiano vorzustellen.

Als Sampieri zurückkam und sich durch die Fischkäufer schob, hatte sein Gesicht einen fröhlicheren Ausdruck als bei seinem Weggang.

»Kommt mit!« sagte er und schien wie von einer großen, inneren Last befreit zu sein. »Umberto ist in selten guter Laune. Ihr sollt zu ihm kommen.«

Wenig später standen Hellberg und Claudia dem großen, reichen Saluzzo in dessen Salon auf der Jacht gegenüber. Ein großer, mit Mahagoni getäfelter Raum, in dem eine weiße Couchgarnitur auf einem roten Teppich die Blicke an sich zog. Vergoldete Schiffslampen hingen an den Wänden. Die Holzdekke hatte die Form eines riesigen Steuerrades.

Wer Umberto Saluzzo zum erstenmal sah, wäre an ihm vorbeigegangen wie an allen anderen fremden Menschen. Nichts Ungewöhnliches war an ihm. Er war mittelgroß, hatte einen kleinen Bauchansatz, gewelltes, schwarzes Haar mit einigen grauen Strähnen darin und trug einen der typischen, wundervoll sitzenden italienischen Maßanzüge, in denen jeder Mann wie ein junger Gott aussieht. Das Gesicht war rund mit einer starken fleischigen Nase, während der Mund wie lippenlos schien, ein Schlitz im gebräunten Gesicht, weiter nichts. Nur etwas fiel an Saluzzo auf, etwas völlig Unitalienisches: Er trug im linken Auge ein Monokel. Ein Monokel aus braungetöntem Glas, wie bei einer starken Sonnenbrille. Und der Blick des Auges hinter diesem Glas war starr, leblos.

Ein künstliches Auge.

»Enrico hat mir ein trauriges Lied gesungen, Signorina«, sagte Saluzzo mit einer kleinen Verbeugung zu Claudia. Er musterte dabei schnell Frank Hellberg, den jungen blonden Mann mit dem offenen Gesicht. Ein großer, nordischer Junge, dachte Saluzzo.

»Ich habe Krebs.« Claudia sagte es ohne Zögern und ohne zu stocken. »Und ich hoffe, daß das neue Mittel, das man in Sarajewo entdeckt hat, auch mir helfen wird.«

»Das HTS?« fragte Saluzzo und verzog etwas sein Gesicht. »Wer sagt übrigens, daß Sie Krebs haben, Signorina?«

»Die Ärzte, die mich bisher untersuchten.«

»Was halten Sie davon, Signor Hellberg?« Saluzzo hatte sich in einem harten Deutsch an Frank gewandt. Der zuckte zusammen, als er so unvermittelt angesprochen wurde.

»Ich habe kein Röntgenbild gesehen, aber warum sollte ich an Claudias Wahrheit zweifeln? Ich habe sie vor einem Scharlatan gerettet...«

»Enrico erzählte es mir. Und Sie halten das HTS nicht für eine neue Scharlatanerie?«

»Ich weiß nur, daß es die letzte Hoffnung ist. So etwas sollte man nicht mit einer Kritik aus Unwissenheit zerstören.«

Umberto Saluzzo lächelte kaum merklich. Der deutsche Idealist. Der romantische Träumer. Es war nötig, die harte Realität dagegenzusetzen.

»Wieviel können Sie zahlen?« fragte Saluzzo.

Hellberg hob die Schultern.

»Was verlangen Sie?«

»Das Mädchen fährt umsonst mit.« Saluzzo musterte Claudia mit dem klebrigen Blick eines von Frauenschönheit stets angeregten Mannes. »Bezahlen müssen Sie! Oder haben Sie auch Krebs?«

»O nein, ich bin kerngesund!«

Das war eine leise Warnung und Mahnung. Saluzzo verstand sie und lächelte stärker. Jetzt sah man, daß er auch Lippen hatte. Er zog sie nur ein, wenn er nicht sprach.

»Kerngesund kostet das Doppelte.« Saluzzo setzte sich in die weiße Couch und winkte zu den Sesseln. »Nehmen Sie Platz. Ich bin Geschäftsmann. Ich verkaufe Teppiche, aber ich handele auch mit dem Elend, wenn es einträglich ist. Seit drei Wochen nehme ich Kranke an Bord und schmuggele sie nach Jugoslawien, wenn sie bereit sind, den nötigen Preis dafür zu bezahlen. Schließlich laufe ich Gefahr, daß man mir mein schönes Schiff beschlagnahmt. Sie sehen, ich bin ganz ehrlich. Ich könnte auch einen umgekehrten Weg gehen und durch Aufkäufer in Sarajewo dieses HTS aufkaufen lassen, um die Pillen dann hier zwanzigstückweise zu verkaufen. Aber ich habe mir ausgerechnet, daß meine ›Privatfähre‹ mehr bringt! Die Angst um das Leben macht den Geldbeutel weit offen.«

»Nennen Sie einen Preis. Kann ich ihn bezahlen, handele ich nicht mit Ihnen.«

»Es wäre auch zwecklos.« Saluzzo unterbrach sich. Ein Steward brachte auf einem Tablett eine Karaffe mit Orangensaft und drei mit gehacktem Eis halb gefüllte, hohe Gläser. Saluzzo füllte selbst das Glas Claudias und reichte es ihr hin. »Sie sind ein schönes Mädchen...« sagte er dabei.

Claudia nickte und zog die Hand mit dem Glas schnell zurück. »Man sagt es.«

»Ich hatte eine Tochter, die Ihnen glich.« Saluzzo rührte klappernd in seinem eisgefüllten, von der Kälte beschlagenem Glas. »Sie ertrank bei Capri. Eines der Boote, die zur Blauen Grotte fahren, stieß sie am Kopf an, und sie versank, ehe man sie an Bord ziehen konnte.«

»Wie schrecklich«, sage Claudia leise und rückte schutzsuchend näher zu Frank Hellberg.

»Dann hatte ich zwei Freundinnen, die meiner Tochter glichen. Die eine starb durch einen Stich in den Rücken, die andere vergiftete sich mit Gas.« Saluzzo hob beide Hände und sah Claudia aus seinem gesunden, lebenden Auge starr an. »Ich bin ein Mann von fünfzig Jahren. Als Julia, meine Tochter, ertrank, war ich zweiundvierzig. Acht Jahre lang habe ich nach Mädchen gesucht, die meiner Tochter glichen, und alle wurden meine Geliebten, denn wie meine Tochter konnte ich sie nicht lieben. Bis vor drei Wochen waren es genau sieben Mädchen, die Julia ähnlich sahen; fünf von ihnen leben nicht mehr.« Saluzzo beugte sich vor und sah Claudia in die großen, flimmernden Augen. »Nun sind Sie hier an Bord, Signorina, und Sie gleichen meiner armen Julia wie eine Zwillingsschwester. Sie sind ihr am ähnlichsten von allen Mädchen... und Sie haben Krebs.« Saluzzo ließ sich zurückfallen an die Couchlehne. »Ist das nicht eine bittere Ironie des Schicksals?«

Ein Verrückter. Das war der erste Gedanke, der durch Frank Hellberg fuhr. Ein Psychopath mit dem tödlichen Tochterkomplex. Aber dann erkannte er, wie gefährlich dieser Saluzzo war und wie recht Enrico Sampieri hatte, als er sagte, daß man sich über nichts, was in Saluzzos Nähe geschah, wundern sollte.

Hellberg stellte sein Glas mit einem lauten Ruck auf den Tisch. Der Blick Saluzzos flog aus dem Augenwinkel zu ihm.

»Der Orangensaft war vorzüglich, Signore Saluzzo«, sagte er. »Erfrischt gehen wir von Bord.« Hellberg stand auf und zog Claudia an der Hand mit sich empor. »Doch ich glaube, daß ich Ihre finanziellen Vorstellungen nicht erfüllen kann. Ich bin ein kleiner Schreiberling, und die Gehälter der deutschen Verleger sind nicht gerade die besten. Entschuldigen Sie, daß wir Sie so lange aufgehalten haben...«

Umberto Saluzzo war sitzengeblieben. Jetzt rührte er wieder in seinem Glas, nahm einen vorsichtigen Schluck der eiskalten Limonade und kniff die Augenhöhle, in der sein Monokel festgeklemmt war, etwas zusammen.

»Was haben Sie vor, Signore Hellberg?«

»Wir werden wohl doch auf Claudias neuen Paß warten müssen.«

»Ich werde zurück nach Livorno fahren«, sagte Claudia. »Vielleicht arbeiten die Behörden schneller, wenn sie sehen, wie es um mich steht.«

»Ich glaube, Sie haben eine völlig falsche Auffassung von den Dingen«, erklärte Saluzzo. »Sie fahren ja umsonst, Signorina.«

»Ich fahre nicht ohne Frank.«

»So ist es.« Hellberg zog Claudia eng an sich. »Ich lasse Claudia nicht allein.«

»Ein edler Mensch!« Saluzzo sah auf seine goldene, mit Brillanten verzierte Armbanduhr. »In einer halben Stunde essen wir. Ich hoffe, daß Ihnen mein Koch gefällt. Ich will, daß sich meine Gäste an Bord wohl fühlen wie im besten Grandhotel.«

»Gehen wir!« sagte Hellberg und zog Claudia mit zur Tür des Salons. Verrückte muß man durch Taten überzeugen, dachte er. Sie müssen die Stärke des anderen anerkennen. Darin sind sie wie Raubtiere, die ihren Herrn sehen müssen.

»Um Ihr Gepäck brauchen Sie sich nicht zu kümmern«, sagte Saluzzo gemütlich und lächelte wieder. »Es ist bereits an Bord.«

»Wer hat Ihnen ...« rief Hellberg laut, aber Saluzzo ließ ihn nicht aussprechen. Er winkte lässig ab. »Sampieri ist ein guter Informant. Während wir miteinander plauderten, haben zwei meiner Matrosen Ihr Gepäck abgeholt. Kabine 4 und 6 ist reserviert. Aus Gründen der Moral sind es zwei Einzelkabinen, die sich gegenüberliegen.« Saluzzos Lächeln war plötzlich schleimig. »Mir liegt die Gesundheit von Signorina Claudia sehr am Herzen.«

Hellberg atmete tief auf. Ruhe, sprach er sich zu. Nur Ruhe. Denk an Sampieri! Auch sein Leben hängt von deinen Reaktionen ab. Dieser Saluzzo ist gar kein Verrückter; er ist der eiskälteste Verbrecher, den man sich vorstellen kann. Ein vollendeter Teufel. Sampieri hatte recht.

»Ich verlange, daß unser Gepäck zurück an Land gebracht wird«, sagte Hellberg scharf.

»Umberto Saluzzo hat noch nie in seinem Leben eine Handlung rückgängig gemacht.«

»Dann fangen Sie heute damit an.«

»Warum? Gefällt es Ihnen nicht an Bord? Ich sehe in Ihnen reizende Gäste.« Und wieder der Blick zu Claudia. Dieser deutliche, abtastende Blick, unter dem das Kleid Claudias wegschmolz, als habe man es versengt.

»Ich zahle Ihnen keine Lire.«

»Einverstanden. Ich lade Sie ein zu einer Fahrt nach Dubrovnik.«

»Ich habe meinen Plan geändert. Wir fahren nach Deutschland.«

»Zu spät, Signore Hellberg.« Ein leises Zittern lief durch das herrliche, weiße Schiff. Irgendwo brummte es leise. Wasser schlug gegen die Wände. »Wir fahren bereits.« Saluzzo erhob sich und trat an eines der großen Fenster. »Mir wird durch den Gestank auf dem Fischmarkt übel. Deshalb habe ich die Angewohnheit, außerhalb des Hafens, auf freier See, zu essen. Für die Signorina gibt es das zarteste Hühnchen, das je einen Backofen verlassen hat.«

Hellberg war mit zwei großen Schritten ebenfalls an einem

der Fenster. Die Jacht schob sich wirklich langsam wieder aus dem Hafen hinaus, die Fischerboote und Kähne wichen erschrocken aus, ein Polizeiboot fuhr vorbei und grüßte mit dreimaligem Sirenengeheul. Resignierend wandte sich Hellberg ab.

»Dann bitte ich, daß Sie uns nach dem Essen wieder an Land bringen«, sagte er energisch. Saluzzo hob die Schultern.

»Wer weiß, was nach dem Essen ist«, antwortete er. »Dann haben wir uns schon aneinander gewöhnt.«

Glück muß der Mensch haben, heißt eine billige Weisheit. Ohne Glück kann man sogar beim Zähneputzen ertrinken. Man mag das, was Karl und Erika Haußmann an diesem Tag in Bari erlebten, ein ganz, ganz großes Glück nennen – und doch war es ein salziges Glück, über das man sich nicht laut freuen konnte.

Es begann damit, daß Erika, Marion und Karl nach der Verabschiedung von Hellberg und Claudia hinunter zum Hafen gingen in der Absicht, sich um die Schiffskarten zu kümmern. Als sie die lange Menschenschlange an den Schaltern sahen und von einem Polizisten hörten, daß Personenkarten noch zu haben, die Wagenplätze auf dem Autodeck jedoch für drei Wochen durch Vorbestellungen ausgebucht seien, stellte sich Karl Haußmann erst gar nicht bei der Schlange an.

»Schlange gestanden habe ich 1946 für 150 Gramm Brot genug«, sagte er und setzte sich auf eine Bank. »Wir sollten uns überlegen, ob wir den Wagen nicht hier lassen und drüben in Jugoslawien mit Bus oder Eisenbahn nach Sarajewo fahren. So schlimm kann das nicht sein. Schließlich ist es ja ein kultiviertes Land.«

»Ich überlasse es dir, Karl.« Erika Haußmann blickte hinüber zu einem Wohnwagen, der abseits zwischen zwei Güterschuppen parkte. Die Vorhänge vor den beiden Fenstern waren dicht zugezogen. Neben der geschlossenen Eingangstür saßen zwei Frauen auf zusammenklappbaren Schemeln und beteten.

»Kannst du die Strapazen durchhalten?« fragte Karl.

»Ich weiß es nicht. Im Augenblick fühle mich mich ganz wohl.«

»Ich finde den Vorschlag nicht gut«, meinte Marion Gronau. »Wir müssen mit dem Wagen rüber. Wissen wir, was wir in Sarajewo antreffen? Solange wir den Wagen bei uns haben, sind wir unabhängig und beweglich. Und das kann uns unter Umständen viel nutzen.«

Haußmann wischte sich den Schweiß von der Stirn. »Also gut, stellen wir uns an. In drei Wochen! Verdammt noch mal... was sollen Hellberg und Claudia in dieser Zeit machen? Wenn man wüßte, wo sie jetzt sind.«

»Ich setze voraus, daß wir uns um Frank keine Sorgen zu machen brauchen.« Marions Stimme schwankte etwas, und plötzlich tat sie Erika leid. Dieses Mädchen mochte ein kleines Aas sein, doch hatte sie auf dieser Reise an jedem Tag einen Schlag einstecken müssen – vom mißglückten Rimini bis zur Einsicht, daß zwei Männer, die in ihrem Leben eine Rolle spielen sollten, eigene Wege gingen und sich immer mehr von ihr entfernten. »Frank wird völlig selbständig handeln.«

»Wenn er klug ist.« Haußmann erhob sich ächzend. »Also ran an die Schlange! Kinder, holt mir wenigstens jede halbe Stunde ein Eis und macht mich frisch.«

Das klang alles sehr fröhlich, aber jeder von ihnen wußte, wie bitter die Tage sein würden, die man wartend in Bari verbringen mußte. Würde Erika neue Schmerzen haben? Erlitt sie einen neuen Anfall? Waren die drei oder gar vier Wochen Wartezeit vielleicht ein Todesurteil für Erika? Wußte man, wie schnell die tückische Krankheit im Körper wuchs und wann sie das Leben bedrohte? War es nicht besser, nach Deutschland zurückzukehren und die Krankheit in einer großen Klinik von Fachärzten behandeln zu lassen? Sollte man auf dieses »Schiff der Hoffnung« nicht ganz verzichten? Auch auf das geheimnisumwitterte HTS des jugoslawischen Arztes Dr. Zeijnilagic. Wer war dieser Mann überhaupt?

Aber dann dachte Karl Haußmann an das, was er bereits über dieses neue »Wundermittel« wußte. Die Heilung von nachweisbaren Krebskranken, bei einer Ärztin sogar, die Brustkrebs hatte und aufgegeben worden war von allen Kollegen, und die jetzt, nach der Behandlung mit HTS, wieder Dienst im Krankenhaus tat, gesund wie nie zuvor.

Märchen? Propaganda? Wirkliche Wunder? Die so seltenen Spontanheilungen, die jeder Mediziner kennt und nicht zu erklären weiß? Wo war hier Wahrheit, wo Sensationsmache? Gab es für Erika eine Rettung?

Wir haben die Hoffnung, dachte Haußmann. Wir wollen alles

tun, was auf Erden möglich ist. Nie soll der Vorwurf laut werden: Du hast eine Möglichkeit ausgelassen! Du bist an einem Wunder vorbeigegangen...

»Gehen wir!« sagte er mit fester Stimme. »Wir sind ja nicht allein. Die anderen warten genauso wie wir.«

Auf dem Weg zur Kartenverkaufsstelle kamen sie auch an dem abseits stehenden Wohnwagen mit den zwei betenden Frauen vorbei. Das Auto hatte eine griechische Nummer, und die Frauen, die im Gebet versunken auf ihren Schemeln hockten, trugen die klagende, schwarze Tracht griechischer Bäuerinnen.

Gerade, als Karl Haußmann an dem Wohnwagen vorbeiging, öffnete sich die Tür, und ein Mann trat auf die Straße. Für einen Sekundenbruchteil sah man im Innern des Wagens eine lang ausgestreckte weibliche Gestalt mit schwarzen Haaren, die bis auf den Boden hingen, und einem spitzen, weißen, wie aus Marmor gehauenen Gesicht. Der Mann zog die Tür schnell wieder hinter sich zu, rückte an seinem schwarzen Schlips und sagte etwas zu den schwarzgekleideten Frauen. Diese senkten den Kopf noch tiefer, und ihr Betgemurmel schwoll an zu einem gleichförmigen Klagegesang.

Karl Haußmann blieb stehen. Es war ihm, als hielte ihn eine unsichtbare Hand fest.

Auch Erika und Marion verhielten den Schritt und starrten auf die leise singenden Frauen in ihren eng anliegenden, schwarzen Kopftüchern.

»Kann ich Ihnen helfen?« fragte Karl Haußmann. Nachdem er es gesagt hatte, kam er sich dumm vor, denn wie sollte ein Grieche deutsch verstehen?

Der Mann schüttelte den Kopf. »Grazie...« Er blieb an der Tür stehen und sah in den blauen, sonnenflimmernden Himmel. »Es ist vorbei...«

»Sie können deutsch?« fragte Haußmann verblüfft.

»Wennig. War Ingenieur bei deutsches Firma in Ludwigshafen. Ein Jahrr. Dann krank Maria. Sehrr krank. Maria meine Frau. Mama von drei Kinderr.« Der Mann wischte sich über die Augen, seine Lippen zitterten. »Nun vorbei. Eben. Zu spät für Sarajewo...«

Haußmann sah auf die zugezogenen Fenster des Wohnwagens. Die Frau mit den langen schwarzen Haaren, die er eine

Sekunde lang gesehen hatte... er senkte den Kopf und reichte dem Mann die Hand.

»Es muß furchtbar sein«, sagte er leise.

»Wir haben es erwartet. Sarajewo war letzte Rettung. Morgen geht Schiff nach Dubrovnik... zu spät...« Der Grieche trat ein paar Schritte von seinem Wohnwagen weg zum Schuppen und suchte in seinen Taschen nach einer Zigarette. Haußmann holte schnell seine Packung heraus und hielt sie ihm hin. »Deutsche Zigaretten...« Der Mann lächelte schwach. »Seit einem Jahr mal wiederr. Grazie.« Er nahm eine Zigarette heraus, steckte sie mit bebenden Fingern an und tat ein paar tiefe Züge. Dann blickte er zu Erika und Marion, die abseits standen und stumm auf die betenden und singenden schwarzen Frauen sahen. »Ihre Frau?«

»Ja. Die braune, ältere.«

»Anderes Ihre Tochter?«

»Nein...« sagte Haußmann gedehnt.

»Auch nach Sarajewo?«

»Ja.«

»Frau?«

»Ja.«

»Noch nix zu spät wie bei Maria?«

»Wer weiß das?«

»Wann fahren?

»Ich weiß es auch noch nicht. Ich habe noch keine Karten für den Wagen.«

»Nehmen Sie meine Karten.«

»Wie bitte?« Haußmann war es, als durchfahre ihn ein glühender Strahl. »Sie haben die Karten schon?«

»Für morgen. Habbe drei Wochen gewartet. Nun zu spät. Maria tot. Wollen Sie Karten?«

»Für... für drei Personen...«

»Habbe Karten für sechs Personen und zwei Autos. Morgen nacht nach Dubrovnik.« Der Grieche faßte in die Brusttasche seines zerknitterten Anzugs. Zwei Nächte hatte er neben seiner Frau gelegen und auf ihren Tod gewartet, hatte sie gestützt, ihr zu trinken gegeben, hatte sie gewaschen und zu ihren Füßen gebetet. Nun brannten seine Augen und waren rot umrändert.

»Wollen Sie?«

»Das ist das erste Wunder«, stammelte Karl Haußmann. »Wir haben Karten...«

»Vielleicht kann helfen Marias Todd Ihres Frau.« Der Grieche reichte Haußmann seine Hand voll Billetts hin. »Nehmen Sie.«

»Wieviel bekommen Sie dafür?« Haußmann griff mit zitternder Hand zur Brieftasche. Der Grieche winkte ab.

»Nix! Nix! Nehmen Sie so!«

»Das kann ich nicht. Sie haben...«

»Maria will es so.« Der Grieche wandte sich ab und wollte zurück zum Wohnwagen gehen. Haußmann hielt ihn am Ärmel zurück. Er hatte ein Bündel Geldscheine in der Hand, es mochten über fünfhundert Mark sein.

»Nehmen Sie das Geld für einen Zuschuß zu einem besonders schönen Grabstein für Maria«, sagte Haußmann mit belegter Stimme. »Wie kann ich Ihnen sonst danken... Vielleicht ist es wirklich die Rettung Erikas.«

Der Grieche nahm das Geld und stopfte es in seine Anzugtasche.

»Wenn Sie nach Euböa kommen... nach Heraneklion... dort wohnen ich. Miltiades Euponopolos. Fraggen Sie. Man kennt überall Miltiades. Habbe Fabrik dort.« Er sah Haußmann groß aus seinen rotumränderten, übernächtigten Augen an und nickte ihm zu. »Viell Glück in Sarajewo. Von Geld werde ich Maria zwei Zypressen an Grab pflanzen. Wie heißen?«

»Haußmann. Karl Haußmann«, stotterte Karl.

Miltiades Euponopolos nickte noch einmal, ging dann zu seinem Wohnwagen zurück, öffnete die Tür und setzte sich neben seine tote Frau. Wieder sah Haußmann für eine Sekunde das schöne, schmale, bleiche Gesicht mit den langen, bis auf den Boden reichenden Haaren. Dann fiel die Tür zu.

»Wir haben die Karten«, sagte Haußmann, als er wieder bei Erika und Marion war, und hielt die Billetts hoch. Seine Stimme war tonlos vor Erschütterung. »Wir haben die Karten... schon morgen nacht... O Gott, soll das der Anfang eines Wunders sein?«

Marion Gronau schwieg. Sie hatte auch das bleiche Gesicht Maria Euponopolos' gesehen, und der Anblick des Todes hatte sie maßlos erschreckt und ergriffen. Erika legte den Kopf gegen Karls Brust und weinte plötzlich. Dann küßte sie ihn, und er mußte sie stützen, weil er merkte, wie schlaff ihr Körper wurde.

»Morgen nacht schon«, stammelte sie. »Karl, glaubst du... glaubst du... daß es wirklich einen Sinn hat?«

»Jetzt mehr als zuvor!« Haußmann umfaßte sie mit beiden Armen. »Wenn das kein Wink des Schicksals ist!«

Später standen sie an der hohen Eisengitterwand, die den Zugang zum Zollhafen abriegelte, und blickten hinüber zu den weißen Schiffen, dem flachdachigen Zollhaus gleich hinter dem breiten Einfahrtstor, auf die herumstehenden Matrosen und Carabinieri, die Zöllner und die Wasserpolizei; blickten hinüber zu den Hinweisschildern und den weißen Pfeilen, die zu den einzelnen Molen und Anlegepiers wiesen.

Brindisi.

Foggia.

Pátrai.

Dubrovnik.

An der Molo Foraneo ein gedrungenes, weißes Schiff. Der Bug zum Pier hin offen wie ein riesiges Maul, vom Land zum Schiff eine eisenbeschlagene Brücke, über die jetzt mit Elektrokarren Kisten und Kartons ins Innere des Schiffes rollten. Der Radarschirm auf dem niedrigen, breiten Kamin stand still. Zwei Matrosen kletterten an den Rettungsbooten herum und kontrollierten die Davits, Taljen und Taljenläufer, an denen die Rettungsboote hingen. Die italienische und die jugoslawische Flagge wehten von den beiden Stahlmasten.

Am Kiel glänzte in der Sonne der Name des Schiffes.

Sveti Stefan.

»Unser Schiff der Hoffnung«, sagte Karl Haußmann leise und drückte Erika an sich.

»Ich glaube jetzt auch daran.« Erika Haußmann atmete tief auf. »Ich fühle mich so stark wie nie zuvor...« Sie lächelte ihren Mann an. »Du sollst sehen, es wird alles wieder gut.«

»Das soll es auch, Rika.«

Marion Gronau stand abseits, in der Nähe des Tores, und flirtete mit einem der Carabinieri.

Sie hatte erkannt, daß sie nur noch Statist sein konnte in diesem Schauspiel ehelicher Zusammengehörigkeit. Sie war da, aber sie fühlte sich überflüssig.

Wer wußte, daß es anders kommen würde.

Die weiße, schnelle Jacht Umberto Saluzzos warf die Anker außerhalb des Hafens im noch seichten Wasser der Küste. In der

Offiziersmesse, wie das Speisezimmer an Bord genannt wurde, war der Tisch gedeckt. Ein herrliches Arrangement von Blumen und frischen Früchten stand mitten zwischen den Tellern aus bestem Porzellan und den geschliffenen, kristallenen Baccaratgläsern, in die jetzt ein weißuniformierter Steward einen goldenen, nach Kräutern duftenden Wein goß. Einen griechischen Traminer, wie Saluzzo erklärte, als er sein Glas nahm und Claudia zuprostete.

Frank Hellberg hatte sich auf dem Schiff umgesehen, so gut er es konnte. Seine Kabine lag außen, aber die beiden dickverglasten Bullaugen waren zu eng, um sich hindurchzuzwängen. Außerdem waren sie fest verschraubt. Frischluft blies eine an der Decke angebrachte Klimaanlage in die Kabine.

Ein luxuriöses Gefängnis, dachte Frank Hellberg. Ledersessel, ein modernes, flaches Bett, eine eingebaute Bar mit allen erdenklichen Alkoholika und Mineralwasser, ein Berberteppich auf dem blanken Parkettboden, ein Radioapparat und ein Fernsehgerät. Die Welt war zu Gast bei den Gefangenen Umberto Saluzzos.

Bis jetzt konnte sich Hellberg noch kein Bild machen, warum das alles geschah. Wenn es Saluzzo um Claudia ging, wäre es einfacher gewesen, Hellberg irgendwie vom Schiff bringen zu lassen und allein mit dem Mädchen wegzufahren. Skandal? Saluzzo hatte keinen zu fürchten. Jeder Polizist in Bari hätte Hellberg bei einer Anzeige gegen Saluzzo ausgelacht. »Kann man einem Mann ein Abenteuer mit einer Signorina übelnehmen?« hätte man gesagt. »Entführung? Ich bitte Sie, Signore? Die Mädchen an Bord Saluzzos lassen sich gern entführen. Wir kennen das. Addio!«

Warum also nahm Saluzzo ihn mit?

Hellberg zog sich vor dem Essen um, trank aus der Bar ein Glas Zitronenwasser und schlief, während er sich den Schlips umband, im Sitzen vor dem Spiegel ein. Es mußte ein ganz kurzer, aber tiefer Schlaf gewesen sein, denn als er wieder aufwachte, waren nur zwanzig Minuten vergangen, er fühlte sich gar nicht mehr müde, keine Schwere war in seinem Kopf, nur der Abdruck der Glasplattenkante an seiner Wange bewies, daß er fest geschlafen und den Kopf auf den Frisiertisch gelegt hatte.

Dafür war sein Paß nicht mehr in der Jackett-Tasche, als er die

Jacke anzog und gewohnheitsmäßig Brieftasche und alle nötigen Papiere kontrollierte. Er machte das immer, seitdem er einmal seinen Führerschein in einem anderen Jackett gelassen hatte und von einer Autobahnstreife angehalten worden war.

Frank Hellberg wußte nun, daß der schnelle Schlaf mit dem Zitronenwasser zusammenhing. Mißtrauisch musterte er die anderen Flaschen in der Bar. Bargen sie neue Überraschungen? Was hatte man mit ihm vor? Warum nahm man ihm den Paß ab? Damit er nicht flüchten konnte? Er lächelte etwas bedrückt. Wie kann man von einem Schiff flüchten? Umberto Saluzzo überschätzte ihn.

»Sammeln Sie Pässe, Signore?« fragte Hellberg, als man den ersten Schluck Wein getrunken hatte und der Steward die Hors-d'oeuvre servierte. Einen Eiersalat mit winzigen, gesalzenen Krabben und Ananasstückchen. Dazu Toast und frische Landbutter.

Umberto Saluzzo lachte gemütlich. Sein getöntes Monokel blitzte im Licht des vielflammigen Kronleuchters.

»Im Paß steht Wahrheit«, sagte er. »Wenigstens in den ehrlichen Pässen normaler Menschen. Sie sind also Journalist. Das wußte ich nicht. Sampieri sagte, Sie seien Fotograf.«

»Ein Irrtum von ihm. Natürlich fotografiere ich auch als Journalist.«

»So kann man mit Worten jonglieren, natürlich. Ich werde Sampieri dafür einen Denkzettel geben. Mit Saluzzo jongliert man nicht. Aber das nebenbei... Guten Appetit.«

Hellberg sah zu Claudia, die ihm schräg gegenübersaß, näher an Saluzzo als an ihm. Sie war bleich, und ihre porzellanene Durchsichtigkeit schien noch zugenommen zu haben. Sie hatte Angst, schreckliche, stumme Angst; ihre großen, dunklen, klagenden Augen schrien sie hinaus.

Hellberg nickte ihr ermutigend zu. Sie nickte kaum merkbar zurück, aber ihr Besteck klirrte gegen den Tellerrand. Saluzzo trank wieder den duftenden, goldenen Wein und schnalzte mit der Zunge.

»Haben Sie schon einmal solchen Wein getrunken, Signore Hellberg?«

»Nein. Ich habe auch vieles noch nicht gesehen, was ich jetzt sehe.«

»Sie sind noch jung. Laut Paß ganze 26 Jahre. In diesem Alter begann ich gerade, mein stilles, unsichtbares Imperium aufzubauen. Ich kaufte mir einen Motorkahn in Sciacca und schmuggelte nach Tunis goldene Uhren. Und Medikamente. Damals war gerade in Nordafrika die Ruhr ausgebrochen! Das war ein großes Geschäft. Packungen mit jeweils sieben Röllchen einfacher Kalktabletten. Ich habe in vier Monaten über eine Million verdient.« Saluzzo lachte wie über einen guten Witz. »Merkwürdigerweise meldeten die Zeitungen, daß man nach einem Großeinsatz von Ärzten die Ruhr unter Kontrolle habe. Mit Kalktabletten. Damals sagte ich mir, daß auf der ganzen Welt die Menschen belogen und betrogen werden, denn ohne Lüge gibt es auf unserer Welt anscheinend keine Ordnung mehr. Mit dieser Erkenntnis ist es unangenehm, als einzelner ehrlich zu sein. Also wurde ich das, was ich jetzt bin.«

»Und was sind Sie?« fragte Hellberg.

»Ihr Gastgeber.« Saluzzo verneigte sich leicht im Sitzen. »Kann der zweite Gang kommen? Ein seltener Fisch, meine Lieben. Sein Fleisch ist so weiß wie zartes Huhn und schmeckt nach Kalb.«

»Wenn ich erst meinen Paß wiederhaben könnte«, sagte Hellberg unbeirrt von der bedrückenden Liebenswürdigkeit Saluzzos.

»In Dubrovnik.«

»Wenn wir es erreichen.«

»Zweifeln Sie daran?« Saluzzo lehnte sich zurück und winkte dem Steward. Das Essen ging weiter. »Signorina Claudia will die Wunderpillen haben, sie wird sie bekommen. Das heißt, wenn sie nötig sind.«

»Wie wollen Sie das beurteilen?«

»Wir werden heute nacht in Brindisi einen bekannten Arzt an Bord nehmen, mit einer zusammenlegbaren Röntgeneinrichtung und einem transportablen Labor. Es ist telegrafisch schon alles bestellt. Die schöne Signorina wird gründlich und von einem Fachmann untersucht. Bewahrheitet sich die Diagnose der ersten Ärzte, so werde ich mich persönlich um die Wunderdroge HTS kümmern.« Saluzzo sah die bleiche Claudia mit seinem strahlenden, gesunden Auge an. »Sie sind wirklich das erste Mädchen, das meiner Tochter völlig ähnlich sieht. Daß es so etwas gibt...«

»Und welche Rolle spiele ich in Ihrem Stück?« fragte Hellberg gereizt.

»Eine Heldenrolle!« Saluzzo lehnte sich wieder zurück. Der weißfleischige, nach Thymian duftende Fisch wurde aufgelegt. »Warten Sie ab, mein Bester. Daß ihr Journalisten immer so neugierig und ungeduldig seid. Sehen Sie sich diesen Fisch an. Er ist zwei Meter lang. Ihn mit der Angel zu fangen und aus dem Meer zu holen, ist eine Knochenarbeit. Ein Zweikampf wie unter gleichwertigen Gladiatoren. Ich habe den Kampf bisher immer gewonnen.«

Das klang stolz und warnend.

Nach einer Stunde beendeten sie das Essen, Saluzzo entschuldigte sich, ging in die Funkkabine und streifte die Kopfhörer über. Von irgendwoher mußten wichtige Nachrichten kommen. Man sah, wie er sie mitschrieb.

»Ich habe Angst«, sagte Claudia kläglich, als sie mit Frank allein an Deck war und an der Reling stand. Fern von ihnen, in einem Streifen blausilbernen Dunstes, sah man die Küste Italiens. Um das Schiff kreisten Möwen. Tümmler sprangen aus dem Wasser und schnappten nach Küchenabfällen, die aus dem Kombüsenfenster geworfen wurden. »Weißt du, was er vorhat?«

»Ich ahne es.« Hellberg ergriff beide Hände Claudias. Er spürte, wie sie zitterte und wie sie glücklich war, daß er ihr beistehen konnte. »Wie sieht deine Kabine aus?«

»Wie das Zimmer auf einem Märchenschloß. Aber es hat keine Fenster. Es ist eine Innenkabine. Wenn man hier schreit, hört es niemand.«

Hellberg nagte an der Unterlippe. »Wir müssen heute noch von Bord. Auf jeden Fall diese Nacht.«

»Aber wie, Frank?«

»Ich weiß es noch nicht.« Hellberg blickte hinüber zu dem kaum sichtbaren Streifen der Küste. »Würdest du unter Umständen allein an Bord bleiben, vielleicht einen oder zwei Tage?«

»Ich habe schreckliche Angst, Frank«, sagte Claudia leise. »Wenn du bei mir bist, ist es nicht so schlimm.«

»Ich könnte dir mehr helfen, wenn ich an Land käme.«

»Heute nacht sollen wir nach Brindisi kommen, sagte Saluzzo. Glaubst du, daß es dort eine Möglichkeit gibt?«

»Ich werde einfach über Bord springen. Und in Brindisi werde ich einen Alarm schlagen, den die taubsten Ohren hören, auch wenn das Geld Saluzzos sie verklebt hat!« Hellberg ballte die Fäuste. »O Gott, hätte ich doch mehr auf die Warnungen Sampieris gehört!«

Er umfaßte Claudia, und sie gingen zum Bug, wo unter einem Sonnensegel Liegestühle standen und eine fahrbare Bar mit Erfrischungen.

Umberto Saluzzo kehrte von der Funkkabine in sein Büro zurück und schaltete dort das Tonband ab, das bis jetzt gelaufen war. Alles, was Claudia und Frank an der Reling gesprochen hatten, war über versteckte Mikrophone aufgenommen worden. Nun hörte Saluzzo das Gespräch ab, und ein böses Lächeln glitt über seinen dünnlippigen Mund.

Saluzzo ging zum Bordtelefon und drückte auf einen Knopf. »Luigi«, sagte er, »wir ändern die Abmachung mit Professor Caroni. Telegrafiere ihm, daß wir ihn nicht in Brindisi an Bord nehmen, sondern daß ihn eine Barkasse vom Hafen abholt. Wir bleiben auf See und ankern am Riff.«

»Das ist schlecht«, antwortete die Stimme Luigi Foramentes.

»Warum?«

»Dann kann keiner schwimmen, Umberto. Am Riff gibt es Haie.«

»Ich weiß, Luigi.« Saluzzo rückte an seinem dunkelgetönten Monokel. »Gerade deswegen wollen wir in der Nacht dort ankern.«

Am Abend dieses Tages fand Karl Haußmann einen Zettel der Polizei an der Windschutzscheibe seines Wagens auf der Piazza Garibaldi. Eine Bitte, sofort zur Landespolizei zu kommen.

Im Dienstzimmer des Polizeichefs war reges Leben. Offiziere und Polizisten kamen und gingen, das Telefon rasselte ununterbrochen, eine Sekretärin nahm im Stenogramm die einlaufenden Meldungen auf.

»Ein Irrenhaus, Signore!« sagte der Polizeichef zu Karl Haußmann und zog ihn an das Fenster, wo sie allein waren. »Vier dicke Sachen auf einmal: ein Überfall auf der Straße nach Foggia. Ein schweres Omnibusunglück bei Gióia – leider sieben Tote, alles Schwestern, die auf einer Wallfahrt waren. Ein Großbrand bei Bitonto, drei Lagerhäuser in Flammen. Ja, und den Mörder haben wir auch.« Der Polizeichef griff in die Tasche und hielt Haußmann ein dünnes Büchlein unter die Nase. »Der Paß von Signorina Torgiano. Der Mörder hatte ihn bei sich, um mit seiner Geliebten nach Afrika zu verschwinden. Sie sollte Claudia Torgiano werden. Der Kerl hat gestanden, er wollte noch zehnmal diese blödsinnigen Wunderpillen rauben und verkaufen, dann plante er sich abzusetzen. Es ist übrigens der Hausdiener der Pension, in der Ihre Bekannten gewohnt haben.«

Haußmann nahm den Paß und steckte ihn ein. »Die Aufklärung kommt ein paar Stunden zu spät«, sagte er.

»Wieso?« Dem Polizeichef wurde es heiß unter dem Kragen. »Ist etwas geschehen?«

»Noch nicht. Aber wir haben uns getrennt. Frank Hellberg und Fräulein Torgiano haben sich selbständig gemacht und wollen illegal nach Jugoslawien – eben, weil Claudia ohne Paß nicht hinausgelassen wird.«

»Ach so.« Der Polizeichef atmete auf und lächelte. »Warten Sie ab, die beiden werden spätestens morgen früh wieder bei Ihnen sein. Illegal nach Dubrovnik, das ist völlig ausgeschlossen. Die Überwachung der Küste hier und drüben in Jugoslawien ist perfekt. So etwas liest man in Romanen, die Wirklichkeit ist härter und einfacher. Passen Sie auf, Ihre Bekannten sind bald wieder da!«

»Und wenn nicht?«

»Dann fischt sie die Küstenwache auf. So oder so, sie kommen zurück!«

Von dieser Ankündigung alles andere als beruhigt, verließ Haußmann die Polizeidirektion von Bari und setzte sich in seinen Wagen. Erika und Marion warteten auf ihn.

»Strafe wegen Dauerparkens?« fragte Marion fröhlich.

»Nein. Der Paß von Claudia. Sie haben den Mörder!«

»Der Paß!« Erika nahm ihn aus Karls Händen und blätterte ihn durch. »Nun wäre alles so einfach. Wir haben für uns alle Fahrkarten. Es gäbe gar keine Probleme mehr. Karl, wir müssen die beiden suchen.«

»Aber wo, um Himmels willen?«

»Im alten Hafen, bei den Fischern, im Jachthafen. Ich nehme an, daß Frank mit einem Privatboot übersetzen will. Sie sind bestimmt im Hafen.«

»Suchen wir!« Haußmann startete. »Vielleicht haben wir zum zweitenmal Glück.«

Aber im Hafen sahen sie Hellberg und Claudia nicht. Auch als sie die Fischer und Matrosen fragten, die herumstanden, erhielten sie als Antwort nur ein Achselzucken. Der Abend senkte sich über Bari. Tausende von Lichtern flammten auf, ein Zauberreich leuchtete über das schimmernde Meer. Und ganz weit draußen, gegen den dunklen Horizont gut zu sehen, schwamm eine herrliche, weiße Jacht, mit bunten Lampen übersät wie auf einem prunkvollen Schiffskorso.

»Auf solch einer Jacht zu sein«, sagte Marion träumerisch. »Wie muß man sich da fühlen...«

»Vielleicht ist Frank schon darauf?« Es sollte scherzhaft klingen, und sie alle lächelten auch. Wenn Haußmann gewußt hätte, wie wahr seine Worte waren.

Es war um die gleiche Stunde, in der Frank Hellberg, umgezogen zum Abendessen, aus seiner Kabine wollte und plötzlich die Klinke in der Hand hielt. Die Tür aber war von außen abgeschlossen. Er klopfte, dann trommelte er mit den Fäusten, schließlich trat er mit aller Wucht gegen die Holzfüllung. Sie war massiv und gab nicht einen Millimeter nach.

Und irgendwo glaubte er einen Schrei zu hören. Einen Schrei aus hellster Angst.

Die Stimme Claudias.

Mit einem weiten Anlauf warf sich Hellberg gegen die schwere Tür. Immer und immer wieder.

Einmal muß sie splittern, dachte er wütend und faßte an seine brennende, anschwellende Schulter. Einmal muß diese Tür aus den Fugen gehen.

Und er lief wieder dagegen an und warf sich gegen das massive, in der Verankerung knirschende Holz.

Nach dem siebenten Anlauf hielt er keuchend inne und rieb sich erneut die schmerzende Schulter. Nicht einen Millimeter hatte sich die schwere Tür bewegt. Zwischen dem Holzfurnier muß eine Stahlplatte sein, dachte Hellberg. Anders ist es nicht möglich. So hartes Holz gibt es nicht. Das ist eine schußsichere Stahltür, die man nur umkleidet hat mit Mahagoni.

Noch einmal wollte er es versuchen, obgleich er wußte, daß es sinnlos war. Er duckte sich, stemmte die Füße vom Boden ab und wollte sich wieder gegen die Füllung werfen, als die Tür von außen aufgeschlossen wurde. Ein junger, schwarzlockiger Mann in einem eleganten, weißen Anzug stand in dem schmalen Flur und sah verwundert auf den schwitzenden, geduckten, zum Sprung bereiten Hellberg.

»Was soll der Lärm, Signore?« fragte der Mann höflich. »Mißfällt Ihnen etwas? Dann bedienen Sie sich bitte des Bordtelefons; es wird sofort ein Steward kommen.«

Frank atmete tief auf. Dann machte er einen weiten Satz, warf mit seinem Körper den jungen Mann zur Seite und stürzte an die Tür der gegenüberliegenden Kabine Nr. 6. Er riß sie auf.

Claudia Torgiano saß vor dem großen Toilettenspiegel und kämmte gerade ihr langes, seidenschwarzes Haar. Mit einem leisen Schrei fuhr sie auf, als Frank wie ein Irrer in die Kabine stürzte.

»Liebling!« rief er. »Was hat man dir getan? Warum hast du geschrien?« Er sah sich mit flackernden Augen um, aber Claudia war allein, niemand war in der Kabine.

»Wie siehst du denn aus?« fragte Claudia und lief auf Frank zu. Sie umarmten sich und fühlten, daß sie beide zitterten. »Was ist denn geschehen, Frank?«

»Warum hast du geschrien, Liebling?«

»Ich habe nicht geschrien.«

»Aber ich habe es ganz deutlich gehört. Eine Mädchenstimme. Sie rief in höchster Not um Hilfe.«

Claudia schüttelte den Kopf. »Ich habe nichts gehört, Frank.«

»Mein Gott, ich bin doch nicht verrückt!« Hellberg lief zur Kabinentür Claudias. Das Holz war viel dünner und leichter. Es klang voll und schwang im Ton, als er mit den Knöcheln dagegentrommelte. Eine reine Holztür, ohne Stahleinlage und dünn genug, daß Claudia den Schrei viel deutlicher gehört haben mußte als er durch die eisenisolierte Tür. »Hier hat jemand geschrien«, sagte Hellberg und schloß die Kabine. Der junge Mann in dem weißen Maßanzug war nicht mehr im Flur. In der Aufregung hatte Frank ihn auch gar nicht vermißt. »Claudia, ich leide doch nicht unter Halluzinationen!« Hellberg setzte sich auf die Bettkante. Es war eine herrliches französisches Bett, mit gelber Seide bespannt und mit einem Tüllhimmel, der nachts indirekt beleuchtet werden konnte. »Da sind noch mehr Personen auf dem Schiff als Saluzzo, seine Mannschaft und wir. Irgendwo hält er andere versteckt.« Frank wischte sich über die

Stirn und die Augen. Seine Hand zitterte etwas. »Ich habe das Gefühl, auf einer schwimmenden Insel des Teufels zu sein.«

An der Tür klopfte es. Höflich und diskret. Claudia ließ den Kamm fallen, ihre Augen weiteten sich vor Angst.

»Bitte?« sagte Frank Hellberg laut.

Umberto Saluzzo trat ein. Er trug einen nachtblauen Smoking mit seidenen Ärmelaufschlägen und eine dunkelrote Schleife auf einem gefälteltem Hemd. Im Knopfloch leuchtete eine blaßviolette Zwergorchidee.

»Luigi Foramente beschwerte sich eben, Signore«, sagte er mit leicht tadelndem Ton. »Sie haben ihn gegen die Wand geworfen, obwohl er Sie höflich nach Ihren Wünschen fragte. Sie sind sehr nervös, lieber Hellberg.«

Frank blieb auf dem Bett sitzen. Mit zusammengekniffenen Augen musterte er Saluzzo. »Vorhin hat jemand geschrien!«

»Mag sein. Eine Möve! Unser Smutje wirft die Küchenabfälle immer über Bord. Das lockt Möven, Delphine, Tümmler, Tintenfische – und Haie an.« Vor dem Wort Haie machte Saluzzo eine wirkungsvolle Kunstpause. »Wir ankern in einem Gebiet mit Felsenriffen, Unterwasserriffen, um genau zu sein. Sie bilden einen idealen Schlupfwinkel für Haie und Kraken. Solange man an Bord ist, kann man sich der sicherste Mensch nennen. Niemand kann kommen, aber es kann auch niemand gehen.«

»Das haben Sie wundervoll gesagt, Saluzzo.« Hellberg faltete die Hände im Schoß. »Mit anderen Worten, ein doppeltes Gefängnis.«

»Wenn Sie meine Gastfreundschaft so auffassen, Signore...«

»Wir drehen uns im Kreis. Was haben Sie eigentlich mit mir vor?«

Saluzzo blickte auf seine goldene Armbanduhr. Die Manschettenknöpfe blitzten, sie waren aus Diamanten.

»In drei Stunden legen wir wieder ab und fahren zur jugoslawischen Küste.«

»Ich denke, es soll ein Arzt an Bord kommen und Claudia untersuchen?«

»Ach ja, der gute Professor. Da ist eine kleine Verzögerung eingetreten. Er wurde abgerufen zwischen meinem ersten und meinem zweiten Telegramm. Aber das ist nicht wichtig. Er wird in ein paar Tagen an Bord kommen.«

»Sie wollen uns nicht nach Dubrovnik bringen?« Hellberg sprang auf. »Wo fahren Sie mit uns hin?« schrie er.

»Claudia wird untersucht werden«, sagte Saluzzo höflich und machte in Richtung des zurückgewichenen Mädchens eine kleine Verbeugung. »Und wenn es nötig ist, werden wir dieses HTS aus Sarajewo besorgen. So viel, wie sie braucht. Allerdings, Signore Hellberg, werden Sie dann nicht mehr an Bord sein. Ich nehme an, daß Sie dann bereits vor der Küste der Cyrenaika kreuzen und auf ein Schiff aus Libyen warten.«

»Sie sind wahnsinnig, Saluzzo«, sagte Hellberg heiser vor Erregung. »Was soll ich in Afrika?«

»Lassen Sie sich überraschen, Signore.« Saluzzo lächelte charmant. »Es ist meine Art, meine Gäste mit unvorhergesehenen Situationen zu unterhalten.« Saluzzo ging zur Tür zurück, ein eleganter, mit sich äußerst zufriedener Teufel. »Etwas kann ich Ihnen garantieren, Hellberg«, sagte er, bevor er hinaus in den Gang trat. »Sie werden Gelegenheit haben, von diesen Tagen einen Sensationsbericht zu schreiben. Bedauerlich nur, daß ihn niemand lesen wird!«

Die Tür klappte zu.

Hellberg stand starr mitten in der Kabine. Claudia hatte sich in die hinterste Ecke gedrückt, wie ein getretenes Hündchen.

Die Kampfansage war erfolgt. Keinen Zweifel gab es mehr über die Gnadenlosigkeit Saluzzos.

Afrika. Die Cyrenaika. Libyen.

Wohin trieb dieses Abenteuer, in das sich Hellberg eingelassen hatte? Was brachte der nächste Morgen?

Claudia und Frank schraken zusammen. Über ihnen, in der Decke, ertönte ein Lautsprecher.

»Bitte zum Diner, Signorina und Signore. Es ist gedeckt auf dem Oberdeck.«

»Gehen wir, Liebling«, sagte Hellberg rauh und faßte Claudia unter. »Und Kopf hoch, mein Kleines. Es bleibt uns gar nichts anderes übrig, als mutig zu sein.«

Gegen Mittag schon sprach es sich herum, was an der Molo Foraneo geschehen war. Große Aufregung herrschte unter den Fahrgästen, die für diesen Tag ihre Überfahrtbilletts in der

Tasche hatten, vor allem aber bei den Autofahrern, die ihren Wagen hinüber nach Dubrovnik bringen wollten.

Das große Fährschiff »Sveti Stefan« hatte einen Motorschaden. Die Reparaturen dauerten mindestens drei Tage, da Ersatzteile aus Jugoslawien herangeholt werden mußten. Statt des großen Schiffes fuhr nun ein viel kleineres über die Adria nach Dubrovnik. Ein altes, klappriges, ungepflegtes schwimmendes Museum, das sich »MS Budva« nannte. Es machte den Eindruck, als habe es zehn Jahre irgendwo in einer Hafenecke gelegen und still vor sich hin gerostet. Ein paar Farbtöne, schnell über das Schiff verspritzt, sollten nun die Tüchtigkeit für eine Seefahrt vortäuschen. Schlimmer noch aber war die Tatsache, daß die »Budva« nur fünfzehn Autos mitnehmen konnte und nicht, wie bei der schönen »Sveti Stefan«, auf einem besonderen Autodeck; vielmehr müßten die Wagen mit einem Kran an Oberdeck gehievt und dort mit Stricken vertäut werden.

»Nun wird der Mist komplett!« sagte Karl Haußmann, als er vor dem großen Einfahrtstor zum inneren Hafen die Polizeiabsperrung sah und schon von weitem das vielfache Geschrei protestierender Reisender hörte. Mit Marion Gronau war er noch einmal zum Hafen gefahren, um zu erfahren, wann die Einschiffung begann. Erika hatte sich etwas hingelegt, die Aufregung der vergangenen Tage war doch zuviel für sie. Außerdem hatte das Schicksal der schönen, jungen Griechin in dem Wohnwagen sie mehr ergriffen, als sie es wahrhaben wollte. So werde auch ich einmal daliegen, hatte sie gedacht. Aber ob Karl so um mich trauern wird wie der arme Euponopolos? Ein häßlicher Gedanke, Erika wehrte sich dagegen, aber sie konnte ihn nicht abschütteln. Karls Haltung gegenüber Marion Gronau war in den letzten Tagen eher unhöflich als reserviert, und Marion schien erkannt zu haben, daß es sinnlos war, ihr Spiel – denn weiter war es nichts – fortzusetzen. Aber ganz tief im Herzen blieb doch ein Stachel, eine Wurzel der Eifersucht, die niemand ausrotten konnte, wenn sie erst einmal gepflanzt war.

»Es stimmte also, was man in der Pension erzählte: Das große Schiff ist kaputt, und es fährt ein kleiner Kahn.« Marion lehnte sich aus dem Fenster. Autos standen seitlich des Tores, man hatte ihnen die Durchfahrt zur Mole sichtlich verweigert, und nun bestürmten die Fahrer mit wilden Armbewegungen die Polizeiposten. Nur Wagen mit sichtbar Kranken wurden durchgelassen. Ein großer Bentley aus England zum Beispiel, auf dessen Hintersitzen ein Mann lag, eingehüllt in Wolldecken trotz der Sommerhitze. Ein atmendes Gerippe. Die Polizisten sahen in den schweren Wagen, eine Frau mit einem bunten Kopftuch hielt einen Zettel hin, und der Polizist nickte, die Postenkette löste sich, der Wagen fuhr langsam in den inneren Hafen zur Molo Foraneo.

Vielstimmiges Geschrei begleitete den Engländer. Die Postenkette der Carabinieri schloß sich wieder.

»Sie lassen nur Schwerkranke auf das Schiff«, sagte Marion.

Karl Haußmann nickte. Er hatte es auch gesehen.

»Fünfzehn Autos soll der Dreckskahn mitnehmen können«, sagte er bitter. »Himmel noch mal, was sind 15 Wagen? Und dann auf dem Oberdeck!«

»Warten wir, bis die ›Sveti Stefan‹ wieder fährt.«

»Dann verfallen die Karten! Heute abend müssen wir an Bord, und wenn wir auf dem Schiff wie die Ölsardinen aufeinander liegen.«

»Also ohne Auto?«

»Mit!«

»Wir könnten von Dubrovnik auch mit der Bahn fahren, Bärchen.«

Haußmann schielte zu Marion. Das Kosewort Bärchen berührte ihn komisch. Es rief Erinnerungen wach, die noch gar nicht so lange vergangen waren. Jeden Morgen im Büro ... die Viertelstunde Morgenknutscherei ... das »Ankurbeln des Motors«, wie es Haußmann nannte ... die Diktate, bei denen niemand stören durfte, die Geschäftsreisen, die immer in einer Bar endeten ... Bärchen!

»Die Bahnfahrt hält Erika nicht aus«, sagte er grob.

»Und ein Bus fährt auch.«

»Bist du schon mal mit einem balkanischen Bus durch einen Karst gefahren?«

»Nein.«

»Dazu gehört ein Lederhintern. Erika käme nie in Sarajewo an.«

»Wenn es das Schicksal so will, Bärchen ...«

Haußmann drehte sich voll zu Marion. Seine Augen waren hart.

»Fängst du schon wieder an?« fragte er. »Wir hatten uns

geeinigt, so lange nicht mehr über private Dinge zu sprechen, bis wir wieder in Deutschland sind und wissen, was das Schicksal uns zugedacht hat.«

»Das Schicksal!« Marion Gronau zog die Lippen kraus. »Seit Rimini wird nur noch in großen Worten gesprochen.« Sie legte Haußmann die Hand gegen die Backe und zwang ihn so, sie anzusehen. »Du hast doch gesehen, daß ich Frank aufgegeben habe.«

»Sagen wir es andersherum: Frank hat dich aufgegeben.«

»Es wäre mir ein leichtes gewesen, diese kleine, blasse Italienerin auszustechen. Aber ich wollte nicht. In all den Tagen habe ich es mir genau überlegt und habe mich entschieden: Soll Frank mit seiner durchsichtigen Claudia glücklich werden – ich liebe dich, Bärchen.«

»Laß den Blödsinn«, antwortete Haußmann steif.

»Es ist vielleicht eine unglückliche Liebe.« Marion sah hinüber zum Meer, und ihr Gesicht nahm einen leidenden Ausdruck an. »Ich sehe ja, daß du zu deiner Frau zurückgefunden hast.«

»Ich war nie weg.«

»Du wolltest dich vor zehn Tagen noch scheiden lassen, ihr das Haus überschreiben und ihr eine Rente zahlen.«

»Vage Ideen...« Haußmann schaltete den Rückwärtsgang ein und setzte zurück. Marion sagte die Wahrheit, aber es war ihm, als habe er nie solche Gedanken geäußert. Auch spürte er erneut, daß ihn ihm eine Wandlung vorgegangen war: Die Begierde nach Marions jungem, üppigem Körper war der Angst gewichen, sie könnte Erika alles erzählen, was in den letzten Monaten in der Fabrik geschehen war. Nur diese Angst vor der Rache einer enttäuschten und zur Seite geschobenen Geliebten hinderte ihn noch daran, Marion nicht grob ins Wort zu fahren. »Wir sollten von solchen Dingen überhaupt nicht mehr sprechen, Marion«, sagte er heiser. »Es geht jetzt nur noch darum, daß wir heute nacht mit diesem Mistkahn da nach Dubrovnik fahren.«

»Und wenn deine Frau wirklich unheilbar ist?«

»Du bist abscheulich nüchtern!«

»Krebs ist eine Krankheit, die man nur nüchtern und sachlich betrachten sollte. Es gibt keine Illusionen bei Krebs!« Marion griff Haußmann ins Lenkrad. Er bremste scharf und fluchte leise.

»Bist du verrückt? Sollen wir uns überschlagen?«

»Ganz klar, mein Lieber: Was tust du, wenn du die Gewißheit hast, daß deine Frau unheilbar ist?«

»Ich werde sie bis zu ihrem Tode pflegen mit allem, was ich tun kann.«

»Und dann?«

»Was dann?«

»Dann bist du Witwer, Bärchen.« Marion hielt seine Hand fest, die nervös an der Handbremse spielte. »Wirst du mich dann heiraten?«

Karl Haußmann zögerte. Zeit gewinnen, dachte er. Sie beruhigen, das ist wichtig. Was später kommt, wer weiß es jetzt schon? Alles, was ich jetzt sage, ist doch wie ein ungedeckter Scheck. Man kann ihn später immer noch zurückziehen.

»Ja...« sagte er gedehnt. »Dann heiraten wir.«

»Dann ist es gut.« Marion lehnte sich in die Polster zurück. Ihr schönes, etwas puppenhaftes Gesicht leuchtete. »Wir müssen alles versuchen, auf das Schiff und nach Sarajewo zu kommen. Nun will auch ich Gewißheit haben, *wie* krank deine Frau ist Bärchen.« Sie beugte sich zur Seite und küßte Haußmann auf die Schläfe. »Ich habe nie gewußt, wie sehr ich an dir hänge. Glaub es mir: Der Gedanke, daß du mich wegschicken könntest, macht mich wahnsinnig.«

So schnell es die engen Straßen der Altstadt erlaubten, fuhren sie zurück zur Pension. Erika war inzwischen aufgestanden und stand am Fenster, als Karl und Marion vor dem Haus ausstiegen. Kritisch beobachtete sie die beiden, aber sie sah nichts, was sie hätte mißtrauisch werden lassen. Im Gegenteil, Karl war so unhöflich, Marion nicht einmal aus dem Wagen zu helfen, sondern lief einfach vor ihr ins Haus und ließ sie nachkommen wie einen Lakai.

»Rika! Da draußen im Hafen ist ein toller Zirkus im Gang!« rief Karl, als er mit einem Elan ins Zimmer stürmte, als müßten sie Hals über Kopf flüchten. »Die Polizei läßt nur Schwerkranke mit Wagen aufs Schiff. Alles ist abgesperrt. Wenn wir nach Sarajewo mit unserem eigenen Wagen wollen, können wir dich ab sofort nur noch liegend transportieren.«

»Was ist los?« fragte Erika zurück. Sie sah ihren Mann an, als habe er Donner und Blitz mit ins Zimmer gebracht.

»Du mußt schwerkrank sein. Ich lege dich hinten auf die

Hintersitze, decke dich zu, und du mußt so tun, als hättest du große Schmerzen und seiest am Ende deiner Kräfte.«

»Nein!« sagte Erika laut. Ein Beben lief durch ihren Körper. »Nein! Ich versuche das Schicksal nicht.«

»Anders kommen wir nicht über das Meer!« rief Haußmann verzweifelt. »Rika, Liebste, du versuchst das Schicksal, wenn wir unsere Karten verfallen lassen.«

»Ich kann keine Sterbende spielen.« Erika wandte sich ab, das Zittern ihres Rückens wurde stärker. Plötzlich weinte sie und preßte die Hände flach vor das Gesicht. »Habt ihr denn alle Nerven wie Drahtseile?« schluchzte sie. »Ihr verlangt, daß ich spielen soll, wovor ich aus Angst vergehe. Ich will nicht krank sein. Ich will nicht sterben! Auch nicht gespielt...«

Karl Haußmann ließ sich schwer auf einen Stuhl fallen und hob hilflos beide Arme. »Dann war alles umsonst, Rika«, sagte er tonlos. »Laß uns wieder nach Deutschland fahren.«

»Und Frank Hellberg mit der armen Claudia?«

»Sie werden schon durchkommen. Ich habe ihnen Geld genug gegeben. So nahe vor dem Ziel umdrehen, das ist nicht Haußmanns Art! Nur bis wir auf dem Schiff sind, brauchst du die Kranke zu spielen. Ist der Wagen erst einmal auf Deck, holt ihn keiner wieder runter.« Karl sah Erika fast flehend an. Sie wandte sich wieder ab und trat ans Fenster.

»Ich habe Angst«, sagte sie leise.

»Angst? Wovor?«

»Daß aus dem Spiel plötzlich Ernst wird.« Sie drehte sich um, lief zu ihrem Mann und warf sich ihm in die Arme. »Karl« stammelte sie. »Karl, wenn ich hilflos daliegen werde, wenn ich mich nicht mehr rühren kann, wenn mir nur noch Morphium hilft, wenn du siehst, es geht langsam zu Ende: Versprich mir, daß du mich nicht so grausam sterben läßt. Versprich mir, daß du mir soviel Morphium gibst, daß ich ohne Schmerzen einschlafe.«

»Mein Gott, welche Gedanken!« Haußmann hielt Erika umfangen und drückte ihren bebenden Kopf an sich. In seinem Hals würgte es, er hatte das Gefühl, einen Stein verschluckt zu haben. »Wer wird denn so 'was denken«, stotterte er. »Rika, so darfst du nicht denken! Damit machst du dich selbst verrückt. Es wird doch nie so weit kommen, nie! Darum fahren wir ja nach Sarajewo. Darum holen wir ja dieses HTS! Darum wollen wir uns ja auf das ›Schiff der Hoffnung‹ schmuggeln. Du sollst gesund werden, ganz gesund...«

Eine Stunde später benachrichtigte Karl Haußmann den Inhaber der Pension, daß seine Frau einen schweren Anfall bekommen habe und nun gehunfähig sei. Marion machte aus den Hintersitzen des Autos bereits ein weiches Bett und verhängte das Rückfenster und die Seitenfenster mit Tüchern. Dann trugen Haußmann und drei Männer – der Hausdiener, der Koch und ein zufällig anwesender Milchmann – Erika auf einer Trage aus dem Haus und betteten sie hinten in das Auto. Wie es Haußmann bei dem Engländer gesehen hatte, deckte er Erika bis zum Hals zu.

»Ich vergehe vor Hitze«, flüsterte sie, als er sich über sie beugte. »Wenn wir am Hafen sind, bin ich wirklich ohnmächtig.«

»Nur eine halbe Stunde, Rika«, sagte Haußmann leise und strich ihr über das Haar. »Halte durch, Liebling. Auf dem Schiff, im frischen Abendwind, kannst du dich dann erholen.«

Bedrückt standen der Padrone, seine Frau und die drei hilfreichen Männer an der Haustür, als der deutsche Wagen abfuhr. Sie winkten nicht nach. Das war eine traurige Fahrt.

»Sie kommt auch zu spät«, sagte der Padrone und wischte seine Hände an der Hose ab.

»Eine so schöne Frau«, sagte der Hausdiener.

»Und die Nachfolgerin ist auch gleich dabei«, meinte die Padrona giftig.

»Immer diese eifersüchtigen Weiber!« Der Padrone warf einen verzweifelten Blick in den sich rötlich färbenden Himmel. »An was anderes denkst du wohl nicht?«

»Ich kenne doch die Männer, he?« Die Frau stemmte die Hände in die Hüften. »Bist du anders? Alle sind sie gleich. Man sollte die Männer, sobald sie an die Fünfzig gehen, vergiften!«

Eine Viertelstunde später fuhr Haußmann im Schritt-Tempo durch die Reihen wartender Wagen, die man rechts und links der Hafenzufahrt abgestellt hatte. Vor dem Gittertor stauten sich die Menschen. Es war ein Lärm wie bei einer Revolution – und es war auch eine, denn alle vor der Polizeikette revoltierten gegen die Sperrung der Molenzufahrt.

Drei Polizisten, die entlang der abgestellten Wagen patrouillierten, schleusten Haußmanns Wagen durch das Gewühl, nachdem sie einen Blick in das Innere des Autos geworfen hatten. Vor der Sperre kurbelte Haußmann sein Fenster herunter und hielt die Fahrscheine hinaus. Ein Polizeileutnant trat heran und grüßte höflich. Er sah in den Wagen, erkannte das schweißnasse, bleiche Gesicht zwischen Kissen und Decken und zog den Kopf zurück.

»Aus Deutschland?« Er sah flüchtig auf die Fahrkarten. »Etwas zu verzollen?«

Haußmann lächelte gequält, es gelang ihm sehr gut. »Was sollten wir wohl mitnehmen, Herr Offizier?«

»Passieren!« Der Leutnant hob die Hand. Die Polizeikette öffnete sich. »Nummer 12!« schrie jemand. »Noch drei.«

Vom Tor her antwortete ein unverständliches, vielstimmiges Geschrei. Haußmann sah, wie die Carabinieri zusammenrückten und die Hände auf die Pistolentaschen legten. Da gab er etwas Gas und fuhr so schnell, daß es nicht auffiel, die leere Molenstraße hinauf zur Anlegestelle auf der Molo Foraneo.

»Geschafft!« rief er, als er außer Hörweite der Postenkette war. »Rika, Liebes, geschafft!« Er hielt an, beugte sich über seine Sitzlehne und riß die Decken von Erika.

Sie rührte sich nicht. Bleich, mit auf der Brust gefalteten Händen, lag sie zwischen den Kissen. Sie war wirklich ohnmächtig geworden.

»Hier, nehmen Sie das«, sagte Marion und reichte Haußmann ihr Kölnisch-Wasser-Fläschchen. Karl rieb mit dem erfrischenden Parfüm Erikas Stirn ein, massierte ihre Brust und küßte sie auf den Mund, als sie endlich, mit einem tiefen Seufzer, die Augen wieder aufschlug.

»Wo... wo sind wir?« fragte sie und richtete sich ächzend auf.

»Vor dem Schiff, Liebes!« Haußmann gab Marion das Parfümfläschchen zurück. Dabei berührten sich ihre Finger, aber kein Funke sprang über. »Wir sind durch! In zehn Minuten sind wir an Bord, und heute nacht schwimmen wir deiner Gesundheit entgegen. O Rika, ich könnte die ganze Welt umarmen!«

»Dann fang' bei Fräulein Gronau an!« antwortete Erika. Und ein Schatten fiel über Haußmanns ehrliche Freude. Er kam sich schäbig vor, denn er dachte an das Gespräch, das er vor zwei Stunden noch mit Marion geführt hatte.

Aber so ist es im Leben: Ein zwischen Jugend und Pflicht schwankender Mann im Alter Karl Haußmanns hat eine gewisse Narrenfreiheit. Man muß nur warten können, bis er aus seinem Wahn wieder erwacht.

Am Kai lag die »MS Budva« in der untergehenden Sonne. In diesem goldenen Licht sah sie gar nicht mehr so morsch aus; vielmehr war es, als sei sie jetzt, leuchtend in sattem Rotgold, das wahre »Schiff der Hoffnung«, ein Traumboot zum ewigen Leben, das durch ein violettes Meer schwimmt zu einer Küste, die kein Sterben mehr kennt.

Während Erika, noch immer die Schwerkranke spielend, mit einer Trage des Schiffes von zwei Matrosen an Bord gebracht wurde und Marion wie eine rührend besorgte Krankenschwester nebenherlief, überwachte Haußmann das Verladen seines Wagens auf das Oberdeck der »Budva« und nahm es klaglos in Kauf, daß zwei Haken des Kranes einen großen Kratzer in den Lack der linken Tür zogen. Dann schwebte der Wagen an Bord, und Haußmann stieg in fast übermütiger Laune über die Gangway auf das Schiff.

»Der Bordarzt ist bereits bei Ihrer Frau«, sagte der I. Offizier der »Budva« zu Karl, als er die Fahrkarten kontrolliert und die Pässe an sich genommen hatte. Haußmann bekam sie erst nach der Landung beim Zoll in Dubrovnik wieder. Es war also ausgeschlossen, ohne Papiere an Land zu kommen.

Haußmann sah den I. Offizier, der ein hartes Deutsch sprach, verblüfft an.

«Sie haben einen Arzt? Hier, auf diesem Schiff?«

»Seit wir bei denn Überfahrten der letzten Zeit ein paar Todesfälle hatten, war das notwendig. Kabine 17 und 18, mein Herr. Erster-Klasse-Deck.«

»Oh! Das gibt es hier auch?«

Der I. Offizier ließ Haußmann wortlos stehen. Alle Verachtung lag darin. Die Deutschen mit ihrer großen Fresse, sollte das heißen. Anstatt daß sie froh sind, überhaupt mitzukönnen...

Haußmann suchte über drei Decks hindurch die Kabinen 17 und 18, bis er sie endlich im Anschluß an die Kommandobrücke fand. Der Arzt war schon wieder gegangen. Marion saß am Bett Erikas und lächelte Haußmann wie um Verzeihung bittend zu. Erika schlief, mit tiefen seufzenden Atemzügen.

»Er hat ihr gleich eine Spritze gegeben«, sagte Marion, als sich Haußmann erschrocken über seine Frau beugte. »Morphium, glaube ich. Was sollte ich machen? Der Arzt versteht kein Wort

Deutsch. Und als deine Frau aufspringen wollte, hat er sie zurück aufs Bett gedrückt und schwupp, hatte sie die Spritze weg. Sie ist sofort eingeschlafen. Er muß ihr eine starke Dosis injiziert haben.«

»Das kann ja heiter werden.« Haußmann setzte sich neben die betäubte Erika auf die Bettkante und zog sich den Schlips vom Hals. »Wo ist der Kerl jetzt?«

»Nebenan. Bei dem Engländer. Ich glaube, der stirbt, bevor wir Dubrovnik erreicht haben. Ich konnte vorhin einen Augenblick in die Kabine sehen: Der Mann sieht wirklich wie ein Gerippe aus. Da hilft doch auch kein HTS mehr.«

»Der Glaube vermag viel.« Haußmann trat an das runde Bullauge. Durch das Glas schimmerte das alte Bari. Der jetzt dunkle Abendhimmel über der Stadt war fahl und streifig. Der Widerschein tausender Lampen. »Was wären wir alle, wenn wir die Hoffnung nicht mehr hätten«, sagte Karl leise.

»Das stimmt«, antwortete Marion Gronau. Und ihr Unterton bewies die Doppeldeutigkeit ihrer Worte.

Pünktlich um 23 Uhr gellte die Sirene der »MS Budva«. Der Kran rollte vom Kai, die Gangway wurde eingezogen, die Leinen wurden losgeworfen.

Ein Zittern rann durch den Schiffsleib, die alten Dieselmotoren begannen zu stampfen, das Schiff schlingerte etwas in der Dünung, die Schrauben wirbelten das Wasser auf; es war, als ächzte ein alter Mann unter einer schweren Last, die er noch wegtragen mußte. Dann löste sich die »MS Budva« von der Mole und glitt in die Nacht hinaus, auf das finstere Meer, entlang der den Hafen abgrenzenden, langen Außenmole, die flach aus der Adria ragte.

Haußmann stand oben an Deck neben seinem vertäuten Wagen und blickte zur langsam entschwindenden, hellerleuchteten, flimmernden Küste zurück. Marion hockte neben ihm auf einem Seilknäuel und rauchte nervös.

»*Das* ist aus Rimini geworden«, sagte sie, als Bari nur noch ein heller Strich war.

»Ich wünschte, es hätte Rimini nie gegeben!« Haußmann wandte sich abrupt ab und ging unter Deck.

Das Abendessen auf dem Oberdeck der weißen Jacht war vorzüglich wie immer. Ein livrierter Steward servierte. Claudia erhielt eine besondere Diät, und statt des schweren Weines schimmerte in ihrem Glas ein dunkelroter Traubensaft. Das Schiff machte langsame Fahrt, während sie aßen, und Hellberg konnte nicht mehr feststellen, ob sie sich vom Land entfernten, ihm entgegenfuhren oder parallel mit ihm waren.

Umberto Saluzzo war bester Laune.

Er erzählte Witze. Schwänke aus seinem Leben, die ebenso grotesk wie grausam waren. Schwarzer Humor, nur selbst erlebt.

Ab und zu beugte er sich zu Claudia, tätschelte ihre blasse, kalte Hand und nannte sie »Mein Töchterchen«. Dann zuckte sie jedesmal zusammen wie unter einem Schlag und sah Hellberg hilfesuchend an. Das besonders schien Saluzzo sehr zu amüsieren. Hilfe von einem Mann, der völlig hilflos war. Wie sehr ein Mensch doch an phantastischen Hoffnungen hängt!

»Es wird eine dunkle Nacht«, sagte er, als zum Nachtisch ein Cocktail aus Muschelfleisch in rotem Champagner serviert wurde. »Neumond! Es ist genau das, was wir brauchen.« Er rauchte eine Zigarre an, blies einen Ring in die Luft und zuckte mit den Schultern, als Hellberg ablehnend die Zigarrenkiste zurückschob. »Muß ein Journalist eigentlich mehrere Sprachen sprechen?« fragte er unvermittelt.

»Das kommt auf sein Aufgabengebiet an. Ein Fotoreporter etwa, der in der Welt herumreist, muß verschiedene Sprachen beherrschen.«

»Und was sprechen Sie?«

»Englisch, Französisch und bißchen Italienisch, und seit einem halben Jahr nehme ich Unterricht in Spanisch.«

»Interessant.« Saluzzo sah dem Rauch seiner Zigarre nach. »Sie können sich schon auf spanisch verständigen?«

»Mühsam. Es fehlen noch viele Vokabeln und vor allem die Grammatik.«

»Es wird schon gehen«, sagte Saluzzo geheimnisvoll.

»Was wird gehen?« fragte Hellberg zurück.

»Sie sind ein ungeduldiger Mensch, Hellberg.« Saluzzo lächelte Claudia an. »Sieht sie nicht bezaubernd aus in dieser romantischen Beleuchtung? Wie von innen beschienenes Porzellan. Meine Tochter war eine einmalige Schönheit, Hellberg;

sie hatte *noch* größere Augen als Claudia. Aber sonst...« Saluzzo beugte sich vor. »Ich habe mich erkundigt – du bist Waise.«

Claudia nickte. Ihre Kehle war wie zugeschnürt.

»Ich werde dich adoptieren.« Saluzzo lehnte sich wieder zurück. »Seit zwanzig Jahren leide ich darunter, kein Vater mehr sein zu können. Und nun finde ich durch Enrico Sampieri, diesen Windbeutel, das Mädchen Claudia! Ich werde ihn deshalb auch nicht bestrafen, daß er mich mit Ihnen, Hellberg, belästigt hat. Ich mußte Sie in Kauf nehmen, um Claudia an Bord zu bekommen. Aber nun sind Sie überflüssig, eine verbrauchte Verpackung. Nur Ihre spanischen Sprachkenntnisse werde ich noch gebrauchen können.«

Saluzzo erhob sich, und auch Hellberg sprang auf. Claudia kroch in sich zusammen. In ihren Augen schrie die Angst. Laß mich nicht allein, Frank, hieß dieser Blick. Laß mich bitte, bitte nicht allein mit ihm...

»Kommen Sie mit, Signore!« sagte Saluzzo knapp.

»Wohin?« Hellberg blieb neben Claudia stehen. Sie müssen mich jetzt totschlagen, freiwillig tue ich keinen Schritt, dachte er.

»Unter Deck«, sagte Saluzzo.

»Ich lasse Claudia nicht allein!«

»Sparen Sie sich Ihre Heldenposen, Hellberg! Claudia wird kein Haar gekrümmt. Mein Wort ist an Bord wie ein Gesetz. Ein einziges Mal hat es ein Matrose versucht, sich darüber hinwegzusetzen. Er wollte opponieren. Eine Stunde später fiel er über Bord. Trotz aller Suchmanöver haben wir ihn nie mehr gefunden. Man weiß ja, daß an der jugoslawischen Küste Haie leben...« Saluzzo winkte ab, als Hellberg den Mund zu einer Antwort öffnete. »Keine Reden, Signore. Claudia wird sich für kurze Zeit, die wir unter Deck sind, allein amüsieren. Luigi Foramente kann ihr über das Tonband flotte Melodien vorspielen. Kommen Sie!«

»Bleib', Frank!« schrie Claudia auf und klammerte sich an Hellberg fest. »Geh' nicht!«

»Eine Tochter muß ihrem Vater gehorsam sein«, sagte Saluzzo ernst und kam langsam näher. »Das ist die erste Vorbedingung. Ein ungehorsames Kind wird bestraft, ein gehorsames kann den Vater um den Finger wickeln.«

Hellberg stellte sich zwischen Claudia und Saluzzo. Nur eine Handbreit voneinander entfernt standen sie sich gegenüber.

»Wenn Sie Claudia anrühren, zerbreche ich Ihnen die Knochen«, sagte Hellberg ganz ruhig.

»Vorher werden Sie Haifraß, Hellberg.«

»Dazu gehört mehr als ein großes Maul! Ich bin Stadtmeister im Judo.«

Saluzzo lächelte breit. »Ein Rindvieh sind Sie! Während wir jetzt miteinander sprechen, sehen uns sechs Augen zu. Schauen Sie sich nicht um, Sie sehen sie doch nicht. Aber wenn Sie die Hand gegen mich erheben würden, wird es unter Garantie aus irgendeiner Ecke krachen, aus der Ecke mit dem besten Schußwinkel. Was nützt Ihnen da Ihr Judo, Sie Phantast?« Saluzzo trat zwei Schritte von Hellberg zurück. »Also kommen Sie nun?«

Hellberg nickte. Er sah sich nicht nach Claudia um, sondern folgte Saluzzo unter Deck.

Wieder war demonstriert worden, wer hier der Stärkere war.

Saluzzo führte Hellberg über eiserne Treppen am Kabinendeck vorbei hinunter zum Maschinenraum und von dort durch drei Schottentüren in einen Teil der Jacht, der unter dem Bug lag und fensterlos war.

Ein schmaler Gang, erleuchtet von Neonröhren. Links und rechts Türen aus Eisen, blau lackiert. In den Türen, in Sichthöhe, Klappen, die mit einem Riegel verschlossen waren. Beim Anblick dieses Ganges blieb Hellberg ruckartig stehen.

»Was haben Sie?« fragte Saluzzo, der ihm vorausging.

»Das sieht wie ein Gefängnis aus«, rief Frank.

»Sie kennen Gefängnisse von innen?«

»Ich habe einmal eine Reportage über Zuchthäuser geschrieben. Das sind die typischen Zellentüren.«

»Gratuliere.« Saluzzo lächelte. »Es *ist* ein Gefängnis.«

»Mein Gott...« stammelte Hellberg. Er starrte Saluzzo mit weiten Augen an. Die Überzeugung, einen Wahnsinnigen vor sich zu haben, wurde nun fast zur Gewißheit.

»Ein schwimmendes Gefängnis. Aber luxuriös. Wenn Sie gleich einen Blick in diese Zellen werfen, werden Sie es bestätigen. Sie haben ja Vergleichsmöglichkeiten zu den deutschen Zellen. Früher nannte man die schwimmenden Gefängnisse Galeeren... das war schon mehr ein Todesurteil. Aber dieses Gefängnis hier dient dem Leben, Hellberg!«

»Wer ist in diesen Zellen?« fragte Hellberg tonlos.

»Das werden Sie in wenigen Minuten sehen.«

»Haben Sie mich deshalb nach meinen Sprachkenntnissen gefragt, Saluzzo?«

»Ja.«

Umberto Saluzzo ging weiter. Fast am Ende des Ganges – man hörte deutlich das Meer gegen die Bordwand schlagen – blieb er vor einer der eisernen Türen stehen und holte einen Schlüssel aus der Hosentasche.

In dem Augenblick, in dem er den Schlüssel ins Schloß steckte und ihn herumdrehte und der leise knirschende Laut die Stille zerriß, ertönte aus dem Inneren der Zelle ein heller, markerschütternder Schrei.

Die Stimme einer Frau.

Der gleiche Schrei, den Hellberg in seiner Kabine gehört hatte und von dem er glaubte, Claudia hätte in ausgestoßen.

»Die Möve...« sagte er heiser. »Unser Smutje wirft die Küchenabfälle immer ins Meer...«

»Sie haben ein blendendes Gedächtnis, Hellberg.«

»Alles, was Sie sagen, Saluzzo, schreibt sich bei mir wie mit Feuer ein. Es sind Brandzeichen.«

»Wie schade, daß dieses Feuerchen nie jemand sehen wird.« Saluzzo schloß noch einmal herum. Aus dem Inneren der Zelle gellte der zweite Schrei. Ein Schrei, der einen Schauer über den Rücken Hellbergs laufen ließ.

Was würde er sehen, wenn die Tür aufschwang?

Welche Teufelei verbarg Saluzzo in diesen kleinen Zellen? Wen hielt er dort gefangen? Und warum?

»Bitte!« sagte Saluzzo und öffnete die Tür.

Geblendet wich Hellberg an die Gangwand zurück. Die Lichtfülle, die ihm entgegenflutete, war zu stark. Viel stärker als die normale Flurbeleuchtung.

Er sah mit blinzelnden Augen, die sich langsam an das Licht gewöhnten, zunächst nur die Einrichtung eines Salons in Weiß-Gold. Rokokomöbel, Gobelinbezüge, Damastvorhänge, eine Seidentapete und an der holzgetäfelten Decke einen Kristallleuchter, der das starke Licht ausstrahlte. Ein dicker, englischer Blumenteppich bedeckte den Boden.

»Ich glaube nicht, daß deutsche Zuchthäuser solche Zellen haben«, sagte Saluzzo spöttisch. »Die Tür ist zwar konservativ, aber die Einrichtung wird Sie überzeugen, daß ich kein Unmensch bin.«

»Und wer lebt in diesem goldenen Käfig?« Hellberg kam langsam auf die Tür zu. »Wer schreit da so entsetzlich und aus höchster Not?«

»Das eben sollen Sie feststellen... warum man schreit!« Saluzzo winkte. »Kommen Sie schneller, Hellberg. Hier ist kein Ungeheuer, das plötzlich hervorbricht.«

Hellberg atmete tief auf. Dann machte er einen großen Schritt, ging an Saluzzo vorbei und betrat das luxuriöse Gefängnis.

Überrascht und betroffen blieb er stehen, wischte sich verwirrt über die Augen und sah sich dann fragend nach Umberto Saluzzo um.

Auf einem Bett, das mit einem Überwurf aus echten Leopardenfellen abgedeckt war, lag ein wunderschönes Mädchen. Die langen, schwarzen Haare hingen wie ein Schleier über dem schlanken Körper, den nichts bedeckte als ein kurzes, durchsichtiges Spitzenhemdchen. Als das Mädchen die beiden eintretenden Männer sah, kroch es auf dem breiten Bett bis zur Wand, zog die Beine an und starrte Hellberg aus flackernden, halb wahnsinnigen Augen angstvoll an.

»Wer ist denn das?« fragte Hellberg atemlos. Der Luxusraum, die strahlende Beleuchtung und auf dem Leopardenbett ein Mädchen von solcher Schönheit, wie er sie nur aus Kunstdruckjournalen kannte – das alles verwirrte ihn einen Augenblick. Umberto Saluzzo hinter ihm lachte leise.

»Ein herrliches Raubtier, was?« sagte er stolz. »Der Brillant in meiner Kollektion.«

»Kollektion...« wiederholte Hellberg tonlos. Das Mädchen auf dem Fellbett starrte ihn durch den Vorhang ihrer schwarzen Haare an. Als Hellberg einen Schritt weiter in die Kabine trat, hob sie beide Hände zur Abwehr und begann wie ein getretener Hund zu wimmern.

»Fragen Sie sie, was sie hat.« Saluzzo stieß Hellberg leicht in den Rücken. »Sie hat alles, was sie braucht, Sie sehen es ja – und trotzdem benimmt sie sich wie eine Irre!«

»Wer ist die Dame?« fragte Hellberg leise.

»Juanita Escorbal... ich erzähle Ihnen nachher mehr. Erst zeigen Sie mal, wie gut Sie spanisch sprechen.«

Frank Hellberg setzte sich auf einen der Gobelinsessel und schüttelte den Kopf, als Juanita noch mehr in sich zusammenkroch. »Keine Angst«, sagte er auf spanisch. »Ich komme als Ihr Freund, Señorita Escorbal.«

Das Mächen schob die Haare aus den Gesicht. Ihre Schönheit ergriff Hellberg, mehr aber noch erschütterte ihn ihr gehetzter Blick. Ihre großen, fast schwarzen Augen schienen leergeweint. Geblieben waren Angst und Hoffnungslosigkeit.

»Sie lügen«, sagte Juanita Escorbal. Sie hatte eine warme, melodische Stimme und sprach ein äußerst gepflegtes Spanisch. »Auch Sie gehören zu diesem Schiff! Sie wollen mich nur in Sicherheit wiegen. Sie sind wie die anderen.«

»Ich bin selbst Gefangener.« Frank Hellberg beugte sich im Sitzen vor. »Wir, das sind ein junges italienisches Mädchen und ich, sind auf das Schiff gekommen, weil wir glaubten, man könne uns nach Dubrovnik bringen, ohne Paß. Noch wissen wir nicht, was man mit uns vorhat.«

Juanita musterte Hellberg. War es eine Falle? Log er? Wollte er sich mit dieser Erzählung in ihr Vertrauen einschleichen?

»Ist sie hübsch«, fragte sie. »Ist Ihre Begleiterin sehr hübsch?«

»Ja.«

»Dann wird sie bald wie ich in einem Harem oder in einer Spelunke in Beirut enden.«

Hellberg krampfte sich das Herz zusammen. Er vermied es, Saluzzo anzusehen. So also ist das, dachte er. Hier haben wir einen Zipfel des Geheimnisses gelüftet, das Saluzzo umgibt: Das Geheimnis seiner großen Einnahmen! Statt mit Teppichen handelt er mit lebender, hübscher Ware. Unter den Augen der Polizei, mit dem Glorienschein des erfolgreichen Mannes, mitten unter uns, im 20. Jahrhundert.

»Was sagt sie?« fragte Saluzzo ungeduldig an der Tür. Daß er keinen Sinn in den Worten entdeckte, obgleich Italienisch und Spanisch ähnlich klingen, ärgerte ihn.

»Sie hat Heimweh«, sagte Hellberg auf gut Glück. Saluzzo lachte hämisch.

»Das gibt sich, Signore Hellberg. Jeder Mensch braucht eine bestimmte Zeit zur Akklimatisierung. Der eine mehr, der andere weniger. Aber darum braucht sie nicht so zu schreien.«

Hellberg beugte sich wieder zu Juanita vor. »Er versteht kein Wort unserer Unterhaltung, Señorita«, sagte er. »Vertrauen Sie mir, bitte. Ich habe gesagt, Sie hätten Heimweh. Erzählen Sie mir schnell, woher Sie kommen und wie ich Ihnen helfen kann.«

Juanita Escorbal ließ die Haare wieder über ihr Gesicht fallen. Saluzzo sollte nicht sehen, wie neuer Glanz in ihre Augen kam. Glanz der Hoffnung und neuen Mutes.

»Ich bin die Tochter von Juan Carlos Comte de Escorbal aus Tarragona. Mit Freunden war ich auf einer Segeljacht unterwegs nach Mallorca. Da kamen wir in einen Sturm, einen der seltenen Sommerstürme, die Sand aus der Sahara mitbringen. Das Meer wurde zur Hölle, der Hauptmast brach, mußte gekappt werden und ging über Bord. Beim Versuch meines Bruders, mit dem Hilfsmotor weiterzukommen, gerieten wir in eine riesige Welle, die uns Ruder und Aufbauten völlig zerstörte. Führerlos trieben wir drei Tage auf der sich beruhigenden See, bis uns die Jacht Saluzzos sichtete. Er kam längsseits, besichtigte unser wundgeschlagenes Schiff, ließ mich als erste an Bord seiner Jacht kommen und dampfte dann ab, ohne sich um meinen Bruder und meine Freunde zu kümmern. Ich hörte sie noch nach mir schreien... aber was sollten sie anderes tun? Sie waren ja völlig wehrlos. Was aus ihnen geworden ist, weiß ich nicht. Wenn die Madonna gnädig war, hat ein anderes Schiff sie aufgelesen.«

»Wie lange sind Sie jetzt hier, Señorita?« fragte Hellberg. Er konnte vor Erregung kaum sprechen.

»Vielleicht zwei Wochen... ich weiß es nicht. Ich habe keinen Zeitbegriff mehr. In meine Kabine scheint nie die Sonne. Ich zähle die Tage so, wie ich schlafe... und ich habe bisher fünfzehnmal geschlafen.«

Hellberg wischte sich über die Augen. Zwischen den Fingern sah er zu Saluzzo. Der elegante Teufel stand lässig an der Tür, lehnte sich gegen den Rahmen und rauchte eine Zigarette.

»Wie kann man Ihnen helfen?« fragte Frank. »Warum haben Sie so geschrien?«

»Ich werde schreien, bis mir die Kehle platzt. Ich lasse mich nicht kampflos verschleppen!« Juanita kroch von der Wand weg. Als sie vor dem Bett stand und das grelle Licht aus dem Kristalleuchter sie überflutete, sah Hellberg erst, wie atemberaubend schön sie war. »Wissen Sie, daß in den Kabinen auf diesem Gang noch mehr Mädchen gefangengehalten werden?«

»Nein!« Hellberg sprang auf.

»Was sagt sie?« fragte Saluzzo an der Tür.

»Gleich...« Hellberg war es nicht mehr möglich, seine Erregung zu beherrschen. Ein Zittern lief durch seinen Körper. Juanita ging zu einem Sessel, auf dem ein seidener Morgenmantel lag, und zog ihn über ihr durchsichtiges Hemdchen. »Wie viele Mädchen sind an Bord?«

»Ich weiß es nicht genau. Nachts klopfen wir zur Verständigung gegen die Wände. Aber es sind mindestens fünf andere Mädchen. Und nun wird Ihre Begleiterin dazukommen.«

»Nie und nimmer!« sagte Hellberg verbissen.

»Was wollen Sie tun? Wir sind doch wehrlos! Ich kann wenigstens schreien... dann kommt jemand und gibt mir eine Beruhigungsspritze. Aber Sie können gar nichts tun.« Juanita kämmte sich vor dem großen Kristallspiegel. Umberto Saluzzo lächelte zufrieden. Was dieser Hellberg auch gesagt haben mochte – er hatte sie wenigstens beruhigt. »Sie werden übrigens auch verkauft.«

»Blödsinn!«

»Denken Sie. Wenn man so etwas lesen würde, glaubt man, das seien dumme Phantasien. Dabei weiß die internationale Polizei, daß heute noch in Saudi-Arabien und Somaliland geheime Sklavenmärkte abgehalten werden. Die weißen Mädchen sind dort die teuersten Angebote, sie werden mit Gold aufgewogen. Männer wie Saluzzo verdienen damit ein Vermögen. Dabei ist er nur ein Zwischenhändler. Der Anfang einer Kette, die von Europa über Nordafrika und Kleinasien bis zum fernsten Orient reicht.«

»Und woher wissen Sie das, Juanita?«

»Von ihm selbst. Er hat mir meinen ferneren Lebensweg selbst in allen Einzelheiten ausgemalt.«

Saluzzo an der Tür wurde wieder unruhig. »Was redet sie eigentlich unentwegt?« fragte er. Hellberg erhob sich von dem Gobelinsessel, nickte Juanita ermunternd zu und wandte sich ab.

»Spanisch hat viele Ausdrücke!« sagte er hart. »Alles in allem aber sagt sie, daß Sie ein ungeheures Schwein sind, Saluzzo.«

»Das freut mich.« Saluzzo verbeugte sich leicht vor Juanita. »Wenn sich kein guter Käufer findet, mein Süßes, werde ich mich selbst um dich bemühen.«

»Und im Schlaf werde ich dich erwürgen!« knirschte Juanita wild.

Hellberg fuhr herum. Erst jetzt erkannte er Juanitas Spiel. »Sie können italienisch?« fragte er. Sie antwortete in Spanisch.

»Ja. Natürlich. Ich nehme an, daß er mir sonst nicht erzählt hätte, was mich erwartet. Ich tat aber so, als wenn ich ihn nicht verstehe.«

»Haben Sie keine Sorgen, Juanita.« Hellberg nickte dem schönen Mädchen ermunternd zu. »Noch sind wir nicht in Beirut. Bis dahin kann noch viel passieren, und es wird viel passieren! Bleiben Sie ruhig, schonen Sie Ihre Kräfte und Nerven, wir werden sie bald gebrauchen können. Ich habe das im Gefühl.«

Dann standen sie wieder im Gang, Saluzzo schloß die Luxuszelle wieder ab und steckte den Schlüssel ein. »Nun?« fragte er. »Was denkt sie? Warum schreit sie so unnütz?«

»Können Sie sich nicht denken, daß ein Mädchen Angst hat?« Hellberg überlegte, ob er jetzt nicht Saluzzo mit einem Sprung anfallen und zu Boden schlagen sollte. Sie waren allein im Gang, und Frank fühlte sich stark genug, mit einem Mann wie Saluzzo fertig zu werden. Aber was geschah dann? Oben wartete Luigi Foramente, der »Kapitän« der Jacht. Wie viele Besatzungsmitglieder das Schiff hatte, wußte Hellberg noch nicht. Allein drei Stewards hatte er gezählt. Sie waren auch für die Pflege der Mädchen hier unten bestimmt und damit Komplizen Saluzzos. Was hatte es für einen Sinn, den Kopf dieser Teufelsbande niederzuschlagen und dann hilflos in den vielen Armen des Verbrecherpolypen zu landen?

Saluzzo schloß die Tür auf, sie kamen in den Maschinenraum. Die Gelegenheit war vorbei. Das Warten, das Belauern, die Hoffnung auf eine rettende Situation ging weiter.

Als sie wieder das Deck betraten, scholl ihnen Musik entgegen. Luigi Foramente tanzte mit Claudia. Hellberg sah, wie steif sie ihren Körper hielt, wie ekelhaft es ihr war, jetzt die Vergnügte zu spielen. Saluzzo blieb stehen.

»Sie haben nun gesehen, was mit meinem Schiff los ist«, sagte er.

»Ja. Sie handeln mit lebender Ware!«

»Und es ist Ihnen doch wohl klar, daß dieses Wissen Ihre Rückkehr in das normale Leben verhindert?«

»Von Ihrer Warte aus gesehen, ja.«

»Meine Warte ist immer die richtige, Hellberg!«

»Wenn ich Sie richtig vestehe, wollen Sie auch mich verkaufen!« Hellberg lachte gequält. »Saluzzo, das ist doch eine ausgemachte Blödheit!«

»Wir fahren morgen früh hinaus ins offene Meer. Auf halbem Wege werden Sie und die Mädchen umgeladen auf ein Boot, das uns irgendwo erwartet. Wo, das kann Ihnen egal sein. Sie verstehen doch nichts von Seekarten. Die Leute auf diesem Schiff aber sind keine Europäer mehr, sondern Orientalen. Ich traue Ihnen soviel Intelligenz und Wissen zu, daß Ihnen klar ist, wieviel ein Orientale vom Menschen an sich hält. Ob Sie Hellberg heißen oder Fürst Pipapo, das ist diesen Leuten völlig gleichgültig. Sie sind Ware, weiter nichts. Ware wie Apfelsinen oder Melonen, Feigen oder Kuhhäute. Leisten Sie Widerstand, wird dieser Widerstand gebrochen. Brutal, das kann ich Ihnen sagen. Ich habe in Dschibuti auf dem Markt Männer gesehen, die einen Kopf wie ein Blumenkohl hatten; so zusammengeschlagen hat man sie, bis sie keinen Willen mehr hatten und glücklich waren, in die Hände neuer Herren zu kommen.« Saluzzo hielt Hellberg am Rock fest, als er zu Claudia gehen wollte.

»Nicht so stolz, Signore. Man hat in den Felsen des Yemen Gold entdeckt. Nicht im Flußsand, sondern unter Tage, im Steinabbau. Dort sucht man jetzt intelligente Vorarbeiter. Ich dachte, das sei ein Job für Sie.«

»Sie sind wahnsinnig, Saluzzo!« Hellberg riß sich los. »Und was haben Sie mit Claudia vor?«

»Sie bleibt an Bord. Von den besten Ärzten wird sie untersucht werden, und ich werde ihr auch dieses verdammte HTS besorgen, wenn es notwendig ist. Claudia wird meine zweite Tochter werden.«

»Wenn sie will!« Hellberg lächelte böse. »Sie können Menschen zum Haß quälen, aber nicht zur Liebe.«

»Ich sehe, Sie unterschätzen mich, Signore Hellberg.« Saluzzo schüttelte wie bedauernd den Kopf. »Gehen wir zu der fröhlichen Musik. In zwei Tagen ist dieses schöne Leben ja zu Ende...«

In der Nacht, als man Hellberg wieder in seiner Kabine eingeschlossen hatte, fand er keinen Schlaf. Unruhig rannte er hin und her, dachte an Juanita Escorbal, an die anderen Mädchen in den Zellen und an Claudia Torgiano, deren Schicksal doppelt tragisch war: Die Angst, Krebs zu haben, und die Angst, in den Händen Saluzzos zu bleiben.

Ob Enrico Sampieri, der Redakteuerkollege von der Gazetta Bari, das alles gewußt hat? Und wenn ja, warum hatte er Hellberg dann an Bord gehen lassen? Fehlte ihm der Mut, über Saluzzo zu schreiben, und hoffte er, der deutsche Kollege könne sich durchboxen und einmal diesen Teufel in Menschengestalt zur Strecke bringen?

Es war für Frank Hellberg eine schreckliche Nacht. An der Vibration des Schiffsbodens und dem leisen Stampfen aus dem Maschinenraum merkte er, daß sie bereits wieder fuhren – der Stelle irgendwo im Mittelmeer entgegen, wo das Schiff der orientalischen Händler ihn und die Mädchen übernehmen sollte.

Und je weiter sie sich jetzt von der Küste entfernten, um so sicherer wurde es für Frank Hellberg, daß er im Augenblick keinerlei Chancen hatte, Saluzzo entgegenzutreten. Abwarten – das war alles, was ihm blieb. Auf den Zufall warten, diesen großen Verbündeten der Bedrängten.

Und wenn dieser Zufall nicht kam...?

Ruhig glitt die alte »MS Budva« durch das nächtliche Meer. Sie schlingerte, die Maschinen verursachten einen Höllenlärm, aber an Bord war alles zufrieden, die Passagiere schliefen, die Lichter waren gelöscht bis auf die Positionslampen und die Lichter auf der Kommandobrücke. Wer sie von weitem sah, hatte den Eindruck, einen schlafenden Luxusdampfer majestätisch vorbeiziehen zu sehen, langsam, nach außen hin lautlos, denn das Maschinenstampfen hörte man nur auf Deck 2 und im Laderaum. Dort allerdings dröhnte es wie mit hundert Kesselpauken. Hier auf Deck 2 lagerten auch dic ärmeren Passagiere in guter, alter Auswanderermanier auf Decken und Luftmatratzen, neben Kinderwagen und Gepäcksäcken. Familien mit Kindern, Großvater und Großmutter, Tanten und Onkeln. Ein Haufen zusammengeballter, auf engem Raum liegender, sitzender und hockender Menschen, umgeben vom Geruch geschälter Orangen, frischen Schafskäses und menschlicher Ausdünstung.

Auf Deck 1, den »Luxuskabinen«, brannten hinter verhängten Bullaugen noch vereinzelte Nachttischlampen. Der sterbende Engländer, dieses mit Haut überzogene Gerippe, atmete noch immer. Er hatte nach der Spritze des Bordarztes sogar für einen Augenblick die Besinnung wiedererlangt und seine Verwandtschaft, die um sein Bett saß, groß angesehen. »Wann sind wir in Sarajewo?« hatte er gefragt. Und der Neffe, der die mitreisenden Verwandten verpflichtet hatte, immer optimistisch zu tun, hatte geantwortet: »Übermorgen, Onkel James.«

»Bestimmt?«

»Bestimmt!« murmelten die Verwandten.

»Laßt euch nicht einfallen, mich irgendwo abzuladen, wenn ich wieder die Besinnung verliere, und mich verrecken zu lassen! In meinem Testament steht, daß dieser Dr. Zeijnilagic unterschreiben muß, mich gesehen zu haben. Sonst gibt es keinen Penny, keinen Penny, verdammt noch mal!«

Dann fiel er wieder in Ohnmacht, aber er atmete tiefer, als habe diese Drohung an die Verwandten sein Herz wesentlich gestärkt.

Karl Haußmann lag neben Erika und hörte auf ihre tiefen Atemzüge. In der Nacht, er war gerade eingeschlafen, weckte ihn leises Klopfen an der Tür. Er öffnete, und der Schiffsarzt steckte den Kopf in die Kabine und blickte zu Erika hinüber.

»Alles o. k.!« sagte Haußmann. Okay muß er verstehen, dachte er. Das kennt der Neger im Busch so gut wie ein Jugoslawe. Der Bordarzt, ein alter Mann, der nach Slibowitz roch, wenn er ausatmete, rollte mit den Augen.

»Nix okeh«, sagte er heiser. »Très malade...«

Er drückte Haußmann zur Seite, kam in die Kabine und stellte ein altes, abgegriffenes und fleckiges Lederköfferchen auf den Tisch. Dann beugte er sich über Erika, zog die Bettdecke von ihr, schob ihr das Nachthemd bis zum Kinn und betastete ihren nackten Leib.

»Was machen Sie denn da?« stotterte Haußmann verblüfft. »Sie können doch nicht einfach meine Frau nackt...« Dann fiel ihm ein, daß der Arzt ja kein Wort verstand, und er ging hin, faßte den Arzt am Rock und zog ihn von Erika weg, in dem Augenblick, wo er Erikas Brust abhorchen wollte. »Nix!« sagte er dabei. »Ne pas malade... Nur très fatiguée...«

Der nach Slibowitz riechende Arzt fuhr herum wie eine fauchende Katze und schlug Haußmann auf die Finger. Eine Flut jugoslawischer Worte rauschte über Haußmann, und es schienen keine höflichen Worte zu sein.

Haußmann wußte sich nicht mehr zu helfen. Er zog die Decke über Erikas entblößten Körper, ging zur Tür, öffnete sie weit und zeigte hinaus.

Diese Sprache ist international. Der Arzt bekam kleine, böse Augen, sagte etwas, das mit Zischlauten begleitet war, raffte sein Lederköfferchen vom Tisch und rannte an Haußmann vorbei hinaus auf den Gang.

»Na also«, sagte Haußmann zufrieden und schloß die Tür wieder. »Die Völkerverständigung klappt ja.«

Aber die Ruhe war nur kurz. Zehn Minuten später klopfte es wieder. Karl fuhr aus dem Bett und riß die Tür auf, bereit, dem betrunkenen Arzt auf gut Ruhrdeutsch die Meinung zu sagen. Aber vor der Tür stand nicht der Doktor, sondern der I. Offizier. Der gleiche unhöfliche Mensch, der Haußmann beim Verladen des Wagens einfach stehenließ, weil er ein Deutscher war.

»Was ist los?« fragte der I. Offizier in seinem harten Deutsch. Auch er roch nach Slibowitz. In der Offiziersmesse mußte gefeiert werden, vielleicht hatte jemand Geburtstag. Haußmann sah den Mann mit den goldenen Ärmelstreifen entgeistert an.

»Vielleicht darf ich fragen, was Ihr dämlicher Arzt nachts um 2 Uhr in meiner Kabine macht?! Kommt da herein, entkleidet meine schlafende Frau...«

»Das ist seine Pflicht!« Der I. Offizier sah hinüber zu der schlafenden Erika. Die Injektion hatte sie wie betäubt. »Sie hat Krebs?«

»Höflichkeit ist wohl nicht Ihre Stärke, was?« rief Haußmann. »Was erlauben *Sie* sich eigentlich?! Wenn Sie keinen Slibowitz vertragen...«

»Ich vertrage keinen Deutschen!« sagte der I. Offizier hart.

»Ach! So ist das!« Haußmann schluckte. Natürlich, dachte er. Wir waren ja im Krieg auch in Jugoslawien. Tito, die Partisanenkämpfe, die Geiselhinrichtungen, die Schießkommandos, die die Berge durchkämmten. Er sah den I. Offizier verzeihend an und hob die Schultern. »Ich kann nichts dafür. Und außerdem ist das ja lange her...«

»Nicht für mich! Ich habe meinen Vater verloren, meine Mutter, meine Schwester. Ich war in deutscher Gefangenschaft. In Recklinghausen.«

»Ach, sieh an. Recklinghausen. In der Grube?«

»Ja.« Der I. Offizier atmete tief auf. »Ich hasse alle Deutschen, aber Sie sind Passagier. Doch Sie haben sich den Bordgesetzen zu fügen. Trotz Ihres Geldes.«

»Steht in den Bordgesetzen, daß Ihr Arzt meine Frau nachts um 2 Uhr entkleidet und abtastet?«

»Dr. Mihailovic ist von der Regierung eingesetzt, den Transport Kranker nach Dubrovnik zu überwachen und zu kontrollieren. Seit jeden Tag Schwerkranke nach Sarajewo fahren, hat er es besonders schwer. Jeder Passagier, der an Bord stirbt, bedeutet viel Papier und Schreiberei. An Land sind die staatlichen Krankenhäuser dafür zuständig, an Bord nur Dr. Mihailovic. Er handelt in unser aller Interesse, wenn er die kranken Passagiere so betreut, daß sie wenigstens lebend in Dubrovnik an Land gehen.«

Karl Haußmann wußte darauf keine Antwort. Etwas hilflos stand er in der Tür und kam sich vor, als müsse er sich entschuldigen, daß andere ihn in den Hintern getreten hatten. Er dachte an den todkranken Engländer in der Nebenkabine, an die anderen Kranken, die man – wie Erika – auf einer Trage zum Schiff gebracht hatte, und er hütete sich auch, dem I. Offizier zu sagen, daß Erika gar nicht bettlägerig sei, sondern eine der Kranken, der man ein unheilbares Leiden gar nicht glaubt, wenn man ihnen unbefangen und unbekannt begegnet.

Um auf ein anderes Thema zu kommen, lächelte er und schnupperte in die Luft. »Sie feiern?« fragte er.

»Kapitän hat viertes Kind bekommen!«

»Gratuliere.« Haußmann atmete auf. Das Thema verschob sich. Die dreckige Politik wurde unwichtig. »Junge oder Mädchen?«

»Junge.« Der I. Offizier nickte kurz. »Sie werden den Doktor nicht mehr hindern?«

»Nein. Natürlich nicht. Aber meiner Frau geht es besser.«

»Das muß Doktor entscheiden.«

»Wir sind ja morgens schon in Dubrovnik. Bis dahin wird sie sicherlich schlafen.«

»Trotzdem.« Der I. Offizier wandte sich ab und ging grußlos zur Treppe. Haußmann wartete, sah ihm nach, und als der Offizier verschwunden war, ging er hinüber zu Marions Kabine und klopfte. Niemand antwortete. Er klopfte stärker, so laut, daß auch eine tief Schlafende es hören mußte. Keine Antwort. Da drückte er die Klinke herunter. Die Tür war unverschlossen.

Haußmann schlüpfte hinein, schloß die Tür, tastete in der tiefen Dunkelheit nach dem Lichtschalter und drehte die Deckenleuchte an.

Die Kabine war leer. Das Bett unberührt. Nur Marions Kleid, das sie am Abend getragen hatte, lag hingeworfen über der Bettdecke. Die Schranktür stand offen. Sie mußte es mit dem Umziehen und Weggehen eilig gehabt haben.

Durch Haußmanns Herz ging ein kleiner, heißer Stich. Er wollte ihn nicht wahrhaben, aber er ließ sich nicht überdecken. Eifersucht! Wohin war Marion gegangen? Hatte sie bereits in dieser kurzen Zeit eine Bordbekanntschaft gemacht?

Eklige, schlüpfrige Gedanken kamen in Haußmann hoch. Er sah eine halbdunkle Kabine, zwei verschlungene Körper, hörte das girrende Lachen Marions. »Verdammt!« sagte er laut. »O verdammt! Und ich habe gedacht, es sei nun endgültig vorbei.«

Er sah noch einmal auf das hingeworfene Kleid, lief dann zurück zu seiner Kabine, blickte kurz hinein und stellte fest, daß Erika in tiefem Schlaf lag. Leise schloß er die Tür und ging, mit nagender Eifersucht im Herzen, die ihm sogar das Atmen schwermachte, hinauf an Deck.

Die Kapitänskabine war hell erleuchtet. Musik scholl durch die geschlossenen Fenster, Lachen und Singen. Sonst war alles still an Bord. Nur an einem der Rettungsboote stand ein Mann, beugte sich über die Reling und würgte. Seekrank. Als Liebhaber Marions kam er nicht in Betracht.

Karl Haußmann ging weiter. Das sogenannte Sonnendeck, das Spieldeck, das Ladedeck mit den vertäuten Autos. Alles still, dunkel, unwirklich unter dem Nachthimmel und auf dem rauschenden Meer.

Er stellte sich an seinen Wagen, nachdem er hineingesehen hatte, ob Marion nicht drin war. Alles war ja möglich. Man hört da die tollsten Sachen und ist ja schon selbst in verteufelten Situationen gewesen. Er ließ sich die kalte Nachtbrise um den Kopf wehen und rätselte herum, wie er Marion aufstöbern könnte.

Aus dem Kapitänszimmer erscholl Kreischen. Die Musik wurde lauter. Ein Twist. Dazwischen wieder Frauenlachen.

Karl Haußmann hob die Schultern. Das ist richtiges Feiern,

dachte er. Die Frau im Wochenbett, der Mann besäuft sich mit jungen Weibern!

Ob in Gelsenkirchen oder auf einem jugoslawischen Schiff... es ist überall dasselbe!

Haußmann nahm sich ein Herz, kletterte die verbotene, mit einer Kette abgesperrte Außentreppe zur Kommandobrücke hinauf und drückte das Gesicht gegen das Fenster der Kapitänskajüte. Im Raum tanzte der I. Offizier mit einer der Köchinnen. Der Kapitän lag betrunken auf einem Sofa und klopfte mit der Flasche den Takt auf der Tischkante. Der Arzt hüpfte wie ein Floh als Solotänzer herum. Und in der Mitte des Raumes bewegte sich Marion Gronau in einem wilden Twist, hatte den Rock ihres an sich schon freizügigen Sommerkleides hochgezogen bis zu den Schenkeln und verrenkte den Körper unter dem Gebrüll der Männer zu fast artistischen Leistungen. Ihr blondes Haar hing schweißnaß über dem geröteten Gesicht. Ein wilder, unbeherrschter, für einen nüchternen Zuschauer schrecklicher Anblick. Eine rasende Megäre mit den Körper einer Venus.

Karl Haußmann wandte sich ab und stieg die Teppen von der Brücke hinunter.

So etwas wollte ihn heiraten, dachte er erschrocken. Wirklich, ihretwegen hätte ich mich von Erika scheiden lassen. In Rimini sollte die Entscheidung fallen. Ihretwegen hätte ich meine schöne, sanfte, immer gütige Erika verlassen. O mein Gott, wohin wäre ich geraten! Wie hätte ich in zwei Jahren ausgesehen? Ein gehörnter Ehemann, gegen den ein Kronenhirsch wie ein Einjähriger aussieht.

Und Karl Haußmann war dem Schicksal dankbar, daß er diese Nacht erlebt hatte... ja, er war dem Arzt Dr. Mihailovic und dem I. Offizier dankbar, denn sie hatten ihn geweckt. Ohne sie hätte er eine große Erkenntnis verschlafen und wäre gefangengeblieben in dem süßen Wahn, in seinem Alter noch wirklich geliebt zu werden von der herrlichen Jugend.

Langsam ging er zurück in seine Kabine und legte sich neben Erika ins Bett. Er beugte sich über sie und küßte sie auf die schlafwarmen, leicht geöffneten Lippen.

»Verzeih mir, Rika«, sagte er leise. »Du hast recht gehabt: Ich bin ein alter Esel.«

Gegen Morgen gab es einen Ruck, der durch das ganze Schiff ging. Es war, als habe die »MS Budva« etwas gerammt, ein Riff, einen riesigen Fisch, eine Sandbank. Durch den stählernen Körper lief ein Zittern; dicke, weiße Qualmwolken quollen aus dem Schornstein. Dann schwiegen plötzlich die Maschinen, das Stampfen im Bauch der »Budva« verflatterte mit einem stöhnenden Klappern, die Schraube drehte sich nicht mehr, wie ein Spielzeugschiff schaukelte das »Schiff der Hoffnung« stumm auf den Wellen der Adria.

Von der Brücke telefonierte der Rudergänger hinunter zur Maschinenzentrale. »Zum Teufel, was ist los?« brüllte er durch die Röhre. Der II. Offizier, der ebenfalls Brückenwache hatte, saß in einer Ecke des Ruderhauses und schlief. Eine Wolke von Slibowitz umwehte ihn.

Der II. Ingenieur – der Erste lag oben in der Kapitänskajüte über dem runden Tisch und schlief, bleischweren Alkohol im Gehirn – fluchte erst einmal ellenlang, ehe er Antwort gab. »Maschinenschaden, Ivoc!« brüllte er zur Brücke hinauf. »In einer der Turbinen muß 'ne Welle gebrochen sein; wir sehen schon nach.«

»Gebrochen? Mann! Dann liegen wir ja fest!«

»Und wie wir festliegen. Ich habe immer gesagt, die ›Budva‹ ist ein Großmütterchen. Aber ihr laßt sie laufen wie' n Teenager. Vollgas voraus! Kann dein Großväterchen noch Vollgas geben?«

»Wir haben halbe Fahrt gehabt«, brüllte der Rudergänger zurück. »Der Maschinentelegraf steht noch drauf.«

»Halbe Fahrt ist bei der ›Budva‹ Vollgas!« Der II. Ingenieur hustete. Im Maschinenraum mußte Rauch sein. »Zum Teufel noch mal, jetzt ist auch noch irgendwo ein Kurzschluß. Ein Kabel ist durchgeschmort«, keuchte er. »Geh zum Käpt'n und sag ihm, er soll das Mistschiff versenken!«

In den Kabinen merkte niemand, was geschehen war. Der Ruck wurde vom Schlaf aufgefangen. Nur auf dem Deck 2 bei den Armen, machte sich Unruhe breit. Sie hörten durch die Dielen alles, was im Inneren des Schiffes vor sich ging. Nun schwiegen alle Maschinen. Eine Abordnung der Zweit-Deckler machte sich auf, um oben nachzuforschen, warum die »MS Budva« trieb und nicht mehr fuhr. Riffe, Sandbänke und Eisberge gab es hier nicht, auch keinen sagenhaften Riesenwal, der Schiffe rammt. Es war also keinerlei Anlaß zur Panik.

Der Rudergänger stellte alle Hebel auf Null, rüttelte den II. Offizier, gab es dann aber auf, als dieser weiterschlief. Er stieg hinunter zum Kapitänszimmer und kam in einen Dunst von Schnaps, kaltem Tabakrauch und süßlichem Parfüm. Die Männer saßen oder lagen betrunken auf Stühlen und dem Sofa; die Frauen waren anscheinend gegangen, als sich die Auflösungserscheinungen bemerkbar machten.

Fast eine halbe Stunde brauchte der Rudergänger, ehe der Kapitän mit Hilfe von Sprudelwasser und kalten, nassen Handtüchern soweit klar war, daß er die Lage überblickte und auch verstand. Dann allerdings begann er zu brüllen, kletterte in den Maschinenraum und nannte den II. Ingenieur zunächst einen stinkenden Misthaufen. Dann besichtigte er die durchgeschmorte Leitung, ausgerechnet ein Hauptkabel, und die Turbine mit der gebrochenen Welle.

»Scheiße!« sagte der Kapitän. »Mehr geht nicht. Wir müssen uns abschleppen lassen. Wie ist das bloß möglich?«

»Durch den Ausfall der Turbine ist plötzlich zuviel Strom in den Verteiler und das Kabel...«

»Wie kann die Welle brechen?!« brüllte der Kapitän.

»Chef!« Der II. Ingenieur schob die ölige Mütze in den Nakken. An der Turbine arbeiteten sechs Mann und bauten das Bruchstück aus. »Wenn ein Hundertjähriger Ski fährt und fällt beim Wedeln hin, dann spritzen die spröden Knochen wie bei einer Eierhandgranate. Und wenn...«

Der Kapitän verzichtete auf eine weitere Antwort und kletterte wieder aufs Deck. Dort stieß er auf die Abordnung der Zweit-Deckler, die bis jetzt vergeblich nach einer Auskunft suchten.

»Die Turbine hat gerülpst!« schrie der Kapitän. »Sie wird noch zweimal furzen, und dann läuft sie wieder. Geht zu euren Weibern und schlaft weiter, verdammt noch mal!«

Auf der Brücke, im Ruderhaus, setzte er sich auf einen Hokker und starrte hinaus auf das nachtschwarze Meer. Der arbeitslose Rudermaat trank die Flasche Mineralwassser leer, die er zur Ernüchterung des Kapitäns geholt hatte. Auch der Funker, der nachts ab 24 Uhr Freiwache hatte, war aus der Koje geholt worden und saß vor dem Funkgerät.

»Wen soll ich rufen, Käpt'n?« fragte er verschlafen. »Bari oder Dubrovnik?«

»Deine fette Anna!« schrie der Kapitän.»Mensch, siehst du denn nicht, daß es unmöglich ist, jetzt SOS zu funken?«

»Wieso denn?« fragte der Funker zurück.

Der Kapitän winkte ab und ging auf die Außenbrücke. Der frische Nachtwind tat ihm gut und blies den letzten Dunst aus dem Gehirn. Wir müssen warten bis morgen mittag, dachte er. Wenn jetzt aus Bari Hilfe kommt und sieht, daß alle Offiziere betrunken sind, gibt es einen Skandal. Die italienische Presse wird über uns herfallen wie die blutgierigen Wölfe. Sie warten nur darauf, die Lumpen! Und erst Dubrovnik. Der staatliche Navigationsdirektor! Ins Zuchthaus kommen wir alle wegen Sabotage und Schädigung des Ansehens des Volkes. Ich werde in der Zelle hocken, ohne mein viertes Kind gesehen zu haben. O verflucht, verflucht! Ist das eine Situation! Wir müssen unbedingt mit dem Notruf warten, bis alle wieder auf den Beinen sind. Dann dachte er an Dubrovnik, wo das Schiff um 8 Uhr morgens einlaufen mußte. Man würde bis 9 Uhr warten ... dann ging die Meldung hinaus. Mit Funk und Radar würde man das Meer absuchen. Und man würde hinterher fragen: Warum haben Sie kein SOS gegeben? Und er würde antworten: Ich glaubte, mit eigener Kraft weiterzukommen.

Ob man ihm das abnehmen würde?

Zwei Deckstewards bemühten sich in der Kapitänskajüte um die schlafenden Gäste. Es graute bereits im Osten, und das Meer wurde streifig, als alle Offiziere auf der Brücke standen, mit schweren Köpfen, gläsernen, verquollenen Augen und einem schrecklichen Atem.

»Freunde«, sagte der Kapitän krampfhaft ruhig. Er war sonst ein Choleriker, aber was nutzte jetzt alles Toben? »Ihr wißt alle, in welcher Tinte wir jetzt sitzen. Daß die Welle gebrochen ist – Pech! Das durchgeschmorte Kabel – Mist! Aber daß wir besoffen in der Ecke lagen, das ist eine Schande, die jeden von uns zehn Jahre Zuchthaus kosten kann. Wir sind uns also einig, daß wir die ganze Nacht gearbeitet haben, um den Dreckskahn flottzukriegen und nicht gefunkt haben, um durch SOS keine Panik zu erzeugen. Ist das klar?«

»Völlig klar, Andric.«

»Dann alle Mann auf die Posten. Ich alarmiere jetzt Bari und Dubrovnik. Schätze, daß wir nun einen guten Tag länger brauchen, bis man uns abgeschleppt hat.«

Ruhig schaukelte die »MS Budva« auf der sanften Dünung. Eine leichte Brise wehte von Süden, die Sonne stieg silbern auf, es wurde ein schöner, warmer Sommertag, von denen die Urlauber aus dem Norden immer träumen.

Der erste, der aktiv wurde, war Dr. Mihailovic. Er besuchte seine Patienten und gab ihnen eine neue Injektion, damit sie den kommenden Tag des Stillstandes verschliefen. Um ihr Herz nicht zu belasten, setzte er eine Kreislaufspritze hinterher und erzählte in jeder Kabine, daß der Schaden an der Maschine nur leicht sei. Zur Überbrückung der Zeit würde auf Deck I die Kapelle der Freiwache flotte Musik machen.

In der Kabine des Engländers allerdings traf Dr. Mihailovic auf unvorhergesehenen Widerstand. Der Neffe verlangte, daß sofort von Dubrovnik ein Wasserflugzeug herbeigerufen werde, um seinen Onkel nach Sarajewo zu bringen. Geld spiele gar keine Rolle.

»Ein Flugzeug!« sagte Dr. Mihailovic, als handele es sich um die Bestellung einer Mondrakete. »Was glauben Sie, wo wir sind?!«

»Biete ihm 10 000 Pfund«, sagte der lebende Leichnam aus seinem Bett. »Damit kann er seinen Hintern vergolden lassen.«

Dr. Mihailovic verließ beleidigt die Kabine des Engländers. Er gab ihm weder eine Herzinjektion noch eine Betäubungsspritze. Auch die Kabine von Haußmann, dem unangenehmen Deutschen, mied er. Es gibt eben Patienten, die selbst einem Arzt mißfallen.

Nach dem Frühstück gingen Karl und Erika Haußmann auf dem Sonnendeck spazieren. Sie genossen den herrlichen Tag und hatten sich mit dem Zwangsaufenthalt auf See abgefunden. Sie lagen in ihren Liegestühlen und bedauerten es nur, daß das Schwimmbecken an Deck nicht voll Wasser war, sondern nur eine schmuddelige, rissige Vertiefung. Marion Gronau war noch nicht aus ihrer Kabine gekommen. Erika bemerkte es wohl, aber sie schwieg. Nach dem tiefen Schlaf kam sie sich sehr erholt vor und wunderte sich, daß Dr. Mihailovic, der zur Brücke ging, ruckartig stehenblieb, sie musterte, Karl Haußmann anstarrte, mehrmals den Kopf schüttelte und dann gedankenvoll weiterging.

Gestern noch todkrank auf einer Trage, heute strahlend

und hübsch im Liegestuhl in der Sonne – das soll einer begreifen! Die Germanen müssen eine besondere Rasse sein.

Erst gegen Mittag kam Marion an Deck.

Sie sah bezaubernd aus, ihr Blondhaar fiel in weichen Wellen auf die Schulter, und sie trug kurze, enge Shorts und über der Brust eine atemberaubende Corsage. Die Schatten unter ihren strahlenden Augen gaben ihrem Gesicht etwas ungemein Faszinierendes.

»Welch ein Tag!« sagte sie, legte sich neben Erika in Karls Liegestuhl und warf die langen, schlanken Beine hoch. Haußmann stand an der Reling und grüßte nicht zurück. Er tat, als sehe er Marion gar nicht. »So ein Maschinenschaden ist auch etwas Gutes«, sprach Marion unbeirrt weiter. »So kommt man wenigstens zu etwas Seeluft. Ich bräune übrigens sehr schnell. Morgen werde ich dunkel sein wie eine Mulattin. Das ist bei blonden Typen sonst sehr selten...«

»So vieles ist selten«, sagte Haußmann unhöflich und laut. Er beugte sich vor und half der verblüfften Erika aus ihrem Liegestuhl. »Komm, Rika, wir gehen aufs Spieldeck und versuchen uns im Kricket.»

Ohne ein weiteres Wort hakte er Erika unter und ging mit ihr fort. Unhöflicher ging es nicht, es war eine offene Brüskierung. Betroffen, mit plötzlich kleinen Augen starrte ihnen Marion nach.

Was hat er denn? dachte sie. Warum behandelt er mich wie ein Stück Dreck? Was habe ich ihm getan? Und dann kam Wut und Trotz in ihr hoch und sie ballte die Fäuste. Na warte, dachte sie. Es geht auch anders, mein liebes Bärchen! So kannst du mir nicht kommen, so nicht! Ich bin keine Dirne, die man nach der Bezahlung hinauswirft! Ich habe immerhin nahe genug mit dir am Traualtar gestanden, und wenn ich aufzähle, was du mir in zwei Jahren im Büro alles gesagt hast – ich glaube nicht, daß deine Rika dann so fröhlich Kricket spielen würde.

Sie legte sich wütend zurück und schloß die Augen.

»Du hast sie nicht schön behandelt, Karl«, sagte Erika, während sie zum Spieldeck gingen. »Warum bist du so unhöflich zu ihr? Wir haben ihr immerhin den versprochenen Urlaub verdorben.«

»Ich kann sie nicht mehr sehen!« Haußmanns Stimme war rauh vor Ärger. Er ärgerte sich am meisten über sich selbst. »Ich habe nie so deutlich gesehen, wie sie sich zur Schau stellt. Aber ihr Benehmen ist unmöglich.« Er faßte Erika um die Schulter, ganz liebender Ehemann. »Wenn wir wieder zu Hause sind, werde ich sie entlassen«, sagte er. »Ich will im Betrieb und auch sonst meine Ruhe haben.«

Dann spielten sie Kricket, und keiner ahnte, was sich in diesen Minuten unter Deck abspielte und welche Ereignisse einige Seemeilen südlicher auf einer weißen Luxusjacht das Schicksal von Claudia und Frank bestimmten.

Die ganze Nacht hindurch waren sie gefahren. Frank Hellberg hatte die langen Stunden wach verbracht, obwohl er zum Umfallen müde war. Als er spürte, wie die Müdigkeit bleiern durch seinen Körper schlich, hatte er sich wachgehalten, indem er laut mit sich selbst sprach und in einem Buch las, das er in der Schublade des Nachttisches gefunden hatte und das – gehörte es zu den kleinen Teufeleien Saluzzos? – eine historische Abhandlung über Sklavenhandel war.

Später dann trommelte er wieder gegen die verschlossene, dicke Tür. Aber niemand kam. Auf dem Schiff war alles ruhig, nur das leise Stampfen der Maschinen zitterte durch den Rumpf.

Wir fahren nach Süden, dachte Hellberg. Bei der Geschwindigkeit, die die Jacht macht, würden wir die jugoslawische Küste längst erreicht haben, wenn wir ostwärts gefahren wären. Aber jetzt befinden wir uns auf dem weiten Mittelmeer, irgendwo auf dem Weg an die nordafrikanische oder kleinasiatische Küste. Und dort wird ein anderes Schiff warten und uns übernehmen.

Das Gefühl, das Hellberg bei diesem Gedanken beschlich, war unangenehm. Keine Angst, aber doch eine lähmende Hilflosigkeit, denn soviel wußte er, daß nach der Übergabe der »Fracht« an die asiatischen »Kaufleute« kaum mehr eine Chance bestand, ins freie Leben zurückzukommen.

Gegen Morgen hatte Hellberg einen Plan gefaßt, der ihm die einzige Möglichkeit schien, sich und die anderen festgehaltenen Passagiere Saluzzos zu retten. In den langen Stunden der vergangenen Nacht hatte er immer wieder alle Komplikationen durchdacht, die möglich waren; dann ging er mit einer Gründlichkeit an die Ausführung des Planes, die alle Pannen ausschloß; denn vom Gelingen hing ja im wahrsten Sinne des Wortes sein Leben ab.

Von der Übergardine vor dem Bullauge riß er die Gardinenschnur ab und setzte sich vor den großen Toilettenspiegel. Vorsichtig, aber doch so fest, daß man deutliche rote Male auf der Halshaut sah, rieb und zog er die Schnur um seine Kehle zusammen. Es dauerte bei dieser Vorsicht ungefähr eine Viertelstunde, bis sich um seinen Hals aufgeschabte Würgemale zeigten, die jeden, der sie sah, entsetzen mußten. Dann band er die Schnur um den abgeschlossenen Kipphebel des Bullauges, knüpfte eine Schlinge, rückte einen kleinen Hocker unter das Fenster und verschob den Teppich auf dem Boden so, als hätten seine Füße im Todeskampf den Teppich unter sich weggetreten.

Frank Hellberg sah auf seine Uhr. Kurz vor 8 Uhr morgens. Gleich mußte der Schlüssel im Schloß knirschen und der Steward die Tür aufschließen und fragen, was man zum Frühstück wünsche.

Hellberg setzte sich auf den kleinen Hocker, legte die Schlinge um den mit den Würgemalen aufgedunsenen Hals und wartete so auf die Geräusche vor der Tür.

8 Uhr. Auf dem Gang hörte er Klappern. Jetzt schloß man Claudias Luxuszelle auf, dachte er. Unten war der Tag schon begonnen worden... die »Ware« hatte ihr Frühstück bereits erhalten. Auch Juanita Escorbal saß jetzt an ihrem weiß-goldenen Rokokotisch und aß Weißbrot, Butter, Honig und ein geschlagenes Ei mit Rotwein. Und sie dachte an den fremden Mann von gestern, der ihr versprochen hatte zu helfen.

Frank Hellberg biß die Zähne zusammen.

Es muß gelingen, dachte er. *Es muß...*

Hellberg ließ sich sanft vom Hocker gleiten und hing in der Schlinge der Gardinenschnur. Obgleich er es geübt hatte, war es jetzt, wo es ernst wurde, ein merkwürdiges Gefühl, den würgenden Strick an der Kehle zu spüren. Er schloß die Augen, und als die Tür aufgestoßen wurde und der Steward hereinkam, kniete er vor dem Hocker, der Kopf hing weit nach vorn herüber, und die Schnur war strammgezogen vom Hals bis zum Hebel des Bullauges.

»Madonna mia!« rief der Steward, rannte aus dem Zimmer, warf die Tür hinter sich zu und alarmierte Saluzzo.

Umberto Saluzzo saß bereits oben auf dem Sonnendeck unter dem schützenden, orangefarbenen Sonnensegel und wartete auf Claudia Torgiano. Es war schon sehr heiß trotz des frühen Morgens, die weiße, schlanke Jacht glitt schwerelos durch das tiefblaue Wasser, und um sie herum war die Unendlichkeit des Meeres, von Horizont zu Horizont nur das wogende Blau des von Goldfäden durchwirkten Himmels. Saluzzo war guter Laune. Er trug ein kurzärmeliges Hemd und Shorts, und er war stolz darauf, trotz seiner fünfzig Jahre noch einen so sportlichen, schönen Körper zu haben.

Der herbeistürzende Steward störte ihn gerade bei einer romantischen Tätigkeit! Er umlegte das Gedeck Claudias mit Blumen, die in einem besonderen Kühlschrank frisch gehalten worden waren.

»Er hat sich erhängt!« stammelte der Steward mit schreckensweiten Augen. »Chef... ich komme ins Zimmer, und da hängt er am Fenster.«

Saluzzo warf die Blumen mit einem Fluch beiseite und rannte mit dem Steward unter Deck.

Dort hatte sich nichts verändert. Frank Hellberg hing ohnmächtig – oder schon tot? – in der Schlinge, als Saluzzo und der Steward in die Kabine stürzten.

»Ein Messer!« schrie Saluzzo. »Du Idiot, warum hast du ihn nicht sofort abgeschnitten? Ein Messer, zum Teufel.«

Der Steward holte aus der Tasche ein kleines Taschenmesser, und es dauerte für Saluzzo unendlich lange, bis man die gedrehte Gardinenschnur durchtrennt hatte. Frank Hellberg fiel auf den Boden... er spielte dies verblüffend echt, indem er alle Muskeln löste und erschlaffen ließ, so wie es bei einem Ohnmächtigen oder soeben Gestorbenen der Fall ist. Nun lag er auf dem Rücken, fühlte, wie Saluzzo ihm das Hemd aufriß und das Ohr auf das Herz legte.

»Er lebt!« schrie Saluzzo. »Schnell in den Sanitätsraum! Luigi soll ihm eine Kreislaufspritze geben. Pack' an, du Affe! Zittert, weil sich ein Feigling aufknüpfte. Verdammt, ich habe diesen Schreiberling unterschätzt.«

Saluzzo und der Steward packten Hellberg und trugen ihn aus der Kabine. In diesem Augenblick öffnete sich gegenüber die Tür und Claudia trat in den Gang. Sie sah den schlaffen Körper Franks zwischen den Männern und schrie hell auf.

»Was ist mit ihm?« rief sie und starrte entsetzt auf das bleiche Gesicht. »Was habt ihr getan?«

»Geh in die Kabine, mein Kind«, keuchte Saluzzo. Hellberg war schwer, und ein Besinnungsloser ist doppelt schwer. »Ein Unglücksfall...«

»Ist er tot?« schrie Claudia und klammerte sich an der Tür fest.

»Geh' ins Zimmer!« herrschte Saluzzo sie an.

»Ihr habt ihn umgebracht!« Claudia ballte die kleinen Fäuste und stürzte sich auf Saluzzo. Mit ihrer schwachen Kraft hämmerte sie gegen seinen Rücken, und ihr Schreien wurde zum wimmernden Schluchzen. »Umgebracht habt ihr ihn, ihr Teufel! O ihr Teufel! Bringt mich doch auch um! Warum laßt ihr mich leben? Ich will nicht mehr leben. Tötet mich! Tötet mich!« Saluzzo ließ die Beine Hellbergs, die er umfaßt hielt, fallen, packte die tobende Claudia, schob sie in ihr Zimmer zurück und verschloß die Tür. Dann nahm er wieder die Beine Franks und nickte dem noch immer bebenden Steward zu. »Los, ab ins Krankenzimmer. Und dann holst du Luigi sofort von der Brücke. Er ist als Sanitäter ausgebildet, er wird schon 'was wissen!«

Der Sanitätsraum war weiß gekachelt, hatte ein großes, aber ebenfalls vergittertes Fenster und strahlte die sterile Sauberkeit aus, die alle solche Räume haben. Warum Saluzzo auf seiner Jacht ein vollkommen eingerichtetes Krankenrevier hatte, war Hellberg rätselhaft. Vielleicht hatte der Vorbesitzer es eingerichtet, und Saluzzo hatte es so belassen. Sogar ein kleiner, schmaler, aber mit allen Finessen eingerichteter OP-Tisch stand mitten im Zimmer, und Hellberg sah ihn unter gesenkten Lidern interessiert an, während Saluzzo unruhig hin und her lief und auf Luigi Foramente wartete.

Der OP-Tisch hatte in den verchromten Schlaufen die typischen Schnüre zum Festbinden der Operierten. In den beiden Glasschränken an der Wand sah Frank blitzende chirurgische Bestecke und einige dunkelbraune Flaschen, in denen sich Äther und Chloroform befinden mußten.

Hellberg lächelte nach innen. Glück muß der Mensch haben, dachte er fast übermütig. An viele Möglichkeiten hatte er gedacht, die sein Spiel bieten würden, aber was er hier vorfand, ließ ihn fast glauben, gerettet zu sein.

Saluzzo fluchte, während er auf Luigi wartete. Die roten,

aufgequollenen Würgemale um Hellbergs Hals, die blutigen, abgeschabten Hautstellen hatten ihm gezeigt, daß Hellberg schon länger in der würgenden Schlinge gehangen hatte. Daß er überhaupt noch lebte, war ein Wunder.

»Verdammt, wo bleibt er denn?« schrie Saluzzo in die Stille des weißen, sterilen Raumes. Er wollte zur Tür gehen, um den Gang hinaufzublicken, und mußte dabei wieder an dem ohnmächtigen Hellberg vorbei.

Es war der Augenblick, auf den Frank gewartet hatte.

Saluzzo ging an ihm vorbei, da schnellte Frank hoch wie eine Raubkatze. Mit der ganzen Schwere seines Körpers warf er sich auf Saluzzo und schlug gleichzeitig beide Hände vor dessen Gesicht und Mund. So erstickte der Aufschrei zu einem dumpfen Gurgeln, sie fielen auf den gekachelten Boden, Saluzzo unter Frank, und bevor es zu einem Kampf kommen konnte, hieb Hellberg gegen die Schläfe Saluzzos, ein Schlag, der unbedingt betäubend wirkte.

Nun kam es auf Sekunden an.

Hellberg schleifte den Körper Saluzzos aus dem Blickfeld der Tür, rannte zu dem gläsernen Schrank mit den braunen Flaschen, riß aus einer Rolle Verbandsstoff einen großen Streifen Zellwatte ab, entkorkte die Flasche, roch den Äther und schüttete mit abgewandtem Gesicht einen gehörigen Schuß der betäubenden Flüssigkeit auf das Watteknäuel.

Über die eiserne Treppe, die zum Deck und zur Brücke führte, hörte er klappernde Tritte.

Luigi Foramente kam. Ob der Steward folgte, wußte Frank nicht, aber er traute sich zu, auch mit zwei Männern fertig zu werden. Man mußte nur die Schrecksekunde ausnutzen.

Hellberg stellte sich neben die Tür und hielt den Ätherwattebausch bereit. Es war nur Luigi allein, er hörte es, als die Schritte an der Tür zum Sanitätsraum kurz verstummten. Frank atmete auf. Und wieder dachte er: Glück muß der Mensch haben, dann stolpert der Teufel über seinen eigenen Pferdefuß.

Mit einem Ruck wurde die Tür aufgerissen. Der schwarze Lockenkopf Luigis erschien, Hellberg hob blitzschnell die Hand und preßte die Ätherwatte gegen den offenen Mund Foramentes. Ein paarmal schlug Luigi um sich, aber es war eine matte Abwehr, der schnell wirkende Äther vermischte sich mit dem Erschrecken und einer explosiven Angst... dann sank Foramente mit einem Seufzer in die Knie und fiel betäubt nach vorn aufs Gesicht.

»Ruhe sanft!« sagte Hellberg und mußte trotz des Ernstes seiner Lage lachen. Er schleifte Luigi auf das Ruhebett, auf dem er vorhin als »Erhängter« selbst gelegen hatte, und drückte ihm zur Sicherheit den Ätherwattebausch noch einmal auf die Nase. Dann hob er unter Ächzen und ungeheuren Anstrengungen den Körper Saluzzos auf den OP-Tisch und schnallte ihn an Händen, Armen und Beinen fest, so daß er sich nicht rühren konnte, wenn er aus der Betäubung erwachte.

Bei diesen Arbeiten lauschte Frank immer wieder nach draußen zum Gang. Der Steward mußte noch kommen. Vielleicht war er jetzt bei Claudia und beruhigte sie.

Frank hatte Saluzzo gerade festgebunden, als er die Schritte auf den eisernen Treppenstufen klappern hörte. Nummer drei, der Steward, dachte Frank völlig ruhig, nahm die Ätherwatte vom Gesicht Luigis und stellte sich wieder neben die Tür.

»Chef, das Mädchen dreht durch!« hörte er den Steward schon im Gang rufen. Hellberg, mit seinem mangelhaften Italienisch, verstand von diesem Satz nur das Wort Signorina, aber es genügte, um es zu ahnen, was mit Claudia war.

»Chef...« Der Kopf des Stewards erschien in der Tür. Er sah Saluzzo auf dem OP-Tisch liegen, seine Augen wurden groß, er machte einen Schritt vor... »Was ist denn das, Chef?« stotterte er.

Das war das letzte, was er sagte. Süße umwehte ihn, etwas Feuchtes preßte sich gegen seine Nase und den japsenden Mund, die Welt wurde leicht, schwerelos, er kam sich vor, als schwebe er über dem Boden... dann fiel auch er in die Arme Franks und wurde weggeschleift in eine Ecke des weißen Raumes, wo er lang ausgestreckt liegenblieb und tief schlief.

Hellberg blickte auf seine Uhr: 8.30 Uhr. Die weiße Jacht glitt mit ungeminderter Geschwindigkeit weiter durch das blaue, in der Sonne spiegelnde Meer. Ein Matrose stand oben am Ruder und hielt den Kurs, den Luigi ihm gezeigt hatte. Auf dem Sonnendeck wartete das Frühstück auf Saluzzo, Claudia und Frank. Der geeiste Orangensaft war schon serviert.

Hellberg umwickelte Arme und Beine der beiden Narkotisierten mit einer Anzahl Mullbinden. Um ganz sicher zu sein, daß sie sich nicht freimachen konnten, schlang er um alles noch ein paar elastische Binden und sicherte sie obendrein noch mit Arterienbinden.

Als er den letzten Handgriff tat, rührte sich auf dem OP-Tisch Umberto Saluzzo. Er stöhnte leise, wollte an seine Schläfe fassen und bemerkte da erst, daß er gefesselt auf dem Tisch lag.

»Diabolo!« schrie er. Hellberg wirbelte herum und trat an Saluzzo heran. Er blickte in haßerfüllte, flackernde und doch maßlos erstaunte Augen.

»Ich denke, Sie machen Ihren letzten Seufzer?« sagte Saluzzo mit trockenen Lippen. »Haben Sie sich gar nicht erhängt? Aber die Würgemale um den Hals ... Hellberg, das war alles nur eine meisterhafte Komödie ...«

»Sie haben aufgehört, die Hauptrolle zu spielen, Saluzzo.« Hellberg griff nach einem Leinen und faltete es so, daß man es als Knebeltuch verwenden konnte. Saluzzo erkannte sofort die Absicht Franks und bäumte sich in den Fesseln auf.

»Lassen Sie den Blödsinn, Hellberg!« schrie er. »Zum Teufel, wo bleibt Luigi?«

»Der liegt auf dem Untersuchungsbett und schnarcht. Ein bißchen Äther auf die Nase ...«

»Was Sie sich einbilden, Hellberg, ist ein Phantom! Gut, ich liege hier, Luigi haben Sie ausgeschaltet ...«

»Ihren Steward auch!«

»Ach! Fleißig! Fleißig! Aber wir sind hier zu 12 Mann an Bord! Und Sie sind allein.«

»Aber ich habe den großen Vorteil, daß die anderen Männer nicht wissen, was unterdessen in der Sanitätsstation vorgefallen ist. Aber was reden wir!« Frank beugte sich zu Saluzzo. Die Augen des Teufels weiteten sich noch mehr. »Hellberg ...« rief er. »Begehen Sie keine Dummheiten!«

Frank schüttelte den Kopf. »Ich habe noch nie klüger gehandelt als jetzt.« Er hob den Kopf Saluzzos etwas an, band das Tuch um dessen Mund und erstickte damit alle Worte und Flüche zu einem undeutlichen Murmeln. Das gleiche tat er mit Luigi Foramente und dem Steward. In den Taschen der beiden fand er je eine geladene Pistole, steckte die beiden Waffen ein und verließ das Krankenzimmer. Er schloß die Tür ab – eine schöne, feste, ebenfalls schalldichte Tür –, schob den Schlüssel in die Tasche und ging hinauf aufs Deck und zur Kommandobrücke. Aber auf halbem Wege blieb er wieder stehen, ging zurück zur Sanitätsstation, schloß wieder auf und durchsuchte auch die Shortstaschen Saluzzos. Hellberg hatte Glück. Saluzzo trug die Schlüssel zu den unteren Zellen bei sich. Als er sie aus der Tasche zog, stöhnte Saluzzo auf und wollte mit letzter Kraftanstrengung die Fesseln sprengen. Aber es waren feste, gute Lederriemen, und alle Kraft war unnütz.

»Sie werden sehen, Saluzzo«, sagte Hellberg und beugte sich über die haßsprühenden Augen, »wie fröhlich es bald an Bord wird. Ich werde jetzt Ihre Mädchen aus den Zellen befreien. Aber keine Angst, ich lasse sie nicht auf Sie los. Ich kann mir denken, wie es Ihnen dann ergehen würde, und ich habe noch so viel Humanität in mir, um das nicht zuzulassen.«

Er schloß wieder sorgsam ab und stieg dann hinunter zu den geheimnisvollen Zellen im Bug der Jacht.

Was werde ich antreffen? dachte er, als er den erleuchteten Gefängnisgang betrat. Wie werden die anderen Mädchen aussehen? Und vor allem: Wo werden wir landen, an welcher Küste, wenn ich den Matrosen oben am Ruder zwingen werde, einfach geradeaus zu fahren oder nach links oder nach rechts abzudrehen?

Während er die erste Zelle mit dem Universalschlüssel Saluzzos aufschloß, wußte Frank Hellberg, daß die Abenteuer mit diesem Tage erst begonnen hatten.

Die »MS Budva« trieb lautlos in der Adria zwischen Bari und Dubrovnik.

Auf dem Spieldeck vertrieb die Bordkapelle tatsächlich den Tag mit flotter Musik, aus der Küche wurden eiskalte Getränke serviert, die Passagiere beobachteten die Tümmler, die um das Schiff herumtanzten, und die Schwärme silberner Fische, die wie ein Strom aus gerilltem Metall durch das blaue Wasser zogen. Man fotografierte, tanzte, machte Gesellschaftsspiele, belagerte die kleine Bar, lag in den Liegestühlen und sonnte oder brauste sich am Rande des leeren Schwimmbeckens.

Unter Deck aber, bei den Schwerkranken, herrschte diese fröhliche Ferienstimmung nicht. Der Engländer war wieder in Agonie gefallen, aber nicht ohne vorher seinen Neffen beschimpft zu haben, weil er nicht fähig sei, ein Flugzeug zu chartern, um Sarajewo und die Wunderpillen des Dr. Zeijnilagic zu erreichen. Auch ein schwedisches Ehepaar, das als erstes an Bord gegangen war und seitdem nur in ihrer Kabine gelebt hatte, machte von sich reden: Die Frau, mit einem als unheilbar diagnostizierten Brustkrebs, hatte allen Mut verloren und flehte ihren Mann an, ihr so viel Morphium zu geben, daß sie ruhig und für immer einschlafe. Dr. Mihailovic, der Bordarzt, soff sich Mut mit seinem geliebten Slibowitz an und versuchte, die Panik unter den Kranken mit Worten und Medikamenten zu lindern.

»Nur 24 Stunden höchstens!« sagte er immer wieder und schrieb, da er nur serbokroatisch sprach, die 24 auf ein Stück Papier und zeigte sie jedem, der es sehen wollte. »Keine Aufregung! Sie werden Sarajewo alle noch rechtzeitig erreichen!«

Um die Mittagszeit, als Karl Haußmann und Erika auf dem Oberdeck Kricket spielten, brach unter Deck die Katastrophe aus. Ein Mann aus Flensburg, der bisher ruhig an der Bar gesessen hatte und von dem niemand Näheres wußte, verließ nach drei Kognaks den Speisesaal und ging in seine Kabine. Dort nahm er aus seinem Koffer ein großes Taschenmesser, klappte die Klinge heraus, trat wieder in den Gang und sah mit irren Augen um sich.

»Der Doktor!« sagte er laut vor sich hin. »Wo ist der Doktor? Alle Ärzte sind Betrüger! Alle Ärzte belügen uns! Alle! Sie verderben die Menschheit. Aber bevor sie es tun können, werde ich im Namen der Menschheit alle Ärzte töten.«

Mit äußerlich ruhigen Schritten ging er durch das Schiff, das Messer in der flachen Hand, so daß es niemand sah, und suchte in den Kabinen nach Dr. Mihailovic.

»Entschuldigen Sie«, sagte er jedesmal, wenn er eine Kabinentür aufriß oder man ihm nach seinem Klopfen öffnete. »Dr. Mihailovic hier?« Er starrte in die Kabinen, schüttelte dann den Kopf und ging weiter.

So kam er auch in die I. Klasse zu der Kabine Karl Haußmanns, klopfte an und betrat sie, als niemand ihm Antwort gab. Erschöpft von seiner Suche nach Dr. Mihailovic setzte er sich in einen der Sessel, legte das Messer auf die Lehne und erholte sich etwas.

Oben, auf dem Spieldeck, legte Erika Haußmann den Schläger weg und strich sich die verschwitzten, kupfern leuchtenden Haare aus der Stirn.

»Eine Hitze ist das, Karli«, sagte sie. »Ich geh' schnell 'runter und ziehe mich um. Kommst du mit?«

Karl Haußmann schielte auf die kleine Erfrischungsbar. Aus einem Eiskessel zog der Steward Büchsen mit deutschem Bier. Karl Haußmann bekam einen unbändigen Durst. Erika lachte, als sie seinen Blick verfolgte und die schäumenden Gläser sah.

»Geh' nur, Karli«, sagte sie. »In fünf Minunten bin ich wieder da. Bestell' mir auch eins.«

»Nicht lieber eine Orangeade, Rika?«

»Nein, ein kühles Bier! O Karl, ich fühle mich heute so stark wie selten. Ich kann gar nicht begreifen, daß ich gestern noch krank sein sollte.« Sie lehnte sich an ihn und legte den Arm um ihn. »Vielleicht irren sie sich alle«, sagte sie leise. »Vielleicht sind es nur die Nerven.« Die ganze Hoffnung lag in dieser Frage. Die Hoffnung, die alle Krebskranken so sehr beseelt... und die immerwährende Flucht vor der schrecklichen Wahrheit.

»Der Himmel möge es so sein lassen.« Karl Haußmann gab Erika einen Kuß. »Es ist unbegreifbar, wenn man dich so sieht, Rika. Ich habe ja nie daran geglaubt. Du wirst sehen, der Arzt in Sarajewo lacht nur und schickt dich nach Hause!«

Wie ein junges Mädchen lief Erika über das Deck und die Treppe hinunter zu den Kabinenfluren. Haußmann sah ihr nach, und er spürte ein so warmes, herrliches Gefühl, wie er es lange nicht mehr empfunden hatte. Ich liebe sie, dachte er. Ja, ich liebe sie, ich habe sie immer geliebt... Die Sache mit Marion? Das war eine Dummheit. Ein Irrtum! Ein Ausrutscher, wenn man so sagen darf. Ich bin einmal auf dem Glatteis des Lebens ausgerutscht, aber rechtzeitig wieder aufgestanden. Und die Knochen habe ich mir auch nicht gebrochen, das ist wichtig!

Rika, ich liebe dich wie am ersten Tag, als wir zusammen tanzten und ich nicht wußte, wie man seine Tanzpartnerin unterhält. Weißt du noch: Vom Wetter habe ich gesprochen, und dann vom Fußball. Schalke 04 gegen 1. FC Köln. Und du hattest Anstand genug, diesem jungen, stammelnden Idioten, der ich damals war, geduldig zuzuhören. Erst Jahre später erfuhr ich, daß du gar nicht wußtest, wer Schalke 04 ist...

Haußmann ging lächelnd hinüber zur Bar und zeigte auf die eisgekühlten, vor Kälte beschlagenen Büchsen.

»Due«, sagte er und hob zwei Finger zur besseren Verständigung. Und dann wartete er auf Erika.

In der Kabine sprang der Herr aus Flensburg auf, als Erika eintrat. Er riß das Messer an sich, rannte an der erstarrten Frau vorbei zur Tür, warf sie zu und stellte sich davor.

»Erschrecken Sie bitte nicht«, sagte er mit flackernden Augen. »Ich kam in Ihre Kabine, weil ich jemanden suchte, und dann übermannte mich die Müdigkeit. Diese Hitze. Und dann auf dem Wasser! Und dazu mein Auftrag, den ich erfüllen muß.«

Erika wollte schreien, aber sie sah ein, daß es jetzt sinnlos war. Sie starrte auf das blanke Messer und nahm alle Kraft und allen Mut zusammen.

»Sie sind Deutscher?« fragte sie.

Der Herr aus Flensburg zog erfreut die Brauen hoch. »Oh, eine Landsmännin! Gestatten, Uve Frerik mein Name.« Er verbeugte sich mit eckigen Bewegungen und hielt sein Messer an der Hosennaht. »Großkaufmann aus Flensburg.« Dann ließ seine übertriebene Zackigkeit nach, er hob den Kopf und sah Erika mit fieberglänzenden Augen an. »Nach Sarajewo, gnädige Frau?«

Erika nickte. »Ja...« antwortete sie stockend. »Sie auch, Herr Frerik?«

»Leidensgenossin?«

»Ich weiß nicht, was Sie meinen...«

»Krebs, Gnädigste! Die Krankheit unseres Jahrhunderts. Wir Kabineninhaber haben ihn ja doch alle, nicht wahr? Nebenan liegt ein Engländer im Koma, zwei Kabinen weiter liegt eine Dame mit Darmkrebs, in Kabine 9 ein Mammakarzinom, Kabine 23 drei Damen mit Magen-Ca., Uteruskrebs und Leukämie... und so geht es durch das Schiff bis zum C-Deck, wo ganze Sippen nach Sarajewo reisen, zu diesem Dr. Zeijnilagic und seiner Wunderdroge HTS! Auch ich!« Er verbeugte sich wieder wie bei der Vorstellung. »Lymphogranulomatose, Gnädigste. Von den Ärzten aufgegeben. Lebenserwartung noch sieben Monate. Sagen Sie ganz ehrlich: Wenn Sie meinen Körper sehen würden, alle Lymphbahnen sind aufgequollen wie Hefe-rollen...«

Erika sah sich hilfesuchend um. Zum Nachttisch, dachte sie. Dort steht eine Flasche Mineralwasser. Man sollte sie ihm an den Kopf werfen und dann hinausrennen. Doch dann starrte sie wieder auf das Messer in der Hand Freriks und wagte nicht, sich von der Stelle zu rühren.

»Und... was wollen Sie noch in meiner Kabine?« fragte sie mit bewundernswerter Kraft. Wenn doch Karl käme, dachte sie dabei. Er steht oben und wartet auf mich mit dem Bier. Er muß doch nachsehen, warum ich nicht komme. Bestimmt sieht er nach... Noch fünf Minuten Mut... vielleicht zehn Minuten...

»Wie ich schon sagte, Gnädigste, ich ruhte mich aus. Ich suche Dr. Mihailovic. Ich muß ihn töten.«

»Was müssen Sie?« stammelte Erika. Kalter Schweiß trat auf ihre Stirn. Jetzt erst sah sie an dem flackernden Blick und den unruhigen Händen, daß Uve Frerik ein Irrer war, daß sie sich mit einem gefährlichen Verrückten in einem Zimmer befand und keine Möglichkeit hatte zu flüchten. Das schnürte ihr die Kehle zu, und sie wich zur Wand zurück.

»Das Problem ist einfach, Gnädigste«, sagte Frerik in fast dozierendem Tonfall. »Ich habe eine langjährige Erfahrung im Umgang mit Ärzten. Meine Mutter starb an Krebs, mein Vater verendete an einem verschleppten, durchgebrochenen Blinddarm, der falsch operiert wurde, und – auch so etwas gibt es in unserem Jahrhundert! –, meine Schwester verunglückte und starb an einer Hirnquetschung, die man nicht erkannte. Meine Frau wurde vor drei Jahren mit Kobaltbestrahlungen zu Tode bestrahlt. Sie sehen, ich habe den besten Umgang mit Ärzten und erfuhr, was man ärztliche Kunst und Wissen nennt. Immer haben die Ärzte geglaubt, sie hätten mich beobachtet... ein verzeihlicher Irrtum: Ich habe sie studiert! Ihre Arroganz gegenüber fragenden Patienten, ihre vollendete Lügenhaftigkeit, ihr mangelndes Wissen, das sie mit tönenden, lateinischen Vokabeln umkleiden, ihre Interessenlosigkeit gegenüber dem einzelnen und ihr Spiel mit den Krankenscheinen. Gewiß, es gibt auch weiße Hirsche, zahme Löwen, nicht staubende Briketts und geruchlose Ausdünstungen. Aber das sind Ausnahmen und die guten Ärzte sind solche Ausnahmen. Man betrachtet sie in ihrem Kollegenkreis ja auch als Außenseiter!«

Uve Frerik, der Irre, holte tief Atem und schlug im Stehen die Beine übereinander. Erika starrte gegen die Tür. Warum kommt Karl nicht, dachte sie. Warum läßt er mich mit diesem Wahnsinnigen allein?

»Als ich dieses Problem unserer Medizin erkannt hatte, und

es bedurfte dazu immerhin der Ausradierung meiner Familie durch die Ärzte, erhielt ich den Auftrag, die Ärzte zu vernichten, um der Menschheit die Möglichkeit zu geben, aus eigener Kraft länger zu leben.«

»Und wer... wer gab Ihnen den Auftrag, Herr Frerik?« fragte Erika tapfer.

»Das Gewissen in mir! Jeder große Entdecker hat ein Gewissen gegenüber der Allgemeinheit. Franklin erfand den Blitzableiter für die Allgemeinheit. Galilei konstruierte das erste Fernrohr: Was wären wir heute ohne Fernrohr? Gutenberg erfand den Druck mit beweglichen Lettern – nicht mehr wegzudenken aus unserer Kultur. Und dann der große Mann, der das DDT erfand! DDT, das Insekten vernichtet. Welche Tat! Welche Befreiung der Menschheit vom Ungeziefer! Und nun kommt Uve Frerik, der Mann, der die Ärzte vernichtet. Glauben Sie, Gnädigste, daß die Menschheit einen ungeheuren Auftrieb bekommt, wenn nicht mehr der Krankenschein, sondern der Wille zur Gesundheit die Welt regiert?«

Erika nickte mehrmals. Karl, bettelte sie innerlich. Karl, bitte, bitte komm... Ich vergehe vor Angst.

Frerik verbeugte sich galant. »Sie sind eine Dame von Welt, Gnädigste«, sagte er. »Sie haben Verständnis, Sie erkennen die großen Zusammenhänge! Es mag sein, daß wir Krebskranken mit dem Blick in Dimensionen gesegnet sind, die anderen Menschen verschlossen bleiben. Ich möchte jedenfalls damit beginnen, dieses betrunkene Individuum von Dr. Mihailovic zu töten. Wissen Sie, was er getan hat? Er hat mir eine Spritze gegeben, trotz Protest! Sie bewirkte, diese Spritze, daß meine linke Leistenseite um zwei Zentimeter angeschwollen ist. Ich sagte zu Dr. Mihailovic: Ich habe Lymphogranulomatose. Aber er schüttelte nur den Kopf und antwortete: ›Nix! Silenzio!‹ und hieb mir die Injektion in den Oberschenkel. Sagen Sie selbst, Gnädigste, muß er nicht sterben?«

Erika schwieg. Uve Frerik schien aber auch keine Antwort zu erwarten, ein neuer Gedanke beseelte ihn. Man sah es am Glanz seiner Augen.

»Immer waren es große Ideen, die die Welt revolutionierten. Ich nehme an, Sie halten mich für verrückt, Gnädigste. Tun Sie es, es ist eine Auszeichnung! Lenin hatte die Paralyse. Nietzsche hatte sie. Von Hugo Wolf sagte man es auch. Geniale Köpfe!

Und die Ideen rauschen nur so durch das Gehirn. Bitte, setzen Sie sich hin.«

Das war plötzlich anders gesprochen. Ein Befehl. Mit einer eiskalten Stimme. Erika zuckte zusammen.

»Herr Frerik...« stammelte sie. »Mein Mann...«

»Ihr Gatte ist in der glücklichen Lage, seine Frau für eine große Tat zur Verfügung zu stellen. Setzen Sie sich.«

»Ich schreie um Hilfe!« rief Erika und wich zurück zum Bett.

»Ich bitte darum, meine Gnädigste.«

»Hiiillffee!« schrie Erika grell. »Hilfe!«

»Sehr gut.« Uve Frerik lächelte galant. »Sie haben eine starke Stimme, Gnädigste. Aber bitte... setzen Sie sich hin und rühren Sie sich nicht... Ich wäre sehr unglücklich, irgendwelchen Zwang anwenden zu müssen.«

Gehorsam setzte sich Erika auf die Bettkante. Der Irre legte das Ohr an die Türfüllung und lauschte. Ein Lächeln überflog sein bleiches Gesicht.

»Man hat Ihren Schrei gehört, Gnädigste. Aber man weiß nicht, woher er kam. Bitte, rufen Sie noch einmal um Hilfe.«

Erika schwieg wie gelähmt. Uve Frerik hob das blanke Messer. »Schreien Sie!« rief er mit wieder eisiger Stimme.

»Hiiiiilfe!« schrie Erika grell. Frerik nickte zufrieden.

»Sie haben die Richtung. Sehen Sie...« An der Tür klopfte es. Frerik winkte ab, als Erika aufsprang und auf schwankenden Beinen zur Tür wollte. »Bemühen Sie sich nicht, Gnädigste. Ihre Mitwirkung an der Revolution gegen die Ärzte ist damit beendet. Sie dienen von jetzt ab nur als Mittel zum Zweck.«

Wieder klopfte es an der Tür. Man hörte erregte Stimmen im Gang und dann einen lauten Ruf, bei dem Erika zusammenzuckte.

»Karl!« schrie sie. »Karl! Hilf mir! Hilfe!«

Frerik nickte zufrieden. »Ihr Gatte?«

»Ja.«

»Das Roulette läuft. Werfen wir die Kugel.« Er klopfte mit dem Knöchel gegen die Tür und sagte laut: »Meine Herren, bitte Ruhe. Ich habe Ihnen einen Tausch vorzuschlagen. Die gnädige Frau verläßt gesund das Zimmer, wenn Sie mir Dr. Mihailovic in die Kabine schicken.«

»Rika! Wer ist bei dir?« brüllte im Gang Karl Haußmann. Er

rüttelte an der Klinke, aber Frerik hatte sie von innen verschlossen. »Rika! Ist etwas passiert? Was ist los? Wer ist bei dir?«

»Ein Irrer!« schrie Erika zurück. »Helft mir doch! Helft mir. Er will Dr. Mihailovic töten.«

»Das war unklug, Gnädigste«, sagte der Wahnsinnige ruhig. »Die Taktik erfordert es, daß man seine Absichten erst klarlegt, wenn der Gegner einem gegenübersteht. Ich bedauere, jetzt eine andere Marschrichtung einschlagen zu müssen.« Er wandte sich wieder zur Tür. Im Gang war jetzt ein lautes Stimmengewirr. Der Kapitän, der I. Offizier, der I. Ingenieur, Dr. Mihailovic – mit einer Slibowitzfahne – und eine Menge Passagiere verstopften den Gang. Karl Haußmann zeigte auf die Tür und zitterte vor Erregung.

»Aufbrechen!« rief er dem I. Offizier zu. »Mann, holen Sie einen zweiten Schlüssel oder eine Axt oder einen Vorschlaghammer. Sie haben es doch gehört: Meine Frau ist von einem Verrückten eingeschlossen worden.«

»Brechen Sie die Tür nicht auf, mein Herr!« tönte die Stimme des Irren von innen. »Beim ersten Splittern des Holzes müßte ich Ihre verehrte Gattin erstechen...«

»Rika!« brüllte Haußmann und umklammerte die Klinke. »Mein Gott, warum hilft denn niemand?!«

»Ein Vorschlag: Lassen Sie Dr. Mihailovic eintreten! Es dauert keine zehn Sekunden, und Sie haben Ihre Gattin unversehrt wieder.«

Haußmann sah sich mit flackernden Augen um. Der I. Offizier hob die Arme und sprach ein paar Worte mit dem betrunkenen Doktor. Der gab einen Laut von sich, als heule er auf, und hob abwehrend die Hände.

Der Irre schien phantastische Ohren zu haben. Er klopfte an die Tür.

»Der Doktor ist auch da,« sagte er. »Er soll hereinkommen. Er kann der Wissenschaft ein Opfer bringen.«

»Hören Sie...« Karl Haußmann legte die Lippen an die Türritze. »Lassen Sie meine Frau heraus, und wir vergessen den ganzen Rummel...«

»Mein Herr!« rief der Wahnsinnige zurück. »Verlangen Sie von mir nicht einen galileischen Widerruf. Ihre Gattin ist die Stufe zur Reinigung der Menschheit. Ich warte eine halbe Stunden... dann werde ich Ihre Gattin für den Ungehorsam der Welt bestrafen, so leid es mir tut, eine so kluge und schöne Frau zu entstellen. Aber bitte, suchen Sie die Schuld dann ganz bei sich.«

»Rika!« schrie Haußmann und rüttelte wieder an der Klinke. »Rika! Habe Mut! Wir werden einen Weg finden. Habe Mut!«

»Der Weg ist Dr. Mihailovic. Schicken Sie ihn in die Kabine.« Uve Frerik schien hinter der Tür zu lachen. »Wie rar sind die Mutigen...«

Haußmann trat von der Tür zurück. Er schwankte etwas, kalter Schweiß tropfte über sein verzerrtes Gesicht. Der Kapitän und die anderen Schiffsoffiziere verhandelten, Dr. Mihailovic lehnte zitternd an der Gangwand.

»Was wollen Sie tun?« fragte Haußmann heiser. Der I. Offizier zeigte auf drei Matrosen. Sie drängten sich durch die Menge der Neugierigen und hatten Äxte und Rauchpatronen bei sich, die für Notsignale auf den Schwimmflößen gedacht waren. Im Raum wirkten die Rauchpatronen wie Tränengas.

»Wir werden ihn ausräuchern«, sagte der I. Offizier. »Immer diese Deutschen...«

»Lassen Sie die dämliche Politik einmal weg!« schrie Haußmann außer sich. »Sie haben doch gehört: Beim ersten Schlag gegen die Tür tötet er meine Frau.«

»Wissen Sie einen anderen Weg?«

»Verhandeln.«

»In einer halben Stunde ist es sowieso geschehen. Irre sind konsequent. Oder glauben Sie, ihn überreden zu können?«

»Ich weiß es nicht. Man muß es doch versuchen. Mein Gott, Sie können es doch nicht einfach darauf ankommen lassen, ob er meine Frau tötet oder nicht, wenn wir die Tür einschlagen. Wir wollen doch keinen Mord provozieren.«

»Also gut, warten wir!« Der I. Offizier winkte den drei Matrosen. Die stellten die Äxte ab und legten die Rauchpatronen auf einen Sims. Der I. Offizier sah auf seine Armbanduhr.

»Versuchen Sie Ihr Glück...«

»Haben Sie keine andere Möglichkeit, in die Kabine zu kommen, ohne die Tür einzuschlagen?« fragte Haußmann leise.

»Nein!«

»Von außen! Durch das Bullauge.«

»Das ist zu klein. Aber...« Der I. Offizier sprach aufgeregt mit dem Kapitän. Der nickte und rannte davon. Haußmann lehnte sich neben Dr. Mihailovic an die Wand.

»Doch eine Möglichkeit?« stotterte er.

»Wir werden mit dem Streichbrett, das wir immer benutzen für den Außenanstrich, an zwei Seilen einen Mann herunterlassen. Wenn der Wahnsinnige günstig steht, kann unser Mann ihn mit einem Schuß durch die Scheibe unschädlich machen.«

»Das ist gut«, sagte Haußmann schwach. »Das ist sehr gut. Und bis er an der Bordwand heruntergelassen ist, muß ich den Irren beschäftigen...«

»Versuchen Sie es.« Der I. Offizier hatte wenig Hoffnung, Haußmann sah es an seinem Blick. »Viel Glück!«

Haußmann trat wieder an die Tür und klopfte.

»Ich höre«, sagte Uve Frerik.«

»Dr. Mihailovic ist bereit zu kommen.«

»Ein Held! Er soll einen anständigen Tod haben. Stich in die Halsschlagader.«

»Das ist Ihre Sache!« Haußmanns Stimme schwankte vor Grauen. Meine Erika, dachte er. Meine arme Erika! Und das soll nun das »Schiff der Hoffnung« sein? »Aber wer garantiert, daß meiner Frau nichts geschieht?«

»Mein Wort als Ehrenmann! Die Freriks sind eine alte Handelsfamilie, zurückverfolgbar bis zur Hanse. Mein Wort ist wie ein Scheck von Fugger.«

»Ich schlage vor...« sagte Haußmann mit mühsam fester Stimme, »daß Sie erst meine Frau herauslassen...«

»Halten Sie mich für einen Verrückten?« Haußmann verzog bei dieser Frage das Gesicht. Was sollte man darauf antworten? Uve Frerik lachte laut.

»Der Doktor wird sich aber wehren«, sagte Haußmann. »Sie können nicht erwarten, daß er sich hinstellt wie ein Schaf und sich abstechen läßt.«

»Wer erwartet das von ihm? Er soll sich auch ein Messer holen. Ich bin kein Wilhelm Tell, der aus dem Hinterhalt schießt. Ich halte viel von Tradition, geschichtliche Lösungen von Mann zu Mann zu erstreiten.«

»Einverstanden!« Haußmann sah auf einen Steward, der den Gang entlangkam und dem I. Offizier etwas sagte. »Der Doktor ist gerade gegangen und holt auch ein Messer...«

Der I. Offizier beugte sich vor.

»Es wird gleich abgeseilt«, flüsterte er Haußmann ins Ohr. »Es ist unser bester Schütze. In zehn Minunten kann er vor dem Fenster sein. Sprechen Sie weiter!«

Haußmann preßte beide Hände auf sein Herz. Es schlug wie wild und nahm ihm fast den Atem. Noch zehn Minuten! Sie würden zehn Jahre dauern...

»Hören Sie«, sagte er gegen die Tür.

»Ich höre«, antwortete der Irre.

»Wie denken Sie sich Ihr weiteres Leben, wenn Sie Dr. Mihailovic getötet haben? Zum Beispiel gleich, wenn Sie herauskommen?«

Uve Frerik schien nicht lange nachzudenken. Er lachte wieder. »Welche Frage, mein Herr!« rief er. »Man wird mich als den Befreier feiern! Erst nach dem Tyrannenmord erkennt das Volk die Gerechtigkeit des Mörders.«

Haußmann drückte die Stirn gegen die Tür. Jetzt erst wußte er ganz klar, wie groß die Gefahr war, in der Erika schwebte. Dieser Irre hinter der Tür war gnadenlos, denn er hatte eine eigene Weltanschauung.

Gibt es etwas Gnadenloseres als Menschen mit einer Weltanschauung?

Frank Hellberg schloß die erste Zelle auf und sah kurz hinein. Ein kleiner, fensterloser Raum, erleuchtet durch Deckenlampen. Ein Bett, ein Schrank, ein Waschbecken, ein Tisch und ein Stuhl. Auf dem Boden ein Webteppich. Eine Zelle, die ganz den Eindruck eines Gefängnisses machte. Am Tisch saß ein blondes, blasses Mädchen mit verweinten Augen.

»Gehen Sie an Deck!« rief Hellberg und lief weiter. Er mußte schnell handeln, ehe die anderen Matrosen aufmerksam wurden und sich zum Widerstand zusammenrotteten.

Die zweite Zelle. Ebenso eingerichtet wie die erste. Auf dem Bett ein schwarzhaariges Mädchen, das ihn erschrocken anstarrte.

»Gehen Sie an Deck!«

Und weiter. Dritte Zelle, vierte Zelle, fünfte Zelle. Überall junge, kaum dem Kindesalter entwachsene Mädchen.

Die Luxuskabine Juanitas.

Juanita saß vor einem Radio und hörte leise Musik. Sie sprang auf, als Frank die Tür aufriß.

»Sie haben es erreicht?« rief sie und warf die Arme hoch wie zum Jubel.

»An Deck! Schnell!«

Frank rannte zurück. Die Zellen auf der anderen Seite des Ganges waren leer, aber er schloß sie alle auf, um niemanden zu vergessen. Dann rannte er an den Mädchen vorbei, die ihn festhalten wollten, die Fragen hatten, die ängstlich in den Türen ihrer Gefängnisse standen und nicht wußten, was geschehen war, kletterte zum oberen Kabinengang und hetzte zum Zimmer Claudias.

»Du lebst?!« schrie sie auf, als er die Tür aufriß, und breitete die Arme aus. »Frank... du lebst... Was ist denn ge...?«

»An Deck!« rief Frank und rannte weiter. Bevor er die Tür zur Kommandobrücke erreichte, holte er aus der Tasche eine der Pistolen, die er Luigi Foramente und dem Steward abgenommen hatte, und schlich die kleine Teppe hinauf zum Ruderhaus. Dort lehnte der von Foramente mit der Aufsicht über das Steuerrad beauftragte Matrose ahnungslos und lässig an den Holmen und kaute Tabak. Die Sonne flutete durch die großen Fenster und beschien das Gesicht des jungen Seemannes. Er hatte die Augen geschlossen. Er sonnte sich. Das Schiff lief ja allein, und das Meer war weit. Anstoßen konnte man nirgendwo.

Frank Hellberg war mit einem leisen Satz durch die angelehnte Tür im Ruderhaus und hinter dem Matrosen.

Er drückte ihm den Lauf der Pistole in den Rücken und schlug mit der linken Hand auf die Schulter des Mannes. Der Matrose stieß einen glucksenden Schrei aus, aber dann schwieg er, denn den kleinen Druck in seinem Rücken konnte er genau deuten.

»Nach Dubrovnik!« sagte Hellberg kalt.« »Navigare Dubrovnik! Avanti...«

Es war ein schauderhaftes Italienisch, aber der Matrose verstand es. Er schüttelte langsam den Kopf.

»Nix Dubrovnik«, sagte er heiser vor Angst. »Isch nix navigare. Nix weiß... Nix capito navigare...«

Frank Hellberg atmete tief auf. Der Schweiß lief ihm über das Gesicht. Er spürte, wie er am ganzen Körper zu zittern begann.

Die Verständigung im Primitiven klappte vorzüglich. Der Matrose wußte selbst nicht, wo sie sich befanden, wohin sie fuhren. Das wußten nur Salluzo und sein Kapitän Luigi Foramente.

Frank Hellberg drückte den Pistolenlauf tiefer in den Rücken des Matrosen. Gehorsam ließ er das Steuerrad los und stellte sich, die Hände im Nacken gefaltet, mit dem Gesicht an die Scheibe.

»Bene, bene!« sagte Hellberg gepreßt. Er trat an das Ruder, blickte auf den für ihn völlig sinnlosen Kreiselkompaß und den glitzernden, wandernden Finger des Radarstrahles auf dem Schirm. Dann drehte er an dem Steuerrad so lange, bis die schnelle, weiße Jacht einen weiten Bogen fuhr und Hellberg meinte, das Schiff gedreht zu haben, so daß es nun dorthin zurückkehren würde, von wo sie gekommen waren. Zurück nach Italien.

Hellberg warf einen Blick über das unendliche Meer. Nach allen Himmelsrichtungen sah es gleich aus, eine herrliche Bläue, die an den Himmel stieß. Nach der Sonne sich zu orientieren, war im Augenblick nicht möglich; sie stand direkt über ihnen.

Mit schäumendem Kiel raste die weiße Jacht durchs Meer. Unten im Maschinenraum schien man nicht bemerkt zu haben, daß die Richtung sich völlig geändert hatte. Hellberg umklammerte das Ruder und sah hinunter auf Deck, ob sich dort etwas rührte. Die Pistole lag schußbereit auf dem Kreiselkompaßgehäuse. Aus dem Kabinengang kam Juanita Escorbal. Sie hatte einen Spitzenschal um die Schultern geworfen und rannte nun die Treppe zum Ruderhaus hinauf. Claudia folgte ihr, und dann stürzten die anderen Mädchen an Deck. Sie hatten in den Händen, was sie gerade gefunden hatten: Eisenstangen, eine Axt, ein Stück dickes Drahtseil, eine Holzstange.

»Wohin fahren wir?« rief Juanita schon auf der Teppe zur Kommandobrücke.

»Ich weiß es nicht.« Frank Hellberg zeigte mit einer weiten Handbewegung über das Meer. »Ich habe noch nie ein Schiff gesteuert. Aber irgendwie werden wir schon ankommen.«

»Lassen Sie mich, Frank.« Juanita beugte sich über den Kreiselkompaß. »Mein Bruder hatte eine Jacht, Sie wissen es ja. Ich habe manches von ihm gelernt. Geben Sie mir das Ruder.

Kümmen Sie sich um die andere Besatzung. Die Leute im Maschinenraum und in den Mannschaftskojen haben wir eingeschlossen. Aber zwei Stewards sind noch in der Kombüse...«

Hellberg ließ das Ruder los und rannte die Treppe hinunter an Deck. Und zum Beweis, daß der Kampf erst begonnen hatte, schwiegen plötzlich alle Maschinen. Rauschend bohrte sich der Kiel noch einmal durch das blaue Wasser, dann glitt die weiße Jacht lautlos auf dem spiegelnden Meer. Die Männer im Maschinenraum streikten. Von der Kombüse rannten die beiden Stewards herbei.

Frank Hellberg zog die Pistole und ging hinter dem Ruderhaus in Deckung.

»Stop!« schrie Hellberg. »Hands up!« Das war ein Ausdruck, den jeder verstand, ob Italiener oder Kroate. Die Stewards blieben stehen, sprangen dann zur Seite und nahmen Deckung hinter der aufgeklappten Tür des Kabinenganges. Auf der Brücke stand Juanita Escorbal und unterhielt sich durch das Sprachrohr mit dem Maschinisten im Maschinenraum.

»Ich würde raten«, sagte sie ruhig, aber mit großem Nachdruck, »daß ihr die Maschinen wieder laufen laßt. Es hat doch keinen Sinn, toter Mann zu spielen. Wollt ihr hier herumtreiben, bis ihr verhungert?«

»Verdammtes Weibsbild!« Der Maschinist spuckte in das Sprachrohr. Ohnmächtiger Zorn war es, und Juanita lachte laut. »Ich zerschlage alle elektrischen Verteiler.«

»Und dann? Willst du über Bord zu den Haien, du Idiot?« Juanita steckte den Pfropfen auf das Spachrohr und blickte hinunter auf das Deck.

Dort hatte sich in wenigen Minuten alles verändert. Frank Hellberg und Claudia standen noch immer im Schutz des Ruderhauses und starrten sprachlos auf die Szene vor sich.

Die befreiten Mädchen waren, ohne auf die Pistolen der Stewards zu achten, mit lautem Geschrei auf die Männer gestürzt. Mit Knüppeln und Fäusten hieben sie auf die Stewards ein, die vor soviel weiblichem Mut eine Sekunde lang sprachlos waren. Das war ihr Unglück. Vier, fünf Mädchenkörper fielen über sie her, die Pistolen wurden ihnen aus den Händen geschlagen, sie stürzten auf die Planken, und es half kein Umsichschlagen und kein Treten: Wie Katzen hingen die

Mädchen an ihnen und hieben mit ihren kleinen Fäusten auf die zuckenden Männerkörper.

Knapp fünf Minuten dauerte der Kampf, dann lagen die Stewards besinnungslos und halb ausgezogen auf Deck. Wie die Furien rannten die Mädchen dann wieder in das Innere des Schiffes; das Schlagen der eisernen Türen und Schotten hörte man bis zur Brücke.

»Der arme Maschinist«, sagte Frank Hellberg und legte den Arm um Claudia. »Ein Glück, daß ich das Krankenzimmer abgeschlossen habe. Sie würden Saluzzo zerreißen wie Raubtiere.«

»Und mit Recht! Mit Recht!« Claudias Augen flammten. Aller Haß einer Frau lag in ihnen. Sie zitterte vor verhaltener Wut und Rache. »Was willst du mit ihm tun, Frank?«

»Der Polizei übergeben.«

»Der Polizei! Ha!« Claudia lachte laut und bitter auf. »Von Ancona bis Taranto gibt es keinen Polizeichef, der nicht mit Saluzzo auf du und du steht! O Liebster, du kennst nicht die Macht des Geldes in Italien.«

»Du, Juanita und die Mädchen sind Zeugen genug, um ihn ins Zuchthaus zu bringen.«

»Ein guter Anwalt wird beweisen, daß die Mädchen freiwillig an Bord gekommen sind. Um etwas zu erleben! Oh, du kennst das alles nicht. Du bist so ehrlich und ahnunglos. Und wenn es ganz hart für Saluzzo wird, stellt er eine Kaution von einer Million Lire – was ist für ihn eine Million! – und geht ins Ausland. Du wirst ihn nie durch Gerechtigkeit besiegen können! Für Saluzzo gibt es keine Gesetze.« Wieder flammten die schönen, schwarzen Augen Claudias auf. »Man sollte ihn töten ...« sagte sie leise.

»Claudia!« rief Hellberg entsetzt.

»Solange er lebt, ist er gefährlich.«

»Mein Gott, wie groß kann der Haß einer Frau sein.« Hellberg schüttelte den Kopf und zog Claudia mit zu den beiden halbentkleideten Körpern der Stewards. Einer von ihnen bewegte sich stöhnend und rollte sich auf die Seite. Sein Gesicht war unförmig angeschwollen und färbte sich bläulich.

Claudia ließ einen Eimer an einem Tau ins Meer – es waren die Eimer, die zum Deckwaschen benutzt wurden – und schüttete das Wasser über die Körper der Ohnmächtigen. Im Inneren des Schiffes schien die Hölle los zu sein, die Planken zitterten vom

Türenschlagen, ein einzelner Schuß fiel. Auf der Brücke stand Juanita am Sprachrohr und lauschte nach unten. Der Maschinist hatte sich im Maschinenraum eingeschlossen und drohte, jedem, der die Tür aufsprengen würde und hereinkäme, den Schädel einzuschlagen. Mit einem Schraubenschlüssel, schrie er, und einem stählernen Hammer.

Die beiden Stewards erhoben sich taumelnd. An Gegenwehr dachten sie nicht mehr, ihr Widerstand war zerbrochen. Willenlos ließen sie sich von Hellberg und Claudia zur oberen Barkombüse führen und einschließen. Das Schiff war nun in Hellbergs Hand, aber es trieb, leicht schaukelnd, auf dem leuchtenden blauen Wasser der Adria, mit schweigenden Motoren.

Hellberg kletterte wieder die Treppe zur Brücke hinauf und trat neben Juanita. »Was gibt es unten?« fragte er.

»Der Maschinist kommt sich sehr stark vor.« Juanita deckte die Hand über das Sprachrohr. »Er flucht wie ein Fischweib.«

»Versuchen wir es noch einmal. Vielleicht nimmt er Vernunft an. Ohne ihn treiben wir hier wie ein Stück lackiertes Holz. Und ich möchte nicht, daß den Mädchen wirklich die Köpfe eingeschlagen werden, wenn sie die Tür aufbrechen.«

Hellberg trat an das Sprachrohr und klopfte dagegen. Von unten antwortete ein wütendes Hämmern.

»Hallo!« sagte Hellberg. Er winkte Claudia. »Du mußt dolmetschen... Sag ihm, daß es keinen Sinn hat, Widerstand zu leisten. Er ist der einzige der Besatzung, der sich noch wehrt. Sag es ihm...«

Claudia beugte sich über das Sprachrohr, und eine Flut italienischer Worte sprudelte in den Maschinenraum. Dann trat sie zurück, und Hellberg preßte das Ohr an die trompetenähnliche Spechmuschel.

Von unten tönte laut die Stimme des Maschinisten. Und er sagte deutlich auf deutsch: »Leckt mich am Arsch!«

»Ach nee!« Hellberg schrie in das Sprachrohr und klopfte dabei gegen das blanke Messing. »Auch das noch. Mensch, ein Deutscher! Mach die Luke auf, du Idiot, und stell' die Maschinen wieder an!«

Im Maschinenraum war es einen Augenblick still. Der Maschinist schien ebenso verblüfft zu sein wie Hellberg. Aber dann hatte auch er den Schock überwunden und klopfte gegen das Rohr.

»Hallo...«

»Wo kommst du her?«

»Aus Düsseldorf.«

»Und was machst du auf dem Kahn?«

»Das erzähle ich dir alles nachher. Stell' erst die Maschinen an, Junge.«

»Geschissen, Kumpel! Was ist oben los? Was machen die brüllenden Weiber vor meinem Schott?«

»Das Kommando des Schiffes habe ich übernommen! Nun frag' nicht so – laß die Motoren rauschen.«

»Klingt wie im Kino! Wo ist der Chef?«

»Saluzzo schläft im Krankenraum, zusammen mit Foramente. Ein bißchen Äther auf die Nase...«

»Ihr habt wohl alle 'ne Meise unterm Hirn?! Glaubt ihr, ich mache das Spielchen mit?«

»Hör' mal zu, du dämlicher Hund!« Hellberg drückte den Mund an die Sprechtrompete. »Ich komme gleich 'runter und wir unterhalten uns. Die Mädchen schicke ich an Deck, denn wenn die dich in die Finger bekommen, zerreißen sie dich. Die beiden Stewards sehen jetzt schon aus wie aufgegangene Hefeklöße! Und unterdessen drückst du aufs Knöpfchen und läßt den Kahn wieder fahren.«

»Einen Dreck werde ich! Ich will mit dem Chef reden!«

»Wie kann ein einzelner Mensch so dämlich sein!« Hellberg klopfte wieder gegen das Messingrohr. »Willst du in deinem Maschinenraum verhungern?«

»Hier halte ich es sechs Wochen aus!« Der Mann im Maschinenraum lachte grob. »Aber ihr da oben! Ihr bratet wie Spiegeleier! Ohne mich seid ihr armselige Pinkler.«

»Wir können dich rausholen, du Idiot.«

»Kommt nur, wenn ihr unbedingt eingeschlagene Hirne haben wollt!«

Hellberg steckte den Pfropfen wieder auf das Sprachrohr und wandte sich um. Juanita und Claudia standen wartend neben Kreiselkompaß und Ruder.

»Es hat so keinen Sinn«, sagte Hellberg. »Ich muß hinunter zu ihm.«

»Er wird dich umbringen!« schrie Claudia auf.

»Das glaube ich kaum.« Hellberg steckte die Pistole ein und schüttelte den Kopf, als er sah, wie Claudia mitgehen wollte.

»Nein. Bleib hier, Liebling. Sprich mit den Mädchen, beruhige sie, räumt das Schiff auf und verhindere, daß sie die Stewards vollends ausziehen und sich wie Hyänen benehmen.« Er wandte sich an Juanita, die vor einer Seekarte stand, die an der Wand hinter dem Ruder hing. »Wenn wir das Schiff wieder flottbekommen – wohin fahren wir dann?«

Juanita hob die Schultern. »Ich weiß gar nicht, wo wir sind. Seekarten lesen, Ortsbestimmungen mit dem Sextanten ... das konnte mein Bruder. Ich werde nach Kompaß fahren. Immer zurück nach Norden und dann nach Osten. Ich nehme an, daß wir näher an der jugoslawischen oder griechischen Küste sind als an der italienischen. Das erste Stück Land, das ich sehe, steuere ich an ...«

Hellberg stieg hinunter zum Maschinenraum. Vor der von innen zugeknebelten Schott-Türe standen die Mädchen mit ihren Knüppeln und Eisenstangen. Aller aufgestauter Haß lag in ihren Augen und Bewegungen, es waren wirklich wilde Katzen, die da an den Wänden lehnten und auf ihr Opfer lauerten. Hellberg blieb auf der untersten Treppenstufe stehen und sah sie einzeln an. Jedes dieser Mädchen war eine Schönheit, aber die Tage in den engen Zellen und der Rausch der plötzlich in ihre Hände gelegten Rache verzerrten ihre ebenmäßigen, hübschen Gesichter. Die wirren, zerwühlten Haare sahen dazu aus wie eine Mähne, und reißende Löwinnen waren sie nun auch.

»An Deck!« sagte Hellberg und zeigte die eiserne Treppe hinauf. »Geht an Deck! Alle!«

Die Mädchen zögerten, sahen sich an. Widerstand wollte aufkommen. Aber Hellberg trat zur Seite und zeigte wieder nach oben.

»Hinauf!« brüllte er.

Langsam stiegen die Mädchen hinauf, bis auf eine, eine braunlockige, üppige Frau. Sie war diejenige, die eine Eisenstange als Waffe in der Hand hielt.

»Na?« sagte Hellberg. »Keine Lust?«

»Wo ist Saluzzo?« fragte das Mädchen auf französisch. Hellberg schüttelte den Kopf.

»Gehen Sie hinauf, Mademoiselle«, sagte er in ihrer Sprache. »Rache ist ein billiges und scheußliches Vergnügen.«

»Ich lebe seit zwei Monaten auf dem Schiff, Monsieur!« Die Finger um die Eisenstange verkrampften sich. Die Knöchel wurden weiß. »In Marseille hat er mich an Bord genommen. Ich war Verkäuferin bei Mireille S. A., einer Schiffsausstattung. Ich sollte Tischdecken abliefern. Aus dieser Lieferung wurden zwei Monate. Neunmal hat er mich vergewaltigt, dieser Teufel. Beim zehntenmal habe ich ihm in die Kehle gebissen, da hat er mich in Ruhe gelassen. Aber jeden Tag, genau um 20 Uhr, ist einer seiner Handlanger gekommen und mußte mir zehn Schläge aufs Gesäß geben. Mit einer Kamelpeitsche. Zwei Monate lang... jeden Abend...« Das Mädchen atmete tief auf. Es war ein erschütterndes Seufzen. »Wo ist Saluzzo, Monsieur?«

»Er wird seiner gerechten Strafe nicht entgehen.« Hellberg hatte einen Augenblick mit dem Gedanken gespielt, dem Mädchen zu sagen, wo Saluzzo war, und ihr den Schlüssel zum Krankenzimmer zu geben. Aber dann schämte er sich, ebenfalls an eine so billige Rache zu denken.

»Bitte gehen Sie hinauf, Mademoiselle«, sagte er erschüttert und doch beruhigend. »Oben ist Sonne und Freiheit... Sie sollten sie genießen... nach diesen zwei Monaten...«

Das Mädchen nickte schwach. Dann stieg auch sie die eiserne Treppe hinauf und warf oben die Tür zu.

Frank Hellberg trat an das Schott und klopfte gegen das Metall.

»Mach auf, Junge!« rief er laut. »Wir sind allein! Die Mädchen sind an Deck.«

»Bestimmt?« tönte es dumpf hinter der dichten Tür.

»Ehrenwort.«

»Ich habe einen Hammer in der Hand, Kumpel! Zehn Pfund schwer. Da zerplatzt eine Hirnschale wie ein Ei!«

»Red' keine Romane – mach' auf!«

Und die Schott-Türe knirschte von innen und schob sich langsam auf.

Die »MS Budva« trieb wie eine riesige, weiße Nußschale auf dem Meer und wartete auf die Hilfe aus Dubrovnik. An Deck sonnten sich die Passagiere, spielten auf dem Spieldeck oder saßen im Restaurant und an der Bar und tranken eisgekühlte Säfte oder deutsches Bier.

Unter Deck aber näherte sich die gefährliche Situation ihrem Höhepunkt.

Uve Frerik, der Irre, hatte seine Jacke ausgezogen und das Messer an der Handfläche gewetzt. Erika Haußmann saß in einem der Sessel, zusammengekuschelt wie ein frierendes Hündchen. Hinter sich an der Bordwand hörte sie ganz leise ein Kratzen und Schaben. Dort wurde mit dem Anstreicherbrett der Matrose Zentimeter um Zentimeter hinabgelassen. Es mußte so leise geschehen, daß der Irre nichts hörte. Vor der Tür verhandelten noch immer Karl Haußmann und der I. Offizier mit ihm, lenkten ihn ab und erzählten ihm, daß der Doktor bereit sei, sich einem Zweikampf zu stellen.

»Es ist ganz klar...« flüsterte Dr. Mihailovic dem I. Offizier zu. Alle Benommenheit war von ihm gewichen. Zum erstenmal sah der I. Offizier den Arzt völlig nüchtern. »Er hat Hirnmetastasen. Schrecklich ist das. Bei dem einen erzeugen sie Irrsinn, bei anderen Dumpfheit oder einen Dämmerschlaf – es kommt darauf an, welche Hirnzentren sie abdrücken und angreifen. Da kann man gar nichts machen, gar nichts... Morphium... und warten, bis er stirbt...«

»Schon gut, Doktor.« Der I. Offizier starrte gegen die Mahagonitür. »Aber erst müssen wir ihn haben. Glauben Sie, daß er die Frau tötet, wenn wir die Tür aufbrechen?«

»Ganz sicher!« Dr. Mihailovic nickte wie eine Puppe mit Spiralhals. »Solch ein Kranker glaubt ja, im Recht zu sein. Er hat ja kein Gefühl mehr für seine Tat.«

Karl Haußmann war am Ende seiner Kräfte. Er lehnte an der glatten Holztür, hatte die Hände gegen die Füllung gedrückt, der Schweiß lief ihm über Augen und Gesicht in den aufgerissenen Hemdkragen.

»Rika... wie geht es dir...« rief er mit letzter Kraft, die seiner Stimme noch etwas Festigkeit gab. »Wo bist du, Rika?«

»Ich sitze im Sessel, Karl...« Weit weg war ihre Stimme wie hinter zehn Türen. Haußmann stöhnte auf. Von innen klopfte es an die Tür. Der Irre.

»Ihrer verehrten Gattin geht es vorzüglich«, sagte Uve Frerik. »Ein wenig blaß sieht sie aus, aber wer erlebt auch schon eine solche historische Stunde? Man darf ergriffen sein, wenn ein Jahrhundert sich verändert. – Wo ist Dr. Mihailovic?«

Der Arzt zuckte bei seinem Namen auf und winkte stumm mit beiden Händen ab.

»Wir erwarten ihn jede Minute.« Haußmann streichelte die

Tür, als sei sie das Gesicht seiner Frau. »Aber überlegen Sie bitte, was Sie tun...«

»Überlegen?« Uve Frerik lachte laut. »Die großen Männer der Geschichte handelten aus Intuition. Denken Sie an Alexander und den Gordischen Knoten. Denken Sie an Caesar, als Cleopatra aus dem Teppich rollte. Denken Sie an Napoleon bei der Kaiserkrönung: Die Krone nahm er dem Papst aus der Hand und setzte sie sich selber auf. Das sind Männer! Ihnen gehörte die Welt. Sie sind Vorbild. Aber keiner wagte sich an die Vernichtung der Ärzte. Das ist die größte Tat der Geschichte. Ich werde sie vollziehen...«

Der I. Offizier bekam durch einen Matrosen eine Meldung.

»Das Anstrichbrett ist nur noch einen halben Meter von der Luke entfernt«, flüsterte er Haußmann ins Ohr. »Jetzt wird es kritisch. Der Irre darf nicht zum Fenster sehen. Reden Sie... reden Sie... nur noch fünf Minuten...«

Und Karl Haußmann redete. Was er sprach, er wußte es später nicht mehr zu sagen. Ohne Unterbrechung redete er auf den Irren ein, entwickelte eine Philosophie der Macht, die Uve Frerik hinter der Tür entzückte, denn ein paarmal rief er »Bravo! Bravo!« und klatschte in die Hände wie ein spielendes Kind.

Mit flatternden Augen starrte Haußmann den I. Offizier an.

»Ich kann nicht mehr«, stammelte er. »Ich werde selbst noch verrückt...«

»Sprechen Sie weiter!« flüsterte der I. Offizier. »Er darf sich nicht umdrehen.«

Und Haußmann redete.

Über Napoleon und Alexander den Großen. Über Bismarck und Kaiser Wilhelm II. Sinnloses Zeug, über das der irre Uve Frerik lachte wie über herrliche Witze.

In der Kabine saß Erika immer noch mit angezogenen Beinen im Sessel. Das Kratzen an der Bordwand hatte aufgehört. Ein Gesicht erschien draußen am Bullauge. Dann eine Hand, die Erika zuwinkte und Zeichen gab, sich in den Sessel zu ducken. Der Lauf eines Gewehres schob sich an die Scheibe, das runde Loch der Mündung starrte ins Zimmer.

Erika Haußmann zog den Kopf in die Schulter und ließ sich tief in den Sessel rutschen. Uve Frerik stand mit dem Rücken zu ihr, das Messer in der rechten Hand, in der linken den ausgezogenen Rock, den er von sich hielt wie ein Torero seine Cappa. Er hatte eine erregte Diskussion mit Karl Haußmann über Hannibals Elefantenzug über die Alpen.

Der Matrose vor dem Bullauge zielte auf den rechten Arm. Alles lag jetzt an einem treffsicheren Schuß. Ging der erste Schuß daneben, war Erika Haußmann in höchster Lebensgefahr.

Der Matrose wartete, bis der Irre mit dem ganzen Rücken zu ihm stand. Dann drückte er ab.

Der Schuß war kaum zu hören, er zerflatterte draußen im Seewind. Glas splitterte, und Uve Frerik wurde wie von einer riesigen Faust gegen die Tür geschleudert. Er brüllte auf, das Messer entfiel seiner Hand, Blut rann aus seiner rechten Schulter. Mit einem Satz sprang Erika aus dem Sessel und riß einen Stuhl hoch, um sich zu wehren, falls der Irre sich auf sie werfen würde.

Aber dazu kam es nicht. Fast gleichzeitig mit dem Aufschrei Freriks zersplitterte die Mahagonitür unter ein paar gewaltigen Axthieben, und Karl Haußmann und der I. Offizier stürzten ins Zimmer.

»Karl!« schrie Erika auf und ließ den Stuhl fallen. »O Karl...« Dann sank sie in sich zusammen, und Haußmann konnte sie gerade noch auffangen und zum Bett tragen.

»Rika!« stammelte er. »Es ist ja alles gut. Alles ist vorbei. Rika...« Er küßte sie und streichelte ihr bleiches Gesicht und wußte in dieser Stunde, daß ein Leben ohne sie für ihn sinnlos gewesen wäre.

Der I. Offizier und zwei Matrosen kümmerten sich um Uve Frerik. Er stand an der Wand, das Blut lief an ihm herunter, aber er lächelte und hob stolz den Kopf, als ihn die Männer packten und festhielten.

»Tun Sie Ihre Pflicht, meine Herren«, sagte er laut und mit fester Stimme, der man nichts von dem Schmerz anmerkte, der von der zerschossenen Schulter durch seinen ganzen Körper zuckte. »Auch Kaiser Maximilian ging erhobenen Hauptes zur Exekution! Es lebe der freie Geist!«

Mit stolzer Haltung ließ er sich abführen und beachtete Dr. Mihailovic mit keinem Blick, als er an ihm vorbeiging. Man brachte ihn in einen Verschlag des Laderaumes II, wo ein Matrose notdürftig die Einschußwunde verband. Dr. Mihailovic weigerte sich, das zu tun.

Karl Haußmann richtete sich vom Bett auf, als er Marions Stimme in der Kabine hörte. Sie hatte oben auf dem Spieldeck nichts von dem Drama unter Deck gehört. Erst als der Schuß fiel, war sie die Treppe hinuntergerannt und sah die Ansammlung der Menschen vor der zersplitterten Tür.

»Was ist geschehen?« rief sie. »Mein Gott... Karl... Bärchen... Was ist mit deiner Frau? Wer hat geschossen?«

Dann sah sie das zersplitterte Bullauge und davor den Matrosen auf seinem pendelnden Anstrichbrett. Sie preßte die Hände gegen den Mund und sah sich entsetzt um.

»Es ist nichts geschehen«, sagte Haußmann und führte Marion zur Tür zurück. An der Blutlache auf der Erde stockte sie, ein Zittern lief über ihren Körper. »Gar nichts! Spiel weiter Kricket oder tanze Twist, schließlich sollte es eine Vergnügungsreise sein.«

»Bärchen...« stammelte Marion mit weiten Augen.

»Bitte geh –« sagte Haußmann rauh.

»Was habe ich dir getan?«

»Nichts! Und das ist gut so.«

»Was... was ist denn hier geschehen? Was ist mit deiner Frau?«

»Sie schläft. Laß ihr die Ruhe. Geh an Deck und amüsiere dich.«

Er drängte Marion auf den Flur und sah den I. Offizier an, der etwas verlegen allein noch im Flur stand. Die Menschenmenge hatte sich zerstreut. Die Nachricht von dem Geschehen unter Deck verbreitete sich nun über das ganze Schiff und wurde zur willkommenen Urlaubssensation. Der Matrose wurde wieder hochgezogen. Er wurde an der Reling empfangen wie ein siegreicher Weltmeister im Boxen.

»Kann man die Tür ersetzen?« fragte Haußmann.

»Der Bordschreiner wird sofort ein paar Bretter davornageln.« Der I. Offizier kaute an der Unterlippe. »Noch eins, mein Herr...«

»Bitte?«

»Ich hatte mich unhöflich benommen. Bitte, verzeihen Sie.«

Mit einem Ruck wandte sich der I. Offizier ab und verließ schnellen Schrittes den Gang. Marion folgte ihm mit gesenktem Kopf. Wie geprügelt kam sie sich vor, und sie erlitt es stumm wie eine Buße für die Monate, die hinter ihr lagen.

Karl Haußmann trat in die Kabine zurück und hängte eine Decke vor die zersplitterte Tür. Dann setzte er sich neben Erika auf das Bett, nahm ihre kalten Hände zwischen seine Hände und wartete, bis sie aus der Ohnmacht erwachte.

Eine Stunde später erhängte sich Uve Frerik in seinem Verschlag mit einem in Streifen zerrissenen Hemd.

Und Dr. Mihailovic stellte sachlich den Tod durch Ersticken fest. Er roch schon wieder nach gutem, altem Slibowitz.

In Dubrovnik war man zunächst nicht erstaunt, daß die »MS Budva« nicht pünktlich um 8 Uhr morgens in den Hafen einlief. Die Abfahrt aus Bari war gemeldet, die Nacht war ruhig und fast windstill, also gar kein Anlaß, sich Gedanken zu machen. Der Hafenkommandant und der Geschäftsführer der Linie telefonierten nur kurz miteinander und versicherten sich gegenseitig, daß alles normal sei.

»Die ›Budva‹ ist ein alter Kahn, Genosse Mirko«, sagte der staatliche Reederei-Sekretär. »Wir müssen mit Verspätungen rechnen. Die Reparaturen an der ›Sveti Stefan‹ werden noch zwei Tage dauern, dann läuft wieder alles normal.«

»Natürlich, Genosse«, sagte der Hafenkommandant. »Ein alter Gaul springt über keine Zäune mehr.«

Nachdenklich wurde man erst, als gegen 10 Uhr noch immer keine »MS Budva« am Horizont erschien und auch kein Funkspruch kam, obgleich man seit einer halben Stunde das Schiff anrief.

»Verstehen Sie das?« fragte der Reederei-Sekretär nervös. Er saß bei dem Hafenkommandanten im Zimmer und sah mit einem starken Feldstecher über das blau flimmernde Meer. »Aus Bari ist uns bestätigt worden, daß die ›Budva‹ pünktlich abgelegt hat. Sie muß etwas an der Funkanlage haben, denn niemand antwortet.«

»Es ist eine blöde Situation, Genosse.« Der Hafenkommandant sah auf seine drei Telefone und die vielen Knöpfe, die ihn mit den verschiedensten Dienststellen verbanden. Ein Druck auf einen dieser Knöpfe, und ein wohlgeordneter Apparat lief an: Auslaufen von kleinen, schnellen Motorbooten, Alarm bei der Flugstaffel, Alarm beim Kommandeur der Seeflugzeuge, Einsatz einer Funksuchmeldung an alle Schiffe auf dem Adriatischen Meer. »Geben wir Alarm, und die mistige ›Budva‹ taucht da hinten am Horizont auf, sind wir blamiert. Geben wir keinen Alarm, und es ist wirklich etwas passiert, sind wir ebenfalls blamiert. Ich sage es ja... eine blöde Situation!«

Man wartete bis 10.30 Uhr, suchte den Horizont ab und fragte mit harmlos klingenden Worten ein aus Brindisi kommendes Frachtschiff, ob es der »MS Budva« begegnet sei.

»Nein!« funkte das Schiff zurück. »Nicht gesehen.«

Der staatliche Reederei-Sekretär wurde rot und begann kalt zu schwitzen. »Geben wir Alarm, Genosse«, sagte er mit belegter Stimme. »Ich bin verantwortlich für die Schiffe. Man wird mir in Belgrad die Hose ausziehen, wenn ich nichts tue. Geben Sie Alarm, Genosse. Zunächst nur die Flugstaffel. Der Mistkahn muß Havarie haben. Wer weiß, wo er herumschwimmt. Sinken kann er nicht, bei diesem Wetter. O Gott, es lohnt sich nicht, ein paar tausend Dinare zu verdienen, wenn man dafür weiße Haare bekommt...«

Der Hafenkommandant wartete noch bis 11 Uhr, dann rief er den Militärflugplatz Zelenika an. Drei Aufklärer starteten sofort, überflogen Dubrovnik und drehten dann auf das Meer ab.

»Diese Aufregungen!« sagte der Reederei-Sekretär. »Ist es ein Wunder, Genosse, wenn ich magenkrank bin?«

Um 11.12 Uhr begann der Telegraf zu ticken. Der Hafenkommandant und der staatliche Reederei-Sekretär sahen wie gebannt auf den Streifen, der aus dem Telegrafen rasselte.

»Die ›Budva‹...« stöhnte der Sekretär. »Jetzt funkt das Miststück, wo die Flugzeuge unterwegs sind.«

»Sie haben Maschinenschaden.« Der Hafenkommandant riß den Morsestreifen ab und las die Funkmeldung. »Eine Turbinenwelle gebrochen. Treiben auf dem Meer. Haben versucht, den Schaden selbst zu reparieren. Bitten um Abschlepp.«

Der Kopf des Reederei-Sekretärs war rot wie ein Winterapfel. »Warum erst jetzt?« schrie er. »Warum melden sie es nicht gleich, Genosse? Den Kapitän lasse ich strafversetzen. Ins Zuchthaus kommt er. Ein Abschleppschiff! Vor heute abend können sie gar nicht in Dubrovnik sein. Diese Blamage! In allen Zeitungen wird es stehen. Und dazu mein Name. Mit dem Kopf an die Wand sollte man rennen!«

Er rannte hinaus, hinüber zur Sprechfunkanlage. Nach zehn Minuten war er wieder da, ein wenig bedrückt und mit einem zerknitterten Gesicht. Der Hafenkommandant hatte unterdessen Verbindung mit den Suchflugzeugen. Er saß, Kopfhörer um die Ohren, an einem Schaltpult und regulierte den Ton.

»Sie überfliegen die ›Budva‹«, sagte er, als der Sekretär eintrat. »Sie treibt ungefähr auf der Mitte der Strecke. Alles scheint wohlauf. Die Beobachter melden, daß auf einem Deck Kricket gespielt wird, und auf dem anderen Deck tanzen sie. Tolle Stimmung, Genosse!«

»Sie tanzen! Alles in Ordnung.« Der Sekretär fiel auf einen Stuhl und wischte sich den perlenden Schweiß vom Gesicht. »Ich habe mit dem Kapitän gesprochen, der Teufel zerreiße ihn! Eine Schießerei hat's gegeben, einen Irren, der sich erhängt hat, und zwei Tote durch Krebs. Die Maschine ist völlig hinüber, ein Hauptkabel durchgebrannt, und das Schiff manövrierunfähig.«

»Das reicht, Genosse!« Der Hafenkommandant nahm die Kopfhörer ab und legte sie neben sich. »Mit dieser Liste sind Sie rehabilitiert. Das ist eine Ansammlung von höherer Gewalt, die zwingend ist.«

»Ich habe es schon nach Belgrad gemeldet.« Der Reederei-Sekretär sah traurig über das in der Sonne herrlich leuchtende blaue Meer. »Zwei Schlepper sind unterwegs zur ›Budva‹. Sie, Genosse Mirko, werden gleich Befehle vom Kommandanten in Mostar bekommen. Bevor die Passagiere an Land dürfen, soll eine genaue Untersuchung der Vorfälle stattfinden. Die ›Budva‹ soll außerhalb des Hafens ankern. Miliz wird an Bord gehen. Man wird einen gewaltigen Wirbel machen.«

»Und die Kranken an Bord, die nach Sarajewo wollen?«

»Weiß ich es?« Der Sekretär hob hilflos die Schultern. »Ordnung ist alles! Und Befehle soll man nicht überdenken. Oder sind Sie anderer Ansicht, Genosse?«

»Nein!« Der Hafenkommandant setzte den Kopfhörer wieder auf. »Ich werde erst einmal dafür sorgen, daß Särge und ein Lastwagen am Hafen sind, wenn die ›Budva‹ einläuft. Und die Genossen vom Leichenkeller des Krankenhauses müssen auch Bescheid wissen.« Der Hafenkommandant lehnte sich zurück und sah an die weißgetünchte Decke. »Wann hört dieser Blödsinn eigentlich auf, in Sarajewo auf Wunder zu warten...?«

Der Maschinist Julius Scheible war ein untersetzter, blonder, etwas bulliger Mann mit dicken Muskeln an den Armen und einer plattgedrückten Nase. Er hatte das Haar kurz geschnitten wie ein Igel, und die Hände, die den schweren Hammer umklammert hielten, waren voll Öl und Maschinenfett.

Er stand in dem offenen Schott, sah hinaus auf den Gang und hob den Hammer, als Frank Hellberg einen Schritt nach vorn machte.

»Stehenbleiben, Freundchen!« sagte Julius Scheible. »Sonst knallt's aufs Hirn!«

»Laß die großen Sprüche, Junge.« Hellberg lehnte sich an die eiserne Gangwand. »Leg' das Hämmerchen weg und spiel' keinen Samson! Du siehst, die Weiber sind weg, und wir zwei können uns wohl vernünftig unterhalten, was?«

»Wer sind Sie?« fragte Scheible und ließ den Hammer sinken.

»Frank Hellberg. Ich bin Journalist.«

»Auch das noch!« Scheible verzog das Boxergesicht. »Zwei Typen gibt's, die ich nicht mag: Politiker und Journalisten. Die einen machen Mist, und die anderen drucken ihn auch noch ab.«

Frank Hellberg lachte. »Schlechte Erfahrungen mit beiden gemacht?« fragte er dann.

»Sehr schlechte.« Julius Scheible setzte sich auf den erhöhten Rand der Schottentür. Den Hammer legte er abwehrbereit auf seine Knie. »Sie haben den Chef kaltgestellt?«

»Ja. Wundert Sie das?«

»Nein.«

»Sie wissen, was auf dem Schiff los ist?«

»Natürlich.«

»Mensch, wollen Sie auch ins Zuchthaus?«

»Ich habe mich nur um die Maschinen gekümmert... das sind mildernde Umstände. Und im übrigen ist das hier alles Scheiße. Glauben Sie, ich hocke hier freiwillig unter der Meeresoberfläche?«

Frank Hellberg sah den Mann mit der eingeschlagenen Nase erstaunt an.

»Sagen Sie bloß noch, Sie seien auch von Saluzzo entführt worden.«

»Nicht gerade.« Julius Scheible wischte sich die Nase mit dem Handrücken. »Das ist eine lange Geschichte, lieber Journalist.«

Er grinste. Das Wort tat ihm gut. »Ich bin in Stuttgart geboren, in Berlin aufgewachsen, in Köln in die Fürsorge gekommen und in Flensburg zum erstenmal in den Knast. Beim Militär habe ich mehr im Bau gesessen als in der Kaserne, im Krieg habe ich Partisanen ausgeräuchert, nach dem Krieg kam mir ein Schupo auf dem Schwarzmarkt in die Quere, den habe ich krankenhausreif geschlagen. Dann ab über den Rhein nach Kehl. Meldebüro der Fremdenlegion. Angenommen. Marseille. Sidi-bel-Abbès in Algerien, Indochina, zurück in die Wüste nach Ghardaia, Flucht nach Tunis, in Abwesenheit in Frankreich zum Tode verurteilt. Und in Tunis heuert mich Saluzzo als Maschinist an, erfährt, wer und was ich bin, zeigt mir das Todesurteil und sagt: Mein Lieber, wenn du nicht klein wie ein Mäuslein bist, liefere ich dich an die Franzosen aus.« Julius Scheible leckte sich über die Lippen. »Na, mein kluger, studierter Junge... was hättest du getan? Tanzen, wie Saluzzo flötet, oder sich in Frankreich erschießen lassen? Mir ist es seitdem Wurscht, was oben an Deck passiert... wenn man nur mich hier unten in Ruhe läßt!«

»Das ist ein Roman für sich«, sagte Hellberg leise.

»Blas was auf deinen Mistroman! Was habt ihr mit dem Chef und seiner Bande vor?«

»Ich will sie der Polizei abliefern. Aber dazu mußt du erst den Kahn laufen lassen.«

»Welcher Polizei?«

»Irgendeiner.«

»Die Welt ist tatsächlich voller Idioten! Könnt ihr Saluzzo was nachweisen? Ein Schiff voller Weiber? Ist das ein Beweis? Der kann beweisen, daß er jeden Tag massenweise Kaviar frißt und dadurch überpotent ist! Da kannste gar nichts machen!« Julius Scheible wiegte den schweren Hammer in seinen öligen Händen. »Das Ganze ist mir zu unsicher. Am sichersten ist, ich gehe hinauf und hämmere dem Boß das Hirn auf.«

»Nein!« sagte Hellberg hart. »Keinen Mord!«

»Dann leck' mich!« schrie Scheible und erhob sich. »Sieh zu, wie du den Kahn zum Laufen bekommst.«

Frank Hellberg zog die Pistole aus der Tasche, aber sie machte gar keinen Eindruck auf Scheible. Er lachte breit und schüttelte den dicken Kopf.

»Junge, spiel' keinen Film ab! Knall doch! Dann fall' ich um, und ihr könnt hundertprozentig auf diesem Kahn verdorren wie

Bratäpfel. Ohne Julius fährt nichts.« Er drehte sich um und ließ den Hammer in seiner Hand pendeln. »Gib den Chef her, und in fünf Minuten rauscht ihr durchs blaue Meer.«

»Nein!« sagte Hellberg noch einmal. »Solange ich es verhindern kann, geschieht auf dem Schiff keine Untat mehr.«

»Dann balsamiere dich ein mit deiner Humanität!« schrie Julius Scheible und warf die Schottentür hinter sich zu. Der Knebelverschluß knirschte. Hellberg hörte noch, wie Scheible den Hammer in eine Ecke warf und dann wegging zu den schweigenden Maschinen.

Langsam stieg Hellberg die Treppe wieder hinauf, wo die Mädchen unter Leitung Claudias dabei waren, das Deck aufzuräumen. Durch das Fenster der kleinen Barküche starrten die beiden Stewards auf Hellberg und warteten anscheinend auf das Wunder, Saluzzo kommen zu sehen.

»Wir müssen die Nerven behalten«, sagte Hellberg oben auf der Brücke und setzte sich erschöpft neben Juanita. »Vielleicht denkt er jetzt nach und sieht ein, daß es besser ist zu fahren, als hier zu verfaulen.«

»Wir könnten die Nacht abwarten und Leuchtkugeln schießen. Vielleicht sieht uns einer. Auf jedem Schiff sind solche Notpistolen.«

»Und wenn wir weit ab von allen Schiffsrouten sind? Wenn wir mit diesen Signalen nur die ›Geschäftsfreunde‹ Saluzzos anlocken?«

Juanita hob die schönen Schultern. »Das kann sein. Aber wissen Sie einen anderen Rat?«

Als ob die Frage so laut gewesen wäre, daß man sie bis in den letzten Schiffswinkel hätte hören können, klopfte es wie zur Antwort an dem Sprachrohr. Julius Scheible meldete sich.

»Hören Sie!« sagte er, als Hellberg sich über den Trichter beugte und »Was wollen Sie noch?« hinunterrief. »Ich habe eine Frage.«

»Dann machen Sie schnell, denn ich habe die Absicht, mit Saluzzo zu verhandeln.«

»Sind Sie verrückt?«

»Nein, aber auch nicht lebensmüde. Wenn Saluzzo uns zusichert, uns an Land zu bringen, lasse ich ihn frei.«

»Das ist doch ein Witz!« schrie Julius Scheible.

»Mein vollster Ernst.«

»Ich habe einen anderen Vorschlag.«

»Ich höre.«

»Ich lasse die Maschinen wieder an. Und Sie geben mir Ihr Ehrenwort, mich ohne weitere Fragen laufenzulassen, wenn wir irgendwo anlegen.«

»Ehrenwort von einem verhaßten Journalisten?«

»Lassen wir den Blödsinn, Hellberg. Sie wissen, wie's gemeint war. Also, wie ist's?«

Hellberg zögerte, dann sagte er: »Gut, Julius. Wenn wir glücklich landen, können Sie abhauen wie ein Hase aus der offenen Falle.«

»Danke! Ich revidiere mein Urteil: Journalisten sind auch Menschen...«

Sekunden später ging ein Zittern durch den Leib der weißen Jacht. Die Motoren dröhnten auf, die beiden Schrauben wühlten das blaue Wasser zu weißer Gischt auf. Einen Ruck gab es, und dann schnitt der schlanke Kiel in die sanften Wellen.

»Wir fahren!« schrie Juanita und stürzte zum Ruder. »Wir fahren!« Sie fiel Hellberg um den Hals und küßte ihn wild. »Wir fahren...«

Über das Deck scholl vielstimmiger Jubel. Die Mädchen umarmten sich und tanzten umeinander. Claudia rannte die Brücke hinauf und fiel in die ausgebreiteten Arme Franks.

»Wir sind gerettet, Liebling!« rief sie. »Wir fahren zurück ins Leben!«

»Und wir werden ab jetzt für immer... für immer zusammenbleiben. Ich liebe dich, Claudia...«

»Und du bist meine ganze Welt, Frank!«

Die schöne, weiße, stolze Jacht rauschte durch das blaue Meer. Juanita lenkte sie nach dem Kreiselkompaß, fuhr einen weiten Bogen und nahm Kurs nach Nordosten.

Delphine jagten neben ihnen her, sprangen aus dem Wasser, und die Sonne ließ ihre nassen Leiber wie blankes Silber leuchten. Auf dem Deck sangen und tanzten noch immer die Mädchen.

»So, das wäre geschafft«, sagte Hellberg und löste sich aus den Armen Claudias. »Jetzt müssen wir uns um Saluzzo und die anderen Burschen kümmern. Ich nehme an, daß ihnen der Ätherrausch schwer im Magen liegt.«

Am Sprachrohr klopfte es wieder. Hellberg nahm den Stopfen ab und klopfte zurück.

»Danke, Julius! Was gibt's?« rief er in den Maschinenraum hinunter.

»Wo sind wir?« fragte Julius Scheible.

»Wenn ich das wüßte! Warum? Irgendwo auf dem schönen Mittelmeer...«

»Alles Scheiße mit Soße!« schrie Scheible zurück. »Sieh mal auf die Kontrolluhr! Wir haben nur noch für fünf Stunden Brennstoff.«

»Verdammt!« sagte Hellberg leise.

»Und wenn ihr immer mit voller Kraft fahrt, reicht's nur drei Stunden.«

»Und dann, Julius?«

»Dann können wir ein Damenkaffeekränzchen aufmachen und warten, bis uns ein Mann vom Jungferndasein erlöst.«

Hellberg trat vom Sprachrohr zurück. Ihm war gar nicht zum Lachen zumute. Stumm starrte er über das sonnenglänzende Meer. Noch drei Stunden Brennstoff. Und dann?

Der Weg zurück ins Leben endete wieder im Nichts...

Über der »MS Budva« kreisten die drei Aufklärungsflugzeuge der jugoslawischen Luftflotte. Die Menschen auf den Decks winkten ihnen zu, mit Händen, Taschentüchern und Handtüchern. Die Bordkapelle spielte Tanzmusik. Der I. Ingenieur hatte eine glorreiche Idee gehabt: Er ließ mit drei dicken Schläuchen Wasser aus dem Meer in das Schwimmbecken pumpen. Die ersten Männer und Frauen in Badeanzügen warteten schon am Rand, bis das Becken wenigstens nabelhoch gefüllt war. Ein fröhliches Leben war auf dem Schiff. Man genoß den sonnendurchtränkten Zwangsaufenthalt auf dem Meer wie ein überraschendes Geschenk.

Nur unter Deck, in den Kabinen der Schwerkranken, machte man sich Sorgen. Bei ihnen ging es um jeden Tag, ja um jede Stunde. Sie waren nicht mehr zu heilen, jeder sah es, aber sie klammerten sich mit einer erschütternden Kraft an den Glauben, in Sarajewo würde die Wunderdroge HTS sie von den Bahren lösen und sie das Gehen wieder lehren.

Erika Haußmann hatte die große, nervliche Belastung der letzten Stunde überstanden. Die Tür hatte man mit Brettern notdürftig abgedichtet, vor das zerschossene Bullauge hatte man eine Pappscheibe genagelt. Nun war es dunkel im Zimmer, und man mußte den ganzen Tag über das Licht brennen lassen.

Karl Haußmann hatte sich gewaschen, und auch Erika hatte sich umgezogen und ein neues Kleid genommen, als es an die Bretter der zerschlagenen Tür klopfte. Haußmann öffnete sie einen Spalt und sah draußen den jungen Engländer von nebenan stehen, den Begleiter der lebenden Mumie, des Greises, der nicht sterben konnte und wollte und dessen Herz stärker war als sein übriger Körper.

»Verzeihen Sie, mein Herr«, sagte er in einem fließenden, fast akzentfreien Deutsch, wie man es auf englischen Colleges lernt, »wenn ich Sie trotz der vergangenen Ereignisse auch noch belästige, aber mein Onkel, Lord James William Rockpourth, möchte mit Ihnen sprechen. Wenn Sie ein paar Minuten Zeit übrig hätten... mein Onkel wünscht die Unterhaltung, und wenn Sie meinen Onkel kennen würden, sähen Sie ein, daß alle Gegenargumente vergeudete Zeit sind. Ist es Ihnen möglich, Sir?«

»Aber ja... ja...« sagte Karl Haußmann verwirrt. »Ich weiß nicht... Was soll ich... Ihr Onkel... Lord Rock...« Er dachte an den Mann auf der Trage, das Gesicht, ein pergamentüberzogener Totenschädel.

»Mein Onkel ist aus seiner Agonie erwacht. Das geht seit zwei Monaten so. Soviel ich hören konnte, geht es ihm um sein Testament. Um einen Letzten Willen... Er hat bisher genau siebzehn Letzte Willen ausgedrückt.« Der elegante, junge Engländer lächelte verzeihend. »Wenn Sie es möglich machen könnten, Sir.«

»Natürlich. Ja.« Karl Haußmann zog seine Jacke an und kontrollierte noch einmal den Sitz seiner Krawatte. »Ich komme selbstverständlich.«

»Ich gehe mit«, sagte Erika hinter Karl. »Ich habe Angst davor, noch einmal allein zu sein...«

»Bitte!« Der junge Engländer trat höflich zur Seite. »Mein Onkel ist von dem Schuß durch das Fenster aus der Agonie erwacht. Er hat wie ein heilender Schock gewirkt. Er wird sich freuen, Sie kennenzulernen, Mrs. Haußmann.«

Karl Haußmann nickte verwirrt. Er faßte Erika unter, und sie gingen hinüber zur Nachbarkabine.

Als der junge Engländer die Klinke herunterdrücken wollte, flog die Tür von innen auf, und Dr. Mihailovic stürzte in den

Gang. Er hatte eine noch volle Injektionsspritze in der Hand und war betrunken. Aus der Kabine tönte die fluchende Greisenstimme des lebenden Toten.

»Umbringen wollen Sie mich!« schrie der alte Engländer. »Aber ich lebe! Ha! Ich lebe weiter! Und ich werde in Sarajewo die Pillen schlucken, pfundweise, jawohl.«

Dr. Mihailovic sah Haußmann, den Neffen des Tobenden und Erika aus wäßrigen Augen an. Sein Mund zitterte, als wolle er weinen. Dann zuckte er mit den Schultern, steckte die Spritze einfach in seine Jackentasche und rannte weiter, hinauf an Deck.

Der junge Engländer lächelte mokant.

»Sie sehen, Sir, wie munter mein Onkel ist. Darf ich bitten einzutreten!«

Lord James William Rockpourth saß in seinem Bett, gestützt von einem Berg zerknüllter Kissen. Sein Totenschädel mit der pergamentenen Haut saß auf einem erschreckend dünnen, faltigen Hals. Darunter begann ein dicker Morgenmantel, der den schon mumienähnlichen Körper ganz einhüllte. Der Lord winkte mit beiden Händen, als er Haußmann und Erika sah, und zeigte auf zwei Sessel, die neben dem Bett standen.

»Kommen Sie bitte näher«, sagte er mit dem gleichen, gepflegten Deutsch, das auch sein Neffe sprach. »Und du gehst hinaus, Robert.«

»Onkel James...«

»Hinaus« brüllte der Greis.

Robert hob die Schultern und sah Haußmann vielsagend an. Er wandte sich ab, aber an der Tür blieb er noch stehen.

»Ich darf dich daran erinnern, Onkel James, daß die Herrschaften zu dem gleichen Zweck auf dem Schiff wie...«

»Hinaus!« schrie Lord Rockpourth und wedelte mit den Skeletthänden.

»Ich warte vor der Tür«, sagte der Neffe Robert leise beim Hinausgehen, »es kann sein, daß er in fünf Minuten wieder in Agonie fällt. Rufen Sie mich dann bitte, Sir.«

»Natürlich, natürlich...« stotterte Haußmann verwirrt. Dann griff er nach hinten, nahm die kalte Hand Erikas und ging zu den angebotenen Sesseln ans Bett.

Lord Rockpourth musterte Haußmann mit grauen, ungemein lebendigen Augen, die gar nicht zur Verfassung seines Körpers paßten. Es waren die Augen eines Mannes, der zeit seines Lebens nur befohlen hatte.

»Ich hörte, Sie sind Deutscher?« sagte er und nickte dabei Erika zu.

»Ja, mein Herr.« Haußmann dachte krampfhaft darüber nach, wie man einen Lord anredet. Mylord, das kannte er. Aber da er sich nicht sicher war, ob es hierher paßte, unterließ er es.

»Nennen Sie mich James«, sagte Lord Rockpourth.

»Aber ich kann doch nicht...« Haußmann warf einen Seitenblick auf Erika.

»Wir sitzen nicht nur im gleichen Schiff, sondern auch im gleichen Boot des Schicksals.« Lord Rockpourth lehnte sich etwas zurück. »Man hat mir gesagt, ich sei unrettbar an Krebs erkrankt. Pankreaskrebs, eine gemeine Art des Krebses. Wenn man ihn entdeckt, ist es zu spät. Alle Sprüche von Früherkennung sind Blödsinn. Ich hatte die besten Ärzte, sie haben meinen Bauch jahrelang geröntgt, fotografiert, durchleuchtet. Alles nervös, sagten sie. Sie sind kerngesund, Mylord. Und was bin ich wirklich? Sehen Sie mich an! Ist es denkbar, daß ich einmal zehn Preise im Reitturnier gewonnen habe? Parforcejagden habe ich geritten, wie ein roter Teufel. Nun, wo es zu spät ist, sagen sie die Wahrheit... und heben dumm die Schultern. Aber ich gebe nicht auf, mein Bester. Ein Lord Rockpourth gibt nie auf! Seit einem Jahr fahre ich durch die Welt. Wo ein neues Mittel gegen den Krebs angeboten wird, wo man forscht, wo ein Funken Hoffnung glimmt, bin ich da. Ich habe bisher 200 000 Pfund dafür ausgegeben. Nun geht es nach Sarajewo.« Lord Rockpourth zog den Totenschädel noch weiter in die Kissen hinein. »Glauben Sie an das HTS?«

»Ja«, sagte Haußmann fest. »Wären wir sonst auf dem Schiff?«

»Sie sehen blühend aus, Mrs. Haußmann.« Lord Rockpourth schüttelte den Kopf. »Welcher Idiot hat Ihnen einen Krebs angedichtet?«

»Wir haben die Röntgenbilder gesehen«, sagte Erika ohne Erregung in der Stimme. Für sie war die Krankheit nun eine Tatsache, mit der man fertig werden mußte. Was halfen Klagen und Panik, Angst und Tränen? Sie war noch jung, ihr Körper hatte noch die Kraft, sich gegen die Krankheit zu stemmen, und wenn die Pillen des Dr. Zeijnilagic auch nur eine kleine Wirkung haben würden... vielleicht genügte das als Initialzündung, um den Tod in ihr zu besiegen. Ganz fest glaubte sie nun daran.

»Es ist lächerlich, aber auch ich glaube an dieses HTS.« Lord Rockpourth klopfte die Bettdecke um sich flach und strich sich dann über den Mumienkopf. »Ein Vermögen habe ich für Scharlatane und Großsprecher ausgegeben. Ich habe Rote-Beten-Saft gesoffen, habe mich magnetisieren lassen, bin bestrahlt worden und habe Tränke geschluckt, die wie Jauche schmeckten. Von den Pillen, Tabletten, Dragees und Pülverchen wollen wir gar nicht sprechen. In Japan war ich und habe Bambusgraspulver gefressen, und ein französischer Arzt kam zu mir und beschien mir 14 Tage lang meine Bauchdecke mit einer blauen Lampe. Dann schmiß ich ihn 'raus! Ja, und nun ist es soweit, daß meine Verwandtschaft, die sich seit drei Jahren versammelt, um meinen Tod zu sehen und auf ihr Erbe zu warten, mich für einen Verrückten hält, der sein Vermögen zum Fenster hinauswirft. Auch mein Neffe Robert, der elegante Robert, Sie kennen ihn. Mein Lieblingsneffe, aber ein Windhund. So windig, wie ich in der Jugend war – darum mag ich ihn. Ich habe den Verdacht, daß er im Auftrage meiner jüngeren Brüder und vor allem deren Frauen handelt und es verhindern will, daß ich Sarajewo erreiche. Er hetzt mir diesen Dr. Mihailovic auf den Hals, der in seinem Suff noch nicht einmal meine Armvene findet! Und er tut alles, um mir klarzumachen, daß ich zu sterben habe, weil ich reif dazu bin. Ha!« Der Totenschädel begann wild zu schwanken. »Ich lebe noch! Und ich werde weiterleben! Sarajewo, ich spüre es, wird mich retten.«

Lord Rockpourth sah Karl Haußmann und Erika lange an, ehe er weitersprach. Haußmann schwieg. Was sollte man darauf sagen? Ein Sterbender klammert sich an die große Hoffnung. Auch hier war es wieder deutlich: Niemand, außer einem Lungenkranken, glaubt so sehr an eine Gesundung wie ein Krebskranker. Verstohlen sah er zur Seite auf Erika. In ihren Augen las er, daß sie den alten Lord verstand.

»Können wir Ihnen helfen?« fragte Haußmann, obgleich er nicht wußte, wie.

»Ja, Mr. Haußmann. Das können Sie!« Lord Rockpourth sah zur Tür. Seine Stimme wurde etwas gedämpfter. »Zwei Dinge sind es. Zeit meines Lebens war ich von Dienern und Liebedienern umgeben, von Freunden, die mich ausnützten, und von

Verwandten, die mir um den Bart strichen. Echte Freunde, wo gibt es die, Mr. Haußmann? Ich lernte sie nur einmal kennen: damals, in Südafrika, beim Burenkrieg, wo ich als kleiner Junge von Soldaten befreit wurde und mit ihnen durch die Steppen zog. Seitdem war alles nur ein Nicken vor meinem Reichtum. Sie sind anders, ich sehe es Ihnen an. Ich habe Sie beobachtet, als wir aufs Schiff gingen. Ihre Gattin lag auf einer Trage wie ich; es war ein guter Trick, Mr. Haußmann.«

»Für die Rettung meiner Frau gehe ich in die Hölle!« sagte Haußmann etwas pathetisch. Lord Rockpourth lächelte. Es sah schrecklich aus.

»Brauchen Sie Geld, Mr. Haußmann?«

»Nein!« sagte Haußmann laut. »Ich bin Fabrikant.«

»Würden Sie – zusammen mit meinen Anwälten Gibson & Gibson & Sohn – darauf achten, daß mein Testament vollstreckt wird und daß ich vor allem, falls ich wieder die Besinnung verlieren sollte, nach Sarajewo zu diesem Dr. Zeijnilagic gebracht werde? Auf dem schnellsten Wege. Man kann nämlich nach Sarajewo in ein paar Stunden und in ein paar Tagen fahren. Ich möchte in ein paar Stunden da sein, wenn wir in Dubrovnik landen. Ich setze Ihnen dafür 10 000 Pfund aus, das sind fast 110 000 Deutsche Mark!«

Haußmann dachte an den vor der Kabinentür wartenden Neffen Robert und an alles das, was kommen konnte, wenn er jetzt versprach, dafür zu sorgen. Er wandte sich zu Erika, und sie nickte ihm leicht zu. Tue es, sagte ihr Blick. Wenn ich so hilflos daläge wie er...

»Wie stellen Sie sich das vor, Mylord?« sagte Haußmann ausweichend. »Was sollte ich tun?«

»Ich übergebe Ihnen mein letztes Testament. Sollte ich wider Erwarten doch sterben, so reichen Sie es an Gibson & Gibson & Sohn weiter und sagen Sie unter Eid aus, daß ich es im Vollbesitz meiner geistigen Kräfte aufgesetzt habe. Man wird es nämlich anfechten. Meine Schwägerinnen sind Aasgeier! Sterbe ich nicht vor Sarajewo, dann begleiten Sie mich zu Dr. Zeijnilagic und beschaffen mir die HTS-Kapseln. Verlassen Sie mich nicht, gehen Sie nicht von meiner Seite!«

»Ich... ich will es versuchen«, sagte Karl Haußmann zögernd nach einem neuen Blick zu Erika. »Wenn Sie Ihren Neffen darüber informieren...«

»Das werde ich!« Lord Rockpourth lächelte wieder, ein grinsender Totenschädel. »Er ist ein lieber Junge, der Robert. Aber seine Mutter, Lady Harriet, die Frau meines jüngsten Bruders... eine Bestie ist sie. Und er steht ganz unter ihrem Einfluß, das Muttersöhnchen.« Der Greis steckte Haußmann seine Knochenhand entgegen. »Kann ich mich darauf verlassen, Mr. Haußmann? Sie sehen, wie allein ein alter, reicher Mann sein kann, wenn er sterben soll, aber nicht sterben will! Ich wünsche keinem dieses Schicksal.«

Und Karl Haußmann nahm die Hand Lord Rockpourths und drückte sie stumm.

Er übernahm damit eine Aufgabe, deren Schwere er noch nicht ahnte.

Nach drei Stunden Fahrt, immer in nordöstlicher Richtung, klopfte es wieder am Sprachrohr. Julius Scheible meldete sich.

»Noch für eine halbe Stunde Brennstoff!« rief er. »Kein Land in Sicht?«

»Nichts!« Frank Hellberg wandte sich an Juanita Escorbal, die die Jacht seit Stunden auf gleichem Kurs hielt. Ein bewunderungswürdiges Mädchen, dachte er. Im Ruderhaus glüht die Sonne, und sie steht da, starrt über das blaue, flimmernde Meer und auf den Kompaß und scheint Nerven wie Stahl zu haben. Wie hoffnungslos, wie verzweifelt war sie noch vor wenigen Stunden in ihrem Luxusgefängnis!

Die anderen Mädchen lagen unter dem Sonnensegel und ruhten sich aus. Claudia war unter Deck gegangen, in die kühlere Kabine. Sie hatte wieder einen Hustenanfall bekommen, und ihr schmaler, zerbrechlicher Körper wurde hin und her geschüttelt.

Ich liebe sie, dachte Hellberg. Bei Gott, wenn man sie retten könnte, wenn es wirklich ein Mittel gäbe, diese Krankheit zu besiegen... Wir müssen nach Sarajewo kommen! Wir müssen!

»Hat außer Foramente noch einer eine Ahnung, wie man den Standort bestimmt?« rief Hellberg hinunter in den Maschinenraum. Julius Scheible antwortete sofort.

»Nee! Keiner! Das machte ihn ja für Saluzzo so unentbehrlich.« Scheible hustete. »Wenn wir Land sehen, wie wird das überhaupt?«

»Wie ich es dir gesagt habe. Du kannst hingehen, wohin du willst. Die Mädchen werden sich bei der nächsten Behörde melden, und Saluzzo mit den anderen Gaunern kommt hinter Schloß und Riegel.«

»Ich habe keinen Pfennig Geld...«

»Bevor wir landen, wirst du genug bekommen, um dich irgendwohin durchzuschlagen. Ich verspreche es dir, Julius.«

»Dann seht mal zu, daß ihr Land bekommt!«

Frank Hellberg steckte den Stöpsel auf das Sprachrohr und begab sich nach unten zum Krankenraum. Er schloß die Tür auf und wurde von einem Knurren und unverständlichen Schimpfen empfangen. In den Fesseln bäumten sich Saluzzo und Foramente auf und versuchten, die Knebel von den Mündern zu drücken.

Hellberg wandte sich zuerst an Saluzzo. Er band das Tuch von dem wutverzerrten Gesicht und setzte sich neben dem Gefesselten auf einen Schemel.

»Sie Idiot!« keuchte Saluzzo. »Sie Phantast! Nun kommen Sie sich als der Herr der Lage vor. Aber einmal werden Sie ja anlegen müssen, und es gibt niemanden an der Küste, der Saluzzo und sein Schiff nicht kennt. Was glauben Sie, was man mit Ihnen machen wird?«

»Sparen wir uns alle Schimpfereien, Saluzzo.« Hellberg sah hinüber zu Foramente, der jetzt still lag und ihnen zuhörte, obgleich er kein Deutsch verstand. Der I. Steward schlief; die Versuche, sich aus den Schnüren zu befreien, hatten ihn ermüdet. »Wir fahren seit drei Stunden übers Meer, ohne Orientierung, nur nach Kompaß. Wir wissen nicht, wo wir sind.«

»In der Hölle!« schrie Saluzzo.

»Vielleicht. Aber Sie braten mit, das ist es. In einer halben Stunde ist der Brennstoff verbraucht, dann treiben wir hier herum, und wenn wir abseits einer befahrenen Gegend sind, können wir verhungern und verdursten. Es ist Ihnen doch klar, daß aller Wasser- und Eßvorrat erst unter den Mädchen verteilt wird, ehe Sie drankommen. Helfen Sie uns also nicht, werden Sie zuerst verhungern.«

Saluzzo schwieg und starrte an die weiße, lackierte Decke. Er überlegte. Was Hellberg sagte, war nicht widerlegbar. Aber aus einer verzweifelten Lage kann man Kapital schlagen.

»Was wollen Sie, Hellberg?« fragte Saluzzo, wieder völlig ruhig, ja überlegen.

»Sagen Sie Foramente, daß ich ihn gleich losbinde und mit an Deck, zum Ruder, nehme. Er soll den Standort bestimmen und dann auf einen Kurs gehen, der uns in Landnähe bringt. Ob es noch reicht, weiß ich nicht. Auf jeden Fall soll er in ein Gebiet fahren, wo wir gesehen werden können.«

Saluzzo hob den Kopf. Hellberg tippte ihn auf die Schulter, bevor Saluzzo anfing, zu sprechen.

»Noch eins: Sagen Sie Foramente keinen Blödsinn! Ich habe mir erzählen lassen, daß Verdursten noch schrecklicher ist als Verhungern. Sie alle bekommen den nächsten Tropfen Wasser erst, wenn Foramente bewiesen hat, daß er das Schiff auf richtigen Kurs gebracht hat.«

»Sie sind ein eiskalter Bursche, Hellberg.« Saluzzo sah hinüber zu Foramente. Und dann sprudelten italienische Worte zwischen den beiden Männern, eine Flut von schnellen Sätzen, in denen Hellberg keinen Sinn sah. »Es ist gut«, sagte Saluzzo nach diesem Feuerwerk von Worten. »Sie können Foramente mitnehmen. Ich habe ihm genaue Anweisungen gegeben.«

»Wir wollen es sehen, Saluzzo.«

Hellberg beugte sich über Luigi Foramente, löste die Fesseln und wartete dann, die Pistole in der Hand, bis sich der schlanke, schwarzgelockte Kapitän gestreckt und die Glieder gerieben hatte. Als Foramente zur Tür ging, trat Hellberg zur Seite, ließ ihn auf den Gang gehen, schloß dann die Tür des Sanitätsraumes wieder ab und winkte mit der Pistole nach oben.

Auf der Brücke sah Foramente mit einem schiefen Lächeln Juanita Escorbal an und warf einen kurzen Blick auf den Kreiselkompaß.

»Die Richtung stimmt!« sagte Juanita hart. »Vor uns ist entweder die griechische oder die jugoslawische Küste.«

Stumm nahm Foramente aus einem Holzkasten einen Sextanten, trat hinaus auf die Treppe und schoß die Sonne an. Schon immer war es Hellberg ein Rätsel gewesen, wie man mit diesem Gerät den genauen Standpunkt auf dem Meer berechnen konnte. Auf dem Gymnasium hatte man es zu erklären versucht, aber nie hatte er es begriffen. Nun sah er, wie Foramente auf dem Halbkreisbogen des Gerätes eine Zahl ablas, zurückging zur Seekarte und mit einem Bleistift ein kleines Kreuz machte.

»Prego...« sagte er voll Spott zu Hellberg und zeigte auf das Kreuz. Auch Juanita ließ das Steuerrad los und trat heran.

»Wie weit bis zur Küste?« fragte sie.

»Bis Ulcinj, das liegt am nächsten, noch 4 Stunden.«

»Und Treibstoff für eine halbe Stunde!«

Foramente hob die Schultern. Über sein Playboy-Gesicht lief ein ironisches Lächeln. »Ist es meine Schuld? Aber wenn Sie Kurs auf die Küste halten – ich richte Ihnen den Kurs ein – können wir in ein Gebiet kommen, wo uns jugoslawische Thunfischfänger sehen.«

»Bitte...«

Juanita beobachtete den Kompaß, als Foramente ein paar Drehungen am Steuerrad machte und dann die weiße, schnelle Jacht gegen die Sonne laufen ließ.

»Das ist es!« sagte er und trat zurück, die Hände auf dem Rücken. Dann sah er Hellberg an, mit der Frage in den Augen, was nun weiter geschehen sollte.

»Kommen Sie mit!« sagte Hellberg und winkte, da Foramente ihn doch nicht verstand. Er führte ihn zum Bug, wo Saluzzo immer seine Speisetafel aufgeschlagen hatte, und zeigte auf einen Teller mit Früchten, Weißbrot und Butter. Daneben stand ein großes Glas Orangensaft.

Foramente zögerte, doch dann stürzte er sich heißhungrig wie ein eingesperrtes Raubtier auf das Brot, legte die Butter darauf, aß mit würgendem Schlucken und trank mit einem Schluck das halbe, große Glas leer.

Einen Augenblick nur war Hellberg unvorsichtig, und Foramente nutzte es sofort aus. Aus dem Kabinengang kam Claudia, und Hellberg drehte sich halb herum und sah ihr entgegen. Er wollte ihr zuwinken, aber ihr Aufschrei warnte ihn.

»Frank!« schrie sie. »Hinter dir...«

Hellberg warf sich herum. Ein brennender Schmerz durchfuhr seinen linken Arm, er fühlte, wie Blut über seine Hand rann, aber geistesgegenwärtig schlug er mit der rechten Faust gleichzeitig auf den Körper ein, der sich ihm entgegenwarf.

Foramente taumelte zurück. Das Messer, mit dem er gerade noch das Weißbrot bestrichen hatte, blitzte in seiner Hand und war rot vom Blut Franks.

Hellberg schnellte vor. Wieder hieb er auf Foramente ein, traf ihn am Kinn, doch die Stichwunde in seinem Arm schmerzte so höllisch, daß es ihm schwarz vor Augen wurde und er zu taumeln begann.

Foramente duckte sich. Wie ein Tiger vor dem Sprung war er, das Messer mit der blanken Klinge von sich gestreckt. Hellberg hob den rechten Arm zur Abwehr, der linke hing an ihm herunter, und um seine Füße bildete sich eine breite Blutlache.

In diesem Augenblick fiel ein Schuß. Foramente ließ das Messer fallen, sein Gesicht nahm einen erstaunten Ausdruck an, dann knickte er in den Knien ein und rollte auf die Seite über das Deck bis an den Tisch.

Hellberg lehnte sich keuchend gegen eine Stange des Sonnensegels. Das Blut rann aus seinem Arm über Hose und Schuhe. Claudia lief auf ihn zu, die Pistole in der Hand, und vom Kiel, wo sie sich gesonnt hatten, rannten kreischend die anderen Mädchen zu ihnen.

»Ist es schlimm?« rief sie und hob Franks schlaffen Arm hoch. »O Liebster, Liebster... er hätte dich getötet...« Sie riß sich die Bluse vom Körper und drückte sie auf die Wunde, während die anderen Mädchen einen Kreis um sie bildeten und entsetzt auf Foramente starrten.

Hellberg atmete tief auf. Der Schwächeanfall ging vorüber, die sich drehenden Nebel lichteten sich. Er nahm Claudia die Pistole aus den weißen Fingern und steckte sie ein.

»Ist er tot?« fragte er.

»Ich weiß es nicht. Aber du lebst! Du lebst! O Gott, er wollte dich von hinten erstechen!« Sie klammerte sich an ihm fest und verbarg ihr Gesicht an seiner Brust.

Foramente rührte sich. Er stöhnte auf, rollte sich auf den Rücken und tastete mit der Linken nach seiner rechten Schulter. Dort war in der Uniform ein kleines Loch, mehr sah man nicht.

»Sag den Mädchen, sie sollen ihn verbinden und in irgendeine Kabine einsperren«, sagte Hellberg. Er stützte sich auf Claudia, als er gehen wollte, und als er das viele Blut auf den Planken sah, wußte er, daß er eine Menge Blut verloren hatte. Mit weichen Beinen ging er unter Deck, legte sich auf ein Bett, und Claudia wusch ihm die große Fleischwunde aus und verband sie mit ein paar Handtüchern.

»Gib mir den Schlüssel zum Sanitätsraum, Liebster«, sagte sie mehrmals. »Dort ist alles, was du brauchst...«

Hellberg schüttelte den Kopf. »Nein«, sagte er. »Die Mädchen würden Saluzzo zerreißen. Ich könnte sie nicht daran hindern. Ich will kein indirekter Mörder werden...«

Nach knapp einer dreiviertel Stunde blubberten die Maschinen merkwürdig, dann schwiegen sie. Julius Scheible pochte an das Sprachrohr.

»Aus!« sagte er, als sich Juanita Escorbal meldete. »Der letzte Tropfen ist weg. Ich komme jetzt rauf und sonne mich. Darauf habe ich wochenlang gewartet. Ist das Wasser schön warm?«

Juanita steckte den Stöpsel ohne Antwort auf den Trichter und verließ die Brücke. Ihre Aufgabe war erfüllt. Nun lag es ganz in des Schicksals Hand, ob man sie auf dem Meer entdeckte oder ob man sie eines Tages als vertrocknete Tote von einem Geisterschiff holte.

Bis zum Abend trieben sie auf der leichten Dünung dahin, ohne daß sie am Horizont ein Segel oder die Aufbauten eines Schiffes entdeckten. Ganz weit sahen sie einmal, im Abendrot, ein kreisendes Flugzeug... der Pilot mußte auch das weiße Schiff sehen, aber er hielt es sicherlich für eine der Luxusjachten, die auf dem Meer ankern oder langsam von Küste zu Küste ziehen.

Als die Dunkelheit über das Meer glitt, schoß Juanita die erste Notrakete in den Himmel.

Hellberg war neben ihr auf der Brücke. Er hatte, als er die Schwäche überwunden hatte, aus dem Sanitätsraum Verbandszeug geholt und Tabletten gegen die Schmerzen. Nun lag Foramente mit einem Schulterschuß und leicht fiebernd in der Kabine Claudias, und auch Hellberg spürte, daß sein Kopf zu summen begann und sein Körper glühte.

Nach einer halben Stunde schoß Juanita die zweite Rakete in den Nachthimmel. Blutrot hing die Feuerkugel an einem kleinen Fallschirm und pendelte langsam ins Meer zurück.

Hellberg suchte mit dem Nachtglas den Horizont ab.

Keine Antwort.

Unendlich lag das Meer im fahlen Mondlicht. Julius Scheible, der auf der anderen Seite den Horizont mit dem Fernglas abtastete, putzte sich die Nase und schnaubte.

»Hier sind wir am Arsch der Welt!« sagte er laut. »Kinder, der Foramente hat uns verschaukelt. Wer weiß, wo wir hier rumgondeln?«

»Dort irgendwo muß Ulcinj sein.« Hellberg hielt das Glas mit einer Hand umklammert, die Linke trug er in einer schwarzen Schlinge. »Wir dürfen nicht den Mut verlieren, Julius! Noch ein Ding hoch, los!«

Die dritte Rakete.

Nichts. Stumm und feindlich in seiner nächtlichen Schwärze umgab sie das Meer.

Die vierte Rakete war eine weiße. Eine grelle Leuchtkugel, die an ihrem Fallschirmchen ein paar Minuten in der Luft schwebte und das Meer weit im Umkreis taghell erleuchtete.

Und da geschah es.

Claudia und Juanita stießen gemeinsam einen Schrei aus. Ganz fern, kaum sichtbar, antwortete ihnen eine andere Rakete. Ein weißer Strahl pendelte durch die Nachluft, wie ein fallender Stern sah es aus, der im Meer versinkt.

»Gerettet!« schrie Claudia und fiel Hellberg um den Hals. »Wir sind gerettet, Liebster!«

Der Jubel der Mädchen, die auf dem Deck angstvoll ausgehalten hatten, antwortete ihnen. Ein Jubel, der hinunterdrang bis zu Saluzzo, den Stewards und zu dem bewegungslosen Foramente.

Von jetzt an ging alles schnell, und obgleich es Stunden dauerte, war es allen, als verfliege die Zeit.

Ein Motorfangboot kam auf sie zu, von dem staatlichen jugoslawischen Thunfisch-Kombinat. Mit Megaphon rief man sich zu, aber man verstand sich nicht, denn die Jugoslawen sprachen nur ihr Serbokroatisch und schüttelten bei Italienisch, Französisch und Englisch nur die Köpfe. Soviel sahen sie aber, daß das Schiff bewegungsunfähig war, warfen starke Leinen hinüber und nahmen die Jacht in Schlepp.

Hellberg stieg hinunter in den Sanitätsraum.

»Meinen Glückwunsch, Hellberg«, empfing ihn Saluzzo. Seine Stimme war rauh, die Lippen waren aufgesprungen, er litt einen entsetzlichen Durst. Hellberg nahm ein Glas, füllte es mit Wasser und gab Saluzzo und dem Steward zu trinken. Gierig schlürften sie das Wasser; es war das köstlichste Getränk, das sie je getrunken hatten.

»Wir sind im Schlepp, Saluzzo«, sagte Hellberg, nachdem er ihnen den brennendsten Durst gestillt hatte. »Wir werden wahrscheinlich nach Ulcinj abgeschleppt. Haben Sie dort auch Freunde?«

»Überall.« Saluzzo lächelte schwach. »In Ulcinj kenne ich den staatlichen Fischereidirektor, Sofic Urbangic. Er wird für mich gut aussagen und alles als einen Irrtum hinstellen.«

»Aber die Mädchen sind frei, das ist die Hauptsache. Einmal wird die Gerechtigkeit auch Sie ergreifen!«

»Das hoffen viele!« Saluzzo lauschte auf das Tuckern des Fischerbootes, das die Jacht an den Trossen hatte. »Ich mache Ihnen einen Vorschlag, Hellberg: Spielen wir die Komödie elegant zu Ende. Sie binden mich los und meine anderen Männer auch, wir laufen wie gute Freunde in Ulcinj ein, die Mädchen können frei über sich verfügen – und alles ist vergessen!«

»Danke, Saluzzo.« Hellberg erhob sich und schüttelte den Kopf. »Jetzt weiß ich, daß Sie Angst haben. Sie haben in Ulcinj gar keine Freunde...«

Es war gegen Morgen, als sie den kleinen Hafen der jugoslawischen Fischerstadt erreichten. Der Hafenkommandant, durch Funk bereits unterrichtet, stand an der Mole, neben sich zehn Mann Miliz mit Maschinenpistolen. Man nahm es sehr genau in Ulcinj. Das fremde Schiff hatte keine Landeerlaubnis, und merkwürdig war es auch, daß abseits der normalen Wasserstraßen eine italienische Jacht treibt.

»Das habe ich gern«, sagte Julius Scheible neben Hellberg und sah hinüber zu den Milizsoldaten. »Von Uniformen habe ich die Schnauze voll. Wieder Verhöre, wieder in 'ner Zelle, und dann abgeschoben werden. Nee! Ich mache mich selbständig. Wie ist das, du wolltest mir Geld geben...«

»Hier, Julius.« Hellberg holte aus der Brieftasche ein paar Geldscheine. Scheible rollte sie zusammen, steckte sie in die Hosentasche und beugte sich dann an der dem Land abgewandten Seite über Bord.

»Mach's gut, Junge«, sagte er. »Und grüß' mir die Heimat. Sie vermißt mich zwar nicht, aber manchmal ich sie. Das Leben ist eben beschissen, wenn man einmal auf der Scheiße ausgerutscht ist. Ahoi, Junge und denk' mal an mich...«

Mit einem Kopfsprung sprang er über Bord und tauchte im schwarzen, öligen Hafenwasser unter. Das letzte, was Hellberg von ihm sah, war sein breites Gesicht, als er noch einmal auftauchte, tief Luft holte und dann wie ein Fisch wegschwamm.

Der Hafenkommandant empfing Hellberg und die Mädchen mit sichtbarer Verblüffung. Er sprach sogar französisch, und es war für Hellberg leicht, sich mit ihm zu unterhalten. In kurzen Worten schilderte er die Erlebnisse, und der Hafenkommandant verfiel in eine totale Sprachlosigkeit. Er brauchte eine ziemliche Zeit, ehe er den Kopf schüttelte.

»Das ist ja unglaublich, Monsieur«, sagte er. »So etwas gibt es ja gar nicht.«

»Ich bringe Ihnen die Beweise. Ich weiß, daß es eine Dokumentation der UNO gibt, die sich mit dem modernen Menschenhandel befaßt, ein grauenhaftes Dokument, das überall auf Zweifel stößt, weil es einfach unglaublich ist. Ich habe es nun erlebt, und es bleibt Ihnen vorbehalten, der Weltöffentlichkeit diese Sensation zu bieten.«

»Wir werden sehen.« Der Hafenkommandant von Ulcinj war vorsichtig. »Wir werden ein Protokoll aufnehmen, genaue Untersuchungen führen, und selbstverständlich muß ich die Staatsanwaltschaft in Titograd benachrichtigen, denn das ist ja ein internationaler Fall! Monsieur –« Er machte eine kleine, höfliche Verbeugung vor Hellberg und vor Claudia. »Mademoiselle... ich muß Sie alle bis zur Klärung des haarsträubenden Falles in Haft nehmen!«

Hellberg wollte protestieren, aber es hatte keinen Sinn. Die Mädchen, Saluzzo, die Stewards, Juanita Escorbal wurden mit ihnen unter strenger Bewachung der Miliz von der Jacht geholt, der fiebernde Foramente wurde auf einer Trage in das Krankenhaus von Ulcinj gefahren. In drei Jeeps kam nun auch der Polizeikommandant mit einer schnell gebildeten Sonderkommission angerast, denn der Hafenkommandant hatte aufgeregt gemeldet, daß es sich hier um diplomatische Verwicklungen handeln könnte.

Als die Morgensonne wieder das Meer vergoldete, saßen Hellberg und Claudia in einem Zimmer des Hotels »Skutari«, dem besten Haus von Ulcinj. Neben ihnen im Zimmer wohnten Saluzzo und die Stewards, ihnen gegenüber auf der anderen Flurseite in drei Zimmern die Mädchen und Juanita Escorbal. Vor jeder Tür stand ein Posten der Miliz mit Maschinenpistole. Es war eine Idee des Polizeikommandanten. »Wir können sie nicht wie Verbrecher behandeln, Genosse«, hatte er zum Hafenkommandanten gesagt. »Angenommen, es ist alles wahr. Das kann Schwierigkeiten geben. Man muß sie behandeln wie Gäste, bis die Genossen aus Titograd entscheiden, was geschieht.«

Claudia saß am Fenster und sah über den kleinen, schmutzigen Hafen und das leuchtende Meer. An der Mole lag die weiße Jacht. Neben der Brücke standen zwei Soldaten und rauchten.

»Nun sind wir in Jugoslawien, Frank«, sagte sie leise und legte den Kopf müde auf die Arme. »Und wir sind Sarajewo ferner als zuvor.«

»Abwarten, Kleines.« Hellberg ging im Zimmer hin und her. Er rauchte hastig und suchte einen Ausweg aus ihrer Lage. »Uns ist der Sprung über das Meer geglückt. Und es sollte schon der Satan unser Feind sein, wenn es nicht gelänge, auch Sarajewo zu erreichen!«

Das klang mutig, aber nicht sehr hoffnungsvoll. Denn nicht auf den Satan kam es jetzt an, sondern auf die jugoslawischen Behörden und Kommissare, die bereits von Titograd aus unterwegs nach Ulcinj waren.

Die »MS Budva« lief in den herrlichen, neuen Hafen von Dubrovnik ein wie ein Luxusvergnügungsschiff. Die trutzige Burg der Altstadt leuchtete mit roten Quadern in der Abendsonne, am Quai der Neustadt glänzten die Fenster der Hotelpaläste, im Jachthafen gingen die Lichter auf den vielen, kleinen Motorbooten an, und vom Hotel »Petka« klang Musik über das Wasser bis hinüber zur »MS Budva«. Die grünen Hänge hinauf zogen sich die Villen und weißgetünchten Häuser, am Ende des Hafens ankerten Schiffe der jugoslawischen Kriegsmarine, die Fassade des großen Kaufhauses »Minceta« blitzte mit ihren Fenstern, und in den Gärten über der Steilküste wiegten sich Pinien, Apfelsinenbäume, Palmen und Zitronenbäume im Wind, der vom Meer kühlend über die schönste Stadt Jugoslawiens strich.

In die Passagiere war nun Unruhe gekommen. Die Ausschiffung stand kurz bevor, nach der unplanmäßigen Freude eines Sonnentages auf See kam nun der Alltag, der Ernst der Reise wieder. Weiter nach Sarajewo, weg vom Schiff der Hoffnung zum Zug oder Bus der Hoffnung oder mit dem eigenen Wagen auf die Straße durch den Karst der Herzegowina, durch ein ödes, heißes, feindliches Land.

Die Koffer wurden an Deck getragen, die Planen von den vertäuten Wagen gezogen, die Kräne schwenkten bereits ein. Die Passagiere standen an der Reling und sahen hinüber auf die in der Abendsonne wie brennende Stadt, ein Anblick, den sie nie vergessen würden in seiner wilden Schönheit.

Unter Deck schrie Lord Rockpourth wieder herum. Er war, allen Erwartungen zum Trotz, nicht wieder in Agonie gefallen, sondern kommandierte seine Ausschiffung selbst. Er rief nach Karl Haußmann, der aber oben neben seinem Wagen stand und dem Kranführer 1000 Dinare in die Hand drückte, damit er den Wagen als ersten an Land setzte. So eine Sprache ist international, auch in einem kommunistischen Land, und der Kranführer nickte und tippte mit dem Zeigefinger an die Mütze.

Zuerst aber gab es eine Stockung. Kurz vor der Mole blieb die »MS Budva« liegen, und ein Polizeiboot kam längsseits. Vier Offiziere kletterten an Strickleitern an Bord und wurden vom Kapitän empfangen. Es war eine frostige Begrüßung, aber man hatte auch keinen Bruderkuß erwartet.

Der I. Offizier war es, der Karl Haußmann von seinem Wagen wegholte zum Verhör. Die »Budva« durfte nicht eher anlegen, bis man die Vorfälle an Bord geklärt hatte. Eine Art »Quarantäne« war über sie verfügt worden.

In seiner Kabine tobte Lord Rockpourth. Er verlangte ein Blitzgespräch mit dem britischen Botschafter in Belgrad und beschimpfte den Polizeioffizier wild, weil dieser nur den Kopf schüttelte.

Karl und Erika Haußmann saßen unterdessen vor einem Polizeihauptmann und machten über einen Dolmetscher, der ein miserables Deutsch sprach, ihre Aussagen über den Irren Uve Frerik. Dann war auch dies alles aufgeschrieben worden, die »Budva« konnte anlegen, das Fallreep wurde heruntergelassen, und als erstes kamen drei Särge an Bord und verschwanden mit ihren Trägern unter Deck. Die Zollbeamten folgten, die Paßkontrolle, merkwürdigerweise auch ein paar Soldaten unter der Führung eines Leutnants. Sie verhafteten den Kapitän der »Budva«, aber keiner bemerkte es, denn der Drang, an Land zu kommen, war jetzt so groß, daß niemand mehr einen Blick für seine Umwelt hatte.

In Dubrovnik!

Die zweite Station auf dem Weg nach Sarajewo. Zu den Wunderpillen HTS des Dr. Zeijnilagic! Zum wiedergeschenkten Leben!

Dubrovnik.

Der Hafen der Freude, die Stadt im Grünen, der Stolz der Küste. Aber in diesen Wochen Ankerplatz des Elends und Station zitternder Hoffnung.

Karl Haußmann stand neben seinem Wagen, der eben vom Kran auf die Mole geschwenkt war, und kam sich glücklich vor. Er sah Erika im Strom der anderen Passagiere über das Fallreep von Bord gehen, vorbei an den grüßenden Offizieren der »Budva« und den Zoll- und Paßbeamten. Oben, auf der Treppe der Brücke und des Kapitänhauses, saß Dr. Mihailovic und weinte. Man hatte ihm eröffnet, daß er seine ärztliche Approbation entzogen bekäme. Nun war er ein vernichteter Mann und beschloß insgeheim, sich mit wissenschaftlicher Gründlichkeit totzusaufen.

Nach der Ausschiffung der Passagiere wurde es ein paar Minuten einsam auf der »Budva«. Dann wurden die drei Särge an Land getragen, in die bereitstehenden Wagen geschoben und weggefahren. Als letzte wurden die Schwerkranken aus dem Schiff gebracht. Auf ihren Tragen, in Decken gehüllt, schwankten sie über die Mole zu den Krankenwagen oder den Privatautos, die mit der »Budva« herübergekommen waren wie Haußmanns Auto. Auch der riesige, graue Rolls von Lord Rockpourth stand da, und erstaunt sah Haußmann, daß sogar ein Chauffeur in Livree am Steuer saß, den er auf dem Schiff gar nicht bemerkt hatte. Zwei Matrosen trugen gerade die Bahre mit dem Lord an Land, und Robert, der Neffe, ging nebenher und schien eine Kanonade von Schimpfworten über sich ergehen zu lassen. Er erkämpfte sich sein Erbe heroisch, das mußte man ihm lassen.

»So!« sagte Lord Rockpourth, als er hinten in dem für seine Bahre umgebauten Rolls lag. Er schien zufrieden zu sein. Man war in Dubrovnik, er lebte noch, Mr. Haußmann sorgte für die Fahrt nach Sarajewo – es lief alles so, wie es von ihm geplant war. »Jetzt zum Hotel Petka. Ich habe dort sechs Zimmer bestellt. Sie sind meine Gäste, Mrs. und Mr. Haußmann. Morgen früh geht es dann weiter – oder wollten Sie in dieser Nacht noch fahren?«

»Nein, Mylord. Meine Frau ist recht müde.« Haußmann war etwas verlegen. Er hatte gelogen. Allein wäre er vielleicht doch noch ins Land gefahren, so weit wie möglich Sarajewo entgegen. Übernachten konnte man überall, eventuell sogar im Wagen schlafen. Jetzt, wo er in Jugoslawien war, überfiel ihn eine hektische Unruhe. Gast des Lords zu sein, war eine Ehre... aber was machte man mit Marion Gronau?

Sie war noch nicht an Land gekommen, sie verabschiedete sich anscheinend gründlich von einem der Offiziere der »Budva«. Ein Gedanke, der Haußmann weher tat, als er es sich eingestehen wollte, und gegen den er ankämpfte, denn er hatte sich dazu durchgerungen, die Vergangenheit vollkommen zu begraben.

Er atmete auf, als er Marions leuchtendblonde Haare auf dem Fallreep sah. Leichtfüßig kam sie an Land, ein Steward trug ihre Koffer, und auf halbem Wege blieb sie stehen und winkte zurück, zu einem Mann, den Haußmann nicht sah.

»Na endlich!« sagte er knurrend, als sie neben dem Wagen stand. »Sind die Koffer so schwer zu packen?«

»Ah, Ihre Tochter, Mr. Haußmann?« rief Lord Rockpourth aus seinem Rolls. »Ein schönes Mädchen! Sieht Ihnen ähnlich. Ich hatte leider keine Kinder. Nie Zeit! Immer nur Jagen und Reiten und Reisen. Ich habe nur diesen Nichtsnutz von Robert. Aber das reicht auch.«

Der junge Lord verbeugte sich leicht vor Marion. Und Marion nickte zurück, reckte sich etwas und zeigte, was sie unter dem leichten Sommerkleid hatte, in deutlichen Konturen.

O Himmel, dachte Haußmann. Auch das noch! Marion und der Neffe Robert. Mein Gott, verhindere das.

»Marion Gronau ist meine Sekretärin«, sagte Haußmann laut und abgehackt, um deutlich den Unterschied zwischen sich und Marion klarzumachen.»Ich habe sie zur Betreuung meiner Frau mitgenommen.«

»Leider gab es zu meiner Zeit nicht solche hübschen Sekretärinnen, Mr. Haußmann!« sagte Lord Rockpourth fröhlich. »Robert! Glotz' sie nicht so an! Zu meiner Zeit trugen Sekretärinnen Nickelbrillen und rochen nach Mottenpulver. Robert!«

»Onkel James?«

»Wie alt bist du?«

»Vierundzwanzig, Onkel James.«

»Und Sie, Miß Marion?«

»Dreiundzwanzig, Mylord«, sagte Marion und schlug kokett die Augen nieder. Wie eine berührte Mimose sah sie aus.

»Sie sind in Krankenpflege ausgebildet?«

»Ein wenig, Mylord.«

»Oha!« Lord Rockpourth lehnte sich zurück. Sein Mumiengesicht schien zu phosphorisieren. »Stellen Sie mir Miß Marion als Pflegerin zur Verfügung, Mr. Haußmann? Es bleibt sonst alles, wie besprochen. Nur – so nehme ich an – wird es Ihnen recht sein, wenn Miß Marion Sie entlastet und sich um mich alten Mann kümmert...«

»Natürlich, Mylord!« Haußmann sah Marion böse an. Sie lächelte ihm zu, und es war ein triumphierendes Lächeln.

»Zum Hotel Petka!« befahl Lord Rockpourth. Der Chauffeur ließ den Motor des Rolls an. Er flüsterte fast. Ohne Erschütterung fuhr er an. Haußmann trat an seinen Wagen und setzte sich seufzend. Marion verstaute ihre Koffer im Kofferraum.

»Was gab es, Karli?« fragte Erika. Sie sah wieder bleich aus, mit tiefen Ringen um den Augen. Der vergangene Tag war zuviel für sie gewesen.

»Marion Gronau wird den Lord betreuen.« Er sagte es, als müsse er Essig schlucken. »Und die Blicke zu dem jungen Lord Robert gefallen mir gar nicht...«

»Geht es dich noch etwas an, Karli?« fragte Erika leise.

Haußmann schüttelte den Kopf. »Das nicht, Rika! Aber die Fahrt nach Sarajewo wird immer komplizierter. Jetzt haben wir auch noch einen sterbenden Lord im Gefolge. Und ich habe mir das alles so einfach vorgestellt, wenn wir erst einmal in Dubrovnik sind...«

»Fertig!« sagte Marion Gronau fröhlich und trat an den Wagen heran. Der Blick des jungen Lords hatte ihr gutgetan. Nun habe ich eine massive Waffe gegen Karl, dachte sie zufrieden. Wenn er nur ein klein wenig noch für mich fühlt, wird er vor Eifersucht zerplatzt sein, bevor wir in Sarajewo sind. Oder er wird mir erklärt haben, daß er mich noch liebt und die Zukunft nicht so dunkel ist, wie er sie jetzt hinstellt. Frank Hellberg ist für mich verloren, ein junger Lod kann nur eine kleine Abwechslung sein, so einer heiratet keine kleine Sekretärin... es bleibt nur noch Karl Haußmann, der alternde Mann, der froh ist, wenn ihn die Jugend anhimmelt und belügt.

»Können wir?« fragte sie und schüttelte die langen, blonden Haare.

»Schon längst! Steigen Sie endlich ein, Marion!« sagte Haußmann grob.

Im Hotel »Petka« wurden sie empfangen wie fremde Fürsten. Vier Boys bemühten sich, die Trage mit dem ungemein lebendigen Lord Rockpourth ins Hotel zu schleppen. Drei Hausdiener kümmerten sich um das Gepäck. Die Zimmer waren groß und sauber, wenn auch für verwöhnte europäische Begriffe einfach eingerichtet. Das schönste an ihnen war der Balkon. Von ihm aus hatte man einen zauberhaften Blick über den Hafen, die Einfahrt, die weißen Jachten und hinüber zu den Hügeln mit den Villen inmitten blühender Gärten.

»Ein Märchen...« sagte Erika, als sie zurück ins Zimmer trat. Haußmann saß auf dem Bett, umgeben von Koffern und Taschen, und schwitzte. Er hatte eine kurze Auseinandersetzung mit Marion gehabt, von der Erika nichts ahnte.

Und das war so gekommen: Die Boys hatten einen Koffer verwechselt, er hatte ihn hinüber in Marions Zimmer getragen und dabei gesehen, wie der junge Lord Robert gerade herauskam und etwas verlegen grüßte.

»Aha!« sagte Haußmann, als er eintrat. Marion saß vor dem Frisierspiegel und kämmte sich die windzerzausten Haare. »War sehr stürmisch, der junge Herr, nicht wahr?«

»Oh, mein Bärchen!« Marion lächelte spöttisch. »Es ist ein Unterschied, ob man 24 oder 50 Jahre alt ist...«

»Man sollte dich rechts und links...« schrie Haußmann und warf Marions Koffer auf den Boden.

»Bitte!« Marion hielt ihren Kopf Haußmann entgegen. »Schlag' zu! Wenn das alles ist, was du an Männlichkeit zu bieten hast.«

»Es wäre besser, du würdest gleich morgen zurückfahren nach Deutschland!«

»Das geht nicht, Bärchen. Ich bin jetzt auch noch Gast des Lords. Robert – oder sagt man besser Bob? – brachte mir eben die offizielle Einladung. Ich habe natürlich zugesagt.«

»Natürlich!«

»Wo du immer so böse zu mir bist...« Sie zog einen Schmollmund, aber Haußmann wandte sich ab und trat an das Balkonfenster.

»Laß die Albernheiten! Du machst dich über mich lustig. Ich weiß es. Und ich habe es auch verdient. Es war mein Fehler, auf deine körperlichen Vorzüge hereinzufallen und dabei zu übersehen, was für einen Charakter du hast.«

»Fehler radiert man aus«, sagte Marion schnippisch. »Auf der Schreibmaschine – und auch im Leben. Warum bist du eigentlich so wütend, Bärchen?«

»Du benimmst dich unmöglich!«

»Und du? Auf dem Schiff, die ganze Reise über? Als ob ich ein Stück Dreck wäre, das man nicht abschütteln kann. Gut, deine Frau ist schwerkrank, vielleicht unheilbar...«

»Ich bitte dich zum letzten Mal, Marion, nicht so gleichgültig über Erika zu sprechen«, schrie Haußmann und ballte die Fäuste. »26 Jahre lebe ich mit ihr zusammen, sie ist die Mutter meiner Kinder, und wenn ich sie auch betrogen habe: Du, gerade du solltest Achtung vor ihr haben. Ihre Krankheit sollte uns beide erschüttern.«

»Du bist ein merkwürdiger Mensch.« Marion Gronau legte den Lippenstift weg und leckte über ihre bemalten Lippen. »Aus dir soll man klug werden. Wen liebst du eigentlich? Erika oder mich?«

Haußmann atmete tief auf. Wie oft hatte er sich diese Frage gestellt und wie oft hatte er vor ihr kapituliert. Darauf gab es keine Antwort. Das war ein Zwiespalt, der nicht erklärt werden konnte.

Über die Stadt senkte sich die Nacht. Rings von den Bergen flimmerten die Lichter wie große Sterne. Als eine breite, silberne Lichtstraße spiegelte sich der Mond im Hafenwasser. Haußmann war nach diesem Gespräch gegangen und hatte das Zimmer verlassen wollen, aber die Stimme Marions hielt ihn noch einmal zurück:

»Kannst du mir darauf keine Antwort geben?«

»Nein!« hatte er laut geantwortet. »So etwas fragt man nicht in unserer Situation.«

Innerlich noch immer ungewöhnlich erregt, saß er jetzt auf dem Bett zwischen den Koffern und Taschen, während Erika von der Märchenstadt Dubrovnik schwärmte.

»Hier möchte ich ein paar Wochen bleiben, Karli«, sagte sie und sah wieder hinaus auf den mondsilbernen Hafen.

»Ich auch. Aber erst nach Sarajewo, Rika! Auf dem Rückweg, wenn die Pillen geholfen haben, können wir so lange hier bleiben, wie du willst.«

Es wurde eine kurze Nacht.

Lord Rockpourth bestand darauf, daß man zusammen speiste. In seinem großen Zimmer hatte man eine Tafel gedeckt, drei Kellner bedienten, und es war alles ganz anders, als man es sich in einem kommunistischen Land dachte. Lord Rockpourth aß nichts; man hatte ihm einen dünnen Haferschleim gemacht, den er durch ein Glasröhrchen schlürfte. In diesem Haferschleim löste Neffe Robert Vitamintabletten auf.

»Ich habe ein Schloß«, sagte der Lord Rockpourth. »Große Länderein in Schottland und eine Hazienda in Argentinien. Wieviel Rinder habe ich, Robert?«

»17 000, Onkel James«, sagte der junge Lord.

»17 000! Wenn man sich das vorstellt! Diese Berge von Filets und Rumpsteaks! Und was muß ich essen? Haferschleim! So ist das Leben, liebe Freunde! So betrügt einen das Schicksal!«

Es war spät, als die Haußmanns endlich schlafen konnten. Lord Rockpourth verfiel gegen Mitternacht wieder in eine stumme Lethargie, aber er war hellhörig, nahm alles wahr, und seine Adleraugen blitzten vor Leben. Nur die äußere Hülle versagte wieder ihren Dienst. Es war ein schrecklicher Zustand, einem Scheintod gleich, und es gab keinen Arzt der Welt, der dies ändern konnte.

Marion hatte sich schon früher verabschiedet. Sie täuschte Kopfschmerzen vor. Und wieder glomm in Haußmann die Eifersucht. Warum geht sie schon? Wo geht sie hin? Mit wem hat sie sich verabredet? Was geschieht hinter meinem Rücken?

Unruhig wälzte er sich später im Bett hin und her, während Erika – sie hatte zwei Glas eines süßen, schweren Weines getrunken – fest schlief. Wirre Bilder überfielen ihn, er rang im Halbschlaf mit hundert Lords, wurde auf Schirmen aufgespießt, in der Themse ertränkt. Am Morgen weckte ihn Klopfen an der Tür, pünktlich 7 Uhr, wie er es an der Rezeption hinterlassen hatte. Er stand auf und fühlte sich elend wie nach einer gewaltigen Sauftour des Kegelclubs in Gelsenkirchen.

Das Frühstück auf der gläsernen Terrasse war kurz. Der junge Lord Robert erschien, ein wenig bleich, und berichtete, daß Onkel James schon im Wagen liege, steif wie ein Brett, aber bei vollem Bewußtsein.

»Wir sollten sofort fahren«, sagte er. »Sie kennen Onkel James ja jetzt. Jede Verzögerung lastet er mir an.«

Haußmann nickte und würgte den Rest eines Brötchens hinunter. Erika hatte gut geschlafen. Sie sah verblüffend jung aus, und immer wieder fragte sich Haußmann, ob nicht doch alles eine Fehldiagnose sei, denn so wie Erika sah keine unheilbar Krebskranke aus. Marion Gronau wirkte bezaubernd. Sie hatte sich in der Hotelhalle an einem Verkaufsstand ein goldenes Stirnband erstanden, bestickt mit roten Rosen. Nun trug sie die Haare aus der Stirn zurückgekämmt, lang über die Schulter fließend, und in ihren blonden Locken glänzte das goldene Band mit den Rosen, als wüchsen die Blüten aus der Pracht ihrer Haare.

»In zehn Minuten sind wir startbereit«, sagte Haußmann.

In der Hotelhalle stand schon alles bereit. Die Rechnung war von Lord Rockpourth bezahlt, sosehr Haußmann auch protestierte. Vor dem Eingang wartete der große Rolls auf Marion, die neben dem starren Lord fahren sollte. Der Direktor des Hotels kümmerte sich selbst um alles, einerseits, um jugoslawische Gastfreundlichkeit zu demonstrieren, andererseits, weil der junge Lord ihm heimlich ein Trinkgeld gegeben hatte, das zwei Monatsgehälter ausmachte.

Dann fuhren die beiden Wagen los, die Küstenstraße entlang Richtung Ploca, wo kurz vor der Stadt die Straße abzweigt nach Mostar und weiter nach Sarajewo. Durch die dalmatinischen Berge führte dieser Weg und dann später durch ein verkarstetes Land mit Wildbächen und romantisch-schwindeligen Brücken über den Fluß Bosna.

Noch waren sie alle in einer fröhlichen Stimmung. Die Sonne meinte es gut, nur wenige Wagen begegneten ihnen auf der Straße, meistens uralte Lastwagen, die Obst und Gemüse transportierten, zweimal auch ein klappriger Omnibus, überfüllt und schwankend, mit wehmütig heulendem Motor.

Dreimal hielten sie an, um Lord Rockpourth etwas zu trinken zu geben. Marion übernahm das. Aus einer Schnabeltasse flößte sie kalten Tee zwischen die blassen Lippen des Kranken, und nur an den Augen erkannte man, wie gut es Lord Rockpourth tat und wie dankbar er dafür war.

»Wie lange fahren wir?« fragte beim dritten Halt der junge Lord und bot Haußmann eine Zigarette an.

»Bei diesem Tempo etwa zehn Stunden.« Haußmann sah auf seine Uhr. »Wenn wir Glück haben, können wir gegen 21 Uhr in Sarajewo sein. Jetzt ist es 10.30 Uhr. Aber ich befürchte, daß wir unterwegs übernachten müssen. Ihr Onkel hält es nicht durch.«

»Es ist sein Wille, in einem Tage nach Sarajewo zu kommen.«

»Na, dann Prost!« Haußmann inhalierte die süßliche englische Zigarette. »Dann machen Sie sich darauf gefaßt, daß wir eine halsbrecherische Nachtfahrt über Schluchten und durch verlassene Täler vor uns haben.«

In Ulcinj waren Frank Hellberg und Claudia Torgiano von Experten aus Titograd eingehend verhört worden. Sogar zwei Kommissare der politischen Polizei waren gekommen, denn der Fall Saluzzo weitete sich zu einem in seinen Auswirkungen – bis jetzt noch unbekannten – internationalen Skandal aus. Umberto Saluzzo nämlich, sofort die Lage überblickend, daß er hier keinerlei Chancen mehr besaß, hatte Verbindungen spielen lassen, bohrte einen heißen Pfahl ins Fleisch jugoslawischer Vaterlandsliebe. Er sagte aus, daß einer der »Zwischenverkäufer« ein gewisser Milan Osijek sei, Mitglied des Volksrates in Belgrad und Präsident der Anwaltskammer in Zagreb. Außerdem ein alter Partisan und Duzfreund von Marschall Tito.

Die Sensation war vollkommen. Ein Telefongespräch, ganz vorsichtig und harmlos, bestätigte, daß ein Milan Osijek tatsächlich im Volksrat saß und ein bekannter Rechtsanwalt war.

»Eine schöne Schweinerei, Genossen«, sagte der verhörende politische Kommissar, als man Saluzzo wieder abgeführt hatte. »Wie soll man jetzt weiter ermitteln, ohne nicht den eigenen Hals in die Schlinge zu legen? Stellen Sie sich vor, Genossen, man muß hingehen zu Marschall Tito und ihm sagen: ›Ihr Freund Milan ist ein schönes Früchtchen. Mit Mädchen handelt er!‹«

Die anderen Polizeioffiziere schwiegen. Sie konnten es sich nicht vorstellen. So etwas hatte man nicht eingeplant.

»Aber es muß doch etwas geschehen, Genosse!« sagte der Polizeichef von Ulcinj. »Wir haben sie nun mal alle verhaftet. Und sie werden nicht schweigen, sondern protestieren. Vor allem der Deutsche! Ein Journalist ist er. Durch die ganze Presse wird es gehen.«

»Man sollte einmal mit dem Deutschen sprechen.« Der politische Kommissar malte nervös Kreise und Winkel auf seine Schreibunterlage. »Was ist eigentlich passiert? Sehen wir es uns genau an, Genossen. Eine Privatjacht hat keinen Brennstoff mehr, wird abgeschleppt, kommt nach Ulcinj... weiter nichts. Es kann also gar keine Rede sein von illegaler Einwanderung oder dergleichen Blödsinn. Man tankt die Jacht wieder auf, und die fährt davon. Basta!«

»Und die Mädchen?« fragte der Hafenkommandant.

»Die werden nach Dubrovnik gebracht und mit dem nächsten Schiff nach Bari geschickt. Saluzzo ist italienischer Staatsangehöriger; wenn sie Klagen haben, geht das Italien etwas an, nicht uns. Wozu Verwicklungen, Genossen? Man hätte das in Ulcinj auch selbst überblicken können, ohne Titograd zu belästigen. Wir handeln korrekt, wir schieben die Mädchen in die Heimatländer ab. Was will man mehr?«

»Und der Deutsche mit seiner Braut. Sie wollen nach Sarajewo.«

»Sollen sie!«

»Diese Claudia hat keinen Paß!«

»Dann fährt sie zurück nach Italien mit den anderen. Wozu diese Aufregungen? Es ist doch alles so einfach.«

Es zeigte sich, daß die Kommissare aus Titograd wirklich Fachleute waren. In Gruppen wurden die Inhaftierten aus dem Hotel entlassen. Zuerst Frank Hellberg und Claudia Torgiano.

Man war sehr höflich zu ihnen, entschuldigte sich und sagte dann:

»Sie werden heute noch nach Dubrovnik gebracht und fahren mit dem Fährschiff zurück nach Bari. Ohne Paß geht es leider nicht. Bitte, haben Sie Verständnis dafür.«

Hellberg versuchte gar nicht zu handeln. Dubrovnik, dachte er. Sind wir erst einmal dort, wird es auch leicht sein, nach Sarajewo zu kommen. Die Hauptsache ist, wir sind keine Gefangenen mehr.

Eine Stunde später saßen sie in Begleitung eines Polizisten in Zivil in dem klapprigen Omnibus, der die Küstenstraße entlang fuhr über Bar–Budva–Zelenika nach Dubrovnik. Was mit Saluzzo und seinen Männern geschehen war, hatte man ihm nicht gesagt, auch von den Mädchen und Juanita Escorbal konnte er sich nicht verabschieden. Sie standen noch unter Bewachung und hockten in ihren Hotelzimmern. Aber einen Brief hinterließ Hellberg mit seiner deutschen Adresse und der Bitte, sich zu melden, wenn Juanita wieder Spanien erreicht hatte. Ob sie den Brief jemals bekam, wer wußte es?

Frank Hellberg hörte jedenfalls nie mehr etwas von Juanita Escorbal. Und auch von Umberto Saluzzo nicht.

Der Bus war überfüllt. Hellberg und Claudia erhielten nur deshalb einen Fensterplatz, weil der begleitende Polizist zwei Bauern einfach von den Sitzen zog und in den Gang stieß. Es gab ein großes Geschrei, der Fahrer kam herangelaufen, einen dikken Schraubenschlüssel in der Faust. Aber dann erkannte er den Polizisten, grinste verlegen, tippte an die Mütze und ging zurück zum Fahrersitz. Vor dem Bus brüllte der Schaffner zwei Frauen in schwarzen Kopftüchern an, weil sie geflochtene Körbe mitnehmen wollten, aus denen gackernd Hühnerköpfe heraussahen. Als der Bus endlich fuhr, saßen alle drin wie in einer Kiste zusammengepreßte Heringe. Es roch nach Knoblauch und Schweiß, gesäuertem Kohl und Slibowitz.

Fröhlich hupte der Fahrer zum Abschied von Ulcinj, dann ratterte er aus der Fischerstadt, schob die Kappe in den Nacken und konzentrierte sich auf die enge Straße.

Eine Kontrolle der Geschwindigkeit gab es nicht, der Tachometer auf dem Armaturenbrett war kaputt. Auch die anderen Instrumente, ohne Glas, versagten. Doch was tat's? Wenn der Motor spuckte, war es zu schnell, und blieb der Bus stehen, fehlte Benzin – es war eine einfache Regel.

Drei Stunden fuhren sie die Steilküste entlang; über Haarnadelkurven, bei denen sich Claudia ängstlich an Frank klammerte, denn mehr als einmal war es, als stürze der Bus in die Tiefe. Dann kam wieder eine Station, meistens ein Gasthaus in einem der gottverlassenen Dörfer. Fahrer, Schaffner und der Polizist stiegen aus, und wenn sie zurückkamen, roch der Bus noch stärker nach Slibowitz, und die Stimmung stieg.

Eselskarawanen kamen ihnen entgegen. Am Straßenrand kampierten Zigeunerfamilien, mit primitiven Zelten, über dem offenen Feuer Hühner bratend. Vor den Dörfern überholten sie Frauen, die Riesenlasten auf dem Kopf trugen. Ballen und Körbe, Tonkrüge und sogar Kisten.

Vor jeder Serpentine und scharfen Kurve ging ein Zucken des Erschreckens durch die Reisenden: Der Fahrer drückte auf die Preßluftfanfaren und raste schleudernd und mit einem Höllenlärm um die Felsen. Der Polizist neben Hellberg wickelte ein Butterbrot aus und begann zu essen. Salami, die scharf nach Knoblauch roch, und ein Stück Käse, dessen Duft durch den vollen, heißen Wagen zog wie eine klebrige Masse. Irgendwo würgte eine Frau und übergab sich in eine Tüte, die der Schaffner im Laufschritt heranbrachte. Der Polizist grinste und bot auf der Messerspitze Hellberg ein Stück des radikalen Käses an.

»Danke«, sagte Hellberg und schluckte krampfhaft. »Nein, danke.«

Kurz vor der uralten Stadt Kotor mit ihren Befestigungen, den fjordähnlichen Meeresengen und den unheimlich steilen, hohen Bergen ringsum drückte der Fahrer mehrmals auf seine höllische Preßluftfanfare.

Vor ihnen, auf der Straße, lief gemütlich ein Esel. Er sah sich um, wackelte mit den Ohren, hob den Schwanz und lief dann weiter, ohne sich um den Lärm der Hupe zu kümmern.

An den Fenstern klebten die Gesichter der Reisenden, schadenfroh und fröhlich.

»Immer langsam, Freundchen!« rief jemand.

Und ein anderer: »Es ist seine Straße. Kann man's ihm übelnehmen?«

Behutsam fuhr der Bus hinter dem trottenden Esel her. Als das Tier endlich abbog in einen Feldweg, klatschten die Reisenden Beifall, der Bus heulte auf und rasselte die Serpentinen hinunter zur Fähre, die über einen der Fjorde nach Kotor fährt. Aus zwei Fischerbooten war sie zusammengesetzt, und als der voll beladene Bus darauf rollte, sank sie so tief ein, daß das Wasser über die Seiten schwappte.

Claudia umklammerte wieder den Arm Franks.

»Sie sinkt...« stammelte sie. »Wir werden alle ertrinken!«

Aber nichts geschah. Tuckernd überquerte man die Meerenge, legte auf der Seite von Kotor an, und als sie in die uralte Stadt einfuhren, war es fast ein Triumphzug, denn alle winkten ihnen zu.

Es war später Nachmittag, als sie die letzte Strecke zwischen Hercegnovi und Dubrovnik befuhren. Noch einmal gab es einen Aufenthalt von einer halben Stunde, weil ein Erdrutsch die Straße verschüttet hatte. Große Felsbrocken lagen auf der Fahrbahn. Kritisch starrte Hellberg die steilen Hänge hinauf. Wenn sich dort wieder ein Teil der Felsen löst, dachte er, sind wir in Sekunden zermalmt und begraben.

Aber auch dieses Hindernis wurde überwunden. Alle stiegen aus, und unter dem Kommando des Polizisten und des dreiviertel betrunkenen und nach Slibowitz weithin duftenden Schaffners schleppte man die Felsbrocken zur Seite und rollte sie einfach ins Tal. Wohin sie stürzten... wenn kümmerte es? So etwas ist ein Naturereignis. Man muß ihm aus dem Wege gehen...

»Eine schöne Fahrt!« sagte der Polizist, als man durch die ersten Vororte Dubrovniks rollte, vorbei an den stillen Villen in den herrlichen Gärten. »Ist es nicht ein schönes Land, Freunde?«

Hellberg verstand ihn nicht, aber nickte zustimmend, denn zu allem ja zu sagen, war jetzt das beste.

Der Bus hielt mit kreischenden Bremsen vor dem Stadion-Hotel in Dubrovnik. Die Reisenden quollen auf das heiße Pflaster, um den Heck-Kofferraum versammelten sich schimpfende Gruppen, denn das Gepäck wurde einfach auf die Straße geworfen, auch wenn einige schrien: »Vorsicht, Brüder! Glas ist drin! Glas! Gebt doch acht, Genossen!«

Der Polizist sah Hellberg und Claudia aus umflorten Augen an und rülpste. Er war müde, hatte Durst und sehnte sich nach einem gebratenen Hühnchen. Sein Auftrag war klar: Ablieferung der beiden Fremden am Hafen. Hinweis auf das Fährschiff. Rückkehr mit dem Bus am nächsten Morgen. Konnte da noch etwas schiefgehen?

Er winkte, ging mit staksigen Beinen voraus bis zur nächsten Mole, zeigte hinüber zum Hafen und auf die Schiffe und sagte:

»Italia! Navigare! Prego! Subito...« Dann grüßte er, lächelte Claudia an, machte eine scharfe Kehrtwendung und ging, leicht schwankend, zum Bus zurück.

Auftrag erfüllt! Es lebe der Abend in Dubrovnik.

Sprachlos sah Frank Hellberg ihm nach. Es dauerte lange, bis er begriff, daß nun alles erledigt war, daß sie nicht mehr bewacht wurden, daß sie lediglich den Befehl bekommen hatten, auf das Fährschiff nach Bari zu gehen.

»Wir sind frei, Frank«, sagte Claudia leise. Trotz der Abendhitze war ihre Hand kalt, als sie nach ihm tastete. »Wir sind keine Gefangenen mehr.«

»Komm!« Hellberg faßte sie fest an der Hand. »Weg von hier. Zum Hafen! So schnell wie möglich weg, ehe er es sich anders überlegt oder wieder nüchtern wird.«

Wie Kinder rannten sie die Uferstraße entlang, bis sie den Bus nicht mehr sahen, sondern nur noch die schlanken, weißen Leiber der Jachten und Segelboote und die in der Abendsonne blitzenden Scheiben des Hotels »Petka«. An den Molen der Fährschiffe herrschte reger Betrieb. Ein Ersatzschiff für die »Sveti Stefan« und die »Budva« wurde beladen. Am Quai wartete die lange Wagenreihe auf die Freigabe der Fahrt in den hohen Leib des Schiffes.

»Haußmanns werden längst in Sarajewo sein«, sagte Hellberg. Er saß auf einem Stapel Rundstämme und blickte hinüber zum Hotel Petka. »Wie ich Herrn Haußmann kenne, hat er eine Nachricht hinterlassen. Aber wo? Wir sollten einmal alle Hotels abgehen. Vielleicht haben wir Glück.«

Und sie hatten Glück, schon beim ersten Fragen. Der Chefportier des Hotels Petka, der ein wenig deutsch sprach, begrüßte Hellberg wie einen alten Freund, als dieser seinen Namen nannte und nach Karl Haußmann fragte.

»Ein Brief für Sie, mein Herr!« rief der Chefportier. »Gestern sind die Herrschaften abgefahren. Liebe Menschen, liebe Menschen! So großzügig...«

Hellberg verstand. Er schob einen Zwanzig-Mark-Schein unter einen Hotelprospekt und riß den Brief auf. Der Chefportier schob unterdessen den Prospekt weg, zerknüllte ihn und trug ihn zur Seite. Sauberkeit ist alles!

Hellberg und Claudia setzten sich in die Ledersessel der Hotelhalle und lasen den Brief Haußmanns. Er war kurz, in großer Eile geschrieben.

»... wir fahren jetzt gleich nach Sarajewo. In unserer Begleitung ist ein Lord Rockpourth. Wir müssen uns um ihn kümmern. Lord R. hat in Sarajewo Zimmer bestellt. Wir wohnen im Hotel Europa. Werden auch für Sie und Claudia Zimmer reservieren. Lord R. kann anscheinend alles. In größter Eile herzlichst Haußmann...«

Hellberg faltete den Brief zusammen und steckte ihn ein. Dann ging er zurück zur Theke der Rezeption. Der Chefportier glänzte ihn an wie ein Liebhaber seine Geliebte.

»Mein Herr...?«

»Wie kommt man am schnellsten nach Sarajewo?« fragte Hellberg.

»Am schnellsten mit dem Auto, am sichersten mit dem Zug.

Ich würde den Zug empfehlen. Abfahrt 8.30 Uhr, Ankunft gegen 21 Uhr... genau weiß man das nicht. Es gibt da viele unvorhergesehene Dinge...«

»Zum Beispiel Erdrutsche.«

»Auch, mein Herr.«

»Ein Esel auf den Schienen...«

»Kommt alles vor.« Der Chefportier grinste breit. »Soll ich zwei Karten besorgen lassen? Auch Geld können Sie bei mir wechseln, mein Herr. Bei mir können Sie alles haben.«

Hellberg nickte. Er gab dem Portier fünfhundert deutsche Mark und wußte, daß er sich bis morgen früh um nichts mehr zu kümmern brauchte. Zwei Zimmer, das Abendessen, das Frühstück, die Fahrkarten, die eingewechselten Dinare... alles würde bereit sein.

»Morgen sind wir endlich, endlich in Sarajewo«, sagte er, als er zurück zu Claudia kam, die noch immer in dem Ledersessel saß. Sie sah bleich aus. Die schönen, glänzenden Augen lagen tief in den Höhlen. »Morgen stehen wir vor dem Haus deines Wunderdoktors, mein Liebling, und übermorgen kannst du die ersten Kapseln nehmen.«

»Und ich werde gesund«, sagte Claudia ganz leise und legte das Gesicht auf Franks Hände. So viel Zärtlichkeit und Glaube war in dieser Geste, daß Hellbergs Herz bis zum Halse schlug.

Mein Gott, dachte er, was wird bloß, wenn auch HTS nicht hilft? Wenn dieses Mittel nur eines der vielen Wundermittel ist, die eine gewissenlose Propaganda emporhebt in den Himmel, um dann die Hoffenden in die tiefste Hölle stürzen zu lassen? Rennen wir nicht mit offenen Augen einem Phantom nach? Alle, die sich mit dem Krebsproblem beschäftigen, alle Ärzte in aller Welt sagen: Es gibt kein Allheilmittel gegen den Krebs. Wer das behauptet, ist ein Betrüger. Wie kann es ein Mittel gegen eine Krankheit geben, von der man noch nicht einmal weiß, wie sie entsteht?

»Ich bin müde, Frank«, sagte Claudia leise. »So müde, Liebling... Wenn du nicht bei mir wärst, ich hätte es schon längst aufgegeben...«

Später saß Helberg auf dem Balkon seines Zimmers und sah hinaus in die warme Nacht und über das Lichtermeer von Dubrovnik. Nebenan schlief Claudia, mit einem Lächeln auf den Lippen, wie ein beschenktes Kind.

Vom Chefportier hatte er zwei neue englische Zeitungen bekommen. In beiden stand ein Artikel über das HTS des Dr. Zeijnilagic in Sarajewo.

»Schwindel oder Rettung für Millionen?«

»Ärzte warnen: Es gibt kein ›Wundermittel‹!«

»Gutachterkommission fordert: Verbot für HTS!«

Hellberg hatte die Zeitungen auf den Kleiderschrank gelegt, damit Claudia sie nicht fand, wenn sie am Morgen zu ihm kommen würde.

Der Kampf hat begonnen, dachte er. Die Experten zerfleischen sich bereits. Neid und Unwissenheit, Borniertheit und Hochmütigkeit fallen wieder übereinander her. Leidtragende sind die Kranken, denen niemand mehr hilft. Aber wen kümmert das? Das »wissenschaftliche Gesicht« der Experten ist wichtiger.

Morgen werden auch wir in Sarajewo sein. Wie Hunderte vor uns werden wir am Haus auf der Straße und im Treppenhaus des Dr. Zeijnilagic Schlange stehen und um 20 Kapseln HTS bitten. Auch wenn es ein Verbrechen ist, wie die Gegner schreiben.

Ist Hoffnung ein Verbrechen?

Aus dem Hafen lief das Fährschiff nach Bari aus.

Morgen früh würde es an der Molo Foraneo anlegen, und vierzig, fünfzig Augen würden es anstarren und die Hände falten.

Das Schiff der Hoffnung.

Solange es Hoffnung gibt, ist der Mensch nie allein.

Das Alleinsein aber ist die erste Stufe des Todes...

Die beiden Wagen quälten sich durch Staub und aufwirbelnde Steine die bergige Straße hinauf. Die Felsen links und rechts waren fast kahl, von der Sonne ausgeglüht. Vereinzelt sah man Dächer, Ansammlungen grauer, aus Felsgestein gebauter Häuser – Dörfer, zu denen nur enge Pfade führten. Man fragte sich, wovon diese Menschen dort lebten, ob sie Steine aßen und aus hartem Gras Kuchen backten. So öde war das Land, so steinig und hart der Boden, daß man verstand, warum die Frauen in schwarzen Kleidern gingen. Sie trauerten darum, daß sie lebten.

Nach drei Stunden Fahrt hielt der schwere Rolls Lord Rockpourths zum viertenmal. Aber diesmal war es nicht der Durst, sondern der Chauffeur stieg aus dem Wagen, nahm die Mütze ab und sagte in steifer, britischer Art:

»Mylord, eine Panne. Ich glaube, ein Zylinder fällt aus.«

Haußmann bremste scharf, denn der Wagen Lord Rockpourths war unmittelbar hinter einer Kurve stehengeblieben, und um ein Haar wäre Haußmann aufgeprallt.

»Kreuzdonnerwetter!« schrie er. »Was ist denn? Wenn das so weitergeht, sind wir erst Weihnachten in Sarajewo!«

»Karli...« sagte Erika sanft und legte beruhigend ihre Hand auf seinen Arm. Seit einer Stunde verfiel sie zusehends. So jung und frisch sie bei der Abfahrt am Morgen von Dubrovnik ausgesehen hatte, so erschreckend alt wirkte sie jetzt. Sie lag halb auf den Hintersitzen, hatte das Kleid geöffnet, ihre Haut wirkte fahl und grau, und der seidige Glanz ihrer rotbraunen Haare war verschwunden. Stumpf und leblos war das Haar.

»Reg dich nicht auf«, sagte sie mit mühsam fester Stimme. »Er ist doch schwer krank...«

»Was geht mich der Lord an?« rief Haußmann und drückte mehrmals auf die Hupe. »*Dich* bringe ich nach Sarajewo, nicht ihn! Um dich geht es, verdammt noch mal!« Er beugte sich über die Lehne und streichelte Erika über das graue Gesicht. »Wie geht es dir denn, Rika? Wieder Schmerzen?«

»Ein wenig.« Sie lächelte krampfhaft und nickte ihm zu. »Aber es geht schon. Man kann sie ertragen. Ich nehme gleich eine Tablette.«

Marion stieg aus dem großen Rolls und kam auf Haußmanns Mercedes zu. Ihr wiegender Gang war aufreizend und provozierend. Neben dem Rolls verhandelten der junge Lord und der Chauffeur.

»Sie sollten Ihrem Patienten einen Schlauch ansetzen, wenn er dauernd Durst hat!« rief Haußmann aus dem heruntergekurbelten Fenster. »Himmel, wann sollen wir denn in Sarajewo sein?«

»Heute nicht mehr.« Marion hob die schönen Schultern. »Ein Zylinder ist kaputt! Der Wagen läuft nicht mehr.«

»So ein Blödsinn! Hat acht Zylinder. Auf sieben Pötten läuft der Kahn immer noch 100!« Haußmann stieg aus seinem Wagen und knallte die Tür zu. »Sollen wir hier Steinchen sammeln und Backe-backe-Kuchen spielen?«

»Der Chauffeur sagte, wenn er weiterfährt, überlastet er die anderen Zylinder so stark, daß am Ende der ganze Motor kaputt ist. Ein Rolls sei nicht für solche Straßen gebaut.«

»Es ist zum Heulen!« Haußmann ließ Marion stehen und lief zu dem jungen Lord. Er kam an, als der Chauffeur gerade zum letztenmal dargelegt hatte, daß er ein Auto, das er seit zehn Jahren wie einen eigenen Sohn pflegte, nicht zuschanden fahre.

»Es hat gar keinen Sinn, weiter darüber zu reden, Sir«, sagte der junge Lord Robert. »Der Wagen muß abgeschleppt werden. Die nächste Stadt ist Mostar. Dort werden wir vielleicht ein Fahrzeug bekommen, das meinen Onkel weitertransportiert nach Sarajewo. Und wenn's ein Lastwagen ist.«

»Robert!« tönte eine zitternde Stimme aus dem Rolls. »Zum Teufel! Robert!«

»Er wacht immer zur unrichtigen Zeit auf«, sagte der junge Lord seufzend. »Ja, Onkel James?«

»Umladen!«

»Wohin?«

»In den Wagen von Mr. Haußmann. Ich hinten, die gnädige Frau vorn.«

»Aber Onkel James ...«

»Ruhe! Ihr bleibt hier stehen und seht, wie ihr weiterkommt! Soll ich im Straßengraben verrecken? Das könnte euch so passen. Wie einen räudigen Hund mich sterben lassen. Ha! Umladen, sage ich!«

Der junge Lord sah Haußmann achselzuckend an. Er trat ein paar Schritte vom Wagen weg und winkte Haußmann, zu ihm zu kommen.

»Was sollen wir machen?« sagte er leise. »Ich kann Ihnen doch unmöglich Onkel James allein mitgeben. Parker und ich, wir kommen schon weiter. Aber Miß Marion? Doch das ist typisch mein Onkel. Er kennt keine Rücksichten.«

»Eines ist klar: Wir können nicht hier stehenbleiben«, sagte Haußmann laut. Er bezwang sich, nicht zu brüllen, obwohl ihm danach zumute war. »Ich *muß* nach Sarajewo. Meiner Frau geht es wieder schlechter. Sie hat Schmerzen. Sie muß sofort in ärztliche Behandlung. Ich kann es mir nicht leisten, auch nicht für Ihre lächerlichen 10000 Pfund, das Leben meiner Frau zu gefährden, nur weil Ihr Onkel einen Dickkopf hat.«

»Wenn nichts geschieht, das wissen Sie, schiebt er mir die Schuld zu und enterbt mich. Das Testament tragen Sie ja in der Brusttasche.«

»Wenn Sie wollen, zerreiße ich es und werfe es die Schlucht hinunter!« schrie Haußmann.

»Das ändert gar nichts.« Der junge Lord hob die Schultern. »Wir haben nun einmal eine Aufgabe übernommen, und es ist die Pflicht eines Gentleman, sie zu Ende zu führen. Ich nehme an, Sir, Sie *sind* ein Gentleman!«

Haußmann hatte eine unhöfliche, ja unschickliche Bemerkung auf den Lippen, aber er schluckte sie hinunter.

»Gut. Was soll geschehen?« fragte er heiser.

»Wir laden Onkel James wirklich um, und Sie fahren ihn nach Sarajewo. Parker, Miß Marion und ich werden uns bis Mostar durchschlagen und mit dem nächsten Gefährt nachkommen. Ich nehme an, daß auf dieser Straße mehr als zwei Autos am Tage fahren.«

»Bitte!« Haußmann hob resignierend die Schultern. »Laden wir um. Mir ist schon alles Wurscht. Wenn es nur schnell geht.«

Und es ging verhältnismäßig schnell. Parker, der Chauffeur, der junge Lord, Haußmann und Marion trugen Lord Rockpourth in Haußmanns Mercedes, betteten ihn auf die Hintersitze, stopften den Raum zur Rückenlehne der Vordersitze mit Kissen und Koffern aus, damit der Lord nicht herunterrollte in den Kurven oder beim scharfen Bremsen herumgeschleudert wurde, und dann saß Haußmann wieder hinter dem Steuer, fuhr mit verbissenem Gesicht an und reagierte nicht auf das Winken der Zurückbleibenden.

»Das war eine gute Idee«, sagte hinter ihm Lord Rockpourth und kicherte heiser. »Jetzt schwitzt der Junge Blut, denn er weiß nicht, was wir alles besprechen werden.«

Zehn Minuten später fiel er wieder in Lethargie. Erika stieß ihren Mann sachte an. »Er ist wieder starr«, flüsterte sie.

»Gott sei Dank, dann schweigt er wenigstens«, antwortete Karl böse.

Mit hoher Geschwindigkeit raste er die Bergstraße entlang und rauschte hupend um die engen Kurven.

Kurz vor Mostar stieß Erika einen so grellen Schrei aus, daß Haußmann zusammenzuckte und der Wagen fast geschleudert wäre. Erika krümmte sich vor Schmerzen, preßte die Hände auf den Leib, und ihr Gesicht war ein einziger, verzweifelter Aufschrei.

»Mein Leib!« stöhnte sie. »Karl... mein Leib... ich sterbe... o Karl, ich sterbe... Jetzt ist etwas gerissen... da drinnen... ich sterbe...«

Haußmann überlief es eiskalt. Er umklammerte das Lenkrad und stieß den Fuß auf dem Gaspedal ganz durch. Wie ein Irrer raste er über die Straße, die Hand auf der Hupe.

Mostar, dachte er dabei. Gleich haben wir Mostar erreicht. Einen Arzt! O Gott, einen Arzt!

Bitte, bitte einen Arzt!

Mit stierem Blick starrte er geradeaus. Der Wagen heulte, Häuser tauchten auf, Pferdefuhrwerke, Bauern mit Traglasten, Frauen, Kinder, Esel, Wohnwagen, Autos, Lastwagen, eine kleine Moschee, ein Minarett... vorbei, vorbei... hupen, Gas geben, hupen...

Aus dem Weg! Aus dem Weg!

Einen Arzt...

Wie ein Irrer raste er in Mostar ein. Neben ihm lag Erika verkrümmt auf dem Sitz, die Hände gegen den Bauch gepreßt, und stöhnte. Ihre bleichen Lippen zitterten, aber der Schmerz war so groß, daß sie nicht mehr schreien konnte. Verkrampft war ihr Gesicht, gelähmt der Mund. Nur der Atem ging durch die Zähne, und an den Lippen wurde er zum hellen Stöhnen.

Ein Polizist in weißer Uniform sprang entsetzt zurück, als er den hupenden, rasenden Wagen sah, der plötzlich bremste und auf ihn zuschleuderte.

»Hospital?« schrie Haußmann aus dem Fenster. »Ma femme... malade... pas de morde...« Mein Gott, was kommt es darauf an, ob's richtig ist. Erika stirbt... seht es doch... sie stirbt. »Un docteur...« schrie Haußmann. »Où est un docteur?«

Der Polizist wischte sich den Schweiß vom Gesicht. Dann sah er in den Wagen, blickte auf die verkrümmte, stöhnende Erika und auf den Lord, den er als eine Leiche ansah. Da riß er die Tür auf, drückte Haußmann weg zu seiner Frau, setzte sich selbst ans Steuer und fuhr, genau wie Haußmann hupend und unter Mißachtung aller Regeln, durch das winkelige, alte, von Menschen berstende Mostar.

Zehn Minuten später rollte Erika auf lautlosen dicken Gummirädern über den langen, weißen Flur des Krankenhauses von

Mostar. Sie war besinnungslos aus dem Wagen gehoben worden, und vier Ärzte hatten sich sofort um sie gekümmert. Ein Oberarzt, der sogar deutsch sprach, hatte nach der ersten Untersuchung, einem Abtasten des geschwollenen Leibes, kurz und knapp seine Anweisungen gegeben und wandte sich nun an Haußmann, der schweißüberströmt, zitternd und am Ende seiner Kräfte an der Wand lehnte. Der Polizist war unten beim Wagen und sah dem Transport von Lord Rockpourth zu, der zu seiner sprachlosen Verwunderung noch lebte.

»Wir werden Ihre Frau gleich operieren«, sagte der Oberarzt. »OP II ist gerade frei geworden. Sie haben Glück, mein Herr: Das ganze Team mit Professor Kraicic steht bereit. Haben Sie keine Angst, in zehn Minuten ist der Röntgenbefund fertig, und wir wissen, was es ist, obschon ich meiner Diagnose bereits jetzt sicher bin.«

»Ihre Diagnose...« Karl Haußmann schloß die Augen. »Nicht operieren«, sagte er leise. »Es ist ihr Tod... sie kann ja nicht operiert werden... es ist ja sinnlos... sie... sie ist doch inoperabel...«

»Was ist sie?« fragte der serbische Oberarzt. »Inoperabel? Wieso denn?«

»Sie hat Krebs«, stammelte Haußmann. »Unheilbaren Krebs! Wir wollten zu Dr. Zeijnilagic, nach Sarajewo zu dem HTS!«

»Krebs?« Der Oberarzt drückte das Kinn an. Dann sah er Haußmann nachdenklich an und hatte es plötzlich sehr eilig. »Professor Kraicic wird nachher mit Ihnen selbst sprechen. Entschuldigen Sie mich bitte...«

»Werden Sie operieren?« rief Haußmann ihm nach. Er hatte sich von der Wand abgestoßen und lief dem Oberarzt nach.

»Wenn es nötig ist... ja!«

Haußmann blieb stehen. Eine Wand aus Milchglas war vor ihm. Darauf in Schwarz eine Schrift. Er konnte die Worte nicht lesen, aber er wußte, was sie bedeuteten.

Eintritt verboten.

Der OP-Trakt.

Überall ist es so, ob in Gelsenkirchen oder in Mostar.

»Erika...« sagte er leise, deckte die Hand über die Augen und drückte die Stirn gegen die kalte Glasscheibe. »Erika... verlaß mich nicht... geh' nicht weg... O Gott, mein Gott... laß sie leben...«

Eine Schwester mit großer, weißer Haube führte ihn weg in ein Zimmer und drückte ihn in einen Sessel aus geflochtenen Kunststoffschnüren. Karl Haußmann merkte es gar nicht; er stierte vor sich hin, hatte die Hände gefaltet und schien darauf zu warten, daß jemand ihn aus seiner Starrheit weckte mit den Worten: »Es ist vorbei... wir konnten Ihre Frau nicht mehr retten...«

Auf dem Gang war ein Kommen und Gehen. Weiße Kittel wehten an der offenen Tür des kleinen Zimmers vorbei, in dem Haußmann hockte. Ein Arzt sah kurz herein, aber er sprach Haußmann nicht an, sondern rannte weiter durch die Milchglastür in den OP-Trakt.

Wie lange Haußmann so dasaß, wußte er nicht. Er hatte jegliches Gefühl für Zeit verloren. Hätte man ihm gesagt: Sie sitzen zehn Stunden hier, er hätte es ebenso geglaubt wie eine halbe Stunde.

Die Luft wurde stickig im Zimmer. Die Hitze brütete auf den Dächern. Karl Haußmann lief der Schweiß über die Augen und das Gesicht. Aber er wischte ihn nicht ab, er saß nur da, starrte vor sich hin und wartete.

Wartete.

Und büßte ab.

Das Fegefeuer kann nicht grausamer sein, dachte er einmal. Ja, ich habe Erika betrogen... nicht nur mit Marion Gronau. Verdammt, ich gestehe es: Ich habe sie mehrmals betrogen. Mit einer Kellnerin vom Clublokal des Gesangvereins. Mit der Buchhalterin der befreundeten Firma Meyering & Co. und mit einer Platzanweiserin im Kino. Abenteuer waren es, weiter nichts, aber es war Betrug. Es waren Gemeinheiten angesichts der Liebe Erikas und ihres Vertrauens zu mir.

Ich bin ein schlechter Mensch. Ich weiß es. Aber sie hat es nicht verdient, so zu sterben... auf einem OP-Tisch in Mostar...

Haußmann sprang auf. Er lief aus dem Zimmer und prallte auf dem Flur gegen einen älteren Arzt, der gerade aus der Milchglastür kam.

»Erika!« rief Haußmann, und man sah ihm an, daß er gar nicht wußte, was er rief und was er tat. »Sie dürfen dich doch gar nicht operieren...!«

»Beruhigen Sie sich«, sagte der ältere Arzt in fließendem Deutsch. »Kommen Sie mit, ich habe mit Ihnen zu reden!«

Er nahm Haußmann an der Hand wie ein verirrtes Kind und

zog ihn zurück in das kleine Zimmer. Dort ließ er ihn am Fenster stehen, schloß die Tür und knöpfte seinen weißen Kittel auf. »Ich glaube, man sollte Sie gründlicher behandeln als Ihre Frau! In was reden Sie sich da hinein?«

Karl Haußmann wischte sich über das schweißnasse Gesicht. Wie aus einem quälenden Traum erwachte er, und was er bisher wie durch Nebelwände gesehen hatte, wurde klar um ihn. Er wandte sich um, riß das Fenster auf und atmete die einströmende warme Luft ein, als sei sie wundervoller, kühler Gebirgsozon. Dann drehte er sich zurück ins Zimmer und riß sich den Kragen auf.

»Wer sind Sie?« fragte er heiser.

»Kraicic«, sagte er ältere Arzt.

»Professor Kraicic...« Haußmann hob wie flehend beide Hände. »Was ist mit meiner Frau? Bitte, sagen Sie mir die Wahrheit. Lebt sie noch? Sie haben Sie nicht operiert, nicht wahr? Sie ist doch inoperabel, wie die Ärzte sagen. Kann... kann ich sie sehen...?«

Professor Kraicic griff in die Hosentasche, holte eine Packung Orientzigaretten heraus und hielt sie Haußmann hin. Karl schüttelte den Kopf. Der Professor steckte sich eine der goldgelben Zigaretten an.

»Ihre Frau wird gerade operiert«, sagte er. »Oberarzt Dr. Dravo macht es allein mit drei Assistenten. Ich brauchte nicht einzugreifen. So etwas ist Routine.«

»Natürlich, natürlich...« stotterte Haußmann hilflos. »Routine. Es sterben ja so viele...«

»Wer redet hier von Sterben?« Professor Kraicic setzte sich und sah Haußmann ein wenig reserviert an. »Woher kommen Sie?«

»Aus Gelsenkirchen, Herr Professor. Eine Industriestadt in Deutschland... Ruhrgebiet...«

»Ich kenne Deutschland. Ich habe als kriegsgefangener Militärarzt vier Jahre lang in Duisburg gearbeitet.«

»Ach so«, sagte Haußmann. »Jaja, der Krieg...«

Erika ist nicht tot, dachte er dabei. Sie ist *noch nicht* tot...

»Wer hat Ihre Frau dort untersucht?« fragte Professor Kraicic.

»Unser Hausarzt.«

»Mit Röntgenkontrolle?«

»Ich weiß nicht.« Haußmann sah zu Boden. Er schämte sich.

Nie hatte er sich um die Krankheit seiner Frau gekümmert. »Deine Nerven«, hatte er immer gesagt. Oder: »Nun fang bitte nicht wieder an, hysterisch zu werden!« Er hatte sie nie gefragt, was der Arzt festgestellt hatte. Und hätte sie es ihm gesagt, würde er sicherlich geantwortet haben: »Diese Ärzte! Gnädige Frau hinten, gnädige Frau vorn, und dann 100,– DM für die Beratung. So 'was kennt man. Was dir fehlt, ist Arbeit. Du hast zuviel Langeweile. Früher, als wir von morgens sieben bis in die Nacht arbeiteten, da hattest du keine Zeit für Wehwehchen...«

»Ich weiß es nicht«, sagte Haußmann leise. »Erika sprach nie darüber.«

»Und wer hat die Krebsdiagnose gestellt?«

»Dr. Borgoporte in Rimini und Dr. Tezza in Capistrello.«

»Mit Röntgen?«

»Ja. Ich habe die Aufnahmen selbst gesehen.« Haußmanns Stimme zitterte. »Die dicke Verschattung im Leib... die... die Krebsgeschwulst...«

»Ach!« Professor Kraicic zerdrückte die halb gerauchte Zigarette. »Und was wurde getan?«

»Dr. Borgoporte riet mir, sofort nach Hause zu fahren, in eine gute Klinik. Zur Kontroll-Diagnose. Er hält Erikas Geschwulst für inoperabel.«

»Und warum sind Sie nicht gefahren?«

»Ich hörte von diesem Dr. Tezza...« sagte Haußmann, und wieder schämte er sich. »Er... er galt als eine Art Wunderdoktor.«

»Und Sie haben daran geglaubt?«

»Würden Sie nicht an Wunder glauben, wenn Ihnen jemand sagt, die normale Medizin ist am Ende ihres Wissens?« rief Haußmann verzweifelt.

»Nein!« Professor Kraicic sagte es ganz hart. »In der Medizin gibt es kein Ende. Täglich entwickelt sie sich weiter. Aber ohne Wunder. Durch Wissen und Können.«

»Darauf hoffte ich ja!« stöhnte Haußmann.

»Dieser Tezza war ein Schwindler, nehme ich an?«

»Ja. Ein Erzgauner. Gott sei Dank merkten wir das zeitig.«

»Und dann hörten Sie von unserem Kollegen Dr. Zeijnilagic in Sarajewo. Von seinem HTS. Und es gab für Sie nur eins: Hin nach Sarajewo. Wie die Kühe, die einem Leitstier nachtrotten, und wenn's in den Abgrund geht.«

Haußmann nickte müde. Er wurde von Professor Kraicic seelisch zerpflückt, moralisch so ausgezogen, daß er sich wirklich wie nackt und angespuckt vorkam.

»In allen Zeitungen stand, daß dieses HTS große Heilerfolge hat. Warum fahren Tausende nach Sarajewo?«

»Warum zogen Millionen singend in den Krieg? Es ist das alte Rätsel, Herr Haußmann: Glaube an unbewiesene Dinge und Massenwahn.«

»Sie glauben nicht an das HTS?«

»Es ist noch nichts bewiesen! Es liegen keine klinischen Berichte vor, keine Forschungsreihen über Jahre hinweg, man hat ein paar Spontanheilungen in der Hand, aber in der Medizin ist man bei diesen Spontanheilungen sehr kritisch.«

»Dann ist also auch Dr. Zeijnilagic ein Schwindler?« stotterte Haußmann.

»Aber nein! Nein! Kollege Zeijnilagic ist ein ernsthafter Arzt und Forscher, der in jahrelanger Arbeit sein HTS entwickelt hat und ohne staatliche oder kommerzielle Hilfe, nur mit seinem eigenen Geld, einen Traum der Menschheit Wahrheit werden lassen will: den Sieg über den Krebs. Ob ihm das mit seinem HTS gelungen ist, wer weiß es? Das ist eben das Problem: Wir *wissen* es noch nicht. Wir hoffen wie Millionen Kranke. Aber in der Medizin gilt keine Hoffnung. Medizin ist eine exakte Wissenschaft. Experimente gehören in das Labor, die Arbeit am Menschen verlangt Realitäten. Das ist ein großer, menschlich verständlicher Fehler Dr. Zeijnilagics: Er ist zu früh an die Öffentlichkeit getreten. Jetzt haben wir die Aufregung der ganzen Welt über uns; die Kranken – wie Sie – pilgern nach Sarajewo, als sei es das Mekka der Medizin, und dabei ist es nur ein kleiner Brunnen, an dem man sich erfrischen kann.«

»Das sagen Sie alles so schön, Herr Professor.« Karl Haußmann sah aus dem Fenster. Jenseits der Mauer, die das Krankenhaus von der Straße abschirmte, brauste der Verkehr Mostars. Alte Busse, Autos, Eselskarren, Handwagen, ein Gewimmel von Menschen mit roten, runden Käppchen auf den Köpfen. Ein Hauch von Orient. Jetzt blickte er den Arzt an:

»Man hat Ihnen noch nicht gesagt, daß Ihre Frau inoperabel ist...«

»Nein!« erwiderte Professor Kraicic und hob seine schmalen

langen Hände: »Meine Frau starb vor drei Jahren an einem Mammakarzinom.«

»Verzeihung...« sagte Haußmann leise. Und er kam sich zum drittenmal elend und beschämt vor.

Der Professor erhob sich. »Kommen Sie bitte mit«, sagte er. »Ich möchte Ihnen etwas zeigen.«

Sie gingen zusammen durch die große Milchglastür, auf der Eintritt verboten stand. Auf dem gekachelten Gang der OP-Station war es still und kühl. Ein Klimagerät arbeitete lautlos. Über einer Doppeltür mit Gummidichtungen brannte einsam ein kleines rotes Lämpchen.

Ruhe! Operation.

Erika...

Haußmann blieb stehen und starrte hinauf zu der kleinen roten Birne.

Verzeih' mir, dachte er. Verzeih' mir alles, Rika. Nun ist es zu spät für uns, ein völlig anderes Leben zu beginnen, aber du sollst wissen, wie leid mir alles tut...

»Kommen Sie!« sagte Professor Kraicic sanft. Haußmann blieb stehen, rührte sich nicht.

»Was machen sie jetzt mit Erika?« fragte der dumpf.

»Sie operieren. Wenn alles glatt verläuft, ist Dr. Dravo jetzt dabei, die Bauchhöhle auszuräumen.«

»Die Bauchhöhle...« Haußmann schwindelte es. Er lehnte sich gegen die gekachelte Wand und schloß die Augen. Wie ein rasender Kreisel kam er sich vor. »Aber es ist doch sinnlos, Herr Professor.«

Er wußte später nicht, wie er weitergegangen und in das Zimmer gekommen war. Plötzlich stand er vor einer matt schimmernden Leuchtwand, in die man drei große Röntgenbilder geschoben hatte. Die Bauchhöhle Erikas, von drei Seiten fotografiert, und in ihr, ganz deutlich zu sehen, die große, fast runde Verschattung. Ein Klumpen wie aus Wasser, von einem Ballon umgeben. Das große Auge des Todes...

Haußmann nickte. Sein Herz schmerzte, als sei es in Fetzen gerissen.

»Ja«, sagte er langsam. »So ist es. So war es auch auf dem Bild von Dr. Borgoporte.«

»Diese Aufnahmen in drei Ebenen haben uns veranlaßt, sofort zu operieren«, sagte Professor Kraicic und knipste das Licht der Leuchtwand wieder aus. »In drei Wochen können Sie Ihre Frau zur Erholung ans Meer mitnehmen. Nach Hvar oder Krk.«

Haußmann schluckte. Dann wurden ihm die Beine weich, er setzte sich, und in seinem Kopf brummte es wie ein riesiger Hummelschwarm.

»In... drei... Wochen...« stotterte er. »Gesund...?«

»Ja.«

»Durch Operation?«

»Ja.«

»Dann... dann ist es kein Krebs?«

Ein Aufschrei war es. Ein Schrei, der hell durch den großen Raum gellte.

»Nein!« sagte Professor Kraicic fest. »Es war kein Krebs!«

»Aber... das Röntgenbild...«

»Es zeigt ein subseröses Myom an der Oberfläche des Uterus. Myome sind kein Anlaß zur Panik. Sie sind selten bösartig und entwickeln sich nur vereinzelt zu Sarkomen. Ihre Gutartigkeit steht im umgekehrten Verhältnis zu ihrer gefährlichen Demonstration. Starke, wehenartige Schmerzen, Druckerscheinungen auf die Nachbarorgane, unregelmäßige Blutungen... das alles können auch Anzeichen eines Karzinoms sein. Nur: Bei einer histologischen Untersuchung und ein wenig Kenntnis vom Röntgenbildlesen erkennt man ein Myom sofort.« Professor Kraicic lächelte, als er Haußmanns entgeistertes Gesicht sah. »Ja, so ist das. Nehmen wir an, Sie hätten ohne Zwischenfälle Sarajewo erreicht, man hätte Ihnen das HTS gegeben, Ihre Frau hätte die Kapseln genommen und das Myom – Myome tun das gern! – wäre nach einiger Zeit verschwunden, was vor allem in der Menopause sich vollzieht, denn dieses Muskelknotenwachstum ist an die ovarielle Funktion geknüpft: Was wäre dann gewesen? Ein neues Wunder einer Wundermedizin HTS! Unheilbarer Krebs besiegt! Inoperable Frau gerettet! Die Zeitungen hätten sich überschlagen. Und was war es in Wahrheit? Ein gutartiger Tumor, dessen Entstehung zwar bis heute nicht geklärt ist, der aber alle Schrecken verloren hat.« Professor Kraicic lachte befreit. »Sehen Sie... so entstehen Wunder.«

Haußmann nickte. Noch glaubte er nicht, was er da hörte. Noch war alles so erschreckend einfach, so lächerlich normal. Es war wie das Erwachen aus einem Alptraum, in den man sich hineingewühlt hatte, und nun erwacht man und sieht, daß die Sonne scheint und die Blumen blühen.

»Erika ist gar nicht todkrank?« sagte er kaum hörbar.

»Nein.« Professor Kraicic schüttelte energisch den Kopf. »Um alle späteren Komplikationen zu vermeiden, eben die Bildung eines Karzinoms, machte Dr. Dravo jetzt eine abdominale Uterusexstirpation. Kinder wollen Sie ja nicht mehr...«

»Nein, nein«, stammelte Haußmann. »Unsere Kinder sind schon groß... erwachsen...«

»Dann sehe ich keinerlei Anlaß zur Sorge.« Der Professor ging auf Karl zu und klopfte ihm freundschaftlich und ermutigend auf die Schulter. Nichts ist für einen Mann tröstender als solch ein Schulterklopfen. »Ihre Frau wird wieder völlig gesund, und ich wünsche Ihnen, daß Sie beide über hundert Jahre alt werden... übrigens bei uns in den Bergen gar keine Seltenheit.«

Während im OP ein gut eingearbeitetes Ärzteteam unter Leitung von Oberarzt Dr. Dravo das Myom entfernte, bemühten sich zwei Ärzte um die lebende Mumie, die in einem kleinen Zimmer neben der Aufnahme auf der Trage lag, mit wachen Augen alles aufnahm, sich aber weder rühren noch sprechen konnte.

Ratlos standen die Ärzte um das mit Haut überzogene Gerippe, bis Professor Kraicic kam. Karl Haußmann begleitete ihn. Er wollte der Enge des Zimmers und dem Warten entfliehen und hing sich an den Professor wie eine Klette.

»Wen haben Sie da mitgebracht?« fragte Kraicic. »Will der auch zu Dr. Zeijnilagic?«

»Ja. Es ist Lord James Rockpourth. Seit Jahren fährt er zu allen Krebsärzten der Welt. Was daraus geworden ist, sehen Sie. Sarajewo und das HTS sollen seine letzte Station sein.«

Haußmann sah in den Augen des Lords Zorn aufglimmen, aber der Mund verschloß jeden Ton, den er so gern sagen wollte.

Professor Kraicic beugte sich über den Mumienkopf, schob die unteren Lieder herunter, sah Lord Rockpourth tief in die wütenden Augen und nickte.

»Zimmer 2a«, sagte er. »Lassen Sie eine Calcium-Enzym-Infusion vorbereiten. Ich komme gleich.«

Man rollte den starren Lord Rockpourth aus dem Zimmer und deckte ihm ein Handtuch über den Kopf, damit Besucher, die das Krankenhaus betraten, nicht sofort durch diesen Anblick geschockt würden.

»Erzählen Sie mir von dem Lord«, sagte Professor Kraicic und steckte sich wieder eine Zigarette an.

»Da kann ich wenig erzählen.« Haußmann hob die Schultern. »Wir lernten uns auf dem Schiff kennen, und auf einmal hatte ich ihn im Gefolge. Sein Wagen hat eine Panne. Chauffeur, sein Neffe Robert und meine Sekretärin werden bald nachkommen.«

»Sehr gut. Mir scheint nämlich, daß der Lord nichts anderes ist als das Opfer einer falschen Ernährung. Vor allem fehlt ihm in hohem Maße Calcium. Seine Starrheiten sind ausgeprägte Pseudo-Tetanien. Ein Wunder, daß der Mann noch lebt. Er muß das Herz eines Bullen haben.« Der Professor sah Haußmann plötzlich mit schräg geneigtem Kopf an. »Sie reisen mit Ihrer Sekretärin?« fragte er etwas gedehnt.

»Ja ...« Haußmann starrte an Kraicic vorbei gegen die Wand. Er fühlte, wie er rot wurde, und das ärgerte ihn maßlos.

»Hm.« Der Professor rauchte einen tiefen Zug. »Ich möchte es noch einmal sagen, Herr Haußmann: Ihre Frau wird gesund. Wir verstehen uns?«

»Ja«, sagte Haußmann ganz leise.

Und er schämte sich zum viertenmal.

Der erste Helfer, der bei dem großen Rolls hielt und die drei Wartenden befreite, war ein Ochsenfuhrwerk. Neffe Robert und der Chauffeur hatten den Wagen etwas von der Kurve weggerollt. Nun saßen sie alle im spärlichen, harten, von der unbarmherzigen Sonne vergilbten Gras, aßen Melonenscheiben, die ihnen das Hotel in einem Verpflegungspäckchen mitgegeben hatte, tranken kalten Tee aus einer Thermosflasche und lauschten auf ein rettendes Motorengeräusch.

Marion Gronau faßte das Ganze als eine willkommene, romantische Unterbrechung der langweiligen Reise auf. Sie lag im Gras, das Kleid war an ihren schönen Schenkeln emporgerutscht, und sie machte keinerlei Anstalten, es wieder herunterzuziehen. Im Gegenteil: Sie öffnete noch zwei Knöpfe des blusenartigen Oberteils auf, und der junge Lord hatte die Auswahl, was er mehr bewundern sollte – die weißen, langen Beine oder denn prallen Brustansatz.

»Was wollen Sie einmal werden, Bob?« fragte sie und räkelte sich. »Sie haben studiert?«

»Ja, Miß Marion. Soziologie.«

»Das ist doch so etwas wie Politik...«

»Gesellschaftslehre.«

»Und was wollen Sie damit anfangen?«

»Ich werde einmal einen Platz im Oberhaus bekommen, Miß Marion. Außerdem werde ich die Güter meiner Familie verwalten und Golf spielen.«

»Ist das auch ein Beruf?« fragte Marion anzüglich.

»Natürlich! Englands ökonomischer Blick wird beim Golfspiel trainiert. In den Pausen werden die Geschäfte abgeschlossen.«

»Und wenn Ihr Onkel James Sie wirklich enterbt?«

Neffe Robert lächelte mokant. »Ich bin sein einziger Erbe. Wer die englische Familientradition kennt, hat vor solchen Drohungen keine Angst.«

»Sie werden also einmal sehr reich sein?«

»Reich sein ist relativ.« Robert Rockpourth warf sich neben Marion in das harte, staubige Gras. »Ein Mann, der an einem schottischen See sitzt und angelt, kann reicher sein als ein Bankier in der City; denn allein die Zeit, dort zu sitzen und zu angeln, muß durch Reichtum erworben sein! Und dabei kann es ein Streckenwärter der Bahn sein. Verstehen Sie?«

»Nein«, sagte Marion ehrlich.

»Macht nichts.« Robert lächelte in den weißblauen Sommerhimmel. »Die meisten Menschen glauben, Reichtum sei es, Kisten voll Geld zählen zu können.«

»Genau so denke ich auch.«

Die Hitze war einschläfernd. Marion dehnte sich, eine wohlige Müdigkeit überkam sie, und sie fühlte, wie sie langsam wegglitt in den Schlaf. Doch bevor sie ganz versank, wurde sie wieder hellwach, denn über ihr wurde es dunkel, ein Schatten fiel auf sie, und dann spürte sie einen Kuß, schüchtern und doch voll Begehren.

Ebenso schnell war die Sonne wieder da. Sie hörte ein leises Seufzen und neben sich das Rascheln des trockenen Grases.

»Oh...«, sagte sie mit kindlicher Stimme. Sie breitete die

Arme aus und wußte, daß jetzt auch ihr Ausschnitt auseinanderklaffte. Sie drehte den Kopf zur Seite und sah in die blauen Augen von Robert Rockpourth. »Ich habe geträumt... Ein schöner Traum. Ich wurde geküßt...«

»So etwas träumt man manchmal.« Neffe Robert kaute an der Unterlippe. »Das macht die Sonne, Miß Marion.«

»Es war ein Märchenprinz, der mich küßte.« Sie blinzelte zu ihm hin. »Können Sie sich vorstellen, daß ein Prinz eine arme Sekretärin küßt?«

»Nein!« sagte Robert Rockpourth zurückhaltend. »Es gibt gewisse Konventionen, die man nicht durchbrechen sollte.«

»Das dachte ich mir auch!« Marion setzte sich mit einem Ruck auf. Ihr Blick war giftig, aber sie sah nicht den jungen Lord an, sondern das in der Sonne schillernde Auto. Na warte, dachte sie. Du scheinheiliger Patron! Ich werde dich noch dazu bringen, daß du vor meinem Fenster stehst und Steinchen gegen die Scheibe wirfst. Und ich werde nicht aufmachen. Nein! Ich werde dich kochen lassen im eigenen Saft.

Sie knöpfte den Ausschnitt wieder zu, zog den Rock über ihre Knie und setzte sich schicklich hin.

Wenig später bog knarrend der Ochsenkarren um die Kurve. Der Retter.

Man band den Rolls mit einer Leine hinten an den Karren an, der Bauer schrie unartikulierte Laute, drosch auf die beiden brummenden Ochsen ein, und während der Chauffeur mit saurer Miene hinter dem Steuer saß – man stelle sich das vor: ein Rolls-Chauffeur hinter einem Ochsenkarren! Diese Blamage! –, kletterten Robert und Marion zwischen die Leiterseiten des Karrens und setzten sich auf die obere Stange.

»Es stinkt nach Schweinen«, sagte Robert Rockpourth und hob die Nase. »Ich kenne diesen Geruch ganz genau. Der Bauer hat mit diesem Karren Schweine zum Markt gebracht.«

»Und nun transportiert er uns«, sagte Marion giftig.

»Sie haben Sinn für Humor, Miß Marion«, lächelte Robert. »Das gefällt mir.«

Und er steckte sich eine Zigarette an.

So rückten sie nach einer Stunde glutvoller Zuckelei in Bosinj ein, einem Dorf, in dem die Welt vor 300 Jahren stehengeblieben war.

Aber es gab doch ein Auto in Bosinj. Es gehörte dem Schmied, und für 2000 Dinare erklärte er sich bereit, nach Sarajewo zu fahren.

Es war später Abend, als sie ankamen. Die vorbestellten Zimmer im Hotel »Europa« waren leer. Von Lord Rockpourth, Karl und Erika Haußmann wußte man nichts. Sie waren noch nicht angekommen. Und keiner wußte auch, wo sie waren.

»Das ist aber merkwürdig«, sagte Robert. »Es gibt doch nur diese Straße nach Sarajewo. Wenn sie auch eine Panne hatten... wir hätten sie doch einholen müssen. Sie können nicht einfach verschwinden...«

»Vielleicht sind sie in Mostar geblieben?« sagte Marion. In ihren Augen stand ehrliche Sorge. »Wir sind ja durch Mostar gerast wie die Irren. Als ob wir ein Rennen nach Sarajewo gewinnen müßten.«

»Was sollen sie in Mostar?«

»Vielleicht ist etwas passiert? Ihr Onkel...«

Robert nickte. Er ließ durch den Chefportier in den beiden Mostaer Krankenhäusern anfragen. Nach einer halben Stunde wußte man Bescheid. Robert kam sehr nachdenklich an den Tisch in der Hotelhalle zurück, wo Marion wartete.

»Sie sind in Mostar. Mrs. Haußmann ist operiert worden, und mein Onkel hat nach einer Infusion so viel Kraft bekommen, daß er mit dem Oberarzt über schottische Schafzucht diskutiert.«

»Operiert...«, sagte Marion leise. Ihre Augen verdunkelten sich. »Ich dachte, Erika ist nicht mehr zu operieren...?«

»Anscheinend geht es ihr gut.« Der junge Lord lächelte etwas ironisch. »Man spricht sogar davon, daß sie völlig gesund wird.«

In dieser Nacht schlief Marion Gronau nicht eine Minute. Sie saß auf dem Balkon, sah hinunter auf die Straße und hinüber zu den schlanken Minaretts der Moscheen und wußte, daß sie den Kampf um Karl Haußmann und um ein sorgloses Leben endgültig verloren hatte.

In der Nacht klopfte es leise an die Tür.

Frank Hellberg schreckte auf, sprang aus dem Bett und öffnete die Tür einen Spalt. Draußen stand, schüchtern wie ein Kind und mit großen, bettelnden Augen, Claudia Torgiano. Sie hatte die Arme über der Brust gekreuzt und sah erbärmlich hilflos aus.

»Ich kann nicht schlafen, Frank«, sagte sie leise. »Ich habe Angst, so sinnlose, dumme Angst... Kann ich hereinkommen?«

Hellberg öffnete die Tür ganz und zog sie in sein Zimmer. Auf nackten, tapsenden Füßen lief sie zu seinem Bett, warf sich hinein und deckte sich bis zum Hals zu. Ihr kleiner, von den langen, schwarzen Haaren umrahmter Kopf war kaum in den Kissen zu sehen.

»So ist es gut«, sagte sie. »So habe ich keine Angst mehr. Komm Frank, leg' dich zu mir.«

Hellberg atmete tief durch. Dann kam er langsam zum Bett und setzte sich auf die Kante. Claudias Hände waren heiß und feucht, als er sie zwischen seine Finger nahm.

»Du hast Fieber?« fragte er erschrocken.

»Das macht nur die Angst. Ich kann nicht allein sein, Frank. Ich muß bei dir sein. Immer...«

»Zunächst müssen wir vernünftig sein, mein kleiner Liebling.« Er strich ihr über das Haar, und sie nahm seine Hand, drückte sie an ihren Mund und küßte seine Handfläche.

»Komm!« sagte sie leise.

»Wir haben morgen eine anstrengende Reise vor uns.« Es fiel ihm schwer, so zu reagieren. »Du solltest schlafen, Liebste.«

»Du liebst mich nicht, Frank...«

»Ich liebe dich, wie es Worte gar nicht ausdrücken können.«

»Du sagst es bloß. Du willst mich trösten. Du spielst mir etwas vor.« Ihre kleine Stimme zerbrach. »Du ekelst dich vor mir, weil ich Krebs habe.«

»Claudia!« Hellberg riß sie aus den Kissen und preßte sie an sich. »So etwas darfst du nie, nie wieder sagen.«

»Ich habe solche Sehnsucht nach dir«, flüsterte sie. »Und ich habe doch nur noch so wenig Zeit für die Liebe...«

Später lagen sie nebeneinander, aber sie lagen wie Schwester und Bruder. Claudia schlief. Ihr Kopf lag auf seinem Oberarm, ihr zierlicher, kindlicher Körper schmiegte sich an ihn. Ein glückliches Lächeln lag auf ihren Lippen. Sie fühlte sich geborgen. Sie war nicht mehr allein auf der Welt. Sie hatte eine Heimat in den Armen Franks.

Sie war so glücklich...

Am nächsten Morgen um 8.30 Uhr standen sie auf dem Bahnsteig des Schmalspurbahnhofes am Zug nach Sarajewo. Sie waren pünktlich gekommen, aber sie kannten die Gepflogenheiten Serbiens nicht. Schon eine Stunde vor der Abfahrt war der Zug von Hunderten von Reisenden gestürmt worden, die wie eine donnernde, brüllende Woge in die Wagen stürzten, kaum daß der Zug hielt. Nun war er bereits überfüllt, in den Gängen stand man eingekeilt, ein Umfallen war unmöglich. Die rauchende, blubbernde und zischende Lok wirkte wie aus dem Museum entliehen, die pufferlosen Wagen waren eine Mischung zwischen Viehwagen und Werkstattwaggons. Aus den heruntergeschobenen Fenstern quoll eine Wolke von Stimmen und Kindergeschrei, getragen vom Duft aus Knoblauch, Schweiß und nicht bestimmbaren Gerüchen.

»O Gott...«, sagte Claudia. Aber es war kein Schreckensruf. Das Glück der vergangenen Nacht hatte sie verwandelt. Für sie war die Welt nun immer voll Sonne; es gab nichts, was ihre innere Freude zerstören konnte. »Wir müssen aufs Dach klettern, Frank.«

Hellberg hielt einen Beamten fest, der an ihm vorbeilief, zeigte ihm die Fahrkarten und wies auf den überfüllten Zug.

»Nix...« sagte er. »Prego...«

Der Bahnbeamte sah Hellberg und Claudia kurz an. »Italiano?« fragte er zurück.

»No. Allemani...«

»Oh!« Der Beamte grüßte, lächelte breit, hob die Hand und sagte etwas, was Hellberg so verstand, daß er warten solle. Er sah, wie der Beamte mutig – und es gehörte Mut dazu! – einen der besseren Wagen enterte, die an der Tür stehenden Menschen, ganz gleich ob Mann oder Frau, mit den Fäusten zur Seite boxte und unter lautem Geschrei im Inneren des Wagens verschwand. Es war, als habe jemand mit einem Stock in einen Ameisenhaufen gestoßen. In dem Waggon quirlten die Körper durcheinander, eine Frauenstimme schrie hysterisch, durch ein offenes Fenster flog eine Mütze auf den Bahnsteig... dann, nach ungefähr zehn Minuten, erschien der todesmutige Beamte wieder an der Tür, schwitzend, aber mit breitem Lächeln, und winkte mit beiden Armen.

»Wir haben Plätze«, sagte Hellberg ehrlich erstaunt. »Das nennt man echte Gastfreundlichkeit.«

Sie zwängten sich durch die Menschen, kämpften sich an Bäuchen und Brüsten vorbei, aber was Hellberg erwartet hatte, geschah nicht: Niemand schimpfte, niemand wurde handgreiflich, keiner war beleidigt. In einem Abteil waren zwei Plätze am Fenster geräumt. Wer dort vorher gesessen hatte, wußte Hellberg nicht. Er ließ Claudia Platz nehmen und wandte sich dann an die anderen Reisenden, die wie gestapelte Rundhölzer nebeneinander standen.

»Verzeihung«, sagte er. »Das habe ich nicht gewollt. Ich wollte nur mitgenommen werden.«

Die Reisenden grinsten ihn an, nickten, und die vorderen, die sich noch bewegen konnten, winkten ihm zu.

Um 9 Uhr gellte ein Pfiff über den Bahnhof. Der Zug ruckte plötzlich an, die Mauer der Leiber wankte, aber sie konnte nicht fallen, Dampf zischte aus dem Schornstein der kleinen, alten Lok, und dann fuhr der Zug, polternd und rumpelnd, schaukelnd und stöhnend und verließ das Paradies Dubrovnik, um einzutauchen in ein Land, das wild und feindlich war.

Hellberg und Claudia sahen hinaus. Durch Schluchten und über steile Täler, in deren Gründe ein Wildbach rauschte, schwankten die Wagen langsam bergan. Es war ein Eilzug, aber man konnte gemütlich während der Fahrt auf- und abspringen, und ein paar junge Burschen taten es auch, angefeuert von den Rufen der Zuschauenden.

Vor jedem Tunnel pfiff die Lok, dann wurden schnell die Fenster hochgedreht, denn die Tunnels waren eng, und eine Woge von Ruß schlug in dem engen Schlauch über den Wagen zusammen. Kaum wieder im Tageslicht, rasselten die Fenster herunter, denn auch der Gestank innerhalb des Zuges war selbst starken Nerven bei geschlossenen Fenstern zuviel.

Die erste Station. Hellberg merkte sich den Namen nicht, aber fasziniert starrte er auf die Händler, die am Zug mit lautem Geschrei und wilden Gesten entlangrannten. In Bauchläden boten sie Gebäck und Limonade oder Trinkwasser in Plastikflaschen an, Andenken aus Gips, Bettvorleger, Kopftücher und Glasketten. Ein Mann mit einem Kofferradio stieg ein. Jubel empfing ihn, er mußte sein Gerät sofort anstellen und auf volle Lautstärke drehen. Musik kreischte durch den Gang, jemand sang mit, ein Kind schrie. Im Abteil, in dem Hellberg und Claudia saßen, war auch ein junges Pärchen. Es stand neben der

Tür. Und dieses Pärchen begann nun zu tanzen nach der plärrenden Musik. Aber das war kein Tanz mehr, sondern nur mehr ein wildes Aneinanderreiben, und das Mächen bekam große, glänzende Augen, feuchte Lippen und stieß kleine, spitze Schreie aus.

Weiter. Die Lok keuchte. Steil ging es bergauf, dann über eine Hochebene, über kühn gespannte Brücken, vorbei an silbern glitzernden Talsperren und rauschenden Flüssen.

»Jetzt schwimmen…« sagte Claudia und lehnte sich schwitzend zurück. Die Luft war zum Schneiden dick, es machte Mühe, tief zu atmen, obgleich das Fenster offen war.

Eine neue Schlucht, Steilhänge, bewachsen mit niedrigem Gestrüpp, das kaum die kahlen Felsen überwucherte. Ein Land, das gegen alles kämpft, gegen Sonne und Regen, gegen Wasser und Fruchtbarkeit, das nur eins kennt: Haß gegen alles, was Leben bringen kann.

Grelle Pfiffe. Ein neuer Tunnel. Fenster hoch. An der Unruhe der erfahrenen Reisenden erkannte Hellberg, daß etwas bevorstand. Man holte Taschenlampen heraus und Feuerzeuge. Also ein langer Tunnel, der längste bisher.

Claudia tastete nach Hellbergs Hand, als sie in den schwarzen Tunnel hineinschwankten. Trotz der geschlossenen Fenster quoll Ruß in die Waggons, wieder schrie das Kind, das Radio brachte jetzt anscheinend Nachrichten, denn eine Stimme sprach monoton dahin, das junge Pärchen küßte sich ungeniert und hielt sich eng umklammert… und dann plötzlich, nach einem lauten Schnaufen und Zucken, hielt der Zug mitten im Tunnel.

Das hatte man erwartet. Im Tunnel ging die Strecke steil bergauf, der Zug war überfüllt, und die kleine, alte Lok streikte nun.

»Was wird nun?« fragte Claudia ängstlich. »Müssen wir alle aussteigen und schieben?«

Hellberg lachte. Jemand, der etwas deutsch konnte, sagte aus dem dunklen Hintergrund im Gang:

»Nix Angst! Nur mehr Feuer machen. Mehr Puffpuff! Dann weiter!«

Und so war es. An der Lok arbeiteten vier Mann und schippten Kohlenberge in die Kesselfeuerung. Zwischendurch versuchte man, ob genug Dampfdruck vorhanden sei. Dann ruckte der Zug an, krabbelte ein paar Meter vorwärts und stand wieder.

Die Kohlenschipperei ging weiter. Mehr Dampf, Genossen! Mehr Kraft! In ein paar Jahren ist hier die Normalspurbahn. Der Fortschritt. Bewegt die Schaufeln, Leute!

Es dauerte gute zwanzig Minuten, bis es aus der Lok hell zischte. Durch die Menschenmauern ging ein Aufatmen. Gleich geht's los. Zur Sonne, Brüder!

»Es läßt sich nicht ändern, Genossen«, sagte ein älterer Mann, der im Abteil Hellbergs stand und sich am Gepäcknetz festgeklammert hatte. »Zucker habe ich. Ein Spritzchen muß ich haben, genau zur festgsetzten Zeit. Jetzt ist's soweit. Entschuldigt, Bürger, kein schöner Anblick ist's, aber es geht um meine Gesundheit.«

Er sah sich nach allen Seiten um, grinste, holte aus der Tasche ein verchromtes Kästchen, entnahm ihm eine kleine Injektionsspritze, sägte eine Ampulle ab, zog die Spritze auf und drückte die Luft aus der Kanüle. Dann streifte er die Hosenträger ab, knöpfte die Hose auf, zog sie herunter, hob sein Hemd hoch und suchte auf seinem Oberschenkel eine gute Stelle.

Claudia sah schnell weg zur Seite, hinaus in die Schwärze des Tunnels. Das Mädchen mit den feuchten Tanzaugen kicherte blöd, eine Frau, die neben Hellberg saß, hochschwanger, mit dem Leib wie ein prall gefüllter Ballon, deckte sich ein feuchtes Handtuch über das Gesicht.

»So –« sagte der Mann, als er sich die Spritze mit Insulin gegeben hatte. »Das war nötig. Ich danke euch, Genossen. Man ist ein armer Mensch, wenn man nur durch Spritzen leben kann.«

Die Lok zischte, wie kurz vor einer Explosion, aber die Wagen rollten langsam weiter, wurden schneller und schneller und rumpelten wie Musik. Jubel war in allen Wagen, und als man die Sonne ahnte, als es fahl wurde im Tunnel, sangen sogar einige. Eine Flasche Slibowitz kreiste plötzlich im Abteil. Die Schwangere nahm einen Schluck, das Pärchen, der Zuckerkranke, und auch Hellberg ließ den scharfen Schnaps in sich hineinlaufen, um den Spender nicht zu beleidigen.

Mostar. Großer Aufenthalt. Die einen stürmten aus dem Zug, die anderen wollten hinein. Wer bisher stand, saß jetzt, denn während der Fahrt hatte man über die Sitzplätze bereits verhandelt. Ein altes Mütterlein in der Ecke, niemand hatte sie bisher gesehen, bekreuzigte sich, als der Zug doch weiterfuhr. Hinaus aus Mostar mit seinen steinigen Gassen und Moscheen. Und ohne zu wissen, wie nahe sie Karl und Erika Haußmann waren, sahen Claudia und Hellberg auch hinüber zu dem langgestreckten Gebäude des Krankenhauses.

»Eine ganz moderne Klinik!« sagte Hellberg sogar. »Wer vermutet das hier?«

Und weiter ging die Fahrt, Güterwagen wurden angekoppelt und auf der nächsten Station wieder stehengelassen, eine zweite Lok drückte den Zug von hinten einen neuen Berghang empor, und dann rappelten sie wieder durch karstiges Land und durch Landstriche, in denen selbst die Füchse weinen.

Claudia war am Ende ihrer Kräfte, zu schlaff, um ohne Hilfe Hellbergs zu gehen, als sie gegen 21.30 Uhr endlich den Bahnhof von Sarajewo erreichten.

Neues Geschrei umgab sie. Eine Menschenmenge stürzte sich auf die Reisenden, als wolle sie sie lynchen. Aber es war nur Hilfsbereitschaft, nur Brüderlichkeit, denn alle, die da angestürmt kamen, hatten etwas anzubieten: eine Taxe, das Tragen des Gepäcks, Hotelzimmer, Privatquartiere, Adressen von Cafés und Weinlokalen, Tanzsälen und Goldschmieden. Ein Schuhputzer baute seinen Schemel auf und hieb die Bürsten gegeneinander wie die Becken einer Militärkapelle. Eine alte Frau schob auf kreischenden Rollen eine Waage heran und schrie, man solle sich wiegen lassen. Zur Gesundheit gehöre es, Genossen. Und Gesundheit ist Volkspflicht.

Die Menschen aus dem Abteil Hellbergs waren freundliche Leute. Jeder gab Hellberg und Claudia die Hand wie alten Freunden, man winkte ihnen zu und eilte davon. Und sie alle sahen gleich aus, wie Brüder: rußgeschwärzt im Gesicht, mit schmutzigen Hemden und Händen, wie überzogen mit Schmiere, aber fröhlich und freundlich, denn man hatte Sarajewo wohlbehalten erreicht.

Frank Hellberg führte Claudia durch die ihn umgebenden quirlenden Menschenmassen zu einer Bank. Dort sank sie nieder und legte den Kopf weit in den Nacken, um tief, tief Luft zu holen.

»Ich werde uns ein Quartier besorgen«, sagte Hellberg. »Irgendwo gibt es hier einen Schalter der Fremdenverkehrsorganisation. Ich bin schnell wieder zurück, Liebste.«

Claudia nickte. Schlafen, dachte sie. Ein Bett, die Arme Franks, seine Wärme, seine Geborgenheit, und träumen... nur träumen... schlafen...

Hellberg rannte durch die Halle des kleinen Schmalspurbahnhofes hinaus auf den Vorplatz und hinüber zu dem großen Bahnhof der Normalbahn, in dem die Züge aus dem Norden und Osten hielten. Hier war alles großstädtischer, sauberer, propagandistischer. Hier hingen Fahnen und Spruchbänder, hier herrschte Ordnung und wachte das Auge der Miliz.

Vor einem Zeitungsstand blieb Hellberg stehen. Sein Blick überflog die Zeitungen. Eine deutsche war nicht darunter, aber ein paar englische.

Und dann wurden seine Augen starr, und Blässe ließ sein Gesicht fahl werden. Es war, als fiele es zusammen. Wie hundert Jahre sah er aus.

Eine Schlagzeile.

Der Daily Mirror.

»Das darf nicht wahr sein...« sagte Hellberg leise. »Das darf einfach nicht wahr sein...«

Er trat näher und nahm die Zeitung aus der Drahtklemme. Die Schlagzeile zitterte in seinen Fingern.

»Nach Gutachten der Spezialisten:

Verbot des Krebs-›Wundermittels‹ HTS.«

Frank Hellberg faltete die Zeitung schnell zusammen, nachdem er den Artikel überflogen hatte. Ein Gremium jugoslawischer Ärzte hatte die Gesundheitsinspektion von Bosnien dazu überredet, das Mittel HTS als »unwissenschaftlich und unerprobt« abzulehnen und damit zu verbieten.

»Erst lange Versuchsreihen an Tieren und in Kliniken, Veröffentlichungen in medizinischen Fachblättern und Erfahrungsaustausch ausländischer Kliniken sind die Voraussetzungen für die Entwicklung eines Mittels, das anerkannt werden kann«, schrieb die Zeitung. »Hier aber ist ein Arzt mit völlig unorthodoxen Mitteln vorgegangen und hat Hoffnungen erweckt, die nicht zu realisieren sind!« Aber auch die erste Stellungnahme Dr. Zeijnilagics war abgedruckt. Es war ein trauriger, ein fassungsloser Appell an die Welt, die Hoffnung nicht zu verlieren und den Intrigen der anderen Ärzte nicht mehr zu glauben als ihm: »Ich habe das Präparat HTS für den Menschen entwickelt und nicht für das Tier«, sagte er. »Ich bin kein Scharlatan. Ich habe 15 Jahre an dem Mittel gearbeitet. 3000 Krebskranke haben es bisher bekommen, und 1000 sind geheilt oder wesentlich gebessert worden! Man soll doch abwarten, wie die Tumorzellen auf mein Mittel wirken! Warum verurteilen, was man noch nicht kennt?«

Frank Hellberg kam langsam zu der Bank zurück, auf der Claudia wartete. Sie war eingeschlafen, hatte den Kopf auf den rechten Arm gelegt und hockte auf der Bank wie ein kleines, vergessenes, vom Weinen erschöpftes Mädchen.

Hellberg blieb stehen und sah sie mitleidig an.

War alles umsonst? dachte er taurig. Muß sie wirklich sterben, nur weil sich die Ärzte untereinander nicht den Ruhm gönnen? Nur weil ein Mensch es wagte, »unwissenschaftlich« vorzugehen und weil dies als eine Brüskierung der Medizin empfunden wurde, auch wenn er Erfolg hatte. Ist ein Expertenstreit wichtiger als Tausende Menschenleben, die in der Zeit des Streitens zugrunde gehen? Geht es hier nur um die Form, um die Ansicht einzelner und nicht um den kranken Menschen?

Arme Claudia. Nun sind wir am Ziel, aber es ist wie bei einer Wüstenwanderung: Man erreicht den ersehnten, lebensrettenden Brunnen, und er ist leer!

Hellberg beugte sich über Claudia und küßte sie auf den Nacken. Sie fuhr empor, wischte sich die Augen, und ihr mit Ruß und Staub verschmiertes Gesichtchen starrte erschrocken umher. Dann wußte sie wieder, wo sie war, und sah Frank mit einem kindlichen Lächeln an.

»Ich habe geschlafen. Hast du ein Quartier, Frank?«

»Ich habe eine Liste der Hotels und Pensionen gekauft. Fahren wir erst zum Hotel ›Beograd‹. Ein gutes, nicht so teures Hotel. Ich glaube, daß wir mehr Platz finden, als wir erwartet hatten.«

Er dachte an den zwei Tage alten Artikel in der Daily Mirror und den damit versiegenden Strom der Kranken aus Italien und anderen Ländern.

In einem uralten, klapprigen Taxi fuhren sie zur Princip Straße 9, wo das Hotel Beograd lag, ein schönes Haus mit Terrasse und Sommergarten und einem romantischen Blick auf die Spitzen der Minarette. Halb Sarajewo schien aus Moscheen zu bestehen, und viele der Menschen, an denen sie vorbeifuhren, trugen rote Feze auf den Köpfen und sogar die weiten, orientalischen Pumphosen.

Hellberg hatte recht, man hatte zwei Zimmer frei. Niemand störte sich an dem schmutzigen Aussehen der neuen Gäste. Man wußte: Sie sind mit der Kleinbahn aus Dubrovnik gekommen. Allah hat sie gut geführt – sie leben noch! Und das schöne Mädchen ist sehr krank, das sieht man auch.

»Am besten treffen Sie Dr. Zeijnilagic um die Mittagszeit an«, sagte der Portier hinter der Rezeptionstheke, bevor Hellberg noch ein Wort gesprochen hatte. »Wenn Sie wünschen, melde ich Sie an. Wir haben einen guten Kontakt zu Dr. Zeijnilagic.« Das alles geschah in einem fließenden Englisch, mit großer orientalischer Höflichkeit.

»Morgen!« sagte Hellberg schnell. Er hatte Angst, der Portier könne etwas von dem Verbot des HTS sagen. »Erst wollen wir uns ausschlafen. Es war eine anstrengende Reise.«

»Ein schönes Land, unser Bosnien, nicht wahr?« sagte der Portier. »Allah hat es gesegnet.«

»Das hat er gewiß«, antwortete Hellberg knapp. Dann fuhren sie in einem engen Fahrstuhl in den zweiten Stock und bekamen zwei kleine, saubere, aber spärlich eingerichtete Zimmer mit Blick auf den Sommergarten und hinüber zu den Moscheen.

Claudia war zu müde, um noch etwas zu essen. Hellberg bestellte für sie eine dicke Melonenscheibe und für sich ein Schaschlik. Sie aßen zusammen in Claudias Zimmer; dann gab Frank ihr einen Kuß, sagte: »Und nun schlaf schön, mein Liebling«, und verließ das Zimmer.

Er wartete eine halbe Stunde, bis er sicher war, daß Claudia schlief, und ging hinunter in die Hotelhalle. Der Portier vermittelte ein Telefongespräch mit Dr. Zeijnilagic, und dann war es Hellberg, der den Atem anhielt, als aus dem Hörer eine kräftige, männliche Stimme tönte und »Guten Abend, Zeijnilagic!« sagte. Auch er sprach englisch.

»Hier ist Frank Hellberg«, sagte Frank und wunderte sich, wie gepreßt plötzlich seine Stimme klang. »Für Sie ist es ein Name wie tausend andere, und auch, wenn ich Ihnen sage, daß meine Begleiterin Lungenkrebs hat und Ihr HTS für sie die letzte Hoffnung ist, wird das nichts Neues für Sie sein. Ich rufe Sie an, Doktor, weil ich deutscher Journalist bin. Nicht ein Journalist, der bedenkenlos hurra schreibt und im nächsten Artikel ›Kreuzige ihn‹, sondern der die Wahrheit schreiben will, wo so viel Unwahres gedruckt wird.«

»Das hört sich gut an«, sagte die Stimme Dr. Zeijnilagics. »Was wollen Sie wissen?«

»Alles, Doktor.«

»Alles ist sehr viel. Es umfaßt fast 16 Jahre.«

»Heilt Ihr Mittel HTS?«

»Das ist eine Frage, wie etwa: Können Sie Ebbe und Flut regulieren?! – Ich weiß es nicht. Mein HTS ist kein anti-tumoröses Mittel; es beeinflußt lediglich den Krankheitsverlauf günstig. Kommt es dabei zu völligen Ausheilungen, so haben wir Gott zu danken.«

»Das ist eine weite Deutung«, sagte Hellberg.

»Ich weiß.« Die Stimme Dr. Zeijnilagics war ganz ruhig. »Kommen Sie zu mir und sehen Sie sich alles an.«

»Sehr gern! Wann paßt es Ihnen?«

»Wenn Sie wollen... sofort.«

»Es ist schon spät.«

»Für die Wahrheit ist es nie zu spät.«

»Sie werden müde sein, Doktor.«

»Ich schlafe seit Jahren wenig. Werden Sie die Kranke mitbringen?«

»Nein. Ich komme allein. Ich habe von dem Verbot gehört.«

»Sehen Sie sich alles an. Ich heiße Sie willkommen.«

Ein Klicken in der Leitung. Dr. Zeijnilagic hatte aufgelegt. Frank Hellberg wischte sich über das Gesicht. Kalter Schweiß stand ihm auf der Stirn. Er sah auf seine Uhr. Das Glas war verkratzt, ob im Omnibus oder bei der Zugfahrt, er wußte es nicht.

In 10 Minuten sitze ich dem Mann gegenüber, der vielleicht die Möglichkeit entdeckt hat, die Geißel der Menschheit, den Krebs, ernsthaft zu bekämpfen. Ohne Operation, ohne starke Strahlungen, nur mit ein paar Kapseln eines stark nach Kampfer riechenden Pulvers.

Vielleicht...

Oder ist auch er ein Scharlatan wie dieser Dr. Tezza? Nur noch raffinierter, kälter, skrupelloser?

»Das Taxi wartet, Sir«, sagte der Portier, als Hellberg die Telefonkabine verließ. Dabei lächelte er breit, begleitete Hellberg auf die Straße und nahm mit einer schnellen, gekonnten

Handbewegung die 1000 Dinare an, die Hellberg in der hohlen Hand verborgen hielt. Trinkgelder sind im sozialistischen Land verpönt, aber welcher Mohammedaner lehnt ein Bakschisch ab?

Die Fahrt von der Princip-Straße bis zum Hause Dr. Zeijnilagics war nur kurz. Ein paar Ecken herum, ein paar enge Gassen, dann rollten sie an dem Flüßchen Miljacka entlang über die Obala-Straße, und Hellberg sah, daß der Taxichauffeur in echter orientalischer Art mit ihm ein paar Straßen und Häuserblocks zuviel umfahren hatte, um den Taxenpreis zu erhöhen.

Diese Gegend kenne ich von historischen Bildern her, dachte Hellberg und sah hinaus auf die Brücken über die Miljacka. Hier ganz in der Nähe fielen die Schüsse des Attentäters Princip auf den Erzherzog Franz Ferdinand. Hier begann der 1. Weltkrieg, der rund 9 Millionen Tote kostete. Hier war am 28. Juli 1914 der Teufel los. Ein blutgetränkter Boden.

Mit einem quietschenden Ruck hielt die Taxe.

Das Haus Dr. Zeijnilagics. Dreistöckig. Ein alter Bau mit abblätterndem, braunem Putz. Im Parterre eine Apotheke, um die Ecke herum ein kleiner Friseursalon. Ein Eckhaus mit drei halbrunden Balkonen, Eisengittern und Blumenkästen. Gegenüber eine Bar. Folklore-Musik drang auf die stille Straße. Hinter dem Haus griffen die Minaretts der Moscheen in den Nachthimmel. Hier begann das alte Sarajewo. Das Eingeborenenviertel mit den engen Gassen, den Goldschmiedewerkstätten, Teppichknüpfern und Tondrehern.

»Zweites Etages...« sagte der Taxichauffeur und grinste. »Deutsch?«

»Ja«, sagte Hellberg und starrte das Haus an. Hier wurde vielleicht eine Entdeckung geboren, die eine Welt verändert, dachte er. In einem ungepflegten dreistöckigen Haus, auf der zweiten Etage in einer kleinbürgerlichen Wohnung.

Hellberg dachte an den weißen Palast Dr. Tezzas in Capistrello, und plötzlich hatte er Vertrauen zu Dr. Zeijnilagic, ohne ihn vorher gesehen zu haben. Hier arbeitet ein Mann nicht um des Geldes willen, empfand er. Hier hat ein Arzt ernsthaft geforscht und nur an den kranken Menschen, nicht an seinen eigenen kranken Geldbeutel gedacht.

Er stieg aus, bezahlte den Chauffeur und blickte zurück zur Princip-Brücke, wo der Mondschein bleich über die Stelle glitt, die zum Schicksal der ganzen Welt geworden war.

»Warten?« fragte der Chauffeur.

»Nein.«

»Nachher Tanz? Schönes Mädchen? Weiß Wohnung...«

»Danke.« Hellberg steckte die Hände in die Jackentaschen. Hinter den Gardinen der Wohnung im 2. Stock schimmerte Licht.

Langsam betrat Hellberg das Haus. Die Tür war offen. Als er eintrat, schlug ihm der Geruch von Medizin und Kampfer entgegen. Dazwischen hing der Duft gekochten, gesäuerten Kohles. Im Treppenhaus brannten zwei kleine Lampen. Die Dielen der Stufen waren verwahrlost, vor Jahren einmal gestrichen, vom sommerlichen Straßenstaub wie mit Mehl überzogen.

Wohnt hier ein Genie?

Hellberg dachte an Professor Hahn. Die erste Kernspaltung gelang auf einer Art Küchentisch. Und als er starb, lebte er in einer Dachkammer. Wirkliche Genies leben nicht in Palästen, denn weil sie genial sind, verachtet sie die Welt.

Schritt für Schritt stieg Hellberg die Treppen hinauf. 2. Stock.

Ein Namensschild. »Professor Zeijnilagic Fahrudin«.

Eine elektrische Klingel.

Hellberg hob die Hand. In wenigen Sekunden stand er ihm gegenüber... dem Retter der unheilbar Kranken... oder dem Schwindler, der mit menschlichem Leid jongliert.

War es auch Rettung für Claudia?

Frank Hellberg drückte auf die Klingel. Er schrak zusammen, als er den schnarrenden Laut hörte.

Die Tür öffnete sich. Ein schlankes, schwarzhaariges Mädchen von etwa 13 Jahren mit großen, dunkelbraunen Augen stand in der weiten, düsteren Diele, an deren Wänden eine Reihe alter Stühle standen. Das notdürftige Wartezimmer eines Retters der Menschheit...

»Guten Abend«, sagte das schlanke, glutäugige Mädchen auf englisch und machte einen Knicks. »Ich heiße Meliha. Mein Vater erwartet Sie.«

Mit Lord Rockpourth war nicht zu reden. Nachdem ihm die Transfusionen und Infusionen so gutgetan hatten, die Herzspritzen anschlugen und die Kreislaufmittel ihn ungeheuer tatenlustig werden ließen, kam der alte Ärger über seinen Greisenkörper zurück, der ihm den Dienst versagte. Außerdem traf gegen Morgen Neffe Robert mit Marion Gronau ein, während der Chauffeur in Sarajewo im Hotel Europa blieb und mit der Werkstatt in Belgrad telefonierte, die ihrerseits Verbindung mit der Rolls-Vertretung in Wien aufnahm.

»Was ist das?« schrie Lord Rockpourth, kaum daß Robert ins Zimmer kam. Professor Kraicic, der neben dem Bett saß, hob seufzend die Augen und starrte an die Decke. Er hatte schon viele Kranke erlebt, Skurrile und echte Verrückte, Psychopathen und Simulanten, still und gefaßt Sterbende und Tobende, die sich gegen den Tod stemmten. Lord Rockpourth war eine völlig neue Art von Patient: Medizinisch war er längst tot, aber er tyrannisierte seine ganze Umgebung. Wieso er noch lebte, war Professor Kraicic ein Rätsel. Darin teilte er die Ansicht der anderen Ärzte, die Rockpourth im Laufe der Jahre verschlissen hatte. Nur die Krebsdiagnose, die hielt Kraicic für falsch. Rockpourth war schon von der Erscheinungsform her gar kein Magenkrebstyp, im Gegenteil. Er hatte sich Bilder des Lords zeigen lassen, die Rockpourth mit sich herumschleppte, um zu demonstrieren, welch ein stattlicher Kerl er einmal gewesen war; auf diesen Bildern war der Lord als dicker, schwerer Mann zu sehen, eine Kraftnatur voll Saft und Energie. Wer heute die Mumie sah, glaubte nicht daran, daß dies Lord Rockpourth sein könnte. Der Gegensatz war zu groß.

»Was ist das, Bob!« schrie Rockpourth und klopfte auf die Bettdecke. »Du warst in Sarajewo!«

»Ja, Onkel James.«

»Die erste Pille her!«

»Verzeih, aber ich habe sie nicht. Erstens hatten wir noch keine Zeit, mit Dr. Zeijnilagic zu sprechen, weil wir sofort zurück nach Mostar gefahren sind, als wir erfuhren, daß du hier bist, und zweitens...«

»Viele Worte, verdammt noch mal! Faul ward ihr alle!«

»... und zweitens gibt es kein HTS mehr!«

»Was?« Lord Rockpourth starrte seinen Neffen und dann Professor Kraicic an. »Das ist doch eine Lüge, eine ganz infame Erbschleicherlüge! Man will mich verrecken lassen. Professor, jetzt hören und sehen Sie es! Keine Pillen mehr! Haha!«

Professor Kaicic nickte. »Es stimmt, Mylord. Man hat das HTS staatlich verboten. Vor zwei Tagen.«

»Ist man in Belgrad verrückt?«

»Vorsichtig, Mylord. Es gibt da Unklarheiten...«

»O diese Worte! Nur Worte! Nur Gestammel! Hat das HTS bisher geholfen? Ja oder nein?«

»Ja und nein! Aber Erfolge sind keine Beweise für die Unschädlichkeit des Mittels. Es fehlen Versuchsreihen, es fehlen Überwachungen von Nachwirkungen...«

»Diese Wissenschaftler!« schrie Lord Rockpourth und klopfte mit der knochigen Faust wieder auf die Bettdecke. »Wie gut, daß man weiß, aus welchen chemischen Bestandteilen ein Furz besteht, man müßte sonst heimlich, hinter dem Haus, in die hohle Hand...«

»Onkel James!« sagte Robert warnend.

»Wer hat das HTS verboten?«

»Die Gesundheitsinspektion von Bosnien«, antwortete Professor Kraicic.

»Ärzte?«

»Natürlich.«

»Aha! Der Futterneid! Einer entdeckt 'was, und die anderen sehen ein, daß sie Rindviecher sind, und wehren sich dagegen! Bei Koch war es so, bei Semmelweis, bei Pasteur, überall. Man müßte eine Liga der Arztgeschädigten gründen. Robert!«

»Onkel James?« fragte Neffe Robert voll dunkler Ahnungen.

»Besorg' einen Wagen! Wir fahren nach Sarajewo weiter.«

»Sie sind nicht transportfähig, Mylord«, rief Professor Kraicic entsetzt. »Sie müssen weiterbehandelt werden!«

»Ich muß nach Sarajewo!« schrie Rockpourth zurück.

»Was wollen Sie denn da?«

»Das HTS, verdammt! Ich kaufe den ganzen Dr. Zeijnilagic. Ich kaufe ihn für eine Million und nehme ihn mit nach England. Ich richte ihm ein Labor ein, ich baue ihm eine Fabrik. Wenn Ihre Regierung zu dumm ist, Größe zu erkennen: wir Briten können es! Wir haben einen sechsten Sinn für Größe. Und dieser Dr. Zeijnilagic *ist* ein Genie.«

»Wenn Sie wüßten, woraus dieses HTS besteht. Aus welchen einfachen, bekannten pharmazeutischen Nichtigkeiten...«

»Und wenn er gemahlenen Eulendreck verarbeitet – falls es hilft, baue ich ihm eine Fabrik.« Rockpourth winkte mit beiden Händen zu Robert. »Einen Wagen! Bob, du Faulpelz. Einen Wagen nach Sarajewo!«

Professor Kraicic beugte sich über das Mumiengesicht Rockpourths. »Ich will Ihnen einmal etwas sagen, Mylord«, sagte er betont und langsam. »Sie sind eine alte, hysterische männliche Jungfer! Ich habe Sie geröntgt, während Sie in Ihrer Tetanie lagen.«

»Ich weiß«, sagte Rockpourth erstaunlich leise. »Ich habe ja alles gesehen.«

»Ich habe mir Ihren Magen angeguckt! Vertrocknet ist er, aber Krebs haben Sie nicht!«

»So spricht ein Verrückter, Professor«, sagte Rockpourth schwach. »Bisher haben genau dreiundvierzig Ärzte, von New York bis Tokio, Krebs festgestellt. Einwandfrei.«

»Und ich sage Ihnen als vierundvierzigster Arzt, daß Sie keinen Krebs haben! Sie haben eine chronische Stoffwechselstörung, und zwar eine solch radikale, daß es bestimmt über ein Jahr dauert, bis man Ihren Körper umgestellt hat. Für Sie wäre das HTS nichts anderes, als wenn Sie Brausepulver schluckten.«

»Und meine Starrheit, he?« schrie Rockpourth.

»Sie wird nicht wiederkommen. Noch drei Enzym-Infusionen, und Sie sollen sehen, wie wohl Sie sich fühlen.«

Lord Rockpourth schloß die Augen. Einen Augenblick lang dachten alle, er sei vor Schreck gestorben. Aber dann atmete er wieder und schlug die Augen auf.

»Hast du das gewußt, Bob?« fragte er. Neffe Robert bekam einen roten Kopf.

»Aber nein, Onkel James. Wäre ich sonst...«

»Du lügst! Du wußtest es!«

»Onkel!« Robert straffte sich. »Wozu soll ich alle die Monate gelitten haben...«

»*Er* hat gelitten! Ha! Gelitten! *Er!*« Rockpourth brüllte wieder. »Man hat mich zur lebenden Mumie gemacht. Wenn es kein Krebs ist – Professor, Sie sind mein letzter Strohhalm! Wenn es wirklich keiner ist, zum Teufel auch, – ich werde die dreiundvierzig Ärzte verklagen. Wegen Dummheit! Wegen Gemeingefährlichkeit gegenüber der Menschheit.«

»Das werden Sie nicht«, sagte Professor Kraicic ruhig. »Ich nehme an, daß meine dreiundvierzig Kollegen nur mit Schrekken an Sie denken.«

Neffe Robert hielt den Atem an. Zwei Dinge gab es nur, die jetzt möglich waren – entweder Lord Rockpourth tobte wie ein

Irrer, oder er fiel wieder in seine Starrheit, wie es so oft geschehen war, wenn ein Schock ihn traf.

Doch nichts dergleichen geschah. An eine dritte Möglichkeit hatte niemand gedacht: Rockpourth lächelte und legte die Mumienhände brav auf die Decke.

»Da haben Sie recht, Professor«, sagte er sanft. »Ich nannte sie alle Idioten! Wie alt sind Sie?«

»52 Jahre, Mylord.«

»Noch jung genug, um berühmt zu werden. Ich nehme Sie mit nach England. Ich baue Ihnen eine Privatklinik.«

Professor Kraicic lächelte milde. »Ich bin staatlich angestellt«, sagte er. »Mir gefällt es in Sarajewo. Ich kenne England; mir ist es dort zu kalt und nebelig. Aber nun werden Sie eine neue Infusion bekommen, und ich ordne an, daß Sie sofort still sind und sich meinen Worten fügen!«

Lord Rockpourth winkte seinem Neffen. »Hinaus, du Flegel!« sagte er, aber sein faltiger Mund lächelte. »Siehst du, wie man mit deinem armen Onkel umgeht?«

Auf dem Flur hielt Professor Kraicic den jungen Lord an. Seine frohe, optimistische Miene war verschwunden.

»Sie leben bei Ihrem Onkel, Sir?« fragte er.

Robert sah den Professor verblüfft an. »Nein. Ich studiere ... und ich mußte unterbrechen, als mein Onkel mich rief, um ihn zu pflegen.«

»Ich habe gehört, Sie haben Verwandte in Amerika?«

»Ja. Zwei Tanten. Warum fragen Sie?«

Professor Kraicic drückte das Kinn an. Seine gütigen Augen waren plötzlich hart. »Wenn Sie genügend Mittel haben, fliegen Sie in die USA, Sir. Von Belgrad können Sie nach Rom fliegen, von dort nach Frankfurt und weiter nach Montreal – New York.«

»Aber warum denn?« Roberts Augen bekamen einen flimmernden Glanz. Über seine linke Wange zuckte es nervös. »Was soll das, Professor?«

»Muß ich es Ihnen deutlicher sagen?« Kraicics Mund wurde hart. »Wir haben eine Magenaushebung gemacht, eine große Blutuntersuchung und eine Zellanalyse. Die Präparate sind noch im Labor, es liegt nur ein Zwischenbericht vor, aber er genügt. Wir haben im Körper Lord Rockpourths deutlich Thallium gefunden.«

Das Gesicht Roberts versteinerte sich. Nur seine Augen

brannten. »Was wollen Sie damit andeuten, Professor?« fragte er rauh.

»Genau das, was Sie jetzt denken, Sir! Ihr Onkel hatte ein chronisches Magenleiden mit Stoffwechselstörungen. Weil er glaubte, er habe Krebs, rief er Sie, seinen einzigen Neffen und Erben. Sie sahen eine einmalige Chance und griffen zum Thallium. Sie mixten es unter jede Medizin. Ein Wunder, daß Ihr Onkel noch lebt!«

»Sie sind verrückt!« sagte Robert steif. »Sie sind komplett verrückt!«

Professor Kraicic hob die Schulter, wandte sich ab und ließ Robert wortlos stehen.

Zwei Stunden später war Robert auf dem Weg nach Belgrad, mit einem Mietwagen.

Greifen wir weit vor: Drei Monate später schrieb er aus Kansas City, es gehe ihm gut und er habe eine Anstellung als stellvertretender Leiter eines Reitstalles. Von da an hörte man nichts mehr von Robert Rockpourth. Und keiner vermißte ihn.

Erika Haußmann hatte die Operation gut überstanden. Sie war noch sehr schwach und unendlich müde, als Karl ins Zimmer geführt wurde, aber sie konnte schon wieder lächeln und die Hand nach ihm ausstrecken.

»Karli...« sagte sie matt und schloß die Augen, als er sich über sie beugte und ganz vorsichtig auf die Stirn küßte. »Daß ich dir solche Unannehmlichkeiten machen muß...«

In Haußmanns Kehle würgte es. Hatte er sich bei Professor Kraicic maßlos geschämt, so überkam ihn jetzt eine Reue, die er nicht mehr in Worte fassen konnte.

»Du wirst gesund«, stammelte er. »Rika, der Professor hat es mir gesagt. Du wirst wieder ganz gesund. Du hast keinen Krebs. Nur ein Myom ist es gewesen, ganz ungefährlich... Wir... wir werden in ein paar Wochen eine neue, glückliche Zeit beginnen. Wir werden alles ganz anders machen als bisher. Ich verspreche es dir: Reisen werden wir, zusammen einkaufen, in unserem Garten liegen...«

»Und deine Fabrik?«

»Ich habe einen guten Prokuristen. Verdammt noch mal, soll ich mich kaputtarbeiten? Soll es immer so weitergehen: du zu

Hause allein und ich hinterm Schreibtisch? Und dann kommt man kaputt nach Hause, schlingt sein Essen runter und ist mürrisch und ungerecht. Nein, Rika. Jetzt wollen wir leben; jetzt, wo ich endlich gelernt habe, wie schön es ist, mit dir zusammenzusein.«

Erika hob die Hand und legte sie auf den Kopf ihres Mannes. Sie war so leicht, diese Hand, aber für Haußmann war es, als laste ein Zentnerblock auf seinem Nacken.

»Weißt du noch, was du zu mir gesagt hast, als wir heirateten?«

»Ja.« Haußmann schluckte. Dieser Kloß im Hals! »Unsere Hochzeitsreise machen wir nach Venedig. So, wie es alle verliebten Paare erträumen. – Aber wir hatten nie Zeit dazu.«

»Nun haben wir Zeit...«

»Ja, Rika. Nun haben wir sie. Wann sollen wir nach Venedig fahren?«

»Gleich von hier aus, Karl. Wenn ich entlassen werde.«

»Ich verspreche es dir, Rika.« Haußmann nickte und streichelte ihr eingefallenes, von den langen Schmerzen fahles Gesicht. »Ich bin so glücklich, daß alles so gekommen ist. Es ist mir, als seien sechsundzwanzig Jahre nicht vergangen und wir hätten eben erst geheiratet und schmiedeten Pläne für die Zukunft.«

»So müßte es immer sein, Karli«, sagte Erika. Sie schloß wieder die Augen. Eine wohlige Müdigkeit glitt über sie. Sie spürte die streichelnden Finger ihres Mannes, und unter diesem seligen Gefühl schlief sie ein.

Auf Zehenspitzen verließ Haußmann das Krankenzimmer und zog hinter sich ganz leise und langsam die Tür zu.

»Wie geht es ihr?« fragte eine helle Stimme. Haußmann fuhr wie nach einem Boxhieb in den Rücken herum. Marion Gronau saß in einem Flechtsessel in einer Ausbuchtung des Ganges und ließ ihr goldblondes Haar in der Sonne leuchten. Sie sah berükkend aus. Braungebrannt, in einem engen Kleid, die Lippen grellrot geschminkt, die Augenbrauen dunkel nachgezogen. Ein Bild aus einem Männer-Magazin.

»Wo kommst du denn her?« fragte Haußmann rauh.

»Aus Sarajewo, Bärchen.«

»Seit wann bist du hier?«

»Seit zwei Stunden. Der junge Lord Robert hat mich mitgenommen, aber dann geschahen anscheinend wunderliche Dinge, denn Robert verabschiedete sich vor einer halben Stunde von mir, sagte: ›Leben Sie wohl, Marion. Es ist schade, daß die Zeit zu kurz war, um uns näher kennenzulernen...‹ und ging davon, als käme er nicht mehr zurück. Nun sitze ich hier wie das verlaufene Rotkäppchen und hoffe, daß mein Bärchen nicht wie der Wolf ist, der es frißt.«

»Laß diesen Blödsinn! Benimm dich doch nicht wie ein Kind! Was willst du hier?«

»Welche Frage!« Das Puppengesicht Marions veränderte sich. Es wurde »dienstlich«. »Ich hocke hier in dieser heißen, alten, nach Ziegen stinkenden Stadt, statt in Rimini am Strand und in deinen Armen zu liegen, wie du es mir versprochen hast. Und da fragst du noch...«

In Karl Haußmann war nichts mehr, was ihn an Marion Gronau band. Er sah zwar ihre golden leuchtenden Haare, er sah ihre in dem engen, tief ausgeschnittenen Kleid kaum verhüllten, straffen Brüste, er sah ihre langen, schlanken Beine, aber sie hatten auf ihn keine Wirkung mehr. Er wurde nicht unruhig, sein Herz begann nicht zu zucken, seine Gedanken kreisten nicht mehr wollüstig in Vorsünden. Kühl betrachtete er sie und schob die Unterlippe etwas vor.

»Du sollst haben, was du willst«, sagte er geschäftsmäßig. Er griff in die Tasche und holte einige Geldscheine heraus. »Das wird reichen für eine Überfahrt nach Italien, für zwei Wochen Rimini und die Rückkehr nach Gelsenkirchen. Und wenn du mehr Kapital brauchst: Es wird dir nicht schwerfallen, gewisse Dinge in Münze umzusetzen.«

»Du bist ein ganz gemeiner, mieser Bursche«, sagte Marion gefährlich leise.

»Ich wünsche dir eine gute Fahrt«, erwiderte Haußmann steif.

»Du schiebst mich also ab?«

»Ich ziehe einen Strich.«

»Aus also?«

»Ja.«

»Aber dann für immer!«

»Natürlich.«

»Wenn du in Gelsenkirchen mich wieder in dein Büro rufen läßt... ich schlage dir ins Gesicht.«

»Dazu wird es nie kommen.« Haußmann legte die Geldscheine vor Marion auf den kleinen, runden Blumentisch. »Wenn du nach dem Urlaub in den Betrieb kommst, wirst du deine Kündigung vorfinden.«

»Ich habe einen Dreijahresvertrag als Chefsekretärin!«

»Man wird dich auszahlen.«

»Wie nobel! Also endgültig Schluß?«

»Ja.«

Marion raffte das Geld zusammen und schob es in ihre Handtasche. »So schiebt man eine alternde Hure ab«, sagte sie laut.

»Zwinge mich bitte nicht dazu, dir darauf eine Antwort zu geben.« Haußmann sah sie noch einmal an. Ganz kurz leuchtete die Erinnerung auf, der lächerliche Bocktanz eines alternden Mannes. Da wurde sein Gesicht hart, und Marion wußte, daß zwischen ihnen jetzt eine unüberbrückbare Kluft war. Es hatte keinen Sinn mehr, zu reden und zu vermitteln. »Leb wohl«, sagte sie gepreßt.

»Gute Fahrt.«

»Bärchen...«

»Bitte?« Haußmann drehte sich noch einmal um. Seine Augen waren fremd.

»Ich habe dich wirklich geliebt...«

Stumm wandte sich Haußmann ab und ging den langen weißen Gang entlang zum Fahrstuhl. Er fuhr hinunter ins Parterre, zu Zimmer 2a, wo Lord Rockpourth auf ihn wartete, um ihm zu erzählen, daß er gar keinen Krebs habe und daß alle Ärzte Dummköpfe seien.

Meliha, das schlanke, kindhafte Mädchen, führte Frank Hellberg in das geräumige Wohnzimmer. Durch ein hohes, großes Fenster, vor das tagsüber eine Sonnenblende aus hellgrünem Plastik hängt, fiel der Blick auf die Straße und den Fluß Miljaca. Ein ovaler Eßtisch stand in der Mitte des Zimmers, bedeckt mit einer Samtdecke. Darüber hatte man zum Schutz gegen Flecken eine durchsichtige Plastikdecke gezogen. Sechs Stühle standen um den Tisch, eine Deckenlampe gab warmes, aber nicht das ganze Zimmer ausfüllendes Licht. Rechts neben der Tür stand ein Tischchen mit einem modernen Radiogerät. Hellberg mußte unwillkürlich lächeln. Ein deutsches Gerät. Grundig. Die Wände des Zimmers waren blaugetüncht. Eine Couch stand an der Längswand, eine zweite Couch unter dem Fenster. Über beiden lagen dunkelrote, orientalische Decken und viele Kissen mit Samtbezügen. Sie waren mit leuchtenden Farben reich bestickt. Eine goldene Schrift fiel Hellberg sofort auf. »Souvenir of Lybia« stand auf einem der Kissen. Der Fußboden war mit Linoleum in Parkettmuster ausgelegt. Darauf lag ein maschinengewebter Orientteppich. An den Wänden hingen Bilder. Gerahmte Koransprüche in arabischer Sprache, Bilder aus Mekka, Surentexte, arabische religiöse Darstellungen. Über der Couch an der blauen Wand mit den stilisierten Blütenmustern hing ein gewebter Wandbehang: Ein orientalischer Palast im Mondschein, den zwei Reiter flüchtend verlassen. Der eine Reiter preßte eine geraubte Frau in seine Arme, der andere, der Verfolger, jagte ihnen nach mit einem altertümlichen Vorderlader in der Hand, bereit, den Frauenräuber niederzuschießen.

Über den Tisch verstreut standen kristallene Aschenbecher und Vasen mit künstlichen Blumen. Nelken aus Plastik. Ein Kamel marschierte über den Tisch, so sah es aus – aber es war nur ein Feuerzeug. Drückte man auf den einen Höcker, sprang der zweite auf und gab die Flamme frei. Ein Kamel, aus Silber geschmiedet.

Frank Hellberg hatte dies alles mit wenigen Blicken erfaßt. So wohnt ein Genie, dachte er, und war über diese Bürgerlichkeit sehr enttäuscht. Hier soll ein Mittel entdeckt worden sein, das man ein Wunder nennt?

An dem ovalen Tisch saß die ganze Familie. Dr. Fahrudin Zeijnilagic hatte sich sofort erhoben, als seine Tochter Meliha den Besucher ins Zimmer führte. Er war ein großer, stattlicher Mann mit markantem Gesichtsschnitt, der beherrscht wurde von einer starken, spitzen Nase. Über einer hohen Stirn wellte sich volles, schwarzbraunes Haar. Eine leichte Schläfenglatze war geschickt von einer großen Locke bedeckt. Als er Hellberg die Hand gab, war der Druck kräftig und selbstbewußt. Die dunklen Augen blickten Hellberg ruhig und doch forschend an.

»Ich freue mich«, sagte Dr. Zeijnilagic mit sympathischer Stimme auf englisch, »daß ich Sie heute allein sprechen kann. Sonst ist es unmöglich, da drängen sich in der Diele die Kranken, stehen auf der Treppe bis hinaus auf die Straße. Es gab Tage, da war das Haus umlagert wie eine Festung. Die Miliz mußte den Verkehr von der Obala umleiten. Aber seit zwei Tagen ist es ruhiger.«

»Das Verbot des HTS.« Hellberg verbeugte sich vor den anderen, die um den ovalen Tisch saßen. Dr. Zeijnilagic stellte sie vor.

»Meine Frau Emina. Sie ist Chemikerin und Lehrerin. Meliha, meine älteste Tochter, kennen Sie schon. Das ist Virdana, die jüngere. Und das ist meine Mutter Naifa. Sie ist nach Mekka gepilgert.« Hellberg hörte, mit welcher Hochachtung er das sagte. Eine Mekkapilgerin in der Familie, eine Mutter, die am Grabe des Propheten gebetet hatte – das ist eine Gnade Allahs für die ganze Familie.

Hellberg verbeugte sich, dann wurde ihm ein Stuhl hingeschoben, er saß am ovalen Tisch, und es war ihm, als sei er damit in den Kreis der Familie aufgenommen. So selbstverständlich war das alles, als lebe er schon Jahre hier und sei eben von einem Spaziergang zurückgekommen. Meliha, die älteste der Töchter, ging hinaus und kam mit einer Kanne Tee zurück.

»Trinken Sie Rum dazu?« fragte Dr. Zeijnilagic. »Oder Kognak? Wir nehmen keinen Alkohol, wir sind strenge Moslems.«

»Danke«, sagte Hellberg ein wenig unsicher. Er war beeindruckt von der Einfachheit dieses Lebens, von der Freundlichkeit und der familiären Atmosphäre.

»Sie sagten, Sie wollten alles wissen«, fing Dr. Zeijnilagic die Unterhaltung an. Er bot Hellberg goldgelbe orientalische Zigaretten an. Er selbst rauchte nicht. »Das ist eine weite Frage.«

»Darf ich ganz hart sein, Doktor?« Hellberg tat es fast leid, dies zu fragen. Dr. Zeijnilagic nickte.

»Bitte.«

»Glauben Sie selbst an Ihr HTS?«

»Ich habe sechzehn Jahre damit zugebracht, mich an den Glauben zu gewöhnen, daß mir eine große Entdeckung gelungen ist«, antwortete Zeijnilagic. »Es begann mit einem Patienten, der einen Tumor in der Mundhöhle hatte. Ich bin Zahnarzt und Mundhöhlenspezialist. Damals, vor 16 Jahren, konnte ich meinen Patienten nicht heilen, nur belügen, es sei ungefährlich. Aber diese Lüge war in mir wie ein Motor: Du mußt helfen! Ich hatte ein kleines Labor, primitiv eingerichtet. Was kann sich ein junger Zahnarzt schon leisten! Aber ich stieß bei einer Reihe Bluntuntersuchungen auf interessante Dinge, die jetzt zu erklären zu umfangreich sind. Kurzum: Ich spezialisierte mich auf Blutsedimente und entdeckte einen Weg zur Frühdiagnose bestimmter Ca-Formen. Aus dem Blutbild heraus. Ein paar Jahre später bekam ich den ehrenvollen Ruf, Lehrer an einer Dentistenschule zu werden. Ich wurde Professor, Chef eines Kliniklabors in Sarajewo ... und ich hatte endlich Möglichkeiten, meine Blutsedimente in großem Stil zu erforschen. Ich fuhr nach Belgrad und nach Köln, zu Professor Gohr. In Belgrad wurde ich ausgelacht, in Köln überprüfte Professor Gohr meine Forschungen und ermunterte mich weiterzumachen. Es ist wie überall auf der Welt, Herr Hellberg: In Sarajewo nannte man mich einen Phantasten, in Belgrad hörte ich unverbindliche Reden; die anderen Ärzte, vor allem die Kliniker, schnitten mich. Aber ich gab nicht auf. Ich stellte eines Tages mein Ur-HTS her und verabreichte es Krebskranken. In den Augen der Wissenschaft ein Verbrechen, weil vorher nicht hundert Kaninchen, tausend Meerschweinchen, zweitausend Ratten und zehn Affen behandelt worden waren!«

Dr. Zeijnilagic nippte an dem heißen Tee. Seine alte Mutter, Naifa, nickte ihm zu, obwohl sie kein Wort verstanden hatte. Seine Frau Emina, die ebenso gut englisch sprach wie er, hatte ernste Augen.

»Rückschläge schienen meinen Gegnern recht zu geben: Es gab Sekundärschäden durch das HTS. Aber das lag nicht am Präparat selbst, sondern an der chemischen Zusammensetzung, an der Dosierung der einzelnen Stoffe zueinander. Ich arbeitete weiter, und dann kam der Tag, vor vier Jahren, als die Ärztin Dr. Zlata Babic zu mir kam. Ich werde Ihnen ihre Krankengeschichte zeigen, es ist kein Trick dabei. Durch eine Kommission, zu der verschiedene Ärzte gehörten, war Dr. Zlata Babic als hoffnungsloser Fall aufgegeben worden. Sie war zum Sterben verurteilt. Diagnose: Bereits inoperabler Ca mammae golidum mit Metastasen unter dem linken Arm. Über die Lymphe also eine weite Streuung im ganzen Körper ... An Dr. Babic versuchte ich mein neues HTS ... sie ist heute völlig geheilt, praktiziert wieder, wohnt hier in Sarajewo und ist bereit, sich mit Ihnen zu unterhalten. Es ist röntgenologisch und pathologisch festgestellt, daß Dr. Zlata Babic keine Ca-Zellen mehr im Körper hat. Das war mein erster Fall von Heilung. Es war ein Kuß Allahs auf meine Stirn.«

»Und heute...« sagte Hellberg seltsam ergriffen von diesem Bericht.

»Gehen Sie auf die Straße«, sagte Dr. Zeijnilagic ruhig. »Fragen Sie die Menschen. Jeder dritte wird Sie zu einem HTS-Geheilten führen. Dreitausend Kranken konnte ich helfen. Über tausend sind geheilt, den anderen habe ich ein sanftes, schmerzfreies, nicht von Morphium umdunkeltes Lebensende verschafft.«

»Tausend vollkommene Heilungen...« sagte Hellberg leise. Es war ihm, als stocke ihm der Atem. »Und trotzdem verbietet man jetzt das HTS?«

Dr. Zeijnilagic griff zu den Zigaretten und steckte sich eine an. Jetzt, wo er rauchte, sah Hellberg, wie nervös und aufgewühlt er innerlich war. Seine gepflegten Finger zitterten leicht.

»Es ist einfach, einem Mann sein Lebenswerk zu zerstören«, sagte Dr. Zeijnilagic ohne Bitterkeit in der Stimme.»Ein Gremium von fünfzehn Ärzten, das das Gesundheitsministerium in Belgrad eingesetzt hat, kam zu negativen Ergebnissen. Ein harmloses Mittel, sagten die einen. Gefährlich in den Nebenwirkungen, die anderen. Die fünfzehn wurden sich nicht einig... aber Belgrad verbot vorgestern das HTS mit der Begründung, die unkontrollierte Herstellung und Abgabe solle damit verhindert werden. Aber kein Wort gegen HTS selbst! Der Neid meiner Kollegen ist eben stärker.«

»Und die Kranken?«

»Sie saßen noch gestern auf meiner Treppe und weinten und bettelten, und ich konnte ihnen kein HTS geben! Ich habe mit ihnen geweint.«

Das klang nicht dramatisch. Es klang einfach wahr. Hellberg sah auf seine Hände.

»Ich werde Ihnen helfen, Dr. Zeijnilagic«, sagte er fest. »Ich glaube an Sie und Ihr HTS!«

Dr. Zeijnilagic sprang auf. Mit großen Schritten ging er um den ovalen Tisch herum. Seine Familie verfolgte ihn mit den Blicken.

»Man soll mich doch nicht a priori verdammen!« sagte er laut. »Man soll prüfen, prüfen, prüfen! Ich kann sagen, was ich will: Entweder glaubt man mir, oder man verdammt mich. Aber keiner geht wissenschaftlich an die Sache heran. Nichts wünsche ich mehr als die klinische Erprobung auf breiter, wissenschaftlicher Basis. In Italien fangen ein paar Kliniken damit an – aber sonst? Man schweigt einfach! Warum? Geht es nicht um Millionen hoffnungsloser Krebskranker? Warum prüft man nicht in aller Welt mein HTS? Dem Resultat einer solchen weltweiten Untersuchung werde ich mich beugen.«

Frank Hellberg nickte. Er war versucht, aufzuspringen und den Arzt zu umarmen.

»Ich werde diesen Aufruf in die Welt hinaustrommeln!« rief er. »Ich werde so lange rufen, bis man es hört... hören muß! Und wenn die Kranken Sturm laufen gegen die Borniertheit der Schulmedizin!«

Dr. Zeijnilagic lächelte nachsichtig, gerührt vom Enthusiasmus Hellbergs.»Ich habe eine hohe Achtung vor den Deutschen«, sagte er. *»Ich hoffe sehr, daß auch in Deutschland einmal klinische Versuche mit HTS gemacht werden. Ich kenne die Deutschen als ernsthafte, ehrliche und unvoreingenommene Forscher.«* (Anmerkung des Verfassers: Wörtliches Zitat aus einem Interview mit Dr. Z. in Sarajewo)

»Es wird eines Tages soweit kommen«, sagte Hellberg und erhob sich gleichfalls. »Man kann daran nicht vorübergehen, wenn man ein ärztliches Gewissen hat! Man kann Wunder nicht ignorieren.«

Dr. Zeijnilagic schüttelte den Kopf. »Es ist gar kein Wunder, mein junger Freund. Es ist kein Geheimnis, woraus HTS besteht. Lauter bekannte Drogen: Chinin, Natrium-tiosulfat, Kampfer, Prokain und Koffein-Natrium Benzoat. In minimalen, aber genau zueinander ausgewogenen Quantitäten. Hier liegt allein das ganze Geheimnis! Es ist wie das Salz in der Suppe – richtig dosiert, gibt es der Suppe Würze, falsch dosiert, versalzt es alles oder geht geschmacklos unter. Ich brauchte sechzehn Jahre, um die richtige Dosierung zu finden... es wäre ein Unglück für die hoffenden Krebskranken, wenn nochmals sechzehn Jahre vergehen müßten, ehe man diese Dosierung als richtig bestätigt. Ich sage es erneut: Ich wäre glücklich, wenn Deutschland sich in die große Überprüfung einschalten würde. Ich bin bereit, deutschen Arzneimittelfabriken mein HTS zu überlassen. Aber man soll mich nicht verdammen, einen Scharlatan nennen. Es ist mir nur gelungen, eigene und fremde Erfahrungen auszusieben und zu kombinieren. Und ich habe nie behauptet, Krebs heilen zu können, sondern ich habe immer gesagt: Ich kann helfen, die Leiden zu lindern. Ich kann den Krankheitsverlauf beeinflussen, ich kann mit HTS in Verbindung mit einer Polyvitamin-Therapie erreichen, daß die Schmerzen schnell nachlassen, die Darmfunktion verbessert wird, der Appetit wiederkommt, die Krankheit an sich zurückgeht, der Kranke neuen Lebensmut schöpft und eigene Abwehrstoffe aktiviert ... und gibt es dann eine Heilung, so sollte man Gott danken und nicht von Betrug reden!«

Hellberg nickte zustimmend. Dieser Mann ist ein Geschenk Gottes, dachte er. Er wird Claudia heilen und Frau Haußmann, Lord Rockpourth und viele andere Hoffnungslose. Und es war gut, daß Hellberg in dieser Minute nicht wußte, was sich in Wahrheit ereignet hatte.

»Man hat das HTS verboten«, sagte er, »aber das Volk wird auf die Barrikaden gehen. Glauben Sie es mir, Doktor. Und ich gehe mit.«

Dr. Zeijnilagic hob ein wenig müde die Hände. »Morgen wird eine Abordnung von Krebskranken und deren Angehörigen von Marschall Tito empfangen. Sie werden ihn um Wiederzulassung des HTS bitten und eine weitere Überprüfung des Präparates. Und vor meinem Haus wird man Unterschriften sammeln für einen großen Protest ...«

»Das wird helfen!« rief Hellberg. »Das wird die Augen in aller Welt öffnen!«

»Nein.« Dr. Zeijnilagic setzte sich wieder und legte seine Hand auf den Arm seiner alten Mutter Naifa, der Pilgerin nach Mekka zum Grabe des Propheten. »Im Gegenteil ... man wird es mir übelnehmen und mich einen Marktschreier nennen. Warten wir den Morgen ab. ...«

Wie benommen ging Frank Hellberg später zu Fuß in sein Hotel zurück.

Morgen, dachte er. O nein ... in ein paar Wochen. Wenn er Claudia heilen kann, wird es meine Lebensaufgabe sein, der Welt zu verkünden, daß der Krebs, die Geißel unserer Menschheit, seinen Schrecken verloren hat, wenn die Menschheit es nur will.

An Claudia Torgiano sollte es bewiesen werden, wie vor vier Jahren an der jugoslawischen Ärztin Dr. Zlata Babic. Wie ein Sieger betrat Hellberg die Halle des Hotels Beograd. Der Nachtportier wartete schon auf ihn. Ein Anruf aus Mostar war notiert worden. Karl Haußmann hatte alle Hotels Sarajewos angerufen, bis er Hellbergs Quartier fand.

»Please...« sagte der Nachtportier.

»Kommen Sie zurück nach Mostar«, las Hellberg mit immer ratloseren Augen. »Erika ist operiert worden. Es war kein Krebs. Auch der Lord soll keinen haben. Lassen Sie Claudia hier untersuchen. Das HTS ist vielleicht ganz falsch für uns.«

Langsam, wie gelähmt, ließ sich Hellberg in einen der Sessel der Hotelhalle gleiten. Der Zettel flatterte auf den schönen, roten Teppich.

»Das durfte nicht kommen«, sagte er leise. »Das hebt eine ganze Welt der Hoffnung aus den Angeln.«

Und er beschloß, in Sarajewo zu bleiben. Gerade weil es um Claudia ging und er blindes Vertrauen zu Dr. Zeijnilagic hatte.

Mit einem schweinsledernen Koffer und einer Umhängetasche stand Marion Gronau in der großen Hotelhalle des neuen Bahnhofes in Sarajewo und wartete auf den Schnellzug nach Zagreb. Er wurde in Sarajewo eingesetzt und fuhr über Ljubljana nach Villach und von dort durch Österreich nach München.

Marions Ferienabenteuer war beendet, und mit ihm auch ein Lebensabschnitt. In Gelsenkirchen erwartete sie die Kündigung, und sie hatte nicht die Absicht, dagegen Protest zu erheben oder vor dem Arbeitsgericht zu klagen. Zuviel schmutzige Wäsche würde dann gewaschen werden; niemandem nützte es, bei allen bliebe höchstens ein dunkler Fleck auf der Weste zurück.

Wie sie jetzt auf dem Bahnsteig stand und mit Hunderten Jugoslawen, meistens Moslems, auf den Zug wartete, kam sie sich elend und ungerecht behandelt vor. Wie eine Ausgestoßene war sie. Haußmann hatte sie von Mostar weggehen lassen, ohne ein weiteres Wort zu sagen. Dreimal hatte sie noch versucht, ihn zu sprechen, aber er verkroch sich in das Krankenzimmer Erikas, das ihm jetzt wie eine Festung war. Auch auf einen Zettel, den sie einer Schwester mitgab, reagierte er nicht: Abfahrt nach Sarajewo 12.42 Uhr.

Karl Haußmann kam nicht zum Bahnhof. Bis zum Abfahrtspfiff hatte Marion gewartet und immer wieder auf die Eingänge gestarrt, und auch als der Zug nach Sarajewo schon fuhr, stand sie am offenen Fenster und suchte nach Haußmann.

In Sarajewo erkundigte sie sich sofort nach Frank Hellberg. Da nur wenige Hotels in Frage kamen, fand sie ihn schnell im Hotel Beograd. Aber auch Frank Hellberg war nicht auf seinem Zimmer. »Er ist bei Dr. Zeijnilagic«, sagte der Portier und musterte die auffällige Blondine. Portiers in Hotels haben ein gutes Auge, sind Psychologen und haben einen sechsten Sinn. Hier ist eine Komplikation zu befürchten, dachte der Portier und dachte an die zarte, blasse Claudia Torgiano. »Soviel ich weiß, will sich Herr Hellberg mit Signorina Claudia in eine Privatklinik begeben.« Das war gelogen, denn in Sarajewo gab es gar keine Privatklinik, die unter Leitung Dr. Zeijnilagics stand. So etwas gibt es in ganz Jugoslawien nicht, denn die Gesundheit ist staatlich. Aber wer weiß das?

»Wann kommt Herr Hellberg wieder?« fragte Marion. Sie war müde von der Fahrt durch den heißen Sommertag.

»Ganz unbestimmt«, sagte der Hotelportier.

»Wenn er zurückkommt, geben Sie ihm bitte einen Brief.«

Marion setzte sich in die Halle an einen der kleinen Tische und schrieb ein paar Zeilen. Dann ging sie zum Hotel Europa, wo Lord Rockpourth Zimmer bestellt hatte, und wartete. Sie blieb auf ihrem Zimmer, ließ sich das Essen hinaufbringen und kam sich ausgesprochen elend vor.

Als es Abend wurde und Frank Hellberg immer noch nicht gekommen war und auch nicht angerufen hatte, begann sie zu weinen. Gegen 22 Uhr telefonierte sie mit dem Hotel Beograd. Hellberg kam nicht ans Telefon. Er ließ sagen, daß er ihr eine gute Reise wünsche. Eine Brüskierung, die Marion wie einen Schlag ins Gesicht empfand.

Nun wußte sie, daß sie allein war. Völlig allein. Dieser Zustand würde zwar nicht lange andauern, denn dazu wirkte sie zu sehr auf Männer, aber es war beschämend, nun dazustehen wie ein Hund, den man von der Tür getreten hat.

Kurz vor der Abfahrt des Zuges nach Villach sah Marion die große Gestalt Hellbergs durch die Menschenmenge drängen. Seine blonden Haare schimmerten in der Sonne. »Hier!« schrie Marion aus dem Fenster. »Hier! Frank, Frank!« Sie winkte mit beiden Armen. Ein Schimmer Hoffnung glomm in ihr auf. Er kommt doch! Er läßt mich nicht wegfahren wie eine Aussätzige.

»Marion...« Hellberg stand unter dem Abteilfenster und reichte ihr die Hand hinauf. Sie ergriff sie mit beiden Händen und hielt sie fest.

»Das ist schön, daß du gekommen bist«, sagte sie mit Tränen in der Stimme. »Du läßt mich nicht einfach verschwinden...«

»Würde es dich gewundert haben, wenn ich es getan hätte?« fragte er ernst.

»Nein...« Marion senkte den Kopf. »Ich habe vieles falsch gemacht, Frank.«

»Alles!«

»Ja. Ich habe einen Traum vom goldenen Glück geträumt.«

»Auf Kosten anderer. Das war gemein.«

»Ich weiß es, Frank.«

»Was wirst du nun tun?«

»Ich fahre so schnell wie möglich zurück nach Gelsenkirchen, packe meine Sachen und verschwinde. Eine Stellung ist leicht zu finden... ja, und das Leben geht dann weiter...« Sie hielt noch immer seine Hand umklammert und sah ihn jetzt aus ihren großen, blauen Augen traurig an. Augen, die ihn noch vor drei Wochen fasziniert und jünglingshaft verliebt gemacht hatten.

»Und du, Frank?«

»Ich fahre mit Claudia nächste Woche auch zurück nach Deutschland.«

»Du liebst sie?«

»Ja«, sagte Hellberg schlicht.

»Und dieser Dr.... Dr. Znei...«

»Zeijnilagic...«

»Ja. Er kann Claudia helfen?«

»Ich glaube nicht. Er hat sie heute untersucht, wir sind zum Krankenhaus gefahren und haben sie durchleuchtet und Röntgenaufnahmen gemacht.«

»Und sie hat Krebs?«

»Ja.« Hellbergs Gesicht wurde wie aus Stein. »Es ist einwandfrei Lungenkrebs. Sie sollte operiert werden... auch Dr. Zeijnilagic rät dazu. Er hat uns 20 Kapseln HTS gegeben. Nicht zur Heilung, sondern zur Vorbeugung gegen Metastasen. Heute hat Claudia die erste Kapsel genommen.«

»Dann wünsche ich dir... euch... viel Glück«, sagte Marion Gronau leise.

Die Bahnbeamten schrien den Zug entlang, die Türen klappten, vorne pfiff die Lokomotive.

»Und wenn Claudia sterben sollte...« sagte Marion.

»Daran denke ich gar nicht.« Hellberg drückte ihre Hände. »Mach's gut, Marion! Und viel Glück im Leben.«

»Danke, Frank!«

Der Zug ruckte an. Marion Gronau winkte noch ein paarmal, dann trat sie zurück vom Fenster und schloß es mit einem Ruck. Es war ein Schlußstrich unter die Vergangenheit. Nun begann die Zukunft wieder. Aber es war nicht mehr so trostlos wie vor ein paar Minuten. Der Abschied von Frank Hellberg hatte ihr neuen Mut gegeben. Ihre Niedergeschlagenheit war verflogen. Ich bin noch jung, dachte sie. Himmel, 23 Jahre – da beginnt doch erst das Leben!

Hellberg sah dem Zug nach, bis er zwischen den Bergen verschwand. Dann ging er zurück zur Straße und zu der dort wartenden Taxe. Claudia stieß die Tür auf, als sie ihn kommen sah.

»War's schlimm, Liebster?« fragte sie und lächelte, als brauche er Trost.

»Gar nicht.« Hellberg ließ sich neben Claudia auf die zerschlissenen und verblichenen Polster fallen. »Ein bißchen peinlich ist so ein Abschied fürs ganze Leben, aber Gott sei Dank ging es schnell.«

»Nun sind wir allein.« Claudia legte den Kopf an seine Schulter, und er legte den Arm um sie. »Nun gehören wir nur noch uns.«

»Uns ganz allein, Claudia.«

»Und ich werde gesund, nicht wahr?«

»Ja. Du wirst wieder ganz gesund.«

»Das haben die Ärzte im Krankenhaus gesagt?«

»Ja, mein Liebes.«

»Und auch Dr. Zeijnilagic?«

»Hätte er dir sonst die Kapseln HTS gegeben?«

»Und wenn ich wieder ganz gesund bin...«

»Ja, wir heiraten!« Hellberg beugte sich über ihr blasses Gesichtchen und küßte sie auf die großen, braunen Augen. »Wer könnte dich so lieben wie ich!«

Die Taxe fuhr an. Ohne zu fragen, fuhr der Chauffeur aus Sarajewo hinaus zum Bergmassiv des Trebevic, zu den schattigen Wäldern und stillen Schluchten und den Berghütten Dobra Voda, Brus, Celina und Ravne... den Wäldern der Verliebten, wie man in Sarajewo sagt.

Um die gleiche Zeit wanderte Marion Gronau durch den Zug zum Speisewagen. Alle Plätze waren besetzt, bis auf einen Doppelsitz, auf dem ein älterer Herr mit gelockten, melierten Haaren und einer goldenen Brille saß. Als er die suchend sich umsehende Marion bemerkte, sprang er auf und zeigte auf den freien Platz an seiner Seite:

»Madame... wenn Sie mit der Gesellschaft eines alten Mannes vorliebnehmen wollen?«

Marion lächelte dankbar. Der gepflegte ältere Herr sprach französisch, aber er schien kein Franzose zu sein.

»Danke«, sagte Marion auf deutsch. Der Herr rückte noch mehr zur Seite.

»Eine Landsmännin!« rief er. »Das ist doppeltes Glück. Sie gestatten: Bronneck. Helmar von Bronneck aus Wiesbaden. Nun sind die kahlen, heißen Felsen da draußen nicht mehr so trostlos.«

Am Abend, hinter Villach, tranken sie schon zusammen Wein und waren sehr fröhlich. Das Leben geht weiter... und es war für Marion Gronau immer angenehm...

In Mostar gingen vierzehn Tage wie im Fluge herum.

Erika erholte sich von der Operation erstaunlich schnell, vor allem, weil Professor Kraicic mehrmals eine Bluttransfusion gab und Erikas Widerstandskraft mit Injektionen von Hormonen und Vitaminen stärkte.

»Wie sind Ihre weiteren Pläne?« fragte er nach zehn Tagen Karl Haußmann.

»Wie Sie mir geraten haben: Ab nach Venedig, und vier Wochen Nichtstun und nur glücklich sein.«

»Und sonst...?« Professor Kraicic sah Haußmann fragend an, ein Blick von Mann zu Mann. »Auch alles in Ordnung?«

»Ja...« antwortete Haußmann. Er kam sich mickrig vor diesem Arzt gegenüber, der ihn mit seinen gütigen und doch zwingenden Augen sofort durchschaut hatte. »Alles...«

»Ihre Sekretärin?«

»Ist bereits seit Tagen in Deutschland.«

»In Ihrem Betrieb?«

»Nein. In Wiesbaden. Sie hat gekündigt und tritt eine Stelle in einer Sektkellerei an, Baron von Bronneck.«

Professor Kraicic nickte. »Dann werden Sie das Wunder erleben, wie schnell ein Mensch heilen kann. Nicht nur die Operationswunde verheilt... auch der seelische Schmerz.«

»Welch ein Glück, daß wir nicht allein dem HTS ausgeliefert waren«, sagte Karl Haußmann.

»Es hätte in diesem Fall wenig geholfen, nein, gar nichts. Aber es scheint doch, als wenn man dem Kollegen Zeijnilagic Unrecht getan hätte. Die staatliche Gesundheitsbehörde hat nach vielen Protesten, vor allem aus dem Ausland, die Herstellung der HTS-Kapseln wieder freigegeben. Aber nun unter ständiger Kontrolle. Die chemische Fabrik Bosna-Lijek in Sarajewo, Blagoja Parovica, stellt sie jetzt her und gibt sie zu Forschungszwecken, aber auch an Patienten und Ärzte kostenlos ab.«

»Sie helfen also wirklich?« fragte Haußmann.

»Das müssen wir abwarten.« Professor Kraicic sah aus dem Fenster hinaus in den etwas staubigen, sonnendurchglühten Klinikgarten. »Ich habe auch einige hundert Kapseln kommen lassen. Ich habe neun inoperable Krebsfälle auf Station I. Eine wichtige Veränderung im Allgemeinbefinden haben wir festgestellt, und sie sind wertvoll für einen Krebskranken, dessen psychologische Betreuung mit am Anfang jeder Therapie steht: Das HTS regt den Appetit des Kranken an, fördert die Verdauung, hebt sein allgemeines körperliches Befinden und gibt ihm durch diese Kleinigkeiten neuen Lebensmut. Außerdem wirkt HTS schmerzlindernd und befreit den Kranken von starken Schmerzen ohne das Gift des Morphiums. Interessant ist, daß HTS auch hilft bei Ulcus, Gastritis chronica und rheumatischem Ischias. Natürlich müssen eingehende Kontrollen durchgeführt werden, deshalb ist es leichtsinnig, einem Kranken das Mittel ohne ärztliche Betreuung zu geben. Kommt erneut Fieber auf, zeigt sich Durchfall, läßt der Kranke innerhalb von vierundzwanzig Stunden weniger als einen halben Liter Urin, dann muß man unterbrechen. Außerdem soll man das HTS mit einer Hormon-Polyvitamintherapie unterstützen... es ist nicht damit getan, daß man HTS nimmt wie ein Bonbon... Auch bei Wundermitteln braucht man den Arzt.«

»Und wenn der Arzt das Mittel ablehnt?«

»Dann ist er ein kurzsichtiger Arzt. Revolutionen in der Medizin beginnen nicht immer im Großlabor. Und Borniertheit hat noch keinem Patienten geholfen. Ich weiß...« Professor Kraicic hob die Hand, als Haußmann etwas entgegnen wollte. »Ich kenne die Trägheit der meisten Ärzte. Da hat man eine große Praxis mit täglich sechzig bis hundert Patienten, die man gar nicht individuell untersuchen kann. Und da legt man sich zehn Stammrezepte zu, die man verteilt. Ein bißchen Theater vorweg... Zunge zeigen, hier und dort drücken, Blutdruck messen, wenn's hoch kommt, Abhören mit dem Stethoskop... und dann Rezept Nr. 7! – Ich weiß das alles, Herr Haußmann! Aber viel schuld ist Ihr System mit den Krankenscheinen. Das verleitet zur Gleichgültigkeit gegenüber dem Individuum. Bei uns ist das anders. Wir sind Staatsbeamte. Das Gesundheitswesen ist staatlich. Die Behandlung der Kranken ist frei. Wir bekommen ein Gehalt. Die Jagd nach dem Krankenschein ist vorbei. Und wir haben Zeit und vor allem Interesse für den Menschen; wir brauchen nicht um eine volle Kartei zu ringen. Bei uns ist der Kranke nicht Inhaber eines Krankenscheins, der ein Vierteljahr Sicherheit für den Arzt bedeutet, sondern ein Teil unseres Volkes, das man gesundhalten muß. Damit das ganze Volk, unser Staat gesund bleibt.«

»Erzählen Sie das mal in Deutschland.« Haußmann lächelte sauer. »Die Ärzte würden sich zusammenfinden, Sie für irr erklären und in einer Heilanstalt verschwinden lassen.«

Professor Kraicic nickte wieder. »Ich weiß. Das unterscheidet uns von der kapitalistischen Welt. Darum geben wir auch das HTS kostenlos ab. Als es verboten wurde, wurde eine Kapsel HTS mit zwei Gramm purem Gold auf dem Schwarzmarkt gehandelt. So etwas ekelt uns an. Diese Geschäftemacher mit der Todesangst sollte man aufknüpfen.«

Haußmann schwieg. Er sah Kraicic in die ernsten Augen. Jetzt ist er wieder Orientale, dachte er. Aufknüpfen. Das sagt er, der große Chirurg von Mostar. Welches Rätsel ist doch der Mensch! Ein Rätsel und ein Wunder geschah aber wirklich in diesen Tagen: Lord Rockpourth stand aus dem Bett auf und bewegte sich auf seinen eigenen Beinen.

Er ging.

Zwar noch am Arm von zwei Pflegern, aber er bewegte die Beine, trat auf und stieß bei jedem Schritt, den er tat und bei dem er die Dielen unter seinen Fußsohlen spürte, einen schnaufenden Laut aus.

»Sehen Sie sich das an, Sir!« sagte er, als Haußmann ihm auf dem Flur begegnete. »Die Mohammedaner kriegen hin, was Christen und Mongolen nicht fertigbrachten: Ich gehe wieder! Ihre ehrliche Meinung, Sir: Was halten Sie davon, wenn ich zum islamischen Glauben übertrete und mich Ali Achmed Ben Jussuf nenne?«

Haußmann lachte schallend. Lord Rockpourth verzog das Gesicht und humpelte am Arm seiner Pfleger weiter.

Er war ein Paradepatient geworden. Jeder Kommission, die aus Belgrad, Sarajewo oder Zagreb kam, und sie kamen laufend, um die HTS-Erkenntnisse auszutauschen, zeigte Professor Kraicic den »unheilbar Krebskranken« Lord Rockpourth.

»Ich komme mir vor wie ein Pavian, der statt eines roten Hinterns einen blauen hat!« sagte Rockpourth einmal zu Haußmann. Es war am vierzehnten Tag. Sie saßen auf einer schattigen Bank im Garten und fütterten große, unbekannte, rotschillernde Vögel mit Brotkrumen. Erika ging langsam mit einer Schwester im Rosengarten spazieren. Sie war noch schwach, aber ihr Gesicht hatte alles Leid verloren, selbst die Fältchen an den Augen und im Mundwinkel waren wie weggestrichen. Wie jung sie wieder aussieht, dachte Haußmann, als er zu ihr hinüberblickte. Wer traut ihr zwei erwachsene Kinder zu? Verdammt, gegen sie bin ich ja ein alter Mann.

»Ich lade Sie ein nach Old England«, sagte Rockpourth. »Mein Schloß ist Ihr Schloß, Sir. Ohne Sie wäre ich noch immer eine Mumie oder vielleicht schon vertrocknet! Daß wir uns auf dem ›Schiff der Hoffnung‹ kennenlernten, war wirklich eine Schicksalsfügung! Wo ist eigentlich Marion?«

»Fort«, sagte Haußmann kurz.

»Oha! Krach?«

»Es gehörte zur Therapie«, sagte Haußmann dunkel.

»Verstehe.« Lord Rockpourth zupfte Haußmann am Hemd. »War ein herrliches Körperchen, mein Lieber. Aber im Hirn war Ebbe. Alles hatte sich eine Etage tiefer etabliert! Wir sind für solche architektonischen Extravaganzen zu alt, Sir. Ich bewundere Sie ehrlich, daß Ihre Frau mit Ihnen noch zufrieden sein kann. Ihre Frau ist wie eine voll erblühte Rose. Sie sollten Angst haben, daß nicht auch andere an dem Duft schnuppern!«

»Bei Erika...« Haußmann lächelte und sah hinüber zu seiner Frau. Sie stand in der Sonne, und ihr Haar funkelte kupfern. »Sie ist die treueste Frau, die es gibt.«

»Man soll nie so sicher sein! Man sollte sich immer bemühen, nie als überflüssig zu gelten.«

Haußmann verstand und erhob sich von der Bank. »Wie lange bleiben Sie noch in Mostar, Mylord?«

»Der Professor sagte was von einem halben Jahr. Und dann gehe ich an die Küste. Wenn ich an das winterliche, nebelige London denke... nicht auszumalen! Aber Sie besuchen mich im nächsten Jahr?«

»Ganz sicher, Mylord.«

»Schön! Und nun kümmern Sie sich um Ihre Frau.« Lord Rockpourth hielt Haußmann wieder am Hemd fest und zog ihn zu sich herab, als könne jemand anderes seine Worte hören. »Übrigens – Ihre Frau ist viel hübscher als diese Marion!«

»Das weiß ich, Mylord.«

»Dann waren Sie bisher ein Rindvieh. Gehen Sie, ich habe kein Mitleid mit Ihnen!«

Beschwingt ging Haußmann in den Rosengarten und faßte seine Frau unter.

»Der Professor meint, in vier Tagen könnten wir fahren«, sagte er und führte sie den geharkten Weg entlang. »Das Hotelzimmer in Venedig ist schon bestellt.«

»Ist das nicht alles wie ein Wunder, Karl? Ich fühle mich wie ein ganz anderer Mensch. Ich fühle mich so jung.«

Sie umarmte Karl und gab ihm einen Kuß. Wie ein junges Mädchen benahm sie sich. Haußmann atmete tief auf.

»Wenn das so weitergeht, bekomme ich Komplexe«, sagte er. »Was muß ich tun, um mit deiner neuen Jugend mitzuhalten?«

»Ganz lieb zu mir sein!«

Es wurde ein besonderer Tag.

Professor Kraicic hatte angeordnet, daß nach dem Abendessen niemand mehr das Zimmer Erika Haußmanns betreten dürfe. Die Stationsschwester beherzigte diesen Befehl, aber gegen 22 Uhr rief sie doch sorgenvoll den Klinikchef an.

»Herr Professor«, sagte sie, »Herr Haußmann überzieht die

Besuchszeit sehr. Er ist noch immer im Zimmer. Wenn ich ihm aber Bescheid sage, muß ich es betreten...«

»Sagen Sie ihm keinen Bescheid«, meinte Kraicic.

»Aber wenn er die ganze Nacht bleibt?«

»Dann bleibt er eben.«

»Herr Professor...«

»Vergessen Sie's, Schwester. Gute Nacht!«

Und Karl Haußmann blieb auf dem Zimmer.

Bei der Visite am nächsten Morgen sah Kraicic lange auf Erika herunter, die – so war die Anordnung – bei der Visite noch zu Bett lag.

»Wie fühlen Sie sich, Erika?« fragte der Professor vertraulich.

»Sehr gut.« Erika wurde etwas rot und sah zur Seite. Kraicic lächelte.

»Ab heute haben Sie alle Rechte einer Gesunden«, sagte er laut. »Die Heilung ist vollendet...«

Die Proteste gegen das Verbot des HTS hatten vollen Erfolg. Die Abordnung der Kranken, die Tito persönlich vorließ, hinterließ einen großen Eindruck. Die Ärzteschaft, so schwer es ihr fiel, mußte zugeben, daß an dem Mittel des Dr. Zeijnilagic etwas Gutes dran sei. Man könne zwar von keinem »Krebs-Wundermittel« reden, denn so etwas würde es nie geben, aber das HTS wäre eine gute Hilfe bei der symptomatischen Behandlung des Krebses. Das war zwar eine Abwertung und hieß soviel wie: Es nutzt nichts, aber es schadet auch nicht, aber die Fabrik Bosna-Lijek durfte produzieren; der Makel des Scharlatans war von Dr. Zeijnilagic genommen; die Krankenhäuser in vielen Staaten begannen mit Versuchsreihen; die Wissenschaft, die sonst alle Außenseiter ignoriert, nahm sich das HTS an und machte Experimente... aber von da an wurde es stiller um Dr. Zeijnilagic; das »Schiff der Hoffnung« wurde wieder ein normales Fährschiff zwischen Bari und Dubrovnik, die Hotels in Sarajewo hatten wieder Zimmer zu jeder Zeit frei, und die Journalisten reisten ab, um in anderen Teilen der Welt nach Sensationen zu suchen.

Die große Schau war vorbei. Das Geschäft mit den Kranken ging rapide zurück. Der Reiz der Neuheit verblaßte. Das Ungewöhnliche verblühte. Übrig blieb ein Heilmittel, das ein Chemiekonzern herstellte wie andere Pyramidon oder Calcium; das man in die Hand bekam, ohne dafür ein Abenteuer zu erleben. Das »Wunder« wurde Alltag. Und der Name Dr. Zeijnilagic wurde vergessen.

Wenn man heute einen Arzt fragt, in Bonn oder Hamburg, München oder Offenburg, London oder Kopenhagen: Kennen Sie Dr. Zeijnilagic, dann wird er einen nachdenklich ansehen, in der Erinnerung suchen und dann den Kopf schütteln.

Strohfeuer einer Tagessensation oder Tragik eines Genies?

Wer kann das beurteilen?

Wir wissen nur eins: In aller Welt warten Millionen Krebskranke auf ihre Rettung.

Millionen hoffen.

Millionen sterben.

Jeder fünfte von uns stirbt an Krebs.

Warum ist die Menschheit nur so gleichgültig...?

Dr. Zeijnilagic trug diese Entwicklung mit der Ruhe des echten Moslems, dem alles Schicksal von Allah gesandt ist, eine göttliche Fügung, gegen die man sich nicht auflehnen kann. Er forschte weiter, er behandelte seine Zahnkranken, hielt Vorlesungen in der zahnärztlichen Fakultät, gab das HTS den wenigen Bittenden, die noch immer an seine Tür in der Obala-Straße 40, nahe der Princip-Brücke, klopften und sagten: »Bitte, bitte, helfen Sie mir. Mein Vater... meine Mutter... meine Schwester... mein Kind... Erbarmen Sie sich, Doktor...«

Aber es waren nicht mehr viele. Die Nachricht über das Verbot war stärker haftengeblieben als die Meldung der Wiederfreigabe. Das Verbot brachten die Zeitungen in zwei-, drei-, oder gar vierspaltigen Artikeln... die Freigabe war eine kleine Meldung irgendwo am Rande, wo man drüber wegliest.

»Was wollen Sie?« sagte Dr. Zeijnilagic, als sich Hellberg über diese Ungerechtigkeit aufregte. »Es steht dort veröffentlicht. Wenn mein HTS statt langsamer Heilungen plötzlich hundert Vergiftungstote gebracht hätte, dann stünde es wieder auf der Titelseite. Das Normale, mein Lieber, ist uninteressant.«

Er sagte es mit einem traurigen Lächeln, rauchte seine Zigarette und trank Tee.

Hellberg und Claudia verabschiedeten sich von ihm. Zwei

Tage vorher hatte es ein Zusammentreffen zwischen Haußmann und Hellberg in Sarajewo gegeben. Da Frank nicht nach Mostar gekommen war, reiste Haußmann nach Sarajewo.

Sie trafen sich in der Bar des Hotels Europa. Nur sie allein... Erika war in Mostar geblieben und hörte sich die Komplimente von Lord Rockpourth an; Claudia blieb im Hotel Beograd und saß auf dem Balkon unter einem Sonnenschirm.

»Guten Tag, Frank«, sagte Haußmann und gab Hellberg die Hand.

»Guten Tag, Herr Haußmann.«

Sie sahen sich in die Augen und wußten, daß dies ihre letzte Begegnung war.

»Ich glaube, ich habe Ihnen einige Erklärungen abzugeben«, sagte Haußmann stockend und sah in sein Cocktailglas.

»Wegen Marion? Nein!«

»Ich will versuchen, Ihnen klarzumachen, warum das alles...«

»Wozu, Herr Haußmann?« Hellberg winkte ab. »Ich liebe Claudia, und wenn es vielleicht auch eine unglückliche, eine todgeweihte Liebe ist – von Marion wollen wir nicht mehr sprechen.«

»Ich danke Ihnen, Frank.« Haußmann legte seine Hand auf Franks Arm. »Sie nehmen einen großen Druck von mir.«

»Das Geld, das Sie mir in Bari gaben...«

»Kein Wort mehr davon!« sagte Haußmann laut.

»Doch! Ich zahle es Ihnen ab.« Hellberg zog ein Telegramm aus der Tasche. »Bitte, betrachten Sie das als eine Art Schuldschein oder Sicherheit. Die Redaktion der in unserem Verlag erscheinenden Illustrierten hat die HTS-Story für eine große Serie aufgekauft. Die erste Folge habe ich schon geschrieben. Ich werde Ihnen das Geld in acht bis zehn Wochen zurückgezahlt haben.«

Haußmann nahm das Telegramm, überflog es und zerriß es. »Ich bin beleidigt, wenn Sie auch nur einen Pfennig schicken, Frank. Was wird mit Claudia?«

»Wir fahren nach Heidelberg. Dort soll sie operiert werden.«

»Schwerer Fall?« Haußmanns Stimme wurde leise. Hellberg atmete tief auf.

»Sicherlich kein leichter. Aber die Heilungschancen sind da, wenn keine Metastasen-Ausstreuung vorhanden ist. Das will

Dr. Zeijnilagic mit dem HTS verhindern. Ich glaube daran, daß es ihm gelingt.«

»Und Heidelberg, das ist klar?«

»Ich hoffe.«

»Sie haben noch keine Zusage, kein Bett, keinen Termin?«

»Nein.«

»Und die Kosten? Es wird ein paar tausend Mark verschlingen.«

»Ich habe das Honorar der Artikelserie.«

»Und wovon wollen Sie heiraten? Frank, Sie sind ein sturer Hund. Ich übernehme alles! Fahrtkosten, Operationskosten, ein Zimmer I. Klasse, eine sechswöchige Erholungsreise...«

»Nein!«

»Verdammt noch mal! Doch! Keine Widerrede! Ohne Sie, ohne alle die Verwicklungen in unserem Leben wären wir nie nach Mostar gekommen, hätte ich nie wieder eine gesunde Frau bekommen. Das Schicksal geht oft komische und krumme Wege, aber man soll ihm immer dankbar sein.« Haußmann trank sein Glas aus und gab Hellberg beide Hände. »Frank, kümmern Sie sich nur noch um Ihre Claudia. Alles andere überlassen Sie mir! Wir werden uns, so nehme ich an, nicht mehr sehen, aber wir werden immer voneinander hören. Leben Sie wohl, Frank, und viel, viel Glück mit Ihrer Claudia, so wie ich es mit meiner Erika habe.«

»Herr Haußmann...« Hellberg wollte hinter Karl herlaufen, der aus der Bar hinausging. Dann besann er sich, blieb sitzen, trank noch einen doppelten Kognak und fuhr dann zurück zum Hotel Beograd.

Karl Haußmann hielt Wort. Nach drei Tagen traf aus Heidelberg, von der I. Chirurgischen Klinik, die Nachricht ein, daß ein Bett I. Klasse am 2. September frei sei. Operationsbeginn sei völlig unbestimmt, da man ja erst die Kranke genau untersuchen und diagnostizieren müsse.

»Am 2. September«, sagte Hellberg und sah auf seinen Kalender. »Hast du Angst, Claudia?«

Sie schüttelte den schmalen Kopf mit den langen, schwarzen Haaren. Ihre Rehaugen glänzten. »Du bist ja da, Liebster.«

»Dr. Zeijnilagic hat versprochen, daß du nach den HTS-Kapseln so stark sein wirst, die Operation ohne weiteres zu überstehen.«

»Ich habe gar keine Angst.« Claudia schüttelte den Kopf. »Ich *muß* ja gesund werden, um deine Frau zu werden. Dieses Müssen ist stärker als jede Medizin.«

Und dann kam der Tag heran, an dem Hellberg und Claudia aus Sarajewo abreisen mußten. Der 2. September war nicht mehr weit; sie mußten einen Umweg über Belgrad machen, um bei der italienischen Botschaft vorzusprechen, der sie ihre abenteuerliche Reise nach Sarajewo genau geschildert hatten. Fast vierzehn Tage lang hörten sie nichts aus Belgrad, dann kam ein Brief der Botschaft, nach dessen Lesen Claudia im Kreise herumzutanzen begann.

»... Wir haben Ihre Angaben in Bari nachprüfen lassen und können Ihnen zu unserer Freude mitteilen, daß Ihr Paß bei dem inzwischen gefaßten Mörder gefunden wurde. Wir haben um die Zusendung des Passes nach Belgrad gebeten, und Sie können ihn in den nächsten Tagen in der Italienischen Botschaft, Konsularabteilung, Zimmer 19, abholen...«

»Ich habe meinen Paß wieder! Ich habe ihn! Ich habe ihn!« jubelte Claudia. »Nun gibt es gar keine Schwierigkeiten mehr, nach Deutschland zu kommen.«

Der Abschied von Dr. Zeijnilagic war herzlich.

»Gott segne Sie«, sagte Dr. Zeijnilagic und legte die Hände auf Claudias Kopf. »Und glauben Sie ganz fest daran, daß Sie gesund werden.«

Dabei sah er Frank Hellberg an, und Frank erkannte die Sorge in seinen Augen.

»Es ist schon viel besser geworden, Doktor«, sagte er. »Wenn Claudia hustet, hat sie nicht mehr diese stechenden Schmerzen. Sie ißt mit Appetit – und sehen Sie nur ihr Gesicht! Sie hat sogar leicht rote Backen. Sie fühlt sich viel wohler als zuvor; so wohl, wie seit zwei Jahren nicht mehr!«

»Das ist ein gutes Zeichen.« Dr. Zeijnilagic sah Claudia lange stumm an. Er fühlte ihr den Puls, maß den Blutdruck, kontrollierte die Durchblutung der Schleimhäute und bat sie, sich noch einmal auszuziehen. Zum letztenmal hörte er sie mit dem Membranstethoskop ab. Ein zartes, zerbrechliches Körperchen von porzellanhafter Schönheit. »Sie haben Monate wieder aufgeholt«, sagte er, als Claudia wieder angezogen war. »Ich bin ehrlich glücklich. Ich hätte es selbst nicht erwartet.«

»Ihr HTS, Doktor«, sagte Hellberg heiser vor Ergriffenheit.

»Oder die Liebe.« Dr. Zeijnilagic lächelte und reichte beiden die Hand. »Man hat die therapeutischen Möglichkeiten der Liebe noch nicht gründlich erforscht. Aber es wird noch kommen! Ich behaupte, daß die Liebe wichtiger ist als mancher Berg verschluckter Tabletten.«

Er brachte Claudia und Frank bis auf die Obala-Straße und winkte ihnen nach, bis sie in die Straße zum Hotel Beograd einbogen.

Ein großer, einfach gekleideter Mann, dem niemand ansah, was er für die Menschheit bedeuten könnte.

Dann trat er zurück in sein Haus Nr. 40, stieg die schmuddelige Treppe hinauf zum zweiten Stockwerk und betrat wieder seine bescheidene Wohnung. Großmutter Naifa kochte, Meliha, die älteste Tochter, deckte den Tisch. Emina, seine Frau, ordnete die Post.

Dreiundzwanzig Briefe aus allen Ländern.

Bitte, schicken Sie uns HTS.

Doktor, helfen Sie...

Der Tag ging weiter.

2300 v. Chr. Geburt, im Neolithikum, wohnten schon Menschen an der Miljacka und an der Zeljeznica. Butmir nannten sie ihr erstes Dorf.

Seitdem waren 4265 Jahre vergangen. Und 5000 würden noch kommen.

Was bedeutet da dieser Tag im Leben Dr. Zeijnilagics, ein Tag, an dem er sah und hörte, daß sein Mittel HTS wieder einen Erfolg hatte...

Auch Karl und Erika Haußmann verließen in diesen Tagen Mostar. Sie flogen nach Triest und wollten von dort übersetzen nach Venedig. Ihren Wagen würde ein Chauffeur abholen.

Professor Kraicic verabschiedete Erika wie eine eigene Tochter; Karl Haußmann nahm er noch einmal zur Seite.

»Noch eins«, sagte er mit allem Ernst. »Ihre Frau wird nach dieser Operation – wir mußten ja eine Totalexstirpation machen – zunehmen. Sie wird fülliger werden. Das ist kein Anlaß, nach Schlanken zu sehen! Es ist das Opfer, das Ihre Frau bringt, um für Sie völlig gesund zu sein.«

»Ich weiß, Herr Professor.« Haußmann spürte wieder Scham in sich aufsteigen. »Unsere Ehe wird mustergültig sein.«

Kraicic gab Haußmann die Hand. Es war wie ein Eid zwischen den Männern.

Lord Rockpourth ließ es sich nicht nehmen, die Haußmanns in seinem inzwischen reparierten Rolls zum kleinen Flugplatz zu fahren. Der Chauffeur und Haußmann führten Rockpourth zum Wagen, dort setzte er sich, klopfte gegen die Tür und begann wieder zu kommandieren.

»Los! Immer diese langen Abschiede. Das ist zum Kotzen! Fahr, du Träne!« Er stieß den Chauffeur in den Rücken und schimpfte die ganze Fahrt über auf das Personal, insbesondere auf die Chauffeure, die alle Gauner seien und Benzin verkauften, das sie aus dem Tank der Herrschaftswagen zögen.

Und dann blieb auch Lord Rockpourth zurück und wurde Erinnerung. Auf dem Flugplatz stand er, noch immer eine Mumie, aber er konnte wenigstens wieder aufrecht gehen, stützte sich auf seinen Chauffeur und winkte mit seinen Mumienfingern dem kleinen, sechssitzigen Flugzeug nach, das schnurrend in die Luft stieg. Hinter den Fenstern winkten Karl und Erika Haußmann zurück.

»Ob wir ihn wiedersehen?« fragte sie, als sie in einiger Entfernung noch einmal an ihm vorbeiflogen.

»Wir sollen nächstes Jahr nach England kommen.«

»Willst du das?«

»Ich weiß nicht. Wer kann sagen, was nächstes Jahr ist.«

»Ob er dann noch lebt.«

»Es scheint, er gehört zu den Unsterblichen.«

Das kleine Flugzeug hob vom Boden ab, schwebte in den blauen Himmel, stieg den wenigen, weißen, geballten Wolken entgegen.

Erika lehnte den Kopf an Karls Schulter und sah hinaus in das endlose Blau, in das sie hineinschwebten.

»Venedig...« sagte sie. »Morgen sind wir in Venedig. Der Lido... der Markusplatz...«

»... der Campanile... der Canal Grande ... Santa Maria della Salute... der Markt in Chioggia... die Glasbläser von Murano... der Dogenpalast...«

»Ich komme mir vor, als sei ich zwanzig«, sagte Erika leise

und tastete nach Karls Hand. »Wir machen unsere Hochzeitsreise.«

»Und wir fangen unsere Ehe wieder ganz von vorn an.«

»Ja, Karl.«

Sie küßten sich und kümmerten sich nicht um die anderen Fluggäste.

Hochzeitsreisende dürfen das. Sie haben die Freiheit der Glücklichen.

Am 12. September rollte ein fahrbares Bett lautlos auf Gummirädern über den Flur zum Aufzug und hinunter zum OP II der I. Chirurgischen Klinik in Heidelberg.

Im Vorraum warteten die Ärzte und Schwestern. Der Anästhesist hatte Claudia Torgiano schon auf dem Zimmer eine Beruhigungsinjektion gegeben. Im Halbschlaf merkte sie kaum, daß sie weggefahren wurde, daß Frank Hellberg bis zum Aufzug neben ihr herging und ihre schlaffe Hand hielt.

Die elektrische Uhr über dem OP zeigte 9.30 Uhr.

Das Operationsteam wartete auf Professor Dr. Seidler. Er nahm den Eingriff selbst vor, zusammen mit Dozent Dr. Battenberg.

Zehn Tage lang hatte man Claudia nach allen Regeln ärztlicher Kunst untersucht, beobachtet und auf die schwere Operation vorbereitet. Professor Dr. Seidler hatte etwas Erstaunliches zu Frank Hellberg gesagt:

»Ich bin ehrlich... von dem HTS halte ich gar nichts! Man kann mit einem solchen Mittel nicht einen manifesten Tumor auflösen! Das ist Quatsch! Aber ich gebe zu, daß sich, entgegen unseren Befürchtungen, keine sichtbaren Metastasen gebildet haben. Das ist bei Lungenkrebs verblüffend.«

»Das HTS, Herr Professor«, sagte Hellberg fest.

»Man muß sich einmal damit beschäftigen.« Professor Seidler sah Hellberg hinter blitzenden Brillengläsern an. »Sie haben mit diesem serbischen Arzt gesprochen. Wenn wir einmal länger Zeit haben, wäre es nett, wenn Sie mir von ihm erzählen könnten. Man soll an gewissen Zeichen nicht vorbeigehen... vielleicht weisen sie wirklich einen noch unbekannten Weg...«

Nun war es soweit. Claudia lag im Vorbereitungsraum. Noch einmal wurden Herz und Blutdruck kontrolliert, zwei Schwestern entkleideten sie und hüllten sie in angewärmte, sterile Tücher. Im OP machte der Anästhesist den komplizierten Narkoseapparat einsatzfertig. Die OP-Oberschwester überblickte noch einmal das ausgelegte chirurgische Besteck auf dem Nebentisch.

9.37 Uhr. Professor Dr. Seidler betrat den OP-Trakt. Er hatte auf dem Flur kurz Hellberg die Hand gedrückt. »Kopf hoch!« hatte er gesagt. »Und stehen Sie nicht hier rum. Gehen Sie gegenüber ins Café. Ich lasse Sie rufen, wenn alles vorbei ist. Es kann drei Stunden dauern...«

»Alles klar?« fragte Seidler. Der II. Oberarzt nickte. Im OP I wurde der Boden geschrubbt. Dort war eine Gallenoperation schon beendet. Auf der schwarzen Tafel für OP I stand als nächstes eine eingeklemmte Hernie. Routine-Arbeit.

Professor Seidler betrat den Vorbereitungsraum von OP II. Claudia lag auf dem OP-Tisch, in Seitenlage, und wurde narkotisiert.

»Befinden?« fragte Seidler kurz und zog den Rock aus. Er trug ein Hemd mit kurzen Ärmeln. Eine Schwester kam von hinten, band ihm den sterilen OP-Kittel um, eine andere hielt die Gummischürze bereit. Seidler trat an sein Waschbecken und begann mit den Abschrubben seiner Hände und Unterarme. Dabei sah er durch das breite Fenster hinein in den OP.

»Befinden gut.« Dozent Dr. Battenberg war schon operationsbereit. Mit Kappe und Handschuhen, die Hände von sich gestreckt, stand er da. Den Mundschutz hatte er noch am Kinn baumeln.

»Machen Sie schon auf, Battenberg«, sagte Seidler. »Ich komme, wenn wir am Rippenfell sind.«

Dr. Battenberg betrat den OP. Der Anästhesist nickte zufrieden. Alles normal.

Von den Wänden traten die Assistenten heran, die OP-Schwestern nahmen die Plätze ein.

Lobektomie stand draußen auf der schwarzen Tafel.

Im OP II keine Sensation. Nur für den Laien eine mystische Handlung, etwas Gottbegnadetes.

Dr. Battenberg sah auf den eingezeichneten Operationsraum auf dem Rücken Claudias. Er streckte die Hand aus. Das Skalpell wurde zwischen seine Finger geschoben.

Der erste Schnitt in die Haut.

Ein weiterer Bogenschnitt.

Der Kampf um das Leben Claudias begann. Die nächsten Stunden entschieden ihr Schicksal.

Die Operation dauerte bis gegen Mittag.

Frank Hellberg durchlebte in diesen Stunden alle Qualen der Hölle; wenigstens sagte er sich, daß sie nicht schlimmer sein könnten als diese langsam wegtropfenden Minuten, die unendlich waren, bis sie sich zu einer Stunde sammelten.

Im OP-Trakt rührte sich nichts. OP I war längst verlassen und stand leer, über den luftdicht schließenden Türen des OP II brannte die rote Lampe, die »Eintritt verboten« verkündete.

Hellberg hielt es nicht mehr in dem Warteraum. Er lief hinaus, fuhr mit dem Fahrstuhl herunter und wanderte unruhig durch den Klinikgarten. Wieviel Zigaretten er rauchte – er wußte es später nicht mehr. Halb geraucht, warf er sie weg und steckte sich die neue an. Mit zitternden Fingern wie ein Alkoholiker. Um 12 Uhr rannte er wieder hinauf zum OP-Trakt.

Stille

Die rote Lampe brannte.

»Mein Gott!« sagte Hellberg und wischte sich über das schweißnasse Gesicht. »So lange kann das doch gar nicht dauern! Was machen sie bloß mit Claudia?«

Gegen 12.30 Uhr erlosch plötzlich die rote Lampe. Hellberg, der nach eingehenden Verhandlungen mit einem Assistenzarzt im kleinen Büro neben dem Verbandsraum I innerhalb des abgesperrten Flures warten durfte, von wo er die rotglimmende Lampe beobachten konnte, sprang auf.

Vorbei, durchzuckte es ihn. Vorbei die Operation… oder vorbei mit dem jungen Leben Claudias? Sein Herz verkrampfte sich, er mußte sich gegen die Wand lehnen und bekam keine Luft mehr.

So traf ihn Professor Seidler an, der als erster aus dem OP II kam, in einem sauberen, weißen Kittel, der noch die Knickfalten der Bügelmaschine hatte. Seidler sah etwas abgespannt aus, aber durchaus nicht erregt oder gar innerlich erschüttert.

»Sie sehen aus, als fielen Sie gleich um!« sagte er zu Frank Hellberg und schloß die Tür zum Flur. »Wer hat Sie überhaupt in den OP-Flur gelassen?«

»Ein junger Arzt.« Hellberg nagte an der Unterlippe. »Ich

habe ihn angefleht, und ich glaube, er hat mich hier hereingelassen, nur um endlich Ruhe vor mir zu haben.«

»Setzen Sie sich hin. Ich gebe Ihnen ein Beruhigungsmittel.«

»Nein! Bitte, nein!« Hellberg hob beide Hände. »Wie geht es Claudia? Wie... wie war die Operation? Haben Sie Hoffnung? Wird sie weiterleben können?«

»Dr. Battenberg näht gerade die oberen Schichten. In fünfzehn Minuten ist Ihre Braut auf dem Zimmer.« Professor Seidler trat an das Fenster des kleinen Zimmers und sah hinaus in den Klinikgarten. »Wir mußten einen ganzen Lungenflügel entfernen...«

»Und Claudia wird leben?«

»Wir sollten Gott darum bitten...«

»So schlimm ist es?«

»Das nicht! Was wir Chirurgen tun konnte, haben wir getan. Aber wissen wir, wie sich der Krebs im Körper verhält? Wissen wir, ob nicht noch irgendwo winzige Metastasen sich angesiedelt haben, die eines Tages erschreckend schnell wachsen und inoperable Tumore bilden? Können wir Rezidive vorhersehen? Hier muß die innere Medizin etwas tun. Und die innere Medizin ist arm an prophylaktischen Medikamenten.«

»Das HTS...« sagte Hellberg leise.

»Wenn Sie daran glauben...« Professor Seidler sah noch immer in den Garten. So konnte man seinen Gesichtsausdruck nicht studieren. »Vielleicht hilft es, vielleicht ist es eine Illusion. Ich weiß es nicht. Ich bin Chirurg. Ich sehe einen Krebs und schneide ihn weg. Und ich lasse bestrahlen, weil ich glaube, daß diese Bestrahlungen zellwachstumshemmend sind. Unsere Erfolge geben uns recht. Aber mehr können wir nicht, wir sind keine Hellseher.«

»Was raten Sie mir, Herr Professor?« Hellberg kam langsam durch den Raum und stellte sich neben Professor Seidler. »Sollen wir nach Sarajewo zurückfahren, wenn Claudia wieder stark genug dazu ist?«

»Ich kann Ihnen diese Frage nicht beantworten.«

»Was können Sie hier für Claudia tun?«

»Sie beobachten.«

»Und weiter?«

»Weiter nichts. Abwarten, bis fünf Jahre vergangen sind.«

»Die berühmte Fünf-Jahres-Grenze, ich weiß.« Hellberg nickte mehrmals. »Und medikamentös?«

»Ich sagte es Ihnen schon … wenig. Bestimmte Diäten, einige Antizytostatika …«

»Dann fahren wir wieder zu Dr. Zeijnilagic nach Sarajewo. Ich glaube an das HTS!«

»Das muß man Ihnen überlassen, Herr Hellberg.«

»Was man hier für Claudia tun kann, ist auch in Sarajewo möglich.« Hellberg atmete tief auf. »Claudia wird gesund werden, Herr Professor.«

»Wollen Sie fünf Jahre in Sarajewo bleiben?«

»Nein, ein paar Wochen. Dr. Zeijnilagic braucht für die Behandlung vielleicht zwanzig Kapseln.«

Professor Seidler drehte sich um. Sein Blick war nachdenklich, fragend und doch voller Abwehr.

»Wenn so etwas möglich wäre …« Dann schwieg er und schüttelte den Kopf. »Ich wünsche Ihnen und Ihrer Braut viel Glück«, sagte er.

»Ich sehe es Ihnen an: Sie denken, das HTS sei ein Betrug.«

»Wenn man mit zwanzig Kapseln einen Krebs heilen oder Rezidive verhindern kann, wäre das eine völlige Revolution der Medizin!«

»Und wenn es das ist?« rief Hellberg.

»Dann wüßte man mehr davon, mein Bester.«

»Wie kann man etwas wissen, wenn sich die Schulmediziner vor diesen Forschungen verschließen? Wenn sie sich zumauern? Wenn sie mit einer Handbewegung, mit einem milden Lächeln, mit Spott oder sogar Verachtung diese kühnen Experimente auf ein totes Gleis schieben?«

»Das verstehen Sie nicht, Herr Hellberg.« Professor Seidler hob lauschend den Kopf. Aus dem OP II wurde das fahrbare Bett mit der Operierten gerollt. Die Tür des breiten Aufzuges klappte zu. Claudia war auf dem Weg in die Intensivstation, den gläsernen Krankenzimmern der Frischoperierten, die von einem Schwesternzimmer aus mit einem Blick übersehen werden konnten. »Es geht hier nicht um ein Mittel wie das HTS. Es geht um eine gesamte Wissenschaft. Denken Sie an Galilei: Daß sich die Erde um die Sonne dreht und nicht umgekehrt, war so ungeheuerlich, daß man ihn als Ketzer verbrennen wollte.

Auch, wenn er recht hatte, was wir heute wissen, war es damals eine Zerstörung eines jahrhundertealten Weltbildes. Nicht anders ist es bei der Medizin. Ein Außenseiter ist immer ein Ketzer! Auch Ihr Dr. Zeijnilagic! In spätestens einem halben Jahr wird es still um ihn, um seine Forschungen sein, weil niemand sie zur Kenntnis nehmen wird.«

»Und wenn ich Ihnen in ein oder zwei Jahren Claudia wieder vorführe und Ihnen beweise, daß sie gesund ist?«

»Dann wird es ein Triumph der modernen Chirurgie sein«, sagte Professor Seidler hart. »Denn ich habe sie operiert...«

Bedrückt blieb Hellberg zurück, nachdem Seidler gegangen war. Erst, als Dozent Dr. Battenberg in den Raum kam, erwachte er wie aus einer Erstarrung. Battenberg hatte ein offenes, ja fast fröhliches Gesicht.

»Ihre Braut ist jetzt auf Station W I/5. Sie können sie vom Schwesternstand aus sehen.«

»Danke, danke.« Hellberg wischte sich mit den beiden Händen über das zuckende Gesicht. »Haben Sie Hoffnungen, Doktor?«

»Aber ja! Auch mit *einem* Lungenflügel kann ein Mensch glücklich sein. Und die Narbe auf dem Rücken... na ja, nur Sie sehen sie ja.«

»Sie ist also gerettet?«

»Nach menschlichem Ermessen, ja! Eine gute, glatte Operation. Ich würde an Ihrer Stelle keinerlei Sorgen mehr haben.«

Hellberg nickte und reichte Dr. Battenberg die Hand. »Ich danke Ihnen«, sagte er heiser. »Ich danke Ihnen herzlich. Ich wünschte, ich könnte so optimistisch sein wie Sie.«

Später saß er neben der Wachschwester in dem gläsernen, runden Zimmer, von dem aus man die Frischoperierten übersehen konnte.

Claudia lag in Zimmer 5, ein schmaler, bleicher Kopf mit schwarzen, nun kurzgeschnittenen Haaren, der fast in dem Kissen verschwand. Sie lag noch in der Narkose, und eine OP-Schwester saß neben dem Bett und wartete auf ihr Erwachen.

»Sie ist gleich da«, sagte die junge Schwester neben Hellberg. Sie wunderte sich im stillen, wieso der sonst so strenge Chef es erlaubt hatte, daß ein Angehöriger in der Intensivstation sitzen durfte. »Sie bewegt schon die Hände.«

Hellberg nickte stumm. Er starrte auf Claudia. Ihre Finger tasteten über das Bett-Tuch, ihre Beine zuckten, der Kopf drehte sich langsam.

Sie kam ins Leben zurück.

Und Frank Hellberg schwor sich in diesem Augenblick, alles vorzubereiten: Wenn Claudia aus der Klinik entlassen wurde, würden sie nicht wegfahren aus Heidelberg, sondern von der Tür der Klinik aus würde ein Wagen sie zum Standesamt fahren, und er würde sein Leben für immer mit dem Claudias verbinden.

Ich liebe dich, dachte Hellberg stumm und faltete die Hände, als Claudia die Augen aufschlug und die OP-Schwester – das sah er, aber hörte er nicht – mit ihr sprach. O Gott, ich liebe dich...

Und ich weiß, daß du gesund bist, daß wir den Tod in dir besiegt haben.

Ob es Professor Seidler war oder Dr. Zeijnilagic – das ist im Augenblick nicht wichtig.

Du lebst.

Und ich danke Gott dafür.

Durch den Sand des Lido von Venedig liefen zwei glückliche Menschen um die Wette, balgten sich wie übermütige Kinder, jagten sich gegenseitig in das aufspritzende Meer, warfen sich einen großen Luftball zu und spielten Federball.

Die Sonne und das Wasser bräunten ihre Haut. Und manchmal setzte sich der Mann in den Sand, hob die Arme hoch empor und rief: »Ich kapituliere! Ich ergebe mich! Rika, hab Mitleid; ich bin ein alter Mann!«

Dann lachte sie, bewarf ihn mit Sand, kugelte ihn zum Ufer und stieß ihn ins Wasser, und dann prustete er wie ein Seehund und lachte und hätte schreien können vor Glück.

Alle, die zuschauten, freuten sich mit ihnen. Sie ahnten nicht, was sechs Wochen vor diesen übermütigen Tagen noch geschehen war, und sie sahen auch nicht die hellrote Narbe auf dem Leib der jungen, schönen Frau; der Badeanzug verbarg sie allen Blicken. Sie beneideten nur den Mann um diese temperamentvolle, schlanke Frau mit den kastanienfarbenen Haaren, die in der Sonne leuchten konnten wie rotglühendes Gold.

Wenn Karl Haußmann fortging, Eis holen oder eine Limonade, umlagerten Papagalli den Liegestuhl Rikas und riefen Komplimente. Betraten sie den Saal des Hotels zum Abendessen, bekam Haußmann ein steifes Kreuz vor Stolz, denn er sah die Blicke der anderen Männer, die seiner Frau folgten. Wie ein Pfau ging er neben ihr, und um zu zeigen, wie sinnlos alle anderen Männergedanken waren, legte er beim Gehen seinen Arm um ihre Hüften und sie spielte mit, bog sich zurück und lachte schallend.

In der Nacht lagen sie jetzt wach und sahen in den mondhellen Himmel.

Vor dem Fenster plätscherte das Meer. Aus der Bar klang leise Tanzmusik zu ihnen herauf. Irgendwo, vielleicht in dem Café auf der Piazza St. Giulio, sang eine helle Männerstimme von Amore. Es war heiß im Zimmer, und sie lagen auf den Bettdekken, bekleidet mit dem Mondschein.

»Du...« sagte Erika leise und legte ihre Hand auf Haußmanns Brust.

»Ja, Rikchen?«

»Wann ist das Paradies zu Ende?«

»Nie!«

»Wie lange bleiben wir noch in Venedig?«

»Noch eine Woche.« Haußmann drehte sich auf die Seite. Der nackte, braune Körper seine Frau glänzte im Mondlicht. Unterhalb des Nabels war die lange, rote Narbe... eine Straße, die aus der Todesangst herausgeführt hatte.

Karl Haußmann beugte sich vor, legte seinen Kopf auf Erikas Leib und küßte die Narbe. Mit beiden Händen umgriff sie seinen Kopf und drückte ihn an sich.

»Wenn du willst... ich bleibe so lange hier, bis du sagst: Nun laß uns fahren«, sagte Haußmann.

»Wir haben noch zwei Kinder, Karl.«

»Die sind erwachsen! Wir sollten endlich unser eigenes, unser ganz alleiniges Leben genießen.«

»Deine Fabrik...«

»Ich habe einen guten Prokuristen!« Haußmann umarmte den Leib Erikas. »Überhaupt das Geldverdienen... der Satan ist da drin. Was hat die Jagd nach dem Geld aus uns gemacht, Rika!«

»Zwei moderne Menschen, Karl.«

»Ich möchte lieber unmodern sein, aber glücklich mit dir!«

»Dann laß uns fahren, Karl.«

»Fahren?« Haußmann richtete sich auf und legte seine Hände auf ihre Brüste. Er spürte, wie sie zitterten. »Wann?«

»Morgen schon...«

»Wohin denn, Rika?«

»Zurück nach Gelsenkirchen. In unser Haus... in meine Heimat... zu uns... Karl...«

»Weg von Venedig, Rika?«

Sie nickte und lächelte. Und plötzlich sah er, wie sie weinte, wie lautlos die Tränen aus ihren großen, schönen Augen rollten.

»Wir haben ein so schönes Haus, Karl.«

»Aber die Gegend ist staubig, rußig, es regnet immer, und die Sonne schwimmt hinter den Rauchwolken der Fabriken.«

»Trotzdem.« Sie ergriff seine Hände und zog sie an ihre Lippen. »Laß uns morgen schon fahren, Karl. Ich... ich habe Sehnsucht nach den Kindern... nach unserer Terrasse, nach dem Wohnzimmer mit dem indischen Teppich – weißt du noch, zum 40. Geburtstag hast du ihn mir gekauft –, nach dem Blick aus meinem Schlafzimmer, der auf die Blutbuche im Garten fällt... ich habe Sehnsucht nach unserer kleinen, eigenen Welt, die wir beide uns gemeinsam geschaffen haben.«

Karl Haußmann nickte und zog sie an sich.

Er war so glücklich, daß er tief atmen mußte, denn großes Glück macht das Herz schwer, wie mit Blei gefüllt.

Am nächsten Morgen fuhren sie ab. Zurück nach Deutschland.

Das »Schiff der Hoffnung« fuhr auch weiterhin.

Von Bari nach Dubrovnik.

Von Dubrovnik nach Bari.

Täglich hin und her, mit einem Leib voller Autos, mit fröhlichen, urlaubsübermütigen Menschen auf den Decks.

Die Kranken waren verschwunden. Nur wenige, die von Bekannten oder aus alten Zeitungen von dem HTS hörten, begaben sich auf die weite Reise nach Sarajewo. Aber nichts Sensationelles war mehr an ihnen, keiner beachtete sie mehr, kein Reporter schrieb über sie, kein Fotograf schickt ihre Bilder in alle Welt.

Das Neue, das Außergewöhnliche, der große »Knüller«, wie es die Presse nannte, war vorüber. Auch vor dem Haus des Dr. Zeijnilagic standen sie nicht mehr Schlange, bettelten die Kranken nicht um die helfenden Kapseln, entfalteten sich keine Tragödien auf den Stufen der abgetretenen Treppe des Hauses Obala-Straße 40. Das alles war vorbei.

Die Kapseln wurden fabrikmäßig hergestellt und unentgeltlich verteilt. Der jugoslawische Staat wollte nicht daran verdienen, Dr. Zeijnilagic hatte nie daran verdient, sondern nur sein eigenes Vermögen dafür geopfert. Wie Drops wurden sie ausgegeben, und wie saure Drops werden die Kapsel HTS seitdem auch von der schnell beleidigten Schulmedizin betrachtet.

Wer prüft heute das HTS? Wo finden Versuchsreihen statt? Wo entwickelt man Statistiken des Heilens oder auch nur Helfens? Welche Kliniken setzen sich heute dafür ein? Wer hält den Namen Dr. Zeijnilagic im Gespräch?

Denn es geht doch um den Krebs!

Die Geißel der modernen Menschheit.

Jeder fünfte stirbt heute an einem Karzinom.

Millionen hoffen auf ein Heilmittel. Millionen Kranke hoffen auf die Kunst der Ärzte, auf die Entdeckungsgabe der Wissenschaften, auf den Genieblitz eines Außenseiters.

Oder dürfen diese Blitze nicht sein?

Ein häßlicher Verdacht taucht auf: Noch ist der Krebs ein großes Geschäft. Solange Menschen sterben, leben ganze Industrien von ihrem Tod.

Und die Berechnungen der Anthropologen und Bevölkerungsbiologen liegen auch schon vor: Durch den Fortschritt der Medizin leben die Menschen heute zwanzig Jahre länger. Gelingt es, den Krebs zu besiegen und noch einige andere infektiöse Krankheiten, gelingt es, die Menschheit zu Hundertjährigen zu machen, dann wird im Jahre 2200 nach Christi Geburt die Erde auseinanderplatzen,und wir werden untergehen wie Saurier, weil die Erde für die wimmelnden Menschen keinen Platz und keine Nahrung mehr hat.

Ist Krebs, die Geißel der Menschheit, bloß eine natürliche Bremse für die Übervölkerung?

Müssen wir in einem vernünftigen Alter sterben, um den nachfolgenden Generationen Lebensraum zu geben?

Muß es heißen: Medizin stopp!

Die Welt der Hundertjährigen ist das Ende der Menschheit, schlimmer als jetzt der Krebs?!

Wer gibt darauf eine Antwort? Wer wagt das überhaupt...

In Sarajewo endeckte ein kleiner, unbekannter Arzt das HTS.

Wer kennt ihn noch!

Irgendwo wird vielleicht auch etwas gegen den Krebs entdeckt... wer weiß es?

Aber die »Schiffe der Hoffnung« werden immer fahren, ob zwischen Bari und Dubrovnik oder einmal zwischen Erde und Mars – kein Weg wird zu weit sein, keine Anstrengung zu groß.

Denn was wären wir Menschen ohne die Hoffnung...

ZWEITES BUCH

SCHWARZER NERZ AUF ZARTER HAUT

Ein greller Schrei zerriß den stillen, kühlen Morgen, brach sich zwischen den hohen, rotlackierten Schornsteinen und zerflatterte dann mit dem Wind, der vom Meer zum Land wehte. Fast gleichzeitig schlug klatschend ein Körper auf den Planken des Sonnendecks auf, mit ausgebreiteten Armen lag er da, als habe er noch versucht, den Fall in einen Flug umzuwandeln. Unter dem Kopf quoll Blut hervor und floß in einem schmalen Bach zur Reling.

Vom Lido-Deck rannten Matrosen, Stewards und auch der III. Offizier die eisernen Treppen hinauf. Sie hatten den Körper fallen sehen, von der Verbindungsbrücke zwischen den beiden Kaminen, wo ein schmales Gerüst an dicken Tauen hing. Dort arbeiteten seit vier Tagen zwei Matrosen und strichen die Stege weiß, die Schornsteinköpfe schwarz und die Schornsteine selbst rot. Nun hing das Sitzbrett schief am Gerüst, pendelte hin und her, und der zweite Matrose klammerte sich verzweifelt an das Gestänge, das er eben noch weiß lackiert hatte.

»Ein Tau ist gerissen!« brüllte jemand. »Verdammt, der andere fällt auch noch herunter!«

Während zwei Matrosen die lange, pendelnde Strickleiter am linken Kamin hinaufkletterten, um den am Gerüst hängenden Matrosen zu befreien, beugte sich der III. Offizier über den Abgestürzten und drehte ihn langsam auf den Rücken. Dann griff er nach hinten, ein Steward reichte ihm stumm ein Handtuch, das er gerade in der Hand hatte, die anderen herumstehenden Matrosen nahmen die Mützen vom Kopf und senkten den Blick.

Der III. Offizier deckte das Handtuch über den zerschmetterten Schädel des Toten und richtete sich auf. Vom Telefon des Bord-Tennisplatzes rief ein Steward hinunter ins Schiff zum

Hospital. Aber da war noch niemand. Die Ärzte, die Schwestern, die Pfleger kamen erst zwei Tage vor der Abreise an. Aber zwei Putzfrauen waren da und sie schraken zusammen, als eine verzweifelte Stimme schrie:

»Eine Trage! Sofort eine Trage aufs Sonnendeck. Und eine Decke. Schnell! Schnell!«

»Wie konnte so etwas passieren?« fragte der III. Offizier. »Hier an dem Kahn ist doch alles neu.« Er sah empor zu den roten, in der kalten Morgensonne leuchtenden Schornsteinen. Der an der Verbindungsbrücke hängende zweite Matrose wurde jetzt von sechs Händen ergriffen und hinüber zur Strickleiter gezogen. »Wie kann ein neues Tau reißen? Das fängt ja gut an!«

Aus dem Lift kamen die beiden Putzfrauen mit der Trage. Sie schwankten und wurden blaß, als sie den Mann mit dem Handtuch über dem Kopf sahen und die Blutbahn zur Reling. Der Bademeister vom Lido-Deck, der mit zum Sonnendeck gelaufen war, nahm ihnen die Decke ab, hüllte den Toten darin ein und winkte den anderen. Man hob den Körper auf die Trage, und im Laufschritt rannten zwei Matrosen zum Lift und verschwanden im Inneren des Schiffes. Zurück blieb eine Lache Blut, in der ein kleiner goldener Anker an einem zerrissenen Kettchen lag.

»Sie können das sofort wegwischen«, sagte der III. Offizier zu den Putzfrauen, die mit entsetzensweiten Augen an der Reling standen. »Und kein Wort darüber zu anderen.« Er sah sich im Kreise um. »Das gilt für Sie alle! Wir wollen die Jungfernfahrt unseres stolzen Schiffes nicht gleich offiziell mit einem Toten anfangen. Das hier ist ein Unfall und damit eine schiffsinterne Sache. Er geht weder die Passagiere noch die Presse etwas an! In jeder Sekunde, die wir leben, geschieht irgendwo ein Unfall. Wir verstehen uns?«

Die Matrosen, Stewards, der Bademeister, die Putzfrauen nickten stumm. Aber sie dachten alle das gleiche: Das ist ein schlechtes Omen. Die erste Reise eines Schiffes beginnt mit einem Toten – das kann nicht gutgehen! Ein Schiff sollte man mit Sekt taufen, aber nicht mit Blut.

Seeleute sind abergläubisch, und sie wissen, warum.

Gibt es etwas Geheimnisvolleres als das Meer?

Eine Stunde später kam Kapitän Lars Selbach an Bord seines

neuen, herrlichen Schiffes. Das schönste Schiff, das er je kommandiert hatte. Ein Schiff mit einem stolzen, siegessicheren Namen.

›Ozeanic‹.

Beherrscherin aller Meere. Luxuspalast auf den Wellen. Eine kleine Stadt voll Herrlichkeiten und Reichtum. Ein Märchen aus Glas, Stahl, Chrom, Teppichen, Edelhölzern und Leder.

Ein Schiff zum Verlieben.

›Ozeanic‹.

Mit kantigem Gesicht stand Kapitän Selbach vor dem Toten. Man hatte ihn im Schiffslazarett aufgebahrt, auf dem OP-Tisch. Der Tote war umgezogen worden. Die Ausgehuniform des Verunglückten. Die Hände lagen gefaltet auf der Brust. Nur über dem Gesicht lag wieder ein weißes Tuch. Es war nicht zumutbar, in dieses zerplatzte Antlitz zu sehen.

Um den OP-Tisch herum standen der Oberzahlmeister, der Leitende Ingenieur, der I. Offizier und Dr. Holger Dahl, der Schiffsarzt. Man hatte ihn von Hamburg nach Cuxhaven geholt. Der Anruf erreichte ihn in der Badewanne seines Hotels. Mit einem Taxi war er nach Cuxhaven gerast.

»Ein Unfall ist etwas Unvorhergesehenes, meine Herren«, sagte Kapitän Selbach langsam. »Uns alle kann so etwas treffen. Ich kann nachher auf der Treppe ausrutschen und mir den Hals brechen. Unfälle sind etwas Menschliches. Aber ich weiß, was Sie jetzt denken.« Er sah sich zu den anderen Offizieren um und merkte, wie sie seinem Blick auswichen. »Wenn eine Jungfernfahrt gleich so beginnt ... natürlich denken Sie so! Und so werden auch die Passagiere denken. Es ist deshalb eine Bitte der Reederei an Sie alle, dieses traurige Vorkommnis nicht bekannt werden zu lassen. Unser neues, herrliches Schiff soll mit wehenden Flaggen und fröhlichem Lachen ablegen, um den Atlantik zu erobern!«

Kapitän Selbach sah zurück auf den langgestreckten Körper in der Ausgehuniform. Dann grüßte er den Toten, wandte sich ab und verließ das Hospital.

Im Dunkel der Nacht wurde der tote Matrose von Bord gebracht und zum Leichenhaus des Friedhofes gefahren. Den Sarg und das Begräbnis bezahlte die Reederei; es würde kein großes Abschiednehmen geben. Er hatte keine Verwandten mehr, nur eine alte Tante in Lüneburg, die nicht kommen konnte, weil sie Arthritis hatte.

Kapitän Selbach stand an der Gangway, als man den Sarg von Bord trug. Die Kaianlage des »Steubenhöft« lag im matten Licht einiger Kranlampen. Die großen, grün gestrichenen Neonleuchten, die sonst die wuchtigen Eisenpoller, das »Aussichtshaus«, den Parkplatz, die Zollabfertigung und die Gangway in helles Licht tauchten, brannten nicht. Erst in ein paar Tagen, wenn die Passagiere mit Zügen und Wagen zum »Steubenhöft« anreisten, wird der Glanz der Lichter den romantischen Schmutz der Hafenanlagen überdecken.

»Er war sofort tot«, sagte Dr. Dahl, der neben Kapitän Selbach dem Sarg nachblickte. Sechs Matrosen trugen ihn im Gleichschritt zum Totenwagen. »Genickbruch.«

Kapitän Selbach nahm die Mütze ab und wischte sich über das angegraute Haar. Er schwitzte trotz der Kühle der Nacht.

»Sind Sie abergläubisch, Doktor?« fragte er leise.

»Nein, Herr Kapitän.«

»Aber ich.«

Mit einem Ruck setzte er die Mütze wieder auf, drehte sich um und stapfte auf sein Schiff zurück.

Es war das schönste Schiff, das je über den Atlantik fahren würde...

Das Zimmer war nüchtern, mit hellen Möbeln aus Birnbaum, einem glänzenden Kunststoffboden, einem Haargarnteppich mit grau-roter Musterung, blaßgelben Gardinen vor dem großen Fenster und drei Bildern an den weißen Wänden. Ein Gemälde vom Drachenfels am Rhein, ein alter Stich von Bonn und ein Foto des gütig lächelnden Bundespräsidenten. Er sah so wohlwollend darauf aus, daß man ihn hätte Onkel nennen können.

Das fand auch Dr. Franz Hergarten. Schon mehrmals hatte er etwas irritiert den Bundespräsidenten angesehen, dessen Fotoaugen ihn anblickten und anlächelten und »Guten Tag, mein Lieber. Ein schöner Tag draußen, nicht wahr?« zu sagen schienen.

Dr. Hergarten gegenüber, in einem einfachen Sessel, saß Ministerialrat Dr. Blatz, rauchte eine Zigarre und trank mit kleinen Schlucken Kognak. Eine Stunde vertraulichen Gespräches im Ministerium war vorüber, und Dr. Hergarten kam sich vor, als sei dies alles unwirklich, nur im Unterbewußtsein erlebt. Im Kino sieht man so etwas öfters, im Fernsehen auch, und man lächelte dann und sagte sich: Ja, der Film! Im Leben ist so etwas unmöglich. Das sind ja Phantastereien.

Nun erlebte er eine solche Phantasterei, und er sollte sie still, unauffällig und im Auftrag des Staates zum guten Ende bringen.

»Wir verstehen uns, mein Bester?« sagte Ministerialrat Dr. Blatz gerade und sah auf seine glühende Zigarrenspitze. »Es geht uns darum, daß Ihre Pläne völlig unauffällig nach New York gelangen. Ihre Forschungen über Raketentreibsätze können das Wettrennen Amerika-Rußland zugunsten Amerikas entscheiden, das wissen Sie besser als ich. Was Sie da an Schubkraft ausgerechnet haben, mit Ihrem Material Elektronium, das ist umwerfend. Damit kann man ja Raumstationen von der Größe eines Dorfes in das Weltall schießen! Und so etwas entdeckt ein Deutscher, und wir können nichts damit anfangen, weil wir nicht dürfen!« Dr. Blatz seufzte tief. Er war Mitglied des nationaldeutschen Stammtisches. »Aber unsere Freunde überm Teich, Dr. Hergarten, die werden Sie an ihre Brust ziehen. Wer weiß, außer einer Handvoll Leute hier im Ministerium, um Ihr Elektronium?«

»Keiner, Herr Rat.« Franz Hergarten riß sich von dem gütigen Lächeln des Präsidentenfotos los. »Drei Mitarbeiter noch.«

»Vertrauenswürdig?«

»Absolut.«

»Trotzdem. Wir werden sie beobachten lassen. Mein Gott, es ist nicht zu fassen, wenn man Sie so sitzen sieht: Solch ein Mann ermöglicht einen Wochenendausflug ins Weltall! Sollen wir noch einmal zusammenfassen, was in den nächsten Tagen passiert? Es darf nichts falsch gemacht werden. Hier in Bonn hören die Wände. Es ist furchtbar zu wissen, daß man beobachtet wird, ohne die Augen zu sehen. Daß Sie jetzt bei mir sitzen, ist bereits denen bekannt, für die Sie interessant sind. Also nochmal!« Dr. Blatz hob die Hand und zählte die künftigen Stationen Dr. Hergartens an den Fingern ab: »Sie fliegen offiziell mit einer Maschine der Lufthansa nach New York. Der Flug ist gebucht, alle Formalitäten sind erfüllt. Aber in Wirklichkeit fliegen Sie gar nicht mit, sondern ein Beamter des Bundesnachrichtendienstes reist statt dessen unter Ihrem Namen mit dieser Maschine. Er sieht Ihnen ähnlich, hat Ihre Statur und wird Ihre Anzüge tragen, die Sie uns morgen ins Ministerium schicken. Hat man Agenten auf Sie angesetzt, so werden sie Ihrem Doppelgänger folgen und mit ihm per Lufthansa fliegen. Sie dagegen besteigen vier Tage später als harmloser Passagier den neuen Luxusdampfer ›Ozeanic‹ und schaukeln gemütlich als Weltenbummler über den Atlantik. Sie werden in bester Gesellchaft sein. Eine Jungfernfahrt – noch dazu diese einmalige Sonderfahrt nach New York – ist ein gesellschaftliches Ereignis. Drei Minister werden an Bord sein, mindestens hundert Millionäre, bekannte Namen aus Kultur und Wirtschaft, neun Bundestagsabgeordnete, drei Delegationen der UNO, eine Kompanie eleganter und schöner Frauen, bereit zum Angriff auf die Männer. In diesem Gewühl werden Sie untergehen, keiner wird Sie sonderlich beachten. Voraussetzung Nummer eins: Erliegen Sie an Bord keiner weiblichen Verlockung!«

»Ich bin glücklich verheiratet, Herr Rat.« Dr. Hergarten lächelte schwach. »Außerdem ist die Eifersucht meiner Frau so hochgezüchtet, daß sie auch über dreitausend Kilometer hinweg nervlich spüren würde, wenn ich mit einer anderen Frau auch nur tanze.«

»Ihre Gattin!« Dr. Blatz legte die Zigarre weg. »Sie weiß natürlich auch nur, daß Sie nach New York fliegen. Kein Wort von der Seereise!«

»Das könnte Schwierigkeiten geben.«

»Lügen Sie im Interesse Ihrer Entdeckung und für den Sieg im Wettrennen mit den Russen! Die vier Tage Differenz verbringen Sie in Hamburg. Das Hotelzimmer ist auch schon bestellt.« Dr. Blatz lachte genüßlich. »Unter uns, mein Lieber, wenn Sie eine Adresse haben wollen: blond, vollbusig, mit Pfeffer im Hintern und Paprika in den Fingern...«

»Danke.« Dr. Hergarten trank seinen Kognak aus. »An Bord der ›Ozeanic‹ bekomme ich eine Luxuskabine...« wiederholte er.

»Nummer 12, jawohl. Auf dem Promenadendeck. Die Kabinen 1 bis 4 haben die Minister und ein englischer Stahlmillionär, Sir Edward Surtess mit seiner Frau, Lady Anne. Sämtliche Kabinen der Zwanzigerreihe bewohnen die UNO-Delegierten. Ihr Nachbar in Kabine 10 ist ein russischer Graf Sepkinow, alter Adel, steinreich. Nachbar in Nummer 14 ist ein französischer

Philosoph, Jerome Dubois. Die Kabinen auf der anderen Schiffsseite interessieren uns nicht.«

Das war, wie sich später zeigte, der erste Fehler. Aber welcher Mensch handelt völlig fehlerfrei?

»Ihre Kabine hat einen eigenen Tresor«, fuhr Dr. Blatz fort. »Darin schließen Sie Ihre wertvolle Aktenmappe mit den die Welt verändernden Unterlagen ein. Auf keinen Fall abgeben beim Zahlmeister im Haupttresor. Bedenken Sie eins: In dem gefährlichen Spiel gibt es nur eine einzige vertrauenswürdige Person: Sie!«

»Und die Herren, die mich in New York in Empfang nehmen?«

»Es sind Beamte der Atombehörde. Bis zur Übergabe der Mappe werden Sie von FBI-Leuten umgeben sein, ein Sonderflugzeug bringt Sie gleich zum Kap Canaveral. Daß Sie mit der ›Ozeanic‹ in New York landen, werden die Amerikaner erst eine Stunde vor Anlegen des Schiffes erfahren. Sie sehen, wir haben alles getan, um den Himmel, dank Ihrer Entdeckung, umfassender zu erobern, als die Russen es können. Und nun kann ich Ihnen nur noch Glück wünschen, mein Lieber!«

Dr. Hergarten lächelte Ministerialrat Dr. Blatz an. Aber es war ein schiefes Lächeln. Es war das gleiche Lächeln, das er auf den Lippen hatte, als er nach dem geglückten Versuch im kleinen darangegangen war, die Wirkung seines Elektroniums im großen zu berechnen. Ein Lächeln, in dem die Angst lag.

Die Angst vor seiner eigenen Entdeckung.

Die Angst, daß sein Werk der Kontrolle entglitt und die Welt vernichtete.

»Ich wünschte, ich wäre ein Obsthändler«, sagte er heiser und erhob sich aus dem harten Sessel. »Obst ist etwas Herrliches, Gesundes.«

»Aber Sie sind nun mal der Mann, der eine Ferienreise zu fernen Sternen ermöglichen wird«, lachte Dr. Blatz. Er klopfte Dr. Hergarten auf die Schulter und begleitete ihn wie einen guten Freund durch das Vorzimmer und den langen Gang zum Lift.

Es gibt Frauen, die trotz genügenden Personals die Anzüge ihres Mannes selbst ausbürsten, Knöpfe annähen und Flecken auswaschen. Sie tun es nicht allein aus Beschäftigungsdrang, sondern eines Privilegs wegen: In den Taschen eines männlichen Anzuges verbergen sich oft kleine, unwichtige Intimitäten seines Alltags – ein Stück Bindfaden etwa, die Rechnung eines Herrenessens, eine Notiz, die niemand versteht –, aber es sind Dinge seiner Persönlichkeit, die nur die Ehefrau sehen sollte – so meinen die Ehefrauen.

Auch Lisa Hergarten dachte so. Sie war eine Frau, die man schlicht schön nennen konnte, ohne den billigen Beigeschmack, den dieses lapidare Wort oft hat. Sie war schlank und doch wohlgeformt, ihr volles Haar hatte sie aschblond färben lassen, was sie jünger machte als dreißig, die sie war. Manchmal sah sie aus wie ein junges Mädchen, wenn sie langbeinig, im kurzen Rock, ein Band im hellglänzenden Haar, daherging. Man sah ihr nach, und sie wußte es. Sie kam aus einem guten Hause, ihr Vater war Universitätsprofessor. Sie selbst hatte das Abitur gemacht und das Studium der Kunstgeschichte begonnen, als Franz Hergarten in ihr Leben trat und sie mit der Zielstrebigkeit eines Physikers bald zum Altar führte.

Sie hatte diese Ehe nie bereut, aber sie war trotzdem von einer krankhaften Eifersucht erfüllt. An dem Tage, als sie dreißig wurde, überraschte sie ihren Mann, indem sie nackt vor ihn trat.

»Sieh mich an«, sagte sie ernst. »Ich drehe mich ganz langsam um mich selbst. Sag mir, wo eine Falte an meinem Körper ist, der Ansatz einer Hauterschlaffung, ein Fettpölsterchen... Sei ehrlich, Liebling! Ich will es genau wissen!«

Und sie hatte sich langsam um sich selbst gedreht, bis Hergarten sie in seine Arme nahm und zärtlich sagte: »Du bist das Vollendetste, was die Natur als Mensch schaffen kann. Du bist makellos.«

Sie glaubte es ihm, weil sie sich selbst im Spiegel ständig beobachtete, aber sie hatte, auch wenn sie es nie sagte, Angst vor dem Alter. Beim Presseball, auf Partys oder Einladungen musterte sie die jüngeren Gäste. Keine war schöner als sie, aber wenn sie ein Mädchen von zwanzig sah mit flaumweichen Härchen auf den Armen, die Unbekümmertheit des Lachens wahrnahm und die Ausstrahlung der Jugend wie einen heißen Hauch spürte, dann bildete sich ein harter Zug um ihre vollen Lippen.

»Jeder Mann betrügt einmal im Laufe seiner Ehe seine Frau«,

sagte sie eines Abends zu Hergarten. »Der eine schon einen Tag nach der Hochzeit, der andere nach zehn Jahren oder nach fünfundzwanzig. Irgendwann überkommt ihn der Reiz der anderen, der jüngeren, der glatteren. Hast du mich auch schon einmal betrogen, Franz?«

»Welche Frage!« Hergarten hatte gelacht. »Ich habe einen Stern in der Hand und soll ihn gegen einen Kieselstein tauschen?«

»Noch nicht. Aber einmal wird ein Kieselstein da sein, so blank geputzt, daß es dich lockt, ihn aufzuheben.« Sie hatte sich vorgebeugt, seine Knie umschlungen und ihr Gesicht gegen seine Schenkel gepreßt. »Weißt du, was ich dann tue?« sagte sie leise.

»Du gehst ins Wasser!« lachte er.

»Nein«, sagte sie fest. »Ich bringe dich um.«

»Das kannst du dann auch«, hatte er geantwortet und dann das Gespräch vergessen. Aber Lisa Hergarten vergaß es nicht; sie hatte gesagt, wozu sie wirklich entschlossen war.

An diesem Abend nun sah Lisa die Anzüge durch, die ihr Mann nach Amerika mitnehmen wollte. In zwei Tagen war es soweit. Das Ticket lautete auf Abflug Köln-Wahn, es lag auf Hergartens Schreibtisch, und Lisa hatte sich gewundert, daß Franz von Köln abflog und nicht von Frankfurt, das viel näher lag. Auch heute war Hergarten wieder in Köln, wie fast jeden Tag, und kam erst in der Nacht nach Hause, müde, wortkarg, abgespannt. »Es geht um große Dinge, Schatz«, hatte er gestern gesagt. »Mehr kann ich dir nicht sagen. Es hängt alles mit Amerika zusammen.«

Lisa nahm einen dunkelgrauen Anzug aus dem Schrank, kontrollierte die Knöpfe, bürstete den Rock ab und begutachtete die Stoßbänder der Hosenbeine, als sie plötzlich mit der Bürste gegen den Rock stieß. Nein, sie hatte sich nicht geirrt: In der Innentasche raschelte etwas.

Sie griff hinein und holte ein längliches Kuvert hervor.

In roter Schrift stand darauf. »Die OZEANIC begrüßt Sie.«

Lisa Hergarten steckte das Kuvert in ihre Rocktasche und ging hinüber in das große Wohnzimmer. Dort setzte sie sich unter eine bronzene Stehlampe, nahm das Kuvert aus der Tasche und öffnete es.

Eine Art Scheckheft fiel heraus, ein roter Fahrplan, eine Broschüre »Kleine Winke für alle Reisenden zur See« und eine große Fahrkarte mit einem Kabinenplan.

Das ist nicht möglich, dachte Lisa und legte alles auf den Rauchtisch neben der Stehlampe. Das ist nicht für Franz. Das hat er für jemand anderen besorgt.

Aber dann begannen ihre Finger in fliegender Hast zu sortieren. Sie breitete alles vor sich aus und nahm das, was sie las, wie ein schreckliches, den Körper mit Feuer überziehendes Gift in sich auf.

Fahrkarte Cuxhaven – New York. Luxuskabine 12, Promenadendeck. Kategorie C.

Ein Scheckheft mit Travellerschecks, ausgestellt auf Dr. F. Hergarten. Gesamtwert 2000 Dollar.

Der Kabinenplan. Kabine 12 war rot angekreuzt. Eine große Kabine mit Bad, Telefon, Radio, einem extra Ankleideraum, einem abgeteilten Salon und zwei Betten. – Zwei Betten.

Lisa lehnte sich zurück. Das Feuer in ihr ließ nach, nun kam die schreckliche Kälte. Sie fror, klapperte mit den Zähnen und merkte erst, als ihre Lippen salzig schmeckten, daß sie haltlos weinte.

Sie rannte hinüber zum Herrenzimmer und starrte auf den Schreibtisch. Dort lag die Flugkarte. Dr. Franz Hergarten, Köln-Wahn – New York. Übermorgen.

Sie rannte zurück ins Wohnzimmer. Dort lag die Schiffskarte. Dr. Franz Hergarten, Cuxhaven – New York. Nächste Woche, Freitag. Eine Zweibettkabine.

Es dauerte lange, ehe Lisa Hergarten sich so weit beruhigte, daß sie wieder klar denken konnte. Mit bebenden Fingern packte sie alles wieder in das Kuvert, steckte es zurück in die Innentasche des grauen Anzuges und hängte den Anzug in den Schrank. Dann sank sie auf das Bett, rollte sich auf den Rücken und starrte an die Decke.

Ist nun eingetreten, was ich immer befürchtet habe? dachte sie und ballte die Fäuste. Bin ich zu alt geworden für ihn? Fährt er mit einer Jüngeren nach New York? Wie ist sie? Wie sieht sie aus? Wie jung ist sie? Hat sie blonde Haare? Braune? Schwarze? Rote? Ist sie ein Aas? Liebt sie ihn nur, weil er reich ist, ein berühmter Mann, ein kluger Mann? Warum nimmt sie ihn mir weg? Warum? Oder hat er gar nicht gesagt, daß er verheiratet ist? Zieht er seinen Trauring vom Finger, wenn er das Haus verlassen hat? Wie lange kennt er sie schon? Wo treffen sie sich? Wo schlafen sie zusammen? In einem Stundenhotel in Köln? In Frankfurt? In Bonn? Hat er ihr eine Wohnung eingerichtet? Hat sie selbst eine Wohnung? Ist er deshalb immer so müde? Seine Augen sind ganz grau geworden. Sie richtet ihn zugrunde! Sie macht ihn kaputt! Sie laugt ihn aus! Oh, man sollte sie zerreißen! Man sollte ein Tiger sein und sie zerfleischen! Man sollte...

So lag sie eine Stunde lang, gepeinigt von Rache und Eifersucht, immer neue Grausamkeiten ersinnend und sie wegwerfend, weil sie zu milde waren. Dann wurde sie ruhiger, mit hohlen Augen starrte sie in die Dunkelheit des Zimmers, und ihr Gehirn arbeitete präzise wie eine gut eingestellte Maschine.

Was soll die Flugkarte? Sie soll täuschen.

Was soll die Schiffskarte? Er fährt mit ihr nach New York.

Zwischen Flug und Schiffsfahrt liegen vier Tage. Wo verbringt er sie? Bei seiner Geliebten? Mit seiner Geliebten?

Und in New York? Werden sie dort zusammen wohnen, als Mr. und Mrs. Hergarten aus Grünberg bei Frankfurt? Ein Doppelzimmer mit Blick auf den Hudson-River? Ein verschwiegenes Motel im Hinterland?

Ist diese Reise überhaupt geschäftlich? Ist es nicht eine Flucht aus der Ehe, bekleidet mit der Lüge, Forschungen zu erklären?

Lisa Hergarten legte beide Hände flach über das Gesicht.

Ich werde es herausbekommen, dachte sie. Ich werde mich an dich heften wie dein Schatten. Und wenn ich sie sehe... sie... sie... ich weiß nicht, was ich tue!

Spät in der Nacht kam Franz Hergarten nach Hause. Müde, wie ein zerschlagener Boxer. Die Experimente im Labor staken fest: Die Hitzegrade, die Elektronium entwickelte, zerglühten die stärksten, bisher bekannten Metall-Legierungen. Sollte Elektronium der Rakententreibstoff der Zukunft werden, mußte erst das Metall gefunden werden, aus dem man die Brennkapseln machen konnte.

Lisa war noch auf. Sie hatte einen hautengen seidenen Hausanzug an und trug die aschblonden Haare aufgelöst bis zur Schulter. Sie begrüßte ihren Mann mit einem Kuß, hing sich bei ihm ein und führte ihn ins Haus.

»Du Armer«, sagte sie und drückte seinen Arm. »Warum

bist du auch Atomforscher geworden? Ich habe dir dein Leibgericht gekocht: Steak mit Pilzen. Das macht dich wieder munter. Und eine Flasche Sekt steht kalt.«

»Nanu?« Franz Hergarten blieb stehen. »Ist was los? Hab ich einen Feiertag vergessen? Muß ich mich entschuldigen?«

»Du Dummer!« Sie küßte ihn auf den Mund und dachte gleichzeitig daran, daß diese Lippen vor einer Stunde vielleicht eine andere Frau geküßt hatten. »Übermorgen fliegst du nach Amerika. Wir müssen Abschied feiern.«

»Jetzt schon?« Er lachte.

»Ja! Schon der Gedanke, daß du weg bist, ist schrecklich. Da hilft nur Sekt. Um zu ertragen, daß du wegfliegst, müßte ich total betrunken sein.«

»So liebst du mich, Schatz?« fragte er und zog sie an sich.

»Ja, so liebe ich dich!« sagte sie gepreßt. »So... wie keine andere...«

Am nächsten Morgen fuhr sie mit ihrem Wagen wie ein Satan über die Autobahn nach Bonn.

Sie kam dort früher an als Franz Hergarten, der mit dem Zug fuhr und seinen Wagen am Frankfurter Hauptbahnhof stehen ließ. Wenn er überarbeitet aus dem Labor kam, traute er sich nicht mehr zu, die vollgestopfte Autobahn nach Hause zu fahren. Da war der Zug besser; man konnte sich sogar etwas ausruhen und vor sich hin träumen.

Am Bonner Hauptbahnhof versteckte sich Lisa hinter einem Plakatständer, als der Zug aus Frankfurt eintraf. Sie sah Franz durch die Sperre kommen, allein und mit weiten Schritten. Plötzlich sah er fremd aus, jünger, elastischer. Er denkt an »sie«, dachte Lisa gehässig. Er fühlt sich wie ein junger Bursche.

Im Gewühl der anderen Reisenden folgte sie ihm, sah, wie er ein Taxi nahm, und sie hatte Glück: sie bekam das nächste freie Taxi.

»Fahren Sie Ihrem Kollegen nach«, sagte sie und warf sich in die Polster zurück.

»Dem Kollegen oder dem schicken Herrn, Fräulein?« grinste der Chauffeur.

»Das bleibt sich gleich. Sie bekommen zwanzig Mark extra, wenn Sie dranbleiben.«

Auf der Koblenzer Straße, vor dem Außenministerium, stieg Franz Hergarten aus. Lisas Taxi hielt in einiger Entfernung.

»Fehlanzeige, Fräulein!« sagte der Chauffeur leutselig. »Der gehört zu denen, deren Körper Geheime Kommandosache ist. Macht 3,40 DM und die versprochenen zwanzig Eier.«

Lisa zahlte und verließ das Taxi. Unschlüssig ging sie ein paarmal vor dem großen gläsernen Eingang des Außenministeriums hin und her, dann stellte sie sich auf der anderen Straßenseite in eine Haustür und beschloß, sich nicht vom Fleck zu rühren, bis Franz wieder aus dem Ministerium herauskam.

Sie war wie ein Jagdhund, der eine Fährte gerochen hat.

Ministerialrat Dr. Blatz war wieder von größter Freundlichkeit. Er holte eine Flasche Kognak, bot Zigarren an und erzählte von seinem Sohn, der in Latein eine Fünf geschrieben hatte. »Der Bengel kann nicht logisch denken!« lachte Dr. Blatz. »Sie sollen sehen, der wird noch mal Minister!«

Nach zwei Kognaks kam Dr. Blatz mit dem Grund heraus, warum er Dr. Hergarten erneut ins Ministerium bestellt hatte.

»Wir wollen ganz sichergehen, lieber Doktor. Ihre Entdekkung ist viel zu brisant, als daß wir auch nur das geringste Risiko auf uns nehmen können. Sie werden nicht allein reisen, sondern begleitet werden. Sie werden gleich ein freundlicheres Gesicht machen, wenn ich Ihnen verrate, daß eine entzückende junge Frau Sie beschützen wird.«

»Eine Frau?« fragte Hergarten gedehnt.

»Sprechen Sie nicht so abwertend. Eine Frau ... Aber was für eine Frau! Vom Bundesnachrichtendienst hat man uns das beste Pferd im Stall geschickt. Wir sind von der Überlegung ausgegangen, daß ein Mann wie Sie von zehn Beamten bewacht werden kann, und trotzdem passiert etwas. Wenn aber eine Frau auf Sie aufpaßt, sieht sie mehr als zwanzig Männeraugen. Außerdem wird niemand glauben, daß dieses entzückende Mädchen Judo und Karate beherrscht, aus der Tasche schießen kann und vor dem Teufel keine Angst hat. Wollen Sie sie sehen?«

»Sie ist hier?« fragte Dr. Hergarten und sprang auf.

»Nebenan.« Dr. Blatz lächelte. »Wenn Sie nicht gesagt hätten, Sie seien glücklich verheiratet, würde ich jetzt warnen:

Hergarten, Herz festhalten! So eine Frau verbrennt mit einem Blick alle guten Vorsätze.«

Dr. Blatz ging zur Tür des Nebenzimmers, stieß sie auf und nickte.

Er hatte nicht übertrieben. Die Dame, die jetzt eintrat, in einem hellgrünen Kostüm, mit kastanienbraunen, schimmernden Haaren, die bis auf die Schultern flossen, einem schmalen Kopf, großen, braunen Augen und einem Lächeln um die blaßrot geschminkten Lippen, hätte jeden Mann sofort fasziniert. Sie war mittelgroß und schlank in der Taille, was ihren schönen Busen besonders hervorhob; mit ausgestreckter Hand kam sie Hergarten entgegen und begrüßte ihn wie einen alten Bekannten.

»Das ist Sybilla Odenthal«, sagte Dr. Blatz. »Ich sehe, daß Sie ihr sympathisch sind, Doktor. Sparen wir uns also viele Worte; was zu sagen ist, wird Ihnen Fräulein Odenthal schon erzählen.«

»Ich schlage vor, wir besprechen alles an einem neutralen Ort.« Die Stimme Sybilla Odenthals war hell und klar, mit einem selbstbewußten Unterklang. »Sie haben Zeit, Dr. Hergarten?«

»Ich habe mir den Vormittag freigehalten.«

»Dann fahren wir zur Godesburg und trinken dort Kaffee, einverstanden? Da sind wir ungestört, und es ist unauffällig.«

»Verfügen Sie über mich.« Dr. Hergarten verbeugte sich leicht. »Ich habe in den letzten Tagen sowieso den Eindruck gewonnen, daß ich eine Art Wertpaket bin und versiegelt nach den USA verschickt werde.«

In der zugigen Haustür gegenüber dem Ministerium zuckte Lisa Hergarten zusammen, als sie ihren Mann durch die große, gläserne Tür kommen sah. Ein Taxi war vorgefahren, sicherlich bestellt, Hergarten hielt die Tür auf, und dann kam ein Mädchen mit wehenden rötlichbraunen Haaren aus dem Gebäude, lachte ihn an, setzte sich in das Taxi, Hergarten stieg zu ihr und warf die Tür zu.

Das ist sie, durchfuhr es Lisa. So sieht sie also aus! Jung und hübsch, fröhlich und kokett. Ich habe es gewußt... ich habe es gewußt...

Sie rannte an die Bordsteinkante, winkte mit beiden Händen nach den vorüberfahrenden Taxen, bis ein freies hielt, gerade in dem Augenblick, in dem Hergartens Wagen in eine Querstraße abbog. Das Spiel vom Hauptbahnhof wiederholte sich, der Fahrer grinste, verletzte die Verkehrsregel, indem er die Koblenzer Straße überquerte und dem dunklen Wagen folgte.

Auf der Straße nach Godesberg, der Diplomatenrennstrekke, wie sie der Volksmund getauft hatte, fuhren sie hintereinander. Lisa versteckte sich hinter dem Rücken des Fahrers. In Godesberg sah sich der Chauffeur fragend um.

»Sie fahren zur Godesburg, Madame«, sagte er. »Weiter hinterher?«

»Nein. Halten Sie.« Lisa Hergarten bezahlte, stieg aus und stand dann wie eine Blinde am Straßenrand. Sie lehnte sich gegen einen Lichtmast und fuhr sich mit zitternden Händen über das Gesicht. Eine männliche Stimme hinter ihr schreckte sie auf.

»Ist Ihnen schlecht? Kann ich Ihnen helfen?«

Sie schüttelte den Kopf. »Nein, danke. Es geht schon...«

Sie wandte sich um und sah hinaus zur Godesburg. Die großen Scheiben der Terrasse glänzten in der Sonne. Dort saß er jetzt, er hielt ihre Hand, und sie sprachen über ihre Liebe und ihre Fahrt nach New York.

Lisa Hergarten atmete tief auf.

Dann faßte sie einen Entschluß. Wenn eine Ehe schon zerbricht, dann soll man den Donner weithin hören!

Sie ließ sich zurück nach Bonn fahren, zum Deutschen Reisebüro gegenüber dem Bahnhof, und verlangte ein Telefongespräch nach Hamburg.

»Fragen Sie an, ob auf der ›Ozeanic‹ noch eine Karte für die Jungfernfahrt nach New York zu haben ist. Die Kategorie spielt keine Rolle.«

»Ganz ausgeschlossen. Seit Wochen ist diese Fahrt –« Der Schalterbeamte sah Lisa Hergarten an, als habe sie etwas Unanständiges von ihm verlangt.

»Trotzdem! Ich *muß* noch eine Kabine haben!«

Das Gespräch mit Hamburg hatte Erfolg. Auf dem Oberdeck war noch ein Platz in einer Zweibettkabine frei. Kabine 136.

»An eine Einbettkabine ist gar nicht zu denken«, sagte der Mann vom Deutschen Reisebüro. »Wenn Sie mit einer anderen Dame zusammen...«

Lisa nickte. Sie wäre mit dem Teufel in einem Bett gefahren, um diese Reise mitmachen zu können. »Buchen Sie«, sagte sie heiser. »Ab Cuxhaven. Mit Rückfahrt.«

Sie zahlte 1000 DM an, schrieb einen Scheck darüber aus und bekam eine Auftragsbestätigung. Wie eine wertvolle Köstlichkeit versenkte sie den Zettel in ihre Handtasche.

»Ich werde erst in Cherbourg zusteigen«, sagte Sybilla Odenthal. »Das ist unauffälliger. Sie werden mich auf dem Sonnendeck kennenlernen, indem ich Sie ungeschickt anrempele. Sollten wir beobachtet werden, so wird keiner auf den Gedanken kommen, daß wir uns schon kennen. Nach diesem Zusammenstoß wird sich dann alles so entwickeln, wie es an Bord üblich ist. Ich werde übrigens als Sängerin nach New York reisen.«

»Als Sängerin?« Franz Hergarten schüttelte den Kopf. Sie hatten ein Kännchen Kaffee getrunken und genossen nun den herrlichen Rundblick über Godesberg und den Rhein und hinüber zum Siebengebirge mit Drachenfels und Petersberg. »Können Sie auch singen?«

»Ich bin ausgebildet. Koloratursopran.«

»Was können Sie eigentlich nicht, Fräulein Odenthal?«

»Kochen.«

Sie lachte schallend, als sie Hergartens Hilflosigkeit sah, und legte die schmale Hand auf seinen Arm.

»Sie sehen mich an, als sei ich ein unerklärbares modernes Gemälde.«

»Sie sind eine ganz besondere Frau. Warum tun Sie das alles?«

»Das ist eine kleine Frage, auf die es eine lange Antwort gibt. Vielleicht erzähle ich Ihnen einmal etwas aus meinem Leben, wenn wir an Bord der ›Ozeanic‹ sind.« Sybilla Odenthal schüttelte die langen Haare von ihren Schultern zurück. In der Sonne glänzten sie wie dunkles Kupfer. »Ist noch etwas unklar, Herr Hergarten?«

Er bezahlte den Kaffee und fuhr mit Sybilla zum Ministerium zurück. Dort stieg sie aus, während er im Taxi blieb, sie gaben sich die Hand und verabschiedeten sich förmlich.

»Zum Hauptbahnhof«, sagte Hergarten dann.

Gegen Mittag war er unverhofft wieder zu Hause. Er brachte für Lisa einen großen Blumenstrauß mit und war bester Laune.

»Du freust dich auf New York?« fragte sie und sah ihn lauernd an.

»Natürlich.« Er ließ sich auf die Couch fallen und breitete die Arme aus, als wolle er die Neue Welt umarmen. »Ich habe mir schon als kleiner Junge gewünscht, an der Freiheitsstatue vorbeizusegeln. Nun wird es wahr!«

Im Hause des Konsuls Henning Goltz war das Durcheinander auf dem Höhepunkt. Zwei Stubenmädchen packten die Koffer, die Köchin hatte man eingesetzt zum Bügeln, der Gärtner putzte Schuhe, der Chauffeur wienerte den Wagen, als solle er eine Königin fahren.

Im Salon rannte Beate Goltz, geborene Gräfin v. Hachwitz, händeringend hin und her und ärgerte sich über ihren Mann, der ruhig am Kamin saß und eine Zigarre rauchte.

»Daß du so unbeteiligt herumsitzen kannst!« rief sie. »Daß du sogar die Zeitung lesen kannst! Hast du gar kein Gefühl?!«

»Mercedes hat um drei Punkte angezogen«, sagte Konsul Goltz. »Aber ich werde Kali verkaufen.«

»Aktien! Die Börse! Himmel, ist das dein Leben?«

»Hast du Sorgen?«

»Unser Kind fährt übermorgen nach New York!«

»Es soll vorgekommen sein, daß im Laufe der letzten hundert Jahre schon mehr Kinder nach New York gefahren sind.«

»Margret ist erst siebzehn.«

»Ich kenne Säuglinge, die über den Atlantik geschwommen sind.«

»Henning!« Beate Goltz blieb mit einem Ruck vor dem Kamin stehen. Ihre hoheitsvolle Haltung kannte Goltz seit dreißig Jahren. Damals war er ein kleiner Reeder gewesen, der einen wackeligen Kahn durch den Hamburger Hafen fahren ließ und Kisten hin und her schipperte. Daß ihn die Gräfin v. Hachwitz heiratete, hatte er nie verstanden. Er war zu jener Zeit schmächtig, hatte kein Geld und nur einen alten hanseatischen Namen, auf den ihm keiner Kredit gab. Aber irgendwie mußte Beate v. Hachwitz gesehen haben, daß in dem Henning Goltz eine Zukunft steckte: Sie gab ihm ihr Erbteil von zwei Millionen. Goltz kaufte sich ein größeres Schiff. Und als das Hitlerreich in voller Blüte stand, blühte auch Goltz mit, gründete eine kleine Werft, baute kleine Küstenschiffe, baute und baute weiter, wurde reich, wurde Millionär, rettete auf Schweizer Bankkonten ein Vermögen über Kriegsende und Währungsreform und stand, als die Mark wieder ihren Wert hatte, blühender denn je da.

»Ich höre, Beate«, sagte Goltz und sah zu seiner Frau empor. »Deine königliche Haltung zeigt mir an, daß weltbewegende Dinge zu besprechen sind.«

»Margret macht übermorgen ihre erste große Fahrt.«

»Einmal ist immer das erste Mal.«

»Allein auf einem Riesenschiff.«

»Das ist besser als auf einem Appelkahn.«

»Margret ist noch ein Kind.«

»Darum soll sie auch nach Amerika, um sich den Horizont zu erweitern. Zwei Jahre US-College, das tut ihr gut. Sie wird in New York von Onkel Franz abgeholt, die ganze Schiffsfahrt dauert acht Tage – mein Gott, Beate, was soll da schon geschehen? Was soll aus dem Kind werden, wenn du es nicht einmal acht Tage allein lassen kannst? Unter dem mütterlichen Rock entwickeln sich nur bleiche Blutarme.«

»Du bist wieder einmal geschmacklos«, sagte Beate Goltz distinguiert. »Lies weiter deine Börsenberichte! Manchmal glaube ich, du weißt gar nicht, wie du Vater geworden bist.«

Das Erscheinen der Frau Konsul trieb die Aufregung im Haus auf den Höhepunkt. Die Zimmer Margrets sahen aus wie beraubt. Kleider, Wäsche, Röcke, Blusen, Pullover lagen auf dem Bett und auf allen Sesseln herum. Inmitten dieses Wirrwarrs saß Margret auf dem Teppich und studierte den Fahrplan der ›Ozeanic‹.

»Mein armes Kind!« rief Beate Goltz. »Soll ich dir helfen?«

Margret Goltz machte gar nicht den Eindruck eines armen Kindes. Sie hockte auf dem Boden, die langen, blonden Haare waren zerwühlt. Sie schüttelte den Kopf und lehnte sich an den Rücken eines Sessels, über dem eine Kollektion neuer Büstenhalter hing. Zierliche Körbchen für eine eben erst erwachte Fraulichkeit.

»Warum regt ihr euch alle so auf?« sagte sie laut. »Nach Amerika zu fahren ist doch kein Weltuntergang.«

»Zwei Jahre bleibst du weg, meine Kleine.« Beate Goltz stiegen Tränen in die Augen. Sie schluchzte plötzlich. »Mein kleiner

Spatz, allein in diesem Wilden Westen. Aber da kennt dein Vater keine Vernunft.«

»Ich freue mich wahnsinnig auf Amerika, Mama.« Margret sprang auf. Sie war groß und schlank, ein Mädchen, bei dem man mit der Zunge schnalzt. »Und so jung bin ich auch wieder nicht.«

»Siebzehn, mein Spatz.«

»Das ist schon allerhand! Das richtige Alter, um die Welt zu erobern.«

Beate Goltz lief hinüber zur Bügelstube, wo die Köchin Blusen bügelte.

Was ist das für eine Welt, dachte die Konsulin. Sie entgleitet unseren Händen!

Mit siebzehn Jahren allein auf einem Schiff! Umgeben von enthemmten Männern. Ganz allein auf dem Meer. Acht Tag und Nächte lang. Ausgesetzt den Verlockungen, die sie nicht kennt. Tanz, Kostümfest, Bar, Flirt, laue Nächte an der Reling...

Beate Goltz lief zurück in den Salon. Henning Goltz trank gerade ein Glas Rotwein.

»Ich habe eben an unsere erste Fahrt nach Teneriffa gedacht«, sagte die Konsulin atemlos. »Mein Gott, wenn das Kind...«

»Hoffentlich nicht.« Konsul Goltz lehnte sich zurück. »Hoffentlich benimmt sich unser Kind anders als wir... damals... Du erinnerst dich noch an Kabine 178?«

»Pfui!« Beate Goltz warf den Kopf königlich in den Nacken und rannte wieder hinaus zu den kofferpackenden Stubenmädchen.

Zum Abflug vom Flugplatz Köln-Wahn kam Lisa Hergarten nicht mit. Irgendwo war eine Grenze. Wenn die Komödie zur Farce wird, soll man gehen. Andererseits wäre es interessant gewesen zu sehen, wie sich Hergarten aus der Affäre gezogen hätte. Das Flugzeug konnte er ja nicht besteigen. Es flog ohne Zwischenlandung bis Shannon. Aber vielleicht war auch das in seinem Plan aufgenommen? Von Shannon zurück nach Hamburg war kein Problem.

»In vier Wochen bin ich wieder da!« sagte Hergarten zum Abschied. »Was wirst du in der Zeit tun?«

»Es wird mir sehr langweilig werden. Vielleicht fahre ich nach Berlin zu Tante Erna.«

Sie küßten sich, wie sich ein Ehepaar küßt, das sich lange trennen muß. Dann stand Lisa auf der Treppe des Eingangs ihrer Villa und winkte dem Taxi so lange nach, bis es vom Weg abbog auf die Bundesstraße. Das letzte, was sie sah, war Hergartens Hut; er hatte ihn aus dem Fenster gesteckt und schwenkte ihn hin und her.

Da weinte sie, ballte die Fäuste und schrie ihm nach: »Du Heuchler! Du Betrüger! Du Lump! Du Satan! Wir sehen uns wieder. In Kabine 12 Promenadendeck.«

An diesem Tage verlief alles wie nach Plan.

Während Hergarten, statt nach Bonn, nach Hamburg fuhr, bestieg sein geschickt zurechtgemachter Doppelgänger das Flugzeug der Lufthansa in Köln-Wahn. Zwei Beamte der Sicherungsgruppe beobachteten die Passagiere, die Neugierigen, die winkenden Verwandten und Bekannten. Nichts Auffälliges war zu bemerken. Gab es einen Beobachter, so stand er jetzt an dem Absperrzaun und winkte den Abfliegenden nach. Oder er flog mit, nach New York, wo der Oberinspektor Meyer in der Maske Dr. Hergartens abgeholt wurde und zum New Yorker Atomzentralinstitut gebracht werden sollte.

Als die Maschine mit kreischenden Düsen sich in den Himmel hob, trank in Bonn in der Koblenzer Straße im Ministerium Ministerialrat Dr. Blatz einen Gedächtniskognak auf Dr. Hergarten.

»Jetzt schwebt er durch die Wolken«, sagte er zu sich selbst und sah auf seine Uhr. »Gebe Gott, daß unser Plan keine Lücken hat.«

An diesem Tag fuhr Lisa Hergarten nach Frankfurt und kaufte dort ein.

Eine schwarze Perücke. Lange, glänzende Haare, die man offen wehen lassen konnte oder zu einem dicken Zopf flocht.

Ein südländisch braunes Make-up. Wimperntusche, Eyeliner, Lidschatten. Einen dunkelroten Lippenstift. Ebensolchen Nagellack.

Am Abend stand Lisa vor dem großen Spiegel des Schlafzimmers und sah sich an.

Sie erkannte sich selbst nicht mehr.

Eine exotische Schönheit blickte sie aus dem Spiegel an. Eine geheimnisvolle, dunkelhäutige Frau, umgeben vom Geheimnis ihrer Herkunft.

Sie wischte das Make-up weg, legte etwas weniger Braun auf die Haut und fand es so gut.

Wie ein Mensch sich verwandeln kann, dachte sie eiskalt. Und alles nur, um Rache zu nehmen.

Eine Frau wie Lisa Hergarten betrügt man nicht!

Auf dem »Steubenhöft« in Cuxhaven war Hochbetrieb.

Die Passagiere zur Jungfernfahrt der ›Ozeanic‹ kamen an Bord.

Aus allen Teilen Europas kamen sie, per Wagen mit Chauffeur, mit Taxis aus Hamburg, mit dem Zug. Vor den Schaltern der Zollabfertigung standen sie Schlange, zeigten die Pässe, ließen die Koffer kontrollieren. Der riesige Aufenthaltsraum, sonst nüchtern, erdrückend ärmlich, mit einfachen Stühlen in Vierergruppen um noch einfachere Tische, war bunt und fröhlich geworden. Die Gangway der ›Ozeanic‹ war, durch die breiten Ausstiege im 1. Stockwerk des Aussichtshauses am Kai angelegt, der einzige Weg, um an Bord der großen Ozeanschiffe zu kommen. Hier empfingen die Zahlmeister, die Chefstewards und der II. und III. Offizier die Gäste, die den Zoll hinter sich hatten und an Bord gingen. Vom Lido-Deck der ›Ozeanic‹ klangen fröhliche Märsche über den Kai. Die Bordkapelle begrüßte die Passagiere. Von den Masten des Schiffes knarrten Fahnen im Wind, Hunderte von Möwen umflogen kreischend den weißen, riesigen Leib. Die beiden roten Schornsteine blendeten in der Sonne. Kapitän Selbach stand auf der rechten Seitenbrücke der Kommandobrücke und wartete auf ein Zeichen aus dem Aussichtshaus des »Steubenhöfts«. Dort sollte der II. Zahlmeister eine Fahne schwenken, wenn unten die drei Minister vorfuhren. Kapitän Selbach wollte die hohen Gäste dann selbst auf sein neues, herrliches Schiff geleiten.

Lisa Hergarten war als eine der ersten Passagiere an Bord gegangen. Sie hatte richtig gerechnet: Franz war nicht einer der Frühzeitigsten. Der Kabinensteward führte sie zu ihrer Kabine 136. Es war ein schöner, ziemlich großer Raum mit einem kleinen Badezimmer, eingebauten Schränken aus Mahagoniholz, modernen Polstersesseln und einer die ganze Längswand einnehmenden Frisierkommode mit einem riesigen Spiegel. Auf dem Tisch stand ein Korb mit Früchten. Ein Schild war darangelehnt.

»Wir begrüßen Sie an Bord und wünschen Ihnen einen angenehmen Aufenthalt und eine gute Fahrt.«

»Haben Sie noch Wünsche, Madame?« fragte der Kabinensteward an der Tür.

Lisa schüttelte den Kopf. »Nein danke. Ich läute, wenn ich etwas brauche.«

Dann war sie allein. Sie ging zum verschraubten Fenster und starrte hinüber zum »Steubenhöft« und zur Gangway. Ihre Kabine lag günstig; sie konnte sehen, wer an Bord ging. Wie auf einem Fließband glitten die Menschen an ihr vorbei, ohne daß sie gesehen werden konnte.

Als sie das stolze Schiff betrat, hatte sekundenlang ihr Herz bis zum Hals geschlagen. Wie üblich, empfing sie am Ende der Gangway ein Offizier der ›Ozeanic‹ und der I. Zahlmeister, der ihre Schiffskarte mit der Passagierliste verglich und um ihren Paß bat.

Lisa Hergarten reichte mit ruhiger Hand ihren alten Ausweis hin, ausgestellt auf ihren Mädchennamen Arthberg. Er war noch ein Jahr gültig, und da vor drei Jahren, als sie heiratete, niemand sie aufgefordert hatte, ihren Ausweis abzugeben oder ändern zu lassen und sie außerdem inzwischen einen neuen Paß auf ihren nun richtigen Namen besaß, hatte sie den amtlichen Ausweis behalten und bisher achtlos in ihrem Schreibtisch aufgehoben. Nun tat er ihr den besten Dienst: Als Lisa Arthberg betrat sie die ›Ozanic‹. Niemand schöpfte Verdacht. Der I. Zahlmeister warf nur einen Blick auf das Bild und dann auf Lisa und lächelte freundlich. Früher aschblond, heute dunkle Haare ... na ja, bei Damen ändert sich die Haarfarbe ständig. So etwas kalkuliert auch die Paßkontrolle ein.

»Willkommen an Bord«, sagte der III. Offizier.

»Danke.« Lisa atmete tief auf. Geschafft!

Die große Reise der Lisa Arthberg konnte beginnen.

Eine Reise ins Ausweglose? Eine Reise ins Nichts?

Sie preßte die Handtasche an sich, als sie dem Steward nachging zu den Kabinen. Ein Schaudern durchrann sie. Durch das dünne, weiche Leder spürte sie deutlich das harte, tödliche Metall.

Mit Lisa Hergarten, die nun wieder Arthberg hieß, kam auch eine kleine Pistole an Bord...

Gegen Mittag erschien die Mitbewohnerin der Kabine 136. Es war eine alte Dame in einem schwarzen Seidenkleid, an den welken Fingern Ringe mit dicken Brillanten.

»Ich freue mich, daß meine Reisegefährtin jung und hübsch ist«, sagte sie zu Lisa, als der Steward gegangen war. »Ich selbst bin eine langweilige Frau. Ich reise zu meinem Sohn nach Indiana, um dort zu sterben. Am besten, Sie beachten mich gar nicht. Schnarchen Sie?«

»Ich glaube, nein«, sagte Lisa schüchtern.

»Sie können es ruhig, mein Kind!« Die alte Dame setzte sich auf das untere Bett. »Ich schlafe immer mit Watte in den Ohren...«

Am Nachmittag drängten sich die Passagiere über die Gangway und an den Zollschaltern. Im Schiffshospital bekam Dr. Dahl seine erste Arbeit: Eine Dame wurde hereingetragen, die im Gedränge ohnmächtig geworden war. Er behandelte sie mit Kölnisch Wasser und einem Kreislaufmittel.

Eine Attraktion für sich war das Eintreffen des russischen Grafen Sepkinow. Er kam aus Paris, stieg nicht in Cherbourg zu, was einfacher gewesen wäre, sondern wollte die ganze Jungfernreise der ›Ozeanic‹ mitmachen. Drei livrierte Diener trugen das Gepäck an Bord, dann meldete eine Art Haushofmeister dem I. Zahlmeister:

»Graf Fjedor Wladimirowitsch Sepkinow.«

Sepkinow, groß, hager, ein mit Haut bespanntes Gerippe, mit einem bis zum Nabel wallenden schneeweißen Vollbart und einem goldeingefaßten Monokel im linken Auge, schritt über die Gangway wie zur zaristischen Parade. Hinter dem Zahlmeister hatten sich die drei livrierten Lakaien aufgebaut; sie fuhren mit und hatten Kabinen im B-Deck, fast unmittelbar über der Wasserlinie.

»Kann Ihr Koch Borschtsch kochen?« fragte Sepkinow, nachdem ihn der II. Offizier im Namen des Kapitäns begrüßt hatte.

»Ich glaube doch.«

»Einen Borschtsch wie in Petersburg?«

»Das entzieht sich meiner Kenntnis, Graf.«

»Schicken Sie den Koch zu mir.« Sepkinow winkte den Lakaien. Ein Obersteward übernahm selbst die Führung zur Kabine 10. »Ich werde ihm mein Rezept geben. Ich bin es gewöhnt, jeden Mittag meinen Petersburger Borschtsch zu essen.«

Gegen Abend waren sie alle an Bord.

Margret Goltz, von der weinenden Mutter abgeküßt, vom Vater mit einem Klaps auf den Popo bedacht.

Irena Michaelsen, gelähmt, in einem Rollstuhl, den ihre Pflegerin Käthe Peine vor sich herdrückte. Über den Beinen der Gelähmten lag eine Decke aus feinstem Kronenzobel. Sie konnte es sich leisten. Ihr Mann hatte ihr den größten Pelzhandel in Frankfurt hinterlassen.

Mit einem Trapperhut kam Sam Hopkins an Bord. Er klopfte allen Offizieren auf die Schultern, nannte sie Boys und gab Trinkgelder. Man nahm es ihm nicht übel. Hosenträgerfabrikant aus Illinois, stand in der Passagierliste. Stammgast der Linie. Wo er auftauchte, kam Leben selbst in einen Altlehrerinnen-Verein.

Unauffällig, höflich, ein wenig linkisch und unbeholfen bezog der französische Philosoph Jerome Dubois seine Kabine. Eine dicke Brille hinderte ihn offensichtlich und hemmte ihn. Um so merkwürdiger war es, daß er sie, als er allein in der Kabine war, absetzte und sich ohne sie viel sicherer bewegen konnte.

Mit einem schweren Wagen fuhr Sir Edward Surtess vor, der englische Stahlmillionär. Seine Frau, Lady Anne, hatte Husten und drückte ein Spitzentuch vor ihren zuckenden Mund. Der I. Offizier alarmierte sofort Dr. Dahl.

»Lady Anne kommt mit Husten an Bord, Doktor. Kümmern Sie sich um sie.«

»Sofort. Ich bringe Rizinus mit.«

»Doktor! Lassen Sie die Witze! Lady Anne ist der Schlüssel zur britischen Gesellschaft. Wenn sie die ›Ozeanic‹ lobt, haben wir die Luxuskabinen immer ausgebucht.«

Am Abend kam auch Ulrich Renner an Bord. Ein Playboy reinster Sorte, dessen Vater so dumm war, ein Vermögen zu hinterlassen. Ein eleganter Mann; sein Blick fiel sofort auf Margret Goltz, die an der Reling stand und auf die Gangway hinunterblickte.

»Mein Lieber«, sagte Ulrich Renner in seiner Kabine und

drückte dem Steward 50 Mark in die Hand. »Ich wünsche, daß jeden Abend ein Korb mit frischen Früchten und eine Flasche Sekt auf Eis in meiner Kabine stehen.«

»Sehr wohl.« Der Steward verstand.

Es gehörte zum Handwerkszeug des Lebemannes, stets Erfrischungen zur Hand zu haben. Die Nächte auf einem Schiff haben ihre besonderen Gesetze.

Fast gleichzeitig mit Franz Hergarten traf auch ein Heinz Niehoff auf der ›Ozeanic‹ ein. Er war Architekt aus Hannover und belegte die Kabine 9. Auf der Gangway stießen Hergarten und Niehoff sich an, lächelten sich zu, entschuldigten sich und kamen gemeinsam an Bord.

Lisa trat vom Fenster zurück, an dem sie mit einer eisernen Geduld gesessen hatte. Die alte Dame, mit der sie die Kabine teilte, war weggegangen. Sie hatte erfahren, daß in der Nähe, auf dem gleichen Deck, die Schiffskapelle lag, der Andachtsraum. Nun war sie gegangen, um für eine gute Überfahrt zu beten.

Er ist allein gekommen, dachte Lisa verwirrt. Wieso das? Wo ist das Mädchen? Wenn sie als Mann und Frau reisen, gehen sie doch nicht getrennt.

Sie setzte sich an den Tisch, knipste die Stehlampe an und blätterte nervös in dem buntgedruckten Tagesprogramm der ›Ozeanic‹.

Von draußen hörte sie jetzt Jubel und Händeklatschen. Hunderte Stimmen klangen auf, die Bordkapelle spielte »Muß i denn, muß i denn zum Städtele hinaus...«, Hunderte Arme winkten, ein Knirschen ging durch den stählernen Riesenleib des Schiffes, die Turbinen liefen an, 25 000 PS wurden lebendig, in die Herzen von 400 Besatzungsmitgliedern und 1010 Passagieren fuhr jenes wonneträchtige Gefühl, von jetzt an einem Abenteuer entgegenzufahren. Auf der Kommandobrücke standen die drei Minister neben Kapitän Selbach und winkten mit den Hüten, die Fahnen knatterten, ein Jubel umgab das weiße Schiff. Und dann löste sich die ›Ozeanic‹ vom Kai und glitt zu ihrer ersten Fahrt hinaus auf das Meer.

»Es ist ein merkwürdiges Gefühl, abzufahren und zu wissen, nicht wiederzukommen«, sagte die alte Dame hinter Lisa.

Lisa schrak zusammen, sie hatte nicht gehört, daß jemand in die Kabine gekommen war. Sie hatte auf den weggleitenden Kai gestarrt und auf die jubelnden Menschen auf dem »Steubenhöft«.

»Ja«, sagte sie leise. »Ja, da haben Sie recht... Es ist merkwürdig, nicht wiederzukommen.«

Franz Hergarten hatte gleich nach dem Eintreten in seine Luxuskabine Nr. 12 das Wichtigste getan. Er nahm aus dem Koffer die schwarze Aktenmappe mit den Berechnungen und Plänen und schloß sie in den Safe ein. Der Oberzahlmeister selbst hatte ihm den Tresorschlüssel überreicht und gezeigt, wo der Safe eingebaut war. Er befand sich, entgegen aller traditionellen Plätze für Tresors, nicht hinter einem Bild in der Wand, sondern war in den Fußboden eingelassen und durch einen dicken Veloursteppich unsichtbar gemacht.

»Wer weiß von der Lage des Safes?« fragte Dr. Hergarten, als der Oberzahlmeister ihm den Schlüssel gab.

»Die Ingenieure, die das Schiff bauten, und ich. Und nun Sie, als erster Benutzer. Selbst der Kapitän weiß es nicht. Das Fach ist also garantiert sicher.«

Das beruhigte Hergarten ungemein. Nachdem er seine Tasche im Fußboden versenkt hatte, schob er den Teppich wieder darüber, badete und rasierte sich, zog seinen Smoking an und ging die breite Treppe hinunter zum Salondeck. An den gläsernen Flügeltüren des großen Hamburg-Salons traf er auf Graf Sepkinow, der in den Saal lugte. Drei Schritte seitlich von ihm stand stramm in seiner roten Livreé einer der Lakaien.

»Ich glaube, wir sind Nachbarn«, sagte Sepkinow und verbeugte sich knapp. »Kabine 10. Sepkinow.«

Dr. Hergarten lächelte amüsiert. »Hergarten. Kabine 12.«

»Wissen Sie, daß Sie mir die Nummer 12 weggeschnappt haben? Sie ist größer und schöner. Ich habe alles geboten, aber es war nichts zu machen! Dafür müssen Sie jetzt mit mir an die Bar, Doktor.« Graf Sepkinow strich über seinen silberweißen Bart. »Darf ich Sie zu einem Glas Sekt einladen? Ich habe einen gewaltigen Durst. Habe schon einen langen Rezeptvortrag hinter mir, wie man einen echten Petersburger Borschtsch kocht.«

So begann die Ausfahrt der ›Ozeanic‹ in die Nordsee.

Das Abendessen im riesigen Restaurant Helgoland brachte sie alle an einen Tisch: Dr. Hergarten, Graf Sepkinow, Jerome

Dubois und Sir Surtess mit Lady Anne. Zwei Tische weiter saßen Ulrich Renner, dem es durch zwanzig Mark Bestechung gelungen war, neben Margret Goltz zu sitzen, Frau Michaelsen mit ihrem Rollstuhl, Heinz Niehoff und die stille, blasse Zofe Käthe Peine.

Am Kapitänstisch lärmte Sam Hopkins und führte seine Hosenträger, Marke Niagara, vor. Unter seinem weißen Smokingjackett ließ er die Gummistrippen schnellen, daß es laut klatschte. Kapitän Selbach machte frohe Miene zum lärmenden Spiel. Es war tröstlich, daß Sam Hopkins morgen woanders saß. Am Kapitänstisch zu essen, war eine Auszeichnung. Sie wurde reihum an die Ehrengäste vergeben. Nur die Minister würden als Dauergäste bei ihm bleiben. Minister sind es gewöhnt, dauernd geehrt zu werden...

Ganz hinten, an einem der Sechsertische an der Bordwand, saß Lisa Hergarten und aß kaum. Sie verstand nicht, was sie sah.

Ihr Mann war allein. Er saß neben einem großen, hageren Greis mit weißem Vollbart und einer alten Dame mit einem nerzverbrämten Abendkleid.

In der Nacht wagte Lisa einen Erkundungsgang.

Sie fuhr mit dem Lift vom Oberdeck zum Promenadendeck und ging, als gehöre sie hierher, durch den Gang zu den Luxuskabinen. Vor Nummer 12 blieb sie stehen, zündete sich eine Zigarette an und sah sich nach allen Seiten um. Der Gang war leer, das blanke Mahagoniholz blinkte im Licht der Deckenlampen, der rote Teppich schimmerte.

Sie legte das Ohr an die Tür von Nummer 12 und lauschte. Dann versuchte sie ganz langsam, die Klinke herunterzudrükken. Aber die Tür bewegte sich nicht, sie war abgeschlossen.

Dr. Hergarten war nicht in seiner Kabine. Er saß mit Graf Sepkinow und Sam Hopkins eine Etage tiefer in der Bar des Atlantic-Clubs, trank Whisky und ließ sich erklären, wie man Nylongummi zu Hosenträgern verarbeitet und daß ein russischer Emigrant mit Ehre keinen sowjetischen Wodka trinkt.

Ruhig, für die Passagiere fast lautlos, ohne Erschütterungen dank der beiden Denny-Brown-Stabilisatoren, glitt die ›Ozeanic‹ durch die Nordsee.

Am nächsten Nachmittag legte sie in Cherbourg an, nur wenige Passagiere kamen noch an Bord, denn die meisten waren nach Cuxhafen gefahren, um die Feier des ersten Ablegens mitzuerleben. So war es leicht, die Menschen auf der Gangway zu beobachten. Fast zufällig saß Lisa oben auf dem Lido-Deck in einem der Deckstühle, eingehüllt in eine Decke, genoß die Sonne und den frischen salzigen Wind und blickte hinüber zum Kai von Cherbourg. Dann zuckte sie plötzlich hoch, warf die Decke ab und stürzte zur Reling.

Ein Mädchen kam über die Gangway. Das Haar schimmerte kupfern in der Sonne. Als sie ihre Schiffskarte dem Zahlmeister reichte und dabei am Schiff emporblickte, erkannte Lisa sie genau.

»Sie« war an Bord gekommen.

Lisas Herz krampfte sich zusammen. Welch ein Trick, welch ein gemeiner Trick! Sie umklammerte die Reling. In ihren Schläfen rauschte das Blut. In der vergangenen Nacht hatte sie sich noch vorgenommen: Sobald wir auf dem Atlantik sind, gehe ich zu ihm in die Kabine, werde ihn um Verzeihung bitten und nie mehr eifersüchtig sein.

Ich dummes Schaf, dachte sie und schloß die Augen. Ich Narr! Ich wäre zu einem lächerlichen Harlekin geworden...

Von dieser Stunde an wurde Lisa Hergarten zu einer Wildkatze. Sie umschlich ihren Mann, sie ließ ihn nicht aus den Augen, sie folgte ihm in die Bars, in den Speisesaal, in den Rauchsalon, in den Wintergarten, immer im Schatten von Nischen, hinter Säulen Schutz suchend, in der Menge anderer Passagiere.

So erlebte sie auch das Zusammentreffen von Dr. Hergarten und Sybilla Odenthal. Es war auf der gedeckten Promenade vor dem Wintergarten. Hergarten ging mit Hopkins und Graf Sepkinow hin und her, als Sybilla aus dem Seiteneingang des Bord-Kinos trat, in einem engen Abendkleid aus Silberbrokat, eine Nerzstola über dem Arm. Sie sah sich zum Meer um, gerade als Hergarten neben ihr war, und stieß ihn dabei mit dem Ellenbogen gegen die Brust.

»O Gott!« rief sie. »Entschuldigen Sie bitte. Habe ich Ihnen weh getan?«

»Nicht der Rede wert.« Hergarten blieb stehen. Graf Sepkinow und Hopkins gingen weiter. »Es war überdies meine Schuld, Gnädigste. *Ich* bin in Ihren Ellenbogen gelaufen...«

»So kann man es auch sehen.« Sybilla wartete, bis Sepkinow

und Hopkins außer Hörweite waren. »Alles in Ordnung?« fragte sie leise.

»Alles. Die Mappe ist im Tresor.«

»Jetzt müssen Sie mich einladen zu einem Drink und den Herren vorstellen. Es muß sich alles so entwickeln, wie man es an Bord erwartet. Flirten Sie mit mir. Spielen Sie verliebt. Lassen Sie die Dinge sich so entwickeln, daß ich ständig – so weit es die Moral gestattet – bei Ihnen bin. Und selbst die Moral können wir anknabbern … lassen Sie morgen schon durchblicken, daß ich Ihre Kabine von innen kenne.«

»Ihr Ruf, Sybilla.«

»Für Volk und Vaterland geopfert.« Sie lachte laut. Hopkins und Graf Sepkinow drehten sich um. Frauenlachen ist wie ein Magnet. »Los. Nun zeigen Sie Ihre komödiantische Ader!« Sybilla legte den Nerz um ihre nackte, schöne Schulter, und Hergarten half ihr dabei galant. »Ziehen Sie eine Schau ab, als seien Sie von der Liebe wie vom Blitz getroffen.«

Und Franz Hergarten tat es.

Mit starren, leeren Augen schlich sich Lisa zurück zum Lift, fuhr hinunter zum Oberdeck und wankte in ihre Kabine. Die alte Dame schlief schon. Sie sah wie eine Mumie aus.

In der Dunkelheit setzte sich Lisa an den Tisch und faltete die Hände.

Wen soll ich töten? dachte sie.

Ihn oder sie?

Was sie mir antun, ist unerträglich …

Die Unruhe in ihr wurde immer größer.

Ein Kribbeln lief durch ihren Körper, ein heißer Strom von Eifersucht, Angst, Rache, Haß, Enttäuschung und unsagbarem Schmerz, der es ihr unmöglich machte, ruhig sitzen zu bleiben und klar zu denken. So begann sie herumzulaufen, von der Tür zum Bullauge, vom Schreibtisch zu den Etagenbetten, hin und her vor dem langen Spiegel der Frisierkommode, bis sie ihr eigenes Spiegelbild nicht mehr sehen konnte, diese leeren Augen, die zitternden Lippen, die zuckenden Wangen. Wie häßlich sehe ich jetzt aus, schrie es in ihr. Und wie schön, wie unbeschreiblich schön ist sie … sie … sie …

Sie lehnte sich gegen die getäfelte Wand und würgte. Ihr war so übel, so, wie man es immer beschreibt, wenn jemand einen Herzinfarkt bekommt. Zuerst ist einem schlecht, dann kommt ein Schwindelgefühl, dann flattert das Herz, die Welt wird nebelhaft...

Nein! Nein! Sie stieß sich von der Wand ab, rannte zum Bullauge, als könne von dort Luft kommen, breitete die Arme aus und atmete tief, wie eine Gewürgte, die der Umklammerung entronnen ist.

So leicht nicht, dachte sie. O nein, so leicht mache ich es euch nicht. Umfallen und weg sein, und der Weg ist frei für euch? Wie schön wäre das, nicht wahr? Wie einfach! Wie elegant, würdest du sagen, Franz! O nein! Nein!

Sie warf einen leichten Mantel über, verließ die Kabine und rannte den Gang hinab zu den Lifts. Dort traf sie einen Steward, der ein Tablett mit Sekt trug.

»Wo ist der Schiffsarzt?« sagte Lisa atemlos. »Wie komme ich zum Hospital?«

»Madame ist schlecht?« Der Steward stellte das Tablett auf einem der Tische im Vorraum ab. »Ich rufe sofort nach unten.«

»O danke. Danke. Ich finde es schon selbst. Wie komme ich...«

»Mit dem Lift zum Hauptdeck, Madame. Direkt gegenüber ist der Eingang zur Aufnahme.« Der Steward sah in die flatternden Augen Lisas. »Soll ich nicht lieber doch...«

»Nein! Es geht schon.« Lisa versuchte ein Lächeln, aber es wurde ein Grinsen. Sie wartete, bis der Lift kam, der Steward sah ihr nach und wartete, bis sich die automatische Tür schloß. Sie sieht irgendwie verrückt aus, dachte er. Diese Augen! Na ja, soll sich der Arzt damit befassen. Schiffsärzte sind gedrillt auf hysterische Weiber. Sie sind meistens seine Hauptkunden an Bord.

Er nahm das Tablett und trug den Sekt zu Kabine 14.

Hochzeitsreisende. Nettes, junges Paar. Schüchtern, als schämten sie sich, daß sie nun in einer Kabine nächtigten.

Der Steward lächelte still. Das ganze Schiff war praktisch voller Hochzeitsreisender. Man spürte es überall; es war eine Fröhlichkeit an Bord, die in den Stahlwänden widerklang.

Jungfernfahrt der ›Ozeanic‹.

So etwas erlebt man in einer Generation nur einmal.

Dr. Holger Dahl kam gerade aus dem Labor, wo er eine Urinuntersuchung abgeschlossen hatte. Passagier von Nr. 539, A-Deck, klagte über Nierenschmerzen. Die Urinprobe war positiv. Eine Nierenentzündung bahnte sich an. Nr. 539, ein Oberstudienrat i. R., würde der erste Patient im Bordhospital sein. Von der Überfahrt nach New York würde er ab morgen nicht mehr viel haben, außer dem fernen Stampfen der Maschinen, dem Rauschen des Meeres, das allgegenwärtig war, und dem leichten Schlingern des weißen, glänzenden Riesenleibes der ›Ozeanic‹.

Lisa Hergarten stand auf, als Dr. Dahl das Sprechzimmer betrat. Die Schwester von der Aufnahme hatte ihn kurz unterrichtet. Patientin sehr aufgeregt. Kurzatmig. Anscheinend psychischer Schock. Macht den Eindruck zurückgehaltener großer Erregung. Kein Typ zur Hysterie. Will von Herrn Doktor selbst behandelt werden...

»Dahl«, stellte sich Dr. Dahl kurz vor. Dabei musterte er schnell Lisa Hergarten. Eine erschreckend schöne Frau, durchfuhr es ihn. Ihre Augen, wirklich ein bißchen gehetzt blickend, passen in ihrer tiefen Bläue gar nicht zu dem schwarzen, südländischen Haar. Sie müßte strohblonde Haare haben, um diese Augen zu rechtfertigen. So ist es wie ein Rätsel: Was verbirgt sich in dieser Frau?

»Wo und wie kann ich Ihnen helfen?« fragte Dr. Dahl freundlich. Er zeigte wieder auf den gepolsterten Stuhl, aber Lisa blieb stehen. Dr. Dahl zog aus dem Karteikasten eine Karte. Es war Nr. 2 nach der Nierenentzündung von Kabine 539.

Ihre Figur ist vollkommen, dachte er. Nun fahre ich seit fünf Jahren auf den größten Pötten durch alle Weltmeere, habe Hunderte schöner Frauen gesehen – aber immer wieder fasziniert mich die Schönheit und das Ebenmaß eines weiblichen Körpers, als sähe ich so etwas zum erstenmal. Es muß wohl so sein. Frauen sind geschaffen, ewig bewundert zu werden.

»Ich heiße Lisa Arthberg«, sagte Lisa, als sie sah, wie Dr. Dahl sie fragen wollte. »Eigentlich lohnt es sich nicht, eine Karteikarte auszufüllen. Ich bin zum ersten- und zum letztenmal hier.«

Dr. Dahl lächelte mild. »Gnädige Frau, Sie greifen der ärztlichen Diagnose vor. Wenn ich nun feststelle, daß ich Sie täglich sehen muß?«

»Das würde ich eine glatte Fehldiagnose nennen.« Lisas Ton war abweisend.

Er ist jünger als Franz, dachte sie. Vielleicht nur ein wenig älter als ich. Mitte Dreißig? Seine Haare beginnen an den Schläfen grau zu werden, aber seine Augen sind jung und sein Lächeln ist so herrlich jungenhaft. Der weiße Arztkittel steht ihm blendend, und er weiß das. Er weiß, daß er ein umwerfender männlicher Typ ist; seine Sicherheit ist fast schon eine Provokation für eine Frau.

Sie riß sich los von diesen stillen Betrachtungen und sah zur Seite auf einen Instrumentenschrank. Dr. Dahl erhob sich und trat neben sie. Sie preßte die Lippen zusammen. So etwas gibt es tatsächlich, dachte sie erstaunt: Man spürt das Fluidum des anderen. Ich habe immer gelacht, wenn mir das jemand erzählte. Und nun...

»Die meisten Menschen glauben, sie seien gesund.« Dr. Dahls Stimme war tief und melodisch. »Dabei strafen die Statistiken diesen Gesundheitsdrang Lügen. Es gibt mehr Zuckerkranke, als man ahnt, die Coronarstörungen sind weit verbreitet, und so kommt es, daß bisher kerngesunde Menschen umklappen und sich wundern. Man sollte mehr auf den Onkel Doktor hören.«

Lisa zog die Brauen hoch. »Mache ich auf Sie einen kindlichen Eindruck?« frage sie.

»Warum?«

»Weil Sie mit mir wie mit einer Fünfjährigen sprechen.«

»Kinder und Kranke gleichen sich, nicht nur weil beide mit K anfangen.«

»Sehr witzig.« Lisa fuhr herum. Dr. Dahl war so nahe neben ihr, daß sie beinahe mit ihrem Gesicht das seine berührte. »Ich wollte nur ein Beruhigungsmittel, Doktor.«

»Gegen was? Nerven? Herz? Magen? Darm? Leber? Milz? Galle? Blinddarm?«

»Der ist weg.«

»Bauchspeicheldrüse? Niere? Blase?«

»Wollen Sie mit mir einen anatomischen Kursus abhalten?«

»Ich gebe Ihnen nur die Möglichkeit, eine Auswahl zu treffen.«

»Ich habe mich aufgeregt. Das ist alles!« Lisa blickte in den Spiegel vor sich. Er zeigte ihr ein anderes Bild als vorhin in der

Kabine. Ein irgendwie befreites Gesicht. Glänzende Augen. Feucht schimmernde Lippen.

Das ist ja Blödsinn, sagte sie sich. Lisa, das ist blamabel.

Mit einem Ruck wandte sie sich ab. Dr. Dahl blieb stehen.

»Ich brauche ein Mittel, das mich beruhigt. Ich... ich befinde mich in einer großen seelischen Erregung. Es ist mir unmöglich, mich hinzulegen, mich in das schmale Kabinenbett zu zwängen, in die Dunkelheit zu starren. Ich... ich bekomme Angst. Ich könnte dann aufspringen und laut schreien.«

Dr. Dahl öffnete eine Tür zu einem anderen Zimmer. Ein großes Behandlungszimmer, blitzend vor Sauberkeit. An der Wand eine breite Liege, mit Leder bezogen und mit einem großen Leinentuch abgedeckt.

»Legen Sie sich bitte auf die Liege, gnädige Frau«, sagte er, indem er einen Block vom Schreibtisch nahm und einen Kugelschreiber. »Und ganz locker, ganz entspannen.« Er nahm ihr, ohne daß sie es wollte, den Mantel ab und führte sie in den Nebenraum. »Noch besser ist es, wenn Sie das Kleid oben öffnen, den BH vielleicht aufmachten... ganz locker, ganz befreit sollen Sie sein. Jeder Druck soll weg sein...«

Gehorsam tat Lisa, was Dr. Dahl sagte. Sie knöpfte das Kleid auf; er half ihr, den Verschluß des BHs zu lösen. Dann lag sie ausgestreckt auf der Liege, starrte gegen die weiße Decke und spürte fast körperlich, daß Dr. Dahl hinter ihrem Kopf auf einem Schemel saß, den Schreibblock auf den Knien.

Er kann direkt auf meine Brüste sehen, dachte sie. Das Kleid ist so weit offen. Aber sie rührte sich nicht. Es war merkwürdig. Eine selige Ruhe überkam sie. Ihr Herzschlag wurde ruhiger, aber ihr Blut summte durch den Körper.

»So etwas macht man in Amerika, nicht wahr?« sagte sie halblaut. »Die Psychotherapeuten. Man soll seine Seele ausspucken. Das ganze Gift der Seele soll heraus.«

»Sie sollen mir nur erzählen, was Sie aufgeregt hat.« Die Stimme Dr. Dahls neben ihrem Kopf war wie ein warmer Strom, der über ihren Hals, ihre Schultern und über ihre Brüste flutete. Ein wohliges Gefühl durchzog sie.

Dr. Dahl sah auf Lisa herab. Sie trägt keinen Ring, dachte er. Sie ist nicht verheiratet. Sie ist eine der Frauen, wie sie einem im Leben nur zwei- oder dreimal begegnen. Eine Frau, die man entweder scheu bewundert oder erobert – und dann muß man zeit seines Lebens um diesen Besitz kämpfen. Sie ist eine Frau, deren Ausstrahlung wie ein Magnet ist. Warum soll man sich wehren? Schon als ich ins Zimmer kam und sie sah, war ich das kleine Stückchen Metall, das wehrlos vom Magneten angezogen wird.

Er beugte sich vor. Seine Hände glitten über Lisas nackte Schultern. Er spürte ihr inneres Zittern.

Was tue ich, dachte Lisa und schloß die Augen. Ich bin an Bord gekommen, um Franz zu töten oder seine Geliebte und dann mich. Ich fahre über das Meer, um auszulöschen – und jetzt liegen Hände auf mir und nehmen alles weg, was ich dachte, was ich wollte... O Gott, ich will hassen und töten... und nicht glücklich sein...

»Erzählen Sie mir von Ihnen, Lisa«, hörte sie die warme Stimme Dr. Dahls. »Alles!«

»Das ist wenig.« Es war ihr, als flüstere sie. Als sie plötzlich seine Hände nicht mehr spürte, sah sie erschrocken auf.

Sein Gesicht war nahe über ihr.

Er hat wundervolle Augen, dachte sie. Wundervolle.

O Himmel, wohin treibe ich...?

»Sie haben irgendein Geheimnis, das Sie verbergen.«

Die Stimme Dr. Dahls war nahe an ihrem Ohr. Lisa spürte den Lufthauch seiner Worte. Auch seine Hände waren wieder da, lagen flach auf ihrem Brustansatz. Und merkwürdig, es tat ihr gut, sie zu spüren. Sie strahlten Ruhe aus, Kraft und eine schleichende Sehnsucht.

»Jede Frau hat ein Geheimnis, Doktor«, antwortete sie und gab ihrer Stimme Bestimmtheit.

»Aber Sie ersticken fast daran. Sie würgen sich damit selbst ab. Das ist Ihre ganze Krankheit. Wollen Sie sich mir nicht anvertrauen?«

»Nein.« Lisa richtete sich mit einem Ruck auf. Die Hände Dr. Dahls fielen von ihr ab, nachdem sie, unfreiwillig, über ihre Brüste geglitten waren. »Warum? Geben Sie mir ein Schlafmittel, etwas für die Nerven, weiter möchte ich nichts. Ich halte nichts von der Seelenmassage amerikanischer Psychiater.«

Dr. Dahl stand von seinem Hocker auf und ging zurück in sein Sprechzimmer. Dort setzte er sich an den Schreibtisch, füllte die Karteikarte mit einigen Bemerkungen und ging dann zum Medikamentenschrank.

»Ich werde Ihnen etwas für die Psyche geben«, sagte er, als Lisa aus dem Behandlungsraum kam. In ihrem Blick sah er die stumme Bitte um Verzeihung. »Etwas, was Sie anregt. Aber ich glaube, daß es besser wäre, wenn wir morgen abend zusammen den Jungfernball besuchen. Musik, Tanz, Champagner, fröhliche Menschen – das wirkt mehr als alle Psychopillen!« Dr. Dahl legte das kleine Päckchen mit den Pillen wieder weg. »Darf ich Sie zum Ball einladen, gnädige Frau?«

Lisa nickte schwach. »Ja...«, sagte sie kurz.

»Danke.« Dr. Dahl wandte sich wieder seiner neuen Karteikarte zu. »Ich muß leider noch einige Fragen stellen. Medizin ist nicht nur Diagnostik und Therapie, sondern auch Schreibkram. Zunächst: Verheiratet? Kinder? Wieviel?«

Lisa Hergarten lächelte innerlich. Er macht es ganz geschickt, er versteckt sich hinter der Medizin.

»Nicht verheiratet«, sagte sie ohne Zögern. »Und daher auch keine Kinder.«

Dr. Dahl machte sich Notizen, aber es waren nur Schnörkel.

Nicht verheiratet. Eine solche Frau! Waren die Männer, dort wo sie lebte, blind? Er richtete sich auf und sah Lisa nun viel freier an. »Auch wenn es schon spät ist: Trinken wir einen Cocktail zusammen? Im Alster-Club ist noch Betrieb.«

»Recht gern.« Lisas Gesicht überstrahlte ein unterdrücktes Lachen. »Nur wegen der Therapie...«

»Nur deswegen!« Dr. Dahl zog seinen weißen Arztkittel aus. Darunter trug er die Uniform eines Schiffsoffiziers. Die drei breiten goldenen Streifen am Ärmel mit dem goldenen Äskulapstab darüber blitzten in dem hellen Licht der Neon-Deckenlampen. »Nervenschwache Patienten sind der Obhut des Arztes besonders zu empfehlen.«

Lachend gingen sie hinaus zum Lift, und Lisa empfand es als selbstverständlich, daß Dr. Dahl sie unterfaßte.

Das große Bordfest, der Jungfernball der ›Ozeanic‹, der von vier Fernsehanstalten aufgezeichnet wurde, warf seinen Glanz schon am nächsten Morgen voraus. 150 Besatzungsmitglieder waren dabei, alle Clubsäle, den Speisesaal, die Gänge, die Dielen, die Promenaden und Decks mit Girlanden, Fahnen und Blumen zu schmücken.

Die meisten Passagiere waren an diesem Tag an Deck. Entgegen aller Wettervoraussagen war kein Regen gekommen, sondern ein herrliches, fast sommerliches Hoch mit Sonne und einem azurblauen Himmel. Alle Deckstühle waren belegt, in den beiden Swimming-pools tummelten sich die Wasserhungrigen, auf der offenen Promenade wurde Shuffle-Board gespielt, das Sonnendeck quoll über von weißhäutigen Leibern, die fettglänzend nach Bräune riefen. Eine Kompanie von Stewards war bemüht, Getränke heranzuholen und so absonderliche Wünsche zu erfüllen wie den von Sam Hopkins, dem Hosenträgerfabrikanten: »Junge, schicke ein Kabel los nach Detroit und frage nach, ob Ford meine Gummilitzen in die Polster einbauen will.«

Auch Franz Hergarten war auf dem Sonnendeck und stand an der Reling über der Bar im Lido-Swimming-pool. Er betrachtete das fröhliche Treiben im grünschimmernden Wasser und winkte Sybilla Odenthal zu, die aus dem Pool stieg, sich wie ein Hund schüttelte und ihren herrlichen Körper in die Sonne reckte. Das Wasser perlte an ihr ab, der knappe, rote Bikini verbarg kaum noch etwas, und Hergarten sah mit gerunzelter Stirn, wie drei jüngere Herren, dem Typ nach Südländer, sich an Sybilla heranpirschten und sich, im Kreis verteilt, neben sie in Liegestühle legten und sie unverfroren anstarrten.

Eigentlich sollte mir das gleichgültig sein, dachte er. Aber es ist mir nicht gleichgültig. Wenn Sybilla und ich uns vielleicht kaum mehr wiedersehen, wenn ich New York erreicht habe, denn sie wird andere Aufgaben vom Geheimdienst bekommen – bis New York jedoch gehört sie zu mir, und da lasse ich keine Papagalli dazwischenkommen.

Er stieg die breite Treppe zum Lido-Deck hinunter und stellte sich neben den Liegestuhl Sybillas. »Hallo!« sagte er wie ein alter Vertrauter. »Sie sind ja noch schön braun! Riviera?«

»Nein. Copacabana. Nehmen wir einen Drink?«

»Gern.«

Er half ihr aus dem Stuhl, sie ließ sich hochziehen und prallte gegen ihn. Er spürte den Druck ihrer festen Brüste und unter seinen Händen ihren glatten Leib. Das machte ihn einen Augenblick verwirrt. Die drei Südländer sahen weg, hinaus aufs Meer. Bis New York ist noch weit, mochten sie denken. Wer widersteht auf die Dauer unserem Charme und den goldenen Kettchen auf unserer muskulösen Brust?

An der Lido-Bar bestellte Hergarten zwei Orangensaft mit Gin, und Sybilla hob den Kopf in die Sonne. Ihr Körper streckte sich dabei. Tierhaft, rassig, eine Lockung, die – könnte man sie in Töne ausdrücken – ein Paukenwirbel war. Franz Hergarten bestaunte sie. Frankfurt war weit; zum erstenmal ertappte er sich dabei, daß er innerlich zu sich sagte: Ich liebe Lisa, aber es gibt auch noch andere schöne Frauen! Auch ein Vegetarier ißt nicht nur Äpfel, er greift auch mal zu Trauben...

»Haben Sie schon etwas Verdächtiges bemerkt?« fragte Sybilla plötzlich. Hergarten schrak aus seinen ketzerischen Gedanken auf.

»Nein. Aber müssen wir jetzt von den unliebsamen Dingen des Lebens sprechen?«

»Sie haben uns zusammengeführt. Wir sollten ihnen dankbar sein.« Sybilla sah über den Glasrand zu einem Kreis von Liegestühlen. Dort hockten Graf Sepkinow, Jerome Dubois, Sir Surtess und Heinz Niehoff und spielten Karten. Zwei stumme, rot livrierte Lakaien standen hinter Sepkinows Stuhl und beobachteten das Spiel. Ab und zu beugte sich einer vor und wischte dem Grafen mit einem seidenen Tuch den Schweiß von der Stirn.

»Ein verstaubter Kreis, finden Sie nicht auch, Doktor? Uralter russischer Adel mit Feudalmanieren, ein Philosoph, den keiner kennt, ein Stahlmagnat aus Britannien und als Fremdkörper in dieser Clique ein deutscher Architekt.«

»Die letzten Gentlemen, Sybilla.«

»Vielleicht. Alle zeigen ein merkwürdiges Interesse für Sie, Doktor. Der Russe hat mir Blumen in die Kabine geschickt und eine Einladung zum Ball. Ich mußte per Bordtelefon ablehnen, da ich mit Ihnen verabredet bin. So nebenbei erkundigte er sich, ob ich Näheres über Sie wüßte. Dann Jerome Dubois. Er spendierte mir heute früh schon einen Kognak im Wintergarten. Auch seine Frage war: ›Ist dieser Dr. Hergarten nicht ein geheimnisvoller Mensch?‹ Eine Frage, so schön hintenherum. Dann Architekt Niehoff: ›Sagen Sie mal, dieser Dr. Hergarten. Kann es sein, daß ich von ihm in Deutschland gelesen habe? Atomforscher und so?‹ – Das war während des Schwimmens. Nur Sir Surtess fragte nicht.«

»Mein Gott, Sybilla, Sie wollen doch den Alt-Herren-Club nicht als Agentenring verdächtigen?« Hergarten lachte. »Kommen Sie, trinken wir das Glas aus und promenieren wir übers Schiff.«

Sie tranken aus und gingen dann langsam, Arm in Arm, an den spielenden Bordgenossen vorbei. Die beiden Lakaien, die im Weg standen, traten auseinander und bildeten eine Gasse. Hergarten grüßte freundlich.

»Der ist uns verloren«, sagte Graf Sepkinow, als Hergarten außer Reichweite war. »Der hat sich das schönere Spielzeug herangeholt.«

Dubois lachte leicht. Sir Surtess mischte die Karten und sagte trocken: »Ich nehme die Bank.«

Nur Heinz Niehoff sah Sybilla und Hergarten länger nach. In seinem Blick lag tiefe Nachdenklichkeit.

Auf dem offenen Teil des Promenadendecks trafen sie auf den Schiffsarzt. Er war in Begleitung einer auffallend schönen Frau mit wehenden, schwarzen Haaren. Sie drehte sich zum Meer und wandte Hergarten den Rücken zu, als er mit Sybilla an ihr vorbeiging.

»Das war der Schiffsarzt«, sagte Sybilla nach ein paar Schritten.

»Ich habe es an seinem goldenen Äskulapstab gesehen.«

»Man sollte ihn einmal ansprechen.«

»Warum?« Hergarten legte den Arm um Sybillas Schulter. Ihr roter Bikini leuchtete weithin gegen die weiße Wand der Aufbauten. »Hoffentlich werden wir ihn nie brauchen.«

Lisa Hergarten sah dem Paar nach. Ihre Lippen waren schmal, nur ein Strich. Dr. Dahl, der hinter ihr stand, hielt ihr Haar fest, damit es nicht über sein Gesicht flatterte.

»Ein schönes Paar«, sagte er unbefangen.

»Ja.« Das Herz schlug Lisa bis zum Hals. »Aber verheiratet sehen sie nicht aus.«

»Muß man das sein, um glücklich zu sein?«

»Nein.« Lisa warf den Kopf in den Nacken. »Doktor, ich freue mich riesig auf den Jungfernball!«

Margret Goltz schritt durch das Schiff wie durch ein wahr gewordenes Märchen. Man konnte es ihr nicht verübeln: Mit siebzehn Jahren allein nach Amerika zu fahren, auf einer schwimmenden Luxusstadt wie der ›Ozeanic‹, fern aller mütterlichen

Aufsicht und steifer hanseatischer Tradition, das war schon ein nie mehr wiederkehrendes Erlebnis. Und sie hatte Ulrich Renner kennengelernt, den schönsten Mann an Bord, wie sie schnell feststellte, und den klügsten dazu. Schon am ersten Abend bei Tisch wußte er von der Südsee zu plaudern, erzählte Abenteuer aus Afrika und berichtete von den Liebessitten der Xinja-Indianer am Matto Grosso.

»Dort waren Sie überall?« fragte Sir Surtess einmal trocken.

»Es ist nur ein kleiner Teil dessen, was ich gesehen habe.«

»Auch eine dreckige Hochofenhalle?«

»Nein.«

»Schade. Da fehlt Ihnen noch vieles.«

Von da an – das war beim zweiten Mittagessen – bestach Ulrich Renner den Obersteward mit fünfzig Mark. Er bekam einen anderen Tisch für sich und Margret Goltz. Ein Vierertisch, an dem noch zwei Japaner saßen, die nicht störten und nur freundlich grinsten.

»Jugend zu Jugend!« sagte er, als er Margret zum neuen Tisch führte. »Der alte Sir riecht nach saurem Bier.« Margret fand diesen Vergleich köstlich und lachte schallend. Auch im Hause des Konsuls Goltz gab es solche Typen. Sie rollten die Worte im Mund und gaben ihnen Bedeutung, als seien es Brillanten, die sie ausspuckten.

Für Ulrich Renner war Margret Goltz eine junge, nach frischen Rosen duftende Abwechslung. Er hielt sich zurück mit allen kleinen Tricks, die sonst die Mädchen und selbst reifere Frauen auf Couchen und in Betten zwangen; er war geistvoll und charmant und pumpte sich voll mit Erwartungen, deren Erfüllung auf der Hand lag. Ein völlig neues Gefühl, das wie Sekt im Blut pulste.

Sie spielten zusammen Tennis auf dem herrlichen Tennisplatz vor den beiden hohen, roten Schornsteinen auf dem Sonnendeck. Sie saßen an der Lido-Bar und schlürften Eisgetränke oder lagen nebeneinander in Liegestühlen auf der offenen Promenade des Lido-Decks, direkt an der Reling, unter den weißen Rettungsbooten, und blickten verträumt auf das leicht bewegte Meer.

Ulrich Renner musterte immer wieder den zarten Körper Margrets. Seine Vorfreude war grenzenlos. Sie ist noch unberührt, dachte er. Sie ist wie eine Rosenknospe, der der erste warme Sonnenstrahl fehlt, um sie erblühen zu lassen. Sie ist so zauberhaft jung und hübsch, so unbefangen und lebensfroh, so voller Erwartungen und Neugier – es wäre wirklich schade, sie New York betreten zu lassen ohne das große Erlebnis der Frauwerdung.

Ulrich Renner sah in den wolkenlosen, blauen Himmel. Erfahrene Playboys hüten sich vor unberührten Mädchen, das ist eine alte Lebensregel. Der erste Mann im Leben einer Frau ist meistens auch die erste große Liebe. Was aber soll Liebe bei diesem Spiel? Liebe ist wie ein klebriges Bonbon, man bekommt es schlecht los von den Fingern. Liebe führt zu Komplikationen. Ein Erlebnis, ein paar rauschende Nächte und dann ein Händedruck, ein Lächeln. Bye-bye, Baby, mach's gut!... Das ist das normale Leben. Sobald die Seele mitschwingt, wird es ernst. Und junge Mädchen lieben stets mit ihrer Seele...

Er schielte zu Margret hinüber. Sie lag im Liegestuhl, die Hände unter dem Kopf verschränkt. Ihr blondes Haar glänzte golden in der Sonne. Ihr schmales, liebes Gesicht war vom Glück überhaucht.

»Woran denken Sie?« fragte Ulrich Renner.

»Diese Fahrt müßte einen Monat dauern.«

»Solange das Meer so ruhig ist, macht es Spaß. Aber wehe, wenn Sturm kommt. Ich habe in der Biskaya einmal vier Tage und Nächte bei Windstärke 10 zugebracht. Selbst mir wurde es da blümerant.« Er drehte sich zu Margret Goltz um. »Was würden Sie tun, wenn morgen Sturm wäre und das Schiff wie ein Stück Holz von Welle zu Welle geworfen wird?«

»Ich würde Schutz bei Ihnen suchen«, sagte Margret ohne Zögern.

Stumm legte Ulrich Renner seinen Arm um ihren Nacken. Ihr Haar fiel weich wie Seide über seine Finger.

Wie gut, daß eine Ballnacht vor ihnen lag.

Um 20 Uhr eröffnete Kapitän Lars Selbach das Fest.

Er trug, wie alle seine Offiziere, eine weiße Galauniform. Auch die Stewards waren in Weiß, die Stewardessen dagegen trugen rote Kostüme mit Miniröcken.

Das Restaurant Helgoland war in einen Ballsaal verwandelt worden, in dem die Masse der Passagiere rund um eine Tanzfläche saß. Eine Kapelle in roten Fräcken spielte, die getäfelte Decke war geschmückt mit flimmernden Girlanden, Luftballons, großen, sich drehenden Mobiles und wehenden Wimpeln.

Die Passagiere der Ersten und Luxus-Klasse feierten im umgestalteten Hamburg-Salon auf dem Salon-Deck. Hier saß an der kreisrunden Tanzfläche das international bekannte Orchester Juan Fernandez. Amerikas Fernseh-Showmaster Tom Hinley hatte die Leitung und Conférence des Abends übernommen. Man munkelte von Überraschungen. Eine berühmte Kammersängerin sollte auftreten, ein Tanzpaar aus New York, der Jazzmusiker Laurel Dickson und die Volkstanzgruppe aus Jamaika.

»Oben ganz ohne... und nach Mitternacht auch unten ganz ohne«, verbreitete Sam Hopkins, der Hosenträgerfabrikant, am Mittagstisch. Graf Sepkinow zuckte mit den Schultern, der Philosoph Dubois überhörte es schicklich. Nur Sir Surtess fragte, allerdings erst, als seine Frau, Lady Anne, gerade einmal vom Tisch gegangen war: »Das regt Sie auf, Mr. Hopkins?«

»Die Jamaika-Mädchen sollen die schönsten Figuren der Welt haben.«

»Da kann mir jedes Museum dienen.« Sir Surtess trank seinen Moselwein. Hopkins schwieg verbissen. Was sind das doch für Mumien, dachte er bitter. Ich bekomme rote Ohren, wenn so ein schlanker, brauner, glänzender Körper vor mir wackelt... Gott sei gelobt, in mir ist noch altes Kolonialblut!

Um 20 Uhr dröhnten kurz die Schiffssirenen. Die Glocken von der Brücke schallten über die Decks. In den Festsälen begannen die Orchester mit einem Tusch.

Kapitän Selbach begrüßte zuerst die Gäste im Helgoland-Restaurant und eröffnete den Jungfernball der ›Ozeanic‹ mit einem Ehrentanz mit der ältesten Reisenden. Der Oberzahlmeister hatte sie aus der Passagierliste ausgesucht. Es war die Kabinenmitbewohnerin von Lisa Hergarten, die alte, etwas versponnene, zwischen Essen und Gebet in der Bordkapelle hin- und herlaufende Dame, die ihre letzte Fahrt antrat, um bei ihrem Sohn in Amerika zu sterben.

Dann fuhr Kapitän Selbach hinauf zum Salon-Deck zu den exklusiven Passagieren. Im Helgoland-Restaurant ließ er den I. Offizier, den I. Zahlmeister und den I. Ingenieur zurück. Der 2.

Funkoffizier machte die Ansage. Da er auch Amateurzauberer war und in zehn Minuten schon fünf Brieftaschen aus den Smokings der Herren geholt hatte, kam schnell Stimmung auf.

Im vornehmen Hamburg-Salon wurde Kapitän Selbach mit der würdigen Ruhe erwartet, die Reichtum ausstrahlt. Man wußte bereits, wer für den Ehrentanz ausersehen war: Lady Anne. Sie benahm sich, sehr zum Widerwillen von Sir Surtess, wie ein junges Mädchen vor dem ersten Kuß. Sie war unruhig, zupfte an ihrem Abendkleid herum, gab zerfahrene Antworten und glühte im Gesicht. Als Kapitän Selbach eintrat, begrüßt von einem Tusch des Schau-Orchesters Juan Fernandez, begann sie, auf den Beinen zu wippen. Sir Surtess sah sie würdevoll an.

»Mußt du mal, Liebes?« fragte er leise. Lady Anne wurde feuerrot, warf einen tödlichen Blick auf ihren Mann und atmete tief auf, als der erste Walzer erklang und Kapitän Selbach, ein herrliches Bild von einem See-Offizier, auf sie zukam und sich zackig verbeugte.

Ja, und dann kamen sie, und der Jungfernball erhielt eine besondere Note.

Sie kamen von zwei verschiedenen Seiten: vom Lift des Alster-Clubs und vom Lift der Bord-Bibliothek. Als habe ein Regisseur einen raffinierten Gag erdacht, betraten sie im gleichen Moment den Festsaal.

Graf Sepkinow lächelte breit und strich sich über den langen, silberweißen Bart. »Kriemhild und Brünhild«, sagte er genußvoll. »Der Kampf der Königinnen kann beginnen...«

Sybilla Odenthal, am Arm von Franz Hergarten, der einen mitternachtsblauen Smoking mit schwarzem Seidenschalkragen trug, war eine Erscheinung, die im ersten Augenblick blendete. Ihren schlanken und doch üppigen Körper umschloß ein enges, langes, ganz schlichtes Abendkleid. Das war das Raffinierte, denn dieses Kleid bestand aus einem metallisch schimmernden Goldstoff, der dem Körper den Eindruck verlieh, als sei er in flüssiges, echtes Gold getaucht worden. Die Schultern waren völlig frei, kein Schmuck unterbrach den Goldschimmer des Kleides. Nur dort, wo man im tiefen Ausschnitt den Einschnitt des Busens sah, stak einsam, aber deshalb um so wirkungsvoller, eine große, eben erst erblühte, blutrote Rose. Das kastanienbraune Haar mit dem Rotschimmer trug Sybilla nach hinten zusammengebunden. Über dem linken Ohr stak ebenfalls eine Rose, aber kleiner, blasser, ein Tupfer Farbe nur.

Das alles wäre an sich schon atemberaubend gewesen, wenn nicht auf den nackten, zarten, glatten Schultern, ganz lose herumgelegt, eine traumhaft glänzende, tiefschwarze, lange Nerzstola alle Blicke auf sich gezogen hätte. Die in ihrem Rollstuhl sitzende gelähmte Irene Michaelsen aus Frankfurt, Witwe eines der größten deutschen Pelzhändler, beugte sich zu Lady Anne vor, die, noch vom Ehrentanz erhitzt, neben ihr stand.

»Ein unwahrscheinliches Stück! Ich habe solche schwarzen Nerze nur einmal bei einer Auktion in London gesehen. Sie wurden in die Schweiz verkauft...«

Ruhig, als sehe sie die Blicke gar nicht, lächelnd und sich ein wenig an Franz Hergarten schmiegend, ging Sybilla zu ihrem reservierten Tisch. Der Obersteward rückte ihr eigenhändig das Sesselchen zurecht. Kapitän Selbach wollte zu ihr laufen und sie begrüßen. Da wandten sich die Köpfe zum anderen Eingang.

Dr. Dahl hatte geahnt, daß der Auftritt Lisa Arthbergs (er kannte ja nur diesen Namen) eine Sensation werden würde. Jetzt, an der Schwelle zum Hamburg-Salon, wußte er, daß es mehr werden würde: Ein unblutiger, aber deswegen um so grausamerer Kampf um die Krone des Abends. Der Jungfernball konnte nur eine Königin haben – hier aber traten sich zwei Frauen gegenüber, bei denen jeder Schiedsrichter gepaßt und davongelaufen wäre, der Rache der zweiten entfliehend.

Lisa hatte ihre schwarze Perücke hinten zu einem langen, dicken Zopf flechten lassen. In das Haar war eine Perlenkette eingeflochten. Kleine weiße Blüten – Graf Sepkinow identifizierte sie als Zwergorchideen – leuchteten dazwischen, als wüchsen sie aus dem glänzenden, langen Zopf. Das Gesicht war braun geschminkt, die Augen durch Ummalungen noch betont, der Mund eine besonders lockende, rote Blüte. Von den Brüsten an, deren Ansatz frei lag, floß ein Abendkleid im griechischen Stil bis zu den silbernen Schuhen. Ein Traum in Weiß, unterbrochen an der linken Schulter durch eine große, goldene Blüte, eine Stickerei aus echten Goldfäden. Über dem Arm, nicht umgeworfen, trug Lisa eine Stola aus blausilbernem Chinchilla. Dr. Dahl, den sie untergefaßt hatte, wirkte neben ihr in seiner weißen Uniform mit den goldenen Armstreifen wie die einzig mögliche, logische Ergänzung.

Es war ein Auftritt wie ein Paukenschlag.

Sybilla und Lisa sahen sich über die weite Entfernung des Saales an. Zwischen ihnen lag die kreisrunde Tanzfläche, saß das Orchester Juan Fernandez, standen Gruppen von Herren und Damen in großer Toilette.

Keine Entfernung, die sie trennen könnte. Nichts Unüberwindliches. Ein paar Meter nur. Fünfzehn Schritte von jeder Seite. Ein Kampfplatz wie ein Boxring.

»Wer ist das?« fragte Sybilla und legte die Hand auf Hergartens Arm. Dr. Hergarten blinzelte mit seinen etwas kurzsichtigen Augen.

»Keine Ahnung. Ist uns aber schon oft auf dem Schiff begegnet. Vielleicht die Frau des Schiffsarztes?«

»Er ist unverheiratet.«

»Woher wissen Sie das?«

»Ich habe mir, bevor ich an Bord kam, eine Liste aller Besatzungsmitglieder geben lassen. Spione schlüpfen gern in Uniformen von Stewards, Schiffsärzten, Köchen und sogar Heizern.«

»Schon wieder dieser Kram. Sybilla, wir sind auf einem Ball! Tanzen wir? Das ist gerade ein Foxtrott, den kann ich. Bei den modernen Popowackeltänzen passe ich.«

»Warten wir noch, bitte.« Sybilla beobachtete Lisa, wie sie an den reservierten Tisch auf der anderen Seite ging, und Dr. Dahl ihr den Sessel zuschob. Dann kam der Kapitän, küßte Sybilla die Hand und nannte sie die Königin des Abends. Dann ging er um die Tanzfläche, begrüßte Lisa ebenso und sagte das gleiche. Der Kapitän eines großen Schiffes muß auch ein großer Diplomat sein.

Franz Hergarten sah ebenfalls zu Lisa hinüber. Daß er sie erkannte, war völlig unmöglich, solange er nicht mit ihr sprach. Lisa hatte sich selbst im Spiegel nicht wiedererkannt. Wie künstliche Haare und ein bißchen Schminke einen Menschen verändern können, dachte sie. Man könnte philosophisch werden: Wie ist dein wahres Gesicht?

Sybilla stieß Hergarten leicht an. Er schrak zusammen und fuhr herum. Die Betrachtung der schönen Frau ihm gegenüber hatte ihn völlig abwesend gemacht.

»Sie fasziniert Sie, nicht wahr?« sagte Sybilla. Im Unterton schwang Kränkung. Hergarten schüttelte den Kopf.

»Aber nein, Sybilla.« Er nahm ihre Hand und küßte die Innenfläche. »Ein Mann an Ihrer Seite wäre ein Idiot, wenn er nach anderen Frauen schielte.«

»Sie lügen galant, aber bei mir nützt es wenig. Ich sehe doch, daß Ihr Blick an dieser Frau hängt. Was ist es denn? Ehrlich!« Sie streichelte das Sektglas vor sich mit beiden Händen und sah Hergarten fordernd an. »Das Haar? Der sinnliche Mund? Die hochangesetzten Brüste? Die Taille? Die langen Beine, die man nur ahnen kann in diesem Kleid? Das Exotische an ihr? Das in griechischem Weiß gebändigte Raubtier? Gestehen Sie...«

Hergarten lächelte. »Sie werden mich jetzt für einen profanen Lümmel halten, Sybilla: Nichts von alledem. Das alles haben Sie auch, und in meinen Augen vollkommener. Es ist etwas anderes, was mich einen Augenblick nachdenklich machte. Ich wurde gezwungen, an zu Hause zu denken.«

»Ach! Wieso?«

»Unsere Dame gegenüber hat fast den gleichen Chinchillapelz wie meine Frau. Ich schenkte ihn ihr zur Hochzeit. Er war sündhaft teuer.« Hergarten legte seine Hand auf den Arm Sybillas. »Das war alles. Nur ein Gedanke in die Ferne. Ist schon vorbei...« Er lächelte um Vergebung. »Wollen wir jetzt tanzen?«

»Ja!« Sybilla sprang auf. Ein Tango. »Ich glaube, jetzt muß ich *Sie* auf andere Gedanken bringen.«

Ulrich Renner hatte mit Margret Goltz einen Stammplatz an der Bar belegt. Jeden modernen Tanz machten sie mit, und Margret tanzte gut, leicht, voll Temperament, das viel für den weiteren Abend erwarten ließ. Sie fühlte sich unendlich glücklich, losgelöst, frei wie ein Vogel unter blauem Himmel.

Ein Schiffsball! Ein blendend aussehender, kluger, charmanter Tänzer. Ein Mann, der, das sah sie seinen Augen an, sich in sie zu verlieben begann. Das machte sie besonders kokett. Ein Spiel mit dem Feuer... wie oft hatte sie darüber nachgedacht, wie es wohl sein würde, wenn *der* Mann in ihr Leben trat, bei dem ihr Herz zu zucken begann. Und es zuckte, seit achtundvierzig Stunden schon, und es war ein wonniges Gefühl.

Ulrich Renner hatte andere Absichten. Er sorgte dafür, daß Margret viel trank. Und er tat etwas, das immer wirkte: Er ließ Margret durcheinandertrinken. Einmal Sekt, dann Wein, dann einen Cocktail, dann wieder Sekt, einen Gin on the rocks, einen süßen, kubanischen Kaffeelikör, und wieder Sekt... Sekt...

Die Augen Margrets begannen zu glänzen, ihre Zunge plapperte Tausende Worte, sie lachte viel und schmiegte sich beim Tanz eng an Ulrich Renner.

Umschalten! Der erfahrene Playboy will nicht ein alkoholgetränktes Stückchen Fleisch im Arm halten. Ein wenig Verstand muß übrigbleiben, so viel, um die Liebe zu begreifen und zu genießen.

»Tonic Water, Pit«, sagte er zu dem Barsteward. »Die nächsten Runden nur Tonic.« Er schob einen Zwanzigmarkschein unter sein Glas. Der Steward nickte und grinste. Dann sah er auf Margret, die auf dem Barhocker saß und mit den Füßen den Takt der Musik mitwippte.

So blond und rein, dachte er. Wenn wir in New York anlegen, wirst du wissen, was ein Sündenfall ist. Verdammt, daß es immer solche Kerle wie dieser Renner erreichen...

Auf der Tanzfläche gab es lautes Hallo. Graf Sepkinow leistete seinen unverhofften und nicht eingeplanten Beitrag zum Jungfernball.

Seine drei als Kosaken verkleideten Diener gaben einen Krakowiak zum besten. Sie wirbelten über die Tanzfläche, hüpften in die Luft, stießen die schrillen Schreie der Kosaken aus und hieben mit breiten Krummsäbeln durch die Luft.

»Sind die echt?« fragte Sam Hopkins.

»Ja«, sagte Graf Sepkinow kurz.

»Aus der Steppe?«

»Aus Kasachstan.«

An ihrem kleinen runden Tisch nippte Sybilla an ihrem Champagnerglas. Ein Lächeln überzog ihr Gesicht, ein hochmütiges Lächeln.

»Sie starrt immer zu uns herüber«, sagte sie. Ihre Lippen bewegten sich kaum. »Sie müssen einen tollen Eindruck auf sie machen, Franz. Wollen Sie nicht mit ihr tanzen?«

»Nein. Warum?«

»Sie vergeht nach Ihnen.«

»Sie hat doch ihren Schiffsarzt.«

»Er ist auch redlich um sie bemüht. Sehen Sie nur, wie er ihr über den Rücken streichelt. Es soll ganz zufällig sein. Jetzt merkt sie, daß Sie hinüberblicken. Sehen Sie... das gilt Ihnen. Sie lehnt sich gegen die weiße Uniformschulter. Wie sie lacht! Sie will Sie auf die Palme bringen.«

»Dummheit, Sybilla. Sie sieht doch, daß ich in Sie...« Er stockte und verschluckte noch rechtzeitig die letzten Worte.

Sybilla umklammerte ihr Glas. »Warum sprechen Sie den Satz nicht zu Ende, Franz?«

»Sie wissen es.«

»Ich weiß nur, daß ich eine Frau bin. Und heute nacht nichts als eine Frau.«

»Sie appellieren an meine Männlichkeit?«

»Ich appelliere an gar nichts! Ich sehe nur, daß ich eine Rivalin habe. Das weckt in mir Urinstinkte. In der Sahara, bei den Tuaregs, sind die Männer knapp; dort kämpfen die Frauen um die Männer. Ich bin bereit, es hier genau so zu tun.«

»Sybilla! So kenne ich Sie gar nicht.«

»Was kennen Sie schon von mir, Franz?« Sie sah ihn aus ihren leuchtenden Augen an. »Nur einen Zipfel meines Wesens, und das auch noch geschminkt. Niemand kennt mich. Ich bin ein Mosaik, von dem alle nur ein paar Steinchen sehen und daraus Rückschlüsse auf das ganze Bild ziehen. Wie falsch! Ich bin ganz anders! Vielleicht ist diese Überfahrt nach New York der einzige Ort, wo ich Ihnen zeigen kann, wie ich bin. Dann wird alles vorbei sein... für immer.«

»Jetzt werden Sie sogar sentimental, Sybilla.«

»Dann werde ich doppelt gefährlich, Franz. Diese Frau dort drüben wird mich zwingen, mein volles Wesen zu zeigen.«

»Sie sehen Gespenster, Sybilla. Beobachten Sie nur: Jetzt tanzt sie mit dem Schiffsarzt einen Swing.«

»Warten Sie ab, wenn Damenwahl kommt. Soll ich wetten, daß sie zu Ihnen kommt? Und dann können Sie ihr keinen Korb geben – und dann hat sie Sie!«

»Mich hat keiner, wenn ich nicht will!« sagte Hergarten laut.

»Und wenn Sie wollen, Franz?«

»Sybilla!« Hergarten atmete tief auf. Sein Blick war dunkel und tief. »Sie haben es fertiggebracht: Ich gestehe, ich liebe Sie...«

»Dann küssen Sie mich.«

»Jetzt? Hier?«

»Ja.«

»Man wird es shocking finden.«

»Kümmert uns das?! Wenn ich mir die Herren ansehe ... man erwartet von mir so etwas. Soll *ich* Sie küssen? Ich habe keine Hemmungen.«

»Sybilla!« Hergarten spürte, wie das Blut in den Schläfen klopfte. »Es ist kein Scherz. Ich liebe Sie wirklich.«

»Küß mich!«

Hergarten beugte sich vor, nahm den Kopf Sybillas zwischen beide Hände und küßte sie auf den Mund. Da warf sie die Arme um seinen Nacken, hielt ihn fest und demonstrierte vor allen Gästen, daß sie ihm gehörte, ihm allein.

»Neid war noch nie mein Gefühl«, sagte der Philosoph Dubois neben Graf Sepkinow und Sir Surtess. »Ich habe sogar ein Buch gegen den Neid als Denkart niedrigen Charakters geschrieben. Aber jetzt bin ich neidisch.«

»Und ich möchte noch einmal fünfzig sein«, sagte Sepkinow. »Ich würde ihr meine Güter in Nowogradinsk zu Füßen legen.«

Sir Surtess enthielt sich mit englischer Würde jeglicher Äußerung. Seine Frau war neben ihm ...

Die Antwort von jenseits der Tanzfläche blieb nicht aus. Lisa erhob sich plötzlich, sagte ein paar Worte zu Dr. Dahl, der ihr galant die Hand küßte, und verließ mit schnellen Schritten den Saal. Ihr langes Chinchillastola schleifte hinter ihr her über den Spannteppich.

Sofort erhob sich auch Sybilla. Hergarten hielt sie entsetzt fest. »Wo willst du hin?« fragte er heiser.

»Fragt ein Gentleman so etwas eine Dame? Die Antwort müßte mich erröten machen.«

»*Da* willst du nicht hin! Du willst *ihr* nach!«

»Sie wird das gleiche Bedürfnis und deshalb denselben Weg haben.«

»Ich flehe dich an: keinen Skandal!«

»Aber Liebster.« Sie beugte sich herunter und küßte seine Stirn. »Damen wie wir kratzen sich nicht die Augen aus. Wir werden uns im Vorraum der Toilette nett unterhalten, während wir uns schminken und zurechtmachen. Aber jedes Wort wird ein Giftpfeil sein und im Herzen steckenbleiben.«

»Ihr Weiber seid Biester!« sagte Hergarten seufzend.

»Wären wir es nicht, was bliebe euch dann? Ein fades Weibchen, das sich wie ein Kaninchen kuschelt. Ihr liebt doch den Kampf.«

Sie ging zum anderen Ausgang. Goldglänzend, den schwarzen Nerz hin und her schwenkend. Ein Geschöpf wie vom anderen Stern, wo es eine Schönheit schöner als schön geben mußte.

Sie trafen sich nicht auf der Toilette, sondern auf der geschlossenen Promenade, steuerbord vom ›Alster-Club‹, in dem ebenfalls getanzt, gelacht und in den Sitznischen geküßt wurde.

Lisa stand an einem der großen Fenster und sah auf das nächtliche Meer. Der Mond schimmerte schwach und zog einen Hauch Silber über die Wellen. Die Tausende von Lichtern der ›Ozeanic‹ spiegelten sich im Wasser wider. Eine glänzende Stadt schwamm über den Atlantik.

Sybilla blieb drei Schritte vor Lisa stehen, holte aus ihrer goldenen Handtasche ein Zigarettenetui und klappte es auf.

»Oh, wie dumm«, sagte sie laut. »Ich habe mein Feuerzeug vergessen.«

»Wenn ich Ihnen helfen kann...« Lisa fuhr herum. Sie griff in ihre silberne Handtasche und holte ein Feuerzeug heraus. Sybilla nickte, zündete sich ihre Zigarette an und hielt das Etui hin. »Wenn ich mich mit einer Zigarette revanchieren darf...«

»Danke.« Lisa bediente sich, dann rauchten sie eine Weile schweigend und sahen nebeneinander auf das Meer.

»Was haben Sie vor?« fragte Sybilla plötzlich.

»Nichts«, antwortete Lisa ohne Zögern. Die Überrumpelung war mißlungen. Sybilla drehte sich mit dem Rücken zum Meer.

»Warum kümmern Sie sich nicht um Ihren netten Schiffsarzt?« Sybilla blies den Rauch von sich wie eine sich entzündende Rakete. »Er ist verliebt in Sie.«

»Ich weiß. Es bedurfte nicht Ihrer Hilfe.«

»Ich stellte es nur fest, um daran die Bemerkung zu knüpfen, daß sich das gleiche Verhältnis zwischen mir und Dr. Hergarten ergeben hat.«

Durch Lisas Herz bohrte sich etwas wie ein glühender Pfeil. Worauf sie gewartet hatte, nun war es eingetreten. Sie hatte den Beweis, sie hatte ihn so gründlich und wahr, daß er sie jetzt fast betäubte. Sie drückte die Silbertasche an sich und spürte wieder unter ihren Fingern die harten, kalten Konturen der Pistole.

Soll ich? durchfuhr es sie. Soll ich jetzt? Wir sind allein. Die

Musik aus allen Sälen verschluckt den Schuß. Ich kann sie nachher aus dem Fenster über Bord kippen. Niemand wird sie mehr finden und niemand wird mich verdächtigen... Aber sie tat es nicht. Töten ist nicht leicht, auch wenn der Haß so groß ist.

»Er ist ein schöner Mann«, sagte Lisa mühsam. Töte sie mit Stärke, mit Worten, mit Panik, mit Eifersucht. Töte sie heute nur seelisch. Den Schuß hebe ich mir auf, wenn ich sie umarmt in seiner Kabine sehe, wenn sie glücklich sind und mich völlig vergessen haben. »Er gefällt mir.«

»Was heißt das?« fragte Sybilla ernst.

»Muß man das erklären? Er gefällt mir als Frau.« Lisa schnippte die Asche von ihrer Zigarette. »Ich werde ihn Ihnen wegnehmen«, sagte sie ganz ruhig.

»Das wird Ihnen kaum gelingen.«

»Sind Sie so sicher?«

»Ja.«

»Und warum?«

Sybilla lächelte böse. »Meine Menschenkenntnis sagt es mir. Sie sind schön, aber anständig. Ich bin auch schön, aber ich kann, wo es am Platze ist, den Anstand vergessen.«

»Genau so sehen Sie aus!« zischte Lisa giftig. Der Giftstachel saß in ihrem Herzen. Ja, ich bin anständig, dachte sie. Wäre ich es nicht, wäre ich schon seit gestern die Geliebte Dr. Dahls. Aber ich hab mich gegen mein eigenes, fremdes Gefühl gewehrt, ich bin vor mir geflüchtet, ich bin zurück in die Anständigkeit gelaufen. Und sie gesteht, daß sie keine Moral kennt. Braucht Franz Hergarten eine Frau ohne Moral? Ist hier die Lösung des Rätsels? Reizt ihn die Verworfenheit, der Kampf mit dem Raubtier? War ich immer zu brav?

Sybilla kräuselte die Lippen. »Danke. Das war ein Kompliment. Sind wir uns einig?«

»Nein!«

»Sie wollen Dr. Hergarten gewinnen?«

»Jetzt mehr denn je.«

»Schade.« Sybilla spielte mit ihrer goldenen Handtasche. Sie war ziemlich schwer, wie es schien, und es war nicht nur das goldene Zigarettenetui, das soviel wog. Neben Lippenstift, Etui, Puderdose und Taschentuch lag auch eine kleine automatische Pistole. »Es wird Kummer geben, meine Liebe.«

»Ich betrachte es als Nervensache. Ich habe gute Nerven.«

»Dann werden wir also Feindinnen sein.«

»Mit Vergnügen.« Lisa zertrat ihre Zigarette. Es war wie eine symbolische Geste: So zertrete ich bald auch dich, du Aas!

»Und der nette Schiffsarzt?«

»Er ist für den Tag.« Lisa sah Sybille spöttisch an. Woher nehme ich nur soviel Verworfenheit, dachte sie. Ich kenne mich selbst nicht mehr. »Nachts leihe ich ihn Ihnen gern aus.«

»Sie werden sehr einsam sein.« Sybilla wußte, daß sie diese Runde verloren hatte. Ein Verteidiger ist immer schlimmer dran als der Angreifer. Aber noch lagen fünf Tage vor ihnen bis New York. Vier Nächte ebenfalls. Keiner konnte weg von diesem Schiff; die Schicksale verketteten sich miteinander, ob man wollte oder nicht. »Wollen Sie einen Skandal?«

»Wollen Sie ihn?«

»Ja!« Plötzlich stieß Sybilla durch. Der Belagerungsring zerbarst. »Wenn Sie Hergarten bei der Damenwahl zum Tanz auffordern, ohrfeige ich Sie! Das ist keine leere Drohung ... ich tue es wirklich. Ich kompromittiere Sie bis zur Nacktheit. Ich scheue kein Aufsehen, ich bin damit groß geworden!«

Mit einem Ruck wandte sich Sybilla ab und ging zum Ausgang der gedeckten Promenade. Lisa starrte ihr nach. Langsam öffnete sie die Handtasche, krallte die Finger um die Pistole und zog sie heraus.

Jetzt! Nur jetzt! Mein Gott, vergib mir, aber das kann kein Mensch mehr ertragen!

Sie hob die Pistole in Augenhöhe und zielte zwischen die weiß leuchtenden Schulterblätter Sybillas. In diesem Augenblick warf Sybilla den schwarzen Nerz um die Schultern.

Diese lässige Bewegung irritierte Lisa. Es war, als erwache sie aus einem bösen Traum. Sie starrte auf die Pistole in ihrer Hand und steckte sie schnell weg in die Tasche. Wie feige du bist, sagte sie sich gleichzeitig. Wie verdammt feige.

An der Türe drehte sich Sybilla noch einmal und hob wie grüßend die Hand zu Lisa. Ein helles Lachen flatterte zu ihr, dann war Sybilla verschwunden.

Im Saal trommelte Hergarten ungeduldig und erregt mit den Fingern auf den Tisch, als Sybilla wieder zwischen den Tanzenden auftauchte. Er sprang auf, ging zu ihr hin und zog sie ohne lange Worte auf die Tanzfläche. Sie schmiegte sich an ihn, strich ihm über das Haar und kraulte ihm beim Tanzen den Nacken.

»Was war?« fragte er leise. »Habt ihr euch mit Gift bespritzt?«

»Aber nein, Liebster. Ihr habt viel zu romantische Vorstellungen. Wir haben uns begrüßt und weiter nichts.«

»Das glaube ich dir nicht.«

»Frage sie doch.«

»Hältst du mich für blöd?«

»Ich halte dich für einen Mann, und weiter sollst du auch nichts sein.« Sybilla legte den Kopf an seine Schulter, ihre Lippen waren nahe an seinem Ohr. Das Orchester Juan Fernandez spielte einen zärtlichen Blues. »Mich macht der Trubel verrückt«, flüsterte sie. »Ich habe Sehnsucht nach einer Flasche Champagner in deiner Kabine.«

»Sybilla!« Hergarten atmete tief. Er tanzte noch einmal rund um die Tanzfläche und sah an den Tischen erwartungsvolle Augen. Auch die drei Südländer saßen dort, in supereleganten, farbigen Samtsmokings. Immer kann er ja nicht mit ihr tanzen, sagten ihre Blicke. Und dann sind wir dran. Kennst du den Vulkan von Stromboli? So sind wir.

»Komm«, sagte Hergarten heiser vor Erregung.

Sie unterbrachen den Tanz und drängten sich durch die Menge zum Ausgang. Nur wenige bemerkten es, aber unter ihnen war Graf Sepkinow.

»Einen doppelten Gin!« befahl er einem seiner Lakaien. Dann stieß er mit Sir Surtess an, der es ebenfalls gesehen hatte, aber vornehm schwieg. »Auf die verlorene Jugend!«

»Auf die Erinnerung«, antwortete Surtess. Er war sicher, daß Lady Anne das nicht verstand.

Auch Lisa bemerkte das Fehlen von Hergarten und Sybilla, aber erst viel später. Als sie vom Tanz zurückkam, sah sie den Tisch auf der anderen Saalseite leer. Ein Steward räumte ab.

Sie wußte sofort, was das bedeutete, und ihr Herz setzte für zwei Sekunden aus. Dr. Dahl bemerkte es an ihren Augen.

»Was haben Sie?« fragte er und beugte sich über Lisa. »Ist Ihnen schlecht?« Er machte einen Scherz. »Soll ich den Arzt rufen?«

»Ja.« Sie lächelte. Das Herz schlug wieder. »Ich brauche wirklich einen Arzt. Vielleicht haben wir zu schnell getanzt.«

»Wir fahren sofort hinunter zum Hospital.« Dr. Dahl legte den Chinchilla um Lisas Schulter. »Ich will den Blutdruck messen. Sie haben sich eben deutlich verfärbt.«

Er half ihr auf, faßte sie unter und führte sie zum Ausgang.

»Noch einen doppelten Gin«, befahl Graf Sepkinow. »Es geht wie am Schnürchen.«

»Prost.« Sir Surtess nickte ihm zu. »Als ich vierundzwanzig war, habe ich einmal mit einem Schuß drei Fasanen erlegt.«

Auch das verstand Lady Anne nicht...

Ulrich Renner hatte sein Ziel erreicht: Margret Goltz war selig betrunken, klagte über Übelkeit, wollte ins Bett und ließ sich immer wieder küssen.

Als guter Kavalier begleitete er sie hinunter zum Oberdeck, führte sie zur Kabine 107, schloß sogar auf und schob Margret hinein. Dann aber legte er seine Kavalierspflicht subjektiv aus, schloß Margrets Kabine von innen und zog seinen Smokingrock aus.

Margret lag auf dem Bett, hatte die Schuhe weggeschleudert und dirigierte mit beiden Armen eine nur ihr vernehmbare Musik. Dann plötzlich sah sie auf Ulrich Renner und schüttelte den Kopf.

»Mir ist so schlecht, Uli.«

»Das ist gleich vorbei.« Ulrich Renner setzte sich neben Margret auf das Bett. »Das Kleid beengt dich, was du drunter hast, alles. In deinem Zustand muß der Körper frei atmen können.«

Er begann, ihr das Kleid aufzuknöpfen, und legte seine Hand auf ihre zarten Brüste. Wie herrlich, dachte er dabei.

»Bin ich betrunken, Uli?« lallte Margret. Sie schob den Kopf an seine Hüfte. »Sag...«

»Du hast einen allerliebsten Schwips, Süße.«

»Und du liebst mich?«

»Wie die Fische das Wasser, Baby.«

»Du hast immer so schöne Vergleiche.« Sie kickste und streckte sich aus. Renner streifte ihr das Kleid ab, zog ihr den Büstenhalter aus, rollte den Slip von ihren Schenkeln. Ihre Nacktheit, ihr glänzender, weißer, unberührter, samtener Körper machten ihn atemlos. Er beugte sich über sie und küßte sie.

Für einen winzigen Augenblick schien der Alkoholvorhang zu zerreißen, für ein paar Sekunden erkannte Margret ihre Lage, spürte sie ihre Nacktheit, fühlte sie die tastenden Hände Renners an ihrem Leib.

»Uli! Was machst du?« schrie sie hell. »Uli, nein!«

Sie wollte aufspringen... da zog sich der Vorhang wieder zu, sie hörte Musik und Renners Stimme, die wie eine gestopfte Trompete klang. Im Alkohol kreiste die Welt.

»Sei ruhig, Süße, ganz ruhig!« sagte Renner. »Du bist das schönste Baby, das ich bisher kenne. Du bist herrlich... Du bist... Himmel, ich werde bei dir den Kopf verlieren...«

Und er hielt ihr den Mund zu, als sie unbewußt aufschrie und ihr zarter, weißer Körper voll Abwehr erstarrte.

Dr. Dahl fuhr nicht hinunter zum Hospital, sondern noch ein Deck tiefer, zum A-Deck, wo sein Appartement lag. Lisa merkte es sehr wohl, aber sie schwieg. Erst als sie in Dr. Dahls großer Kabine standen, sah sie ihn lange an.

»Hier werden Sie meinen Blutdruck messen?« sagte sie leise.

»Lisa!« Dr. Dahl trat nahe an sie heran. Seine Hände streiften das griechische Kleid von ihren Schultern, er küßte sie in die Halsbeuge und liebkoste ihren Rücken mit den Händen. »Warum laufen wir voreinander weg?«

»Ich stehe doch...«

»Lisa.« Er nahm ihr Gesicht und sah ihr lange in die Augen. Sie flatterten nicht mehr, sie waren klar und weit und glücklich. »Das Schiff fährt und fährt, und in vier Tagen sehen wir New York. Jede Stunde verrinnt wirklich im Wasser.«

Sie nickte. Sie zog die Schultern zusammen, das nur von ihren Brüsten noch gehaltene Kleid rauschte zu Boden.

»Wo gibt es wieder eine Frau wie dich«, sagte Dr. Dahl heiser.

»Sag kein Wort...« Lisa schloß die Augen, als seine Finger über ihren Leib glitten. »Dieses Schweigen... *dieses* Schweigen ist zu schön...«

Franz Hergarten schloß seine Luxuskabine 12 auf und ließ Sybilla zuerst eintreten. Dann sah er den Gang zurück, ob jemand sie gesehen hatte. Aber der lange Gang war leer und still.

Er schloß von innen ab und wollte in den Salon, als er erstarrt stehenblieb. Sybilla hatte einen leisen Schrei ausgestoßen.

Der Kleiderschrank im kleinen Ankleideraum stand offen, die Schubläden des Schreibtisches waren nur halb wieder zugeschoben, die Kofferdeckel standen offen. Die schwarze Diplomatentasche mit dem Zahlenschloß war aufgeschlitzt.

»Die Berechnungen!« rief Sybilla.

»Im Tresor. Den findet keiner.« Hergarten sah grimmig auf seine zerschnittene Tasche. »Wir konnten sie nicht täuschen. An Bord ist jemand, der den Grund meiner Reise kennt.«

»Und das bedeutet, daß du deines Lebens nicht mehr sicher bist.« Sybilla ging in den durch das schmiedeeiserne Ziergitter abgetrennten Schlafteil der Kabine und warf den schwarzen Nerz in eine Ecke. Dann griff sie nach hinten, löste einen Verschluß, und das goldene Kleid fiel von ihr ab wie ein Kettenpanzer. Darunter trug sie nichts bis auf einen winzigen kleinen Slip. »Komm!« sagte sie leise.

Hergarten fuhr sich durch die Haare. Die Nähe der Gefahr ernüchterte ihn. »Sybilla ...« Er kam zu ihr, zog sie an sich, aber es war keine Leidenschaft mehr in seinen Händen. »Wir müssen etwas tun. Wir können nicht tatenlos herumstehen.«

»Küß mich! Das ist eine große Tat!«

»Sie werden mich hetzen. Und ich kann nicht ausweichen. Ich bin gefangen auf diesem Schiff!«

»Ich weiß. Unsere Lage ist schrecklich.« Sie umfing seinen Kopf und küßte ihn mit einer atemlosen Wildheit. »Es wird unsere einzige Nacht sein. Bis zum Morgen wird nichts mehr geschehen. Es sind die Stunden, die jetzt uns gehören, uns ganz allein. Dann wird alles ganz anders sein ... ganz anders ...«

Sie ließ sich auf das Bett fallen und breitete die Arme aus. Aber an ihrem rechten Handgelenk baumelte die goldene Tasche; sie legte sie sorgfältig neben ihren Kopf und öffnete den Verschluß, um sofort und schnell hineingreifen zu können.

»Morgen können wir kalt und steif sein, aber jetzt leben wir noch. Ich fühle deine warmen Hände, ich spüre deinen Atem, ich spiegele mich im Glanz deiner Augen. Laß uns bis zum Morgengrauen vergessen, warum wir auf diesem Schiff sind ... Komm, mein Liebster!«

Mit zitternden Händen fuhr sich Hergarten über das Gesicht.

»Wir sollten den Kapitän von diesem Einbruch unterrichten«, sagte er und stand vor dem nackten, zur Liebe bereiten Körper und sah ihn an, als sei er eine leblose Wachsplastik.

»Auf gar keinen Fall!« Die großen, braunen Augen Sybillas starrten Hergarten hungrig an. Ihre halbgeöffneten Lippen zitterten. Mit der linken Hand strich sie über ihren glänzenden Körper, von der Halsbeuge über die Brüste bis zum Schoß, sie bebte unter dieser Berührung, als sei es die Hand Hergartens, die sie streichelte. »Die Minuten verrinnen, Franz!«

Es war Hergarten, als sei er in eiskaltes Wasser gefallen. Alle drängende Sehnsucht war aus ihm weggespült. Er konnte den Leib Sybillas betrachten und dabei an seine Formeln denken, die unter dem Spannteppich in einem Tresor mit dicken Stahlwänden verborgen waren. Noch hatte der Unbekannte in Schränken, Koffern und Taschen gesucht. Wenn er wiederkam, würde er gründlicher sein. Vielleicht suchte er gar nicht mehr, sondern würde in der Kabine sitzen, wenn Hergarten hereinkam, eine Waffe in der Hand, und ganz ruhig sagen: »Machen Sie die Tür zu und holen Sie mir Ihre Mappe. Ein Held zu sein, ist Blödsinn; es dankt Ihnen doch niemand, am allerwenigsten das sogenannte Vaterland. Man wird Ihnen einen Nachruf schreiben und Sie dann vergessen. Nicht einmal um Ihre Witwe wird sich jemand kümmern...«

Lisa! Dieser letzte Gedanke ernüchterte Hergarten völlig. Er beugte sich vor. Sybilla empfing ihn mit einem glücklichen Lächeln und wölbte sich ihm entgegen. Aber Hergarten nahm nur die beiseite geschobene Bettdecke und zog sie über Sybillas nackten Körper. Wie unter einem Schlag zuckte sie zusammen, ihre Augen verloren allen Glanz.

»Weißt du, was du da tust?« fragte sie kaum hörbar. »Weißt du, was du einer Frau damit antust?«

»Sybilla, versteh mich!« Hergarten stützte den Kopf in beide Hände. »Hier auf dem Schiff ist ein Mensch, der mich kaltlächelnd umbringen würde und es vielleicht auch tun wird, wenn wir nicht in jeder Minute wachsam sind.«

»Was du mit mir machst, kann eine Frau nie vergessen. Begreifst du das überhaupt?«

»Laß uns bis New York warten.«

»Warten!« Sie sprang auf, schleuderte mit den Füßen die Decke weg, warf sie in eine Ecke und stand vor ihm, von den Fußspitzen an bebend, ein sonnengebräunter, glatter, herrlicher Körper, von dem ein Hauch wie von Pfirsichblüten ausging. »Du sagst einer Frau, die bereit zur Liebe ist: Warten? Bist du überhaupt ein Mann?«

In maßloser Wut riß sie ihm die Hände vom Kopf weg und

drückte mit beiden Händen sein Kinn nach oben. Mit Verblüffung spürte Hergarten, wie stark und hart dieser Griff war. Er mußte aufstehen, weil sein Nacken schmerzte, so unbarmherzig drückte sie seinen Kopf nach hinten.

»Sieh mich an!« sagte sie schwer atmend. »Mein Gott, sieh mich richtig an! Nimm deine Hände und fühle mich... So... so...« Sie riß seine schlaffen Arme hoch und legte seine Hände auf ihre Brüste. Es durchzuckte ihn, aber Sekunden später fiel die Leidenschaft wieder in sich zusammen. Sybilla beobachtete ihn scharf, als suche ihr Blick sein Herz. »Bin ich aus Holz?« fragte sie rauh. »Hast du kein Gefühl in den Fingerspitzen? Ist in deiner Brust ein Relais statt eines Herzens?« Sie legte ihre Arme um seinen Nacken, während seine Hände wie Fremdkörper auf ihren Brüsten liegenblieben, ohne Druck, leblos, nur ein Gewicht. »Wenn ich dich nicht so lieben würde«, sagte sie leise, »würde ich dich prügeln, kratzen, anspucken... du... du... Holzklotz...«

Hergarten senkte den Kopf und schloß die Augen. »Ich war nie ein Held, Sybilla. Die wenigsten Menschen sind es. Mich lähmt das Bewußtsein, daß ich am Rande eines Grabes stehe.«

»Nicht jetzt. Nicht diese Nacht.«

»Weißt du das so genau?«

»Ja.« Sie sah auf die goldene Handtasche, die auf dem Bett lag. Wer sich auskannte, konnte die Umrisse einer Pistole durch die schimmernden Metallpailletten sehen.

»Ich kann nicht...« Hergarten löste sich aus ihren Armen, ging zum Salon und warf sich in einen Sessel. »Du weißt nicht, was Todesangst ist, nicht wahr?«

»Nein.« Sie kam aus dem Schlafzimmer und setzte sich nackt vor ihm auf die Tischkante. »Ich kenne keine Angst. Was nun?« Sie beugte sich vor und strich Hergarten über das Haar. Es war schweißnaß. Da sprang sie auf, lief in das Badezimmer, holte ein Handtuch und frottierte ihm den Kopf. Dann rieb sie mit Kölnisch Wasser seinen Nacken ein. Er sah sie dankbar an und ergriff ihre Hände.

»Du bist so einmalig, und ich bin so ein armseliger Wicht.«

»Schon gut, Liebling.« Sie lächelte. Auch das war Tapferkeit: sie zwang sich selbst nieder und befahl ihrem Körper, ruhig zu sein. »Auch Vulkane hören einmal auf.«

»Ich liebe dich wirklich, Sybilla.«

»Ich weiß es.«

»Aber jetzt, in dieser Stunde...«

»Werden wir wieder nüchtern, Liebling.« Sie erhob sich von der Tischkante, ging zu ihrem auf dem Boden liegenden Kleid und stieg in den goldenen, glitzernden Panzer. Hergarten sah ihr zu. Als der Flimmerstoff wieder ihre Brust verdeckte, seufzte er. Ich werde sie nie wiedersehen, dachte er. Nie mehr. »Was nun?« Sie drehte sich um, sah seinen wehen Blick, seine innere Qual und schüttelte den Kopf. »Es ist schon vorbei, Liebling. Der Löffel bittere Medizin ist geschluckt. Ich schlage vor, wir gehen wieder hinauf zu den anderen und tun, als sei gar nichts passiert.« Sie sah auf die Uhr. »Zwei Uhr morgens. Wir können, wenn wir durchhalten, den Sonnenaufgang erleben. Es gibt nichts Schöneres, als wenn die Sonne aus dem Meer auftaucht.«

»Du bist schöner«, sagte er heiser.

»Komm.« Sie ging wieder ins Badezimmer, um für ihn Kamm und einen Handspiegel zu holen. Er tappte ihr nach und stellte sich ihr in den Weg, als sie zurückkam.

»Hau mir eine runter«, sagte er dumpf. »Sybilla, rechts und links; ich habe es verdient.«

»Kämm dich, das ist wichtiger.« Sie gab ihm den Kamm.

»Wenn wir wohlbehalten in New York sind...«, sagte er stockend.

Sie schüttelte langsam den Kopf. »Nein, Liebling. Von New York an werden wir uns nie mehr wiedersehen.«

In allen Sälen wurde getanzt.

Im riesigen Speisesaal auf dem Restaurant-Deck zog man eine lustige Varietéschau ab. Eine mitreisende Artistengruppe gab eine Sondervorstellung. Bei rotem Licht gab es sogar einen Striptease von »Miß Beauty«, natürlich gemäßigt, denn als die obere Hülle fiel, ging das Licht aus. Im Restaurant Bellevue zog eine Polonaise singender Passagiere in Schlangenlinie um die Tische. Die Deck- und Kabinenstewards begannen auf beiden Augen blind zu werden. Was sich an Pärchen auf dem Lido-Deck herumtrieb, zwischen den Rettungsbooten und im Schatten der großen Entlüfter, wurde einfach nicht bemerkt. Auch die Wanderungen zu den Kabinen nahm man nicht wahr. Zu einem Bordfest gehört Liebe – wozu bleibt das Rauschen des Meeres denn ständig im Herzen, wozu brennt die Sonne denn auf die Haut, wozu wird man in seinem Bett hin- und hergewiegt?

Im Hamburg-Salon war die Stimmung überschäumend wie der Champagner, der in den geschliffenen Kristallgläsern perlte. Kapitän Selbach stellte sich als Medium zur Verfügung. Ein Hypnotiseur, der in Kabine 38 wohnte und nach Amerika fuhr, um auf dem Broadway in einer Show aufzutreten, hatte gewettet, den Kapitän der ›Ozeanic‹ willenlos machen zu können. Graf Sepkinow hatte sofort dagegengehalten, daß dies unmöglich sei. Sam Hopkins schlug ein. »1000 Dollar!« schrie er mit hochrotem Kopf. Wenn es ums Wetten ging, war er in seinem Element. »Unser Kapitän wird kopfstehen, wenn es Mr. Hypnose will! Ich kenne das! Habe es in Las Vegas erlebt. Da hat ein Girl unter Hypnose einen Affen geküßt...«

Lady Anne verzog die Lippen. Sir Surtess sah sie von der Seite an. Wie ein Essigschwamm, dachte er. Da lebt man nun fast vierzig Jahre neben einem Essigschwamm. Immerhin: Säure konserviert!

Kapitän Selbach ließ sich hypnotisieren. Der II. Offizier und der Chefingenieur lächelten still. Sie kannten ihren Alten. Wer einen so eigenen Willen wie Selbach hatte, dem konnte kein anderer einen fremden Willen aufzwingen.

Aber zunächst verlief alles höchst aufregend. Kapitän Selbach machte in Trance auf Kommando Freiübungen, tanzte einen Cha-cha-cha, sang ein Lied, bediente mit einem Tablett voll Wein seine an einem Tisch sitzenden Stewards und zog seine Galajacke aus. Aber als dann – für 50 Dollar Bestechung von Sam Hopkins – Mr. Hypnose befahl: »Und nun die Hose runter!« erwachte Kapitän Selbach plötzlich aus seiner »Hypnose«, ergriff den Artisten wie ein Paket, schob ihn unter seine rechte Achsel und trug ihn unter dem Jubel und dem Pfeifkonzert der Passagiere wie einen strampelnden Hund aus dem Saal.

»1000 Dollar!« sagte Graf Sepkinow lachend und hielt seine offene Hand hin. »Mr. Hopkins, an die Kasse.«

»Die Welt besteht aus Gaunern!« Hopkins zog sein Scheckbuch und füllte den Betrag aus. Sepkinow nahm den Scheck, las ihn und übergab ihn dann Kapitän Selbach, der gerade zurückkam, wieder elegant und korrekt in seiner Galauniform.

»Für das Seemannsheim!« sagte Sepkinow. »Die nächste Runde auf meine Kosten...«

Während in allen Sälen, auf den Decks und Promenaden Musik und Lachen erklang und die schwimmende Luxusstadt wie ein leuchtender Berg durch die Nacht und den kaum bewegten Ozean glitt, drückte ein Mann im eleganten Frack die Klinke von Kabine 136 herunter, horchte in die Dunkelheit, schlüpfte hinein und zog leise die Tür hinter sich zu.

Ein paar Sekunden blieb er im Dunkeln stehen und hörte auf das rasselnde Atmen, das von den Betten her kam. Dann blitzte der dünne, aber helle Strahl einer Taschenlampe auf und tastete sich an den Wänden entlang. Er huschte über das untere Bett, beschien blitzartig ein schlafendes Greisinnengesicht und glitt dann weiter.

Der Herr im Frack kam leise ins Zimmer. Er schlich zur Kommode, nahm die Taschenlampe in den Mund und zog mit behandschuhten Händen die Schubläden auf. Er schien die richtigen auf Anhieb gefunden zu haben, zarte Wäsche quoll ihm entgegen, Hemdchen, Slips, Strümpfe, Hüftgürtel, Nachthemden, Bikinis...

In der Schreibtischschublade lag auf der ledernen Schreibmappe der ›Ozeanic‹ der Paß und die Schiffskarte.

Der Herr im Frack blätterte in dem Paß. Lisa Arthberg.

Er griff tiefer in die Schublade. Eine Handtasche. Der Verschluß klickte leise.

Nichts Besonderes. Ein gebrauchtes Taschentuch, das nach Maiglöckchen duftete. Ein kleiner Stielkamm. Ein Lippenstift in goldener Hülle. Ein Augenbrauenstift. Drei Schlüssel, mit einem silbernen Ring verbunden. Ein Autoschüssel mit einem Anhänger, der die Marke verriet. Ein Notizzettel: 1 Pfd. Butter, Kaffee, Aufschnitt, Salz, 2 Steaks, Marmelade. Sachen bei der Reinigung abholen... Gedächtnisstütze einer einkaufenden Hausfrau. Ein Feuerzeug.

Der Herr im Frack wollte es gerade hochnehmen, um die Gravur in den Strahl der von seinem Mund gehaltenen Taschenlampe zu bringen, als sich hinter ihm die alte Frau im Bett rührte und einen knarrenden Laut von sich gab. Gleichzeitig saß sie im Bett, hellwach, wie es alte Leute immer sind, wenn sie aus dem Schlaf aufschrecken.

Mit einem Schwung riß der Herr im Frack die Lampe aus seinem Mund und knipste sie aus. Gleichzeitig schob er mit den Knien und dem Unterleib alle Schubladen zu. Das Feuerzeug mit dem Monogramm LH, das ihn stutzig gemacht hätte, polterte über den Boden der zurückgestoßenen Schublade. Aber es war zu spät.

Die alte Dame stieß einen hohen, piepsenden Schrei aus. Dann hörte man, wie sie aus dem Bett sprang und keuchend zu einem neuen, lauteren Schrei ansetzte.

Der Herr im Frack sprang hinzu, griff in der Dunkelheit nach ihr und bekam ein Stück Nachthemd zu fassen. Mit aller Wucht stieß er die alte Dame zurück auf das Bett. Sie kreischte auf, krallenartige Finger griffen nach ihm, zerrten an seinem Frackhemd, er hörte, wie etwas riß – da schlug er mit der Handkante auf die Greisenarme, die alte Dame tat einen grellen Schrei, der Griff löste sich, und er rannte mit langen Sätzen zur Tür, stieß sie auf, schlüpfte hinaus und lief durch den stillen Gang bis zu den Lifts, die gegenüber dem Andachtsraum lagen. Mit einem von ihnen fuhr er hinauf und verschwand irgendwo in dieser leuchtenden, singenden, lachenden, tanzenden und liebenden Stadt auf dem Meer.

Eine Viertelstunde später standen Kapitän Selbach, der Oberzahlmeister und der Obersteward in der Kabine 136. Die alte Dame lag im Bett, erschöpft von ihrem Erlebnis, die Fäuste noch geballt.

»Das ist unglaublich«, sagte Kapitän Selbach. Der Kabinensteward untersuchte die Schubläden. Um keine Fingerabdrücke zu verwischen, trug er Wollhandschuhe. »Geht es schon wieder los wie damals auf der ›Europa‹? Schon auf der Jungfernfahrt ein Dieb an Bord. Hatte Fräulein Arthberg viel Schmuck bei sich?«

»Ich weiß es nicht!« Die alte Dame zitterte noch immer. »So ein brutaler Mensch! Er hätte mich umbringen können, wenn ich mich nicht gewehrt hätte. Oh, hätte ich doch bloß den Lichtschalter gefunden!«

»Vielleicht war das Ihr Glück, gnädige Frau.« Kapitän Selbach sah zu dem Oberzahlmeister. »Wir müssen sofort Fräulein Arthberg verständigen. Wissen Sie, wo sie ist? Im Salon ist sie nicht.«

Der Oberzahlmeister grinste, beugte sich vor und flüsterte Selbach ein paar Worte ins Ohr. Der Kapitän lächelte.

»Trotzdem. So leid mir die Störung tut... wenn ihr Schmuck...«

»Meines Wissens ist er im Haupttresor bei mir.« Der Oberzahlmeister war ein Mann mit Herz. Wie kann man jetzt, gegen

2 Uhr morgens, eine schöne Frau in ihrem höchsten Glück stören? »Ich glaube, der Dieb ist rechtzeitig verjagt worden.«

»Und ob!« Die alte Dame öffnete die rechte Faust. »Ich habe sogar etwas von ihm.« Sie streckte die Hand aus. Ein Hemdenknopf in Form einer Perle lag darin.

»Ein Frackhemden-Knopf!« sagte der Kapitän entgeistert. »Er kam im Frack.«

»Ein Gentleman. Passagier 1. Klasse.«

»Unglaublich!« Kapitän Selbach nahm den Perlknopf an sich. »Ich werde ihn unserem Schiffs-Detektiv Linder geben. Das kann ja noch lustig werden bis New York. Wir haben an Bord schätzungsweise Schmuck für 100 Millionen.« Er wandte sich an die alte Dame, die ihn ruhig ansah. »Ich glaube nicht, gnädige Frau, daß der Dieb noch einmal zu Ihnen kommt. Sie können ruhig schlafen.«

»Ich habe keine Angst.« Die alte Dame lächelte milde. »Es war nur der erste Schreck. Wenn er wiederkommt, werde ich ihm ins Gewissen reden. Kein Mensch ist rettungslos schlecht.«

»Informieren Sie alle Stewards«, sagte Selbach auf dem Flur zu seinem Oberzahlmeister. Er hatte sich von der alten Dame mit einem Handkuß verabschiedet. »Trotz der guten Meinung von Frau Mynius über die Menschen ist es mir lieber, daß wir in New York ankommen ohne einen Skandal.«

Aber das sollte nur ein frommer Wunsch bleiben.

»Eine Zigarette ...?«

»Ja. Bitte!«

Dr. Dahl steckte sie an und schob sie Lisa zwischen die Lippen. Dann rauchte er still weiter und sah den weißen Wölkchen nach, die träge zur Decke zogen, dem Gitter der Klimaanlage entgegen.

Sie lagen nebeneinander auf dem schmalen Bett, eng aneinandergedrückt. Ihre nackten Körper zitterten noch nach, ihre Augen sahen noch das glückliche Gesicht des anderen, es war, als vermischte sich noch ihr Atem zu dem seligen, sinnlosen Gestammel aller Liebenden in der Umarmung. Vor dem Bett, über den Boden verstreut, lagen Lisas Kleid und Wäsche zwischen der Uniform Dr. Dahls.

»Wie spät?« fragte Lisa.

»Gleich Viertel drei.« Er sah auf seine Armbanduhr. »Warum?«

»Ich muß gehen.«

»Das ist unmöglich.« Er drehte sich halb auf die Seite und sah sie an. Ihr weißer Körper glänzte im Licht der Nachttischlampe. Sie hatte das linke Bein leicht angewinkelt, über ihren flachen Leib tanzten Muster des Lampenschirms. »Wie schön du bist«, sagte er leise. »Wie unwahrscheinlich schön. Du darfst nie mehr sagen: Ich muß gehen.«

Lisa starrte an die Decke. Franz, dachte sie und bemühte sich, nicht aufzuseufzen. Was soll nun geschehen? Ich habe dich betrogen, wie du mich betrogen hast. Sind wir nun quitt?

Quitt. Wie dumm das ist. Ist das Leben eine Rechnung? Geht es da nach Soll und Haben, vergleicht man die Bilanzen? Ist das, was wir getan haben, wie eine Zahl aufzurechnen?

O Gott, es ist doch mehr, viel mehr, unendlich mehr. Es ist wie eine neue Welt, die man erobert hat.

»Liebst du mich?« fragte Dr. Dahl. Er fragte es wie ein kleiner Junge fragt: »Gibst du mir auch ein Bonbon?«

»Wenn du das nicht gefühlt hast...«, sagte Lisa leise.

Lüge ich? dachte sie. Sag ich es nur so daher, um mein eigenes Gewissen zu beruhigen? Schließlich ist es das erstemal, daß ich Franz betrogen habe. Wenn mich jetzt jemand fragen würde, wie es geschehen ist – ich könnte es ihm nicht erklären. Kann man ein Erdbeben erklären, wenn man es gerade überlebt hat? Es war ein Naturereignis, es war ein Himmel, der plötzlich auf die Erde fiel. Wie kann man da verlangen, daß man noch denkt? Woher soll der Mut kommen? Soll man sich selbst zerreißen vor Reue?

»Ich habe gefühlt, daß du mich liebst.« Dr. Dahl legte seinen Kopf auf ihre Brust. Sie streichelte sein Haar und war glücklich, so verwerflich sie es im gleichen Augenblick fand. »Man sollte nicht darüber reden. Aber wir müssen es, Lisa. Ich weiß nichts von dir, als daß du wunderschön bist. Du weißt nichts von mir, als daß ich ein Schiffsarzt bin. Ein kleiner Angestellter einer Reederei mit einem leidlichen Gehalt, das gerade hinreicht, um eine Familie zu gründen.«

»Eine Familie?«

»Ich will dich heiraten.« Er sagte es wie das Selbstverständlichste, das es gab.

Lisa rauchte stumm weiter. Mein armer Liebling, dachte sie. Nicht nur meinen Mann, auch dich habe ich betrogen. Soll ich dir sagen, daß neben dir eine Frau liegt, die an Bord der ›Ozeanic‹ kam, um ihren Mann und seine Geliebte zu töten? Wie würdest du reagieren? Wäre die Liebe verflogen wie ein Windhauch?

»Du sagst gar nichts.« Dr. Dahl legte seine Hände auf ihre Schultern. »Ich habe gesagt: Ich will dich heiraten.«

»Das ist schön, Holger.«

»Warum fährst du nach New York?«

»Nur so. Zum Vergnügen.«

»Wie lange bleibst du in Amerika?«

»Ich weiß es nicht.« Wie lange, fragte sie sich selbst. Wer zwei Menschen tötet, bekommt lebenslänglich Zuchthaus. Aber warum sollte sie jetzt noch töten? »Vielleicht fahre ich mit euch gleich zurück nach Europa.«

»Und wir heiraten in Hamburg?«

»Ja«, sagte Lisa ruhig.

Dr. Dahl wollte weiterfragen, aber das Telefon riß ihn von Lisa weg. Vom Hospital rief die wachhabende Schwester an. Zwei Fälle. Passagiere der Luxusklasse.

»Ich muß hinauf zum Hospital.« Dr. Dahl zog sich an. Es war ein wenig ernüchternd, wie er schnell seine Kleidungsstücke vom Boden aufhob und sie überstreifte. »Wartest du hier auf mich, Lisa?«

»Ich möchte gehen. Wegen der anderen Passagiere... wir haben noch so viele Stunden vor uns...« Sie sprang aus dem Bett und zog sich ebenfalls an, während sich Dr. Dahl wusch und den Kopf unter einen kalten Wasserstrahl hielt. »Ich gehe zurück in den Club. Kommst du nachher nach?«

»Ja.« Dr. Dahl knöpfte seine weiße Uniform zu. Er zog Lisa an sich und küßte sie noch einmal mit aller Leidenschaft. Da warf sie die Arme um seinen Hals und ließ ihn nicht eher los, bis wieder das Telefon klingelte, ungeduldig, alarmierend.

»Du hast mir ein Rätsel gelöst«, sagte sie, als Dr. Dahl mit bebenden Händen zur Mütze griff und sie aufsetzte. »Ich wußte bis heute nicht, was in mir schlief...«

Dann stand sie allein in der großen Arztkabine, starrte auf das zerwühlte Bett und ging langsam zum Spiegel. Ihr fremdes Gesicht unter der schwarzen Perücke und dem bräunlichen

Make-up, das so völlig fremd war gegenüber ihrem weißen Körper unter dem silbernen Kleid, sah sie mit großer Nachdenklichkeit an.

»Was soll daraus werden?« sagte sie laut und erkannte selbst ihre Augen nicht wieder. Sie hatten eine herrliche Tiefe. »O Himmel – was soll nur daraus werden!«

Im Hospital saßen Graf Sepkinow und Sam Hopkins. Die wachhabende Schwester hatte das Frackhemd Sepkinows geöffnet, den steifen Kragen entfernt und massierte seinen Brustkorb. Sam Hopkins hockte auf seinem Schemel wie ein Riesenaffe und hielt sich den Kopf. Eine dicke Lage Zellstoff bedeckte den Haaransatz.

»Was ist denn das?« rief Dr. Dahl verblüfft an der Tür. »Hat es ein Duell gegeben?«

»Es bricht uns das Herz, Doktor, daß wir Sie in der angenehmsten Situation, in der sich ein Mensch befinden kann, stören – aber es muß sein.« Graf Sepkinow rang nach Atem. »Mein Kreislauf. Mir wurde schwarz vor den Augen. Man soll eben mit 75 nicht mehr tanzen. Wie ich hier ins Hospital gekommen bin, weiß ich gar nicht.«

»Und Sie, Mr. Hopkins?«

Der Hosenträgerfabrikant sah Dr. Dahl aus großen Kinderaugen an. Er war betrunken. »Ein Feuerlöscher war im Weg, verdammt. Auf der gedeckten Promenade. Ich laufe einem Girl nach... und da kracht's auch schon. O verflucht... ich wußte gar nicht, daß es rote und grüne Sterne gibt...«

Er hob den Zellstoff ab. Am Haaransatz klaffte eine Platzwunde. Sie begann sofort wieder zu bluten.

»Zuerst der Graf«, sagte Dr. Dahl. Er half Sepkinow auf die Liege, wickelte das Luftkissen des Blutdruckmessers um den Greisenarm und pumpte. »Etwas mies, 75 zu 105. Ich gebe Ihnen eine Spritze, und dann gehen Sie sofort ins Bett.«

»In meinem Kopf brummen zehntausend Bienen!« rief Hopkins aus der Ecke. »Doktor, soll ich verbluten? Immer die Bevorzugung des Adels. Mir wird übel, Doktor.«

Dr. Dahl gab dem Grafen schnell die Kreislaufinjektion und überließ es dann der Schwester, ihn wieder anzuziehen. Er ging zu Hopkins, untersuchte die Platzwunde und entschloß sich, sie nicht zu nähen, sondern der Natur zu vertrauen; höchstwahrscheinlich würde sie fast narbenlos wieder zuwachsen. Er desinifizerte die Wunde, während Hopkins mit den Zähnen knirschte, und klebte ein großes Pflaster über die Mullkompresse. Dann bekam auch Hopkins eine Kreislaufspritze und ein Röllchen Tabletten gegen die Schmerzen.

»Wie sehe ich aus, Doc?« fragte er hinterher.

»Wie ein Ehemann nach einer häuslichen Meinungsverschiedenheit.«

»Also lächerlich! Verflucht! Darf ich einen Whisky trinken?«

»Sie haben sich am Kopf, nicht an der Gurgel gestoßen.«

Er sah sich um. Graf Sepkinow stand schon wieder, elegant im korrekten Frack. Sein weißer Bart war sogar gebürstet.

»Ins Bett, Graf!« sagte Dr. Dahl ernst.

»1910 hätte ich den Arzt, der mir so etwas sagte, nach Sibirien verbannen lassen«, sagte Sepkinow würdevoll und verließ das Hospital. Hopkins folgte ihm. Er lief einem Whisky entgegen.

»Sonst noch etwas, Schwester Erna?« fragte Dr. Dahl und wusch sich die Hände.

»Nein, Herr Doktor. Gott sei Dank ist anscheinend auf dem Schiff alles kerngesund.«

»Ich bin im Hamburg-Salon, wenn man mich sucht.« Dr. Dahl zog seinen Arztkittel aus, setzte die Mütze auf und verließ sein Hospital.

Im Hamburg-Salon war es lichter geworden. Ein Teil der Festgäste war zu Bett gegangen, nur die jüngeren Passagiere tanzten unentwegt nach den Klängen der Kapelle Juan Fernandeź. Dafür brachte der I. Offizier aus dem Restaurant Hamburg einen Schwall Gäste mit. Jetzt, gegen 3 Uhr morgens, verwischten sich die Schranken zwischen Luxuspassagieren und Reisenden der Touristenklasse. Ausschlaggebend dabei war, daß drei Herren der Atomkonferenz entdeckt hatten: in den unteren Klassen gab es viel hübschere Mädchen. Als einmal der Anfang der Abwanderung gemacht war, gab es kein Halten mehr. Zwischen die Fräcke mischten sich Smokings oder simple dunkle Anzüge. Auch Ulrich Renner war wieder da und tanzte mit einem Mädchen in einem Minikleid einen sensationellen Bossa nova.

Als Lisa den Saal betrat, die Gesichter der anderen musternd, mit der angstvollen Frage, ob sich in ihnen die Gedanken verrieten, sah sie Franz Hergarten wieder an seinem Tisch sitzen, neben sich Sybilla Odenthal. Sie blieb neben der Bar stehen und verlangte mit zitternder Stimme ein Ginger Ale. Hastig trank sie es, als wäre sie ohne ihn verdurstet. Das ist doch nicht möglich, dachte sie und fühlte, wie ihr Herz brannte. Er sitzt wieder da. Er ist nicht mit ihr auf seiner Kabine. Er liegt nicht neben ihr, wie ich vor wenigen Minuten noch neben Holger Dahl gelegen habe. Wenn das wahr ist... wenn ich mehr gedacht habe, als geschehen ist... wenn... oh, es darf nicht wahr sein. Es darf nicht!

Sie nickte dem Mixer zu. »Die Dame in Gold«, sagte sie mit mühsam fester Stimme. »Ist sie nicht vorhin weggegangen?«

»Das ist aber schon lange her, Madame.« Der Mixer sah zu Sybilla hinüber. »Die Herrschaften sind schon lange wieder hier.«

»Danke.«

Wie eine aufgezogene Puppe ging Lisa zu ihrem Tisch zurück. Ein Steward beeilte sich, den leergeräumten Tisch sofort wieder einzudecken.

»Was darf ich bringen, Madame?«

»Champagner.« Lisa stieß das Wort aus wie einen Schrei. »Roten Champagner! Und zwei Gläser!«

»Sehr wohl.«

Sie lehnte sich zurück und sah ihren Mann groß an. Er machte einen müden Eindruck. Wenn er lachte, klang es verkrampft. Sie kannte das. So war er immer, wenn etwas schiefgelaufen war, er aber zu höflich war, es seine Umwelt anmerken zu lassen.

Er war mit ihr nur draußen, dachte sie. Vielleicht auf der offenen Promenade, vielleicht auf dem Lido-Deck bei den Booten. Romantisch haben sie aufs Meer geblickt, auf die Wellen, die das Schiff aus dem Wasser schnitt, und haben gesprochen wie verliebte Primaner. Sie haben in die Sterne geblickt, bieder und brav, während ich...

Sie wartete kaum ab, bis der Steward ihr Glas mit rotem Sekt gefüllt hatte, und stürzte es mit einem Zug hinunter.

Laß ein Wunder geschehen, mein Gott, dachte sie weiter. Laß mich erkennen, daß ich mich irre. Sie haben es nicht anders gemacht als ich, und nun sitzen sie da wie zwei Heilige. Sie heucheln besser, das ist alles.

Aber die Zeit. Die Zeit. Sie sind schon lange wieder da, sagte der Barsteward. Wie kann das möglich sein? Liebe ist keine Sache von Minuten. Nicht solch eine Liebe...

Sie trank das zweite Glas Sekt und fühlte sich elend.

Graf Sepkinow und Sam Hopkins kamen wieder in den Saal. Am Kapitänstisch klang Jubel auf, als man sie hereinkommen sah.

»Da sitzt sie ja schon wieder«, sagte Hopkins und stieß Sepkinow an. »Ich gehe zu ihr hin und entschuldige mich, daß wir sie gestört haben.«

»Unterstehen Sie sich, Sie grober Klotz!« Sepkinow hielt Hopkins an den Frackschößen fest. »Unsere Fee in Gold macht einen Ehrentanz. Sehen Sie bloß! Für solch eine Frau hätte ich früher...«

»Ich weiß, all Ihre Güter! Mann, seien Sie still, wenn Engel auf die Erde kommen!«

Hergarten und Sybilla tanzten allein auf der großen runden Tanzfläche nach den Klängen des Star-Orchesters Juan Fernandez einen langsamen Walzer. Es war ein Gleiten und Wiegen, ein schwereloses Schweben, eine Verschmelzung von Gold und Schwarz, eine Einheit von Schönheit.

Als sie an Lisas Tisch vorbeitanzten, sah Sybilla schnell zu ihr hin. Triumph war in diesem Blick, der tödliche Strahl der siegreichen Frau: Ich habe ihn. *Ich!*

Lisa hob die Schultern. Ihre Hände lagen um das Sektglas.

Sie nahm den Kampf an.

»Sie ist wieder da«, sagte Sybilla an Hergartens Ohr. »Allein.«

»Ich habe es gesehen, Liebste.«

»Der gute Doktor wird wohl erschöpft in seiner Koje liegen.«

»Du bist schamlos, Sybilla.«

»Ich spreche aus, was die anderen denken. Auch du.«

»Pfui!«

Ein Gleiten durch die zärtliche Musik. Sybilla legte den Kopf gegen Hergartens Schulter. Es sah wie Demut aus; dabei mußte sie lachen und wollte es nicht zeigen. Irgendwo aus dem Hintergrund des Saales wurde geklatscht. Für Lisa war es wie Kanonenschüsse, sie zuckte zusammen.

»Man sollte einen Preis stiften!« sagte der sonst so stille Philosoph Dubois plötzlich am Kapitänstisch. »Den Preis für das schönste Paar der ›Ozeanic‹! Ich lege 1000 Francs in die Bank.«

»1000 Dollar!« sagte Hopkins sofort.

»100 Pfund!« Sir Surtess sah zu seiner Frau. Lady Anne bekam ein Doppelkinn. Das drückte immer Unwillen aus.

»2000 Francs.« Graf Sepkinow strich seinen Bart. »Meine Herren, das wird nichts anderes als ein Zweikampf. Gold gegen Silber. Frack gegen Uniform. Geben Sie den Wettbewerb bekannt, Herr Kapitän?«

Selbach sah auf seine goldene Uhr. »Um 3 Uhr. Dr. Dahl ist noch nicht da.«

»Er wird gleich kommen und gewaltig schimpfen«, sagte Sepkinow fröhlich. »Im übrigen bestehe ich auf strengen Spielregeln. Wenn wirklich die beiden Paare Gold und Silber übrigbleiben, müssen sie die Partner wechseln. Vielleicht paßt unser Schiffsarzt besser zu unserem goldenen Engel und Dr. Hergarten besser zu der silbernen Fee. Das muß man sehen, wenn sie tanzen. Der ganze Saal soll die Jury bilden und abstimmen, wer zu wem am besten paßt.«

»Das ist ja schon pervers!« schrie Hopkins. »Verdammt, ich erhöhe meinen Einsatz auf 2000 Dollar! Das gibt einen Spaß!«

Der Tanz war zu Ende. Hergarten führte Sybilla zum Tisch zurück. »Sie verfolgt uns mit ihren Blicken«, sagte sie ganz ruhig. Sie blieb am Tisch hoch aufgerichtet stehen. »Küß mich! Demonstrativ.«

Und Hergarten beugte sich vor und küßte Sybilla auf den Mund.

Lautes Klatschen umtobte sie wie nach einer glanzvollen Vorstellung. Und das war es ja auch.

Mit verschlossenem Gesicht trank Lisa ihr drittes Glas roten Champagner.

Ich habe mir nichts vorzuwerfen, dachte sie kalt. Ich werde mit ihm sprechen.

Fast um die gleiche Zeit wachte in ihrem Bett Margret Goltz auf. Ihr Kopf brummte, sie setzte sich auf, knipste das Licht an und sah an sich herunter. Mit einem Schrei sprang sie aus dem Bett und tastete sich ab.

Wieso bin ich nackt? schrie es in ihr. Mein Leib brennt... meine Kleider liegen verstreut im Zimmer... wo ist Uli... was ist geschehen... Warum bin ich...

Sie rannte zum Bett zurück, deckte es auf und wußte alles.

Das war so schrecklich, so ungeheuerlich, daß sie wieder wegrannte und sich wie ein Tier ganz hinten in die dunkle Ecke neben die Kofferablage setzte. Sie fror plötzlich, zog die Tischdecke, die ihr am nächsten war, herunter und wickelte ihren nackten Körper darin ein. Dann überfiel sie Übelkeit, sie rannte in die kleine Brausekabine, beugte sich über das Waschbecken, umklammerte die Porzellanschüssel und erbrach sich.

Später lag sie im Bett auf dem Rücken und sah an die Decke. Sie weinte leise und hatte die Hände auf den brennenden Schoß gelegt.

Ist das die Liebe? dachte sie. Wo ist Uli? Warum läßt er mich allein, gerade jetzt, jetzt, wo ich ihn brauche, um mich an das Frausein zu gewöhnen? Warum ist er weggelaufen?

O Mutter, wenn du wüßtest, was passiert ist.

Paps, was würdest du sagen, wenn ich dir beichte?

Ich bin kein Kind mehr, ich bin eine Frau...

Sie schloß die Augen und weinte weiter. Ihr Körper war wie zerschlagen. Zwischen ihren Schenkeln und in der Tiefe ihres Leibes bohrte ein Schmerz, der bis ins Herz schnitt.

Ich liebe dich, Uli, oh, ich liebe dich.

Warum bist du nicht hier?

Ich brauche dich jetzt...

»Los, Kapitän, verkünden Sie den Wahlkampf um das schönste Paar der ›Ozeanic‹!« sagte Sam Hopkins. »Es ist 3 Uhr!«

Kapitän Selbach zögerte noch. Das Spiel des Bäumchenwechsle-dich, das man vorgeschlagen hatte, behagte ihm nicht. Er ahnte Komplikationen. Um ihnen aus dem Weg zu gehen, verkündete er etwas anderes, in der Hoffnung, daß das Schicksal nun mitspielte.

»Damenwahl!« rief er und klatschte in die Hände.

Das Orchester Juan Fernandez spielte einen Tusch.

Im gleichen Augenblick erhob sich Lisa und stieß das Sesselchen zurück. Und wie auf ein Stichwort betrat im gleichen Augenblick Dr. Dahl wieder den Hamburg-Salon.

»Die Gladiatoren stellen sich auf«, sagte Dubois. Er sah auf den Deutschen Heinz Niehoff, der bisher still herumgesessen hatte, ein paarmal hinausging, Luft schnappte, viermal tanzte und einen Halbstundenflirt mit einer Dame hatte, bis diese zu

Bett ging, ohne daß er ihr folgte. »Machen Sie mit, Herr Architekt?«

»Ja. 1000 Mark dazu«, sagte Heinz Niehoff. Er sah ziemlich betrunken aus und schien nicht viel Interesse zu haben für das Geschehen um ihn herum.

Mit festen Schritten kam Lisa auf Hergartens Tisch zu. Sie machte sich nicht die Mühe, um die Tanzfläche herumzugehen; sie überquerte, stolz wie eine Königin, das Parkett, vorbei an Juan Fernandez, dessen Schlagzeuger sie mit einem Trommelwirbel begleitete. Mit Herzklopfen sah ihr Hergarten entgegen. Als sie drei Schritte von ihm entfernt war, sprang Sybilla auf und vertrat Lisa den Weg. Der Zusammenprall von Gold und Silber war von einmaliger Schönheit.

»Dr. Dahl kommt gerade in den Saal zurück«, sagte Sybilla, als sie nahe voreinander standen. Ihre Stimme war völlig verändert. Es klang, als würden die Worte von einer Metallplatte abgehauen. »Sie sollten sich um ihn kümmern.«

»Es ist Damenwahl.« Lisas Augen waren dunkel vor Erregung. »Gehen Sie aus dem Weg.«

»Die Wahl ist bereits getroffen.« Sie drehte sich um, ging zum Tisch zurück und hakte sich bei Hergarten unter, der aufgesprungen war. Unschlüssig stand Lisa da. Sie spürte alle Blicke auf sich ruhen, das Knistern der Spannung war fast hörbar.

»Jetzt knallt es!« sagte Sam Hopkins genießerisch. »Wenn Frauen aufeinanderprallen, überbieten sie alles an Gemeinheit. Passen Sie auf!«

Kapitän Selbach hatte keine Lust, es zum Skandal kommen zu lassen. Er winkte dem Orchester Juan Fernandez zu, der dumpfe Trommelwirbel verstummte, ein Walzer klang auf. Rosen aus dem Süden...

»Da bin ich wieder«, sagte Dr. Dahl hinter Lisa und legte ihr die Chinchillastola um die Schultern. Sie war etwas heruntergerutscht. Er überblickte nicht die Situation und spürte auch nicht den Sprengstoff, der wie ein leicht entzündbares Gas im Saal lag. »Wollen wir tanzen?«

An ihnen vorbei gingen Hergarten und Sybilla auf die runde Tanzfläche. Über zweihundert Augen verfolgten sie. Als sei es still abgesprochen worden, betrat niemand die Tanzfläche. Allein schwebten Sybilla und Hergarten nach den wiegenden

Walzerklängen unter den mit Girlanden dekorierten Kronleuchtern. Ein Traum in Gold und Schwarz.

»Ja«, sagte Lisa knapp. Diese Niederlage war wie ein Fieber, das ihren ganzen Körper zum Glühen brachte. Sie legte die Arme um Dr. Dahl und machte mechanisch die Walzerschritte. Die Musik hörte sie wie ein fernes Brausen und Klingeln; sie sah über die Schulter Dahls hinweg nur das Gesicht ihres Mannes, wie er lächelnd und gelöst vom Glück an ihr vorbeiglitt.

»Da haben wir sie ja auf dem Präsentierteller«, sagte Sam Hopkins genußvoll. »Ich gehe jetzt rum und sammle Stimmen. Mr. Dubois, Sie besorgen einen großen Rosenstrauß. Warum sehen Sie so todernst aus, Kapitän?«

Kapitän Selbach musterte die beiden Paare, die sich auf der Tanzfläche im Walzertakt wiegten und drehten. Daß sein Schiffsarzt in den Kampf der Königinnen hineingezogen wurde, behagte ihm gar nicht. Die Offiziere eines Schiffes sollen höflich und hilfsbereit sein; von jeher sind sie für die weiblichen Passagiere eine Aufforderung zum Flirt bis zum Endhafen. Nichts reizt mehr als eine blaue Uniform mit goldenen Ärmelstreifen. Im Tagebuch einer Reise zu vermerken: »Der II. Offizier war ein toller Mann«, gehört zu den großen Erlebnissen einer Fahrt. Das alles weiß man, aber es hat diskret zu geschehen, hinter der Hand gewissermaßen. Das Offizierkorps eines Schiffes hat trotz aller verborgenen Aktivität nach außen hin steril zu sein. Warum fiel Dr. Dahl so aus der Reihe? Kapitän Selbach nahm sich vor, am nächsten Morgen mit ihm zu sprechen.

Sam Hopkins war mit einer Liste unterwegs von Tisch zu Tisch wie ein Bauchladenhändler. Auf der anderen Seite des Saales sammelte der deutsche Architekt Heinz Niehoff die Meinungen der Passagiere. Graf Sepkinow bewachte, eskortiert von einem seiner livrierten Lakaien, das gespendete Geld.

Dr. Dahl, der gerade an dem Kapitänstisch vorbeitanzte, nickte Sepkinow zu.

»Was habe ich Ihnen gesagt?« sagte er über Lisas Schulter hinweg. »Ins Bett mit Ihnen! Ihr Herz ist verteufelt schwach.«

Graf Sepkinow lächelte ihn breit an. »Sie tanzen gut, Doktor! Das gibt Punkte.«

»Wieso Punkte?« Dr. Dahl tanzte ein »Fleckerl« vor dem Kapitänstisch, um in der Nähe des Russen zu bleiben.

»Es geht um den ersten Preis. Sie sind nahe daran«, sagte Sepkinow genüßlich. »Nur Ihre Dame wirkt etwas mürrisch.«

Der Walzer trug Dr. Dahl und Lisa zurück zur Saalmitte. Sybilla und Dr. Hergarten schwebten am Rand der Tanzfläche dahin.

»Was sagt er?« fragte Lisa. Dr. Dahl küßte ihr beim Tanzen die Hand.

»Man macht hier scheinbar ohne unser Wissen eine Mißwahl. Mr. Hopkins und Monsieur Dubois hausieren mit einer Liste. Eine Überraschung liegt in der Luft.«

»Der können wir nachhelfen!« Lisa warf den Kopf in den Nacken. Der schwarze Zopf ihrer Perücke flog über die grausilberne Chinchillastola. Ihr Körper straffte sich, ihr Gesicht veränderte sich auf zauberhafte Weise. Es war, als beginne es von innen zu leuchten. Ihr Tanz wurde leichter und weicher... sie lag in Dr. Dahls Armen wie eine Märchenfee.

Fasziniert verfolgte Kapitän Selbach die beiden Paare. Als Hopkins mit seiner Abstimmungsliste kam, machte Selbach ein Kreuz hinter die Namen Arthberg/Dahl. Es war die Rubrik, die die meisten Kreuze hatte. Graf Sepkinow zögerte vor der Eintragung, dann schloß er sich dem Kapitän an. So herrlich der Anblick Sybillas und Hergartens auch anmutete – die weiße Uniform Dr. Dahls im Zusammenklang mit dem silbernen Kleid Lisas und ihren schwarzen, glänzenden Haaren war unschlagbar. Eine wehmütige Erinnerung stieg in ihm hoch: Petersburg, 1910, Silvesterball im Winterpalais unter den Augen des Zaren. Damals trug auch er eine weiße Galauniform mit goldenen Epauletten und goldenen Streifen. Mein Gott, das ist nun schon zig Jahre her...

Sepkinow strich sich über die Augen und gab die Liste weiter.

Der Walzer war zu Ende. Aber Juan Fernandez ließ sofort weiterspielen, einen Slowfox, den Sybilla mit einem Winken zum Orchester begleitete. Mit dem neuen Tanz war die Damenwahl beendet, der Angriff Lisas schien endgültig abgeschlagen.

Durch die Tür kam Dubois mit einem riesigen Rosenstrauß. Es sah etwas grotesk aus: Der kleine Philosoph hinter der Kugel von Blüten, als hätten die Rosen eigene Beine bekommen.

Heinz Niehoff kam mit der Liste zurück. Sir Surtess, als unparteiischer Engländer, zählte zusammen mit dem I. Ingenieur die Stimmen aus. Es gab gar keinen Zweifel: Das Paar Dr.

Dahl – Fräulein Arthberg hatte die meisten Kreuzchen. Auf einer Speisekarte reichte Sir Surtess das Ergebnis an Kapitän Selbach. Graf Sepkinow legte beide Hände über das Geld, Jerome Dubois setzte sich, nun völlig hinter seiner Rosenkugel verschwindend.

Mit einem Tusch, der den Slowfox abrupt unterbrach, schuf das Orchester Juan Fernandez eine Atmosphäre von Spannung. Wie festgenagelt blieben die beiden Paare auf der Tanzfläche stehen.

»Meine Damen und Herren«, sagte Kapitän Selbach laut. Ich mache es kurz, dachte er. Wenn ich schon die Bombe lege, so soll sie morgen an Deck oder irgendwo platzen, aber nicht hier. Man müßte galant sein und ein Unentschieden verkünden, aber da war der schreckliche Sam Hopkins, der ohne Hemmungen »Schiebung« schreien würde.

»Ohne daß es unsere beiden glanzvollen Paare merkten, hat auf der ›Ozeanic‹ eine Wahl stattgefunden; spontan aus der Freude heraus, auf diesem herrlichen Schiff zu sein, die Jungfernfahrt mitzumachen, diesen fröhlichen Bordball zu erleben und dabei eine Demonstration von Schönheit und Anmut zu sehen, wie wir sie wohl kaum wieder zu Gesicht bekommen werden. So entstand die Idee, das schönste Paar der ›Ozeanic‹ zu küren. Während Sie«, er wandte sich an die beiden Paare, »tanzten, haben die anderen Passagiere abgestimmt, ganz demokratisch, in geheimer Wahl.« Ein paar Passagiere lachten, Hopkins klatschte in die breiten Hände. »Ich darf das Wahlergebnis bekanntgeben.« Kapitän Selbach nahm die Speisekarte und hielt sie sich vor die Augen. »Das Paar in Gold –«, er sah zu Sybilla hin, die ihn anlächelte, siegessicher, in der Haltung schon eine Königin. Daß sie zuerst genannt wurde, konnte nur den Sieg bedeuten. Sie schielte zu Lisa. Wie nahm sie die Niederlage hin? »Das Paar in Gold – 53 Stimmen.«

Sybilla zuckte kaum merklich zusammen. Ihr Blick überflog die Anwesenden. Das sind doch mehr als hundert Menschen, durchfuhr es sie. Haben nicht alle gestimmt? Der Druck ihrer Finger auf Hergartens Arm wurde schmerzhaft. Er erkannte sofort die Situation und beugte sich leicht zu ihr.

»Für mich bist du die Schönste«, flüsterte er. »Niemand ist mit dir vergleichbar.«

»Darauf kommt es jetzt nicht an«, zischte sie zurück. »Nicht jetzt... gerade jetzt nicht.«

Die Stimme des Kapitäns beendete die Kunstpause nach dem ersten Ergebnis.

»Das Paar in Silber«, sagte er laut, »hat 87 Stimmen! Es ist damit von den Passagieren zum schönsten Paar der ›Ozeanic‹ gewählt worden.«

Jerome Dubois marschierte mit seinem riesigen Rosenstrauß heran. Selbach übernahm ihn und betrat die Tanzfläche. Die Kapelle Juan Fernandez spielte einen dreifachen Tusch, als Selbach nach einem Handkuß die Rosen Lisa in den Arm legte. Auch Dr. Dahl drückte er die Hand, aber knapp und etwas abweisend. Zwischen ihnen gab es in den kommenden Stunden noch viele Worte zu reden. Ein Schiffsoffizier engagierte sich nicht so. »Im Namen der Reederei beglückwünsche ich Sie«, sagte er. »Nach dem Ehrentanz darf ich Sie an meinen Tisch bitten. Die Wahl ist auch mit einer größeren gespendeten Geldsumme verbunden.«

Sybilla und Hergarten verließen die Tanzfläche, als der Ehrenwalzer begann. Die Rosen zwischen sich, schwebten Dr. Dahl und Lisa an ihnen vorbei. Mit verkniffenen Lippen sah Sybilla ihnen zu; was eine Frau an Enttäuschung und Beschämung erleben kann, lag in ihrem Blick. Und dieser Blick wurde zum Leuchten des Hasses, als die Passagiere ihrem »Traumpaar« minutenlang Beifall klatschten.

Hergarten beobachtete Sybilla. Er sah das Zucken ihrer Halsschlagader, das Vibrieren ihrer Nasenflügel, das Beben in den Mundwinkeln. Man hätte auf diese Wahl wirklich verzichten können, dachte er. Den Stolz einer Frau verletzen, heißt, ein Raubtier hungern lassen.

Er legte den schwarzen Nerz über ihre zarte Schultern und streichelte dabei ihre Halsbeuge.

»Kommst du mit mir?« fragte er leise.

Ihre Antwort verblüffte ihn nicht, auch nicht ihre Reaktion. Sie warf den Kopf in den Nacken wie ein heulender Wolf.

»Nein!« sagte sie hart. »Ich gehe in *meine* Kabine.«

»Ich liebe dich«, sagte Hergarten ehrlich.

»Ich muß jetzt allein sein.«

»Es ist doch nur eine dumme, unwichtige Wahl. In New York spricht keiner mehr darüber.«

»Aber bis New York sind es noch vier Tage. Vier Tage als Geschlagene auf einem Schiff zu sein... Begreifst du, was das heißt?«

»Was willst du machen? Willst du dich über Bord stürzen?« Er umarmte sie von hinten, alle sahen es. »Hätte ich mich vorhin nicht so dumm benommen, wäre diese Wahl nie zustande gekommen. Dann lägen wir jetzt...«

»Sprich nicht mehr davon.« Ihre Stimme war hart. »Ich will gehen. Ob sie« – ein Blick flog zu Lisa, die am Kapitänstisch von einem Schwarm Männern umringt war – »einer der Initiatoren der Wahl war?«

»Das glaube ich nicht. Aber ich kann es herausfinden.«

»Rufe mich an, wenn du's weißt.« Sie hielt ihren schwarzen Nerz über den Brüsten zusammen, als wolle sie andeuten, daß die Menschen den Anblick von soviel Schönheit gar nicht verdient hätten. »Gehen wir!«

Sie verließen den Club und fuhren hinunter zum Oberdeck. Vor der Tür von Kabine 106 blieben sie stehen.

»Darf ich mit hinein?« fragte Hergarten, als sie aufschloß. Sybilla schüttelte den Kopf.

»Nein. Gute Nacht, Liebster.«

Er küßte sie und hielt sie in seinen Armen fest. »Warum nicht? Ich habe eine Dummheit gutzumachen.«

»Dummheiten sind wie Wolken, die der Wind wegtreibt. Der Himmel ist wieder klar... Bis morgen, Liebster.«

»Ich warte auf dich in meiner Kabine. Frühstücken wir zusammen?«

Sybilla nickte, schlang den schwarzen Nerz keck um ihre Schulter, lächelte Hergarten noch einmal zu und verschwand in ihrer Kabine. Er wartete, bis er das Umdrehen des Schlüssels hörte, und entfernte sich dann.

Sybilla warf ihren Pelz auf den Schreibtisch und wollte den Verschluß ihres goldenen Kleides öffnen, als eine ruhige Stimme aus der Brausekabine sagte:

»Guten Morgen!«

Sybilla fuhr herum. Ihre Finger zuckten zu der Tasche... die Schnelligkeit, mit der die Pistole in ihrer Hand lag, grenzte an Zauberei.

»Sie?« sagte sie gedehnt.

»Ja, ich.« Der Mann in der Brausekabine kam ins Zimmer.

»Legen Sie Ihr knallendes Spielzeug weg. Wir müssen uns ohne die Manieren eines James Bond miteinander unterhalten, liebe Kollegin.«

Sybilla Odenthal ging langsam zurück bis zu der Frisierkommode und lehnte sich gegen den eingebauten Schminktisch. Ihr Gesicht zeigte keine Angst; man konnte den Ausdruck ihrer Augen höchstens spöttisch nennen, mit einem Schimmer Verwunderung gemischt. Die Pistole behielt sie in der Hand. Unterredungen dieser Art enden niemals friedlich, und sie war gespannt, welche Tricks der nächtliche Besucher anwenden würde, um die Hürde ihrer Pistole zu überspringen.

Der Mann setzte sich auf das Bett und schlug die Beine übereinander. Seine Smokingjacke stand offen, die seidene Bauchbinde schimmerte im hellen Deckenlicht.

Aha, dachte Sybilla und lächelte leicht. Er trägt ein Schulterhalfter. Gleich wird er in die Brusttasche des Smokings greifen, um sich ein Zigarettenetui herauszuholen. Zum Vorschein aber wird eine Pistole kommen. Glaubst du, ich bin nur ein schönes Lärvchen?

»Zigarette?« fragte der Mann höflich.

Das Lächeln Sybillas verstärkte sich. »Danke«, sagte sie ebenso höflich. »Ich habe heute schon zuviel geraucht. Aber wenn Sie möchten...« Sie beobachtete scharf seine Hände. Aber er schien auch keine große Lust zu haben und lehnte sich etwas auf dem Bett zurück.

»Es gibt eigentlich keine Probleme«, sagte der Mann. »Ich könnte mich an Dr. Hergarten selbst wenden. Natürlich würde er nie verraten, wo er seine Aktentasche mit den Plänen versteckt hat...«

»Sie haben sie ja schon gesucht. Es war eine stümperhafte Arbeit.«

Der Mann hob die Schultern. Über sein Gesicht glitt Unmut. »Die Kabine hat keinen Tresor, ich habe alles abgetastet und abgeklopft. So etwas gibt es nicht, habe ich mir gesagt. Man kann Papiere nicht verstecken, als seien sie gar nicht mehr da. Ich gebe zu, auch ich bin zuerst auf Ihren Trick hereingefallen, als Sie in Cherbourg an Bord kamen. Ihre erste Begegnung mit Hergarten, als sei es ein Zufall, das war gut gespielt. Aber dann bekam ich eine Telegramm. Es enthielt Ihre Beschreibung, und da war mir alles klar. Sie sind Hergartens personifizierte Sicherheit. Zugegeben: Ein wunderschöner Schutzengel! Aber in unserem Beruf sind solche Feststellungen nur rhetorischer Art. Wollen wir also offen reden.«

»Was Sie zu sagen haben, wird nicht viel sein«, antwortete Sybilla kurz. »Sie verschwenden Ihre Zeit.«

»Die Pläne sind bei Ihnen, das ist mir jetzt klar.«

Sybilla hob den Kopf und lachte laut. Dann brach das Lachen abrupt ab, als der Mann vom Bett aufsprang.

»Bleiben Sie, wo Sie sind!« sagte sie hart. »Um ganz klar zu sein: Die Pläne sind nicht bei mir!«

»Bei Hergarten auch nicht. Aber sie sind auf dem Schiff. Ich frage Sie: Wo?!«

»Vielleicht setzen Sie eine Anzeige in die Bordzeitung? ›Agent sucht Raketenpläne. Wer kann mir helfen?‹«

Der Mann lächelte sauer. Zwischen ihm und der schönen Frau in dem langen, goldenen Kleid gab es nun keine weiteren Worte mehr. Er hatte mit dem Überraschungsmoment gerechnet, als er aus der Badekabine hervorkam, aber Sybilla war schneller gewesen. Wer konnte auch ahnen, daß sie in ihrer Abendtasche statt Lippenstift und Puderdose eine Waffe mit sich führte? Nun war sie im Vorteil, aber wie lange noch? Es gab viele Möglichkeiten, sie abzulenken – eine Sekunde nur, aber diese Sekunde genügte, sie anzuspringen und ihr die Pistole aus der Hand zu schlagen.

Der Mann stellte sich an die Wand, den rechten Fuß nach hinten gegen das Holz gestützt, bereit, sich mit einem wilden Schwung abzustoßen und auf Sybilla zu werfen. Er musterte die schöne Frau und tastete sie mit Blicken ab. Man muß sie mit einem Handkantenschlag treffen, genau auf das Handgelenk. Die Pistole wird dann zu Boden fallen, vielleicht wird sie sich den Arm dabei brechen. Schade drum, schöne Dame... es wird weh tun, aber wer in unserem Beruf arbeitet, darf nicht kleinlich sein.

»Sie wissen, wo die Pläne sind?« fragte der Mann ruhig.

»Natürlich.« Die Antwort kam frei und furchtlos.

Der Mann im Smoking senkte etwas die Lider. Mut hat sie, dachte er. Unwahrscheinlichen Mut. Sie muß ahnen, was mit ihr geschieht, wenn ich sie überrumpele. Es gibt Methoden, die den verschlossensten Mund öffnen. Methoden, bei denen Stumme zu Sängern werden. Man hat so etwas gelernt, in Vietnam, in China, in der Mongolei, im Kongo...

»Wollen wir es nicht friedlich machen?« sagte er langsam.

»Einer schönen Frau wird man vergeben, wenn sie in auswegloser Situation ohnmächtig wird!«

»Ich weiß gar nicht, warum Sie noch reden?« Sybilla sah den Mann kalt an. Ihre Pistole zeigte genau auf seine Brust. »Sie sind in meine Kabine eingedrungen, Sie wollen die Pläne Hergartens, Sie sagen offen, daß Sie für Ihren Auftrag zu allem bereit sind. Also seien Sie bereit zu sterben. Die Pläne Hergartens, in falschen Händen, könnten den Weltfrieden empfindlich stören und das Kräftegleichgewicht der großen Staaten verschieben. Und nicht zum Guten.« Die Stimme Sybillas wurde dunkel. »Ich bin lange genug dabei, um zu wissen, was Sie vorhaben. Ich weiß, daß Sie mich zwingen könnten, das Versteck zu verraten. Auch ich bin nur ein Mensch, der eine gewisse Schmerzgrenze aushalten kann. Deshalb, lieber Kollege, muß ich so gnadenlos sein wie Sie. In jedem Spiel gibt es einen Verlierer ...«

Der Mann im Smoking hob ruckartig den rechten Arm. Er zeigte zur Tür hin.

»Da drückt jemand die Klinke herunter!« schrie er.

Sybilla fuhr herum.

In diesem Augenblick stieß sich der Mann von der Wand ab und warf sich mit einem verzweifelten Satz auf die zurückzukende Frau im goldenen Abendkleid.

Eine Viertelstunde später rief Franz Hergarten Kabine 106 an. Sybilla meldete sich erst nach viermaligem Klingeln.

»Die Wahl war eine Idee von Mr. Hopkins und Jerome Dubois«, sagte Hergarten. »Zufrieden, Liebling?«

»Ja. Ich danke dir. Gute Nacht.«

»Gute Nacht, Liebes.«

»Was tust du jetzt?«

»Ich sitze nackt vorm Spiegel und schminke mich ab.«

»Es muß ein berauschender Anblick sein.«

»Im Moment sehe ich aus wie ein Clown.«

»Ich liebe dich, Sybilla.«

»Gute Nacht, Liebster.«

Franz Hergarten legte nachdenklich den Hörer auf.

Ich liebe sie wirklich, dachte er. Was soll mit Lisa werden? Oder ist alles nur ein Rausch, der verflogen ist, wenn ich das

Pflaster New Yorks betrete? Machen Meer, Wind und Sonne den Menschen zu einem Phantasten der Liebe?

Er ging zur Bar zurück, wo nur noch Hopkins saß und einen Bourbon trank.

»So nachtragend, lieber Freund?« Der Hosenträgerfabrikant klopfte Hergarten auf die Schulter. »Warum sind Sie überhaupt allein und nicht längst in den Federn? Bei solch einer Frau!«

»Sie sind ein rauher Bursche, Mr. Hopkins. So etwas brauche ich jetzt. Ich muß Ihnen etwas gestehen: Ich bin verheiratet.«

»Das war mir klar!« Hopkins lachte schallend. »Um so dämlicher ist es, jede Minute ohne diese herrliche Frau zu verleben. In New York fehlen die Ihnen zur Erinnerung...«

»Ich war bis heute glücklich verheiratet. Meine Frau ist schön, fleißig, treu, ehrbar. Sie würde mich niemals betrügen.«

»Das erwartet man auch von einer guten Ehefrau. Aber was hat das mit Ihnen zu tun?«

»Ich liebe Sybilla Odenthal.«

»Wer täte das nicht.«

»Ich müßte meine Frau betrügen.«

»Wenn alle Ehemänner so jammern würden wie Sie, wäre die Welt ein einziger Zitterchor.«

»Ich weiß, daß ich meine Frau vergessen werde, wenn ich Sybilla liebe. Unsere Ehe bräche auseinander.«

Sam Hopkins sah Hergarten mit hochgezogenen Augenbrauen an. »Man soll Scheidungsanwälte nicht verhungern lassen, es sind auch Menschen. Würde Sybilla Sie denn wirklich heiraten?«

»Ich glaube, ja...«

»Sie haben ein Glück!« Hopkins rutschte vom Barhocker. »Die miesesten Hähne haben die schönsten Hühner, das soll einer begreifen.«

Mir starrem Blick sah Hergarten dem Amerikaner nach, wie er zur Tür schwankte. Das Siegerpaar war auch gegangen, gemeinsam. Sie haben nicht solche Hemmungen, dachte er. Aber sie sind ja auch nicht glücklich verheiratet wie ich.

Er blieb allein an der Bar hocken bis fünf Uhr morgens. Dann brachte ihn ein Decksteward zu seiner Kabine und legte ihn auf das Bett.

Über dem Atlantik dämmerte der Morgen. Die stolze, weiße ›Ozeanic‹ durchschnitt die Wellen, die sich im aufglühenden Sonnenschein golden färbten. Eine Matrosengruppe war dabei, das Sonnendeck zu schrubben. In den Sälen nahmen die Stewards vom Morgendienst die Girlanden ab. Die Kellner stellten die Tische und Stühle in den Speisesälen wieder normal nach Plan. Auf der Kommandobrücke wurde der III. Offizier abgelöst vom II. Navigator. Auch die Funker lösten sich ab.

Ein neuer Tag begann. Ein sonniger Tag mitten auf dem Meer.

Die Borduhr zeigte 6 Uhr.

Der Maschinist Pit, den man auf der ›Ozeanic‹ den ›Schieler‹ nannte, weil sein linkes Auge etwas außerhalb der Richtung gekommen war – eine Vererbung, denn schon sein Vater und sein Großvater schielten erbärmlich –, hatte Freiwache und holte aus dem Restaurant Bellevue seine Freundin, die Marie, ab.

Marie war auf der ›Ozeanic‹ als Küchenhilfe angestellt. Sie war ein dralles Bauernmädchen aus dem Marschland, das neunte Kind unter zwölf Geschwistern. Auf dem kleinen Hof hinter dem Deich gab es für sie keine Arbeit mehr, die machten die älteren acht Geschwister. Umsonst essen wollte sie auch nicht, denn es kam ihr vor, als zähle man jeden Bissen ab, den sie hinunterschluckte, und in allen Augen sah sie das stumme Zählen: Schon wieder für eine Mark gegessen, ohne daß sie dafür etwas tut.

So war sie nach Hamburg gefahren, hatte ein Jahr in einer Seemannskneipe hinter dem Thresen gestanden, bis ihr jemand sagte: »Mädchen, komm aufs Schiff. Die großen Pötte suchen immer Küchenmädchen. Da lernste die Welt kennen.«

Marie fuhr dreimal nach Westafrika und einmal nach Indien, und nun war sie auf der ›Ozeanic‹, garnierte kalte Platten und wusch den Salat, rührte Salattunke an und verzierte die Essen mit Petersiliensträußchen. Mit Pit, dem Schieler, hatte sie sich schon gleich am ersten Tag angefreundet. Daß sein linkes Auge in die Ecke sah, störte sie nicht. Er hat Herz, sagte sie zu den anderen Küchenmädchen. Er ist treu, das fühle ich. Er hat rote Haare, also ist er leidenschaftlich. Was will man mehr vom Leben, nöch?

An diesem Morgen nun holte Pit seine Braut von der Küche des Bellevue-Salons ab. Die Spuren des Jungfernballes waren beseitigt, das Geschirr in den großen Spülmaschinen gesäubert, die Bestecke poliert.

»Gucken wir übers Meer, Pit?« sagte Marie und hakte sich bei ihm unter. Bis die ersten frühen Passagiere an Deck kamen, gehörte ihnen das Schiff nun allein. So ein Morgen auf See ist herrlich. Der Wind dringt bis in die Seele und lüftet sie aus.

»Nö«, sagte Pit und schob die Mütze hin und her über sein stoppeliges rotes Haar. Er sah Marie auf die Brust und kratzte sich die Nase. »Unter Deck ist's auch schön, Deern.«

»Der Morgen ist so schön, Pit.«

»Im Laderaum ist's noch schöner.« Pit umfaßte seine Marie und drückte sie an sich. »Im Laderaum stört uns keiner, Deern. Da geht nur einmal am Tag die Kontrolle durch. Ich habe da eine Ecke eingerichtet, richtig möbliert habe ich sie... hinter drei Kisten...«

Marie wurde rot und lehnte den Kopf an Pits Schulter. Dann legte sie den Arm um ihn und nickte stumm.

Glück ist so selten, dachte sie. Wann war ich jemals glücklich? Man kann es an zwei Händen abzählen. Und Pit ist ein Mann, an den ich mich gewöhnen möchte.

Sie fuhren mit dem Lastenaufzug hinunter zum am tiefsten gelegenen Saunadeck, öffneten dann eine der dicken Stahltüren, auf denen »Eintritt verboten« stand, denn hinter diesen Türen hörte der Luxus auf und der Schiffsalltag begann mit Laderäumen, dunklen Bunkern, winkeligen Gängen, rauschenden Pumpen und stampfenden Turbinen, und küßten sich lange, bevor Pit eine kleine Tür aufstieß, auf der »L I« stand.

Eine eiserne Wendeltreppe führte hinunter in den unbekannten Bauch des Schiffes. Totale Dunkelheit gähnte ihnen entgegen. Ein Geruch von frischem Kistenholz und Moder stieg empor.

»Da?« fragte Marie und klammerte sich an Pit fest. »Sind da auch keine Ratten?«

»Aber Deern! Wir sind ein Luxusschiff!« Pit nahm die Hand Maries und zog sie zur Treppe.

»Muß das so dunkel sein?«

»Ich habe eine starke Taschenlampe in unserer Ecke.« Pit beugte sich vor und drehte an einem Schalter. In der Tiefe des Laderaumes leuchtete eine Birne auf. »Nu komm, Deern!« sagte er und faßte Marie um die Taille. »Hier unten sind wir sicher... und allein.«

Marie nickte. Wo soll man sich auch lieben, dachte sie. Man muß sich ja verkriechen wie ein Hund. Pit wohnt mit sechs anderen Matrosen in einer Kabine, wir Küchenmädchen hausen zu acht in einem großen Raum. Da ist der Keller der einzige Raum, wo wir allein sind.

Sie stiegen umarmt die Eisentreppe hinunter und blieben auf jeder zweiten Stufe stehen, um sich zu küssen. Dann erreichten sie endlich den Boden des Laderaumes. Das trübe Licht reichte kaum bis zu den vierten Kistenstapeln.

»Endlich allein!« sagte Pit fröhlich und zog Marie wieder an sich. »Bis 12 Uhr habe ich Freiwache, Deern.«

Er wollte sie küssen, als Marie plötzlich steif wurde, als versteinere sie zur Salzsäule wie weiland Lots Weib. Dann riß ihr Mund auf, ein greller Schrei brach aus ihr heraus, ihre Augen drehten sich, sie fiel um, wie ein gefällter Baum, und Pit hatte Mühe, sie aufzufangen.

Da sah auch er, was Marie vor Entsetzen ohnmächtig werden ließ. Langsam ließ er Marie auf den Boden gleiten und wischte sich mit beiden Händen zitternd über das Gesicht.

In einer Ecke des Laderaumes, gleich unter der eisernen Treppe, lag ein Toter.

Er saß an die Wand gelehnt, trug einen schwarzen Smoking und hatte ein kreisrundes, kleines Loch in der Stirn. Seine starren Augen blickten Pit wie in maßloser Verwunderung an.

Kapitän Selbach, der I. Offizier, Dr. Dahl und Harry Linder, ein junger, unscheinbarer Mann mit einem wirren, blonden Haarschopf und einem modernen Kinnbart, standen um den Toten. Harry Linder, den die Reederei als Schiffsdetektiv eingestellt hatte und dessen Aufgabe es war, den immer und auch überall mitreisenden Taschen- und Juwelendieben das Leben schwerzumachen, richtete sich auf, nachdem er dem Toten ins Gesicht gesehen hatte.

»Erschossen!« sagte er.

»Unheimlich klug!« Kapitän Selbach wischte sich den Schweiß von der Stirn. Hier unten gab es keine Klimaanlage wie in den Kabinen. Hier war es heiß wie in einem Treibhaus. Die dicht nebenan liegenden Maschinenräume strahlten die Wärme durch die Wände. »Vor Freude ist er nicht gestorben.«

Der Tote hatte noch seinen eleganten Smoking an. Der Ausdruck seines Gesichtes schien Erstaunen zu sein. Als der Schuß ihn mitten zwischen die Augen traf, mußte er an alles andere, nur nicht an seinen Tod gedacht haben.

»Zunächst müssen wir feststellen, wer er ist«, sagte Harry Linder.

»Nicht nötig.« Kapitän Selbach atmetete tief auf. »Er heißt Jerome Dubois und ist ein französischer Philosoph. Vor drei Stunden saßen wir noch zusammen und tranken Champagner.« Er blickte hinüber zu Dahl, der die Einschußöffnung untersuchte. Es hatte wenig geblutet, nur ein dünner Streifen Blut war über die Nasenwurzel zum Mund gelaufen. »Selbstmord, Doktor?«

»Ganz unmöglich. Wo ist dann die Waffe?«

»Also Mord.«

»Ja.«

»Das hat uns noch gefehlt. Wie, zum Teufel, ist Dubois überhaupt in die Laderäume gekommen? Was hat er hier zu suchen?«

Dr. Dahl richtete sich auf. Sein Gesicht war fahl. »Jeder Schuß hinterläßt einen Geruch von verbranntem Pulver. Vor allem hier, in diesem geschlossenen, nicht entlüfteten Raum. Riechen Sie etwas, meine Herren?«

»Nein«, sagte der I. Offizier und schnupperte.

Harry Linder steckte die Hände in die Taschen. »Daran habe ich auch schon gedacht. Er wurde woanders erschossen und erst dann hierhergetragen.«

»Dann muß ein Besatzungsmitglied der Täter sein.« Kapitän Selbach griff wieder nach seinem Taschentuch. »Auch das noch.«

»Warum ein Besatzungsmitglied?« Dr. Dahl lauschte nach oben. Mit dem Lastenaufzug kamen zwei Stewards und eine Trage herunter.

»Die Passagiere kennen nur ihre Wege von der Kabine zu den Gesellschaftsräumen. Dieser Teil des Schiffes ist ihnen völlig unbekannt.«

»Um einen Toten zu verstecken, sucht man gern Neuland. Das Rätselhafte ist: warum gerade Dubois? Er war ein stiller

Philosoph. Er war der unauffälligste von allen Luxuspassagieren. Und ich nehme an, er war auch der ärmste im Vergleich zu Surtess, Sepkinow, Hergarten und wie sie alle heißen.« Dr. Dahl winkte den Stewards zu, die jetzt mit der Trage die Eisentreppe hinunterklapperten. Sie legten den toten Dubois auf die Zeltplane und deckten ihn mit zwei Tüchern zu. »Ich möchte mich jetzt nicht damit aufhalten, Herr Kapitän, nach den Gründen zu suchen, das wird Sache der New Yorker Polizei sein. Wir müssen uns nur eins vor Augen halten: An Bord der ›Ozeanic‹ ist ein Mörder!«

»Das ist ein Gedanke, der mir den Atem raubt«, sagte Kapitän Selbach ehrlich. »Und eben, weil es so sinnlos ist, daß Dubois erschossen wurde, ist der Mörder eine ständige Bedrohung für alle anderen Passagiere.«

»Der Tod muß auf alle Fälle verschwiegen werden, bis New York«, sagte der I. Offizier. »Die Panik, die ausbrechen kann, nicht auszudenken! Offiziell werden wir sagen, Herr Dubois habe sich beim Bord-Ball übernommen und einen Herzanfall bekommen. Er brauche vollkommene Ruhe. Damit schalten wir auch die Besuche seiner neuen Freunde aus. Das müssen Sie übernehmen, Doktor.«

Dr. Dahl nickte. Der Tote wurde die Treppe hinaufgehoben und dann zum Lastenaufzug gebracht. Im Hospital warteten schon die beiden Krankenpfleger. Es war ein großes Glück, daß alle Passagiere noch schliefen nach dieser festlichen Nacht. Nur ein paar ältere Herrschaften saßen bereits in der Kapelle und hörten die Frühmesse an.

»Was können wir tun?« fragte Kapitän Selbach. »New York verständigen, die Reederei ... und sonst nichts. Und die Augen offenhalten. Es ist ein schreckliches Gefühl, zu wissen, daß unter den fast zweitausend Menschen an Bord ein Mörder ist und man nichts dagegen tun kann. Werden Sie bei einer gründlichen Untersuchung des Toten noch etwas entdecken können, Doktor?«

Dr. Dahl hob die Schultern. »Ich will versuchen, die Kugel aus dem Kopf zu holen. Dann haben wir wenigstens das Kaliber. Aber was nutzt das? Können wir in die Taschen von zweitausend Menschen sehen? Ich wette, daß mehr Waffen an Bord sind, als wir ahnen. Und wenn wir jeden untersuchten, würden wir uns bestimmt wundern, wer alles mit einer Pistole herumläuft.«

»Das wäre eine Idee.« Harry Linder schnippte mit den Fingern. »Die Kabinenstewards sollen unauffällig beim Aufräumen und Säubern herumgucken, ob jemand Waffen im Gepäck hat. Am besten läßt sich das während des Frühstücks oder beim Mittagessen machen. Wir haben dann eine zwar unvollständige, aber immerhin doch sehenswerte Liste.«

»Ich werde das anordnen.« Kapitän Selbach kletterte die steile Eisentreppe hinauf zu dem Vorraum, von dem eine dicke Tür zu dem Teil des Schiffes führte, der Sauna-Deck hieß, ein kleines Schwimmbad enthielt, Massageräume, Sportzimmer, Saunas und sogar medizinische Wannenbäder. Drei Heilgymnastinnen und zwei Diplom-Bademeister betreuten hier die Passagiere, die ganz auf ihre Gesundheit bedacht waren. »Was machen wir, wenn es noch einen zweiten Toten gibt?«

Dr. Dahl sah an Selbach vorbei. Es tat ihm weh, das folgende sagen zu müssen: »Da der Tod von Dubois, wie Sie selbst schon angemerkt haben, so sinnlos erscheint, jedenfalls aus unserer Sicht, befürchte ich, daß es noch mehr Tote geben wird.«

»Doktor!« Der Kapitän fuhr zu Dr. Dahl herum. »Unken Sie bloß nicht!«

»Wenn unser Mörder ein Irrer ist, wird er weitermorden, das steht außer Zweifel. Da es beim ersten Mal so gut gelungen ist, wird er weitermachen.«

»Und wir stehen hilflos herum!«

»Ja.« Dr. Dahl nickte. »Wir können gar nichts tun...«

Der Morgen war herrlich, voll Sonne und salziger Frische, die der Wind vom Meer her über das Schiff trieb.

Auf dem Tennisplatz des Sonnendecks, vor den beiden roten Schornsteinen, spielte Ulrich Renner eine Partie mit dem Bordtrainer. Die meisten Passagiere hatten in ihren Kabinen gefrühstückt und lagen nun in den Bordstühlen auf den Promenaden, an der Reling und um den Lido-Swimming-pool, eingekremt mit Sonnenöl, faul und müde von der durchtanzten Nacht. Die Deckstewards hatten genug zu tun, mit kalten Getränken den Nachdurst zu dämpfen. Nur Sybilla Odenthal schwamm im Pool, ein glitzender Fisch mit einer leuchtendroten Bademütze.

Langsam stieg Margret Goltz die Treppe zum Tennisplatz hinauf und setzte sich auf die weiße Bank am Rande des Spielfeldes. Ulrich Renner sah sie, winkte ihr zu und spielte weiter.

O Himmel, dachte er, wie sie aussieht! Ein aus dem Nest gefallenes Vögelchen. Sie wird hundert Fragen haben, hundert Vorwürfe, es wird Tränen geben und Beteuerungen... Es ist immer dasselbe, wenn das erste Erlebnis vorbei ist und die Reue wie Brennesseln im Herzen sitzt. Das aber hasse ich so: dieses heulende Elend, sobald das, was jedes Mädchen irgendwann einmal hinter sich bringen muß, tatsächlich geschehen ist. Ob mit 17 oder mit 27, es ist keine Sache des Alters, sondern des Gefühls. Und du hast Gefühl, mein Püppchen, viel Gefühl. Ich nehme an, du hast es selbst bis heute nacht nicht gewußt...

Margret sah dem Spiel zu und stützte den Kopf in beide Hände. In ihr tobte etwas, das sie bisher an sich noch nicht wahrgenommen hatte.

Das bist du also, dachte sie und übersah ein neuerliches Winken Renners, der einen Satz gegen den Tennislehrer gewonnen hatte. Du kannst Tennis spielen, während ein Mädchen die ganze Nacht durchgeweint hat und sich nach einem Wort von dir sehnte, nach deinen Zärtlichkeiten, nach der so wichtigen Brücke von Liebe und Vertrauen, die gebaut werden muß, wenn man *das* hinter sich hat. Heimlich bist du weggeschlichen, wie ein Dieb, und ich traue dir zu, daß du wieder an der Bar gesessen und mit anderen Frauen geflirtet hast. Was du erreichen wolltest, hast du bekommen, was geht dich jetzt das gerupfte Gänschen an? Mag es frieren, die Federchen wachsen schon nach, und über das andere kommt man auch hinweg. Es gehört zum Leben, man entwickelt sich, aus jeder Blüte wird einmal eine Frucht.

Sie verzog die Lippen, als sie Renner laut lachen hörte, warf den Kopf zurück und ließ die langen, blonden Haare im frischen Morgenwind wehen. Der Tennislehrer sah zu ihr hinüber, und sie lachte zu ihm zurück, bewußt provozierend, die langen Beine übereinander schlagend, den Oberkörper dehnend, damit sich die festen Brüste durch die weiße Bluse drückten.

Ulrich Renner hatte den zweiten Satz beendet. Er wischte sich mit einem weißen Frottierhandtuch den Schweiß vom Gesicht, schlang das Handtuch flott um den Hals und machte einen Sprung über das Netz.

»Hallo, Baby!« rief er. Der Tennislehrer ging zu einem kleinen Tisch, auf dem einige Gläser, eine Flasche Orangensaft und ein Siphon standen, und goß sich ein Glas ein. Ulrich Renner beugte sich über Margret und wollte ihr einen Kuß geben, aber sie entzog sich ihm mit einer hastigen Kopfbewegung.

»Nanu?« sagte Renner fröhlich. »Katzenjammer? Das gibt sich, meine Süße. Nehmen wir einen Drink?«

Margret antwortete nicht, erhob sich und ging an Renner vorbei auf das Spielfeld. Verblüfft schaute ihr Renner nach und zog nervös an seinem Handtuch. Sie spürte seinen Blick und wiegte beim Gehen die Hüften, ganz leicht, aber deutlich genug.

»Wann sind Sie frei?« fragte sie den Tennislehrer, blitzte ihn mit ihren großen, blauen Augen an, schob mit beiden Händen die Haare zurück und dehnte sich. Ein kleines, süßes Aas, das weiß, wie hübsch und gefährlich es ist. »Ich möchte mich von Ihnen trainieren lassen, Meister.«

»Im Tennis?« fragte der Lehrer keck zurück. Er kannte solche Mädchen von anderen Reisen mit Luxusschiffen. Dieses hier war eines der schönsten und jüngsten; sein Lächeln war dementsprechend aufmunternd.

»Auch.« Margret lehnte sich an den Tisch. »Ich bin Anfängerin.«

»Das soll man nicht meinen!« Das Grinsen des Trainers wurde breiter. »Gleich nach dem Herrn bin ich frei. Wir haben noch einen Satz.«

»Dann warte ich solange. Es wird nicht anstrengend sein mit mir.«

»Das weiß man vorher nie.« Der Trainer goß ein Glas halb voll Orangensaft und füllte es mit Sodawasser auf. Er reichte es Margret, und sie nahm es, als habe sie es bestellt.

Ulrich Renner kam langsam näher. Er hatte sein Rackett unter den Arm geklemmt und war sichtbar unsicher.

»Kann ich dich einen Augenblick sprechen?« fragte er Margret. Sie sah ihn an, als sei er ein völlig Fremder, und hob die Schultern.

»Warum?«

»Ich hole neue Bälle.« Der Trainer stellte sein Glas hin und entfernte sich höflich. Da liegt was in der Luft, dachte er. Da ziehen Wolken heran. Die Sache wird interessant.

»Du benimmst dich unmöglich«, sagte Renner und trank das Glas des Trainers leer.

»Bist du mein Anstandswauwau?« Margret drehte sich um und sah über das kaum bewegte, in der Morgensonne golden schimmernde Meer.

»Was ist eigentlich in dich gefahren?« Renner legte sein Rakkett weg und wollte Margret umarmen, aber sie drückte energisch seinen Arm zur Seite. »Nach dem, was zwischen uns gewesen ist... Margret...«

»Was ist zwischen uns gewesen?« Sie lachte etwas schnippisch und drehte die Haare in den Wind. Sie flatterten über Renners Gesicht und nahmen ihm die Sicht. »Ist das so bedeutend? Ein Mädchen verliert seine Unschuld – na und? Soll ich weinen? Soll ich dich verliebt anhimmeln? Vielleicht hätte ich das getan, wenn du neben mir gewesen wärst, als ich aufwachte. Aber du warst Tennis spielen. Vielleicht war das ganz gut, es macht es mir leichter.«

»Werde nicht hysterisch, Süße.« Ulrich Renner war ehrlich verwirrt. Margret Goltz benahm sich so völlig außerhalb aller Erfahrungen, die er sonst mit jungen Mädchen gesammelt hatte. Die meisten hatten geweint, viele waren von übergroßer, täppischer Zärtlichkeit, einige waren nicht mehr zu bremsen und wurden unersättliche Raubtiere. Immer aber klammerten sie sich an ihn, den ersten Mann in ihrem Leben, und es hatte Mühe gekostet, sie davon zu überzeugen, daß ein Beinbruch schlimmer sei als der Verlust der Mädchenhaftigkeit.

Und nun Margret. Sie war genau das Gegenteil. Sie brach aus; sie benahm sich wie eine Sturmflut, die einen Deich durchbrochen hatte und nun das ganze Land überschwemmt. Staunend sah er, wie sie jetzt sogar mit den Matrosen flirtete, die das Sonnendeck schrubbten. Ihre aufreizende Schamlosigkeit regte ihn maßlos auf.

»Ich liebe dich!« sagte er heiser.

Sie warf den Kopf zurück und lachte.

»Sei nicht altmodisch, mein Lieber. Über solche Sätze kann man nur lachen.«

»So etwas habe ich noch nicht erlebt.« Renner riß sie an den Schultern zu sich herum. Margrets Augen funkelten in einem tiefen Blau. Ihre Lippen waren zusammengepreßt.

»Du wirst noch vieles erleben!« zischte sie. »Du bist nicht der einzige Mann auf dem Schiff! Und ich habe einen Hunger auf Männer, der unwahrscheinlich ist. Er ist kannibalisch. Eigentlich muß ich dir danken. Du hast eine Tür aufgestoßen, und dahinter habe ich das Paradies entdeckt. Was siehst du mich so dumm an, he?«

»Komm unter Deck«, sagte Renner rauh. »Wir müssen uns in deiner Kabine weiter unterhalten.«

Margret lachte wieder und trat zurück. »So sprach der Wolf zum kleinen Geißlein... Aber es gibt kein Geißlein mehr. Ich habe bis gestern davon geträumt, frei zu sein. Ich wollte wissen, wie das ist: frei von der Familie, frei von den Lehren der sittenstrengen Mama, frei von der tolpatschigen Liebe des Papa, frei von allen vermieften Salons, in denen ich herumgereicht wurde. Ich wollte immer ein Gammler sein. Aber oje, Tochter eines Konsuls und Gammler? Ich wollte mit den Ausgeflippten auf einer Wiese liegen. Make love, not war! Ist das ein Wort? Aber nun bin ich frei! Frei! Nun platzt für mich die Welt vor Liebe! Schönen Dank, mein kleiner Playboy.« Sie gab dem versteinerten Renner einen Kuß auf die Stirn, rannte dem Trainer entgegen und hakte sich bei ihm unter.

Ulrich Renner verzichtete auf den dritten Satz, nahm sein Rackett und ging unter Deck. Das Lachen Margrets verfolgte ihn bis zur Tür auf dem Lido-Deck.

Ein Vulkan war geboren worden, der fünf Tage lang die ›Ozeanic‹ entflammen sollte.

Der Tod Dubois' konnte verheimlicht werden.

Beim Mittagessen berichtete der I. Offizier, der anstelle des dienstlich verhinderten Selbach den Kapitänstisch leitete, daß Monsieur Dubois einen Herzanfall erlitten habe und im Hospital unter einem Sauerstoffzelt liege. Ein Besuch sei ausgeschlossen.

»Unser Philosoph!« rief Sam Hopkins. »Das kommt vom vielen Lesen. Da verkümmert der Kreislauf. Sehen Sie mich an, ich habe in den letzten zwanzig Jahren nur mein Scheckbuch gelesen, sonst nichts! Wenn ich einatme, knacken die Nähte. Wir sollten dem guten Dubois etwas schenken. Darf er Rotwein trinken?«

»Gar nichts.« Dr. Dahl, der gerade an den Tisch kam, setzte sich. »Er wird künstlich ernährt.«

»So schlimm?« Sir Surtess beugte sich vor. »Ernst, Doktor? Lebensgefahr?«

»Nicht unmittelbar. Jetzt ist Ruhe die beste Medizin. Herr Dubois ist nicht gerade die widerstandsfähigste Natur.«

»Ihm fehlt das Landleben!« rief Hopkins wieder. »Immer nur dicke Bücher! Blödsinn! Wenn er mal erlebt, wie 'n Stier einer Kuh nachsetzt, bekommt er ein ganz anderes Weltbild. Ich werde mich in New York um ihn kümmern. Ich lade ihn ein auf meine Farm.«

»Tun Sie das, Mr. Hopkins.« Dr. Dahl beugte sich über seine Suppe. Er sah bleich und übernächtigt aus. Er dachte an die Kugel, die er aus dem Schädel Dubois' geholt hatte. Das Projektil einer automatischen Pistole. Das war keine Waffe mehr, die man zum Selbstschutz mitnimmt; das war die Waffe eines Profis! Wer den Schuß auf Dubois abgegeben hatte, der tötete nicht zum ersten Mal. Er hatte Übung. Das Loch zwischen den Augen saß so abgezirkelt, daß man annehmen konnte, dieser Schuß sei lange und eingehend geübt worden.

»Also ist ein Killer an Bord«, sagte Harry Linder, der Detektiv, als Dr. Dahl das Projektil auf einem Stück Zellstoff den betretenen Offizieren der ›Ozeanic‹ zeigte. »In der Kabine Dubois' fehlt übrigens gar nichts. Nichts ist durchwühlt. Das Geld und ein bißchen Schmuck liegen unberührt in den Schubläden. Raubmord scheidet also völlig aus. Eine Liebesaffäre auch; auf dem Schiff hat sich Dubois nicht um Frauen gekümmert. Und daß eine Frau an Bord gekommen sein könnte, die ihn haßte – nein, es ist nicht Frauenart, mit Automatiks um sich zu schießen.«

»Ich erwarte heute noch aus Paris von der Polizei einen genauen Bericht über Dubois«, hatte Selbach dumpf gesagt. »Bevor wir nach New York kommen, werden Beamte des FBI uns mit einem Schnellboot entgegenkommen und an Bord gehen.«

Dr. Dahl schob seine Suppe weg. Sie schmeckte wie Gallensaft. Auch Lisa hatte keine Ahnung, was in der Nacht, als sie neben Dr. Dahl schlief und die Wärme ihrer Körper sie beide wie eine Hülle von Glück umgab, wenige Meter von ihnen geschehen war. Als man den Schiffsarzt zum zweiten Mal von ihrer Seite holte, war sie nicht aufgewacht. Sie verschlief eine Stunde, die sie sonst mit Fragen ausgefüllt hätte. Fragen, die Dr. Dahl ihr nie beantwortet hätte.

Während des Mittagessens kämmten die Kabinenstewards

die leeren Kabinen durch. Unter dem Vorwand, die Bettwäsche zu erneuern, stellten sie alles auf den Kopf. Sie blickten in alle Schubläden, tasteten alle Anzüge ab, öffneten alle Koffer und Taschen.

In die Kabinen Sybillas und Lisas kamen sie nur ganz kurz. Die beiden Frauen aßen in der Kabine; sie wollten vermeiden, heute im Speisesaal aufeinanderzutreffen. Für die noch folgenden Auseinandersetzungen gab es andere Plätze. Der Swimming-pool, die Promenade, das Lido-Deck... Kampfbahnen, wo die Vorzüge besser zur Geltung kamen als im gesellschaftlich steifen Restaurant.

Die Kabinenstewards räumten schnell auf, nachdem sie um Erlaubnis gefragt hatten. Sie machten die Betten und hängten die Abendkleider weg, die über den Stühlen lagen. Sie trugen auch die Abendtaschen weg und tasteten sie schnell ab. Kein Mienenspiel verriet, daß sie maßlos erstaunt waren, wie hart und klar in den Konturen der Gegenstand war, den ihre flinken Finger da ertasteten.

Während in den Clubs der Tee serviert wurde, lagen die Meldungen der Kabinenstewards vollzählig beim Kapitän. Das Ergebnis war erstaunlich.

»An Bord sind 49 Handfeuerwaffen, 17 Gewehre und 12 Totschläger«, las der Oberzahlmeister, der Verwaltungschef der schwimmenden Stadt, vor. »Hätten Sie das gedacht? Dabei handelt es sich nur um die Waffen, die in den Kabinen waren. Was die Passagiere in den Taschen herumtragen, ist ja unbekannt.« Er sah hinüber zu Dr. Dahl, der sich Notizen machte. »Wußten Sie übrigens, Doktor, daß Ihre Herzensdame in ihrer Abendtasche eine Pistole mit sich herumschleppt?«

»Das ist doch nicht möglich.« Dr. Dahl sah wie hilfesuchend im Kreis der Offiziere herum. »Ich werde sie fragen.«

»Das lassen Sie mal sein.« Harry Linder grinste breit. »Die Konkurrentin ist nebenbei auch bewaffnet. Trägt auch in der goldenen Abendtasche so ein Knallbonbon.«

»Das wird ja immer schöner!« Kapitän Selbach hieb mit beiden Fäusten auf den Tisch. »Beim nächsten Bordball haben wir wohl Pistolenduelle der Damen zu erwarten, was?! Ich fahre jetzt dreißig Jahre zur See, aber so was habe ich noch nicht erlebt.«

»Es hat sich ja auch niemand die Mühe gemacht, den Passagieren unters Hemd zu gucken.« Harry Linder schob die Liste zu Selbach hinüber. »Wir wissen nun, wer alles eine Waffe hat, und wir wissen, daß die sogenannte Dunkelziffer vielleicht noch höher ist. Von zweitausend Menschen an Bord haben schätzungsweise hundert Waffen bei sich. Erfahrungsgemäß kann man die, die ihre Knallkorken in der Kabine herumliegen lassen, als potentielle Mörder ausschalten. Wir sind also genauso klug wie bisher.«

Die Offiziere erhoben sich und verließen die Kapitänsmesse. Sie hatten alle das Gefühl, wie auf einer Bombe zu sitzen.

Wann geschah der nächste Mord? Wer war das Opfer? Wo würde man es finden? Würde es möglich sein, auch diesen Toten zu verschweigen? Würde es wieder ein sinnloser Tod sein? Hatte man einen Wahnsinnigen an Bord, dem man den Blutrausch nicht ansah? Saß man mit ihm am Tisch, trank Wein mit ihm, machte Witze, und in seiner Tasche lag die Automatik, bereit zu töten, wenn die Lust des Mordens über ihn kam?

Dr. Dahl fuhr hinunter in sein Hospital.

Lisa hat eine Pistole bei sich, dachte er. Warum? Fühlt sie sich bedroht? Warum trägt sie die Waffe in ihrer Abendtasche herum? Was weiß man denn von ihr als nur das, daß sie eine wunderbare Frau ist, in deren Liebe man ertrinken kann? Welch ein Geheimnis verbirgt sich hinter ihrem Lächeln?

Das Telefon schrillte. Dr. Dahl schrak auf.

Bloß kein neuer Toter, durchfuhr es ihn.

Es war Lisa. Sie rief aus ihrer Kabine an.

»Was machen wir, Liebling?« fragte sie. »Ich habe etwas geschlafen und bin nun zu neuen Taten bereit. Wollen wir schwimmen?«

»Ich habe in der Unfallstation zu tun.« Dr. Dahl sah auf die Uhr. »Im Maschinenraum ist etwas passiert, drei Quetschungen. Ich kann nicht weg.«

»Soll ich zu dir kommen und in deiner Kabine warten?«

»Es kann länger dauern. Ich komme an Deck, sobald ich hier fertig bin.«

»Ich küsse dich«, sagte sie zärtlich.

»Ich spüre es«, sagte er und dachte an die Pistole in ihrer Handtasche.

»Wer ist sie?« dachte er wieder. Er zuckte zusammen, weil er die Frage laut ausgesprochen hatte.

Der Tag ging herum ohne nennenswerte Ereignisse. Graf Sepkinow, Sir Surtess und Sam Hopkins spielten eine Partie Bridge, der sich auch der deutsche Architekt Heinz Niehoff anschloß. Er kam etwas später, er hatte seinen Brummschädel der vergangenen Nacht ausgeschlafen, wie er sagte. Lady Anne sonnte sich auf dem Sonnendeck – ein massiges Fossil in einem einteiligen Badeanzug, das selbst ihr Mann, Sir Surtess, mit dem Interesse eines Archäologen betrachtete. Die gelähmte Frau Michaelson hatte sich an die Reling schieben lassen. Dort saß sie, blickte aufs Meer und ließ sich von ihrer Zofe, der blassen Käthe Peine, aus einem dicken Roman vorlesen. Eine allgemeine Trägheit lag über dem ganzen Schiff. Es war warm, die vergangene lange Nacht lag noch in den Gehirnwindungen. – Aber diese Ruhe täuschte.

Unter Deck war etwas geschehen, das niemand wußte.

Sybilla Odenthal hatte Franz Hergarten aus seiner Kabine abgeholt und war mit ihm hinuntergefahren zu ihrer Kabine 106.

»Ich muß dir was zeigen«, sagte sie, als er sie erwartungsvoll ansah. Sie schloß die Tür von innen ab und schüttelte den Kopf, als sie seinen Blick über ihren Körper gleiten sah.

»Nicht das«, sagte sie mit einem Unterton des Bedauerns. »Der Alltag ist angebrochen.«

Sie ging zur Schublade, zog sie auf, faßte mit spitzen Fingern eine Krokodilledertasche und hob sie auf den Tisch. Es war ihre tägliche Handtasche, in der sie ihren Paß, ihr Geld und ihre Schiffskarte verwahrte. Ihre Puderdose lag darin, ein Lippenstift, zwei Taschentücher, ein Notizbuch, ein goldener Kugelschreiber, ein doppelter Spiegel.

Sie ließ die Tasche liegen, zog Handschuhe an, entnahm ihrer Kosmetiktasche zwei Scheren und nestelte mit ihnen den Verschluß der Krokotasche auf.

Als die Tasche aufklappte, trat sie etwas zurück und klopfte auf das Leder.

Mit starren Augen sah Hergarten, wie sich etwas in der Tasche bewegte. Dann glitt ein schmaler, platter Kopf hervor, eine gespaltene Zunge schnellte durch die Luft, ein feines Zischen ertönte.

Ein Schlangenkopf blinzelte ins Licht, dann folgte der schuppige, glänzende Leib nach und schlängelte sich aus der Tasche hinaus über den Tisch. Der flache, dreieckige Kopf pendelte hin und her wie nach einer unhörbaren Musik.

»Eine südamerikanische Sumpfviper«, sagte Sybilla in die unheimliche Stille. Sie streckte eine der Scheren dem Kopf entgegen – sofort fuhr die Schlange zischend vor und biß in das blinkende Metall. Sie schien hungrig und durstig zu sein. »Ihr Biß ist absolut tödlich. Es gibt bis heute noch kein Serum gegen ihr Gift. Gestern abend lag sie noch nicht in meiner Tasche.«

Es gibt Augenblicke im Leben, in denen rätselhafte Ereignisse lähmend wirken und den Menschen zu starrem Staunen zwingen. Nicht anders erging es Franz Hergarten, als er die sich wiegende Schlange mit dem dreieckigen Kopf vor sich sah, ihr gefährliches Zischen hörte und Sybilla mit den beiden Scheren in den Händen in respektvoller Entfernung neben dem Tisch stand.

»Wie... wie hast du das gemerkt?« fragte er stockend.

»Ich wollte wie immer meinen Lippenstift aus der Tasche holen. Als ich sie aus der Schublade nahm, fühlte ich, daß sich etwas in ihr bewegte. Ein Glück, daß ich nicht sofort das Schloß geöffnet habe, denn damit hatte derjenige, der mir die Viper in die Tasche praktizierte, gerechnet. Jede Frau, die ihre Handtasche öffnet, greift sofort zum Schloß und öffnet dann den Bügel. In diesem Augenblick wäre die Viper herausgeschnellt und hätte mich in das Handgelenk gebissen. Der Plan war gut... ich wäre jetzt schon tot.«

»So ein gemeiner Hund!« sagte Hergarten dumpf.

»Wer sagt, daß es ein Mann war?« Sybilla beobachtete die Schlange. Sie hatte sich beruhigt. Mit dem flachen Kopf lag sie nun auf der Tischplatte, aber ihre kleinen, runden, schwarzen Augen sahen unverwandt Sybilla an. Die gespaltene Zunge huschte ab und zu aus dem Maul und glitt über den Tisch. »Es beweist nur eines: Der Kampf hat begonnen. Die Durchsuchung deiner Kabine war erfolglos, und es gibt mehrere, die an deiner Aktentasche interessiert sind.«

»Mehrere? Wieso?« Hergarten wagte es nicht, einen Schritt vorwärts zu machen. Er war froh, daß die Schlange so ruhig war. Sybilla trat langsam zurück und zog dabei an den Henkeln ihre Tasche vom Tisch. Der Kopf der Schlange ruckte zur Seite, die Zunge spielte über die polierte Platte.

Es ist besser, er erfährt nichts von dem Besuch in meiner

Kabine, dachte Sybilla. Zu unserem Geschäft gehören starke Nerven... er hat sie nicht. Er ist ein sensibler Wissenschaftler, er hat mit seinem Elektronium eine weltverändernde Erfindung gemacht und ist damit in die Schußlinie der Geheimdienste aller Großmächte geraten. Er ahnt gar nicht, in welcher Gefahr er sich befindet. Sein Glaube an das Gute und Vornehme ist so groß, daß er nicht verstehen wird, wieso er mit seiner Erfindung nur eine kaltblütige Jagd nach seiner Formel heraufbeschworen hat, bei der die Beteiligten auch vor Mord nicht zurückschrecken.

Sie nahm die Tasche, schüttete den Inhalt auf das Bett und griff nach einem Zettel, der zwischen Puderdosen, Lippenstift, Kamm, Zigarettenetui und Taschentuch lag.

»Sieh an«, meinte sie. »Eine Nachricht.«

Es war eine Karte mit dem Aufdruck OZEANIC, wie sie im Schreibzimmer und der Bibliothek in ledernen Schreibmappen herumlagen. Auch der Text schien offensichtlich auf einer der Bordschreibmaschinen geschrieben zu sein.

»Bitte!« sagte Sybilla und reichte Hergarten die Karte.

»Ein Gruß aus Moskau!« las er laut und sah dann Sybilla erschrocken an. »Sepkinow?«

»Aber nein!« Sybilla lachte etwas hysterisch. »Unser unbekannter Schlangenbändiger ist zu naiv. Wäre der Anschlag auf mich gelungen und man hätte in meiner Tasche diese Karte gefunden, so wäre der Verdacht – wenigstens hoffte er das – auf einen an Bord befindlichen sowjetischen Agenten gefallen. Den großen Unbekannten also, den man nie entdeckt hätte.« Sie nahm die Karte aus Hergartens starren Fingern und steckte sie wieder in die Handtasche. »Annahme verweigert!« sagte sie dabei. »Die Post geht an den Absender zurück.«

»Wenn man ihn kennen würde...«

»Er wird keine Ruhe geben, Liebster. Bis New York sind es noch vier Tage – nicht mehr viel Zeit, an deine Pläne zu kommen. In New York ist die Chance vorbei, das weiß man genau. Es *muß* also auf dem Schiff etwas passieren.« Sie sah Hergarten mit großen, braunen Augen an. Jetzt lag Angst in ihnen, Angst, wie sie nur die Liebe hervorbringt. »Ich sollte dich jetzt nicht mehr allein lassen«, sagte sie langsam. »Du ahnst gar nicht, was mit dir geschehen kann.«

Hergarten machte einen Schritt auf sie zu. Sofort hob die Schlange den Kopf und zischte.

»Du kommst zu mir?« sagte Hergarten glücklich. »Du ziehst in meine Kabine?«

»Es wird mir wohl nichts anderes übrigbleiben, Liebster.«

»Das klingt nicht gerade glücklich, Sybilla...«

»Wir werden wenig Zeit zum Glück haben, Franz. Ich bin jetzt wie ein Magnet, der die Gefahren anzieht. Aber es ist besser, ich bin bei dir, als wenn du allein in den Strudel gezogen wirst, der uns heute, morgen oder übermorgen erfassen kann.« Hergarten wollte wieder einen Schritt zu ihr machen, aber sie hob abwehrend beide Hände: »Bleib stehen! Reg' das Biest nicht unnötig auf. Ich brauche es noch.«

»Du brauchst...« Er starrte sie fassungslos an. »Ja, sollen wir denn nicht jemand anrufen, damit er ihr den Kopf abschlägt? Wenn der Kabinensteward mit einem Beil...«

»Aber warum?« Sybilla nahm die Handtasche vom Bett, schob den Zettel mit der liebevollen Nachricht »Gruß aus Moskau« wieder hinein und öffnete weit den Verschluß. »Der Spender dieses netten Tierchens wußte genau, wie nützlich es sein kann. Ich weiß es auch.«

Mit weit aufgeklappter Tasche, die wie ein Riesenmaul wirkte, näherte sich Sybilla langsam, Schrittchen um Schrittchen, der nun bewegungslos auf dem Tisch liegenden Viper. Hergarten hielt den Atem an. Er wußte jetzt, was Sybilla vorhatte, und trotz aller Angst bewunderte er sie. Welch eine Frau, dachte er, himmlisch schön und eiskalt wie ein Eisberg. Ihre Küsse entfachen Brände, aber ihr Hirn reagiert wie eine Maschine. Wie ist sie wirklich? Ist sie mehr verführerische Frau oder mehr atemberaubendes, elementares Abenteuer? Man kann sie sich vorstellen, ganz aufgelöst in Zärtlichkeit, flüsternd in der Umarmung und seufzend in der Erfüllung – aber man kann sie auch sehen mit hartem Blick, die Pistole in der Hand, oder wie jetzt: gespannt wie eine Bogensehne, die weit offene Tasche in beiden Händen, sich an eine Viper anschleichend, deren Vorschnellen und blitzartiger Biß den sicheren Tod bedeutet.

Durch Hergarten flimmerte die Erregung wie ein elektrischer Strom. Er legte die Hände aneinander und spürte, daß sie schweißnaß waren. Schweiß lief ihm von der Stirn über seine Augen. O Himmel, ist das eine Angst, dachte er. Was mache ich, wenn die Viper schneller ist? Es gibt doch kein Gegengift, sagt sie.

»Laß es sein, Sybilla«, flüsterte er, als könnte jeder laute Ton die Schlange zum Angriff reizen. »Ich rufe den Steward. Wir schlagen ihr den Kopf ab…«

Sybilla schüttelte stumm den Kopf. Sie stand nun dicht vor der Viper, die offene Tasche an die Brust gedrückt. Die Schlange hatte den Kopf erhoben, richtete sich nun etwas auf und stand, etwa fünfzehn Zentimeter groß, aufrecht mit ihrem glänzenden, glatten Schlangenleib. Wieder pendelte der Kopf hin und her, zuckte die gespaltene Zunge hervor. Die schwarzen, runden Augen sahen starr auf Sybilla.

»Bitte…«, flüsterte Hergarten heiser. »Bitte…«

Mit einem Ruck, der schneller war als die Reaktion der Viper, stülpte Sybilla die offene Tasche über den Schlangenkopf. Hergarten sah, wie die Viper vorschnellte, um den Feind anzugreifen, und damit vollends in der Tasche verschwand. Der Verschluß klappte zu, das kleine Schloß rastete ein. Mit einem Schwung warf Sybilla die Tasche weit weg und stürzte auf Hergarten zu. Mit ausgebreiteten Armen umfing sie ihn, drückte das Gesicht an seine Brust und begann, wie ein Kind zu weinen. Alle Anspannung, alles Grauen löste sich in diesem Schluchzen; sie klammerte sich an ihn fest wie ein kleines, Schutz suchendes Mädchen, und ihr Körper zitterte wie im Schüttelfrost. Das Bewußtsein, dem Tode so nahe gewesen zu sein wie nie zuvor, überfiel sie erst jetzt, und da half kein Mut mehr, keine einexerzierte Kaltblütigkeit… ihre Nerven flatterten, und sie war glücklich, Hergarten zu haben, an den sie sich klammern und ausweinen konnte.

Hergarten umfaßte sie mit beiden Armen und ließ sie weinen, ohne ein Wort zu sagen. Was sollte man jetzt auch sagen. Hier gab es keine Worte mehr. Aber das Gefühl, zusammenzugehören, das Gefühl, sich zu lieben, war herrlich.

Sie ist doch nur eine Frau, dachte Hergarten und küßte Sybillas zuckenden Mund. Er küßte ihr die Tränen vom Gesicht, er preßte ihren Kopf an sich, als sie etwas sagen wollte, aber keinen Ton über die Lippen bekam.

»In vier Tagen ist alles vorbei«, sagte er leise.

In vier Tagen… das sind sechsundneunzig Stunden oder fünftausendsiebenhundertsechzig Minuten.

Fünftausendsiebenhundertsechzigmal Todesangst.

Wer kann das aushalten?

Auf dem Fußboden tanzte die Tasche, als sei sie ein Spielzeug mit einem Federwerk. Die Viper war toll geworden vor Wut.

Der I. Funker der ›Ozeanic‹ hatte endlich die langersehnte Antwort aus Paris aufgefangen und überbrachte sie Kapitän Selbach.

In der Kapitänssuite des Schiffes hinter der Kommandobrükke saßen der I. Offizier, der I. Ingenieur, der Oberzahlmeister und Bord-Detektiv Harry Linder um die Back und spielten Halma. Kapitän Selbach studierte die Wetterkarte, die man nach Angaben der Metereologen von Radio Norddeich und des Küstenfunks New Jersey täglich zeichnete. Die bisherigen Funkmeldungen waren nicht gerade erfreulich gewesen. Die New Yorker Polizei ordnete an, den Leichnam Dubois' auf keinen Fall im Meer zu versenken, sondern an Bord zu lassen, bis die Mordkommission den Fall übernommen hatte. Aus Hamburg war ein Telegramm gekommen, das deutsche Experten ankündigte, die sofort auf dem Luftwege nach New York geschickt wurden. Zu allem Überfluß schaltete sich auch noch der Bundesnachrichtendienst in Pullach ein und befahl, den so rätselhaft ums Leben gekommenen französischen Philosophen und Schriftsteller wie einen Gegenstand aus Gold zu behandeln. Auch von Pullach waren zwei Beamte schon per Flugzeug unterwegs nach New York.

Kapitän Selbach hatte dieses letzte Telegramm mit größter Sorge gelesen. »Was hat der BND damit zu tun?« fragte er seine Offiziere und legte das Telegramm in eine rote Mappe, die sonst im Tresor unter Verschluß lag. »Warum machen die überhaupt eine solche Staatsaktion um einen Mord? Man sollte annehmen, daß ein solcher Skandal unter der Hand behandelt wird. Was ist denn auf meinem Schiff los?«

Die Antwort brachte der Funkspruch aus Paris. Kapitän Selbach las laut vor, was der I. Funker in die Suite gebracht hatte.

»Polizeipräsidium Paris, Kommissar Lefèvre, Büro für Identifizierungen. Ein Dr. Jerome Dubois in Paris unbekannt. Es gibt in Paris viele Jerome Dubois, aber keiner ist Schriftsteller oder Privatgelehrter. Auch sind alle Jerome Dubois zur Zeit in Paris oder – zwei Ausnahmen – verreist mit Familie und erfreuen sich bester Gesundheit. Haben New Yorker Polizei um Amtshilfe gebeten und bitten um ein Funkbild des Toten. Die angegebene Paßnummer ist im Verzeichnis der Paßstelle Paris nicht registriert. Verdacht auf gefälschten Paß. Polizeipräsidium Paris bittet um nähere Angaben über den angeblichen Dubois.«

Kapitän Selbach warf das Funktelegramm auf den Tisch. Dann nahm er seine Mütze vom Kopf und warf sie hinterher.

»Eine solche Schweinerei!« schrie er. »Verstehen Sie das, meine Herren? Ein gefälschter Paß, kein Philosoph, ein falscher Name, und jetzt liegt er erschossen im Hospital! Von Deutschland kommt der BND, von Washington der CIA... fahre ich denn mit einem Schiff voll hochexplosiver politischer Bomben über den Atlantik?«

Der I. Offizier wischte die Püppchen des Halmaspieles vom Tisch. Sie kollerten wie Erbsen durch die Kajüte. »Diese Jungfernfahrt vergesse ich nie«, sagte er heiser. »Ich komme mir vor wie auf einem Pulverfaß. Himmel noch mal, wären wir doch erst in New York!«

»Und wir sitzen hier herum wie die arbeitslosen Weihnachtsmänner«, sagte der I. Ingenieur. »Wir müssen etwas tun!«

»Was denn?« Harry Linder studierte noch einmal das Funktelegramm aus Paris. »Wir haben über tausend Passagiere an Bord und vierhundert Besatzungsmitglieder. Jeder kann der Mörder sein.«

Kapitän Selbach lächelte schief. Er hatte in seinen dreißig Jahren Seefahrt schon vieles erlebt. Sturmfahrten um Kap Hoorn, Havarie vor Indien, Absaufen auf einem Korallenriff in der Südsee, Liebestragödien, Selbstmorde an Bord, Menschen über Bord, einen Fall von Wahnsinn, Hunderte Schicksale voller Rätsel... aber nie hatte er so hilflos dagestanden wie heute.

»Die gelähmte Frau Michaelsen kann man wohl ausnehmen«, sagte er. Es sollte Galgenhumor sein, aber Harry Linder hob abwehrend die Hand.

»Es gibt Gelähmte, die im Bedarfsfalle rennen können wie Sprinter. Rollstuhl und Pflegerin sind noch kein Beweis. Kapitän, es gibt da ganz andere Masken.«

»Es ist zum Verrücktwerden.« Selbach stülpte seine Mütze wieder auf. »Ich muß Dr. Dahl verständigen. Er muß sich etwas einfallen lassen, wo wir die Leiche vier Tage lang aufheben können...«

Ruhig, ein weißes Wunder an Luxus und Fröhlichkeit, zog die ›Ozeanic‹ durch den in der Sonne blaugolden schimmernden Atlantik. Auf dem Rivieradeck spielte die Bordkapelle zum Tanz, im Alster-Club war der Fünf-Uhr-Tee in vollem Gange, zärtliche Geigenmusik des Orchesters Juan Fernandez umschmeichelte die Gäste, im Bord-Kino lief der Film »Blow up« – eine erregende Studie über einen ungeklärt bleibenden Mord –, in den beiden Schönheitssalons lagen die Damen auf den Spezialliegen und ließen sich Gesichtspackungen machen, die Fußnägel pediküren und die Haut mit Cremes einmassieren. Im Rauchsalon saßen Graf Sepkinow und Sir Surtess und tauschten Erfahrungen über Gewerkschaften aus. Lady Anne lag ebenfalls auf einer Liege im Schönheitssalon, was Sir Surtess zu der ungalanten Bemerkung hinriß: »Meine Liebe, du kannst von den Mädchen keine Zauberei verlangen!« In der Bibliothek saß der deutsche Architekt Heinz Niehoff und stöberte in einem Stapel Bücher über »Völkerkunde Amerikas«. Überhaupt war Niehoff der stillste der ganzen Exklusivrunde. Man hatte sich daran gewöhnt. Nicht jeder konnte so sein wie Sam Hopkins, dem nichts heilig war.

Überhaupt Hopkins! Er war in Fahrt. Er hatte eine Eroberung gemacht, die sich vorzustellen er nicht einmal im Traume gewagt hätte: Margret Goltz, dieses süße, langmähnige, blonde Mädchen aus Germany, dieses kleine, verführerische Aas mit den blauen Kulleraugen, hatte Ulrich Renner anscheinend stehengelassen und war zu ihm, ausgerechnet zu ihm gewechselt.

Der gute Sam verstand das nicht, aber nahm es hin wie ein Naturereignis. Wer überlegt, wie so etwas möglich ist, wenn ein Blizzard übers Land heult und die Ernte vernichtet? Wer redet viel über einen Taifun, wenn er das Wasser kilometerweit ins Land treibt? Er ist eben da, und reden hält ihn nicht auf.

Genauso war Margret jetzt da, hing an Sams Arm und schleifte ihn zur Lido-Bar. Sie trug einen nervenaufreibenden knappen Bikini, und Sams Gesicht glänzte, wie mit einer Speckschwarte eingerieben, als er Margret auf den Hocker hob und dabei ihre glatte, warme Haut berührte. Die neidvollen Blicke der jüngeren Müßiggänger um den Swimming-pool nahm er mit klopfendem Herzen hin. Oha, dachte er. Nicht nur die Jugend ist gefragt, auch die Erfahrung wird begehrt. Die grauen Schläfen, ihr jungen Schlipse, die machen's! Der väterliche Rat, die onkelhafte Güte und später die Routine...

Sam Hopkins hatte sich gut darauf vorbereitet. Während Margret nach einem Cocktail zunächst in den Pool sprang und wie ein Fisch im grünen Wasser planschte, drückte Sam dem Obersteward eine große Dollarnote in die Hand.

»Sekt auf Nr. 11«, sagte er und lächelte dabei Margret zu, die ihm zuwinkte und »Huhu!« schrie. »Gebäck, Obst... und Augen zu, mein Junge.«

»Wie Sie wünschen, Mr. Hopkins.« Der Obersteward steckte das Geld ein, ohne es anzusehen. Man hat es in den Fingerspitzen, wieviel es ist. »Ich werde die Kabinenbar auffüllen.« Er verbeugte sich knapp und ging. Wer zehn Jahre lang Steward ist, hat gelernt, blind, stumm und taub zu sein wie die drei heiligen Affen.

Wenig später kam mit dem Fahrstuhl eine Tanzkapelle zum Lido-Deck hinauf. Sie postierte sich neben dem Swimming-pool und begann, heiße Rhythmen über das Deck zu schmettern. Liegestühle wurden weggeschoben oder zusammengeklappt, ein Decksteward wischte die Nässe rund um den Pool auf. Ahnend, was nun kommen würde, verließen die älteren Passagiere das Lido-Deck und gingen hinauf zum Sonnendeck oder verzogen sich auf die ungedeckte Promenade, wo die Liegestühle unter den Rettungsbooten neu aufgeschlagen worden waren. Sam Hopkins, durch Alkohol und Lebenslust geschwellt wie ein Ballon, wippte mit den Füßen und schlug den Takt gegen die Barwandung.

»So ist's richtig!« schrie er und umarmte Margret. Ihr junger Körper machte ihn vollends verrückt. »Das ist Musik, die in die Knochen fährt.«

Margret zog ihn von der Bar weg auf die improvisierte Tanzfläche. Was nun geschah, war eine Stunde lang der Ausbruch jugendlicher Lebensfreude und Ungehemmtheit. Halbnackte Körper zuckten und ruckten am Rande des Pools im Takt der hämmernden Musik. Über ein Mikrophon peitschte eine Sängerstimme den Rhythmus in die sich windenden Körper. Einige Paare fielen kreischend vom Rand des Pools ins Wasser und schlugen mit den Beinen und Armen den Takt in das aufspritzende Wasser. Haare wehten im Wind, Hüften und Arme und schwitzende, verzückte Gesichter bewegten sich wie in Trance, stießen gegeneinander und trennten sich. Sam Hopkins hielt zwei dieser Tänze aus, dann schwankte er zurück zur Bar, kletterte keuchend auf den Hocker und bestellte einen großen Whisky mit viel Soda.

Voll Neid sah er, wie Margret sich von den Italienern umschwärmen ließ, wie sie in ihre Arme glitt, ein zuckendes Bündel herrlich geformten Fleisches, das mit diesen Bewegungen der Hüften und Schenkel zum Verrücktwerden erotischer wirkte als alles, was Hopkins in den letzten zehn Jahren gesehen hatte.

Am Pool erschien nun auch Ulrich Renner, in einem weißen korrekten Anzug, wie man ihn sonst nur in den Tropen trägt. Margret begrüßte sein Erscheinen mit einem schrillen Schrei und fiel einem der Italiener um den Hals. Er küßte sie stürmisch, hob sie mit seinen muskelglänzenden Armen hoch und warf sie in den Swimming-pool. Dann sprang er hinterher und setzte das Liebesspiel im Wasser fort, während die Kapelle erneut zu einem hämmernden Beat einsetzte.

Ulrich Renner starrte düster auf das Paar, das im Wasser sich küßte, tauchte und unter Wasser sich umarmte, auftauchte und eng umschlungen in der strahlenden Sonne trieb. Auch Sam Hopkins ahnte, daß seine Sektbestellung in Kabine 11 ein Fehlschlag sein würde und er den Alkohol allein trinken mußte. Noch gab er nicht auf, pumpte sich voll Luft und lief an den Rand des Pools, um Margret zuzuwinken.

»Komm herein!« rief sie ihm zu.

Hopkins zögerte, dann sprang er, so wie er war, in Hose und Hemd, ins Wasser. Klatschen und Johlen begleiteten ihn, als er auftauchte und prustend auf Margret und den Italiener zuschwamm. Und da erlebte Sam Hopkins die elendste Niederlage seines Lebens. Der Italiener löste sich von Margret, schwamm ihm entgegen, legte beide Hände auf Hopkins Kopf und drückte ihn unter Wasser.

Verzweifelt tauchte Sam weg, stieg empor, schnappte Luft, wollte brüllen, als der Italiener wieder neben ihm war und ihn wieder untertauchte. Die jungen Leute um den Pool jubelten und klatschten, die Musik hämmerte auf sie herunter, die Körper zuckten im Takt.

Hopkins tauchte noch einmal auf. Haßerfüllt sah er den jungen, lachenden Italiener an, sah dessen Zähne blitzen, den spöttischen Blick in den schwarzen, glänzenden Augen, und hob die Faust. »Du elendes Stinktier!« schrie Hopkins in bestem Farmerenglisch. »Du italienische Wanze...«

Es half nichts, daß er um sich schlug, als gelte es, sein Leben zu verteidigen: Unter dem Johlen der anderen warf sich der schwarzgelockte Kavalier noch einmal über Sam und drückte ihn unhaltbar unter das Wasser.

Geschlagen, Wasser spuckend, mit versagendem Herzen kletterte Sam Hopkins mit Hilfe des Deckstewards die Leiter hinauf. Ein anderer Steward warf ihm ein großes Badetuch über. Trotz der Sonne wehte ein scharfer Wind über das Deck. Triefend schleppte sich Hopkins vom Pool weg zur Treppe. Niemand beachtete ihn mehr, aber die Musik, das Lachen der jungen Menschen, das Zucken der halbnackten Leiber wirkten auf ihn wie Hohngeschrei. An der Tür blieb er stehen und sah zurück. Margret war aus dem Wasser gekommen; naß wie sie war, tanzte sie wild allein in einem Kreis klatschender Menschen, ein Wesen in der Ekstase, mit geschlossenen Augen und kaum verhüllter Nacktheit.

Hopkins sah auf, als eine Stimme neben ihm aufklang. Ulrich Renner lehnte an der Reling.

»Das Rennen haben Sie verloren, Mr. Hopkins«, sagte er spöttisch. Hopkins ballte die Faust.

»Dieses italienische Aas kaufe ich mir noch! Bis New York habe ich ihm die Schnauze eingeschlagen!« schrie er.

»Auch das wird Ihnen nicht helfen!« Renner blickte hinüber zu Margret. Ihr Tanz wurde zu einer Demonstration, zum lokkenden Angebot. Plötzlich zuckte sie zusammen, knickte links ein und hielt sich an zwei Männern fest, die sofort hinzusprangen. Ihr Gesicht hatte alle Ekstase verloren, es war schmerzverzerrt und wieder von einer weinerlichen Kindlichkeit. »Ich glaube, sie hat sich verletzt.«

»Sie soll zum Teufel gehen!« Hopkins zog das große Badetuch fester um sich. »Sie können gut reden. Sie haben das kleine Aas gestern im Bett gehabt.«

Ulrich Renner verzog den Mund. »Ich wünschte, es wäre nie geschehen«, sagte er nachdenklich. »Wer konnte wissen, das so etwas daraus entsteht.«

Hopkins wandte sich ab und verließ das Lido-Deck. Er kam sich für alle Zeiten blamiert vor. In seiner Kabine riß er sich die nassen Kleider vom Leib und sah sich dabei im Spiegel an. Ein wäßriger Clown, nackt und dicklich, grinste ihn an. »Du Idiot!« brüllte er seinem Spiegelbild entgegen. »Du dämlicher Hund!« Dann ballte er die Faust, hob sie und ließ sie auf die Tischplatte des Frisiertisches sausen. Es gab einen knirschenden Laut, und die Platte sprang auseinander.

»Na also!« sagte Hopkins und wandte sich von seinem nackten Spiegelbild ab. »Das geht noch! Das hält auch kein italienischer Schädel aus.«

Plötzlich war er wieder zufrieden.

Es lagen ja noch vier Tage vor ihm.

Schiffsarzt Dr. Dahl wollte gerade das Hospital verlassen und hinauf zu Lisa fahren, die ihn in ihrer Kabine erwartete, als von oben die Meldung kam, man brächte eine Patientin. Wahrscheinlich eine Fußverstauchung beim Tanz.

Dr. Dahl zog wieder seinen Kittel an und wartete im Operationszimmer. Wenig später hüpfte, auf zwei Stewards gestützt, Margret Goltz ins Hospital. Ihr Gesicht war bleich vor Schmerzen, ihre großen blauen Augen bettelten um Hilfe.

»Auf das Untersuchungssofa«, kommandierte Dr. Dahl. Mit einem Blick sah er, daß der linke Knöchel geschwollen war. Margret Goltz mußte große Schmerzen haben, denn eine Verstauchung des Knöchelgelenks ist immer problematisch.

Die Stewards trugen Margret zum Sofa und ließen sie dort vorsichtig nieder. Sie legte sich hin, und Dr. Dahl schob einen Schaumgummiblock unter die Wade, damit der Fuß etwas höher lag. Zu den Stewards nickte er dankend. Ihr könnt gehen, hieß das. Vorsichtig betastete er den immer dicker werdenden Knöchel und versuchte, den Fuß zu bewegen, indem er die Zehen faßte und den Fuß ganz leicht im Gelenk zu drehen versuchte. Ein Aufschrei Margrets war die Antwort. Sie ballte die Fäuste und hieb damit auf die Wachstuchunterlage des Untersuchungssofas. Ihr Gesicht verzerrte sich zur Grimasse. Die nassen Haare klebten wie ein zerrissenes goldenes Netz an ihrem Körper und bedeckten fast den ganzen Oberkörper. Ihr Leib in dem knappen Bikini zitterte und bebte.

»Wie ist das passiert?« Dr. Dahl richtete sich auf. »Sind Sie ausgerutscht?«

»Ich weiß es nicht, Herr Doktor.« Die Worte knirschte Margret zwischen den Zähnen. Ein höllischer, stechender Schmerz kroch von dem Knöchel durch ihren ganzen Körper. »Plötzlich durchzuckte es mich. Als wenn jemand meinen Kopf aufschneidet, so war's. Und dann habe ich geschrien...«

»Es ist beim Tanzen passiert?«

»Ja. Wir hatten eine Party auf dem Lido-Deck... Beat und so... Es war sehr lustig... oh...« Margret bäumte sich auf. Dr. Dahl hatte wieder ihren Knöchel berührt. »Ist er gebrochen?«

»Das glaube ich kaum, aber wir werden ihn zur Vorsicht röntgen.«

Dr. Dahl ließ Margret liegen und ging in den Nebenraum. Dort saßen zwei Schwestern und verbanden zwei Maschinisten. Sie hatten sich an einer heißen Leitung verbrannt. Dicke Brandsalbe bedeckte ihre Oberarme.

»Bereiten Sie alles für eine Knöchelaufnahme vor«, sagte Dr. Dahl kurz, kontrollierte den Sitz der Verbände und ging in den kleinen OP zurück. Dort lag Margret auf der Seite und versuchte, mit gespreizten Fingern ihre nassen Haare zu kämmen.

»Sie sind hübsch genug«, sagte Dr. Dahl. »Aber Ihr Knöchel wird Ihnen noch Sorgen machen.«

»Finden Sie, daß ich hübsch bin?« Die Augen Margrets verfolgten Dr. Dahl, wie er zu einem Schrank ging und einige Rollen Gipsbinden herausholte.

»Ja. Das wissen Sie doch.«

»Aber ich lege besonderen Wert darauf, daß es ein Mann wie Sie sagt, Herr Doktor.«

»Mein kleines Fräulein...« Dr. Dahl drehte sich um. »In zehn Minuten werde ich Ihnen den Fuß festgipsen, und dann werden Sie vorerst andere Gedanken haben.« Sein Blick glitt über ihren kaum verhüllten Körper. Ein plötzlicher Vergleich mit Lisa drängte sich ihm auf. Sie ist reifer, schöner, dachte er. Sie ist Erleben. Das hier ist erwartungsvolle Jugend, Verspieltheit und Neugier.

Aus dem Nebenzimmer kamen die beiden Schwestern. Sie halfen Margret vom Sofa und trugen sie zum Röntgenzimmer.

Von nun an ging alles schnell. Röntgenaufnahme, Schnellentwicklung.

»Kein Bruch, Gott sei Dank«, sagte Dr. Dahl. »Aber einen Gips bekommen Sie doch, sonst liegen Sie nie still!«

Das Anlegen der Gipsbinde. Kalt und klebrig. Stechende Schmerzen im Fuß. Margret drückte die Finger tief in die Schulter Dr. Dahls, als er die Gipsbinde umwickelte. Aber sie schrie nicht mehr. Sie wollte tapfer sein. Sie wollte zeigen, daß sie erwachsen war.

Der Kabinensteward vom Oberdeck-Backbord brachte aus Margrets Kabine 107 zwei Schlafanzüge, einen Morgenmantel und Pantoffeln. »Was soll denn das?« fragte Margret. »Muß ich denn hierbleiben?«

»Nur diese Nacht.« Dr. Dahl war mit dem Gipsen fertig und strich mit schweißtriefenden Händen die Oberfläche schön glatt. Dann zog er die Gummischürze aus und hielt die Hände unter Wasser. Eine weiße Brühe füllte das Waschbecken. »Sie werden diese Nacht noch große Schmerzen haben. Da ist es mir lieber, ich bin gleich bei Ihnen, als wenn ich dauernd hinauf- und hinunterfahren muß, um Ihnen Spritzen oder Tabletten zu geben.«

Mit einem Rollstuhl, ähnlich wie ihn die gelähmte Frau Michaelson hatte, wurde Margret zum Bettentrakt gefahren. Sie bekam in einer schönen, hellen Kabine ein weißbezogenes Bett.

»Bin ich ganz allein hier?« fragte sie, als Dr. Dahl nach zehn Minuten kam, um ihr vorweg eine schmerzstillende Injektion zu geben.

»Ja. Die Passagiere sind unwahrscheinlich gesund. Nur vier Besatzungsmitglieder sind noch hier.« Dr. Dahl rieb den straffen weißen Schenkel, den er aufdeckte, mit Alkohol ab und drückte die Luft aus der Injektionsnadel. Er wußte, was Margret jetzt dachte. »Es ist nur diese Nacht. Morgen können Sie in Ihre Kabine. Ich weiß, daß es langweilig ist, aber es geht nicht anders. Immerhin haben Sie Radio am Bett. Die Schwester kann Ihnen auch etwas zu lesen bringen.« Er stieß die Nadel in das feste Fleisch und spritzte. »Schon vorbei!«

»Danke, Herr Doktor.« Margret gab Dr. Dahl die Hand, aber als er sie wieder wegziehen wollte, hielt sie ihn fest. »Sie sind so nett.«

»Ich weiß.« Dr. Dahl lächelte. Auf allen Fahrten hatte er diese gleichen Worte unzählige Male gehört. »Und nun versuchen Sie, ruhig zu liegen. In einer halben Stunde haben Sie keine Schmerzen mehr und schlafen.«

Er drehte ihr noch das Radio an, deckte sie zu wie ein Kind und verließ dann die Kabine.

Über eine Stunde lag Margret still in ihrem weißen Krankenbett, hörte im Radio eine Übertragung aus dem Restaurant Bellevue der ›Ozeanic‹, wo ein lustiger Nachmittag mit Quiz und Schlagersängern stattfand, und dachte dabei an die drei Tage, die sie nun an Bord war. Tage, die ihr Leben völlig verändert hatten. Tage, die vielleicht ihr ganzes Wesen bestimmen würden. Tage, in denen eine andere Margret Goltz geboren worden war.

Dann wurde es ihr zu langweilig, und sie klingelte nach der Schwester, um sich ein Buch holen zu lassen. Schlafen konnte sie nicht. Die Spritze nahm zwar die Schmerzen deutlich weg, aber sie machte nicht müde. Im Gegenteil, ihr Herz schlug schneller, wenn sie an Dr. Dahl dachte … oder an die kräftigen Muskeln des Italieners … oder an die harten Farmerhände von Sam Hopkins, die auch die Schwielen nicht verloren hatten, als er Hosenträger zu fabrizieren begann. Meistens lebte er ja doch auf seiner Farm. Sie dachte an die fordernden Küsse Ulrich Renners, an die Nacht in seinen Armen und an die Frechheit des Tennistrainers, der ihr gleich nach zehn Minuten Flirt in die Bluse gegriffen hatte.

Sie klingelte noch einmal, aber niemand kam.

»Dann eben nicht!« sagte Margret laut. Da sie keine Schmerzen mehr hatte, wurde sie mutig, warf die Bettdecke ab und versuchte, den eingegipsten Fuß auf den Boden zu heben. Es gelang leichter, als sie es geglaubt hatte. Dann stemmte sie sich aus dem Bett, hielt sich am Kopfteil fest und klingelte noch einmal.

Niemand kam. Die Schwestern schienen in der Mannschaftsmesse beim Essen zu sein. Dr. Dahl, das wußte sie, saß oben am Kapitänstisch. Es war Dinner-Zeit. In den Speiseräumen saß man jetzt an den Tischen und genoß die Köstlichkeiten der berühmten Schiffsküche.

Margret versuchte einen Schritt. Ein dumpfes Brennen zog durch das Bein, aber die Spritze wirkte noch, der Schmerz war erträglich.

So humpelte sie aus der Kajüte, kam auf einen Gang und rief, ein wenig zaghaft: »Hallo!« Da niemand antwortete, stampfte sie mit ihrem Gipsfuß weiter und machte die Türen aller Kajüten auf, die an dem Gang lagen. Alle waren leer, die meisten mit vier Betten eingerichtet, bereit, auch Epidemien an Bord ohne Raumnot zu besiegen.

Margret sah sich um. Sie war nun am Ende des Ganges. Woher hatte man sie angefahren? Durch diese Tür da hinten, oder durch diese Tür, die jetzt vor ihr lag? Wo waren die Untersuchungsräume? Alle Türen sahen gleich aus.

In der Hoffnung, schon irgendwo auf einen Menschen zu treffen, drückte sie die Stahltür auf und kam in einen weißgekachelten Vorraum, der fast leer war bis auf eine Trage und einen weißen Schrank.

Aha, ein Untersuchungszimmer! Die Richtung stimmte! Immer geradeaus, und man kam zu den Räumen Dr. Dahls.

Margret durchhumpelte den Vorraum, riß die nächste Tür auf und sah in einen kleineren Raum. Es war kalt in diesem Zimmer, als habe man die Heizung und Klimaanlage abgestellt. Auch dieses Zimmer war kahl wie das vorherige, bis auf ein Bett. Und in diesem Bett lag ein Mann. Er hatte die Hände über der Brust gefaltet und schlief.

Margret blieb in der Tür stehen und zog die Augenbrauen hoch.

Das ist doch Monsieur Dubois, dachte sie. Der französische Philosoph. Natürlich, er ist es! Dr. Dahl sagte ja, er sei krank.

Margret zögerte. Es ist unhöflich, einen Schlafenden zu wekken, aber er war der einzige Mensch in diesem Labyrinth steriler Zimmer. Vielleicht wußte er, wie man eine Schwester ruft, er war ja schon länger hier.

Margret überwandt ihre Scheu. Sie raffte den Morgenmantel vor der Brust zusammen und lehnte sich gegen den Türrahmen. Ihren gegipsten Fuß schob sie etwas vor und verlagerte ihr Gewicht auf den gesunden.»Hallo, Monsieur Dubois!« rief sie leise. »Schlafen Sie?«

Dubois antwortete nicht. Er lag auf dem Rücken, im abgewandten Profil etwas bleich und grünlich, aber das war die Beleuchtung im Raum, die Neonlampen, die keinen Warmton hatten.

Der hat sicherlich auch eine Spritze bekommen, dachte Margret und klopfte mit dem Gipsfuß auf den blinkenden Kunststoffboden.

»Monsieur Dubois?« rief sie lauter. »Entschuldigen Sie bitte, daß ich Sie störe... aber ich suche eine Schwester. Wissen Sie, wo sie sind? Ich habe schon dreimal nach ihnen geklingelt.«

Der Philosoph Dubois schwieg. Er lag unbeweglich da. Vielleicht spielte er nur den fest Schlafenden. Es ist immer unangenehm für einen Mann, wenn er im Bett angetroffen wird. Margret hatte dafür Verständnis. Ein Mann in einem Nachthemd, wie es Dubois jetzt trug, wirkte lächerlich.

»Es ist so, Monsieur Dubois«, sprach Margret weiter, »daß sich niemand meldet. Ich habe mir den Knöchel verstaucht, beim Tanzen. Oh, wir hatten eine herrliche Party am Swimming-pool, so mit Beatmusik und allem Drum und Dran. Und da bin ich ausgerutscht. Nun muß ich den blöden Gips hier tragen. Mit dem Tanzen ist es aus. Ich liege ganz allein in einem Zimmer, am Ende des Ganges... bis morgen nur. Ich hab gedacht, wenn mir die Schwester etwas zum Lesen bringt...« Sie sah den stummen Dubois etwas ängstlich an. »Wie geht es denn Ihnen, Monsieur Dubois?« fragte sie. Darauf mußte er eine Antwort geben. Kein höflicher Franzose ignorierte die Frage einer Frau. Aber Jerome Dubois schwieg weiter.

»Entschuldigen Sie, bitte«, sagte Margret kleinlaut. »Ich wollte Sie wirklich nicht stören... es ist nur... weil niemand auf mein Klingeln kommt...«

Sie humpelte ins Zimmer, um Dubois die Hand zu geben und ihm weitere gute Besserung zu wünschen. Sie kam ans Bett und sah in das grünliche, unbewegte Gesicht. Unter halb geschlossenen Lidern schauten sie glanzlose, gebrochene Augen an. In der hohen Philosophenstirn war ein kleines, rundes Loch, rot gerändert. Der Kopf lag auf einem Packen Zellstoff. Der Hinterkopf war rasiert; und es sah aus, als habe man die hintere Hirnschale mit Leukoplast nur notdürftig wieder zugeklebt. Der Mund stand offen. Eine fahle, blutleere Höhle.

Margret stieß einen schrillen Schrei aus, griff um sich, suchte Halt... dann fiel die Dunkelheit über sie wie ein Tuch, das sie erstickte.

Ohnmächtig fiel sie vor dem Bett auf den Boden.

So fanden sie Dr. Dahl und ein Krankenpfleger, von der wachhabenden Schwester alarmiert, die nach dem Abendessen zu Margret Goltz gekommen war und das Bett leer fand. Da auch ihre Kabine leer war, hatte man das Hospital systematisch durchsucht. Auf den Gedanken, in das Totenzimmer zu sehen, war man zuletzt gekommen.

»Auch das noch!« sagte Dr. Dahl dumpf, als man Margret hinauf in ihre Kabine 107 gebracht hatte. »Wie kann man sie vier Tage lang zum Schweigen verpflichten?«

Da Dr. Dahl im Hospital beschäftigt war, ging Lisa nach dem Dinner zum Bordpostamt, um im Telefonbuch von New York nach einer Adresse zu suchen.

Vor zehn Jahren war eine Kommilitonin nach Amerika ausgewandert. Mit Ellen, wie sie hieß, hatte Lisa sich gut verstanden, bis die Freundin einen amerikanischen Physiker kennenlernte, der in Deutschland als Assistent weiterstudierte. Sie verlobten sich schnell, heirateten im Eiltempo und flogen dann zurück nach Amerika. Lisa wußte nur, daß sie in New York wohnten. Die Verbindung war nach drei Kartengrüßen voller Überschwang abgerissen, wie es so häufig ist. Jetzt konnte Ellen eine wertvolle Hilfe sein; vor allem hatte sie vielleicht einen Platz, wo man schlafen und sich ausweinen konnte.

Als Lisa das Postamt betrat, blieb sie eine Sekunde wie festgebannt stehen, dann raffte sie ihren Chinchilla um die Schulter und ging weiter zur Theke.

Franz Hergarten sah sich um, grüßte sie durch ein leichtes Kopfnicken und trat zur Seite. Neben einem Stapel Telegrammformularen sah sie ein Kuvert liegen, das Hergarten sicherlich hatte zur Post geben wollen. Mit einer schnellen Reaktion legte sie ihre Tasche auf das Kuvert und versperrte ihm die Sicht auf diese Stelle der Theke, indem sie ihm den Rücken zudrehte.

»Haben Sie ein Telefonbuch von New York da?« fragte sie mit fremder, etwas vibrierender Stimme.

»Aber selbstverständlich, Madame.« Der Zahlmeister, der den Post- und Telegrammverkehr der ›Ozeanic‹ unter sich hatte, holte aus der Theke ein dickes Buch heraus und schob es über die Platte. »Kann ich Ihnen helfen?«

»Danke. Ich finde es schon.« Lisa schob das dicke Telefonbuch über den Brief und rutschte mit allem bis an das äußerste Ende der Theke. Dort stand ein Hocker. Sie setzte sich und hatte das Gefühl, jetzt umzufallen. Die Aufregung war zu stark, vor ihren Augen begann sich das Postamt in Kreise und Wirbel aufzulösen. Aber das war nur sekundenlang, dann verschwand das Phänomen, und sie sah sich vor dem Telefonbuch sitzen und mechanisch die Seiten durchblättern.

Ruhe, sagte sie zu sich. Nur Ruhe! Wie leicht wäre es jetzt zu sagen: »Guten Abend, Franz!« Und man nähme die schwarze Perücke vom Kopf und würde Lisa sein, die er weit weg in einem kleinen Ort bei Frankfurt wähnte.

Sie blätterte in dem dicken Buch und beobachtete aus den Augenwinkeln ihren Mann. Er trug seinen Smoking mit der Eleganz, die auf Frauen unwiderstehlich wirkt. Bisher hatte Lisa nie bemerkt, wie gut ihr Mann aussah. Jetzt empfand sie es, jetzt, wo es zu spät war. Hergarten lehnte an der getäfelten Wand neben den vier Sprechkabinen und rauchte genußvoll eine Zigarette. Lisa schrak zusammen, als sie plötzlich seine Stimme hörte.

»Wie lange kann es noch dauern?«

»Manchmal geht es sekundenschnell, Herr Doktor. Manchmal muß man warten. Wie eben die Leitung frei ist.« Der Zahlmeister sah auf die Uhr. »Für Frankfurt sind zehn Minuten Warten nicht viel.«

Frankfurt. Er ruft Frankfurt an! Er ruft mich an. *Mich!* Seine Frau, die jetzt zu Hause sein muß. Die jetzt – es ist gleich halb zehn Uhr abends – vor dem Fernseher sitzt und vielleicht ein Glas Wein trinkt und an ihren Mann denkt, der in geheimer Mission nach New York geflogen ist und noch nicht schreiben kann.

Jawohl, geflogen nach New York. Geflogen, Herr Dr. Hergarten, während Sie jetzt auf einem Luxusschiff mit Ihrer Geliebten nach Amerika fahren. Während Sie tanzen und lieben, nehmen Sie an, Ihre Frau sitzt zu Hause vor dem Fernseher und sehnt sich nach Ihnen. Macht sich Sorgen und hofft auf Ihre baldige Rückkehr... mit dem Flugzeug. Mit dem Flugzeug wirst du ja wohl zurückkommen, nicht wahr? Aber wo wird dann deine Geliebte sein? Wird sie mitfliegen? Wirst du vor der Landung deiner Hure einen Kuß geben und dann aus dem Flugzeug steigen, heuchlerisch die Arme ausbreiten, mich an dich ziehen und mich küssen? Oh, ich weiß sogar, was du sagen wirst: »Endlich wieder bei dir, Liebling! Hast du mir gefehlt! Amerika ist trostlos ohne dich...« Und hinter uns, während wir uns küssen, steigt sie die Gangway herunter und lächelt mich mitleidig an. Sie, deine Geliebte, der falsche Engel mit dem schwarzen Nerz.

Du Heuchler! Du Lump! Du... du Schuft...

Sie blätterte sinnlos in dem dicken Telefonbuch von New York und sah ihn aus den Augenwinkeln an. Dr. Hergarten hatte seine Zigarette zu Ende geraucht und blickte zu ihr hin. Lisa neigte den Kopf tiefer über die Spalten mit Namen.

Diesen Blick habe ich geliebt, dachte sie. Diesen tiefen, alles durchdringenden, die Seele offenlegenden Blick. O Gott, gib mir die Kraft, nicht nach meiner Tasche zu greifen und die Pistole herauszureißen.

Was wirst du mir sagen am Telefon? Was willst du lügen? »Ich rufe aus New York an, Schätzchen. Adresse geheim! Aber sei ruhig, nur noch wenige Tage, und ich bin wieder bei dir...«

Und die einsame Frau bei Frankfurt soll es glauben, und sie hätte es auch geglaubt. Aber diese Frau ist nicht am Fernseher, und sie trinkt kein Glas Wein und denkt an dich. Nein, diese Frau hockt neben dir auf einem Schemel, das Telefonbuch von New York vor sich und sieht dich an. Du erkennst sie nicht? Die langen, schwarzen Haare, die angeklebten Wimpern, der größer gezogene Mund, die umränderten Augen – das ist nicht deine brave Lisa, nicht wahr?

In diesem Augenblick fiel ihr ein, daß die Verbindung ja gar nicht zustande kommen konnte. Das Hausmädchen hatte ihren Jahresurlaub bekommen, niemand war zu Hause. Wo mochte Lisa Hergarten sein, jetzt, kurz vor zehn Uhr abends...

»Deutschland, Herr Doktor! Kabine 1. Heben Sie ab!«

Hergarten verschwand in der Telefonzelle. Der Zahlmeister drückte einen Hebel herunter, hörte im Hörer mit und nickte Hergarten mehrmals zu. Dann legte er den Hörer zurück: Die Verbindung nach Deutschland war klar.

Lisa warf den Kopf in den Nacken. Sie sah, wie Hergarten in der Telefonzelle sprach, sich mit nervösen Fingern eine Zigarette anzündete.

Ja, lügen kostet Nerven, dachte Lisa böse. Auch telefonische Lügen. Aber es wird keiner an den Apparat kommen. Du kannst dir die Worte sparen; du brauchst später noch genug davon, und bei jedem werde ich auflachen! Lüge! Lüge! Lüge!

In Kabine 106 wartet dein Liebchen auf dich...

In der Zelle hängte Hergarten ein und kam wieder heraus. »Fehlanzeige!«

»Die Verbindung war aber da, Herr Doktor.« Der Zahlmeister sah auf seinen Schaltkasten.

»Aber meine Frau nicht!« Hergarten lachte etwas verlegen. »Wird im Kino sein oder im Theater. Wir haben ein Abonnement.«

Für freitags, dachte Lisa. Du weißt es ganz genau. Schon wieder lügst du. Was wolltest du mir sagen? An wen hast du überhaupt geschrieben? Wer sollte deinen ersten Brief bekommen, der in New York noch im Hafenpostamt aufgegeben wird?

Sie zog das Kuvert etwas unter dem Telefonbuch hervor, während Hergarten einige Briefumschläge mit dem Sonderstempel der Jungfernfahrt der »Ozeanic« kaufte.

Frau Lisa Hergarten, las sie. Ihr Herz setzte einen Moment aus. Sie ließ das Telefonbuch wieder über das Kuvert fallen und stützte den Kopf in beide Hände.

An mich. Ein Brief voller Täuschungen. Kein Wort wird darin stehen von der ›Ozeanic‹. Ich habe einen guten Flug gehabt, wird er schreiben. Klares Wetter. Die Polroute ist herrlich. Ich habe mir Labrador ganz anders vorgestellt. Aus der Luft sieht es aus wie ein Teil des Mondes...

Lügen! Nur Lügen!

Sie nahm den Brief und ließ ihn in ihre Tasche gleiten. Dann klappte sie das Buch zu. Hergarten war gegangen, sie hatte es gar nicht bemerkt. Ihr Herz war schwer wie aus Blei.

»Gefunden, Madame?« Der Zahlmeister schleppte das Telefonbuch weg.

Lisa nickte. »Ja, ich habe gefunden, was ich suchte.« Sie drückte die Tasche an sich und verließ schnell das Bord-Postamt.

In ihrer Kabine riß Lisa mit zitternden Fingern das Kuvert auf. Ein Bogen, beschrieben mit Hergartens steiler, großer Schrift, fiel heraus und zu Boden. Sie bückte sich, entfaltete den Bogen und begann zu lesen. Zuerst tanzten die Buchstaben vor ihren Augen, sie mußte öfter absetzen, denn sie verstand überhaupt keinen Sinn in diesen herumwirbelnden Schriftzeichen. Dann aber war sie ruhig genug, den Brief zu lesen.

Er war erschütternd, denn er war wahr.

»Meine Liebste,

ich schreibe diesen Brief nicht aus New York, auch wenn der Stempel New York sein wird. Ich schreibe ihn in meiner Kabine, einer Luxuskabine Nr. 12 des herrlichsten deutschen Schiffes, der ›Ozeanic‹. Jetzt kann ich es Dir sagen, daß ich nicht nach Amerika geflogen bin, sondern drei Tage später mit diesem Schiff fuhr. Das war ein Wunsch des Ministeriums, um mögliche Agenten fremder Mächte abzuschütteln, die Interesse an meiner Erfindung haben könnten. Der Plan war gut, aber auch die anderen dachten so. Und so sitze ich hier auf dem Schiff und glaube, daß die Fahrt nach New York nicht so glatt verlaufen wird, wie wir dachten. Wenn Du diesen Brief erhältst, kannst Du sicher sein, daß ich wohlbehalten angekommen bin. Was mich in New York erwartet, weiß ich noch nicht. Aber sei beruhigt, ich werde gut beschützt. Die Fahrt über den Atlantik wird auch bald zu Ende sein. Dann nur noch wenige Tage, und ich habe es hinter mir und fliege zurück zu Dir... Ich küsse Dich–«

Lisa fiel der Brief aus der Hand. Sie starrte auf das Bullauge, hinter dem sie das Rauschen des Meeres hörte.

Das ist eine halbe Wahrheit, dachte sie. Es kann alles so sein, wie er schreibt – aber wer ist sie? Wer ist Sybilla Odenthal? Sie kam mit ihm aus dem Ministerium, sie fuhr mit ihm zur Godesburg, sie kam erst in Cherbourg an Bord, sie ist immer um ihn! Welche Rolle spielt diese Frau im Leben von Franz? Warum ist sie an Bord? Warum benehmen sie sich wie ein Liebespaar? Ist alles nur Theater? Gehört es zu ihrem Auftrag? Habe ich mich benommen wie eine alte, eifersüchtige, keifende Vettel?

Lisa sprang auf. Sie war bereit, ihren Mann zu fragen. Jetzt, ohne Zögern. Laß uns die Masken abnehmen, dachte sie. Laß das Leben wieder schön werden!

Sie setzte sich vor den Spiegel und reparierte ihr etwas verwischtes Aussehen. Dann zog sie sich um, nahm ein Kleid, das er kannte, das er selbst in München ausgesucht hatte und in dem er sie so gerne sah. Dann warf sie den Chinchilla um die Schultern und verließ ihre Kabine.

Wie wird er reagieren, dachte sie, als der Lift sie nach oben trug. Ich werde ihn zum erstenmal sprachlos sehen. Und ich werde laut lachen, weil er mich anstarren wird wie einen Geist.

Und dann werden wir uns in die Arme fallen und alles um uns herum vergessen.

»Promenadendeck, Madame!« sagte der Liftboy in der roten Uniform. Lisa gab ihm ein Markstück und verließ den Aufzug.

Sie stand wie verloren in dem großen Vorraum und blickte den Seitengang hinunter. Die Abschlußtür stand offen, der Eingang zu Kabine 12 lag direkt vor ihr. Die goldene Zahl auf dem rötlichen Mahagoni blitzte im Deckenlicht.

Dr. Dahl! Dieser Gedanke fesselte Lisa plötzlich. Jetzt, an der Schwelle zur Wahrheit, waren die Gedanken an die vergangenen leidenschaftlichen Stunden wie ein bitterer Trank. Wie soll das alles werden, durchfuhr es sie. Er darf nie erfahren, was in der Kabine Dr. Dahls geschehen ist. Und Dr. Dahl selbst? Wird er verstehen, daß eine Frau den Himmel sucht, wenn sie in der Hölle steht?

Durch den langen Gang kamen Schritte. Lisa drückte sich in eine Nische, die die große Treppe zum Salon-Deck bildete. Es waren Männerschritte, sie hörte es am Klang. Wenn er an ihr vorbeikam, konnte sie so tun, als ordnete sie etwas an ihrem Kleid.

Die Schritte verstummten plötzlich, dafür hörte sie ein rhythmisches Klopfen. Dreimal kurz.

Lisa steckte den Kopf vor.

Vor der Tür seiner Kabine stand Hergarten und wartete. Sie sah, wie er noch einmal die Faust hob und klopfte.

Er klopft an seine eigene Tür. Er... klopft...

Die Tür ging auf, nur einen Spalt. Hergarten schlüpfte hinein. Dann hörte man das Umdrehen des Schlüssels.

Lisa lehnte den Kopf weit zurück an die Wand und starrte gegen die Decke. So schmal der Türspalt auch gewesen war, sie hatte es gesehen.

Sybilla Odenthal war in seiner Kabine. Sie hatte geöffnet. Und im Schein der Deckenlampe hatte es Lisa wie ein Faustschlag getroffen: Sie trug ein hauchzartes Nachthemd, und darunter blinkte ihr nackter Körper im grellen Licht.

Mit bebenden Händen holte Lisa den Brief aus ihrer Tasche. Sie zerriß ihn in winzige kleine Schnipsel und warf sie dann hoch in die Luft. Sie regneten auf sie herab wie Konfetti.

Mit dem nächsten Lift fuhr sie zum Salon-Deck und suchte Dr. Dahl.

So sah sie nicht, wie Hergarten wieder die Kabine verließ, anscheinend, um etwas zu holen, vor den Schnipseln in der Liftdiele erstaunt stehenblieb, sich neugierig bückte, weil er sah, daß es ein zerrissener Brief war, ein paar Schnipsel aufhob und sie in der hohlen Hand aneinanderlegte.

Dann sprang Erstaunen und Erregung in sein Gesicht, er rannte zurück in seine Kabine und warf die Tür krachend zu.

Jeder Mensch erkennt seine Schrift, auch wenn sie zu Schnipseln zerrissen ist. Vor allem, wenn es ein Stück Papier gibt, auf dem steht: – be Lis –

In der Kabine schrak Sybilla zusammen, als die Tür zukrachte. Sie saß vor dem Frisierspiegel und kämmte sich. Mit einem Satz warf sie sich hinter einem Sessel in Deckung. Dann erkannte sie Hergarten und richtete sich auf den Knien auf. In ihrer Hand lag die Automatik mit dem langen Lauf.

»Du kannst einen aber erschrecken«, sagte sie tief atmend. »Ich denke, du bist auf dem Weg zum Salon?«

»Jemand hat meinen Brief zerrissen«, sagte Hergarten heiser. »Den Brief an meine Frau. Ich habe ihn vorhin dem Postzahlmeister gegeben. Wie kommt er zerrissen vor unsere Tür?«

Er hielt Sybilla das Schnipsel hin und sah sehr hilflos aus.

»An Deck.« Sybilla sprang auf. »Wir müssen an Deck. Nur dort haben wir jetzt Ruhe. Wir müssen unter den anderen bleiben, bis der letzte geht. Und wir müssen die allerletzten sein.«

Sie riß sich das Nachthemd vom Körper. Ungeachtet ihrer herrlichen Nacktheit lief sie zum Schrank und holte ihr Abendkleid heraus. Sie hatte sich in Hergartens Schrank schon völlig eingerichtet.

»Hilf mir hinein!« sagte sie und zog einen Slip an. »Bis New York müssen wir unter Menschen sein, immer unter Menschen. Das ist unsere beste Sicherheit.«

Und Hergarten hielt das Abendkleid fest, während Sybilla hineinstieg, eine braunhäutige Venus mit einer Haut, als sei sie mit Perlmutt überhaucht.

Oben, im Alster-Club, begann um diese Stunde ein Neptun-Abend. Die Erstüberquerer des Atlantik sollten ihr Diplom erhalten. Er war ein Fest überschäumender Freude, und unter den lachenden, tanzenden und singenden Menschen war auch ein eiskalter Mörder...

Sybilla und Dr. Hergarten wurden im Alster-Club mit großem

Hallo empfangen. In allen Restaurants und Bars war die Stimmung schon weit vorgeschritten. Das ganze herrliche, weiße, von Tausenden von Lichtern schimmernde Schiff bestand nur aus Musik, tanzenden Paaren, singenden Angetrunkenen und Verliebten. Sowohl die überdeckte, als auch die offene Promenade wurde zum verschwiegenen Platz für Romantiker. Dort stand man am Fenster oder an der Reling, starrte auf das mondschimmernde Meer, hatte sich umarmt und war glücklich. Durch die Wände der großen Festsalons flatterte leise die Musik.

Europa war fern, Amerika war fern. Man lebte zwischen den Welten, zwischen den Zeiten. Ringsherum nur Wasser, eine wogende Unendlichkeit, die sich im Herzen widerspiegelte als eine unbändige Lust zu leben. In vier Tagen war alles vorbei, sobald man an der Freiheitsstatue vorbeifuhr und vom Schlund des Hudson aufgenommen wurde, wenn Polizei, Zoll, Einwanderungsbehörde und Hafenarzt an Bord kamen, die Feuerwehrschiffe das erste Eintreffen der ›Ozeanic‹ in New York mit hohen Wasserfontänen begrüßten und die Schlepper ihre Sirenen heulen ließen. Dann wurden die acht Tage Fahrt über den Atlantik nur noch Erinnerung. Dann gab man sich die Hand, sah sich noch einmal tief in die Augen und ging auseinander. Man sah sich nie wieder, das wußte man. Der eine fuhr weiter zum Erie-See, der andere flog nach San Franzisko. Mabel würde auf einer Farm in Wisconsin leben und Jack als Architekt in New Mexiko. Und man würde manchmal, in einer stillen Stunde, daran denken, wie schön es auf der ›Ozeanic‹ gewesen war; diese acht Tage Himmel und Meer, Frohsinn und Musik, Liebe und Glück; dieses Wiegen zwischen zwei Welten, der Übergang von dem einen zu einem anderen Leben, eine Zeit ohne Frage und ohne Antwort. Eine Woche des Vergessens.

Am Eingang zum Alster-Club wurden Sybilla und Hergarten vom Chefsteward aufgehalten. Der Neptun-Ball war eine Art Kostümball. Wer nichts bei sich hatte, um sich bunt zu verändern, und wer es versäumt hatte, sich an der Schiffskleiderkammer ein Kostüm zu leihen, wurde nun an der Saaltür geschmückt. Hergarten erhielt eine große, weiße Papierchrysantheme in das Knopfloch seines Smokings gesteckt; Sybilla hängte der Obersteward eigenhändig eine lange Kette aus künstlichen Tropenblumen um den Hals. Dann schwangen die Glastüren auf, Musik prallte ihnen entgegen wie eine Sturmwoge,

Kapitän Selbach eilte auf sie zu und küßte Sybilla galant die Hand.

»Wir haben Sie schon vermißt!« sagte er und bewunderte Sybillas schimmernde Haut. »Ein Fest ohne die Königin – wir waren schon alle sehr traurig.«

Der Kapitänstisch war vollzählig versammelt, bis auf Jerome Dubois, von dem es hieß, er müsse noch im Schiffshospital liegen, wahrscheinlich bis New York. Mit großer Geste begrüßte Graf Sepkinow Sybilla. Er sah aus wie ein Urgroßvater der Hippies. In seinen langen weißen Patriarchenbart hatte man Blüten geflochten. Sam Hopkins trug eine hohe, steife Mütze in Form einer Whiskyflasche, was ihm sehr angenehm war, denn jedes Glas, das er hinunterstürzte, begründete er damit: »Die Bottle muß voll werden. Wenn ich schon Reklame laufe...« Sir Surtess gab sich gemäßigter. Er trug neben der Blume im Knopfloch nur einen roten Fez. Lady Anne dagegen war eine Augenweide; auf dem nur noch schwach gelockten Haar trug sie eine spanische Mantilla mit einem riesengroßen Hornkamm. Der deutsche Architekt Heinz Niehoff, korrekt im Smoking mit einer Nelke, hatte sich für ein arabisches Kopftuch entschieden. Er trug sogar, wie ein echter Wüstenscheich, eine dunkel getönte Brille. Als er Sybilla die Hand küßte, war sein Griff kalt und leblos, als habe seine Hand in einem Kühlschrank gelegen und taue jetzt auf. Die gelähmte Frau Michaelsen in ihrem Rollstuhl wirkte wie ein Schwarzwaldmädel; ihre Pflegerin, die stille, schüchterne, immer verängstigt wirkende Käthe Peine, trug einen Indianerrock und falsche, lange, schwarze Zöpfe. Sie wirkte wie eine Trauernde, von ihrem Indianerstamm Verstoßene.

Etwas abseits saß Ulrich Renner. Er war in der Kleidung und Maske eines Prinzen gekommen. Als Playboy weiß man, was auf einem Schiff voller Frauen und Mädchen ankommt. Ein Prinz aus dem Märchen, der für eine Nacht greifbar ist: So etwas war noch nie eine Pleite gewesen. Renner hatte darin Erfahrung gesammelt auf vielen Seereisen. Er war auch heute umringt von vier Mädchen und voll damit beschäftigt, bonbonsüße Komplimente zu machen, abwechselnd mit ihnen zu tanzen und jeder ein Beisammensein bis zum Morgen zu versprechen. Wie er aus diesem Dilemma wieder herauskommen konnte, wußte er selbst noch nicht.

»Es ist ein Jammer, daß unser Freund Dubois nicht mitmachen kann«, sagte Graf Sepkinow und zog Sybilla neben sich auf einen freien Stuhl. Hergarten wurde von Hopkins und Sir Surtess abgelenkt und zur Bar gedrängt.

»Verzeihen Sie diese Vertraulichkeit«, sagte Surtess an der Bar. »Aber auch Mr. Hopkins leistet mir nur Hilfestellung. Ich mußte einen Grund haben, mich von meiner Frau zu entfernen. Unter Gentlemen die Wahrheit: Ich habe eine Verabredung mit einer Tänzerin des mitreisenden Royal-Balletts.«

»Sir Surtess... Sir Surtess...« Hergarten drohte lächelnd mit dem Zeigefinger. »Wer hätte das gedacht?«

»Mein lieber junger Freund.« Der Stahlmagnat blinzelte Hergarten an. »Ich bin fast doppelt so alt wie Sie. Was Sie noch vor sich haben, kann ich nie mehr nachholen. Ich muß mich mit Augenblicken zufriedengeben. Wenn wir jetzt so tun, als gingen wir in den Rauchsalon...« Er sah sich zum Kapitänstisch um. »Ihre Dame, Herr Hergarten, ist bestens versorgt. Der Graf kümmert sich um sie.«

Hergarten sah zu Sybilla hinüber. Sie hatte den Kopf hochgereckt und blickte zu ihm hin. Ihre Augen waren eine große, stumme Frage. Hergarten schüttelte den Kopf und lächelte beruhigend. Keine Sorge, ich bleibe nicht lange. Und ich bin nie allein. Hopkins ist bei mir. Du brauchst keine Angst zu haben, daß man mich stiehlt.

»Ein Walzer«, sagte Graf Sepkinow, als die Kapelle einen neuen Tanz aufspielte. »Das ist das einzige, was mir aus Petersburg geblieben ist; die Kunst, mich im Kreise zu drehen. Wollen Sie es wagen, mit einem alten Mann zu tanzen, Madame?«

»Wer den Bart voller Blüten hat, ist nicht alt.« Sybilla lachte. Ganz alte Schule, führte Graf Sepkinow seine Tänzerin auf das Parkett, machte eine zackige Verbeugung und begann dann den Walzer.

Er tanzte für sein hohes Alter noch recht gut, in der steifen Offiziershaltung russischer Adeliger. Seine Augen blitzten. »Karascho!« sagte er. »Es geht wirklich noch!«

Sie tanzten an einem Tisch vorbei, der direkt an der runden Tanzfläche stand. An ihm saßen, wie rot und gold bemalte Salzsäulen, die drei russischen Lakaien Sepkinows. Sie tranken Fruchtsäfte und sahen in die tanzende, fröhliche Menge wie Schaufensterpuppen. In ihren Gesichtern lag keinerlei Regung, nur die Augen lebten. Der eine von ihnen, ein tatarischer Typ mit schräg gestellten Augen und einer gelblichen Hautfarbe, wirkte wie aus Wachs. Selbst wenn er trank, war es, als schütte ein maschineller Arm die Flüssigkeit in den spaltbreit geöffneten Mund.

Sybilla ließ ihren Blick über diese seltsame Dreiergruppe gleiten, während Sepkinow sie zu einer Drehung brachte, die ihn begeisterte, weil sie gelang. »Sie haben furchterregende Diener, Graf«, sagte sie.

»Sie sehen nur so aus. Es sind gutmütige Burschen.« Sepkinow warf einen Blick auf seine livrierten Lakaien. »Für mich würden sie sich häuten lassen.«

»Der Asiate ist mir unheimlich.«

»Shura Aitmanow? Er ist ein Engel, ein harmloser, lieber Kerl, der die Fliegen von den Fliegenfängern löst und sie wieder freiläßt, weil sein Herz jegliche Gewalt haßt.«

»So kann man sich durch das Äußere täuschen lassen.«

»Vergessen Sie die Burschen, wenn sie Ihnen einen Schreck einjagen. Am besten, ich jage sie weg.« Graf Sepkinow hob beim Tanzen die rechte Hand und machte eine ruckartige Bewegung. Die drei stummen livrierten Lakaien erhoben sich wie auf ein Kommando und gingen hintereinander, wie aufgezogene Puppen, aus dem Saal. »Weg sind sie!« lachte Sepkinow. »Zufrieden, Märchenkönigin?«

»Sie regieren noch immer wie in Petersburg, nicht wahr?« Der Walzer war zu Ende. Sie standen in der Menge der anderen Paare auf der Tanzfläche und klatschten. Graf Sepkinow schloß halb die Lider. Plötzlich war er ein müder, alter, vom Tanz ausgepumpter Mann. Eine Karikatur mit seinem blütendurchflochtenen Bart.

»Sprechen wir nicht von Rußland«, sagte er leise. »Wenn ich an Sie eine große Bitte habe, Prinzessin der Schönheit: Fragen Sie mich nicht nach meiner Heimat. Sonst können Sie mit mir altem Narren alles tun!«

Der nächste Tanz war ein schneller Fox. Sepkinow hob die Arme. »Ich passe. Das Hüpfen muß man den Fohlen überlassen. Ein alter Ackergaul kann nur noch stampfen. Gehen wir zur Bar? Ein Glas Sekt?«

Sybilla sah sich um. Wo war Hergarten? Warum kam er nicht wieder? Wohin war er mit Sir Surtess und Hopkins gegangen? Ein Gefühl von Angst kroch in ihr hoch. Sie drückte die goldene

Abendtasche an sich. Unter ihren Händen spürte sie die harte, längliche Form der Automatik.

»Ich warte an der Bar, Königin der Nacht.« Graf Sepkinow küßte ihr die Hand und ging dann aufrecht durch die Tanzenden davon. Sybilla zögerte keinen Augenblick mehr. Sie lief durch die gleiche Tür, die Hergarten genommen hatte, und fragte im Vorraum einen der Stewards, ob er Dr. Hergarten gesehen habe.

»Ich habe gehört, Madame, die Herren wollten in den Rauchsalon«, sagte der Steward. Das stimmte, denn Sir Surtess hatte als Alibi laut diese Richtung angegeben.

Aber im Rauchsalon saß Hergarten nicht. Der Raum war fast leer. Nur ein paar Engländer saßen herum, rauchten Pfeife und spielten Bridge. Sybilla lief zurück. Sie sah in den großen Hamburg-Salon hinein und bemerkte Sir Surtess in einer verschwiegenen Ecke. Er war mit einem zauberhaften Mädchen beschäftigt und tätschelte ihm dauernd die Hand, die Wange oder die Schultern. Auch Hopkins war da; mit schwitzendem, verzücktem Gesicht tanzte er einen Ballaballa. Aber von Hergarten keine Spur.

Sybilla überkam eine Art Panik. Sie lief zum nächsten Telefon und ließ zu Kabine 12 klingeln.

Keine Antwort.

Mit zusammengekniffenen Lippen lehnte sich Sybilla an die getäfelte Wand und starrte auf die Paare, die durch die großen Pendeltüren ein und aus gingen. Die Musik war in ihren Ohren wie ein Kreischen, wie ein Heulen, wie ein Aufschrei.

Mein Gott, dachte sie. Mein Gott, wenn ihm etwas geschehen ist!

Sie lief zurück zum Alster-Club, blickte in den Saal und verließ ihn dann wieder über die gedeckte Promenade. Verzweifelt stieß sie die Tür zum Riviera-Deck auf und atmete tief die kalte Nachtluft ein. Sie zog den Nerz enger um ihre Schultern und stellte sich an die Reling, blickte über das Meer und versuchte, Ordnung in ihre wild durcheinanderwirbelnden Gedanken zu bekommen.

Wo kann er sein? Was könnte man mit ihm gemacht haben? War er der nächste, den man irgendwo auf dem Schiff fand, eine Kugel in der Stirn? Aber welchen Sinn sollte das haben? Man wollte seine Pläne. An einem Tod Hergartens war niemand interessiert.

Sie griff in die Tasche, zog eine Zigarette heraus und brannte sie an. Bis auf die gedämpfte Musik war es still auf dem Riviera-Deck. Der Swimming-pool lag wie ein weggeworfenes Tuch dunkel im Deck. Über ihr wiegten sich die Rettungsboote lautlos in den Davits und Taljen. Nur der Wind raschelte in den Persennings. Sybilla sah sich um. Sie war allein auf diesem Deckstück. Das nächste Liebespaar träumte jenseits des Pools hinter einem Aufbau, in dem die Sportgeräte lagerten.

Die Zigarette, die Sybilla rauchte, war wie das Abbrennen einer Zündschnur. Wenn sie beendet war, begann die große Aktion. Ihr Plan stand fest: Sie wollte jede Kabine durchsuchen, vom Promenadendeck bis hinunter zum Sauna-Deck. Es gab dann kein Versteckspielen mehr. Der Kapitän und die Offiziere mußten unterrichtet werden.

Sybilla sah kurz auf. Von der geschlossenen Promenade kam ein Herr herauf auf das Deck. Er trug, wie alle Gäste der I. Klasse, einen Smoking. Daß er außerhalb des Saales aber auch noch seine Maske trug, fand Sybilla übertrieben fröhlich. Sie sah kurz hin und drehte sich dann weg, starrte über das Meer und in die schäumenden Wirbel, die die Schraube der ›Ozeanic‹ erzeugte.

Der Mann in der schwarzen Halbmaske warf seine Zigarette über Bord und sah sich um. Bis auf das ferne Liebespaar waren sie allein. Wo Sybilla stand, war Schatten... ihr goldenes Kleid schimmerte durch die fahle Dunkelheit wie ein Stückchen Meeresleuchten.

Der Mann machte einen Schritt vorwärts. Dann, lautlos, geschmeidig wie ein Raubtier, schnellte er vor, überbrückte die zwei Meter zwischen sich und Sybilla im Bruchteil eines Wimpernzuckens, warf sich auf die nach vorn gelehnte Frau und packte sie mit starken Händen.

Ehe Sybilla merkte, was geschah, fühlte sie sich emporgehoben und schweben. Aber dann begriff sie blitzartig, was das bedeutete... sie drehte sich in den Händen, schlug mit der Handkante auf einen Arm und fühlte, wie sie auf die Deckplanken plumpste.

Der Mann mit der schwarzen Halbmaske stand keuchend vor ihr. Wieder griff er nach ihr, diesmal nach den Schultern, warf sich mit seinem ganzen Gewicht gegen sie und versuchte, Sybilla nach hinten über die Reling ins Meer zu werfen.

Sybilla reagierte eiskalt. Nichts mehr von Angst war in ihr, keine Verwunderung, keine Schrecksekunde. Was sie immer und immer wieder geübt hatte, auf der Matte, in einem großen Sandkasten, auf weichem Waldboden, am Ende auf hartem Beton, das ließ sie jetzt an der Schwelle des Todes wie eine Maschine wieder ablaufen.

Der Griff an die Revers, das Knie hoch bis zur Magengrube, Verlagerung des Gewichtes, sich fallen lassen, den anderen mitreißen und über sich hinwegschleudern, dann herumschnellen, ehe der andere sich wieder aufrappelte... es lief alles wie auf dem Übungsplatz der Agentenschule ab.

Noch im Fallen versuchte Sybilla, mit einer schnell hervorschießenden Hand die Maske vom Gesicht des Mannes zu reißen. Aber ihr Gegner war reaktionsschnell. Er lächelte sogar anerkennend, als er über Sybillas Kopf hinweg gegen die Planken krachte, und es war der einzige Sieg, den er ihr überließ. Bevor sie sich auf ihn werfen und einen Halsschlagader-Schlag anbringen konnte, rollte sich der Mann katzenhaft weg, trat nach der Hand Sybillas, die nachfuhr, sprang auf und rannte geduckt, ein gleitender Schatten, zwischen Himmel, Meer und fahlem Mondschein kaum erkennbar, quer über das Riviera-Deck und verschwand hinter einigen Aufbauten.

Sybilla erhob sich von den Planken und lehnte sich tief atmend an die Reling. Sie warf den Kopf weit in den Nacken und saugte kalte, reine Seeluft in sich hinein, als müsse sie sich füllen mit dem Leben, das sie behalten durfte.

So stand sie eine ganze Zeit, bis sich die Nerven entspannten. Und erst da merkte sie, daß ihre Tasche weg war. Beim Zugreifen, als es um das Leben ging, hatte sie sie fallen lassen. Sie konnte nicht weit geschliddert sein, sie mußte irgendwo auf dem Deck liegen.

Aber so gründlich Sybilla auch suchte – die goldene Tasche mit der Automatik-Pistole war nicht zu finden.

Sie suchte jede Ecke ab, sie ging bis zum Pool, sie rannte die Treppe hinunter zum Oberdeck und suchte dort. Es war ja möglich, daß ein Fußtritt des Mannes die Tasche auf das andere Deck geschleudert hatte. Aber auch auf dem Oberdeck fand sich nichts. Eine Gruppe fröhlicher Menschen kam vom Restaurantdeck herauf und veranstaltete hier einen privaten Beat-Club. Sie hatten Gitarren und eine Klarinette mitgebracht.

Ergebnislos brach Sybilla die Suche nach ihrer Tasche ab. Sie stieg wieder hinauf zum Salon-Deck und stellte sich an die gleiche Stelle wie vorhin.

Wo kann sie sein? dachte sie. War sie ins Meer gefallen? Sie bückte sich über die Reling. Unter ihr rauschte der Atlantik, der ihr Tod hätte sein sollen. Nur ein paar Meter... am nächsten Morgen wäre die Frage nach Sybilla Odenthals Verbleib ein unlösbares Rätsel gewesen. Den Körper hätte man nie gefunden; hier war man mitten auf dem Ozean, in dem ein Mensch soviel wie ein Tropfen ist.

Die Tasche ist ins Meer gefallen, dachte Sybilla. Unter der Reling ist sie weggerutscht. Ein kleiner Verlust... im Koffer Sybilla Odenthals lagen noch zwei Pistolen unter der zarten Unterwäsche.

Die Tür zur gedeckten Promenade klappte wieder. Sybilla fuhr herum, ihr Gehör war jetzt katzenhaft. Wieder trat ein Mann heraus auf das Deck, im Smoking, die Hände in den Taschen. Noch lag sein Gesicht im Schatten, aber über Sybilla kam eine glückliche Erlösung. Sie breitete die Arme aus, lief dem Mann entgegen, küßte ihn wild, klammerte sich an seinem Hals fest und benahm sich wie ein kleines, durch die Liebe verstörtes Mädchen.

»Wo bist du gewesen?« stammelte sie. »Ich habe dich überall gesucht... Du sollst doch nicht weggehen, du mußt bei mir bleiben... Was kann alles passieren... was kann alles...« Die Nerven verließen sie... sie weinte, lachte und schluchzte in einem Atemzug.

»Mein Gott, was ist denn?« Hergarten drückte sie an sich. »Ich war mit Surtess und Hopkins im Hamburg-Salon, und nachher habe ich kurz ins Hauptrestaurant geguckt. Und dann suchte ich dich. Was hast du denn, Sybilla?«

»O nichts, nicht...« Sie machte sich von ihm los und lehnte sich gegen die Reling. Hinter ihrem Rücken rauschte das Meer. Ein Schauder überflog sie. »Ich habe meine Tasche verloren... sie ist über Bord... ins Meer... mit allem Inhalt... Ach Gott, das ist nicht so schlimm... Komm, wir gehen wieder in den Saal.«

Sie hakte sich bei Hergarten unter und strich ihre Haare zurecht.

»Der Wind...« Sie lachte etwas schrill. »Ich muß morgen bestimmt zum Friseur...«

Sie gingen zurück in den Saal, umrauscht von Musik und Lachen. Kapitän Selbach steuerte auf Sybilla zu. Den ganzen Abend hatte er auf diese Gelegenheit gewartet: Der Ehrentanz des Kapitäns!

Hergarten setzte sich an die Bar. Dort hockte Sir Surtess wieder und trank einen Kognak.

»Schon wieder zurück?« fragte Hergarten wie ein alter Vertrauter.

»Mit siebzig wird man bescheiden, mein Lieber.« Sir Surtess legte die Hände um sein Glas. »Glauben Sie, ich wollte mich blamieren?«

Das Neptun-Fest ging weiter.

Über das nächtliche Meer zog eine gleißende, singende, tanzende Stadt.

Der Mann mit der Maske sah sich um, als er Sybilla entronnen war und merkte, daß sie ihm nicht folgte. Dann zog er seinen Smoking gerade, kontrollierte den korrekten Sitz seiner Schleife, kämmte sich mit gespreizten Fingern durch das zerwühlte Haar und nahm die Maske ab. Er steckte sie in die Rocktasche und ging dann als luftschnappender Bummler weiter über das Deck zur Backbordtür der anderen Promenade.

Dort, an der Reling stehend, sah er zwei rote, livrierte Gestalten, die ihn stumm musterten. Der Mann warf einen Blick zurück zur anderen Seite des Decks. Im schwachen Widerschein des Mondes erkannte er Sybillas Gestalt, ihr goldenes Kleid; es hob sich gegen den Himmel klar ab.

Der Mann blieb ruckartig stehen und musterte die beiden livrierten Diener. Sein forschender Blick war deutlich: Wie lange standen sie schon hier? Hatten sie alles mit angesehen?

Die Mienen der beiden Russen waren ausdruckslos. Sie hielten den Blick stand, als seien sie Wachsfiguren. Der Mann ging weiter, betrat die gedeckte Promenade, griff in die Tasche und nahm eine Zigarette aus seinem Etui. Doch ehe er in die andere Tasche greifen konnte, um das Feuerzeug zu holen, flackerte neben ihm eine Flamme auf. Der Russe, den Graf Sepkinow als Shura Aitmanow bezeichnet hatte, hielt sein Feuerzeug hoch. Der Mann zuckte zusammen. Er hatte nichts gehört, und doch waren ihm die livrierten Diener gefolgt, lautlos wie Schatten.

»Danke«, sagte der Mann gedehnt. »Sie tragen wohl dicke Gummisohlen, was?«

»Bitte, gehen Sie geradeaus bis zu den Toiletten und dann rechts ab zu den Lifts«, sagte der Russe ruhig. Das tartarische Gesicht blieb dabei glatt wie eine Maske.

»Einen Teufel werde ich tun!« Der Mann lachte etwas schrill. »Trinken Sie weniger Wodka, Iwan... Wohl verrückt, was?«

»Es würde uns leid tun, Gospodin, Schwierigkeiten zu machen.« Der andere Russe lächelte jetzt. Er hielt in der rechten Hand einen kurzen Dolch mit einer beidseitig geschliffenen Schneide. Mit einem höflichen Nicken setzte er die Spitze in den Rücken des Mannes. Nur ein leichter Druck... der Tod brauchte nicht laut zu sein.

»Was wollen Sie von mir?« Der Mann rauchte hastig ein paar Züge. Sein Blick irrte umher. Sechs Meter weiter lehnte ein Pärchen an den Fenstern. Sollte man schreien?

»Gehen wir«, sagte Shura Aitmanow. »Bitte, seien Sie klug, Gospodin. Es hat keinen Sinn, um Hilfe zu rufen. Wir werden an vielen Menschen vorbeikommen, und Sie werden keinen Ton sagen. Das Messer Grigorijs ist scharf. Es schneidet durch Stoff, Haut und Fleisch wie durch Butter. Sie könnten nur einen Ton von sich geben, dann wäre das Messer in Ihnen. Wir werden Sie dann auffangen und erklären, es sei Ihnen schlecht geworden und wir wollten Sie zum Arzt bringen. Jeder wird es uns glauben. Sie sehen das doch hoffentlich ein, Gospodin?«

»Was soll das heißen?« Der Mann warf seine Zigarette weg. Dienstbereit zerdrückte sie der andere Russe mit dem Schuh. »Was habe ich mit Ihnen zu tun? Sie werden sich wundern, wie ich protestieren werde! Das ganze Schiff rufe ich zusammen! Ihrem Herrn, Graf Sepkinow, werde ich sagen, daß...«

»Bitte, Gospodin!« Shura Aitmanow zeigte auf den langen Gang der Promenade. »Das Wasser im Fluß kann Tag und Nacht murmeln – ein Mann sollte handeln, sagt man bei uns. Gehen wir schnell!«

Der Mann hob die Hände, als wolle er winken und schreien. Dann sanken seine Arme schlaff herunter. Die Spitze des Dolches hatte sich durch den Smoking gebohrt, wirklich widerstandslos, und ritzte ihm die Haut unterhalb der linken Lunge auf. Er machte einen Schritt vorwärts, und Shura Aitmanow stützte ihn, als sei er krank.

So gingen sie an den Paaren vorbei, die in der geschlossenen Promenade umschlungen aufs Meer schauten, schwenkten in das große Foyer, von dem die Türen zum Hamburg-Salon und zum Alster-Club abgingen, und stellten sich an einem Lift auf. Ein Schwall von fröhlichen Menschen umspülte sie, drei Musikkapellen spielten, eine Polonaise zog durch die Säle und über die Foyers. Im Alster-Club war Neptun mit seinem Gefolge erschienen und weihte die Neulinge auf See zu Atlantikfahrern. Auch Hergarten war darunter. Er kniete vor Neptun, im Zivilberuf II. Zahlmeister, und erhielt den Ritterschlag mit dem Dreizack.

Das war die kritischste Situation. Shura Aitmanow erkannte es zu gut: Er stellte sich vor dem Mann auf, und seine geschlitzten asiatischen Augen glühten gefährlich.

Der Lift kam. Die drei stiegen ein, fuhren zum Promenadendeck, stiegen dort aus und nahmen den Mann wieder zwischen sich. Schnell gingen sie die langen Gänge hinunter, schwenkten in den Kabinentrakt ein und kamen in den Teil des Schiffes, der jetzt um diese Zeit wie ausgestorben war. Der Mann blieb verwundert stehen. Ein paar Türen weiter war seine eigene Kabine.

»Um mich ins Bett zu bringen, brauchen Sie keinen Dolch«, sagte er mit bitterem Humor. Mit einem Sprung war er plötzlich aus der Mitte der Russen und lehnte sich gegen die Tür von Kabine 17. In ihr wohnte die gelähmte Frau Michaelsen, die jetzt oben im Salon Wein trank und ausgelassen fröhlich war. Gleichzeitig mit dem Sprung riß er einen Revolver aus der Hosentasche... aber ebenso schnell blitzte das Messer durch die Luft und blieb im rechten Handrücken des Mannes stecken. Der Revolver polterte auf den Gang. Grigorij hob ihn auf und steckte ihn ein.

»Sie sind dumm, Gospodin«, sagte Shura Aitmanow ruhig. Er stieß die Tür der gegenüberliegenden Kabine 19 auf, eine kleine Kabine mit zwei Etagenbetten. Der Raum war hell erleuchtet. Der dritte Lakai Sepkinows wartete dort; der Mann sah ihn deutlich, er stand hinter einem Sessel, mit nacktem Oberkörper, die Arme verschränkt, wie ein Scharfrichter, der auf den Delinquenten wartet.

»Was wollt ihr?« brüllte der Mann auf. Er preßte ein Taschentuch auf die blutende Hand. Seine Augen flatterten vor Angst. »Hilfe! Hilfe!«

Shura Aitmanow gab ihm einen kräftigen Stoß. Der Mann fiel gegen Grigorij, der ihn mit einem Hieb in die Kabine beförderte. Dort nahm ihn der dritte Russe in Empfang und drückte ihn in den Sessel. Ein Lederband schlang sich sofort um seinen Hals, um Füße und Handgelenke klickten Fesseln.

»Ich bin nur ein kleiner Handlanger!« brüllte der Mann. »Ich habe keinerlei Funktionen...«

»Wir wollen uns ohne Aufregung unterhalten, Gospodin.« Shura Aitmanow setzte sich dem Mann gegenüber. Der Russe mit dem nackten Oberkörper ging zu einem elektrischen Ofen und erhitzte zwei eiserne Nadeln. Er benutzte dazu eine Zange. Die Spitzen der Nadeln waren hellrot. Der Mann starrte auf Shura. Schweiß rann ihm über das Gesicht. Er wußte, was mit ihm geschehen würde. Nun wußte er es ganz genau.

»Erzählen Sie uns von Ihrem Auftraggeber, Gospodin«, sagte Shura und lehnte sich gelassen zurück. »Und gehen wir methodisch vor: Zuerst die Namen, dann die Adressen, darauf die Kleinigkeiten. Wo ist die Zentrale, wie ist der Funkcode, wo ist Ihr Verbindungsmann, wie lautet Ihr Auftrag, was plant man? Verstehen wir uns, Gospodin?«

Der Mann nickte stumm. Der halbnackte Russe hob eine der glühenden Nadeln heraus und zeigte sie ihm.

»Machen Sie es kurz...« stöhnte der Mann. Sein Kopf sank auf die Brust. Grigorij riß ihm das Smokinghemd auf, damit die Brust bloßlag. »Erschießen Sie mich! Ihre verdammte asiatische Methode hat keinen Erfolg bei mir... ich werde schnell ohnmächtig, und dann nützt sie einen Dreck! Ich sage gar nichts...«

»Sie sind ein dummer Mensch, Gospodin.« Shura Aitmanow winkte. Der Halbnackte kam näher, die glühende Nadel zwischen den Zangenbacken. »Ein Held ist man fürs Vaterland, Sie sind's wegen des Geldes! Daß ihr nie den Unterschied begreift. Daran wird die westliche Welt zugrunde gehen.«

Er stellte das Radio an, aber die Tanzmusik war nicht laut genug, den ersten Schrei zu übertönen.

Man spielte: »Komm doch in meine Arme...«

Dr. Dahl hatte sich zum Restaurant-Deck begeben und mischte sich unter den Trubel im Restaurant Helgoland, nachdem er wußte, daß Margret Goltz gut versorgt war. Er hatte ihr eine starke Schlafinjektion gegeben und eine der Schwestern abkommandiert, bei ihr zu wachen. Bis zum Morgen war die Gefahr gebannt, daß das Mädchen seine Entdeckung über das ganze Schiff schrie. Was dann kam, wußte Dr. Dahl noch nicht. Er rechnete mit der Vernunft Margrets. Er wollte ihr die volle Wahrheit sagen und sie so zur Mitverschwörerin machen. Er wollte ihr klarmachen, daß die Ruhe von tausend Passagieren an ihrem Schweigen hing. Vielleicht verstand sie es.

Lisa erwartete ihn an der Sektbar. Er hatte ihr bestellen lassen, daß er als Vertreter des Kapitäns bei den II.-Klasse-Passagieren sein müßte. An der Sektbar möchte sie auf ihn warten.

Lisa sah merkwürdig aus. Sie hatte hektisch gerötete Wangen und unnatürlich glänzende Augen. Sie fiel Dr. Dahl ungeniert um den Hals und küßte ihn. Es war wie eine Demonstration: Seht, er gehört mir! Und ich gehöre zu ihm! Jetzt trennt uns keiner mehr. Am allerwenigsten mein Mann, der über uns in Kabine 12 mit seiner Geliebten zusammenlebt. Wie Mann und Frau wohnen sie schon, und sie macht ihm auf in einem durchsichtigen Nachthemd.

Vorbei! Vorbei! Man soll Enttäuschungen nicht aufblasen. Man wirft sie weg und sucht das Schöne im Leben.

Aber der Brief? War er wirklich nur Lüge, Wort für Wort? Warum schrieb er überhaupt, wenn er wußte, daß in New York auch sein neues Leben beginnt? Man konnte es doch einfacher machen; ein Abschied über mehrere tausend Kilometer. Das ersparte Szenen, da sah man keine Tränen, da hörte man kein Weinen. Warum schreiben: Ich komme schnell wieder?

O wenn man die Lüge doch analysieren könnte wie ein chemisches Produkt...

Nach einigen Pflichttänzen als Vertreter des Kapitäns zog Dr. Dahl Lisa vom Barhocker und verließ das große Restaurant. Er stieg mit ihr einige unbekannte, im Inneren des Schiffes und für Passagiere gesperrte Treppen empor und öffnete eine Eisentür. Kühler, salziger Wind wehte sie an. Vor ihnen lag das freie Oberdeck, rauschte das Meer, wölbte sich der mondfahle Himmel mit den wehenden Wolkenfetzen.

»Hier sind wir allein«, sagte Dr. Dahl und zog Lisa ins Freie. Sie schlang den Chinchilla um ihre bloßen Schultern und lehnte sich an ihn. Die jungen Leute mit ihrer improvisierten Beatband waren wieder verschwunden. Das Deck gehörte ihnen allein.

Über ihnen, auf dem Salon- und Promenaden-Deck war mehr Betrieb. Dort standen die Paare an der Reling und sagten sich tausend dumme und liebe Worte, Beschwörungen für die kommenden Stunden unter Deck.

»Ich liebe dich«, sagte Lisa. In diesem Augenblick klang es nicht jungmädchenhaft-romantisch, sondern ehrlich. Es gab keine anderen Worte dafür. »Ich muß dir etwas gestehen.«

»Ich dir auch.« Dr. Dahl sah über das dunkle Meer. »Darum will ich mit dir allein sein. Ich kann jetzt die lustigen Menschen nicht sehen, ich kann es einfach nicht. Kommst du mit zu mir?«

»Ja.« Sie nickte ihm zu. »Willst du mir sagen, daß du auch verheiratet bist?«

»Nein! O nein, wie kommst du darauf?« Dr. Dahl schüttelte den Kopf. Das »auch« überhörte er in seiner Erregung.

Er hat es gewußt, dachte Lisa erlöst, als er nicht darauf reagierte. Er will nicht darüber sprechen. Er hat recht, vergessen wir Franz Hergarten. Es fiel ihm ja auch leicht, mich zu vergessen.

»Es ist etwas anderes. Berufliches, wenn man so sagen kann.«

Er umklammerte die Reling und blickte weit über die Unendlichkeit des Meeres. »Wir gehen zu mir«, sagte er leise.

Aber dazu kam es nicht. Einige Paare erschienen auf Deck und winkten ihm zu. »Hallo, Doktor!« riefen sie.

»Ich gehe schnell hin und begrüße sie«, sagte Dr. Dahl. »Ich komme sofort zurück.«

Lisa sah ihm nach, dann ging sie die Reling entlang bis zu den Treppen, die zum Salon-Deck führten. Der Nachtwind spielte in ihren Perückenhaaren und zerrte an ihrem Pelz um ihren Schultern. Plötzlich blieb sie stehen und bückte sich. In der Nische unter der Treppe blinkte etwas. Sie griff hinein und zog eine goldene Abendtasche aus dem Schatten, und als sie sie in der Hand hielt, wußte sie, wo sie diese Tasche schon gesehen hatte und wem sie gehörte. Mit einem Ruck riß sie sie an sich und tastete sie ab. Etwas Hartes, Langes füllte die Tasche fast völlig aus. Es war die gleiche Form, die man fühlte, wenn man Lisas Tasche knetete. Nur hatte der Gegenstand hier einen längeren Lauf.

Lisa sah sich schnell um. Dr. Dahl begrüßte die lärmenden Passagiere, niemand beachtete sie. Sie steckte die Tasche unter ihren Pelz und ging langsam zurück zum Kabineneingang. Dr.

Dahl sah sich um. Sie machte ein schnelles Zeichen – ich komme nach unten –, und Dr. Dahl nickte. Dann war sie im Gang und rannte ihn entlang bis zu ihrer Kabine 136.

Ihre Mitreisende, die alte Dame, schlief fest. Um ihren Kopf hatte sie ein Tuch gewickelt, als habe man ihr den Kopf eingeschlagen und dann verbunden.

Lisa knipste die kleine Lampe am Schreibtisch an und öffnete Sybillas Tasche. Schwarz, kalt, feindlich sah die Pistole sie an – kein Spielzeug wie Lisas Waffe, sondern ein Werkzeug zur Tötung, eine automatische Waffe. Lisa ließ den Verschluß wieder zuschnappen, trug die Tasche zu ihrem Bett, steckte sie unter die Matratze und verließ leise wieder ihre Kabine.

Voller Gedanken fuhr sie hinunter ins Hospital II, wo auch die Suite Dr. Dahls lag. Hier, im A-Deck, war wieder völlige Einsamkeit, die Passagiere tanzten oben im Restaurant.

Wie kommt die Tasche unter die Treppe?

Was soll das bedeuten?

Ist sie dort bewußt versteckt worden?

Dr. Dahl war schon in seiner Kabine. Stumm zog er Lisa an sich und liebkoste ihren Rücken, während er sie küßte. Und ebenso stumm, als sei es selbstverständlich, zog sich Lisa aus und legte sich in das Bett Dr. Dahls. Sie gehörte zu ihm, in diesen Minuten empfand sie es ganz deutlich.

Dr. Dahl hatte seinen Offiziersrock ausgezogen und seine Schleife abgebunden. Nun saß er auf der Bettkante, sah auf den nackten Oberkörper Lisas und spürte ihre Hände, die nach ihm tasteten in stummer Aufforderung.

»Ich habe einen Toten an Bord«, sagte er unvermittelt. Die Hände Lisas blieben auf seinen Knien liegen.

»Was hast du?« fragte sie.

»Einen Toten. Du kennst ihn gut... Jerome Dubois...«

»Er... er ist tot?«

»Ja. Er wurde gestern erschossen!«

»Mein Gott.« Lisa riß die Bettdecke hoch und bedeckte sich bis zum Kinn. Ein Kälteschauer durchjagte sie. »Ermordet?«

»Ja. Ein Schuß mitten in die Stirn. Abgezirkelt. Ein Meisterschuß. Ich habe die Kugel aus dem Gehirn entfernt. Der Mörder schoß mit einer Automatikpistole.«

»Mit einer Automatik...«, hauchte Lisa.

Plötzlich wurde ihr schwarz vor Augen. Sie lehnte den Kopf

zurück an die Wand. Die Tasche Sybillas. Die Pistole mit dem langen Lauf. Es paßte so herrlich in dieses Bild... und wenn es nicht paßte, so konnte man es passend machen. Sybilla eine Mörderin! Welch ein Trumpf lag da in ihrer Hand! Welche Rache! Welche einmalige Chance des Hasses! Sie atmete schwer und drückte die Hände auf das Herz. Dr. Dahl erhob sich vom Bett und ging in der Kabine hin und her.

»Ja, es ist furchtbar«, sagte er. Er verstand, daß Lisa sich so entsetzte, aber er übersah das Flammen in ihren Augen. »Wir haben einen eiskalten Mörder an Bord. Und wir alle, die wir es wissen, nur eine Handvoll, die Offiziere und die Oberstewards, warten stündlich auf einen neuen Mord. Das ist das Nervenfressende: Wir wissen, daß es einen Mörder gibt, er ist neben uns, und wir können nichts tun, um ihn an weiteren Morden zu hindern. Jeder von uns kann das kalte Biest sein... auch du...«

»Auch ich?« Lisa lächelte schwach. Sie ließ sich zurückgleiten aufs Bett und warf dann die Decke von sich. »Sieht so ein kaltes Biest aus...?«

Dr. Dahl schüttelte den Kopf. Er löschte das Licht bis auf eine kleine Lampe, die über dem Bett brannte.

Der Morgen war wieder ein Sonnentag, obwohl alle Nebel erwartet hatten, wie es auch das Fernsehen vorausgesagt hatte. Die meisten Passagiere schliefen noch nach dieser langen Nacht der Freude, aber auf dem Sonnen- und Sportdeck gab es doch Unermüdliche, die Frühsport betrieben, einen Dauerlauf um die Pools machten, unter den Rettungsbooten turnten, Luft pumpten, den Rumpf beugten, die Arme schlenkerten und auf der Stelle hüpften. Eine Meisterleistung vollbrachte jeden Morgen um 7 Uhr ein alter Herr, der mit zwei dicken Hanteln übte und sich aus der Gerätekammer vom Decksteward einen ledernen Bock holen ließ, über den er zwanzigmal sprang, nach jedem fünften Sprung immer etwas höher. Dann schwamm er noch zehn Runden im Pool und ließ die Zeit stoppen.

»Ich bin sechsundsiebzig Jahre«, sagte der eiserne Turner einmal zu seinen verblüfften Zuschauern. »Ich turne seit meinem siebten Lebensjahr. Ich sage Ihnen: Der alte Turnvater Jahn war ein Genie! Besser als Kräuter und Pillen ist die gut durchatmete Haut. Unsere moderne Zeit erstickt sich selbst im Mief.«

In den Küchen hatte man jetzt Zeit. Vor zehn Uhr war mit dem Frühstück nicht zu rechnen. Die Deckstewards bauten die Liegestühle auf; sie würden heute gebraucht werden, um die schweren Köpfe auszulüften.

Dr. Dahl hatte Lisa schlafen lassen und hatte sich leise gebadet, rasiert, angezogen und seine Kabine verlassen. Sein erster Weg führte zu Kabine 107.

Margret Goltz saß im Bett und winkte ihm rätselhaft fröhlich zu, als Dr. Dahl eintrat und seine Arzttasche auf den Frisiertisch stellte. Die Schwester nickte ihm stumm zu und ging. Keine Vorkommnisse. Eine ruhige Nacht. Eine brave Patientin.

»Na, was macht unser Knöchel?« fragte Dr. Dahl und setzte sich auf einen Hocker neben das Bett. Er schlug die Decke zurück und befühlte den Gips. Er saß gut und fest. Der Ausflug Margrets in die Totenkammer hatte ihm nicht geschadet.

»Ein verstauchter Knöchel ist doch ein Klacks gegen einen Kopfschuß, finden Sie nicht auch, Herr Doktor?« sagte Margret laut. Ihre Stimme hatte einen fordernden Unterklang. Dr. Dahl schlug die Decke wieder über das Bein, aber Margret schob sie ganz von ihrem Körper. Sie knöpfte sogar die Pyjamajacke auf und legte sich mit ausgebreiteten Armen zurück. »Sie haben nur den Fuß untersucht, Herr Doktor. Bei einem Fall kann man aber auch innere Verletzungen haben, nicht wahr? Ich glaube, ich habe welche. Es sticht hier in der Herzgegend, und hier im Magen und tiefer auch... ganz tief...«

Dr. Dahl übersah den entblößten Mädchenkörper, er sah gegen die Kojenwand.

»Für innere Verletzungen liegen keine Anzeichen vor.«

»Sie haben mich nicht abgetastet, Herr Doktor!«

»Man kann so etwas auch ohne manuelle Aktionen feststellen. Sie haben nur den Knöchel verstaucht, sonst nichts.«

»Und das Brennen im Körper?« Margrets Augen waren groß und dunkelblau. Ihre Lippen bebten. »Wenn ich einen Milzriß habe?«

»Dummheit!« sagte Dr. Dahl grob.

»Oder Prellungen an den Rippen? Herr Doktor, ich muß darauf bestehen, daß Sie mich gründlich untersuchen. Ich fühle mich so elend.«

Dr. Dahl ergriff die Bettdecke und zog sie über den Körper Margrets. Sie ließ es geschehen, aber ihre Augen flimmerten.

»Sie erwähnten eben einen Kopfschuß. Es gibt keinen Kopfschuß, Fräulein Goltz.«

»Und der tote Dubois bei Ihnen?«

»Sie haben ihn nie gesehen.«

»Aber ja! Ich stand ja vor seinem Bett.«

»Sie haben nichts gesehen.« Dr. Dahl sah Margret jetzt voll an. Ihre Blicke kreuzten sich wie Klingen. »Sie wissen trotz Ihrer Jugend, was ein Skandal bedeutet. Sie können ahnen, was es bedeutet, wenn die Passagiere erfahren, daß hier an Bord ein... ein Unglück geschehen ist. Im Interesse von tausend Passagieren, von vierhundert Mann Besatzung, im Namen des Kapitäns und auch in meinem Namen bitten wir Sie, nichts gesehen zu haben. In drei Tagen sind wir in New York, dann klärt sich alles auf... Fräulein Goltz, wenn Sie eine Panik verhindern können, dann nur, wenn Sie schweigen. Versprechen Sie es mir!«

Er hielt Margret seine Hand hin. Sie ergriff sie und hielt sie fest.

»Wie alt sind Sie, Herr Doktor?«

»Was hat das damit zu tun? Dreißig Jahre.«

»Sie haben schon wunderbar graue Schläfen. Sie sind ein schöner Mann.« Margret hob das gesunde Bein und trat die Decke wieder von sich weg. Ihre Brust wölbte sich aus der aufspringenden Jacke. »Ich mag Sie. Ich habe in der Nacht von Ihnen geträumt... von *uns* geträumt. Es war wunderbar. Haben Sie ein steinernes Herz...?«

»Versprechen Sie mir, kein Wort über den Toten zu sagen, bis wir in New York sind.«

»Gut. Machen wir einen Handel.« Margret zog die Hand Dr. Dahls an sich und legte sie auf ihre Brust, ehe er sie zurückziehen konnte. »Ich sage kein Wort. Nie in meinem Leben sage ich ein Wort über den Toten dort unten – wenn Sie diese Nacht bei mir bleiben!«

Dr. Dahl sprang auf und stieß den Schemel vom Bett.

»Man sollte Ihnen den Hintern versohlen!« sagte er laut.

»Auch das dürfen Sie.« Margret räkelte sich wie eine Schlange auf einem sonnenwarmen Stein. »Sie dürfen alles mit mir, wenn Sie heute nacht kommen.«

Wortlos verließ Dr. Dahl die Kabine und fuhr mit dem Lift hinauf zur Brücke, zum Kapitän. Lars Selbach saß vor der Seekarte und studierte die Wetterlage.

»Ich bin am Ende«, sagte der Arzt und setzte sich schwer auf das Sofa des Kapitäns. »Was ich Ihnen jetzt erzähle, wird Sie sehr erheitern. Aber eins vorweg: Sosehr ich das Schiff und die Schiffahrt liebe... sagen Sie nachher bloß nicht: Doktor, opfern Sie sich für das Schiff.«

Und so war es! Kapitän und I. Offizier sagten einstimmig: »Lieber Doktor, die ›Ozeanic‹ erwartet Ihr Opfer.« Und der I. Offizier setzte noch hinzu: »Ich würde es Ihnen sogar abnehmen, wenn mein Typ gefragt wäre.«

Wütend verließ Dr. Dahl die Brücke. Bis zum Abend war noch viel Zeit.

Um 11 Uhr klingelten alle Schellen, gellten die Sirenen, schepperten die Glocken.

Alarm! Alles in die Boote! Das Schiff havariert! Alarmstufe I. Ablauf nach Plan I.

Die Alarmübung traf die Passagiere gerade zwischen Frühstück und den Überlegungen, wie man den Vormittag herumbringen könne. Wie in einem Manöver eine gut geschulte Truppe durch nichts aus dem Tritt zu bringen ist, so wußte jeder Steward, jedes Besatzungsmitglied bis hinunter zum Schiffsjungen und Liftboy, was er jetzt zu tun hatte. Auch die Passagiere wußten es; sie hatten schon am ersten Tag an Bord ein großes Merkblatt bekommen mit der Bitte, es genau durchzulesen. Im Ernstfalle konnte das Leben daran hängen, daß alles ohne Panik und geordnet eingeschifft und von Bord gebracht werden konnte.

Auf den einzelnen Decks übernahmen die Offiziere das Kommando. Aus den Gängen quollen die Passagiere, die Schwimmwesten in der Hand. In jeder Kabine gab es ein Extrafach, wo die Schwimmwesten lagen. Die meisten Passagiere lachten und machten Witze, vor allem, als einige noch in Schlafanzügen an Deck rannten, getreu der Anweisung: Bei Alarm hat jeder so an Deck zu kommen, wie er gerade ist. Langes Anziehen kann den Verlust wertvoller Minuten bedeuten.

Mr. Hopkins erschien mit einem Feuerlöscher in der Hand, den er aus der Halterung im Gang gerissen hatte.

»Eisberg oder Brand?« brüllte er. »Bei Brand auf Sammy hören! Ich bin Chef der Freiwilligen Feuerwehr von Hephards Springs!«

Es gibt immer jemanden, der ein Clown sein muß. Die Stimmung jedenfalls war herrlich. Die Offiziere und Stewards teilten die Bootsbesatzungen ein. Die Gruppen marschierten zu den angegebenen Booten, wo die Matrosen die Persennings abrissen und über die Davits die Boote einschwenken ließen. Die Alarmhörner gellten noch immer über das Meer. Von der Brücke aus beobachtete Kapitän Selbach die Bootsmanöver. Er nahm daran nicht teil; er würde im Ernstfall sowieso der letzte sein, der von Bord ging. Oder nicht... Wie so viele Kapitäne vor ihm, die mit ihren Schiffen untergingen, wie es die Seemannsehre befiehlt.

Auf dem Lido-Deck standen die Bootsbesatzungen und warteten. Wurde das Manöver bis zum letzten durchgeführt? Mußte man in die Boote, wurde man ausgeschwenkt und an der hohen Schiffswand heruntergelassen auf das Meer? Es sah fast so aus; die Matrosen rollten die Persennings ein und nahmen an den Taljen Aufstellung. Ein Glück, daß es ein sonniger Tag und die See nur leicht bewegt war.

Aus der Tür zur Promenade kam Lisa. Sie trug über einem Hosenanzug ihre Schwimmweste und um den Kopf ein festverknotetes Tuch. In der Hand trug sie eine große Badetasche. Dr. Dahl war unter Deck. Er mußte sich um sein Hospital kümmern. Seine Krankenwärter und einige Stewards trugen leere Tragen nach oben, als wenn das Hospital mit Kranken belegt wäre. Auf dem Vorschiff versammelte sich die Besatzung. Köche, Metzger, Bäcker, Maschinisten, Matrosen, Boys, Schiffsjungen, Stauer, Funker, Hilfsarbeiter, Schreiner, Schlosser, Schneider, Büglerinnen, Stewardessen... die ganze unterirdische Stadt quoll aus dem Schiffsbauch; die Anonymen, die tausend Passagieren ein zufriedenes Leben verschafften. Hier wurden große, grellgelbe Schlauchboote aufgeblasen, große, runde Rettungsinseln mit eingebauten Funkgeräten und Signalraketen.

Sicherheit über alles! Wenn die ›Ozeanic‹ untergeht, braucht kein Mensch zu sterben. Für alle ist Platz! Es gibt keine ›Titanic‹ mehr, keine ›Andrea Doria‹. Die ›Ozeanic‹ rettet jeden.

Bei Boot III stand Sybilla, ebenfalls mit einer Schwimmweste angetan. Hergarten wartete bei Boot VI. Man hatte Frauen und Kinder von den Männern getrennt, wie es üblich ist. Zuerst die Frauen und Kinder von Bord, das war schon immer so.

Über das Gesicht Lisas glitt ein triumphierendes Lächeln.

Mit großen, festen Schritten ging sie auf Sybilla zu und sagte laut: »Guten Morgen!«

»Guten Morgen«, antwortete Sybilla. Ihre braunen Augen waren lauernd. So blickt ein Tier in der Gefahr, dachte Lisa. Und du bist in Gefahr, mein Seelchen, du stehst am Abgrund.

Sie griff in eine offene Badetasche und holte langsam, damit es alle Umstehenden sahen, die goldene Abendtasche heraus. Mit einer großen Geste überreichte sie das goldfunkelnde Ding.

»Das ist doch Ihre Tasche?« fragte sie dabei.

Sybillas Augen wurden fast schwarz. Sie griff zu und fühlte sofort, daß die Pistole herausgenommen worden war.

»Ja«, sagte sie. Ihr Lächeln war gefroren. »Ich danke Ihnen. Ich habe sie gestern irgendwo liegengelassen. Sie hätten sich nicht die Mühe machen brauchen und sie aufzuheben. Sie ist nicht viel wert.«

»Das kann man nicht sagen.« Lisa lächelte zurück. Aber ihr Lächeln war voll tiefster Wonne. So kann nur eine Frau lächeln, die ihre Feindin am Boden sieht. »Auch wertlose Dinge können ein ganz individuelles Eigenleben haben...« Dann sah sie sich plötzlich um, als gehe sie Sybilla gar nichts mehr an. »Wo gehöre ich hin?« rief sie. »Steward, soll ich schwimmen?«

»Boot I, Madame!« rief der II. Offizier mit der Liste. »Bitte!«

Sybilla sah Lisa nach und drückte die Tasche an sich. Ihr Blick war kalt und abschätzend.

Sie hat die Pistole, hieß dieser Blick. Und sie wird gnadenlos von diesem Wissen Gebrauch machen.

Und plötzlich sprang ein Funke in ihr auf. Woher hatte sie die Tasche? Gefunden...? Das war unmöglich. Es gab keinen Winkel der beiden Decks, den Sybilla nicht in der Nacht abgesucht hatte.

Wo hatte sie also gelegen? Von wem hatte sie die Tasche? Kannte sie den Mann im Smoking mit der schwarzen Halbmaske? War die Überreichung der Tasche eine neue Warnung? War es blanker Hohn?

Welche Rolle spielte der Schiffsarzt Dr. Dahl?

Wer war Dr. Dahl?

Das Klingeln der Glocken und Schellen verstummte. Die Sirenen schwiegen. Die Übung schien geklappt zu haben.

Sybilla sah auf ihre goldene Tasche. Der Funke in ihr wurde zum Feuer. Zum Brand. Zur Explosion.

Dr. Dahl!

Ihn müßte sie sich näher ansehen.

Die Katastrophenübung lief weiter.

Die Boote wurden zu Wasser gelassen, aber unbemannt, nur die Matrosen, die die Boote abseilten, waren darin. Über Deck rollte die Brandwache die langen Löschschläuche aus, in den Kabinengängen bezogen die Löschtrupps Stellung, tief unten im Bauch der herrlichen ›Ozeanic‹ gab es das Signal: Leck durch Eisberührung. Die Schotten wurden zugeworfen, die Notlenzpumpen, kontrolliert von den Ingenieuren, erwiesen sich als einsatzbereit... die schwimmende Stadt war bestens bewacht; das sollte das Manöver auch beweisen.

Die Passagiere an Deck nahmen die Übung mit Humor hin. In ihren Schwimmwesten wirkten sie plötzlich wie eine riesige Familie, die Unterschiede verwischten sich. Ob Millionär oder Küchenjunge: Wenn die ›Ozeanic‹ wirklich sinken würde, waren sie alle gleich im Kampf um das bißchen Leben.

Graf Sepkinow erzählte von einem Schiffsunglück, das er auf dem Schwarzen Meer erlebt hatte. Siebenundzwanzig Tote, weil eine Panik ausbrach und alles übereinandertrampelte, wie eine wilde Herde Elefanten, die alles niederwalzt, was sich ihr in den Weg stellt. Sam Hopkins gab Kommandos an die Brandwachen, Sir Surtess hatte sich einen Klappstuhl geben lassen und saß unter den Davits. Fachmännisch beobachtete er das Wassern »seines« Bootes. Er wäre kein Engländer gewesen, wenn er nicht als Jüngling auch zur See gefahren wäre. Indien, Singapore, mit einem Kreuzer Seiner Majestät. Er verstand etwas vom Ausbooten. In ihrem Rollstuhl saß Frau Michaelsen und blickte übers Meer. Es schien, als könnte man ihre Gedanken erraten: Warum sollen sie mich im Notfall retten? Was ist der Welt verloren, wenn eine alte, lahme Frau im Atlantik untergeht? Ihre Pflegerin, Käthe Peine, stand bleich und stumm hinter dem Rollstuhl, ein fast blutleeres Geschöpf.

Während über Deck alles mit militärischer Präzision ablief, kam es unter Deck zu einem Zusammenstoß.

Die Kabinenstewards kontrollierten, genau wie im Ernstfall, ob alle Kabinen verlassen worden und die Passagiere an Deck gegangen waren. Ein großer Teil der Kabinen war abgeschlossen; mit ihren Zentralschlüsseln schlossen die Stewards auf und gingen schnell durch die verlassenen Räume. Dabei stellte sich heraus, daß nicht alle den Ernst der Übung erfaßt hatten. Neun Liebespaare wurden gestört und mußten wohl oder übel auch an Deck gehen. Selbst ein Paar auf der Hochzeitsreise mußte einsehen, daß Flitterwochen auf dem Meeresgrund nicht ideal sind.

»Diese Übung findet unter den gleichen Voraussetzungen wie im Ernstfall statt«, sagte der Obersteward höflich. »Ich muß Sie bitten, meine Herrschaften, an Deck zu kommen und die Schwimmwesten anzulegen.«

Der II. Steward vom Promenadendeck hatte wenig Arbeit. Alle Luxuskabinen waren verlassen – es blieben nur noch die Innenkabinen 18 und 19, die beide verschlossen waren. Ahnungslos steckte der Steward seinen Hauptschlüssel in das Schloß Nr. 19 und schloß auf. Aber die Tür öffnete sich nur einen Spalt. Im Innern der Kabine drückte sich ein Mann gegen die Tür. Eine tiefe Stimme knurrte: »Gehen Sie weg!«

»Ich muß Sie bitten...« Der Steward sah auf die Tür, die wieder zuschlug. Er klopfte höflich und wartete. Als niemand antwortete, klopfte er härter. »Bitte, gehen Sie an Deck!« rief er. »Die Übung ist Pflicht für alle Passagiere...«

Diese Russen, dachte er. Diese drei Lakaien des Grafen. Auch wenn es dem Alten gleichgültig ist, ob sie im Ernstfall absaufen: Sie müssen an Deck.

Die Tür schwang auf. Durch die Spalte schlüpfte Shura Aitmanow und sah den Steward böse an. Die schrägstehenden Augen glitzerten.

»Mach, daß du wegkommst, du Mißgeburt!« sagte er in einem rauhen Englisch. »Wir brauchen keine Kindermädchen.«

»Alle Passagiere...« Der Steward wurde wütend. »Befehl des Kapitäns!« rief er.

»Dein Kapitän kann uns das Ärschlein lecken!« sagte Shura dumpf. »Und nun geh, du Abortwischer!«

Der Steward wollte noch etwas sagen, aber in den Augen des Tataren sah er einen Widerstand, den er nicht brechen konnte. Er wandte sich ab und lief zum nächsten Telefon. Von dort rief er den Oberzahlmeister an. Der gab die Meldung an den I. Offizier weiter, der das Hinaufhieven der Boote befehligte.

»Danke, das werde ich schon machen«, sagte er. Er winkte dem II. Offizier und ging zu Graf Sepkinow, der in ein Gespräch mit Sir Surtess über Indien verwickelt war.

»Was?« sagte der Graf und sah den Offizier ernst an. »Meine

Diener wollen nicht? Gut, dann lassen Sie sie... Sollen sie absaufen.«

»Darum geht es nicht, Herr Graf.« Der I. Offizier sah wie hilfesuchend auf Sir Surtess. »Im Ernstfall müssen *alle* an Deck.«

»Das ist aber nur eine Übung, mein Lieber.«

»Unter Katastrophenbedingungen.«

Graf Sepkinow strich seinen langen, weißen Bart. »Bitte, verschonen Sie mich mit Ihrer preußischen Korrektheit. Ich schone meine Diener nicht, sie haben jetzt ihre freien Stunden, wenn sie müde sind, lassen Sie sie ruhen.«

»Ich muß darauf bestehen, Herr Graf...« Der I. Offizier hob die Stimme, aber ebenso schnell reagierte Sepkinow.

»Ich bestehe darauf, daß Sie mich in Ruhe lassen mit Ihrem Militärton!« rief er. Plötzlich war seine Stimme anders, hell und hart. Die Worte kamen wie Schüsse. »Meine Diener bleiben unter Deck. Haben Sie verstanden?«

Der I. Offizier wurde rot. »Befehle nehme ich nur vom Kapitän des Schiffes entgegen.«

»Dann sagen Sie Ihrem Kapitän, daß ich mich durch nichts, auch nicht durch Ihre Vorschriften, einengen lasse.« Er riß sich die Schwimmweste vom Körper und schleuderte sie weit weg. »Ich gehe auch unter Deck! Und ich möchte den sehen, der mich daran hindern will!« Er sah sich um. Betretene Gesichter starrten den alten Grafen an. »Ist jemand hier, dem das mißfällt? Ich verabscheue Kadavergehorsam.«

Sir Surtess faßte Sepkinow am Ärmel. Ihm war der Vorfall peinlich. »Seien Sie vernünftig, Graf«, sagte er begütigend. »Der Kapitän ist auf seinem Schiff wie ein Staatschef. Er darf befehlen...«

»Dann bin ich Anarchist! Ich nehme keine Befehle an!« Graf Sepkinow riß sich los. Er wollte das Deck verlassen, als er Kapitän Selbach kommen sah, der vom Oberzahlmeister benachrichtigt worden war. »Aha!« rief er. »Da kommt die Autorität! Bevor Sie etwas sagen, Kapitän: Meine Leute bleiben unter Deck, wenn es ihnen paßt! Weitere Worte darüber sind sinnlos.«

Kaptiän Selbach befand sich in einem Zwiespalt. Es ging jetzt wirklich um seine Autorität als Kommandant der ›Ozeanic‹. Gab er nach, war das eine Schwäche, die nie wieder gutzumachen war. Das Wort eines Kapitäns gilt an Bord, und sonst nichts. Andererseits schätzte er Graf Sepkinow sehr. Es tat ihm leid, daß er gezwungen war, einzugreifen.

»Darf ich fragen, warum sich Ihre Leute weigern, an Deck zu kommen? Es ist ja nur noch für eine Viertelstunde.«

»Ich gebe als Russe keinerlei Erklärungen über Handlungen ab!« sagte Sepkinow mit einem unnachahmlichen Stolz. »Wenn Ihnen das nicht paßt...«

»Es paßt mir durchaus nicht«, sagte Kapitän Selbach scharf. Graf Sepkinow senkte den Kopf wie ein Kampfstier. Der Bruch war da, und keiner der herumstehenden Passagiere begriff, warum so etwas geschah. Es war alles so sinnlos.

»Bestrafen Sie mich«, sagte Sepkinow laut. »Geldstrafe? Haben Sie einen Karzer an Bord? Werde ich vom Schiff geworfen? Wie bestraft man in der christlichen Seefahrt?«

Kapitän Selbach atmete heftig. Sir Surtess strich sich verzweifelt durch die weißen Haare. Er empfand das Unglück Selbachs nach. Wer hätte das von Sepkinow gedacht? Ein so netter, höflicher Mensch, und jetzt war er wie ein Steppenreiter, mit den Manieren eines Kosaken.

»Ich werde diesen Vorfall ins Bordbuch eintragen«, sagte Selbach mit bewunderungswürdiger Ruhe.

»Tun Sie das, Kapitän. Spielen Sie Schulmeisterlein! Verteilen Sie Zensuren. Der böse Sepkinow – eine Sechs in Betragen!« Sepkinow sah sich um. Die anderen Passagiere senkten den Blick. Es war niemand, der lachte, keiner, der zu ihm hielt. Über das Gesicht des Greises glitt ein Lächeln. »Ich sehe, ich stehe allein«, sagte er laut. »Ich bin das gewöhnt. Rußland stand immer allein! Wir Russen brauchen unsere Feinde nicht zu suchen, sie wachsen uns zu wie die Sonnenblumen.«

»Aber Graf, was soll jetzt die Politik?« sagte Sir Surtess konsterniert. »Eine einfache Übung darf doch nicht...«

Graf Sepkinow wandte sich ab, drängte sich durch den Kreis der anderen Passagiere und setzte sich schmollend abseits in einen Deckstuhl. Dort blieb er sitzen und starrte aufs Meer, bis die Übung abgeblasen wurde. Sie war, bis auf diesen Zwischenfall, ein Erfolg.

Die ›Ozeanic‹ würde kein Grab werden. Jeder konnte gerettet werden. Das wußte man jetzt.

Und niemand hatte gesehen, daß während der Auseinandersetzung Sepkinows mit dem Kapitän Sybilla Odenthal langsam zur Tür gegangen und unter Deck verschwunden war.

Durch die leeren Gänge rannte Sybilla zu ihrer Kabine und riß den Wäscheschrank auf. Unter ihrer Unterwäsche holte sie eine kleine, automatische Pistole hervor und nahm aus einer Schachtel, auf der »Lavendel-Seife extra mild« stand, zwei kleine schwarze Kugeln, die eher wie Metall und nicht wie Seife aussahen. Beides steckte sie in die Taschen ihres Sportjacketts, das sie unter der noch immer umgeschnallten Schwimmweste trug. Dann ging sie zurück zum Lift, fuhr hinauf zum Promenadendeck und betrat ohne Zögern den Gang, in dem Kabine 19 lag. Sie klopfte an die Tür, als sei es wieder der Steward, griff dann nach den beiden kleinen Kugeln, zog an einer winzigen Reißleine und stellte sich so, daß sie genau vor der Türspalte stand, wenn diese geöffnet werden sollte.

Im Inneren der Kabine war es still, als sei sie verlassen. Von Deck tönten schwach die Sirenen der Barkasse, die wieder an Bord gehievt war. Die Übung ging dem Ende zu.

Sybilla klopfte noch einmal, diesmal mit der Faust. Hinter der Tür hörte sie einen russischen Fluch. Ein hartes Lächeln überzog ihr Gesicht, als sie das Zurückschnappen des Sicherheitsriegels hörte. Die Tür ging auf... Shura Aitmanow sah sie aus bösen Augen an.

»Falsche Kabine, Madame«, sagte er, als er Sybilla erkannte. »Hier ist Nummer 19.«

»Das ist schon richtig!« Sybilla schob die Spitze des Schuhes in den Türspalt. Mit einem Ruck, dem die Knie nachhalfen, brach sie den Spalt weiter auf, und das geschah so plötzlich, daß Aitmanow nicht schnell genug reagieren und sich gegen die Tür werfen konnte. Im gleichen Augenblick flogen die beiden kleinen Kugeln in die Kabine, fielen auf den Boden, zersprangen und gaben ein nebelartiges, süßlich riechendes Gas frei, das sofort den kleinen Raum füllte.

Mit offenem Mund starrte Aitmanow Sybilla an, als ihre Faust ihn gegen die Brust stieß und zurückwarf in das Wogen der Gasnebel. Dann fiel er um, ohne einen Laut, während Sybilla die Tür aufriß, gegenüber die Kabine von Frau Michaelsen öffnete, dort das Doppelfenster aufriß und sich nebenan ins Bad flüchtete. Dort wartete sie, bis das Gas abgezogen war. Wie eine träge Wolke kroch es über den Gang, in die Kabine Nr. 17 und dort hinaus aufs Meer, von der frischen Seeluft wie von einem Magneten angezogen.

Auf Deck hielt der Kapitän eine Ansprache an die Passagiere, an die Besatzung und an Graf Sepkinow persönlich, ohne dessen Namen zu nennen. Er dankte für die Mitarbeit und schilderte, was alles durch undiszipliniertes Verhalten geschehen könne, wenn die ›Ozeanic‹ wirklich in Gefahr käme. Man klatschte laut Beifall.

Sybilla hörte es, als sie aus dem Badezimmer von Nr. 17 herauskam und hinüberging zu Kabine Nr. 19. Das Gas hatte sich verflüchtigt. Die Russen lagen betäubt übereinander, regungslos, wie hingeworfene Schaufensterpuppen. Auf dem unteren Bett der Kabine sah Sybilla einen halbnackten Mann, dessen Oberkörper mit Blutstriemen und häßlichen, aufgequollenen Brandwunden übersät war. Das Gesicht war zerschlagen und deformiert, aber trotzdem erkannte sie ihn sofort.

Es blieb nicht mehr viel Zeit, wählerisch in den Mitteln zu sein. Die Übung war gleich beendet, dann strömten die Passagiere wieder zu ihren Kabinen, um die Schwimmwesten zu verstauen und sich fürs Mittagessen umzuziehen. Das Vorderdeck wurde bereits geräumt, die Besatzung fuhr unter Deck, vor allem die Köche und Küchenarbeiter.

Sybilla rollte den Mann aus dem Bett auf den Kabinenboden, ergriff seine Beine und schleifte ihn hinter sich her aus der Kabine, über den Gang und hinein in die Kabine Nr. 9. Dort ließ sie ihn auf dem dicken Veloursteppich liegen, warf sich in einen Sessel und breitete erschöpft die Arme weit aus. Wie ein Maikäfer vor dem Flug pumpte sie Luft in sich hinein. Ihr Herz schlug wie rasend. Sie warf den Kopf weit in den Nacken und sah an die getäfelte Decke der Luxuskabine. So saß sie ungefähr zehn Minuten, bis sie die Kraft hatte, wieder aufzustehen und sich um den gräßlich zugerichteten Mann zu kümmern. Sie rannte ins Badezimmer, tauchte alle greifbaren Handtücher in kaltes Wasser und warf sie über den nackten Oberkörper des Mannes. Der kalte Schock wirkte. Der Körper zuckte, die Arme schlugen um sich, der Kopf ruckte. Aus den Lippen brach ein Schrei.

»Nein! Nein!«

Dann lag er still, die Augen öffneten sich. Der erste Blick war völliges Nichtbegreifen, aber das Zittern des Körpers hielt an.

Langsam wandte der Mann den Kopf zu Sybilla und starrte sie ungläubig an.

»Wo bin ich?« Seine Worte waren ein heiseres Gurgeln.

»In Ihrer Kabine.«

»Wie komme ich da hin?«

»Ich habe Sie hergebracht!«

»Sie?« Der Mann wandte den Kopf wieder ab. »Sie gehören also auch dazu? Was haben Sie auf Lager?« Die nassen, kalten Handtücher schienen ihm gutzutun. Seine Sprache wurde klarer. Auch die Gedanken befreiten sich aus der Umklammerung von Schmerz und Grauen. »Ich wußte gar nicht, daß Sie Russin sind. Wie ist Ihre Folter? Frauen haben eine besondere Phantasie dafür. Während der chinesischen Revolution sollen die weiblichen Kommissare die grausamsten gewesen sein. Also legen Sie los, Sie Engel.«

»Ich rufe jetzt gleich den Schiffsarzt.« Sybilla starrte auf den Mann vor sich auf dem Boden. »Was Sie ihm erzählen, ist Ihre Sache. Sie müssen auf jeden Fall ins Hospital, dort sind Sie sicher. Ich glaube auch nicht, daß sich die Russen noch einmal mit Ihnen beschäftigen; sie werden sich jetzt an mich halten. Können Sie gehen?«

»Ich hab's noch nicht wieder versucht.«

Der Mann richtete sich auf, stöhnte, warf die nassen Handtücher von sich. »Oh, die taten gut.« Er wälzte sich auf die Seite, stemmte sich auf die Knie und hockte so, schwer atmend. Sybilla half ihm nicht. Nun, wo er wieder halbwegs Mensch war, wo er weiterleben konnte, wurde er für sie wieder zum Gegner.

»Was haben sie gemacht?«

»Mongolische Nadelspiele.«

»Schweine.«

»Wer kann es ihnen übelnehmen? Sie tun nur ihre Pflicht – wie wir.« Der Mann kroch zu seinem Bett, zog sich an ihm hoch und warf sich keuchend und ächzend auf die kühle Decke. Er streckte sich aus und lag dort wie aufgebahrt. Sein Atem rasselte.

»Haben Sie Dubois getötet?« fragte Sybilla nüchtern.

»Ja.«

»Warum?«

»Ich stand in der Kleiderkammer, als Sie ihn aus der Kabine katapultierten. Warum Sie nicht geschossen haben, ist mir ein Rätsel.«

»Ich hasse das Töten.«

»In Ihrem Beruf?« Der Mann drehte den Kopf zu Sybilla. »Ich ahnte, daß Dubois wiederkommen würde. Und so war es. Als er annahm, daß Sie schlafen würden, schlich er wieder zu Ihrer Tür und wollte sie mit einem Nachschlüssel aufschließen. Da kam ich aus der Kleiderkammer. Wir sahen uns stumm an und wußten, daß einer zuviel war. Ich war schneller, trotz des hinderlichen Schalldämpfers. Das ist die ganze Geschichte.«

»Dann haben Sie mir das Leben gerettet? Ausgerechnet Sie?«

»Nur aus Eigennutz. Sie sollten mir erhalten bleiben.«

»Auf jeden Fall sind wir quitt.« Sybilla beugte sich vor und griff zum Telefon. Auf Deck und in den Gängen war jetzt Lärm, Trampeln, Rufen, Lachen. Die Übung war beendet, die Passagiere kehrten zurück. »Wollen Sie Hergartens Pläne noch immer haben?«

»Nein, danke. Ich ziehe mich zurück. Ich habe die Schnauze voll.« Der Mann lächelte Sybilla verzerrt an. »Auch meine Auftraggeber werden nach Besichtigung meines Körpers dafür Verständnis haben. In kann immerhin vorweisen, so heldisch gewesen zu sein, meine Regierung nicht zu verraten. Trotz dieser Sauerei hier...« Er strich über seinen gemarterten Körper. »Auch Ihnen sage ich es nicht.«

»Mir genügt, daß Sie aufgeben.« Sybilla nahm den Hörer ab. »Werden Sie rückfällig, rettet Sie keiner mehr.«

»Ich weiß, Wunder gibt's nur einmal.« Der Mann seufzte. »Wie haben Sie das nur gemacht?«

»Es war nicht schwierig.« Sybilla wählte die Bordnummer des Hospitals. Dr. Dahl war gerade angekommen, die Tragen wurden wieder verstaut.

»Kabine neun, bitte«, sagte sie. »Herr Doktor, kommen Sie bitte persönlich und mit viel Diskretion. Und bringen Sie Brandsalbe, Penicillinpuder und Verbände mit. Herr Architekt Niehoff braucht das sehr dringend...«

»Sie sind ein Aas, holder Engel! Der Doktor wird mich bis New York nicht aus den Krallen lassen.«

»Genau das soll er auch nicht. Ich besuche Sie mal im Hospital.« Sybilla winkte Heinz Niehoff zu und verließ schnell die Kabine.

Was wird nun geschehen? dachte sie. Wie wird sich Dr. Dahl benehmen? Gehört er zu irgendeiner Gruppe, dann weiß er jetzt, daß die Gefahr woanders ist. Ist er wirklich nur ein harmloser Schiffsarzt, wird er vor neuen Rätseln stehen.

Und so war es.

Dr. Dahl untersuchte mit innerem Schaudern die gräßlichen Wunden Niehoffs.

»Wollen Sie nicht sagen, wer Sie so zugerichtet hat?« fragte er dann. Niehoff stöhnte, als Dr. Dahl die Brandsalbe auf die Wunden strich.

»Nein, Doktor! Fragen Sie nicht.«

»Man hat Sie gefoltert!«

»Kümmern Sie sich um die Wunden.«

»Ich müßte dem Kapitän und der Polizei...«

»Ich appelliere an Ihre ärztliche Schweigepflicht, Doktor.«

»Wer war die Dame, die mich zu Ihnen rief?«

»Ein Engel, Herr Doktor! Ein wahrer Engel.«

»Wir haben hier an Bord einen Mörder! Sollten Sie das nächste Opfer dieses Verbrechers werden?«

»Verbinden Sie, Doktor.«

»Verdammt! Es ist Ihre Pflicht auszupacken! Wenn wir hier an Bord einen Wahnsinnigen haben, der alle Passagiere gefährdet...«

Heinz Niehoff schüttelte schwach den Kopf. Die schmerzstillende Injektion, die ihm Dr. Dahl gegeben hatte, begann zu wirken. Müdigkeit senkte sich über ihn. »Das kann ich Ihnen ehrlich beantworten, Doktor. Ein Wahnsinniger ist es nicht. Und es geschieht keinem Passagier etwas... nur ein paar bestimmten. Und die sind es gewöhnt, die rechnen damit, das ist Berufsrisiko. Dubois hatte eben Pech, das war alles.«

»Also wird auf dem Schiff eine politische Sache ausgetragen?«

»Wenn Ihre Verbände so gut sitzen, wie Sie fragen können... alle Achtung, Doktor. Umwickeln Sie mich weiter, ich übe das Schweigen.« Heinz Niehoff schloß die Augen. Kurz darauf schlief er ein.

Er merkte nicht einmal, daß ihn zwei Sanitäter auf einer

Trage ins Hospital schafften. Dort bekam er ein Einzelzimmer, das Dr. Dahl abschloß. Den Schlüssel steckte er in seine Tasche.

Dr. Dahl begann, Zusammenhänge zu ahnen. Und als er sie erkannte, wünschte er sich nichts sehnlicher, als bald in New York zu sein.

Aber bis dahin waren es noch dreieinhalb Tage und drei Nächte.

In den Speisesälen der ›Ozeanic‹ begann das Essen.

Weißgekleidete Stewards mit goldenen Schulterstücken trugen auf silbernen Tellern auf.

Filet of Turbot Dugleré. Masthähnchen Florida. Salate der Saison. Eisbombe-Ozeanic flambiert. Käseplatte.

Graf Sepkinow erhob sich galant, als Sybilla, etwas verspätet, an den großen Tisch kam. Er küßte ihr die Hand und sah sie mit strahlenden Augen an.

»Ich beglückwünsche Sie, Gnädigste!« sagte er und hielt ihre Hand fest. Sein Druck war hart. »Sie hatten einen erfolgreichen Morgen...«

»O ja, danke.« Sybilla lächelte herzlich zurück. »Ich habe meine verlorene Tasche wiedergefunden.«

Es wurde ein langes, fröhliches und fast familiäres Essen.

Sogar die drei livrierten Lakaien Sepkinows waren an ihrem Seitentisch. Aber sie aßen nichts; sie tranken Milch und husteten öfter unterdrückt, als hätten sie alle eine fatale Erkältung.

Am Nachmittag war Lisa allein. Dr. Dahl hatte im Hospital zu tun. Den Toten hatte er ihr gestanden, über den mißhandelten Niehoff schwieg er. Er spürte, daß es nicht gut war, Lisa in alles einzuweihen. Je mehr sie wußte, um so größer wurde auch die Gefahr für sie selbst. Ein unbedachtes Wort, eine Bemerkung, die die anderen nicht verstanden, wohl aber die, die es anging, und die dunklen Mächte auf diesem herrlichen, weißen Schiff würden sich auch um Lisa kümmern. Das war nicht auszudenken und jagte Dr. Dahl eisige Schauer über den Rücken.

Um Niehoff kümmerte er sich wie eine Mutter um ihr verletztes Kind. »Die Übung hat einige Unfälle gebracht«, sagte er zu Lisa, die in seiner Suite wartete. »Ich habe alle Hände voll zu tun. So ist das nun, wenn man einen Arzt liebt.« Er küßte sie. »Überleg' es dir! Vier Fünftel des Lebens mußt du mich an die Patienten abgeben.«

»Mir genügt das eine Fünftel, wenn es nur ganz mir gehört.«

»Ausschließlich dir.«

Sie küßten sich. Und dann lag ein langer Rest des Tages zwischen ihnen, an dem sie allein mit sich und ihren ureigensten Problemen waren.

Lisa hatte noch einmal gegen sich gekämpft, und sie hatte gesiegt. Der Drang, zu ihrem Mann in die Kabine zu gehen, ganz gleich, ob diese Sybilla bei ihm war oder nicht, mit ihm zu sprechen und ihn zu fragen: »Wo willst du bleiben? Bei mir, deiner Frau, oder bei ihr?« – diesen Zwang zur Wahrheit hatte sie unterdrückt. Ihr Stolz schob sich dazwischen und dann der Gedanke, bedrückend und belastet mit einem Schuldgefühl, daß alle diese Pläne nun sinnlos waren. Die Entscheidung war ja schon gefallen ... in zwei Nächten, in denen sie in den Armen Dr. Dahls gelegen hatte. Das war nicht mehr rückgängig zu machen, das war etwas Endgültiges. Und es war nicht nur ein Racheakt gewesen – nein, als sie seine Liebe spürte, war auch ihr Herz dabei, gab sie alles, was eine Frau an Seele geben konnte. Sie träumte in seinen Armen, sie war unendlich glücklich, und sie gestand sich sogar, so eine Seligkeit von Liebe bei Franz Hergarten nie empfunden zu haben. Es war, als sei sie erst jetzt, hier an Bord der ›Ozeanic‹, zur wirklichen Frau geworden, als sei etwas in ihr geweckt, aufgebrochen worden, was sie vorher nie gekannt hatte: das völlige Hinströmen im Glück.

Als sie das spürte, war ihr Franz Hergarten plötzlich wie ein Fremder geworden, wie eine Erinnerung an einen Mann, neben dem sie drei Jahre gelebt hatte, ohne genau zu wissen, wie er in Wahrheit ist. Drei Jahre des Erforschens ohne Entdeckung – das war es. Eine Ehe zwischen Laboratorium und polierter Bürgerlichkeit. Als sie heirateten, war auch das wie ein abgeschlossener physikalischer Versuch: Man hatte erkannt, daß die Stoffe Hergarten und Lisa Arthberg durch Verschmelzung einen neuen Stoff hervorbrachten, den man Ehe nannte. Und Lisa war glücklich gewesen, solange sie nichts anderes kannte; solange sie nicht ahnte, wie Liebe sein kann.

An diesem Nachmittag allein, hatte Lisa eine verrückte Idee. Sie kam ihr, als sie das Telefon ansah. Es war wie ein Blitz, der in sie hineinfuhr.

Wir klären das jetzt alles, dachte sie. Wir... wir werden uns aussprechen und den Irrtum unseres Lebens einsehen.

Sie hob den Hörer ab. Die Telefonzentrale meldete sich. Ein freundliche Stewardeß. »Bitte Kabine 12«, sagte Lisa.

Es knackte in der Bordleitung. Ob er unter Deck ist, dachte sie.

Eine Stimme. Seine Stimme. Nah, als säße er neben ihr.

»Ja, bitte?«

Lisa holte tief Atem und raschelte mit der Tasche an dem Hörer. Es mußte sich anhören wie atmosphärische Störungen. Mit verstellter Stimme sagte sie:

»Bitte – warten... bitte – warten... bitte – warten...« wie das Tonband bei einer besetzten Leitung.

Dann ließ sie den Verschluß knacken und hörte, als sie den Hörer wieder an ihr Ohr hielt, Hergartens fragende, etwas aufgeregte Stimme.

»Hallo! Was ist denn? Hallo!«

»Franz--«, sagte Lisa mit mühsam fester Stimme. Am anderen Ende vernahm sie ein tiefes Einatmen.

»Lisa...?«

»Ja.«

»Mein Gott, du rufst mich an? Du... woher weißt du denn... Wieso kannst du...« Er kam ins Stottern. Seine Fassungslosigkeit tat ihr gut. Jetzt peinigt ihn das schlechte Gewissen, jetzt muß er aus dem Stegreif lügen. Kann er das?

»Warum bist du so entsetzt?« fragte sie ruhig.

»Ich bin nicht entsetzt, Lisa, ich bin einfach platt! Du rufst mich an! Wo bist du denn?«

»Bei uns zu Hause.«

»Es ist so klar, als wenn du mir gegenüber säßest.«

»Ja, die Technik!«

»Woher weißt du denn, daß ich auf der ›Ozeanic‹ bin und nicht mit dem Flugzeug übergesetzt habe?«

»Du siehst, ich weiß es eben. Ich weiß noch viel mehr.«

»Ich habe dir einen Brief geschrieben, Lisa.«

»Mit der Flaschenpost?« unterbrach sie ihn bitter. Sie hörte, wie Hergarten sich den Schweiß abtupfte. Du Schuft, dachte sie. Los, suche dir Lügen aus dem Ärmel! Mach es wie der Zauberer, der Kaninchen aus dem Hut zaubert.

»Er liegt beim Bordpostamt und sollte als erster in New York sofort weggehen. Das heißt, er lag dort. Jemand hat ihn gestohlen und zerrissen.«

»Bist du auf einem Schiff, mit dem mal Karl May gefahren ist?«

»Lisa, ich bitte dich, hör mich an. Hier an Bord ist der Teufel los! Ich bin auf dieses Schiff umgestiegen, weil man glaubte, man könne damit mögliche Agenten, die nach meinen Plänen fahnden, irreführen. Das war ein Irrtum. Auf dem Schiff wimmelt es von Agenten.«

Wie raffiniert du lügst, dachte Lisa bitter. Seit vier Tagen bin ich an deiner Seite, und ich habe noch keine Drängelei der Agenten bemerkt. Oh, welch ein schäbiger Kerl du doch bist, Franz Hergarten!

»So schlimm ist es?« sagte sie mit dickem Spott. »Und du spielst James Bond? Hast du auch wie er soviel Frauen im Bett?«

»Lisa!« Hergarten schrie ins Telefon. »Bitte, hör mich an. Ich...«

Sie unterbrach ihn wieder. Kühl und doch bis zu den Zehen bebend. »Ich weiß, dir genügt eine! Du siehst, ich weiß alles. Soll ich dir beschreiben, wie sie aussieht?«

»Mein Gott, Lisa, das ist doch alles ein Irrtum! Das ist eine Verkettung von Dingen, die man nicht mit zehn Worten erklären kann! Hab doch Vertrauen zu mir! Es mag vielleicht auf die Entfernung so aussehen, als wenn... Lisa... hörst du mich noch...?«

Oh, ich höre dich sehr gut, dachte sie. Aus der Entfernung... ich habe von nahem gesehen, wie sie in deinem Zimmer war, nackt unter einem hauchdünnen Nachthemd. Das ist kein Irrtum.

»Hast du mir ihr geschlafen?« fragte sie. Ihr Herz zersprang fast dabei.

»Nein, Lisa!«

»Warum lügst du so feig?«

»Ich schwöre es dir!«

»Du liebst sie aber...«

»Ich gestehe, daß sie faszinierend ist. Aber unser Zusammensein ist nur rein beruflich...«

Nackt in der Kabine, das ist auch ein Beruf, bestimmt. Nur hat das mit Wissenschaft nichts mehr zu tun und nichts mit

Staatssicherheit. So etwas nennt man schlicht Hurerei. Ist das dein neuer Beruf, Franz Hergarten?

»Ich weiß, was geschehen ist. Bis du in New York angekommen bist, wirst du mit ihr geschlafen haben. Das ist ganz sicher. Und wenn du ehrlich bist: Hast du nie darüber nachgedacht, ob wir wirklich zusammenpassen?«

»Aber Lisa! Lisa! Was ist denn mit dir los?!« Die Stimme Hergartens überschlug sich. »Ich liebe dich doch...«

Es traf sie wie ein Schlag. Der Hörer fiel ihr aus der Hand und pendelte an der Strippe hin und her. Sie hörte Hergartens rufende Stimme und schüttelte langsam den Kopf. Mit müder Hand nahm sie den Hörer und legte auf. Zu Ende, Franz, zu Ende. Wenn es wahr sein sollte, was du sagst, wenn es wirklich wahr ist... es ist nun zu spät. Ich habe versagt, *ich* bin ausgebrochen, *ich* habe mit einem anderen Mann geschlafen... und sie, dieses Aas, dieses Scheusal mit dem schwarzen Nerz, dieses Höllenweib hat mich dazu getrieben. Man sollte sie umbringen deswegen... auch jetzt noch, gerade jetzt, wo alles zusammengebrochen ist und es kein Zurück mehr gibt.

Der Haß, der in Lisa emporstieg, war so groß, daß er ihr die Luft nahm. Sie fiel nach hinten auf das Bett Dr. Dahls und riß sich die Bluse von der Brust.

Luft! Luft! Ich ersticke am Haß...

Verzweifelt flehte Hergarten die Stewardeß der Telefonzentrale an, Deutschland zu erreichen. Der Funker in der Funkkabine, der die Verbindungen herstellte, konnte nur immer das gleiche melden:

»Die angegebene Nummer meldet sich nicht.«

»Aber das ist doch Blödsinn!« schrie Hergarten die unschuldige Stewardeß an. »Meine Frau ist da. Sie hat eben noch mit mir gesprochen. Wir sind nur getrennt worden. Versuchen Sie es noch einmal. Immer wieder.«

Nach zwei Stunden gab es Hergarten auf.

»Der Teilnehmer hebt nicht ab«, sagte die Stewardeß. »Wir haben mehrmals drei Minuten lang durchklingeln lassen. Wir können unsere Leitungen nicht mit einem einzigen Gespräch blockieren. Vielleicht versuchen Sie es morgen wieder.«

»Gut, ich versuche es.« Hergarten stützte den Kopf in die Hand. »Dann schicken Sie wenigstens ein Telegramm hinaus. Text: Anrufe sofort. Ich warte am Telefon. Franz. Adresse...«

Aber es kam kein Anruf mehr.

Dafür kam Sybilla vom Sonnendeck zurück, in einem Bademantel, die braune Haut naß und herrlich kalt vom Schwimmen. Sie warf den Mantel ab, löste das Oberteil des Bikinis und stieg aus dem nassen Höschen. Nackt lief sie hin und her und rieb sich mit einem Handtuch den Rücken. Hergarten saß auf dem Bett und sah sie an, wie sie an ihm vorüberlief, eine Venus, die ihm gehören könnte. Der Traum von einem Weib.

Er ergriff ihren Arm, als sie wieder an ihm vorbeilief, und hielt sie fest.

»Komm!« sagte er mit belegter Stimme. »Du hast gesiegt.«

Sie gab seinem Drängen nach und fiel neben ihm aufs Bett. Und sie breitete die Arme aus, als er sich über sie beugte.

Der Fünf-Uhr-Tee fand ohne Sybilla und Hergarten statt.

Margret Goltz hatte sich schöngemacht. Alle Raffinements, die eine im Bett liegende Frau zu bieten hat, hatte sie aufgeboten, um die Visite Dr. Dahls zu einem intimen Erlebnis werden zu lassen.

Sie trug ein Nachthemd, dessen Ausschnitt sie so weit eingeschlagen hatte, daß ihre festen Brüste nur halb bedeckt waren. Das lange, blonde Haar floß offen über ihre Schultern. Sie hatte ihr Puppengesicht geschminkt, die Augen umrändert, den Mund mit Lippenstift vergrößert. Ein wenig Verworfenheit ging von ihr aus, Lockung und Angebot, und doch auch ein bißchen Clownerie, hinter der das Mitleid stand.

Sie hatte sich nur halb zugedeckt. Das gegipste Bein lag bloß, das andere Bein, nackt und am Fuß mit einem Fellpantoffel verziert, lag über der Decke, wie ein Wegweiser zu dem halbverhüllten Körper. So traf Dr. Dahl Margret Goltz an, als er am späten Nachmittag in ihre Kabine kam.

»Wie geht es uns denn?« fragte er. Mit dem Knöchel klopfte er gegen den Gipsverband. Dann glitt sein Blick das Bein entlang über den Körper. »Noch Schmerzen?«

»Nicht im Bein, Doktor. Sie wissen es doch.« Margrets Stimme war süß und angereichert mit zurückgedrängten Seufzern. Sie räkelte sich, und die gewölbte Landschaft ihres Körpers veränderte sich ständig. Als sie sich reckte, schob sich das dünne Nachthemd bis über die Hüften. Die weißen Schenkel öffneten sich ein wenig, durchaus nicht obszön, sondern eher wie eine Frage des Leibes: Erkennst du, wie schön ich bin? Es war ein Anbieten mit dem Unterton der Angst.

Dr. Dahl öffnete seine Arzttasche und entnahm ihr eine Flasche Kirschlikör und zwei Gläser. Er stellte sie auf den Tisch, schraubte die Flasche auf und goß die Gläser voll. Margrets Augen wurden groß und fragend.

»Sie haben Likör mitgebracht, Doktor?«

»Wie Sie sehen.« Er sah bewußt deutlich auf seine Armbanduhr. »Ich habe ab jetzt keinen Dienst mehr und nehme Ihr Angebot an. Ich freue mich auf die Stunden mit Ihnen.« Er reichte ihr ein Glas hinüber, sagte »Prost« und trank es leer. Mit zitternden Händen tat Margret das gleiche.

»Sie bleiben jetzt bei mir?« fragte sie.

»Ja. Die ganze Nacht. Ich freue mich.« Dr. Dahl zog seine Jacke aus, ging zur Tür und schloß sie ab. »Es wird uns niemand stören. Ich habe dem Kabinensteward befohlen, Sie in Ruhe zu lassen.« Er kam zum Bett zurück, setzte sich neben Margret, nahm ihren Kopf und küßte sie lange und etwas brutal. Tief atmend fiel sie in die Kissen zurück, als er sie losließ. Ihr Leib bebte, daß die Matratze knirschte.

»So hat mich noch keiner geküßt«, stammelte sie. Mit einem Ruck setzte sie sich hoch und zog das Nachthemd über ihren Kopf. »Das ist wie Feuer... das brennt durch den ganzen Körper...« Sie krallte beide Hände in Dr. Dahls Schulter, wie eine Katze, die ihre Beute schlägt. »Ich hätte große Lust, dich zu kratzen«, stöhnte sie. »Ich möchte dir weh tun... ich will dich schreien hören...« Sie warf sich zurück und spreizte Arme und Beine, als schnalle man sie auf eine Streckfolter. »Ich verbrenne... o Gott, ich verbrenne... Küß mich noch einmal... komm zu mir...«

Dr. Dahl goß noch einmal die Gläser mit Likör voll. Was Margret aber nicht sah: In ihr Glas schüttete er aus einer kleinen, braunen Medizinflasche eine Menge Tropfen, ehe er den roten, süßen Likör darüberfließen ließ. Margret streichelte unterdessen mit der Zehe ihres gesunden Fußes über den Rücken Dr. Dahls. Ihr Atem flog, wie Wellen eines heißen Windes überzog die Hitze ihrer Sehnsucht ihren Schoß.

»Bin ich verrückt?« fragte sie plötzlich.

»Nein.« Dr. Dahl reichte ihr das Likörglas.

»Wie nennt man das, was ich bin? Wenn ich einen Mann sehe, wird es mir heiß.«

»Dafür gibt es eine Menge Erklärungen. Trink erst einmal.«

»Es ist schlimm. Den ganzen Tag denke ich nur an einen Mann. In der Nacht träume ich die tollsten Geschichten. Bin ich mannstoll?«

»Vielleicht.«

»Ich war immer ein braves Mädchen. Aber keiner konnte in mich hineinsehen.« Sie nahm das Glas, trank es mit einem Zug leer und reichte es Dr. Dahl zurück. Sie legte das gesunde Bein um seine Hüfte und zog ihn damit zu sich heran. Es war wie die würgende Umklammerung einer Schlange. »Ich liebe dich. Du bist so hübsch, so stark, so männlich, so überlegen. Ich will sehen, wie deine Augen sind, wenn du bei mir bist. Werden sie groß und dunkler und starr? Eine Freundin hat mir das erzählt... sie hat mit fünfzehn zum erstenmal geliebt. Werden deine Augen dunkler?«

Dr. Dahl lächelte ein wenig. Er streichelte über Margrets Schultern. Ihre Haut hatte den Duft von Pfirsichen. Was wird aus ihr werden? dachte er. Hunderte Männer werden dich besitzen, denn du bist schön und wirst schöner werden, je reifer du wirst. Du wirst die Männer einfangen wie Spinnen die Fliegen, aber die Unersättlichkeit wird bleiben, und sie wird größer und größer werden, je mehr Männer du in dir empfängst. Sie werden kommen und gehen, und mit jedem wird eine Leere zurückbleiben, und in dir wird die Sehnsucht sich steigern, die Jagd nach dem Sattsein, und am Ende wirst du nicht mehr wissen, was Liebe ist, sondern die Männer einnehmen wie Essen und Trinken, weil es dein Körper braucht. Dagegen kann man nichts tun... du wirst zu den Frauen gehören, die jeden Mann, den sie ansehen, in Gedanken schon mit sich vereinigen. Du wirst ein Gefäß sein, in das man hineinschüttet und hineinschüttet und das doch nie voll wird.

»Komm!« sagte Margret. Ihre Stimme hatte eine plötzliche Trägheit, die Worte schleppten sich dahin. »Komm endlich... ich brenne ja so... Leg die Hand hin... o Gott... tue etwas...« Sie riß Dahls Hand an sich und führte sie zu ihrem Schoß. Als sie den Druck spürte, bäumte sie sich auf und stöhnte hell.

Dr. Dahl beobachtete sie mit dem nüchternen Blick des Mediziners. Er sah, wie ihre Augen glasiger wurden, wie die Lider zitterten und sich vom Willen lösten, wie sie herunterklappten und nur mühsam wieder zurückgingen... er hörte, wie der Atem ruhiger wurde und der Druck ihrer Hände nachließ... und dann lag sie ganz ruhig, ein nackter, dargebotener, junger Körper, die Verkrampfungen lösten sich, der Kopf sank zur Seite, nur die grell geschminkten Lippen bewegten sich noch.

»Komm...«, sagte sie müde. »Komm doch...«

Dann schlief sie.

Dr. Dahl erhob sich vom Bett, zog seine Jacke an und räumte die Flasche, die Medizin und die Gläser wieder in seine Tasche. Er deckte Margret zu und sah auf seine Uhr. Nach der Dosis, die er ihr gegeben hatte, mußte sie bis zum Morgen fest durchschlafen. In der Nacht wollte er noch einmal nach ihr sehen. Morgen früh, wenn sie aufwachte, war er wieder bei ihr und lag neben ihr im Bett. Und sie würde glauben, daß die Nacht, die sie nur geträumt hatte, Wirklichkeit gewesen war.

Dr. Dahl verließ die Kabine Margrets und schloß sie ab. Dann fuhr er hinauf zum Promenadendeck. Dort lagen die unentwegten Naturanbeter in den Deckstühlen, eingemummt in dicke Wolldecken, und erlebten den Sonnenuntergang und einen blutroten Atlantik. Auch Lisa lag an der Reling und sah über das Meer. Neben ihr, wie Mumien eingerollt, unbeweglich, lagen Sir Surtess, Lady Anne und Graf Sepkinow. Frau Michaelsen, in ihrem Rollstuhl, eine Pelzdecke um sich, ließ sich von ihrer Pflegerin auf der Promenade hin und her fahren. Ein Steward folgte ihr mit einem Tablett, auf dem ein Glas dampfenden Arraks stand. In Abständen von fünf Minuten winkte sie wortlos dem Steward, ließ sich das Glas reichen und nahm einen Schluck. Sybilla und Franz Hergarten fehlten an Deck; sie lagen in der Kabine, die Arme unter sich geschoben und sprachen von der Zukunft, die jetzt ganz anders aussah als noch vor einem Tag.

»Ich bleibe in Amerika«, sagte Hergarten. »Wir werden irgendwo in Florida wohnen. Ich habe seit zwei Jahren ein Angebot der amerikanischen Raumfahrtforschung. Aber Lisa wollte nie nach Amerika...«

Graf Sepkinow begrüßte Dr. Dahl mit einem Wackeln seines weißen Bartes, der über den Decken hing und im Abendwind wehte.

»Ist das nun gesund, Doktor?« rief er. »Sir Surtess behauptet es!«

»Wenn Sie Asthma haben, Graf... sehr gut!«
»Ich habe Arthrose, Doktor.«
»Das schadet auch nicht. Kalk und Salz vertragen sich.«
Die Herumliegenden lachten laut. Dr. Dahl setzte sich auf einen Hocker zwischen die Eingemummten. Auf der Kommandobrücke stand der II. Offizier und bestimmte mit dem Sextanten den Standort der ›Ozeanic‹. Kapitän Selbach war sauer. Er ließ sich seit der Übung nicht mehr bei den Passagieren um Sepkinow sehen. Dem Kapitänstisch, dem Ehrentisch an Bord, präsidierte der I. Offizier. Kapitän Selbach aß in der Offiziersmesse. Ein stummer, aber deutlicher Protest. Graf Sepkinow sagte es zu Dr. Dahl.
»Es tut mir leid, aber ich bin ein Mensch, der vor den roten Teufeln in die Freiheit flüchtete, um wirklich frei zu sein. Ich hasse die Vokabeln: müssen, sollen, Verfügung, Paragraph, Bestimmung, Befehl, Verordnung und gehorchen. Ich hasse sie wie die Pest! Ich lebe mein eigenes Leben, und das geht keinen etwas an. Ich gliedere mich ein in die Ordnung der Ethik – damit ist aber auch Schluß. Jeden, der Zwang ausüben will, könnte ich umbringen wie meinen ärgsten Feind. So war es auch heute morgen. Wenn meine Diener unter Deck bleiben wollen, so bleiben sie. Doch reden wir nicht mehr darüber.«
Dr. Dahl sah sich um. Wo waren die drei Lakaien? Nur einer stand stumm und wächsern an den Aufbauten, bereit zur Bedienung seines Herrn. Shura Aitmanow und der andere fehlten.
»Erzählen Sie, Doktor, was Sie von der Welt schon gesehen haben«, sagte Sir Surtess. »Vorhin war der Herr Bordpfarrer hier und ging von Stuhl zu Stuhl. Er wußte nichts Neues. Er sagte: Gott ist überall.«
»Er hat mich zu einer Diskussion eingeladen!« rief Sam Hopkins aus seinem Liegestuhl. Er hatte eine Decke um seinen Kopf gelegt und sah aus wie ein riesiges Wickelkind.
Der Abend sank über das Schiff und das Meer. Tausende Lichter schimmerten auf. In den Salons waren die Tische zum Dinner gedeckt, die Passagiere schälten sich aus den Decken und gingen hinunter zu ihren Kabinen. Die abendliche Toilette begann. Smoking und Cocktailkleid. Die schwimmende Stadt zeigte wieder ihren glitzernden Luxus. Die Millionen, die hier über den Atlantik schwammen, waren nicht zu schätzen.
Dr. Dahl und Lisa blieben zurück, bis alle vom Promenaden-

deck verschwunden waren. Dann gingen sie langsam hinauf zum Sonnendeck und waren dort völlig allein unter einem Himmel, an dem die Sterne erschienen, als würden sie einzeln gegen eine dunkle Wand geworfen.

»In dreieinhalb Tagen sind wir in New York«, sagte er und legte den Arm um Lisas Schulter. »Du hast mir immer noch nicht gesagt, was du dann tun wirst. Wie lange bleibst du in Amerika? Fliegst du zurück nach Deutschland? Wo sehen wir uns? Die ›Ozeanic‹ bleibt nicht lange am Pier. Weihnachten und Neujahr sind wir in Teneriffa. Ende Januar beginnt die große Westafrika-Fahrt. Dann wieder Bremerhaven – New York... Wann sehen wir uns wieder, Lisa?«

»Immer.« Sie legte den Kopf an seine Schulter. »Ich habe in Amerika nichts verloren. Ich fahre zurück nach Deutschland... ich bleibe bei dir...«

Es war der schönste Satz, den Dr. Dahl je in seinem Leben gehört hatte.

Kurz vor Ende des Dinners und dem Beginn der Abendunterhaltung – an Bord war immer etwas los, ob Tanz, Kino oder Varieté – wurde vom Obersteward des Promenadendecks Kapitän Selbach angerufen. Als Selbach die hastigen Worte gehört hatte, warf er mit einem echten Seemannsfluch seinen Teller an die Wand und hieb auf den Tisch. Die anderen Offiziere starrten ihn entgeistert an.

»Nun ist es soweit!« schrie Selbach. »Nun haben wir den Mist! Es ist zum Kotzen!«

Im Promenadendeck hatte sich folgendes zugetragen:

Die Wäschefrau Erna Hansmann, die für die Bett- und Tischwäsche der Luxuskabinen zuständig war, hatte die Wäschekammer betreten. Morgen war Wäschewechsel, und sie wollte noch einmal durchzählen, ob genug Bettücher vorhanden waren oder ob aus der Bordbügelstube noch ein Stapel heraufgeschafft werden mußte.

Sie schloß die Kammer auf, die neben der Kabine 19 lag, knipste das Licht an und stieß einen grellen Schrei aus.

An den Wäscheschrank gelehnt, saß auf einem Stuhl der Kabinensteward Ludwig Budde. Seine Uniform war ein einziger roter Blutfleck. Mit einem harten Gegenstand hatte ihm jemand die Schädeldecke zertrümmert. So gewaltig war der Schlag gewesen, daß der Kopf aufgeplatzt und Blut und Hirnmasse hervorquollen.

Erna Hansmann warf die Tür sofort wieder zu, rannte zum Obersteward und schrie dort weiter. Nur mühsam konnte sie sagen, was sie gesehen hatte, dann sank sie ohnmächtig um. Jetzt kümmerte sich eine Schwester um sie. Erna Hansmann hatte einen Nervenzusammenbruch bekommen und weinte ohne Unterbrechung.

Vor der kleinen Wäschekammer standen Selbach, der I. Offizier, der Borddetektiv Harry Linder und der Oberzahlmeister, während Dr. Dahl den Toten flüchtig untersuchte. Der Steward sah schrecklich aus. Derjenige, der ihn so zugerichtet hatte, mußte keine Nerven mehr haben.

»Dieser Schlag war fürchterlich«, sagte Dr. Dahl heiser vor Aufregung. »Der Schädel ist regelrecht aufgebrochen.«

Harry Linder sah sich um. Die Leiche war blutüberströmt, aber der Stuhl, auf dem sie saß, war sauber, der Boden ringsherum zeigte keinerlei Blutspuren. Bei einem solchen Schlag mußte das Blut an den Wänden und Schränken kleben – sofern man Budde hier in der Wäschekammer erschlagen hatte.

»Er ist woanders erschlagen worden«, sagte Linder. »Dann hat man ihn hierher geschleppt. Irgendwo auf diesem Schiff müssen Blutspuren sein. Herr Kapitän, auf die Gefahr hin, daß alles den Passagieren bekannt wird: Wir *müssen* das ganze Schiff untersuchen! Alle Kabinen! Von der Funkbude bis zum tiefsten Ladebunker. Und zwar sofort! Wie lange ist Budde tot, Doktor?«

»Grob geschätzt: Eine Stunde nur.«

»Das reicht nicht aus, um alle Spuren bis in die letzten Winkel zu verwischen. Herr Kapitän, wir müssen sofort alle verfügbaren Leute losschicken.«

»Nicht nötig.« Dr. Dahl hatte die blutdurchtränkte Jacke des Stewards aufgeknöpft und dessen Brieftasche herausgeholt. Im untersten Fach stak ein schmaler, in Leinen eingebundener Ausweis. Dr. Dahl klappte ihn auf und trat von dem Toten zurück. »Sie brauchen den oder die Mörder nicht zu suchen; es sind Profis, meine Herren.« Er hielt den Ausweis gegen das Deckenlicht. »John McHarder«, las er vor. »Geboren am 19. September 1930 in Baltimore. Nicht verheiratet.«

»Er hieß doch Ludwig Budde und kam aus Kiel!« rief der Obersteward.

»Es war McHarder!« Dr. Dahl gab den Ausweis an den erstarrten Kapitän. »Seit neun Jahren ist er Mitglied des amerikanischen CIA, des Geheimdienstes.« Er knipste das Licht aus und kam aus der Wäschekammer heraus. Den Toten ließ er vorerst drin. »Wir werden seinen Mörder nie entdecken. *Wir* nicht. Aber vielleicht wird die andere Partei dafür sorgen.«

»Ja, ist mein Schiff denn ein Tummelplatz der Mafia?« schrie Selbach. Er gab den Ausweis an den I. Offizier weiter.

»Wir erleben hier ein Stück *der* Politik, von der die Welt kaum etwas weiß: Den gnadenlosen Kampf der Geheimdienste.« Dr. Dahl lehnte sich gegen die verschlossene Tür der Kammer. »Verständigen Sie den CIA in New York, Kapitän. Sie werden sehen, was man Ihnen sagt: Stillschweigen und abwarten. Das war nun der zweite Fall.«

Nein, der dritte, dachte er. Unten liegt Heinz Niehoff, gefoltert bis zum Wahnsinn. Er schweigt, und er weiß, warum.

Mein Gott, wären wir doch erst in New York.

Um die gleiche Zeit fand auf der Steuerbordseite, in der Luxuskabine 10, eine kurze Besprechung statt. Shura Aitmanow hatte seinen Herrn Graf Sepkinow aus dem Speisesaal gebeten. Nun war man in Sepkinows Kabine versammelt. Jeder hätte gestaunt, wenn er einen Blick hätte hineinwerfen können: Die Klassenunterschiede waren verschwunden, die livrierten Lakaien saßen auf dem Bett des Grafen und rauchten nervös. Sepkinow lief wie ein wildes Tier hin und her.

»Das ist unmöglich!« schrie er plötzlich. »Wenn ich dich nicht kennen würde, Shura Alexandrowitsch...«

»Ich habe damit gar nichts zu tun, Genossen.« Der Tatar hob beide Hände, wie um zu zeigen, daß sie sauber waren. »Wir kommen in unsere Kabine, und da liegt er da. Der Schädel zerplatzt wie eine Kastanienfrucht. Überall Blut. Bis zur Decke. Wir haben wie die Verrückten gearbeitet, um alles wegzukriegen. Man will uns das in die Schuhe schieben, Genosse.«

»Bin ich ein Schwachkopf?« brüllte Sepkinow. »Natürlich weiß ich das! Aber wer? Wer?« Er blieb stehen und sah seine drei Diener an. »Wer ist das? Wer hat diese Kraft? Wer ist so ein kaltblütiger Hund? Es ist hier jemand an Bord, der uns ins Handwerk pfuscht! Auf keinen Fall ist es unser Täubchen Sybilla. Diesen Schlag hat ein Mann gemacht. Und ihr sitzt hier herum! Habe ich euch mitbekommen, damit ihr in die Betten furzt und euch den Magen vollfreßt? Tut etwas! Sucht! Schlagt zurück!«

Die drei Russen sahen betreten auf ihre Hände. Shura Aitmanow zerdrückte seine Zigarette.

»Kann es der Amerikaner gewesen sein?« fragte er.

»Hopkins?« Sepkinow schüttelte den Kopf. »Erstens wird er nicht seinen eigenen Landsmann umbringen, nur um uns in einen Verdacht zu bringen, und zweitens saß er beim Dinner neben mir.« Er winkte energisch ab, als Shura noch etwas sagen wollte. »Die Störung kommt nicht von den Luxuspassagieren ... nach Dubois und Niehoff bleibt bis auf unser Täubchen keiner mehr übrig. Seht euch in der II. Klasse um, auf dem A-Deck oder unter der Mannschaft.« Sepkinow krallte die Finger in seinen langen, weißen Bart. »Mit jeder Stunde kommen wir New York näher. Sollen wir melden: Auftrag nicht ausgeführt?«

Die Russen schwiegen. Sie wußten, was das hieß. Im Hintergrund ihrer Seelen erhoben sich die in Eis und Schnee stehenden Fördertürme der Bergwerke von Workuta.

»Suchen wir!« sagte Sepkinow. Auch ihn packte die Vision des Straflagers am Eismeer. »Wir haben noch drei Nächte.«

Am Bett Niehoffs saß Sybilla Odenthal.

Er hatte Dr. Dahl darum gebeten, sie empfangen zu dürfen, und der Schiffsarzt hatte schließlich nachgegeben. Nur eine halbe Stunde, hatte er angeordnet. Er sagte das nicht wegen des Zustandes Niehoffs, sondern weil er nur ein Halbstundenband auf dem Tonbandgerät hatte. Während Sybilla nun an Niehoffs Bett saß, lief zwei Kammern weiter das Tonband. Dr. Dahl stellte und regulierte die Tonstärke. Das Mikrophon lag hinter einer Reihe Bücher.

Heinz Niehoff gab Sybilla wie einer alten Vertrauten die Hand. Bevor er sprach, winkte er Sybilla zu sich herunter.

»Irgendwo ist ein Mikrophon«, flüsterte er ihr ins Ohr. »Ich weiß nicht, wo, aber der Doktor machte mir ganz den Eindruck, als wolle er auf eigene Faust spionieren. Suchen Sie erst!«

Es war keine lange Suche. Hinter den Büchern sah Sybilla das Mikrophon und riß die Leitungsschnur heraus. Zwei Kammern weiter machte es Krrrk... dann war Schweigen. »Scheiße!« sagte Dr. Dahl laut. »Sie haben es.« Er stellte das Gerät ab und zündete sich eine Zigarette an.

»Nun können wir frei reden«, sagte Niehoff. Er war bandagiert, und in seinen Augen hing noch der Schmerz seiner schrecklichen Wunden. »Darf ich fragen?«

»Ja.« Sybilla setzte sich ihm gegenüber auf einen Stuhl.

»Warum haben Sie mir das Leben gerettet?«

»Ich sagte es schon: Ich hasse unnötige Tote.«

»Wie kamen Sie auf die Russen?«

»Durch das Benehmen Sepkinows bei der Alarmübung.«

»Und da zogen Sie los?«

»Ja. Ich gönnte Sie den Russen nicht.«

Niehoffs Augen wurden vorsichtig und lauernd. »Das klingt merkwürdig, schöne Frau! Was soll das heißen?«

»Überlegen Sie mal.«

Niehoff stützte sich auf den Ellenbogen auf. Es fiel ihm schwer. »Ich kann das nicht verstehen«, sagte er. »Sie wissen doch, Sie wissen es ganz genau. Ich bin der Mann mit der Maske, der Sie über Bord werfen wollte.«

»Ja.« Sybilla sagte es ganz ruhig. »Darum rettete ich Sie vor den Russen. Ich möchte Sie für mich behalten.«

Es war die eiskalteste Drohung, die Niehoff je gehört hatte – und eine Frau, die wie ein Engel aussah, sprach sie aus.

Niehoff brauchte einige Zeit, um diese Drohung Sybilla Odenthals zu verdauen. Dann ließ er sich in die Kissen zurückfallen und seufzte etwas. »Ich hatte also doch recht, als ich sagte, daß weibliche Teufel schrecklicher sind als zehn männliche Beelzebuben! Wenn Sie mich schon umbringen wollen... Sie haben es jetzt ja leicht, wo ich wehrlos vor Ihnen liege... warum dann dieser Umweg? Ich sehe da keine Logik.«

»Ich will Sie nicht töten.« Sybilla erhob sich, ging zum Tisch, goß ein Glas Orangensaft ein, tat zwei Stückchen Eis aus einem Thermokesselchen hinzu und gab es Niehoff zu trinken. An seinen glänzenden Augen sah sie, daß er Fieber hatte. Dankbar lächelte er ihr zu und trank das Glas in hastigen, durstigen Zügen. »Ich brauche Sie als Köder, mein Lieber.«

»Als was?« Niehoff starrte sie ungläubig an.

»Als Lockvogel! Als Wurm an der Angel, um den dicken Fisch zu fangen. Wo Sie sind, wird auch er hinkommen – und dann ziehe ich an der Schnur, und der große Fisch hängt am Haken.«

»Sie wissen doch, wer dahintersteckt. Die Russen.«

»Warum muß der Russe immer der große Gauner sein? Wo irgend etwas Politisches geschieht, gleich ist der Russe der Buhmann. Nein, mein Lieber, hier ist der große Fisch ein anderer. Gut, Sie wurden von den Lakaien Sepkinows gefoltert...«

»Das nennen Sie gut? Ihre Nerven möchte ich haben. Haben Sie schon von der mongolischen Tortur gehört?«

»Gehört schon, aber noch nie gesehen.«

»Dann danken Sie Gott zu jeder Stunde mit zehn Psalmen.«

»Sepkinow ist kein Agent.«

»Ach nein! Hat er mich braten lassen, um zu riechen, wie verbranntes Menschenfleisch duftet?«

»Seine drei Kreaturen, das sind die wahren Teufel. Hinter Sepkinow steht ein Geheimnis, ich bekomme es noch heraus.« Sybilla setzte sich wieder auf die Bettkante. »Zählen wir doch zusammen: Sie erschießen Dubois, dann werden Sie selbst von den Russen aufs Brett geschnallt, ein Unbekannter schlägt dem Kabinensteward Budde den Schädel wie ein Ei ein. Budde war ein Kollege vom CIA, ich wußte es seit Cherbourg, wir sprachen zusammen über die Sicherheit Hergartens, die in unseren Händen liegt... Nun liegt er nebenan bei dem toten Dubois im zweiten Bett.«

Heinz Niehoff war gelbweiß geworden. »Das mit Budde wußte ich noch nicht«, sagte er kaum hörbar. »Hier bringt ja jeder jeden um! Wer hat das getan?«

»Genau das weiß keiner.« Sybilla war sehr ernst geworden. Ihre schöne Stirn wurde jetzt von einer tiefen Falte durchschnitten. Sie sah sehr streng und hart aus und war plötzlich von einer erschreckend kalten Schönheit. »Darum brauche ich Sie, Herr Niehoff. Die Russen waren es nicht; sie haben verzweifelt versucht, den Verdacht, der auf sie fallen sollte, wegzuputzen. Im wahrsten Sinne des Wortes: Sie haben Blut und Hirn aus allen Winkeln ihrer Kabine gewischt. Sie lagen hier außer Gefecht, ich war es nicht, Dubois liegt kalt nebenan... es ist also hier an Bord jemand, der darauf wartet, daß wir uns gegenseitig fressen, der sogar ein bißchen nachhilft, um dann als lachender Dritter an das zu kommen, was ihr alle im Sinn habt: Die Papiere Dr.

Hergartens. Herr Niehoff, wollen Sie mir nicht sagen, für wen Sie arbeiten?«

»Nein, schöner schrecklicher Engel! Wie kann eine so wundervolle Frau nur einen so harten Job haben? Wenn man Sie reden hört, könnte man den Glauben an das schwache Geschlecht restlos verlieren.« Heinz Niehoff sah auf die Uhr. Gleich kam Dr. Dahl zurück, um die Unterhaltung zu unterbrechen. Die halbe Stunde war bald um. »Können Sie mir eine Pistole hierlassen, Todesengel?«

»Ich kann, aber ich tue es nicht.«

»Ich verspreche Ihnen, auf jeden, nur nicht auf Sie zu schießen.«

»Auch dann nicht.«

»Sie wollen mich wehrlos hier liegen lassen?«

»Ein Wurm an der Angel kann sich auch nicht wehren.«

»Dazu möchte ich bemerken, daß ich ein Mensch bin.«

»Sie? Nein.« Sybilla schüttelte den Kopf und stand auf. »Wer unseren Beruf hat, ist nur noch biologisch ein Mensch. In unseren Funktionen sind wir staatlich gelenkte Maschinen.«

»Das sagen Sie? Eine Frau? Und die Liebe?«

»Wenn ich mich ausziehe vor einem Mann, werfe ich mit dem Kleid auch meinen Job ab«, sagte Sybilla ungeniert. »Dann bin ich einige Stunden glücklich. Ehrlich glücklich, auch wenn es bisher nur so fatale Lieben waren, die in eine Aufgabe hineingezwängt wurden.«

»Und Hergarten?«

Zum erstenmal wurde Sybilla unsicher. Sie nestelte an ihrer Tasche. »Das ist etwas anderes.«

»Man sieht es. Jeder sieht es. Auch eine Auftragsliebe?«

»Nein, ich liebe Hergarten wirklich. Er wäre der erste und einzige Mann, dem es gelingen könnte, aus mir nichts anderes zu machen als eine Hausfrau und die Mutter seiner Kinder. Eine biedere Frau hinterm Herd. Warum lächeln Sie, Niehoff?«

»Weil mir dieses traute Bild unvorstellbar ist, Sybilla.«

»Aber es ist so. Ich bin im Grunde ganz anders, als ich aussehe. Ich sehne mich nach Ruhe, nach Liebe, nach Geborgenheit, nach Frieden, nach einem Häuschen im Grünen...«

»... nach Waschmaschine, Kinderlachen, flatternden Windeln im Wind...«

»Genau nach diesen Dingen!«

»Das klingt aus Ihrem Mund kitschig, schöne Frau.«

»Ich bin so altmodisch, tatsächlich. Ich bin eine Frau mit allen romantischen Fehlern. Das hier...«, sie strich über ihr Kleid und ihre langen, kastanienbraunen Haare, »... das ist alles nur eine Maske! Wissen Sie, was ich möchte?«

»Kartoffeln schälen.«

»Vielleicht. In einem bequemen Hausanzug mit meinem Mann vor dem Fernsehschirm sitzen, Gebäck knabbern und eine so ungeheuer normale Ehe führen wie Millionen Ehepaare in der Welt.« Sie stand an der Tür und schüttelte plötzlich wehmütig den Kopf. »Sehen Sie – und das wird nie geschehen.«

»Warum?«

»Hergarten ist verheiratet. Und so wird es mit ihm auch nur ein vorübergehendes Erlebnis bleiben. Ich werde mir einreden, daß auch diese große Liebe nur ein Auftrag war. Ich werde mich niemals in die Ehe Hergartens drängen. Wenn wir in New York an Land gehen, werden wir uns zum letztenmal sehen. Das Adieu wird endgültig sein; ich fliege mit der nächsten Maschine zurück nach Deutschland. Er weiß es noch gar nicht.«

»Und warum erzählen Sie mir das alles, schöner Teufel?«

»Einem Regenwurm an der Angel kann man viel erzählen... er bleibt stumm.« Sie faßte die Klinke. »Hoffentlich leiden Sie nicht zuviel, Niehoff...«

»Halt!« Niehoff zuckte hoch. Sein Gesicht verzog sich schmerzvoll. Die Wunden brannten und stachen. »Sie können mich hier nicht wehrlos liegenlassen! Ich bin doch kein Opfertier! Ich werde den Kapitän um Schutz bitten! Ich werde alles erzählen!«

»Bis New York sind noch drei Tage, Herr Niehoff. Auf dem Schiff können Sie sich verstecken lassen, aber in New York müssen Sie von Bord an Land. Und dort wird ein Abgesandter Ihres Auftraggebers stehen, nicht wahr? Feiglinge werden nicht gerade mit Küssen empfangen.«

Niehoff sank stöhnend auf sein Bett zurück. Die Tür wurde Sybilla aus der Hand gerissen, Dr. Dahl kam herein. Bevor er sagen konnte: »Besuchszeit zu Ende«, hatte sich Sybilla umgedreht und war gegangen.

Dr. Dahl kam an das Bett des erschöpften Niehoff.

»Kann ich Ihnen helfen?« fragte er doppelsinnig. Niehoff verstand ihn. Er nickte. Seine Lippen zitterten.

»Verschaffen Sie mir eine Waffe«, sagte er. »Doktor, wenn Sie nicht drei Leichen nebenan liegen haben wollen ... um Himmels willen, besorgen Sie mir eine Waffe! Am besten eine Pistole.«

Dr. Dahl fragte nicht lange. Die Ereignisse auf der ›Ozeanic‹ gaben genug Antwort.

»Ich bringe Ihnen etwas«, sagte er. »Und im übrigen werden Sie ab sofort nie mehr allein sein.«

Schon kurz nach dem Dinner kam es zum ersten Zusammenstoß. Oben, im Restaurant Helgoland, berichtete Dr. Dahl unter den verschlossenen Blicken von Kapitän Selbach, daß nun auch der Passagier Heinz Niehoff an einer Infektion erkrankt sei und im Hospital das Bett hüten müsse. Dr. Dahl berichtete sogar von einem Gespräch zwischen Dubois und Niehoff, der im Nebenzimmer lag. Durch die offene Tür konnte man sich gut unterhalten. »Wann kommen die anderen?« soll Dubois gesagt haben. »Bei unseren netten Viren müssen die anderen doch auch infiziert sein. Passen Sie auf, bis New York liegt der ganze Kapitänstisch im Hospital.«

Sybilla war es, die am lautesten lachte. Hopkins fand das gar nicht lächerlich. Als Amerikaner hatte er eine höllische Angst vor Infektionen. Er schlug vor, alle impfen zu lassen oder Tabletten zur Immunisierung auszugeben. Dr. Dahl winkte ab.

»Dagegen gibt es keine Tabletten und Impfstoffe«, sagte er laut. »Die Krankheit ist durch konservative Mittel nicht abzufangen.«

Graf Sepkinow verstand. Er prostete Sybilla zu, stieß mit Dahl an und lud Hergarten ein, im Spielsalon der ›Ozeanic‹ mit ihm eine Partie Billard zu spielen. Hergarten sagte ahnungslos zu.

»Ich werde zusehen«, sagte Sybilla mit einem süßen Lächeln.

»Es wird langweilig sein, Gnädigste.« Sepkinow war strahlender Laune. »Zwei stumme Männer, die mit einem Holzstab weiße Kugeln über einen grünbespannten Tisch stoßen ... welch ein fader Anblick.« Er machte im Sitzen eine Verbeugung. »Aber ich trete gern zurück, wenn Sie diese Stunde nicht verlieren möchten, und überlasse Ihnen Herrn Hergarten.« Er wandte sich an Hergarten, der neben ihm saß. »So sind die Frauen, mein Lieber. Sie sind auf alles eifersüchtig, sogar auf das harmlose Billard.«

In diesen Minuten nach dem Dinner, wo man sich beim Wein oder Mokka erholte von der Schwerarbeit, alles zu essen, was die Meisterköche der ›Ozeanic‹ auf das Büffet gezaubert hatten, erschien unten im Hospital Shura Aitmanow in seiner roten, goldbetreßten Lakaien-Uniform, in den Händen ein Silbertablett tragend, auf dem eine gespaltene frische Ananas lag. Im Vorraum wurde er von zwei Matrosen abgefangen, die dort Wache hielten. Als sei man in der Kriegszeit, waren sie bewaffnet. Shura Aitmanow stellte sein silbernes Tablett mit der duftenden Frucht ab und machte eine Verbeugung.

»Im Auftrag des Herrn Grafen: Ich möchte ein Geschenk überbringen an Herrn Niehoff.« Das klang devot und höflich. Nur Shuras Augen paßten nicht dazu; sie sahen die Matrosen mit einem kalten, bösen Leuchten an.

»Stell es dahin, Iwan, und hau ab!« sagte der eine Matrose und zeigte auf einen Tisch. Aitmanow schüttelte den Kopf.

»Ich soll es persönlich überbringen.«

»Das ist sehr schön, aber sag deinem Grafen, hier ständen zwei Männer, die dich eher durch die Luke über Bord werfen, als dich ins Hospital zu lassen. Verstanden?«

»Sie reden laut genug.« Aitmanow blieb ungerührt stehen. Hinter seiner Stirn arbeitete es wie ein Uhrwerk. Es ist nichts zu machen, dachte er. Gar nichts. Auf keinen Fall ohne Lärm. Und lautlos soll es sein. Man muß also abwarten. »Der Herr Doktor hat es genehmigt«, sagte er unterwürfig.

»Kratz die Kurve, Junge.« Der Matrose winkte. Er hatte Hände wie Klosettdeckel. »Sag mal, bist du Kommunist?«

»Ja.«

»Aha! Und trägst Dieneruniform?«

»Auch ein Kommunist muß leben.«

»Ich denke, ihr tretet den Kapitalisten in den Hintern? Und du bedienst einen? Warum bist du nicht auf einer Kolchose und ziehst Kappes und Schweine?«

»In Paris gibt es keine Kolchose, Freunde.«

»Dann aber schnell ab zu Mütterchen Rußland!« Die Matrosen lachten. Der Mann mit den riesigen Händen kam sogar näher. Aitmanow senkte den Kopf. Was würde das geben? »Du, ick bin Berliner«, sagte der Matrose. »Wenn ick och schon zehn Jahre zur See fahre... im Herzen bin ick imma noch Balina... Und da kann ick mir nich an die Mauer jewöhnen! Sag mal, Iwan... biste ooch für die Mauer?«

»Ich habe eine Ananas als Geschenk abzugeben, weiter nichts«, sagte Aitmanow höflich. »Politik hasse ich, Freunde. Mein Herr, Graf Fjedor Wladimirowitsch Sepkinow, möchte Herrn Niehoff ein Geschenk machen, und ihr hindert mich daran, Freunde. Das ist unschön von euch.«

»Ick bin keen Unmensch!« Der Matrose mit den Riesenhänden nahm das silberne Tablett. Aitmanow wollte es verhindern, dazwischenspringen, aber da war es schon zu spät. Die Ananas schwankte vor der Brust des Matrosen. »Ick trag dir's rein und berichte, wat der Herr Niehoff jesagt hat. Klar, Iwan?«

»Ich soll persönlich...«, schrie Aitmanow.

»Mach 'ne Fliege, Iwan! Hier wird nicht jebrüllt! Hein, paß auf, daß der Gelbe nicht Rummel macht.«

Der Matrose ging hinaus. Shura Aitmanow erkannte, daß es sinnlos war, weiter hierzubleiben. Er drehte sich um und verließ das Hospital.

Im Restaurant Helgoland war Sepkinow gerade dabei, mit Hergarten und drei anderen Herren, darunter dem I. Offizier, ins Spielzimmer zu fahren. Sybilla unterhielt sich mit der gelähmten Frau Michaelsen. Sie war nervös und tröstete sich mit dem Gedanken, daß Hergarten nicht allein mit Sepkinow war. Das Erscheinen Aitmanows deutete sie als nicht sehr erfreulich. Sie entschuldigte sich bei Frau Michaelsen und schob sich in die Nähe Sepkinows. In strammer Haltung berichtete Aitmanow von den Ereignissen im Hospital. Niemand verstand den Grafen und seinen Lakaien... sie sprachen russisch.

»Es ist gut«, sagte Sepkinow, als Shura zu Ende mit seinem Bericht war. »Die Ananas allein wird uns ins Gespräch bringen.«

»Das glaube ich kaum«, sagte Sybilla hinter Sepkinow. Dieser fuhr herum, denn auch Sybilla sprach nun russisch, mit dem typischen Akzent, den man in Leningrad spricht. »Sie hätten die Ananas mir bringen können, Towarisch!«

»Madame sprechen meine Muttersprache?« Sepkinow war entzückt und küßte Sybilla die Hand. »Welche Überraschung.«

»Das glaube ich, Graf.«

»Mutterlaute aus so reizendem Mund! Wo haben Sie das gelernt, Madame?«

»Von meiner Mutter. Sie war Russin. Aus Leningrad. Mein Vater, ein Ingenieur, brachte sie 1938 nach Deutschland mit.«

»Dann sind wir ja halbe Landsleute. Haben Sie das gehört, meine Herren? Unsere schönste Frau an Bord hat russisches Blut in sich. Ist ihre Schönheit jetzt noch ein Wunder?« Und russisch sagte Sepkinow zu Sybilla: »Wir müssen uns unbedingt unterhalten über viele Dinge, Madame.«

»Das glaube ich auch.« Sybilla lächelte charmant. »Übrigens: Meine Lieblingsfrucht ist Ananas.«

Heinz Niehoff berührte die Ananas vorsichtig mit einem langen Messer, als sei sie eine Zeitbombe, die entschärft werden sollte. Er saß im Bett und war allein. Das silberne Tablett balancierte er auf seinen Knien.

Wo die Frucht gespalten war, stak eine Serviette. Er hob sie ganz langsam hoch. Aber nichts zischte oder krachte. Unter der Serviette stak lediglich ein Zettel in dem duftenden Fruchtfleisch. Mit der Messerspitze nahm er ihn heraus. Die wenigen Zeilen darauf waren in Deutsch geschrieben:

»Haben Sie keine Angst, die Ananas ist nicht vergiftet. Sie soll Sie erfrischen nach den schweren Stunden, weiter nichts. Für die durchgemachte Unbill spreche ich Ihnen mein tiefstes Bedauern aus. Um mit dem großen Churchill zu sprechen: Wir waren dabei, die falsche Kuh zu schlachten. Die neuesten Ereignisse an Bord machen uns zu Partnern. Ich würde es begrüßen, wenn wir einmal miteinander sprechen könnten. Es eilt. New York kommt immer näher. Es ist jemand an Bord, der uns allen an den Kragen will. Dagegen sollten wir eine Front bilden, gemeinsam. Geben Sie bitte Nachricht. Ihr neuer Freund...«

Niehoff las den Zettel dreimal, dann zerknüllte er ihn, steckte ihn unter die Matratze und schnitt die Ananas an.

Mit großem Behagen aß der die saftige Frucht.

Eine alte Weisheit galt noch immer: Angst macht selbst Feinde zu Brüdern.

Die Nacht war ruhig, soweit man an Bord eines luxuriösen Riesenschiffes von Ruhe sprechen kann. Wie immer standen die Liebespaare an der Reling und in den geschlossenen Promenaden, schlichen Kavaliere zu anderen Kabinennummern, spielten die Bordkapellen Tanzmelodien bis zum frühen Morgen, arbeiteten im Bauch der durch den Atlantik rauschenden glitzernden Stadt zweihundert Köche, Bäcker, Konditoren, Metzger, Stewards und Matrosen für das Wohl von tausend Passagieren.

Und doch hatte sich etwas geändert, was den wenigsten auffiel: In den Kabinengängen, vor den Restaurants, in allen Decks bis hinunter zum Saunadeck standen Stewards oder Matrosen, saßen am Ende der Gänge auf Klappstühlchen wie Schlafwagenschaffner oder patroullierten durch die Gänge. Sie waren höflich wie immer, nahmen alle Bestellungen entgegen, waren immer zu Diensten; es war ein Kommen und Gehen in allen Decks. Noch nie war der Service so vollkommen, so schnell, so heinzelmännchenhaft gewesen wie in dieser Nacht. Nach 3 Uhr morgens, als das Schiff bis auf einige Unentwegte und die unsichtbaren Geister in der Tiefe des Schiffsbauches in tiefen Schlaf sank, zogen verstärkte Wachen auf. Es bildeten sich Schwerpunkte: Das Promenadendeck, das Oberdeck, das Hauptdeck mit dem Hospital, das A-Deck mit der Wohnsuite Dr. Dahls. Jede Stunde pendelte Bord-Detektiv Harry Linder von Deck zu Deck und kontrollierte die Posten.

Nichts geschah.

Die Passagiere schliefen in ihren Kabinen. Wo nicht geschlafen wurde, war das Glück doppelt an Bord. In dem kurzen schmalen Gang zwischen dem Lift-Foyer und der Kabine 12 saß ein Matrose auf einem Stuhl, mit dem Rücken zur Wand, sicher vor allen Überraschungen. Er erlebte, wie Graf Sepkinow mit großen Gesten Dr. Hergarten und Sybilla verabschiedete. Darüber, daß Sybilla mit in Hergartens Kabine ging, verlor keiner ein Wort.

»An Bord scheint Krieg zu sein«, scherzte Sepkinow, als er die Matrosen und Stewards auf den Gängen sah. »Übt man jetzt auch noch, wie die ›Ozeanic‹ als Kriegsschiff aussehen würde?«

»Es ist immer Krieg, Graf.« Sybilla schloß die Kabine 12 auf. »Kommen Sie noch zu einem Drink mit uns?«

Sepkinow stutzte etwas, sah sich um und wechselte einen Blick mit Aitmanow, der vier Schritte hinter ihm stand. Stumm, stramm, eine rot livrierte Puppe mit Asiatenaugen. Dann nickte er erfreut.

»Aber selbstverständlich! Ich weiß diese Ehre zu schätzen.«

Er trat vor Hergarten und Sybilla in die Luxuskabine und sah sich fragend um, als sich die Tür schloß. Draußen stellte sich Shura neben der Tür auf, ein Wächter und Beschützer. Der Matrose auf seinem Stuhl winkte ihm zu.

»Hau ab!« rief er. »Aber dalli, du Chines'!«

»Jop dwojemadj...«, rief Shura zurück.

Man redete aneinander vorbei. Jeder blieb an seinem Platz.

Sepkinow blieb eine halbe Stunde in Kabine 12. Er bekam drei Cocktails, die Sybilla selbst mixte, man unterhielt sich über New York, das Sepkinow gut kannte und Hergarten gar nicht. Dann ging er. Sybilla begleitete ihn zur Tür.

»Sie sind gefährlich«, sagte Sepkinow leise auf russisch, ehe sie öffnete. »Gäbe es nicht den großen Unbekannten an Bord, wären wir keine Freunde.«

»*Wir* doch, Graf.« Sybilla sah ihn forschend an. »Eine Frau besitzt ein feines Gefühl für echte Gesichter und Masken.«

Sepkinow starrte sie wortlos an, beugte sich über ihre Hand und küßte sie. »Sie irren sich, Madame«, sagte er dann. »Niemand kennt Sepkinow.«

»Aber ich hoffe, ihn noch vor New York kennenzulernen.«

Aufrecht, ein Kavalier alter Schule, verließ Graf Sepkinow die Kabine 12.

Shura Aitmanow folgte ihm wie eine aufgezogene Puppe.

In der Wohnsuite Dr. Dahls lebten Lisa und er zusammen, als seien sie schon verheiratet. Nach dem Dinner und zwei Stunden Tanz im Alster-Club fuhren sie hinunter zum A-Deck. Lisa zog sich aus, brauste sich kalt ab und huschte dann ins Bett. Die Badekabine schloß sie ab, als sie sich brauste, denn sie mußte ja ihre Perücke abnehmen. Es war das letztemal, daß sie dieses Versteckspielen machte; sie hatte sich vorgenommen, in dieser Nacht dieses eine Geheimnis zu lüften. Dr. Dahl war noch einmal ins Hospital gefahren. Dort war alles in Ordnung. Heinz Niehoff schlief. Die Sache mit der Ananas hatte sich Dahl genau angehört. Nun nahm er die Reste hinaus in sein Labor und untersuchte sie. Es ist eigentlich idiotisch, dachte er, was ich mache. Graf Sepkinow... es gibt, das kann man glauben, kaum einen anständigeren Gentleman an Bord wie ihn. Mit Ausnahme vielleicht von Sir Surtess, dessen englischer Adel selbst in der Bewegung steckt, mit der er sich seine Pfeife anzündet.

Er warf die Reste der Ananas weg und ermahnte die Matrosen, die Bewachung ernst zu nehmen und nicht zu schlafen. Dann ging er zurück in seine Kabine, duschte auch und warf einen Bademantel über. Lisa lag im Bett... das heißt, es war nicht Lisa, es war eine fremde Frau mit aschblonden Haaren, und Dr. Dahl wollte gerade rufen: »Wie kommen Sie hierher? Was machen sie hier?« als er Lisa erkannte und vor dem Bett ein Häufchen schwarzer, langer Haare liegen sah. Die Perücke.

»Lisa...« sagte er betroffen. »Das... das ist eine Überraschung. Du... du bist blond? Ich habe wahrhaftig gedacht, daß du...« Er hob die Perücke auf, zog sie über seine Faust und streichelte die langen Haare. »In diese Haare habe ich mich zuerst verliebt...«

»Nur in sie?« Sie ergriff ihn am Bademantel und zog ihn aufs Bett. »Holger, ich muß dich etwas fragen, und das da« – sie zupfte an den Perückenhaaren – »das ist der Anfang einer ganzen Reihe: Vertraust du mir? Vertraust du mir blind?« Sie hob die Hand, als er etwas sagen wollte. »Nein! Frage nicht! Fragen sind schon Mißtrauen. Nimm es hin, was ich sage, ja? Und frage auch nicht: Muß es heute sein? Ja, es muß heute sein! Ich halte es einfach nicht mehr aus. Du siehst, ich bin blond. Das südländisch Rassige war falsch an mir. Das war der Anfang.«

»Und was kommt noch?« Dr. Dahl lachte. Er zog mit einem Ruck die Bettdecke weg. Nackt lag Lisa vor ihm. Er setzte sich auf das Bett und strich mit beiden Händen über ihren kühlen, glatten, herrlichen Körper. »Der Kopf ist echt, der Hals, das Kinn. Die Brüste sind echt, die Schultern, die Hüften, die Schenkel. Wohin ich greife, alles ist echt. Wo sind da Geheimnisse?«

Er beugte sich über sie und küßte sie. Unter seinen Händen bäumte sie sich auf und umklammerte seinen Hals.

»Warum sagst du nicht: Du hast mich betrogen! Ich bin blond...«

»Du bist in meinen Armen immer so, wie ich dich sehe, wenn ich die Augen schließe: Die schönste Frau dieser Welt. Ob blond oder schwarz... du bist du...«

»Ich muß dir noch vieles sagen, Holger.«

»Ich will nichts wissen. Ich habe die Tatsachen unter meinen Händen, sie allein sind wahr.« Er streichelte sie wieder und sah sie an. Ihre Schönheit war fast unbegreiflich. »Mir ist auch gleichgültig, ob du Lisa heißt oder Erna oder Maria, ob du einen Millionär als Vater hast oder einen Landstreicher. Du bist du ... und du gehörst zu mir ... alles andere ist verschwendete Mühe.«

»Und doch ...« Sie rückte zur Wand, er warf seinen Bademantel ab und schlüpfte neben sie. Als sich ihre nackten Körper berührten, flog ein Zittern durch sie. Sie schlangen die Beine ineinander, rückten nahe zusammen, umarmten sich und lagen Brust an Brust, Leib an Leib und fühlten, daß ihre Herzen gegeneinander schlagen mußten, um glücklich zu sein. »Was auch kommt – vertraust du mir?«

»Ich liebe dich ... was gibt es mehr?«

»Es wird schwer werden, was auf uns zukommt.«

»Wenn du mich so liebst, wie ich dich, kann es gar nichts geben, was uns trennen könnte.« Dr. Dahl legte seinen Kopf auf die festen Brüste Lisas. »Darf ich eine einzige Frage stellen?«

»Ja – –«

»Warum hast du eine Pistole in der Tasche?«

Lisa erschrak nicht, sie war auf diese Frage vorbereitet. »Es hängt mit dem zusammen, was ich zu regeln habe. Hast du Vertrauen, Liebster?«

Er nickte und verbarg sein Gesicht zwischen ihren Brüsten. Ein Duft von herbsüßem Parfüm und nach frischem Heu riechendem Schweiß umfing ihn wie eine Betäubung.

Mein Gott, dachte er, laß sie an diesen furchtbaren Dingen an Bord nicht beteiligt sein. Laß ihr Geheimnis irgend etwas anderes sein. Laß sie gestehen, daß sie in Rio in einem Seemanns-Bordell war, daß sie vier Kinder hat, daß sie aus der Gosse kommt, daß sie eine Hochstaplerin ist, laß sie alle Niedrigkeiten des Lebens gestehen – nur laß sie heraus aus diesen Morden, aus diesen fürchterlichen Kämpfen der Geheimdienste, aus dieser politischen Satanerie.

Angst umfing ihn. Er preßte Lisa an sich, seine Hände glitten über ihre kühle, glatte Haut. Es war eine Liebe, wie er sie bisher nie gekannt hatte.

So lag er bei ihr, atmete ihren Duft, sein Herz schlug wie rasend, durch seine Adern floß es wie Feuer, und sein Hirn hämmerte in ihn hinein:

Ich will nichts wissen! Ich will nichts wissen! Ich liebe sie so, wie sie ist. Nackt liegt sie in meinen Armen... und ich will sie ankleiden mit meiner Liebe, mit meinem Wesen, mit meinem Vertrauen. Was früher war, das liegt dort auf der Erde wie die schwarze Perücke. Ein Haufen Vergangenheit. Weg damit in den Müll, hinab ins Meer wie die Küchenabfälle...

Unsere Körper sind nackt und glatt und jung genug, sich mit einem neuen Leben zu bekleiden.

»Morgen wird sich alles entscheiden«, sagte sie leise.

»Ja«, stammelte er. »Ja... Warum müssen wir soviel reden...?«

Sie löschte das Licht und seufzte tief, als sie ihm gehörte.

Aber ihre Gedanken waren selbständig.

Und sie dachten: Morgen gehe ich zu Hergarten.

Morgen fallen alle Masken.

Morgen werden wir über alles sprechen können.

Franz, wir haben drei Jahre falsch gelebt. Unsere Ehe war ein Irrtum, sehen wir es jetzt ein?

Morgen wird ein neues Leben beginnen.

Morgen--

Aber noch war Nacht.

Wie ein schwimmender Palast zog die ›Ozeanic‹ ruhig durch den Atlantik. In der Funkkabine war Hochbetrieb. Die ersten Eiswarnungen wurden aufgefangen.

Gegen halb acht morgens schlich sich Dr. Dahl aus seiner Kabine. Lisa schlief fest und glücklich. Mit dem Lastenaufzug fuhr er zum Oberdeck und wartete ab, bis die beiden Kabinenstewards mit ihren Frühstücktabletts in den Zimmern verschwunden waren. Dann schlüpfte er schnell in die Kabine 107 und schloß hinter sich wieder ab.

Margret Goltz schlief noch so, wie er sie am Abend vorher verlassen hatte. Das Schlafmittel hatte hervorragend gewirkt. Schnell zog Dr. Dahl seinen Offiziersrock aus, schlüpfte aus dem Oberhemd, zog die Schuhe aus und zerwuschelte seine Haare. Die Illusion eines Mannes, der – noch müde von einer kurzen Nacht – auf der Bettkante saß und sich anzog, sollte vollkommen sein. Er holte aus der Hosentasche ein kleines Fläschchen mit einer scharf riechenden Flüssigkeit und hielt es Margret unter die Nase. Ihr Gesichtchen zuckte etwas, sie tat einen tiefen Schnaufer, die Lider zitterten... Dr. Dahl schraubte das Fläschchen zu und steckte es wieder weg. Mit einem langen

Seufzer wachte Margret auf. Ihr erster Blick fiel auf das lachende Gesicht Dr. Dahls. Sie reckte sich und dehnte sich und fühlte dabei, daß sie nur das Oberteil ihres Baby-Doll-Anzuges trug. Mit einem kleinen, fast piepsenden Laut drückte sie die Schenkel zusammen.

»Guten Morgen, mein Kleines«, sagte Dr. Dahl. Er beugte sich über Margret und küßte sie schnell. »Du hast wunderbar geschlafen.«

Margret blieb liegen. Ihre Hände lagen auf ihren Brüsten. Die Erinnerung an diese Nacht fehlte ihr völlig, aber ihre Lage, der halb angezogene Schiffsarzt auf der Bettkante, die Müdigkeit in ihren Gliedern, die noch wie Blei waren... sie tastete nach der Hand Dr. Dahls und umklammerte sie.

»War es schön?« fragte sie.

»Wunderbar. Du bist ein Goldkind.« Er sprach bewußt burschikos, weil er wußte, daß alles, was Margret Goltz auf dem Schiff tat, nur ein Ausbrechen aus dem elterlichen Zwang war, der Protest eines Kindes, das kein Kind mehr sein wollte. Eine Auflehnung gegen die Erwachsenen. Und Neugier, viel Neugier, die nie gestillt werden würde, so, wie Margrets Wesen war.

»Ich kann mich an nichts mehr erinnern...« Sie schob den Kopf an seine Hüfte und sah zu ihm hoch. Dr. Dahl zog seine Schuhe an, griff dann nach seinem Oberhemd und streifte es wieder über. Er stopfte es in den Hosenbund und erhob sich dann vom Bett.

»Du solltest jetzt auch aufstehen«, sagte er. »Bestell dir das Frühstück in die Kabine. Ich muß ins Hospital. Und kein Wort von dem, was du gesehen hast!«

Margret schüttelte den Kopf. Sie lag ganz steif, als Dr. Dahl sie aufdeckte und den Gipsverband des Fußes untersuchte. Aber plötzlich zuckte sie hoch, klammerte sich an ihn und zog ihn zu sich herunter. Dr. Dahl verlor das Gleichgewicht und fiel über ihren Körper. Er war nackt bis zum Hals – sie hatte das Baby-Doll-Hemdchen hochgezogen.

»Küß mich!« rief sie. Sie hatte ungeahnte Kraft in den Armen, und Dr. Dahl mußte fast brutal sein, um sich loszureißen. »Geh nicht so weg... sei ein bißchen lieb zu mir...«

Dr. Dahl flüchtete zum Frisiertisch und kämmte sich schnell die Haare. »Ich muß zum Dienst«, sagte er schwer atmend.

»Meine Kranken warten. Ich schicke dir nachher eine Schwester, die dir hilft.«

»Ich brauche keine Schwester, ich brauche dich!« Sie saß im Bett, hatte sich das Hemdchen über den Kopf gerissen und schüttelte wild ihre langen, blonden Haare. »Küß mich nur noch einmal! Nur einmal noch...«

»Dich zu küssen, heißt, eine Stunde verlieren.« Dr. Dahl winkte lachend ab. Er bemühte sich, unbefangen zu sein, und dachte an Lisas reife Schönheit, während er Margrets jungen Körper vor sich hatte, präsentiert zum Genuß wie eine Speise. »Ich *muß* gehen!«

»Und du kommst wieder?«

»Natürlich.«

»Wann?«

»Sobald ich Zeit habe.«

»Ich mache etwas Dummes, wenn du nicht kommst, ich sage es dir.« Margret ließ sich zurückfallen. Ihre Hände glitten über ihren weißen, flachen Leib. »Ich hole mir den ersten besten Mann in die Kabine... wer gerade kommt... und wenn's ein Matrose ist! Wäre dir das recht?«

»Welche Frage!« Dr. Dahl zog seinen Rock wieder an und setzte die Offiziersmütze auf. Als er jetzt Margret betrachtete, war reines medizinisches Interesse in seinem Blick. Wo wird sie landen? dachte er. Was wird aus ihr werden? Ihre Nymphomanie wird sie beherrschen wie ein Wahnsinn. Sie wird Männer verbrauchen wie Taschenlampen ihre Batterien. Sie wird nur leben und leuchten können durch die Männer. Und medizinisch ist da gar nichts zu machen. Ihre Welt wird eine einzige Jagd nach Liebe sein... so schön sie ist: Sie ist ein armes Geschöpf. Vier Fünftel ihres Lebens wird sie nicht mit ihrem Hirn, sondern nur mit ihrem Unterleib denken. Und sie wird nie zufrieden sein... »Ich schicke dir die Schwester Lotte«, sagte er, grüßte durch Handanlegen an die Mütze und ging schnell hinaus. Auf dem Gang traf er einen der Stewards. Daß Dr. Dahl so früh aus einer Passagierkabine kam, war nicht auffällig. Sicherlich hatte die kleine Goltz arge Schmerzen. So ein verknackster Fuß tut weh.

»Bringen Sie auf 107 gleich Frühstück«, sagte Dr. Dahl dienstlich knapp. »Kein Ei, dafür zwei Fruchtsäfte. Und Toast. In den Kabinen was Neues, Steward?«

»Nichts, Herr Doktor.« Der Steward grinste. »Die Passagiere sind kerngesund. Manchmal zu gesund.«

Er blinkerte den Schiffsarzt an. Dr. Dahl zuckte stumm mit den Schultern und fuhr hinunter zum Hospital, um nach Heinz Niehoff zu sehen.

Als er den Vorraum betrat, sprangen beide Wachen auf.

»Im Hospital keine besonderen Vorkommnisse!« schrie einer der Matrosen.

Wenn ihr wüßtet, dachte Dr. Dahl, was hier auf dem Schiff alles geschehen ist. Diese Jungfernfahrt werde ich nie vergessen.

Als gegen Mittag Dr. Dahl noch nicht wiedergekommen war, schob sich Margret aus dem Bett und zog sich an. Schwester Lotte war essen gegangen; das Personal aß früher als die Passagiere, um danach mehr Zeit für die Gäste zu haben. Ein Lunch dauerte immer lange. Vor 14 Uhr waren die Restaurants nie leer.

An dem Stock, den Schwester Lotte mitgebracht hatte, humpelte Margret zum Lift und ließ sich hinauf zum Lido-Deck fahren. Dort sah sie, wie konnte es anders sein, Ulrich Renner an der Swimming-pool-Bar stehen und mit zwei Mädchen flirten. Das Erscheinen Margrets löste bei den beiden Italienern, die wieder um das Becken lagen, laute Rufe und Händeklatschen aus. Margret winkte ihnen mit dem Stock zu. Renner entschuldigte sich bei den Mädchen und kam auf Margret zu.

»Was willst du?« fragte sie kampflustig. Ihre schönen blauen Augen waren zwei Schlitze geworden. »Laß deine Miezchen nicht warten!« Sie sah zurück zum Sonnendeck. Dort lehnte der Tennislehrer an der Reling und winkte ihr gleichfalls zu. Sie packte ihre langen Haare, teilte sie und winkte mit ihnen zurück wie mit zwei goldenen Fahnen. Es sah reizend aus. Die Italiener sprangen auf und formierten sich zum Angriff. Ein südliches Herz kann so etwas Schönes nicht einfach wahrnehmen, es muß erobern.

»Du hast dich verwandelt«, knirschte Renner. »Wenn ich das gewußt hätte...«

»Man weiß nie, was hinter einer fremden Tür ist, bevor man sie aufstößt.«

»Du benimmst dich wie eine Nutte!«

»Wozu du mich gemacht hast!« Margret ließ ihr Haar im Wind wehen, ihr Puppengesicht strahlte. Das Erlebnis mit Dr. Dahl war wie ein Geheimnis in ihr: Die Nacht war vergangen, und es blieb nichts in ihr als eine süße Schwere. Das verwirrte sie etwas. Sie hatte sich eine Erfüllung anders vorgestellt. Das Erlebnis mit Ulrich Renner erzeugte nur Haß in ihr. Nie vergaß sie das einsame Aufwachen am nächsten Morgen, die würgende Übelkeit, die Reue, das Bewußtsein, Frau zu sein und schon verlassen. Bis an das Ende ihrer Tage würde dies in ihr sitzen wie ein Giftstachel. So werden Komplexe geboren, die nie mehr heilbar sind.

»Was kostet eigentlich ein Mann,« fragte sie hochmütig, nur um Renner zu ärgern.

»Wieso?«

»Ihr kauft euch doch die Frauen, die euch gefallen, nicht wahr? Von zwanzig Mark bis zweitausend ist euch nichts zu teuer!« Sie machte den Kopf etwas schief und musterte Renner, als sei er ein zum Verkauf hingestellter Gaul. »Was kostest zum Beispiel du? Wieviel muß ich bezahlen für eine Nacht?«

Vor Ulrich Renner explodierte die Sonne. Er kam aus der Fassung, hob die Hand und schlug Margret mitten ins Gesicht. Dann drehte er sich um und lief davon. Die Italiener, die ihn festhalten wollten, boxte er beidhändig vor die Brust.

Margret hatte den Schlag stumm und starr ertragen. Ohne Erregung drehte sie sich um und humpelte zur Treppe zum Sonnendeck. Dort rannte ihr der Tennistrainer entgegen und half ihr hinauf.

»So ein Flegel!« knirschte er. »So ein Lümmel! Eine Frau schlagen! Ich würde ihn anzeigen, gnädiges Fräulein. Beim Kapitän. Er leitet das weiter an die Polizei. Das war tätliche Beleidigung.«

»Was habe ich von einer Bestrafung?« Margret setzte sich auf die weiße Bank neben dem Tennisplatz. Sie lehnte sich zurück, ihre Brüste spannten die enge Bluse. Die langen Beine, davon eins in Gips, streckte sie vor. Der Rock bedeckte kaum die Schenkel. »Man sollte ihm ein blaues Auge schlagen; was halten Sie davon?« Sie sah zu dem Trainer hoch, der sie mit hungrigen Augen musterte. »Es müßte ein Mann da sein, ein richtiger Mann, der die Ehre eines Mädchens verteidigen kann. Früher gab es Ritter – gibt es sie heute auch noch?« Sie lächelte zärtlich und schloß die Augen. Es war ein Anblick, der Kannibalen zu Vegetariern machen konnte. »Sind Sie ein richtiger Mann, großer Tennismeister?« sagte sie leise und lockend. »Sie könnten es bei Renner und bei mir beweisen...«

Wie und wo es geschah – es kam nie heraus.

Auf jeden Fall ließ sich Ulrich Renner zum Lunch entschuldigen. Er lag in seiner Kabine und kühlte mit Alkohol ein herrliches blaues Auge. Dr. Dahl, der ihn besuchte, hörte sich eine unglaubwürdige Geschichte an.

Das Schiff schlingerte, Renner verlor das Gleichgewicht und fiel auf die Kante des Frisiertisches. Genau mit dem Auge.

»Wenn man Pech hat, bricht der Finger in der Nase ab«, versuchte Renner zu scherzen. »Nun betrete ich Amerika mit einem Veilchen.«

»Daran werden Sie noch drei Wochen Spaß haben«, sagte Dr. Dahl. »Das wird ein Farbenspiel.«

»Ich weiß.« Renner lächelte müde. »Es ist nicht mein erstes blaues Auge.«

Nach dem Lunch ging Dr. Dahl zu Kabine 107 und klopfte. Niemand machte ihm auf. Er klopfte energischer und hörte dann Margrets etwas atemlose Stimme durch die Tür.

»Wer ist da?«

»Dr. Dahl.«

»Ich kann jetzt nicht... ich... ich bade...«

Mit dem Gips am Fuß? Dr. Dahl machte ein paar laute Schritte und schlich dann lautlos zurück. Er legte das Ohr an die Tür und hielt den Atem an.

Eine Männerstimme. Dazwischen das helle Stimmchen Margrets.

Sie hat die Reise begonnen, dachte Dr. Dahl und ging leise weg. Die Reise auf der Suche nach Erfüllung. Sie wird um den ganzen Erdball rasen können, ohne sie zu finden. Armes Mädchen mit dem unstillbaren Herzen...

Im Hospital fand nach dem Lunch eine Art Konferenz statt. Heinz Niehoff hatte Dr. Dahl darum gebeten und versichert, daß keinerlei Gefahr bestünde. Seine Gäste seien Sybilla und Graf Sepkinow. Und sie wollten nicht gestört werden.

Dahl genehmigte eine Stunde. Sybilla Odenthal und Graf Sepkinow, ihnen gegenüber war jeder Verdacht absurd. Aber er ließ die Matrosenwachen im Vorraum und befahl, ihn sofort zu rufen, wenn irgend etwas Auffälliges wahrnehmbar sei. Keine anderen Besucher als die beiden Genehmigten dürfen zu Herrn Niehoff. »Ich bin auf dem Sonnendeck«, sagte er. Um 14.30 Uhr begann wieder die Badezeit unter Aufsicht eines Bademeisters.

Niehoff saß im Bett, als Sepkinow und Sybilla in sein Zimmer kamen, geführt von einem der Matrosen. Die schrecklichen Wunden waren verpflastert. Es sah aus, als habe man Niehoff vorher gespickt. Sepkinow brachte ihm eine Flasche besten Portweines mit, Sybilla überreichte ihm eine große Schachtel mit Kognakbohnen. Es war wie ein rührender Krankenbesuch.

»Das ist die merkwürdigste Konferenz hartgesottener Agenten, die es je gegeben hat«, sagte Sepkinow und setzte sich gemütlich an den Tisch, der in die Nähe des Bettes geschoben war. Wodka, Whisky und Likör standen auf ihm, ein Eiskühler und Gläser. Sepkinow schüttete sich Wodka ein, schmeckte ihn kauend und schmatzend und nickte zufrieden. »Sehr gut. Polnischer Wodka. Er ist weicher als der russische. Auf Ihr Wohl, Herr Niehoff. Ich muß um Verzeihung bitten, daß man Ihnen soviel Unbill angetan hat.«

Niehoff lächelte schief zurück. Die Stunden bei Aitmanow gehörten zu den schrecklichsten in seinem Leben. Er hatte nie damit gerechnet, noch lebend aus der Kabine 19 herauszukommen. Er hatte sich damit abgefunden, in Stücke geschnitten zu werden.

»Warum wollten Sie mich sprechen?« fragte er. »Wenn sich ein Russe entschuldigt, muß ein noch Stärkerer hinter ihm stehen und ihn in den Hintern treten. Wer ist's?«

»Um das festzustellen, sind wir hier.« Sepkinow trank wieder einen Schluck Wodka. »Der Tod des armen Budde, unseres geschätzten Kollegen vom amerikanischen CIA, macht mir Sorge. Er beweist uns, daß jemand an Bord ist, der jeden gegen jeden ausspielt, um dann allein übrigzubleiben. Sehen wir davon ab, daß es um Hergartens Elektronium geht, das Sie, Sybilla, wie Alberich den Nibelungenhort bewachen und wir alle wollen. Es geht jetzt um unsere eigene Haut, und da sollten unsere Interessen zusammenlaufen. Errichten wir eine gemeinsame Front gegen den Unbekannten. Wir alle wissen, daß sich andere Kollegen um das Elektronium kümmern werden, wenn wir nichts erreichen. Wir haben doch alle unsere Männer in den USA. Mich stört nur der Gedanke, daß sich hier an Bord jemand befindet, der gefährlicher ist als wir.«

Sepkinow strich seinen langen, weißen Bart und sah Sybilla an. Als er ihrem Blick begegnete, wich er ihm verwirrt aus.

»Wir sind unter uns«, sagte Sybilla. »Wir kennen uns jetzt. Und doch, Graf, bleibt eine Frage für mich: Warum tun Sie das?«

»Ich verstehe Sie nicht, Täubchen.« Sepkinow griff wieder zum Wodka. Seine Greisenhand zitterte.

»Sie sind ein Aushängeschild des sowjetischen Geheimdienstes, weiter nichts. Die wirklichen Fachleute sind Ihre rotbefrackten Lakaien. Vor allem Aitmanow. Wer ist er?«

Sepkinow schüttete sich bedächtig ein neues Glas voll. Dann sagte er: »Er ist Major der Roten Armee. Ein kluger Kopf.«

»Und mit einem Herzen aus Uralgestein«, fügte Niehoff hinzu.

»Das gehört zu seinem Beruf.«

»Und Sie?« fragte Sybilla ungerührt. Sepkinow sah an die Decke.

»Ich bin ein armer, alter Mann, der einige Millionen besitzt und einmal Graf im herrlichen zaristischen Rußland war. Ich flüchtete 1919 mit Hilfe der Amerikaner von Wladiwostok aus und kam, wie Tausende anderer Emigranten, nach Paris. Dort machte ich mit meinen geretteten Edelsteinen einen Juwelenhandel auf, er florierte, ich kam gut ins Geschäft und arbeitete so lange, bis ich Millionär war. Mein Alter wird ruhig sein, dachte ich. Dann kam der 19. Juni 1953. Meine Tochter Elena Fjedorowna verschwand aus Paris. Mit ihr ihre Tochter, meine Enkelin Janina Alexandrowna. Mein Schwiegersohn, Fürst Wladowsky, war gerade ein Jahr tot. Sechs Wochen später bekam ich ein Telegramm. Aus Moskau. Meine Tochter und meine Enkelin saßen in der Lubjanka, dem Staatsgefängnis. Wie sie von Paris nach Moskau geschafft wurden – keiner weiß es! Dann kam ein Mann aus Moskau zu mir und machte ein Angebot: Elena und Janina geschieht nichts, sie kommen in kein Lager, sie kommen nach Paris zurück, wenn ich mich zur Verfügung stelle, mit meinem Namen und meinem Ansehen einen Agentenring in Westeuropa zu decken. Drei Diener sollte ich einstellen, alles andere gehe mich nichts an. Ja, so war's.« Sepkinow kippte den Wodka in sich hinein. »So geht das jahraus, jahrein. Jeden

Monat bekomme ich einen Brief aus Moskau. Sie leben alle noch, es geht ihnen gut, sie leben sogar auf einer Datscha bei Moskau – und ich arbeite weiter als Handlanger Moskaus, um ihnen dieses Leben zu retten. Ich kann nicht anders. Was mit ihnen geschieht, wenn ich einmal sterbe, wer weiß es? Aber noch lebe ich! Und deshalb wird es mir unheimlich, einen Unbekannten im Nacken zu haben, der uns alle fressen wird.«

»Und was sagt Aitmanow?« fragte Niehoff, nachdem sie alle eine Zeitlang geschwiegen hatten. Eine merkwürdige Ergriffenheit hatte Sepkinows Lebensbericht hinterlassen.

»Er tobt. Was hilft toben? Bis New York sind es noch zwei und ein halber Tag. Solange leben wir auf einer Mine. Und solange sollten wir gemeinsam Hergarten beschützen, statt ihn zu jagen. Unser Gegner kennt kein Mitleid.«

»Wie wir alle nicht«, sagte Niehoff ruhig. »Haben Sie einen Vorschlag, Graf?«

Und Sepkinow nickte.

Lisa hatte genau beobachtet, daß Sybilla Odenthal zusammen mit Sepkinow das Restaurant verlassen hatte. »Sie gehen ins Hospital«, sagte Dr. Dahl. Auch er verfolgte den Weggang der beiden. »Sie dürfen den erkrankten Herrn Niehoff besuchen. Eine Stunde habe ich ihnen erlaubt.«

Diese Stunde wollte auch Lisa zu ihrer Schicksalsstunde werden lassen. Nach dem Lunch entschuldigte sie sich, sie sei müde und wolle etwas schlafen. Später wollte sie dann zum Sonnendeck kommen.

Für die große Aussprache machte sich Lisa wie für einem Ball zurecht. Sie verzichtete auf die Perücke und zog sich so an, wie Hergarten sie kannte, wenn sie einmal ausgingen. In die Oper, in ein Konzert ... es war selten genug gewesen. Dann rannte sie fast zu seiner Kabine, klopfte an und trat ein, ohne eine Antwort abzuwarten. Ihr Herz hämmerte bis zum Hals. Wie wird er sich benehmen? Wird es ein Schock sein für ihn? Er wird ein paar Minuten Zeit brauchen, um zu begreifen, daß seine Frau die dunkelhaarige, südländische Schönheit ist, die an der Seite des Schiffsarztes so glücklich wirkt. Aber dann wird alles leichter sein, die Worte werden nicht zögernd kommen, man wird sich aussprechen können, man wird ehrlich sein, man wird in sich hineinsehen und erkennen, daß man die Wirklichkeit akzeptieren und einen Irrtum einsehen muß, auch wenn es schmerzlich ist. Wie soll ein Leben sinnvoll sein, wenn es auf einer Lüge beruht?

Sie trat in die Luxuskabine und fand sie leer.

Gut, sagte sie sich. Dann warte ich. Er ist vorhin weggegangen, vielleicht holt er Zigaretten. Er wird gleich wiederkommen. Sie wußte nicht, daß Hergarten wieder im Bordpostamt stand und ein Telefongespräch nach Frankfurt angemeldet hatte. Auch er wollte noch einmal mit seiner Frau sprechen und sie bitten, mit allen Entscheidungen zu warten, bis er wieder zurückgekommen war.

»Bis Frankfurt kann es eine Stunde dauern«, sagte der Zahlmeister nach Rückfrage in der Funkkabine. »Die Leitungen sind überlastet.«

»Ich warte«, sagte Hergarten.

Lisa stand in der Mitte der Kabine 12 und warf ihre Tasche in einen der Sessel, als sie zusammenzuckte. Hinter ihr klappte die Tür zu, die sie offengelassen hatte. Sie fuhr herum und wollte Hergarten durch ihren Anblick überraschen, als sie entgeistert stehenblieb und den anderen Besucher musterte.

»Sie ...«, sagte sie ungläubig. »Aber wo ist denn ...«

Dann schwieg sie. Ihre weiteren Worte wurden ein Gurgeln. Der Besucher drückte ihr ein feuchtes Tuch gegen das Gesicht. Es roch süßlich, widerlich, den Atem nehmend.

Äther, dachte Lisa noch. Sie betäuben mich mit Äther. Was ist denn geschehen? Warum ... warum ...?

Mit dieser Frage ohne Antwort glitt sie hinüber in die Besinnungslosigkeit.

Gegen Abend schlug Dr. Dahl Alarm.

Lisa war verschwunden.

Sie war weder in ihrer Kabine noch bei ihm in der Suite. Sie kam nicht zum Dinner, man hatte sie auf dem Sonnendeck und auch woanders nicht gesehen. Sie war einfach verschwunden, wie weggezaubert, verflogen wie Nebel.

»Jetzt ist es genug!« schrie Dr. Dahl. Er sah schrecklich aus. Den Kragen seines Hemdes hatte er aufgerissen und es dabei samt der Krawatte zerfetzt. Der I. Offizier versuchte, ihn mit

Kognak zu beruhigen. Kapitän Selbach rannte mit geballten Fäusten in seinem Zimmer herum. Durch das ganze Schiff lief eine große Suchaktion. Man nahm jetzt keine Rücksicht mehr auf die Passagiere. Die herrliche, weiße, schwimmende Stadt war in Aufregung wie ein Ameisenhaufen, in dem man mit einem Stock gebohrt hat. Matrosen und Stewards durchkämmten alle Kabinen, jeden Raum, jeden Winkel der ›Ozeanic‹, vom Doppelkamin bis zum untersten Ladebunker.

»Wir tun, was wir können, Doktor«, sagte Kapitän Selbach mit bebender Stimme. »Denken wir gar nicht daran, daß sie über Bord gegangen sein kann...«

Dr. Dahl zerwühlte sich mit beiden Händen die Haare. Sein Schmerz war noch größer durch das Entsetzen, durch das Wissen, daß um Lisa ein Geheimnis war, das heute gelöst werden sollte. Hing ihr Verschwinden damit zusammen? Die Pistole in ihrer Tasche... die Toten unten im Hospital... der gefolterte Niehoff...

»Ich verlange die Polizei!« sagte Dahl laut. Und dann hieb er auf den Tisch und schrie: »Rufen Sie New York an, Kapitän! Lassen Sie mit einem Wasserflugzeug die Polizei an Bord kommen! Stoppen Sie die Maschinen!« Er sprang auf und faßte Selbach an den Aufschlägen der Uniform. »Ich verlange«, brüllte Dahl, »daß die ›Ozeanic‹ nicht eher in New York ans Pier geht, bis man Lisa gefunden hat. Unter uns ist ein Satan!«

Das Abendessen fand in sehr gedrückter Stimmung statt.

Während im großen Helgoland-Restaurant niemand etwas wußte und das fröhliche Leben an Bord weiterging, da die Stewards alle Gerüchte auffingen, bagatellisierten oder belachten, herrschte an den Tischen der Luxusklasse-Passagiere tiefe Depression. Kapitän Selbach ließ sich durch seinen I. Offizier vertreten. Dr. Dahl blieb unter Deck in seinem Hospital. Sybilla Odenthal und Dr. Hergarten aßen auf ihrem Zimmer. Die gelähmte Frau Michaelsen hatte durch die Ereignisse einen solchen Schock bekommen, daß auch sie in ihrer Kabine blieb und durch ihre Pflegerin, Käthe Peine, starke bromhaltige Beruhigungsmittel holen ließ. Nein, den Arzt wolle sie nicht sehen, ließ sie verlauten, als sich Dr. Dahl zur Untersuchung anbot. Ein Arzt könne jetzt gar nichts helfen, sie brauche Ruhe, sie kenne das.

Jede Aufregung schlage ihr auf die Nerven. Vielleicht eine Folge der Lähmung... Dr. Dahl gab der Pflegerin einige starke Beruhigungsmittel mit und schrieb genaue Anweisungen über die Dosierung auf die Packung.

So waren die früher so fröhlichen Tische der Luxusklasse nur noch ein Torso. Sam Hopkins saß wie verloren herum und fand kaum noch jemanden, bei dem er seine Witze anbringen konnte, denn Lady Anne war zu vornehm, um darüber zu lachen, und Sir Surtess durfte nicht lachen, solange seine Frau neben ihm saß. Graf Sepkinow und seine Lakaien bildeten nun einen eigenen Block, als igelten sie sich ein, um dem unbekannten, unsichtbaren Feind wie eine Festung gegenüberzutreten. Das war alles, was übriggeblieben war – bis auf Margret Goltz, die in ihrem Gips herumhumpelte und mit allen jungen Männern flirtete. Man empfand das jetzt als schamlos.

In seiner Kabine hockte Hergarten und begriff einfach nicht, was sich jetzt vor ihm abspielte. Zum erstenmal hatte er durch Sybilla, die mit Dr. Dahl gesprochen hatte, den Namen der schönen Frau erfahren, die mit Dr. Dahl als das schönste Paar der ›Ozeanic‹ galt. Er hatte sich nie dafür interessiert, denn wer an der Seite Sybillas glücklich ist, dem ist die andere Welt so fern wie ein anderer Stern. So nahm er auch die Nachricht, die Sybilla mitbrachte, zunächst wie alle anderen auf: Er war betroffen.

»Sie ist verschwunden!« rief Sybilla. »Auf dem Schiff verschollen! Eine völlig unsinnige Tat! Was will man mit Lisa Arthberg anfangen?«

Das war der Satz, der in Hergarten eine Explosion zündete. Er sprang auf und stieß dabei den Sessel um. Seine Augen starrten Sybilla in geradezu hilfloser Ratlosigkeit an. »Wer...?« fragte er leise. »Mein Gott... das ist doch nicht wahr... Wer?«

»Lisa Arthberg.« Sybilla verstand nicht die Aufregung Hergartens. »So heißt die Geliebte des Schiffsarztes.«

»Die Ge...« Hergarten wischte sich mit beiden Händen über das Gesicht. Sie zitterten heftig. »Das ist doch nicht wahr... *Das* kann doch nicht sein. Lisa ist blond... aschblond... Und... und sie ist in Frankfurt...«

»Was redest du da?« fragte Sybilla. »Was ist denn mit dir los?«

»Wiederhole noch einmal den Namen. Ich begreife es noch nicht.«

»Lisa Arthberg.«

Hergarten lehnte sich gegen die Wand. Seine Knie wurden weich.

»Sie ist... ist meine Frau«, stammelte er. »Arthberg... das ist ihr Mädchenname... Das ist doch nicht möglich... das ist doch nicht wahr...«

Dann wurde er plötzlich lebendig. Die Starrheit fiel von ihm ab. Er rannte an Sybilla vorbei aus der Kabine, und sie folgte ihm wortlos, die Tasche mit der Pistole an sich reißend. Stumm, es vermeidend, sich anzusehen, fuhren sie zusammen hinunter zum Hospital und wünschten Dr. Dahl zu sprechen.

»Er ist in seiner Kabine«, sagte die Oberschwester. »Ich bringe Sie hin, Herr Doktor.«

»Geh allein.« Sybilla legte ihm die Hand auf den Arm. »Das mußt du allein durchstehen, Franz. Aber nimm eins mit: Ich liebe dich...«

Hergarten nickte stumm und folgte der Schwester zu dem kleinen Lift, der das Hospital mit der Suite Dr. Dahls, ein Deck tiefer, verband.

Dr. Dahl saß am Tisch seines Wohnzimmers und trank Kognak. Er schien schon viel getrunken zu haben, denn er schwankte etwas, als er Hergarten entgegenkam und zu einem Stuhl führte.

»Ihre verdammte Erfindung«, sagte er dabei. »Warum haben Sie dieses Elektronium entdeckt? Wieviel Blut klebt schon daran? Und nun Lisa... Was hat sie damit zu tun? Können Sie das erklären, Herr Hergarten?«

»Jetzt ja.« Hergarten setzte sich. Über sein Gesicht zuckte es. Es war gerötet wie im Fieber. »Was wissen Sie von Lisa Arthberg?«

»Nichts.« Dr. Dahl schenkte sich und Hergarten ein Glas Kognak ein. »Nichts, als daß sie eine herrliche Frau ist und ich sie liebe und heiraten werde.«

»Und sie will es auch?« Es klang tonlos, aber Dahl achtete nicht darauf. Er nickte mehrmals.

»Ja, wir sind uns einig.« Er stürzte das Glas Kognak in sich hinein. »Und nun das.«

»Sie ist wirklich das nächste Opfer meiner Erfindung.« Hergartens Kopf sank auf die Brust. »Um Sie zu heiraten, muß sie erst geschieden werden, Herr Dahl. Lisa... Lisa... ist meine Frau...«

Dr. Dahl begriff es nicht sofort. Er umklammerte die Kognakflasche und sah Hergarten wie einen Irren an, dem man gut zusprechen muß, damit er nicht zu toben beginnt.

»Was sagen Sie da?« fragte er.

»Lisa ist meine Frau.«

»Ihre – –«

»Ja, seit drei Jahren.« Hergarten riß Dahl die Flasche aus der Hand und goß sich noch einmal ein. »Ich habe geglaubt, sie sei zu Hause in Frankfurt. Wie sie auf dieses Schiff gekommen ist, warum sie unter einer Maske auftrat – das wird sie uns alles sagen, wenn wir sie... wenn wir sie wiederfinden... Mein Gott!« Er trank den Kognak und goß sich zum drittenmal ein. »Ich habe mich täuschen lassen. Die schwarzen, langen Haare, der dunkle Teint, die falschen Wimpern, die neuen Kleider... nur die Chinchillastola fiel mir auf. Ich schenkte es ihr einmal... Aber es gibt ja mehr Chinchillastolas. Und wer denkt denn daran, daß seine Frau heimlich nach Amerika fährt? Ich habe sogar versucht, sie ein paarmal anzurufen, aber nie war sie zu Hause... Natürlich nicht... sie saß zwei Meter von mir entfernt am Nebentisch, mit Ihnen... Ist denn so etwas möglich? Aber wenn Sie Lisa kennen würden, mit ihrem aschblonden Haar...«

Dr. Dahl nickte schwer. »Ich kenne sie jetzt. Die Perücke hat sie abgenommen; das... das andere wollte sie mir heute sagen. Ich wußte nicht, was – aber daran habe ich nie gedacht.« Er starrte Hergarten aus trunkenen Augen an. »Sie irren sich nicht, Herr Hergarten?«

»Es gibt nur eine Lisa Arthberg.«

Dr. Dahl erhob sich, schwankte zum Schreibtisch und nahm die Handtasche Lisas aus der Schublade. Durch das Herz Hergartens ging ein Stich. Sie wohnt schon bei ihm, dachte er. Aber dann dachte er an Sybilla – es war die gleiche Situation. Trotzdem tat es weh.

»Ihr Paß...«, sagte Dr. Dahl und holte aus der Tasche das flache Büchlein. »Vielleicht irren Sie sich doch.«

Hergarten nahm den Paß. Ein einziger Blick genügte. Das Bild, die Angaben zur Person, die Unterschrift. Er klappte den Paß zu und legte ihn auf den Tisch.

»Es ist ihr Mädchenpaß«, sagte er. »Es wurde vergessen, ihn einzuziehen. Es gibt gar keinen Irrtum: Es ist Lisa, meine Frau.«

Sie saßen sich gegenüber und sahen sich eine Zeitlang stumm an. Was sollte man jetzt sagen? Die Situation war weniger fatal als tragisch. Lisa Hergarten war auf dem Schiff verschwunden, und plötzlich gab es auch einen Grund, einen großen sogar: Sie war die größte Waffe in der Hand des Gegners.

»Ihre Erfindung...« sagte Dr. Dahl leise. »Ihre Scheiß-Erfindung! Warum müssen eure Gehirne immer neue Möglichkeiten ersinnen, wie man noch mehr Millionen auf einen Schlag umbringen kann.«

»Es soll friedlichen Zwecken dienen«, sagte Dr. Hergarten schwach.

»Wie die Atomspaltung, was?! Welch lahme Ausreden, welcher Selbstbetrug. Alles, was aus dieser Richtung kommt, ist zuerst eine Vernichtungswaffe. Der Mensch will ja gar keinen ewigen Frieden! Gucken Sie sich doch um in der Welt. Überall knallt es! So lange schon kein Krieg mehr in Europa, da juckt es den Militärs in den Händen, da lamentieren die Waffenfabrikanten. Absatz, Leute, Absatz brauchen wir! Wir gehen doch pleite ohne Krieg! Butter, die nicht gegessen wird, wird ranzig. Waffen, die nicht schießen, verrosten! Das ist eine Schande! Millionen verrosten! Kriege her! Die Milliarden der Rüstung müssen sich doch einmal auszahlen! Und da kommen Sie und erfinden auch noch ein Mittel, das Länder ausradieren kann. Sie Idiot!«

Dr. Dahl brüllte es durch seine Kabine, nahm die Kognakflasche und setzte sie an den Mund.

»Ich auch«, sagte Hergarten dumpf, nahm Dahl die Flasche weg und setzte sie auch an die Lippen. »Wir müssen Lisa suchen«, sagte er dann.

»Wo? Mensch, wo?« Dahl hieb mit den Fäusten auf den Tisch. »Seit zwei Stunden wird das ganze Schiff durchsucht. Den Passagieren erzählt man, ein Junge aus der dritten Klasse habe sich aus dem Staube gemacht und geistere nun als kleiner Abenteurer durch das Schiff, ohne Ahnung der vielen Gefahren. Aber suchen Sie mal eine schwimmende Stadt wie die ›Ozeanic‹ durch! Jeden Winkel, jedes Loch, jede Spalte.« Er atmete heftig und stützte den Kopf in beide Hände. »Polizei kommt morgen an Bord. Ich habe es bei dem Kapitän durchgesetzt. Sie kommen mit einem Flugboot. Wir lassen die ›Ozeanic‹ nicht eher in New York landen, bis wir Lisa haben – oder den unbekannten Mörder, der auf dem Schiff wütet.« Er beugte sich über den Tisch und ergriff Hergarten an den Aufschlägen seines Anzuges. »Sie lieben Sybilla, nicht wahr?«

»Müssen wir das jetzt besprechen?«

»Ja! Ich habe es Ihnen schon gesagt: Ich werde Lisa heiraten! Wir lieben uns. Wenn Sie sich zu Sybilla hingezogen fühlen, wird es Ihnen leicht sein, sich von Lisa zu trennen. Wir müssen das klären, Herr Hergarten.«

»Wir sollten bei diesem Gespräch Lisa dabeihaben«, sagte Hergarten gequält. »Ich bin es nicht gewöhnt, daß man bei mir um die Hand meiner Frau anhält. Es ist schließlich das erste Mal.«

Danach saßen sie sich wieder stumm gegenüber, bis Sybilla eintrat. Sie kam, ohne anzuklopfen. In ihren Augen stand Angst.

»Ihr lebt noch«, sagte sie, und es sollte ein Witz sein. Dahinter aber schwang bittere Wahrheit. »Ihr habt euch noch nicht umgebracht?!«

»Ich gratuliere Ihnen zu dieser Frau«, sagte Dahl.

»Ich kann es nicht begreifen«, murmelte Hergarten. »Ich kann es einfach nicht... Lisa an Bord... Es will nicht in meinen Kopf... Warum dieses Spiel?«

»Sie war eifersüchtig auf mich.«

»Aber sie kannte dich doch gar nicht.«

»Vielleicht doch? Vielleicht hat sie uns in Bonn zusammen gesehen. Aus Zufall.«

»Sie hat nie etwas gesagt.«

»Welche Frau tut das? Sie will zuerst Beweise haben. Dann trumpft sie auf. Und die Beweise sollte diese Reise liefern.« Sybilla legte die Hand auf die Schulter Hergartens. »Und sie hat Beweise genug gesehen...«

Das Telefon schrillte und riß alle aus einer schuldhaften Stimmung. Kapitän Selbach meldete sich, fragte, ob Hergarten da sei, und rief: »Ich komme gleich!« Seine Stimme klang sehr aufgeregt.

Zehn Minuten später stürmte Selbach in die Arztkabine. In der Hand schwenkte er einen Brief.

»Für Sie!« sagte er zu Hergarten. »Lag in Ihrer Kabine auf dem

Tisch, als der Steward aufräumen wollte. Um es vorweg zu sagen: Es ist Bordpapier, wie es in allen Schreibmappen der Kabinen liegt. Jetzt werden wir wissen, was gespielt wird.«

Hergarten nahm den Brief und riß ihn auf. Eine der Bordkarten mit dem Namenszug der ›Ozeanic‹ und dem Reederzeichen fiel heraus. Der Text war mit der Schreibmaschine geschrieben. Im Schreibsalon standen zehn Maschinen, und meistens waren sie besetzt. Wie sollte man das überprüfen?

»Lesen Sie vor«, sagte Kapitän Selbach rauh. »Morgen früh wassert das Flugboot der Polizei neben uns. Vielleicht haben wir bis dahin schon Anhaltspunkte.«

Hergarten überflog den Inhalt des Briefes. Sein Gesicht war bleich und kantig geworden. Dann las er mit klarer Stimme vor:

»Es liegt im Interesse des Weltfriedens, daß unter den Großmächten ein Gleichgewicht herrscht. Jede übermäßige Stärke eines einzelnen Staates zieht die Versklavung und Angst der weniger Starken nach sich. Das ist eine Regel, die im Atomzeitalter allein den Frieden garantiert.

Ihr Elektronium ist ein Mittel, das zum Beispiel die USA in der Welt militärisch führend machen könnte. Es würde die Patt-Situation stören. Wir haben nichts dagegen, wenn die USA Ihre Erfindung auswerten – aber dies nur unter der Bedingung, daß auch wir als Gegenpol die Möglichkeit haben, Ihr Elektronium zu nutzen, um den Frieden durch das Gleichgewicht der Kräfte zu garantieren. Wir hoffen, daß Sie das einsehen.

Die Pläne in Ihrer vorzüglich versteckten Mappe sind sicherlich nicht nur die Originale, sondern auch einige Kopien Ihrer Formeln. Uns genügt eine solche Kopie. Hinterlegen Sie eine solche Kopie an unten bezeichnetem Ort in der kommenden Nacht. Wir versprechen, Ihnen nach Überprüfung der Formeln als Äquivalent eine Summe von 1 Million Dollar auf Ihr Konto zu überweisen. Eine Anerkennung nur, wir wissen es. Und wir sind Gentlemen genug, diese Versprechung auch einzuhalten.

Ihre Gattin, der es sehr gutgeht, werden Sie in New York gesund begrüßen können. Es war übrigens ein Glückstreffer für uns, in dieser schönen Frau Ihre Gattin zu entdecken. Es wäre ein Verbrechen an der Natur in seiner schönsten Variation, wenn Ihre Gattin statt in Ihren Armen auf dem Grunde des New Yorker Hafenbeckens liegen müßte. Sie werden verstehen, daß dies notwendig ist, da wir uns nicht von der schönen ›Ozeanic‹

begeben und eine lebende Anklage hinterlassen können. Mit der Rückgabe Ihrer schönen Frau wird sich unser Wunsch verbinden, 24 Stunden über unseren Handel zu schweigen. Diese 24 Stunden brauchen wir. Und die brauchen Sie, um Ihre Gattin zu finden. Gesund, wie wir versprechen.

Legen Sie Ihre Papiere bitte heute nacht auf die Handtuchablage der Kabine 1 der Damentoilette des Helgoland-Restaurants. Auf das Kuvert schreiben Sie: Nicht berühren – bitte –. Und dann haben Sie Geduld bis New York. Vertrauen Sie unserem Wort.«

Dr. Hergarten ließ den Brief sinken. Es war totenstill im Raum. Der erste, der seine Stimme wiederfand, war Dr. Dahl.

»Was werden Sie tun?« fragte er tonlos.

»Ja, was soll ich tun?« wiederholte Hergarten hohl.

»Nichts!« Die Stimme Sybillas klang scharf. »Gar nichts.«

Dr. Dahl und der Kapitän fuhren zu ihr herum. Sie erkannten sie nicht wieder. Das faszinierende Gesicht wirkte kalt und starr wie eine schöne, aber angstverbreitende Maske. Die Augen leuchteten in einem harten Glanz.

»Nichts bedeutet Mord an Lisa«, stammelte Dr. Dahl.

»Das ist doch keine Lösung«, sagte auch Selbach leise.

»Es ist erst recht keine Lösung, die Pläne gegen Lisa einzutauschen.«

»Es geht um ein Menschenleben!« schrie Dahl und wollte zu Sybilla stürzen. Kapitän Selbach hielt ihn fest wie einen ausbrechenden Hund. Er faßte den Schiffsarzt am Kragen seiner Uniform.

»Es geht um Millionen Menschenleben«, sagte Sybilla kalt. »Das Leben Lisas ist dabei das Unwichtigste. Die Erfindung Dr. Hergartens muß in die USA gebracht werden, ganz gleich, wie. Sie kennen jetzt alle seine Bedeutung. Der Plan, die Gegner abzulenken, mißlang. Einige Agenten blieben auf der Strecke. Bis New York sind es noch zweieinhalb Tage und zwei Nächte. Diese kurze Zeit muß auch noch durchgehalten werden! Es gibt keine andere Wahl.«

»Ich lasse das nicht zu!« brüllte Dahl. »Ich lasse Lisa nicht mit offenen Augen abschlachten! Hergarten, sagen Sie doch etwas! Es ist ja schließlich noch Ihre Frau! Sie haben sie einmal geliebt! Sie können sie doch nicht einfach wie ein Stück Vieh auf den Schlachtbock legen!«

»Es gibt da eine große Parallele.« Sybillas Stimme war völlig ruhig. Es war fast ein Dozieren. »Im Spanischen Bürgerkrieg, als die Roten gegen die Truppen Francos kämpften, bestürmten die Kommunisten auch die Festung Alkazar. Sie wurde mit schwachen Kräften von den Nationalspaniern gehalten. Es gelang den Roten, den Sohn des Generals, der den Alkazar verteidigte, zu fangen. Sie ließen ihn über ein Telefon mit seinem Vater sprechen: Sohn gegen die Festung. Und was sagte der General: ›Mein Sohn, leb wohl. Das Vaterland wird dich nie vergessen!‹ Und der Sohn wurde erschossen, aber der Alkazar nie erobert. Damit begann die Niederlage der Roten. Man muß ab und zu schreckliche Entscheidungen fällen, wenn es um Größeres geht.«

»Worum geht es denn hier?« schrie Dr. Dahl. Er wurde noch immer von Kapitän Selbach wie ein Hund festgehalten. »Bleiben Sie mir vom Leib mit Ihren Heldenmärchen! Vom Vater, der seinem Volk den Sohn opfert! Wo ist da der gesunde Menschenverstand? Soll ich ein Held sein? Wer dankt es mir? Die Nachwelt? Ich pfeife auf sie... ich lebe *mein* Leben, und es ist kurz genug! Nein, nein... machen Sie etwas anderes, Dr. Hergarten. Holen Sie Ihre Tasche, stellen Sie sich vor allen Passagieren an die Reling und werfen Sie das Drecksding ins Meer! Zu den Fischen mit dem Elektronium. Und dann kehren Sie nach Frankfurt zurück und ernähren sich mit Dingen, an denen nicht das Leben von Nationen hängt. *Das* wäre heldenhaft! *Das* wäre eine Tat, für die die Nachwelt Ihnen danken würde. *Das* wäre wert, den Nobelpreis zu bekommen. Für etwas, das man selbst vernichtete, um die Menschheit damit zu retten! Dann haben Sie mehr getan als alle Preisträger seit 1901. Aber dazu gehört der Mut, von allen Ministern für verrückt erklärt zu werden. Wäre ich Sie, ich täte es! Mir ist Lisa mehr wert als aller Ruhm, als alle Millionen, als alle Revolutionen.«

Er hielt erschöpft inne, befreite sich aus dem Griff des Kapitäns und sank auf seinen Stuhl. Dann fiel sein Kopf auf die Tischplatte. Dr. Dahl war am Ende seiner Kraft.

Die Durchsuchung des Schiffes brachte das Ergebnis, das man erwartet hatte: Nichts. Kapitän Selbach blies die Aktion ab. »Um ein Schiff ganz zu durchsuchen, muß es auf das Trockendock, und selbst dann sind fünfzig Arbeiter nötig«, sagte er resignierend. »Vielleicht vermag die Polizei mehr? Ich kann nichts mehr tun.«

In den Decks erzählten die Stewards freudestahlend, der gesuchte kleine Junge sei gefunden. Er sei zum Maschinenraum geklettert. Bei den großen Turbinen habe er gehockt, als erlebe er ein Märchen.

Unterdessen fanden in der Kabine Hergartens immer neue Besprechungen statt. Die Forderung des Unbekannten wurde aktuell. Die Nacht kam, die ›Ozeanic‹ zog hellerleuchtet ihren Kurs nach Amerika. In den verschiedenen Restaurants fanden wieder Veranstaltungen statt: in der Ersten Klasse ein Tanzturnier-Abend um das Blaue Band des Atlantik, im Bordkino eine große Varieté-Show, im Restaurant Helgoland ein »Ball um die Jahrhundertwende«. Das Schiff schallte wider von Musik, alle Kapellen spielten, es wurde getanzt und gelacht, geküßt und geliebt. Was gehen tausend Passagiere die Sorgen einer Handvoll Menschen an? Nur noch diese und zwei weitere Nächte, und man war in New York. Das graue Leben ging dann weiter, die Hetze nach dem Dollar, der Ärger im Beruf, der Alltag mit seinen Sorgen, dem man hier, auf dem schwimmenden Palast, entronnen war.

Der Oberzahlmeiser berichtete über die Maßnahmen, die man bisher getroffen hatte.

»Wir haben alle Toilettenfrauen ausgewechselt«, sagte er. »Sie sind ersetzt durch junge, kräftige Küchenmädchen. Außerdem warten in einem Raum zwischen Damen- und Herrentoilette fünf ausgesucht starke Matrosen auf einen Pfiff oder einen Schrei, falls etwas in Kabine 1 geschehen sollte.«

Harry Linder, der Bord-Detektiv, der dieser Aufgabe nicht mehr gewachsen war und deshalb als völlig unnütz galt, hatte einen Gedanken, der eigentlich schon längst hätte gedacht werden müssen: »Wenn die Papiere auf der Damentoilette niedergelegt werden sollen, muß die Kontaktperson also eine Frau sein. Ein Mann kann ja nicht hereinkommen. Wie stellen Sie es sich vor, jede Dame, die die Toilette benützt, zu kontrollieren? Einen Mann kann man abtasten, aber wollen Sie jeder Dame unter den Rock fassen? Wir haben die großen Feste an Bord, die Toilette wird also sehr frequentiert werden. Man wird raus- und reingehen, sie werden Schlange stehen. Wie stellen Sie sich da eine Überwachung technisch vor? Unser großer Unbekannter hat das alles einkalkuliert: ein heller Kopf! Es wird ja eine Katastrophe geben, wenn jede toilettengehende Dame untersucht wird, sobald sie an der Strippe gezogen hat. Das ist ganz unmöglich.«

»Unsere neuen Toilettenfrauen werden die Kabine 1 nach jeder Benutzung betreten, angeblich, um die Brille abzuputzen. Da sehen sie ja, ob das Kuvert weg ist. Wenn ja, haben wir die Kontaktperson.« Der Oberzahlmeister blickte in nachdenkliche Gesichter. Was Harry Linder sagte, war gar nicht so dumm. Bisher hatte man immer gesagt: *Der* große Unbekannte. Nun kam eine *die* ins Spiel.

Das Rätsel wurde noch größer.

War es ein Paar? War es eine geschickte Verkleidung? War es nur eine Frau? Es schien undenkbar, daß eine Frau die Kraft besessen hatte, dem Steward Budde so brutal den Schädel einzuschlagen.

Oben, im Hamburg-Salon, sah Graf Sepkinow nur unlustig auf das Tanzturnier. Das Fehlen des Kapitäns und des I. Offiziers, das Fernbleiben Dahls, Sybillas und Hergartens machten ihn unruhig. Shura Aitmanow hielt sich für Sonderaufgaben in seiner Kabine auf, ein anderer der Lakaien meldete Sepkinow, daß sich alle in der Kabine Hergartens versammelt hätten. Sam Hopkins, den Sepkinow nach den sich überstürzenden Ereignissen mißtrauisch beobachtete, war der einzige, der in Stimmung kam und in den Turnierpausen Tänze eigener Prägung auf das Parkett donnerte. Sir Surtess und Lady Anne tanzten hoheitsvoll ihren Walzer, so wie man ihn unter den Augen der Königin tanzen würde. Frau Michaelsen hatte noch ihre Depressionen und verließ ihre Kabine nicht mehr. »Man ist ja seines Lebens nicht mehr sicher«, klagte sie vor dem Obersteward. »O nein, ich lasse mich erst in New York wieder an Deck rollen, wer weiß, was noch alles auf diesem schrecklichen Schiff passiert.«

Ihre Pflegerin Käthe Peine, dem blassen, stillen Mädchen, aber gab sie frei für den »Ball um die Jahrhundertwende«. Sie lieh ihr eine Federboa und ein langes Kleid. »Junge Menschen sollen sich amüsieren«, sagte sie gütig. »Was soll man sich nach einer alten, gelähmten Frau richten? Es muß schon furchtbar genug sein, immer um mich herumzuscharwenzeln. Nein, Kind, gehen Sie tanzen, seien Sie fröhlich...«

»Sie ist wirklich eine nette alte Dame«, sagte der Obersteward zum III. Zahlmeister. »Von allen Luxuspassagieren ist sie mir die liebste.«

Auch Margret Goltz machte wieder mit. Zwar konnte sie nicht tanzen, aber sie erschien in einem verdammt gewagten, dekolletierten Kleid zum Tanzturnier und wurde sofort von den jungen Männern belagert.

»Schlag Mitternacht machen wir was ganz Dummes!« rief sie in die lärmende Runde hinein. »Wir gehen zum Lido-Deck, und dort versteigere ich meine Kleider! Der Erlös geht in die Kasse für gefallene Mädchen!« Sie lachte grell, fast hysterisch und prostete Ulrich Renner zu. Sein Auge war noch blaugelb, aber nicht mehr geschwollen. Er hatte es fleißig mit Alkohol gekühlt und ein Mittel angewandt, mit dem Boxer sich schnell ihre aufgeschlagenen Gesichter heilen: Er hatte sich aus der Küche zwei mürbe, rohe Steaks bringen lassen und sie auf sein Auge gelegt. Warum so etwas wirklich hilft, kann kein Mediziner erklären.

»Was machen wir nun?« fragte Kapitän Selbach, als die Uhr gnadenlos immer weiterrückte. »Geben Sie eine Kopie her?«

Hergarten schwieg. Er griff an sein Hemd, knöpfte es auf, zog an einem Band einen Schlüssel heraus, den er auf der nackten Brust getragen hatte, und ging in die Hocke. Mit schnellen Händen rollte er den Bodenteppich etwas auf und steckte den Schlüssel in ein winziges Loch im Fußboden. Als eine Feder schnappte und Hergarten an dem Schlüssel zog, sah man erst, daß eine Tür sich abhob. Eine Platte des Kunststoffbelages war zum Eingang zu einem Tresor umgebaut worden. Kapitän Selbach bot ein seltenes Bild: er staunte mit offenem Mund.

»Das wußte noch nicht einmal ich«, sagte er leise. Dann schielte er zu seinem Oberzahlmeister. »Aber Sie, Knöpfel?«

»Ja, Herr Kapitän.«

»Gibt es noch mehr solche Überraschungen an Bord?«

»Darauf darf ich Ihnen keine Antwort geben, Herr Kapitän.«

»Auf meinem Schiff?«

»Ich wurde von der Reederei unter Eid genommen.«

Kapitän Selbach war sichtlich beleidigt. Aber er schwieg. Man sah ihm an, daß er nach der Rückkehr nach Hamburg sofort zum Reeder laufen und sich beschweren würde. Ein Kapitän, der sein Schiff nicht hundertprozentig kennt – wo gibt es so etwas?

Hergarten holte aus dem Tresor seine schwarze Ledertasche,

öffnete sie und holte einen dünnen Schnellhefter heraus. Er schlug ihn auf: ein paar Seiten Papier. Formeln, Beschreibungen, ein paar Zeichnungen.

»Dafür werden Menschen umgebracht«, sagte Dr. Dahl bitter. »Werden sie gefoltert, werden Menschen zu Bestien. Ein paar lumpige Blätter Papier mit ein paar Formeln...«

»... die die Welt verändern können«, fügte Sybilla hinzu. »Auch die Spaltungsformel der Atome besteht nur aus einer Zeile.«

Hergarten ging mit seinem Schnellhefter zum Schreibtisch. Jetzt sprach niemand ein Wort. Man ließ ihn wie durch eine Gasse gehen, er setzte sich und sah auf sein Lebenswerk.

Die Summe vieler Jahre Forschung.

Die Frucht schlafloser Nächte.

Das Ergebnis einer Intelligenz, die mit anderen Materien zu spielen begonnen hatte.

Ein Geniestreich.

»Ich ertrage das nicht länger«, stöhnte Dr. Dahl und warf sich auf Hergartens Bett. Er schlug die Hände vor die Augen und zitterte. »Ich kann nicht mehr! Sind diese Blätter Papier mehr wert als Lisa? Ist das überhaupt noch eine Frage?«

»Ich werde eine Nachricht hinterlassen«, sagte Dr. Hergarten kaum hörbar. »Ich werde um Verständnis bitten.«

»Diese Schufte kennen keine Moral!« schrie Dr. Dahl. »Sie appellieren an einen Tiger, der Blut gerochen hat!«

»Warten wir es ab.«

»Und wenn sie Lisa töten? Hergarten...« Dr. Dahl sprang auf. Ehe man ihn festhalten konnte, war er bei Hergarten und riß ihn mit beiden Händen vom Stuhl. »Wenn Lisa etwas geschieht, bringe ich Sie um! Verstehen Sie mich! Ich – bringe – Sie – um! Ganz gleich, wohin Sie sich verkriechen, ich finde Sie! Ich habe Zeit, Sie zu suchen, ich werde im Leben nichts anderes mehr tun, als Lisas Tod an Ihnen zu rächen! Wissen Sie überhaupt, was Sie mit Ihren dämlichen Formeln da anstellen? Überblicken Sie überhaupt die Folgen Ihrer Forschung?«

»Ja«, sagte Hergarten knapp.

»Und Sie können noch ruhig atmen?«

»Lassen Sie mich in Ruhe!« Hergarten schüttelte Dr. Dahl von sich ab. »Es genügt, daß Sie mir meine Frau genommen haben – das konnte ich nicht verhindern. Hier, Doktor Dahl, *hier* handle ich jetzt allein! Und ich brauche keine Ratschläge und keine Hilfe mehr! Auch nicht von dir, Sybilla.«

Sybilla senkte den Kopf und schwieg. Ihre Aufgabe sah sie als beendet an. Sie hatte versagt. Zum erstenmal in ihrem Leben, denn zum erstenmal hatte sie richtig geliebt. Was jetzt kam, war das einfache Leben der Sybilla Odenthal, ein Leben, das keinen mehr interessierte. Ein Leben an der Seite des Mannes, zu dem sie gehörte. Und was dieser Mann tat, das war gut. Sie ordnete sich unter, weil sie liebte.

»Was wollen Sie schreiben?« fragte Selbach, heiser vor Erregung.

»Ich lade zu einer Party ein.«

»*Was* wollen Sie?« schrie Dahl auf. »Sind Sie total verrückt?!«

»Ich lade zu einer Party ein, morgen nachmittag nach dem Essen, auf dem Lido-Deck.« Die Stimme Hergartens war ganz ruhig. Er klappte seinen Schnellhefter zu und steckte ihn wieder in die schwarze Aktentasche. »Ich bitte Sie, Herr Kapitän, daß außer unserem Unbekannten, den ich selbst einlade, auch alle Passagiere des Promenadendecks eingeladen werden, durch Sie in meinem Namen. Machen wir es formvollendet. Lassen Sie in der Borddruckerei die Einladungen drucken und beim Frühstück auf die Kabinen verteilen. Ich möchte im kleinen, exklusiven Kreis einen Vortrag über Elektronium halten. Dazu gibt es Wein, Whisky, Liköre, Gebäck... was man wünscht.«

»Und Sie glauben, daß der große Satan kommt?« fragte Harry Linder atemlos.

»Bestimmt.«

»Und wie wollen Sie ihn erkennen?«

»Überhaupt nicht. Er soll *mich* erkennen.«

»Geben Sie keine Rätsel auf, Doktor.« Kapitän Selbach wischte sich den Schweiß vom Gesicht. Er schwitzte vor Aufregung. »Wollen Sie ihn provozieren? Wollen Sie ihm die Papiere zeigen?«

»Ja.« Hergarten klopfte auf seine Aktentasche. »Ich werde sie bei mir haben. Ich werde den Schnellhefter hervorholen und daraus vorlesen. Jeder soll von weitem die Formeln sehen, die Zeichnungen, die Erklärungen. Auch unser großer Satan, wie Sie ihn nennen, Herr Linder.«

»Und Sie glauben, daß er sich verrät? Halten Sie ihn für so dumm?« rief Dr. Dahl.

»Nein. Er wird sich nicht verraten. Aber er wird nichts mehr unternehmen.«

»Das verstehe ich nicht.« Kapitän Selbach sah hilflos um sich. Aber da war keiner, der ihm beistehen konnte – sie alle verstanden Dr. Hergarten nicht. Nur Sybilla Odenthal schien etwas zu begreifen. Sie legte beide Hände auf die Schultern Hergartens und streichelte sie leicht. Ihr Lächeln war traurig und doch wie befreit.

»Und Lisa?« fragte Dr. Dahl in die Stille hinein.

»Sie wird in New York wieder zu uns kommen. So gesund, daß Sie sie heiraten können – wenn wir geschieden sind.« Das klang bitter, aber es war eine Entscheidung, die das Leben schon vorweggenommen hatte.

»Gut. Bringen wir den Brief zur Damentoilette 1 im Restaurant-Deck.« Der Oberzahlmeister sah auf die Uhr. »Es wird höchste Zeit... gleich Mitternacht...«

Im Hamburg-Salon wurde die letzte Runde ausgetragen. Vier Tanzpaare waren auf der Tanzfläche und kämpften mit Tango, Slowfox, Wiener Walzer, langsamer Walzer und Foxtrott um das Blaue Band des Atlantik. Die Kapelle Juan Fernandez spielte, die Stimmung war sektselig. Am großen Tisch im Hintergrund brach eine Gruppe junger Männer mit Margret Goltz auf, um auf dem Lido-Deck den Striptease Margrets mitzuerleben.

Graf Sepkinow wunderte sich, als Kapitän Selbach, der I. Offizier, Hergarten, Dr. Dahl, Sybilla und der Oberzahlmeister im Saal erschienen und sehr fröhlich aussahen. Der leere Kapitänstisch war im Nu besetzt. Sam Hopkins kam sofort mit einer Beschwerde. Eine entzückende, schwarzhaarige Tänzerin war in der Endausscheidung ausgeschieden. Er reklamierte Schiebung. Man nahm ihn in die Mitte, denn Hopkins hatte schon gewaltig Whisky geladen, und besänftigte ihn mit einem neuen Glas.

Sepkinow nahm die Gelegenheit einer Tanzpause wahr und schob sich neben Sybilla.

»Was ist los?« flüsterte er durch seinen langen, weißen Bart. »Hat man die Frau gefunden?«

»Nein.«

»Shura ist unterwegs.«

»Auch Ihr Spürhund aus Asien wird sich die Nase verderben. Das Schiff ist bis zu den Bodenplatten untersucht.«

»Von Dilettanten und völlig planlos. Shura ist ein vorzüglicher Spurensucher.«

»Er hat keinen Anhaltspunkt. Zur Aufnahme der Witterung muß auch der beste Jagdhund erst einen Geruch haben. Haben Sie den?«

»Shura wird etwas finden. Er ist ein Genie.«

Das Turnier ging weiter. Graf Sepkinow rückte von Sybilla weg.

Auf dem Lido-Deck tobte unterdessen die Gruppe junger Leute. Margret Goltz hatte man auf die Theke der Swimmingpool-Bar gehoben. Hier stand sie nun und zog ihren Schuh aus.

»Nummer eins. Ein Schuh. Größe 36. Wasserdicht. Man kann Sekt, Wein und Whisky daraus trinken. Wer bietet? Grundpreis fünf Mark...« Sie schwenkte den Schuh und lachte hell. »Macht gute Preise, Jungs!« rief sie übermütig. »Nachher, bei den unteren Dingen, wird's teurer! Wer bietet...?«

Der Schuh ging weg für zwanzig Mark. Es folgte ein Strumpf. Margret hielt ihn hoch, schwenkte ihn wie eine Fahne.

»Ein Perlonstrumpf. Ohne Laufmaschen. Einmal getragen.« Sie hob ihn an die Nase und lachte schrill. »Am Rand riecht er nach Veilchen...«

»Fünfzig Mark!« brüllte jemand aus der johlenden Menge. »Her mit den Veilchen!«

Aus dem Kabineneingang kamen drei junge Männer mit Gitarren. Sie spielten einen Beat und wurden sofort in die Mitte genommen.

Der Strumpf war bereits auf 120 Mark geklettert.

In der Damentoilette 1 gab es kurz nach Mitternacht ein Durcheinander. Die Kontrolle der einzelnen Kabinen wurde unterbrochen.

Ein Mädchen im Kostüm einer Zofe um 1900 wurde ohnmächtig, als es sich die Hände wusch. Sie schlug lang hin, die beiden neuen Toilettenfrauen sprangen hinzu, hoben es auf und setzten es auf einen Stuhl. Andere Damen bemühten sich um die Taumelnde, hielten ihr Kölnisch Wasser unter die Nase, rieben ihre Stirn mit Parfüm ein, steckten ihr die Pulse ins kalte

Wasser. Das dauerte ungefähr sieben Minuten, dann war die kleine Zofe wieder soweit, daß sie schwach lächeln konnte und mit zitternden Beinchen aufstand.

»O danke, danke...«, sagte sie. »Sie sind so nett zu mir, meine Damen. O danke, es geht schon...«

»Haben Sie das öfters?« fragte eine dicke Dame mit vielen Pleureusen. »Mir scheint, Sie sind etwas blutarm, mein Fräulein.«

»O nein, nein.« Die Kleine lächelte rundum, zupfte ihr Kleidchen zurecht und ordnete ihr Haar im Spiegel. »Mir wurde auf einmal so schwindelig. Das viele Tanzen... ich hatte einen tollen Tänzer, müssen Sie wissen.«

Die anderen Damen nickten, steckten ihre Fläschchen ein und stellten sich wieder an den Kabinen an.

Da erst wurde bemerkt, daß das Kuvert verschwunden war. Die Handtuchablage war leer. Verzweifelt rannten die beiden Toilettenfrauen herum – sie waren auf einen ganz einfachen, aber immer wirksamen Trick hereingefallen.

Im Hamburg-Salon winkte der Obersteward den Oberzahlmeister heraus. Nach kurzer Zeit kam er zurück und setzte sich neben Kapitän Selbach und Dr. Hergarten.

»Der Brief ist abgeholt worden«, sagte er keuchend. »Mit einem Trick. Ohnmacht einer Komplizin, die alles durcheinanderbrachte. Man hat den Abholer in der allgemeinen Aufregung nicht gesehen.«

»Und die Komplizin?« brummte Selbach, während er für die Passagiere lächeln mußte.

»Wir haben sofort den Saal durchsuchen lassen, natürlich unauffällig. Als Tänzer verkleidete Matrosen. Das Mädchen im Kostüm einer Zofe war weg.«

»Eine schöne Sauerei und eine noch schönere Blamage.« Selbach sah zu Hergarten. »Was nun?«

»Es geht weiter, Kapitän.« Hergarten nickte Sybilla zu, die sich mit Hopkins unterhielt. Sie verstand sofort. »Wir machen morgen nachmittag meine Party.«

»Die Einladungen werden schon gedruckt.« Selbach begann wieder zu schwitzen. »Glauben Sie wirklich, daß der Sauhund darauf eingeht?«

»Er muß. Er weiß ja nicht, was ich vorhabe. Wir haben nun Kontakt miteinander, wir wissen, worum es geht, und jeder weiß, daß es keinen Ausweg gibt als zu gehorchen. Nur die Form des Gehorchens, die lasse ich mir nicht aufzwingen. Er wird also kommen.«

Selbach trank mit bebenden Händen sein Glas Wein. »Ich könnte bewaffnete Matrosen auf dem Sonnendeck verstecken.«

»Auf gar keinen Fall! Keine Aktionen, lieber Kapitän. Handeln werde nur ich. Und Sie werden sehen: Meine Aktion genügt, um alle Probleme zu lösen.«

»Gott mit Ihnen!« sagte Selbach leise. Er atmete tief auf. Über alle Weltmeere war er schon gefahren, aber diese Reise nach New York war die längste...

Um drei Uhr verabschiedete sich Graf Sepkinow und ging in seine Kabine. Fünf Minuten nach drei standen Selbach, Sybilla, der I. Offizier und Hergarten in Sepkinows Zimmer. Der Alte hieb gegen die Wände und stieß schauerliche russische Flüche aus.

Im Sessel, wie ein friedlicher Leser, saß Shura Aitmanow. In seinem Rücken stak ein Messer, mit dem ein Zettel gegen die rote Lakaiuniform aufgespießt war.

»Ich komme«, stand auf dem Zettel.

»Das ist kein Mensch mehr«, flüsterte Selbach und mußte sich auf das Bett Sepkinows setzen. »Das kann kein Mensch mehr sein...«

Hergarten nagte an der Unterlippe. Er trat auf Sepkinow zu, der wie irr herumblickte.

»Es tut mir leid, Graf«, sagte er stockend. »Das sollte nicht sein. Ich wollte gerade neues Blutvergießen verhindern. Aber unser Gegner hat besondere Spielregeln. Morgen wird alles vorbei sein, ich verspreche es Ihnen bei allem, was ich glaube. Glauben Sie mir.«

Er wandte sich ab, sah in das gelbe, verzerrte Gesicht Aitmanows und dachte an den gefolterten Heinz Niehoff. Da hatte er kein Mitleid mehr und verließ wortlos die Kabine.

Auf dem Gang, ganz hinten, sah er gerade noch, wie eine Gestalt weghuschte. Ein zierliches Mädchen im Kostüm einer Zofe aus dem Jahre 1900.

Mit einem dumpfen Laut stürzte er vorwärts und lief ihr nach. Aber als er den Quergang erreichte, war sie schon verschwunden. Über die Treppe zum Salondeck, in den geschlossenen Promenaden, hinter dem Kinosaal entlang... er wußte es nicht.

Er wußte nur eins: Die Entscheidung morgen nachmittag würde ihm wenig Ruhm, aber Ruhe bis ans Ende seiner Tage geben.

Die Nacht verlief wider Erwarten ruhig. Das Leben auf der ›Ozeanic‹ ging weiter, unbeschwert von allen Problemen, die auf den Schultern von ein paar Männern lasteten. Die Stewards und Zahlmeister hatten Anweisung bekommen, das fröhliche Treiben an Bord fortzusetzen und bis zum Eintreffen des Flugbootes der Polizei den Passagieren das Gefühl zu geben, die luxuriöseste Woche ihres Lebens durchtanzt und durchliebt zu haben.

Nur noch zwei Tage bis New York! Nur noch zwei Tage und zwei Nächte, bis das Häusermeer von New York alles verschluckte, bis man mit einem Händedruck auseinanderging und wußte, man sieht sich nie wieder. Die acht Tage an Bord des schwimmenden und singenden Hotels, sie würden Erinnerung werden, ein Gedanke mehr zurück an Stunden, die nie wiederkehrten. Die Bordfeste in den Salons und Restaurants, die verschwiegenen Stunden an Deck und in den gedeckten Promenaden, die Umarmungen in den Kabinen, das Vergessen von gestern und morgen, das herrliche freie Leben, dieser Tanz auf dem Vulkan, durch alle Flammen von Leidenschaft – das alles wich bald einem grauen Alltag, wurde Geheimnis der Seele, versenkte sich tief ins Herz. Später einmal konnte man zurückblicken: Die Fahrt mit der ›Ozeanic‹, die Jungfernfahrt nach New York... ach ja, herrlich war sie, glückliche Tage waren es. Und man würde in die Ferne blicken und an so manches denken.

An Bord wurde der große Abschlußball vorbereitet. Die Stewards und Matrosen schmückten das Schiff über die Toppen. Fahnengirlanden wehten und knatterten im Wind. In den Salons verwandelten riesige Blumenarrangements die Säle zu üppigen Treibhäusern. In den Küchen herrschte Hochbetrieb; man hörte es an dem Schreien, das kurz über die Gänge wehte, wenn sich die Türen zum Küchentrakt öffneten. Das berühmte kalte Büffet der ›Ozeanic‹ wurde vorbereitet; ein kulinarischer Augenschmaus, wie man ihn sonst kaum wiedersieht. Vielleicht im Waldorf Astoria in New York, aber dort kostet es das Zehnfache.

Ganz anders sah es in der Kapitänssuite aus. Dort hatte man

ständige Funkverbindung mit New York und Hamburg. Die normale Polizei war ausgeschaltet worden; um die Passagiere der ›Ozeanic‹ kümmerte sich jetzt die politische Polizei. Der Bundesnachrichtendienst in Pullach hatte zwei seiner Männer zum CIA nach New York beordert; sie sollten mit dem Flugboot ebenfalls an Bord kommen. Aus Paris telegrafierte das Deuxième Bureau, der französische Geheimdienst, mit der ›Ozeanic‹. Auch Graf Sepkinow erhielt aus Paris merkwürdige Telegramme, die keinen Sinn hatten und aus Zahlen bestanden. Er las sie stirnrunzelnd und verbrannte sie dann in seinem Aschenbecher, zerrieb die Asche zwischen den Händen und streute sie ins Meer.

»Ich komme mir vor, als transportiere ich sämtliche Geheimagenten der Welt auf meinem Schiff«, stöhnte Kapitän Selbach, als wieder so ein Zahlentelegramm aus Paris für die Russen eintraf. »O Gott, wie schön war die Zeit vor dreißig Jahren, als wir um die Welt schipperten und nichts anderes im Kopf hatten als Musik und Liebe. In welchem Jahrzehnt leben wir bloß!«

Für die kommende Nacht hatte man vorgesorgt. Bewaffnete Matrosenstreifen durchkämmten die Gänge der Luxusklasse-Passagiere. Aber nichts geschah. Der Tod Aitmanows, dieser sinnlose Tod, der lediglich zur Nachrichtenübermittlung diente, war anscheinend der Abschluß. Und doch schlief man nicht in den Kabinen. Hergarten und Sybilla saßen am Tisch, die Pistolen vor sich; Dr. Dahl wachte bei dem noch immer schwachen Heinz Niehoff; Graf Sepkinow und seine beiden übriggebliebenen Lakaien bildeten eine Art Igelstellung – sie verließen ihre Kabine überhaupt nicht mehr. Einsam und verwundert über so viel plötzliche Krankheit an Bord – denn jede Entschuldigung hieß: Wir sind krank – saßen am Kapitänstisch nur noch Sir Surtess und Lady Anne und der unverwüstliche Sam Hopkins, der überall erzählte:

»Alle liegen auf dem Rücken! Ich kenne das... seekrank sind sie. Alles andere sind Ausreden. Können nichts vertragen, die Burschen! Einen Sam Hopkins haut so etwas nicht um. Ich stehe noch bei Windstärke 12 an der Bar und trinke ruhig meinen Whisky.«

Er war in enthusiastischer Laune. Was er sich schon in Cuxhaven vorgenommen hatte, aber durch das Eindringen jugendlichen Elans nicht ausführen konnte – das war ihm jetzt gelungen: Er hatte Margret Goltz, den Goldfisch der ›Ozeanic‹ erobert. Ganz einfach war das gewesen: Er hatte sie zum Whisky eingeladen, und sie hatte einfach ja gesagt. Das warf Hopkins aus der Bahn. Wie ein Pfau hatte er sich gebärdet. In der Nacht, nach einem Tanzabend, den Sam tapfer durchhielt, trotz deutlicher Schwächen in den Beinen und beim Atmen, saß er dann in Margrets Kabine, mit hochrotem Kopf und feuchten Händen, und sah zu, wie sich das kleine blonde Aas ungeniert vor ihm auszog, nackt in das Bad ging, sich unter die Brause stellte und dann, eingewickelt in ein großes, weißes Badetuch, wieder in der Kabine erschien. Hopkins saß noch immer da. Er brauchte einige Zeit, um zu begreifen, daß dieser weiße, wohlgeformte, mit blondem Flaum überzogene Körper sich für ihn gebadet und ins Bett gelegt hatte. Seine Eroberung war zu plötzlich gekommen, nun erschreckte ihn der Erfolg. »Ich kann dich aber nicht mitnehmen auf die Farm«, sagte er. »Nein, nein, ich bin nicht verheiratet, ich bin Witwer, aber ich habe zwei Söhne, und die halten mich für verrückt, wenn ich mit einem Mädchen ankomme, das meine Enkelin ...«

»Red nicht so viel!« sagte Margret in ihrem feinen Schulenglisch. »Komm!« Sie räkelte sich auf dem Bett. »In zwei Tagen ist sowieso alles aus. Dann muß ich wieder die brave Konsul-Tochter sein.«

In dieser Nacht schlief Sam Hopkins wie ein Bär aus den Rocky Mountains. Whiskysaufen und große Sprüche machen ist doch etwas anderes, als ein junges Mädchen im Arm zu halten und nicht müde zu werden.

Der Morgen war ein herrlicher Herbsttag. Selbst die bleiche Frau Michaelsen hatte sich auf das Sonnendeck rollen lassen und genoß die Unendlichkeit des in der Sonne schimmernden, kaum bewegten Meeres. Die Pflegerin Käthe Peine saß hinter ihr auf einem Hocker und las einen Roman.

Dr. Dahl, der von einer Patientin kam, die sich den Magen an den Austern des Abendessens verdorben hatte, blieb stehen, als ihm Frau Michaelsen zuwinkte.

»Was ist eigentlich heute nachmittag los, Doktor?« fragte sie. »Ich habe da eine Einladung von Herrn Hergarten bekommen. Wissen Sie Genaueres, worum es sich handelt?«

»Leider nicht.« Dr. Dahl sah auf die gedruckte Einladung, die Frau Michaelsen in der Hand hielt. »Auf Bitten Herrn Hergartens hat der Kapitän die Einladungen an alle Passagiere der I. Klasse verteilen lassen. So haben Sie automatisch eine mitbekommen. Aber ich glaube nicht, daß Sie anwesend sein müssen, gnädige Frau.«

»Sie wissen also doch etwas, Doktor?«

»Es soll sich um einen politischen Vortrag handeln«, wich Dr. Dahl aus. Frau Michaelsen zerknüllte die Einladung zwischen den Händen.

»Och, wie langweilig. Für mich ist Politik ein Greuel. Ist es unhöflich fernzubleiben?«

»Aber nein.«

»Ich bin völlig unpolitisch. Mein Mann, ja ... der war an allem interessiert, der konnte sich über Bonn und Paris aufregen... Was soll's, Doktor? Ändern wir es? Ich möchte die letzten Jahre meines Lebens in Frieden leben, weiter nichts.«

Nach dem Frühstück, während auf dem Sonnen- und Promenadendeck Frühsport und fröhliche Spiele getrieben wurden, versammelte sich der Kreis der Wissenden in der großen Kabine Hergartens. Von New York war die endgültige Nachricht gekommen: Gegen 17 Uhr würde das Flugboot mit den Spezialbeamten neben der ›Ozeanic‹ wassern. Von da ab würden die Beamten bis New York mitfahren und jeden Passagier unter die Lupe nehmen. Noch bevor man an der Freiheitsstatue vorbeifuhr, den Hudson-River hinauf zu den riesigen Quaianlagen, wollte man das Rätsel gelöst haben: Wer ist der gnadenlose Mörder, der Agent, der für sein Land kein Gewissen kennt?

»Die Einladungen sind verteilt«, berichtete der Oberzahlmeister. »Wir werden das Deck für alle anderen absperren.«

Franz Hergarten nickte. Er sprach in diesen Stunden wenig. Meistens saß er wie geistesabwesend an seinem Schreibtisch und starrte gegen die Wand.

Die Arbeit eines Lebens war vertan. Was niemand wußte, selbst das Bonner Ministerium nicht: In seiner Aktentasche befanden sich nicht nur die Kopien, sondern auch das Original seiner Entdeckung. Wer diese Tasche in die Hand bekam, konnte sicher sein, daß keiner auf der Welt das Elektonium herstellen würde. Es gab nur diese Tasche, und in dieser Tasche lag das Schicksal der Menschheit.

Das Mittagessen vereinte noch einmal alle im großen Restaurant Helgoland. Sam Hopkins war es, der sich am meisten freute. »Alle wieder gesund!« rief er und drückte Sepkinow, Dr. Dahl, Sybilla, Hergarten, Frau Michaelsen und Käthe Peine die Hand. »Doktor, haben Sie Hoffnung, unsere Freunde Dubois und Niehoff auch noch bis New York auf die Beine zu stellen?«

»Bestimmt«, sagte Dr. Dahl mit Haltung. »Sie erholen sich überraschend gut.«

Und dann war es Nachmittag.

Das Lido-Deck war abgesperrt, rund um den Swimming-pool standen Klappstühle. Hinter der Bar hockten Stewards in ihren weißen Jacken. Sie sahen nett und freundlich aus, aber in den Fächern der Bartheke lagen entsicherte Gewehre. Das gesamte Offizierscorps der ›Ozeanic‹ war anwesend, bis auf den III. Offizier, der Brückendienst hatte. Selbst die Ingenieure, die sonst im Bauch der riesigen, schwimmenden Stadt verborgen leben, hatten weiße Uniformen angelegt und standen an der Reling. Kapitän Selbach wollte auf völlige Sicherheit gehen: für jeden Passagier ein Augenpaar der Besatzung. Noch ahnte niemand, was kommen würde, aber Selbach war sich sicher, daß es eine Sensation geben würde.

Dr. Dahl fuhr in einem Rollstuhl Heinz Niehoff heran. Sam Hopkins begrüßte ihn mit ausgebreiteten Armen. »Die Kunst unseres Doktors ist zu bewundern!« schrie er. »Sie kommen zu uns zurück, Mr. Niehoff. Noch schlapp auf den Beinen, was?«

»Ja.« Niehoff nickte schwach. Sein Blick flog zu Graf Sepkinow. Er saß in einem Korbsessel, umgeben von seinen rotbefrackten Lakaien. Welche Gedanken mochten jetzt in Niehoff toben? Er sah seine Peiniger, den Mann, der ihm die glühenden Nadeln ins Fleisch getrieben hatte, den anderen Russen, der ihn mit kaltem Wasser immer wieder aus der Ohnmacht herausriß. Daneben der würdige Greis mit dem flatternden, weißen Bart, der zaristische Graf aus Petersburg, der letzte Gentleman, von dem niemand wußte, was dahintersteckte.

Frau Michaelsen war trotz ihrer Abneigung auch noch gekommen. Sie saß in ihrem Rollstuhl wie zu einem Fest. Sie trug ein mit Goldfäden durchwirktes schwarzes Kleid, eine vornehme, alte Dame. Über das weiße Haar hatte sie einen spanischen schwarzen Spitzenschleier gelegt. Hinter ihr, wie immer fahl und bleich, Käthe Peine, die Pflegerin. Ein armes Geschöpf, das Tag und Nacht für die Gelähmte bereit sein mußte.

Völlig fehl am Platze fühlte sich Margret Goltz. Sie hatte Sam

Hopkins gegen Morgen aus ihrer Kabine geworfen, so wie man einen alten, verrotteten, stinkenden Scheuerlappen vor die Tür wirft. Nun flirtete sie mit dem II. Offizier, warf ihm strahlende Blicke zu und dehnte den Oberkörper in der Sonne, daß die Bluse fast platzte. Für sie bestand die Welt nur noch aus zwei Tagen – dann stand am Quai von New York die Tante und nahm sie mit in einen alten, riesigen, dumpfen Palast nach Pennsylvania. Dort gab es nur Diener und Handwerker, für die man sich interessieren konnte. Vielleicht auch ab und zu einen der Söhne der alten Siedlergeschlechter. Aber war das Freiheit? Freiheit, wie sie Margret genossen hatte, einem Rauschgift gleich?

Um 15.30 Uhr erschien Dr. Franz Hergarten mit Sybilla Odenthal. Er stellte sich hinter eine Art Rednerpult, das in der Schiffsschreinerei schnell zusammengehämmert worden war, und legte seine schwarze Aktentasche auf die schräge Fläche. Er stand nahe der Reling. Hinter ihm fiel es senkrecht ab zum schäumenden Meer.

»Meine Damen und Herren«, sagte Hergarten laut, als sich das leise Stimmengemurmel gelegt hatte und alles auf ihn blickte. »Sie haben meiner Einladung Folge geleistet, obwohl Sie nicht wissen, was Sie erwartet. Ich danke Ihnen, und ich danke besonders einem unter Ihnen, den ich nicht kenne, aber den ich besonders herzlich willkommen heiße. Sie sind mein Ehrengast.«

Unter den über fünfzig Passagieren entstand eine leichte Unruhe. Man sah sich um, blickte sich gegenseitig an. Die Augen fragten: Sind Sie es? Die Offiziere und Stewards beobachteten ihre Passagiere, Sybilla drückte ihre Handtasche an sich. Ihre Handfläche legte sich über den harten Gegenstand, der sich durch das weiche Leder drückte.

»Ich müßte mich Ihnen erst vorstellen«, fuhr Dr. Hergarten fort. Er wirkte in diesen Minuten ganz anders als sonst. Er war fast fröhlich, losgelöst von allen Problemen, heiter und jungenhaft. Er legte beide Hände auf seine Aktentasche und sah sich im Kreise seiner Zuhörer um. Lauter bekannte Gesichter. Die Hoffnung, ein paar unbekannte zu sehen und darauf zu schließen, daß dies der gnadenlose Mörder sein könnte, zerrann. Also saß er unter diesen bekannten Gesichtern, sah zu ihm hoch, fragend, lauernd, auf dem Sprung. Ein merkwürdiges, das Herz wie mit Eisenklammern zusammenziehendes Gefühl.

»Ich heiße Franz Hergarten, bin Physiker und wohne bei Frankfurt. Ich bin verheiratet.« Dabei sah er hinüber zu Dr. Dahl, der an der Unterlippe kaute und jetzt zusammenzuckte. »Bisher lebte ich glücklich und zufrieden in meiner Welt der Forschung. Durch einen Zufall gelang mir ein großer Wurf: Ich entdeckte das Elektronium. Für Sie, meine Damen und Herren, ist das nur ein Wort, für die Wissenschaftler aber bedeutet es eine Revolution auf dem Gebiete der Energieversorgung, für die Militärs ist es die schrecklichste Waffe, die in ihre Hand kommen könnte. Das Elektronium schafft bei freiwerdender Energie eine Schubkraft, die zehnmal höher ist als die, die man heute für die Mondraketen verwendet. Mit meinem Elektronium könnte ich – theoretisch – eine Atomrakete an jeden Platz der Welt schießen, wo immer auch die Abschußbasis ist. Ich könnte den Mond bombardieren und sogar den Mars in einer Zeit erreichen, die bis jetzt utopisch war. Das einzige, was noch konstruiert werden müßte, wäre ein Metall, das diesen ungeheuren Reibungswiderstand aushält, bis die Rakete in den luftleeren Raum kommt. Doch das nebenbei. Ich wollte Ihnen nur demonstrieren, was ich hier in dieser Tasche« – er klopfte auf seine schwarze Aktentasche – »mit mir herumtrage.«

»Sehr leichtsinnig, Doktor!« rief Sam Hopkins, von den Worten stark beeinruckt. »Wenn das zum Beispiel der Iwan erfährt. Nichts gegen Sie, Graf!« Er winkte Sepkinow zu.

Graf Sepkinow lächelte still und schwieg.

»Auf dieses Elektronium machten bereits die Geheimdienste verschiedener Länder Jagd«, fuhr Hergarten fort.

»Aha!« brüllte Hopkins dazwischen. »Da haben wir's schon!«

»Bisher waren alle Bemühungen vergeblich. Ich weiß, daß jedes Land jetzt in Furcht ist. Es geht um das nackte Leben, denn derjenige, der mein Elektronium besitzt, wird die Welt kontrollieren können ... die Welt und das Weltall! Das Kräfteverhältnis wäre völlig verschoben. Was bedeutete das? In den Händen von Größenwahnsinnigen, von ehrgeizigen Politikern, von ideologischen Schizophrenen, ob in Ost oder West, wäre dieses Elektronium das Handwerkszeug eines Terrors ohne Beispiel. Es gibt ja keine Gegenwehr. Und das alles ist festgelegt auf ein paar Seiten.«

Hergarten öffnete seine Aktentasche. Jetzt kam die kritische Minute. Sybilla, die hinter ihm stand, griff in ihre Handtasche.

Die Stewards hinter der Bar ließen die Arme hängen. Ein Griff, und die Gewehre flogen über die Deckung.

Aber nichts geschah. Die Passagiere starrten auf Hergarten, der ein paar Blätter aus der Aktentasche holte und sie hochhielt. »Das ist alles, meine Damen und Herren! Ein paar Formeln, ein paar Erklärungen. Im ganzen zehn Seiten. Was Sie hier sehen, sind die Originale. In der Tasche befinden sich außerdem noch vier Kopien. Mehr, das versichere ich, existiert nicht. In keinem Panzerschrank liegt etwas, ich habe alles bei mir! Bis zur heutigen Stunde war das ein idiotischer Leichtsinn, jetzt freue ich mich darüber. Ich halte hier in meinen Händen die Weltherrschaft!«

»Prost Mahlzeit!« sagte Hopkins laut. »So kalt ist es mir noch bei keinem Blizzard geworden.«

Hergarten steckte die Blätter wieder in seine Aktentasche und ließ das Kombinationsschloß einschnappen.

»Ich weiß«, sagte er dabei, »daß die Welt glücklicher leben wird ohne meine Zufallsentdeckung. Ich weiß, daß bei einem Forscher meiner Richtung Glanz und Elend eng zusammenliegen. Als Nobel das Dynamit erfand, dachte er an die Erleichterung bei Erdbewegungen und nicht daran, daß man es auch für Granaten verwenden könnte. Ich dachte zunächst auch an die Treibkraft für Raketen, für die Energie der Wirtschaft... und erst später ging mir ein Licht auf, daß mein Werk die Vernichtung ganzer Völker ermöglichen könnte. Das wollte ich nicht, und das soll mein Elektronium auch niemals sein. Deshalb habe ich Sie heute zu mir gebeten. Sie sollen Zeuge sein, daß die Menschheit in naher Zukunft nicht vor einer neuen Waffe zu zittern braucht. Ich vergesse mein Elektronium, und ich gebe das, was es ausmacht, nämlich meine Formeln, demjenigen, der ewig schweigen wird: dem Meer!«

Er drehte sich schnell herum, und ehe es jemand verhindern konnte, hatte er seine Tasche ergriffen und über die Reling ins Meer geworfen. Sybilla umklammerte die Reling und starrte auf das winzige schwarze Etwas, das auf den Wellen hin und her schaukelte und sich schnell vom Schiff entfernte. In wenigen Minuten würde es sich voll Wasser gesogen haben und in die Tiefe gleiten. Und bald würde es zerfallen zu nichts.

»Was hast du getan, Franz...«, stammelte sie. »Mein Gott, was hast du getan...«

Die über fünfzig Passagiere saßen wie erstarrt. Graf Sepkinow sah in den blauen Himmel, Heinz Niehoff hatte die Hände über die Augen gelegt. Auch der große Unbekannte schwieg. Für ihn war das Spiel verloren, für alle Zeiten.

»Jetzt bin ich glücklich«, sagte Hergarten laut. »Jetzt möchte ich zu meiner Frau zurückkehren...«

Das war eine versteckte Aufforderung an den großen Gegner: Nun laß Lisa frei. Sie nützt nichts mehr. Hergarten ist so uninteressant geworden wie der unbekannte Küchenjunge auf der ›Ozeanic‹.

Durch ein Spalier der Offiziere und Matrosen verließen Hergarten und Sybilla das Lido-Deck. Erst als sie unter Deck verschwunden waren, löste sich die Spannung. Ein Stimmengewirr überflutete das Deck. Gruppen bildeten sich. Diskussionen kamen auf. Graf Sepkinow stand an der Reling und starrte ins Meer. Dr. Dahl trat neben ihn.

»Möchten Sie der Tasche nachschwimmen, Graf?«

»Nein.« Sepkinow sah hoch. »Das war die beste Lösung. Aber Hergarten ist und bleibt ein Träumer. Die Entwicklung ist nicht aufzuhalten. In einem Jahr oder in mehreren Jahren wird ein anderer etwas Ähnliches entdecken, und der wird nicht so human sein. Und dann zittert die Menschheit doch. Unsere Zukunft ist mistig, Doktor.« Er sah den Schiffsarzt scharf an. »Haben Sie etwas entdeckt?«

»Nein. Unser Unbekannter hat Nerven wie Drahtseile.«

»Dann bleibt Aitmanows Tod ungesühnt? Und auch Dubois? Und der arme Budde...«

»Ich fürchte, ja.«

Vom Lido-Deck rollte Frau Michaelsen heran. Sie schüttelte immer wieder den Kopf. Vor Sepkinow und Dr. Dahl hielt sie an.

»Das war es also?« sagte sie. »Wenn das Politik ist, meine Herren, dann fange ich an, mich doch dafür zu interessieren.«

Sie rollte weiter in ihrem Rollstuhl, und Sepkinow und Dr. Dahl lachten hinter ihr her. Aber es war ein rauhes Lachen. Es kam aus zugeschnürten Kehlen.

Um 17 Uhr zog das große Flugboot aus New York ein paar Kreise über der weißen, schlanken ›Ozeanic‹.

Kapitän Selbach ließ alle Maschinen stoppen. Mitten auf dem Ozean lag die weiße, schwimmende Stadt still. Das Flugboot ging zu Wasser und schwamm dann langsam längsseits. An der Reling, an den Fenstern und Bullaugen sahen Hunderte von Augenpaaren dem Manöver zu. Strickleitern wurden an der Bordwand heruntergelassen bis auf die Schwimmer des Flugbootes.

»Die Polizei!« sagte Graf Sepkinow gemütlich zu Hopkins. »Vermutlich hat man Schmuck geklaut. So etwas kommt auf Luxusschiffen öfter vor. Es fahren immer Ganoven mit.«

Er hatte keine Angst. Sein Paß war in Ordnung. Und in Ordnung würden auch die Pässe aller anderen Passagiere sein. Was wollte man? Wenn Geheimdienste arbeiten, ist die Polizei zur Lächerlichkeit degradiert.

Kapitän Selbach begrüßte den ersten Mann, der an Bord kletterte, mit größter Hochachtung. Den Namen hatte man per Funk schon durchgegeben. Ein Mr. Stan Halley. Er mußte bei der CIA ein großer Mann sein; er hatte alle Vollmachten. Hinter ihm folgten noch sieben Mann, darunter die beiden Experten des Bundesnachrichtendienstes aus Pullach. Man ging sofort in die Kabine Dr. Hergartens. Dann nahm die ›Ozeanic‹ wieder Fahrt auf, das Flugboot blieb zurück, startete dann und zog als grauer, plumper Fleck am Himmel wieder zum amerikanischen Kontinent.

»Was Sie getan haben, Mr. Hergarten«, sagte Stan Halley, nachdem er alles erfahren hatte, »wird Ihnen noch viele Schwierigkeiten bescheren.«

»Es war mein geistiges Eigentum. Ich kann mit ihm machen, was ich will.«

»Irrtum! Es war bereits Eigentum der USA. Sie waren angemeldet zur Übergabe. Ich garantiere, man wird Ihnen keine Ruhe lassen. Ihnen steht eine verdammt harte Zeit bevor.« Halley musterte Sybilla, die mit den beiden Kollegen aus Pullach sprach. »Sie haben auch versagt, Miß Agent.«

»Ich weiß.« Sybilla strich ihre Haare zurück. »Ich wollte auch nicht mehr.«

»Überall ein Anflug von Humanität und Gewissen. Das ist ein böser Bazillus.« Halley lachte rauh. »Na ja, mich soll's nicht stören. Dafür sind andere zuständig. Wir suchen erst einmal das verfluchte Schwein, das hier so lustig herummordet. Und Ihre

Frau suchen wir, Mr. Hergarten. Sind Sie sicher, daß sie nicht schon längst über Bord ist?«

»Sie lebt noch. Aber sie ist jetzt wertlos für alle.«

»Für mich nicht«, sagte Dr. Dahl langsam.

Hergarten wandte sich schroff ab und setzte sich.

Es ist erstaunlich, welchen Rummel acht Beamte machen können, wenn sie losgelassen sind. Mr. Halley kannte keine Rücksicht wie Kapitän Selbach. »Was heißt hier: Diskretion? Es geht um Spionage, Kapitän! Da gucke ich unter die Betten, auch wenn sie doppelt belegt sind. Ich lasse das ganze Schiff kopfstehen, dann haben die Leute wenigstens etwas für ihr Geld. Saufen und poussieren können sie überall, aber einen Mörder suchen, das bereichert ihren Erinnerungsschatz ungemein.«

Und so gab es kein Pardon.

Unter Assistenz von Zahlmeistern und Offizieren der ›Ozeanic‹ drangen die Männer Halleys in jede Kabine ein, sahen die Pässe durch, durchsuchten die Kabinen und verhörten. Auch die Mannschaft kam dran; drei Mann aus New York durchkämmten die Ladebunker und Mannschaftsräume.

Einen kurzen Aufenthalt gab es in der Kabine von Margret Goltz. Das kecke Mädchen lag nackt auf dem Bett und empfing Mr. Halley mit fröhlichem Zwinkern.

»Nein, so was!« sagte sie. »Hatte ich die Tür nicht verriegelt? Ich wollte gerade schlafen, und ich schlafe immer ohne ...«

»Ich auch«, sagte Halley, warf ein Handtuch über Margret und streckte die Hand aus. »Paß bitte! Und raus aus dem Bett!«

»Wo soll ein nacktes Mädchen wohl seinen Paß hinstecken?« Margret dehnte sich wohlig. »Meine Haut hat keine Taschen.«

»So etwas Dämliches!« knurrte Halley. Er ergriff Margret am Arm, zog sie aus dem Bett, warf sie auf den Kabinenboden und stieg über sie hinweg. Er nahm ihre Handtasche vom Tisch und holte den Paß heraus. Margret blieb liegen, das Handtuch unter den Kopf geschoben.

»In Ordnung!« sagte Halley, stieg wieder über den nackten Körper und ging zur Tür. »Meine Tochter ist neunzehn. Wenn die so wäre wie Sie ...«

Wie zu erwarten: Auch die Männer des CIA fanden nichts. Sie besichtigten die Toten, Dubois, Budde und Aitmanow, bekamen eine schreckliche Wut und ballten die Fäuste. Das war aber auch alles. Nach einem ganzen Tag Kontrolle und einer Nacht voller Spannung fuhr die ›Ozeanic‹ nun in den letzten vollen Tag hinein, der sie noch von der Küste Amerikas trennte. Alle Pässe waren in Ordnung. Lisa Hergarten wurde nicht gefunden.

»Dazu brauchen wir keine CIA«, sagte Sybilla giftig zu Halley, der seinen Bericht zusammenstellte.

Halley knirschte mit den Zähnen und schwieg. Er wußte genau, wen er vor sich hatte. Er sah diesen würdigen russischen Grafen und Edelsteinhändler, er versuchte vergeblich aus Heinz Niehoff etwas herauszupressen, er prallte bei den beiden russischen Lakaien gegen eine Wand. Nur die Toten sprachen: Budde, Aitmanow, Dubois. Sie erzählten von gnadenloser Grausamkeit. Aber auch das war Halley nichts Neues. Zunächst war allerdings Ulrich Renner in das Schußfeld Halleys gekommen. Ausgerechnet Renner! Man schnappte ihn, als er in der letzten Nacht vor New York durch die Gänge schlich und mit einem Dietrich die Tür zu Kabine 107 öffnen wollte. Im Zimmer des Oberzahlmeisters, das das Hauptquartier der New Yorker geworden war, erlebte Renner dann ein Verhör à la CIA.

Auf die Frage: »Was wollten Sie in 107?« antwortete er im Bewußtsein seiner demokratischen Menschenwürde: »Das geht Sie gar nichts an.«

Halley grunzte nur. Dann schlug einer zu, in die Magengrube. Renner knickte zusammen und fiel auf ein Sofa. Der nächste Schlag krachte unters Kinn. Renner hatte das Gefühl, die Luft summe voller Bienen, dann klingelte es laut in seinen Ohren. In dieses Klingeln hinein hörte er die Stimme Halleys.

»Antworten Sie vernünftig, Mr. Renner! Morgen sind wir in New York! Wollen Sie durch die Stadt laufen mit zugeschwollenen Augen?«

So löste sich auch diese Affäre. »Aha, die nackte Kleine!« sagte Halley grinsend. »Warum denn mit einem Dietrich? Die ist doch offen für jeden, der bei ihr bimmelt...«

In der letzten Nacht, während das Abschiedsfest die ›Ozeanic‹ noch einmal zu einem klingenden, in Lichter getauchten Märchen werden ließ, war Dr. Dahl der Verzweiflung nahe. Er hockte in Hergartens Kabine auf dem Bett und zitterte vor Erregung.

»Keine Spur von Lisa!« schrie er. »Nicht einen Knopf! Woher nehmen Sie eigentlich noch die Kraft zu behaupten, sie lebe und sei hier auf dem Schiff? Der Kerl hat sie erst recht umgebracht, als Sie Ihre Formeln ins Meer warfen! Nun war sie wertlos, aber eine Gefahr! Herr Hergarten, Sie haben genau das Gegenteil dessen erreicht, was Sie wollten: Sie haben Lisa getötet! Sie allein! Nein, wenden Sie sich nicht ab, Hergarten!« Dr. Dahl schrie es in seiner Qual heraus. »Sehen Sie sich im Spiegel an: So sieht ein Mörder aus!«

»Sie sind ja verrückt, Doktor.« Hergarten senkte den Kopf. »Sie lebt! Ich spüre es. Sie zu töten, wäre sinnlos.«

»Auch Aitmanows Tod war sinnlos. Unser Unbekannter hat nicht ein Stäubchen Herz.«

Hergarten hob hilflos die Arme und ließ sie an den Körper zurückfallen. »Wir müssen Geduld haben, Doktor.«

»Geduld? Woher soll ich die nehmen?«

»Was bleibt uns anderes? Wissen Sie etwas?«

Dr. Dahl ließ den Kopf auf die Brust sinken. Es war Antwort genug.

New York.

Die Riesenstadt lag vor ihnen. Sie hatten Coney Island passiert, die Einwanderungsbeamten waren an Bord gekommen zur Kontrolle, nun fuhren sie langsam durch die Upper-Bai, der Freiheitsstatue entgegen, vor sich das berühmteste Panorama der Welt: die Wolkenkratzer von Manhattan, das Häusermeer von Brooklyn, die Hafenanlagen von New Jersey. Zehn Boote der Hafenfeuerwehr begrüßten die ›Ozeanic‹ mit hohen Wasserfontänen und begleiteten sie zu den Piers. Willkommen zum erstenmal in New York! Willkommen im Herzen der Neuen Welt. Willkommen im Land der Freiheit...

Selbach und seine Offiziere standen oben auf der Außenbrükke. Die Begrüßung rührte sie ans Herz, aber es war ein bitterer Geschmack dabei. Wie anders hätte man in New York einfahren können, wie fröhlicher hätte die Jungfernfahrt enden können! Immerhin: Alle Passagiere in Hochstimmung, die Bordkapellen spielten auf Deck, über alle Toppen war das herrliche Schiff geflaggt, selbst das Wetter meinte es gut – über New York lag der Glanz einer blanken Herbstsonne.

»Wann werden wir Nachricht bekommen, wo Lisa ist?« fragte Dahl. Er stand mit Hergarten an der Reling und sah hinüber zu den Piers. Noch dreißig Minuten, und dann lag die ›Ozeanic‹ vertäut in New York. Wer würde die Nachricht des Unbekannten überbringen? Wo fand man Lisa? Gab es überhaupt ein Wiedersehen?

»Bis New York bin ich verrückt«, sagte Dr. Dahl heiser. »Wenn wir anlegen und ich weiß noch nichts, habe ich starke Befürchtungen, daß ich irrsinnig werde.«

»Nur noch eine Stunde, Doktor.« Hergarten sah den Schiffsarzt lange an. »Bevor ich selbst mit Lisa sprechen kann, sollten wir uns verständigen, Doktor. Lisa ist also mit einer Scheidung einverstanden?«

»Ja.«

»Sie sagte es selbst?«

»Nein. Sie kam ja nicht mehr dazu. Aber...« Dr. Dahl zögerte. »Es ist alles klar zwischen uns.«

»Sie war Ihre Geliebte?«

»Ja.«

»Ich habe Lisa sehr geliebt«, sagte Hergarten leise.

»Bis Sybilla in Ihr Leben trat.«

»Nein. Das entwickelte sich wie eine Lawine, die man kommen sieht, aber nicht aufhalten kann. Ich wurde überrollt. Jetzt allerdings ist alles anders, da haben Sie recht.« Hergarten legte seine Hand auf Dahls Arm. »Wenn ich die Nachricht bekomme, gebe ich sie an Sie weiter. Holen Sie Lisa ab. Ich wohne in New York im Hotel Ambassador. Wir werden uns alle in Ruhe aussprechen können.«

»Danke, Herr Hergarten.«

Sie gaben sich die Hand.

Dann schob sich die ›Ozeanic‹ vorsichtig an die Hafenmauer heran. Die Kapellen spielten den Yankee-doodle, die Passagiere winkten und riefen Verwandten und Bekannten zu, die sie abholten. Die Neue Welt war erreicht.

Der CIA hatte vorgesorgt. Auf den Dächern der Lagerschuppen lagen Beamte und fotografierten jedes Auto, das wartete, jede Person, die zum Empfang der ›Ozeanic‹ bereitstand. Nichts entging ihren Kameralinsen.

Dann rollte die breite Gangway an Land, der letzte Streifen Wasser zwischen dem stolzen Schiff und dem Festland wurde überbrückt – die Königin der Meere war zu Hause.

Auf dem Schiff fand das große Verabschieden statt, das »Auf

Wiedersehen«, an das keiner glaubte. Die Kräne setzten schon die Kofferberge an Land, die Schauerleute umwimmelten das Schiff. Gepäckträger boten sich an.

Wie eine Welle spülten die Passagiere an Land. Umarmungen, Küsse, Tränen, Zurufe, ausgebreitete Arme. Graf Sepkinow ging würdevoll an Land, hinter sich die beiden Lakaien, bestaunt wie ein Wesen vom anderen Stern. Die Tante von Margret Goltz weinte vor Freude, als sie das brave Nichtchen sah. »Wie süß du geworden bist!«, rief sie immer wieder. »Ach, wie süß! Wie süß! Ich habe dich zum letztenmal gesehen, da warst du vier Jahre alt!« – Die Neue Welt!

Margret Goltz zog die Schultern hoch. Männer gab es überall, auch in Pennsylvania.

Hergarten stand wartend an Land – Sybilla hatte noch eine Unterhaltung mit Mr. Halley – als Frau Michaelsen an ihm vorbeirollte. Wie immer schob Käthe Peine den Rollstuhl. Neben einem Schuppen wartete ein großer, schwarzer Lincoln auf sie.

»Machen Sie es gut, Doktor!« sagte Frau Michaelsen zu Hergarten. »Das Wegwerfen Ihrer Erfindung, es wird mir immer in Erinnerung bleiben. Ach, da wartet ja auch schon Jean mit dem Wagen.« Sie gab Hergarten die Hand und lächelte ihn an. »Begleiten Sie mich zum Wagen, bitte. Während der ganzen Überfahrt habe ich nur Sie bewundert. Eine alte Frau darf das doch wohl?«

Hergarten nickte. Er sah zurück zur ›Ozeanic‹. Sybilla kam noch nicht, Dr. Dahl stand an der Reling mit geballten Fäusten. Er hatte also noch keine Nachricht. Lebte Lisa noch? Um das Herz Hergartens zog es wie ein glühendes Eisen.

Er ging neben dem Rollstuhl her. Frau Michaelsen hielt seine Hand fest, als sei Hergarten ihr Eigentum. Vor dem großen Lincoln hielt der Rollstuhl. Jean, der Chauffeur, öffnete die breiten Türen.

»Ich helfe Ihnen in den Wagen«, sagte Hergarten. »Wenn Sie mir sagen, wo ich Sie anheben kann . . .«

»Nicht nötig, mein Bester.« Frau Michaelsen warf die dicke Decke zur Seite, die ihre gelähmten Beine bedeckte. Mit einem Ruck erhob sie sich, stand auf beiden Beinen, machte einen kräftigen Schritt hinaus aus dem Rollstuhl und einen zweiten zum Wagen. Mit einem Schwung saß sie hinten in dem Lincoln.

Die zarte, blasse Pflegerin Käthe Peine gab dem Rollstuhl einen Schubs... er rollte gegen die Schuppenwand und blieb dort stehen. Dann sprang auch sie in das Auto. Der Chauffeur stand dicht hinter Hergarten; erstarrend spürte dieser in seinem Rükken einen harten Gegenstand.

»Frau... Frau Michaelsen...«, stotterte Hergarten entgeistert.

Frau Michaelsen nahm ihre weißen, gepflegten Haare ab. Unter der Perücke kam ein kahlgeschorener, runder Männerkopf zum Vorschein. Auch Käthe Peine wurde ein junger, blondgelockter Mann.

»Verzeihen Sie diese Maskerade«, sagte »Frau Michaelsen«. »Sie haben das Recht, erstarrt zu sein, Dr. Hergarten. Wer ich bin, das ist uninteressant. Aber ich will Ihnen sagen, daß es Ihnen gelungen ist, das große China zu besiegen.«

»Sie... Sie arbeiten für Rotchina?« stammelte Hergarten.

»Ja. Klärt sich nun alles auf?« Der Mann lachte tief. »Leben Sie wohl, Hergarten. Da Sie alle Pläne vernichtet haben, werden wir uns nie wiedersehen.«

Er lehnte sich zurück. Der blonde junge Mann warf seine Tür zu, Jean rannte um den Wagen herum, der Motor brummte auf.

»Wo ist Lisa?« schrie Hergarten. Seine Erstarrung löste sich. Er lief neben dem anfahrenden Wagen her. »Wo – ist – Lisa?!« brüllte er.

»Unter meinem Bett!« Der Kahlgeschorene winkte aus dem Fenster. »Es hat niemand übers Herz gebracht, einer alten, gelähmten Dame unters Bett zu gucken. Dort liegt sie... es geht ihr gut...«

Der Lincoln schoß vorwärts, um den Lagerschuppen herum, durch eine Gasse von schmutzigen anderen Hallen. Hergarten sah ihm nach, unfähig, sich zu bewegen. So traf ihn Halley an, der mißmutig herumspazierte.

»Der Wagen...«, stammelte Hergarten. »Ein schwarzer Lincoln... In ihm saß der Unbekannte...«

Über Halleys Gesicht zuckte es. »Wir haben alle Wagen fotografiert«, stöhnte er. »Wir werden ihn bekommen. Oh, welcher Mist!« Er sah auf den verlassenen Rollstuhl, hieb sich gegen die Stirn und rannte davon. Zehn Minuten später war Alarm bei allen Straßenstreifen New Yorks. Über den ganzen Staat New York dehnte sich der Alarm aus.

Der Wagen wurde nicht gefunden.

Der Agent Chinas war aufgesaugt vom großen Schwamm New York.

Am Nachmittag dieses Tages warteten im Hotel Ambassador zwei glückliche Menschen auf die Nachricht von Zimmer 178. Der Portier hatte sie dort angemeldet.

»Mr. Hergarten läßt bitten«, sagte der Portier und legte auf. »Boy... die Herrschaften auf 178!«

Arm in Arm gingen Dr. Dahl und Lisa zum Lift. Sie lächelte, aber als sie über die Schwelle des Fahrstuhles treten sollte, zögerte sie. Ihr Gesicht wurde kindlich ängstlich.

»Angst?« fragte Dr. Dahl leise.

»Ja.«

»Wovor?«

»Vor allem. Es ist schließlich meine erste Scheidung...«

»Das nennt man Galgenhumor. Komm, Lisa...«

»Ich war einmal mit Franz sehr glücklich«, sagte sie kaum hörbar.

»Und jetzt?«

»Ich liebe dich!« Sie lehnte den Kopf an seine Schulter. »Auch Irrtümer einzugestehen, ist schrecklich schwer.«

Er drängte sie in den Lift, die automatischen Türen glitten mit einem Schmatzen zu, sie schwebten nach oben.

Als sie ausstiegen, kam ihnen Hergarten schon entgegen. Er nahm ihnen alle Peinlichkeit ab; er begrüßte Lisa mit einem Kuß auf die Wange, hakte sich bei ihr unter und war fröhlich wie nie.

»Ich habe Champagner kalt stellen lassen«, sagte er. »Ich glaube, dabei sprechen wir leichter alles aus, was wir auf dem Herzen haben.«

»Ich danke dir«, sagte Lisa leise und drückte Hergartens Arm. »Ich danke dir, Franz. Für alles...«

Sie hatten die Neue Welt betreten, und es war für sie wirklich eine neue Welt. Ein neuer Weg in die Zukunft. Das Betreten eines ungepflügten Landes, das sie nun kolonisieren mußten.

Sie hatten keine Angst davor. Mit ihnen war die mächtigste Waffe: die Liebe.

Vier Tage später fuhr die ›Ozeanic‹ zurück nach Europa.